# 번화

# 繁花

# 번화 1

진위청 장편소설

김태성 옮김

문학동네

일러두기

1. 주석은 모두 옮긴이주다.
2. 중국어 인명, 지명 등 고유명사 표기는 국립국어원의 외래어표기법에 따랐으나 관용적으로 쓰이는 일부 표현은 한자음으로 표기하였다.
3. 본문 중 고딕체는 원서에서 궁서체로 강조한 부분이다.
4. 장편문학·기타 단행본은 『 』, 시·단편문학은 「 」, 연속간행물명·영화명·곡명 등은 〈 〉로 구분했다.

# 작가의 말

『번화』의 서두는 이렇게 시작된다. ……타오타오가 말했다. 얼굴 본 지 오래인데 들어와서 차나 한잔하고 가세요. 후성이 말했다. 일이 좀 있어서요. 타오타오가 말했다. 그러지 말고 들어오세요. 들어와서 풍경이나 좀 구경하다 가세요…… 대화가 오가는 사이에 갑자기 아주 익숙한 힘이 솟아났다.

화본話本 형식이라는 옛날의 발자취를 현재의 바퀴에 집어넣었는데도 여전히 잘 돌아갔다. 참신하고 이채로웠다.

'심리적 차원의 미묘함'을 포기하고 구어적인 진술과 평담한 의미를 살려 주인공들의 말과 행위를 있는 그대로 적고자 했다. 한 가지 일이 또다른 일을 물고 온다. 장산張三의 이야기가 끝나면 리쓰李四의 이야기가 이어진다. 각기 다른 어감과 행위, 복장이 각기 다른 환경을 구분하면서 각기 다른 삶을 전개한다. 문장부호들은 아주 간단하다. 『소리와 분노』*의 서사도 아주 호방하면서도 잠꼬대 같지 않던가? 중국의 고대서사와 다르지 않았다. 독자들은 자유롭게 문장을 끊어 읽는다. 하지만 중국식 서사에서는 몸에 밴 습관이 다르다. 중국식 식사를 할 때는 원탁에 열 쌍의 젓가락을 놓고 둘러앉는다. 술이 놓이고 다양한 사람들이 섞이다보면 함께 배경 속으로 흘러들어간다. 움직임으로 인물들의 관계를 직조하는 것이 중요해지는 것이다. 이에 비해 서양에서는 길고 좁은 식탁에 앉기 때문에 각자 독립된 상태로 중심에 초점을 모으게 된다. 사실 『번화』라는 식탁은 서양식 조미를 벗어나지 못한다. 하지만 중국과 서양의 비교를 통해 인종과 토양, 가치관의 차이를 드러내고 있다.

『번화』의 특별한 운치와 정경은 오늘날의 소설 형태와 옛 텍스트의 틈새라는 점에서 그 특징을 찾을 수 있을 것이다. 어떤 모습이 될까?

서양에서는 이름 없는 스토리텔링이 모든 문학의 존재에 선행한다고 말한다. 어떤 학자는 중국문학을 논하면서 '설서인들의 서사방식'을 완전히 떨쳐버리는 문제와 관련하여 이렇게 말한 바 있다. "중국과 서양이 공유하고 있는 문제는 오늘날의 문어체가 갖고 있는 파장波長에 '조절의 성격'이 결여되어 있다는 점이다. 하지만 전통에서 힘을 찾을 수 있다면 '무수한 순간들 사이사이를 스치는 번득이는 운치'를 찾을 수 있을 것이다."

* 윌리엄 포크너의 장편소설.

어느 기자가 인터뷰 자리에서 베이위밍貝聿銘*에게 상하이 방언을 말할 줄 아느냐고 묻자 그는 이렇게 대답했다. "상하이 말로 하는 게 좋겠네요. 저는 보통화에 능숙하지 못하거든요. 제게는 상하이 말이 아무래도 더 편하고 정확해요. 상하이 말로 합시다."** 이어서 베이위밍은 '비교적 쉬운' 모국어(상하이 문어체)로 자신의 전문영역인 '세계 건축양식의 변화'와 '(북송시대) 서예가 미불米芾 산수화의 영감' '건축의 영원한 의미' 등을 얘기했다.

모든 중국인들이 북방 방언을 구사하고 있는 오늘날, 『번화』의 내용과 양식으로 미약한 문자의 숨결을 뒤섞는다면 어떻게 될까?

『번화』는 아주 오랫동안 한 가지 언어 환경 속을 배회했고, 그 결과 일부 독자들은 줄곧 이런 분위기에 빠져 있었다. 친구 하나가 책을 읽거나 신문을 볼 때, 『번화』의 어투로 읽으면 정말 견디기 어려워진다고 말한 적이 있다. 이는 내가 의식하지 못한 결과다. 이 소설을 쓰면서 내가 맨 처음에 가졌던 생각은 스스로 지위가 아주 낮은 설서인이 되는 것이었다. '번잡할지언정 지나치게 생략하지 말고, 낮아질지언정 높아지지 않음'으로써 독자들에게 즐거움을 주는 것이 이 소설의 본의였다. 구시대 쑤저우의 한 설서 선생은 청중의 반응에 최대한의 주의를 기울여야 한다고 말한 바 있다. 자신이 무대에서 얘기할 때 청중 가운데 하품하는 사람을 발견하더라도 이를 마음에 두지 말고 다시 선창船艙으로 돌아오거나 혹은

* 쑤저우 출신의 미국 국적 건축가.

** 잡지 〈세기〉, 2012년 4월호, 11쪽.

아주 작은 객잔에 밤새도록 기름등을 밝혀야 한다는 것이다. 내 부친께서는 이를 '개서改書'*라 한다고 지적해주셨다. 이렇게 이야기할 수 있으려면 작가의 심리를 되도록 적게 말하면서 자신만의 독자군을 확보하여 진심으로 그들을 위해 복무하고 그들을 경외하는 마음을 가져야 할 것이다.

나는 『번화』가 독자들에게 소설 속의 인생과 더불어 언어의 활력을 가져다줄 수 있기를 기대한다. 나는 오래되고 진부한 이야기들과 언어 자체를 차용할 뿐이지만 기존의 서사방식과 차별성을 갖는 새로운 시도라고 생각한다.

소설에 무단穆旦의 시가 인용되어 있다.

조용히, 우리는 서로를 껴안는다
언어가 밝게 비출 수 있는 세계 안에서
하지만 형태가 이루어지지 않은 어둠은 두렵다
그 가능과 불가능이 우리를 깊은 미혹에 빠뜨린다

우리를 옥죄는 것은
태어나기도 전에 죽어버리는 달콤한 말들이다
언어의 유령이 뒤덮고 있는 곳에서 빠져나와
우리는 혼란스러운 사랑의 자유와 아름다움 속으로 헤엄쳐 들어간다

---

* 원래의 소설을 부분적으로 바꿔 새로운 작품으로 만드는 것.

『번화』가 새장 밖으로 나오는 데 열정적인 도움을 준 친구들에게 감사한다. 진심으로 감사한다.

2012년 가을

진위청 삼가 씀

차례

하느님이 침묵하고 있다. 모든 것을 내가 결정해야 할 것 같다……

혼자 다락방에 올라가기에 가장 좋은 때는 밤이다. 〈아비정전〉의 피날레, 양조위梁朝偉가 말을 타고서 말을 찾는다. 늙고 암담한 영웅이 전등 불빛 아래서 지폐를 센다. 정확히 한 번 센 돈을 양복 안주머니에 넣었다가 다시 꺼내 한번 더 센다. 그러고는 포커 카드를 한 벌 꺼내 손가락으로 비벼 펼쳐놓고 자세히 들춰보다가 한 벌을 더 꺼낸다. 이어서 머리를 빗는다. 3 대 7 가르마다. 거울을 보면서 단정하게 빗는다. 온몸을 곧게 세우자 뼛속까지 편안해진다. 마지막으로 불을 끈다. 불운이 극에 달하면 다시 행운이 온다. 이 삼십 초의 시간이 상하이의 맛이다.

믿지 못하겠으면 지붕창 밖으로 머리를 내밀어보라. 아, 밤이다. 겹겹이 층을 이루며 이어져 있는 지붕들이 본탄本灘*의 서글픈

* 상하이 전통 지방극의 일종.

울음소리에 젖어든다. 네온사인이 아름답게 빛나고 영롱한 구슬들이 빙글빙글 돈다. 붉은 불빛이 부드럽게 열 장丈*이나 이어져 있고 온갖 꽃들이 바다처럼 펼쳐진다. 1960년대의 방송은 규칙이 까다롭고 명령에 따라 엄격하게 진행되었다. 조용한 우아함이 번화함을 압도해야 했다. 그러고 나서야 '도시의 불빛'으로 요약되는 상하이의 밤이 재현된다. 바람 속에 쑤저우하의 축축한 습기가 섞여 있고 함채대탕황어鹹菜大湯黃魚** 냄새가 사방에 가득 퍼진다. 음악소리 속에 여자의 목소리가 반복적으로 들려온다. 당신과 함께 파리에 갈래요. 함께 파리에 갈래요. 함께 파리에 가고 싶어요. 건너편 집에는 손님이 새로 세를 얻어 들어왔는지 창문에 아이 속옷이 걸려 있다. 낯선 풍경이다. 검정 기와 위에는 흰 날개의 새들이 몇 마리 움직이고 있다.

1980년대에 상하이 사람들은 영리해서 새로 작은 음식점을 열 때면 땅을 석 자 깊이로 파고 음식점 내부를 한 층 높였다. 그리고 다락방을 확장했다. 이 시기에 자푸로乍浦路와 황허로黃河路 같은 곳에서는 이런 2층 구조를 흔히 볼 수 있었다. 진셴로進賢路도 마찬가지였다. 음식점 안으로 들어서면 머리를 들기가 불편했다. 난간 진열장 안에는 햄 또는 펑쯔카이豊子愷***가 말한 다릿살이 높이 걸려 있다. 위층에서 시끄럽게 이야기하는 소리가 들리고 통풍이 잘되지 않아 기름 가마 냄새가 더해지는데도 남자들은 이를 다정한 밀

* 한 장(丈)은 약 3미터.

** 닝보(寧波)의 유명한 전통 요리.

*** 본명은 펑룬(豊潤). 중국 만화의 창시자로 평가된다.

어인 양 아무 걱정 없이 술을 마신다.

고대 로마의 시인이 말했다. 칭찬을 하지 않고는 남을 환하게 웃게 할 수 없다고.

# 프롤로그

후성滬生은 징안사靜安寺 재래시장을 지나다가 누군가 자신을 부르는 소리를 들었다. 전 여자친구 메이루이美瑞의 이웃인 타오타오陶陶였다. 후성이 말했다. 타오타오 씨는 게를 파시는군요. 타오타오가 말했다. 얼굴 본 지 오래인데 들어와서 차나 한잔하고 가세요. 후성이 말했다. 일이 좀 있어서요. 타오타오가 말했다. 그러지 말고 들어오세요. 들어와서 풍경이나 좀 구경하다 가세요. 후성은 마지못해 가게 안으로 들어갔다. 타오타오의 아내 팡메이芳妹가 쪽찐머리를 가볍게 숙이며 말했다. 후성 씨, 앉으세요. 저는 밖에 좀 나갔다 와야 하거든요. 두 사람은 당의躺椅*에 들어가 앉아 팡메이의 뒷모습을 바라보았다. 걸어나가는 모습이 너무나 우아하고 아름다웠다. 후성이 말했다. 몸매가 갈수록 훌륭해지시는 것 같군요.

* 누워 잘 수 있는 중국식 긴 의자.

타오타오는 아무 말도 하지 않았다. 후성이 말했다. 마누라는 남의 것이 더 좋아 보인다는 말이 조금도 틀리지 않네요. 타오타오가 말했다. 저는 골치 아파 죽겠어요. 후성이 말했다. 그렇게 비아냥대지 말아요. 타오타오가 말했다. 밤이 되면 팡메이는 골치가 아파져요. 후성이 물었다. 왜요? 타오타오가 말했다. 매일 공부를 해야 하거든요. 하루라도 공부를 안 하면 문제가 많아지고, 이틀 공부를 안 하면 내리막길을 걷게 되지요. 제 몸은 줄곧 내리막길을 걷고 있어요. 정말로 견디기 어렵네요. 후성이 말했다. 지금 제가 맡고 있는 소송사건이 하나 있어요. 남편이 매일 사론社論을 공부하는 걸 아내가 견디지 못해 소송을 건 사건이죠. 타오타오가 말했다. 여자들은 정말 제각각인 것 같아요. 어떤 여자는 저녁 신문을 읽고 털실로 뜨개질을 할 수 있을 정도로 조용하다가 이 분만 지나면 입을 열지요. 다 됐어요? 빨리요. 후성이 말했다. 그것도 아주 놀라운 일이군요. 정말 희귀한 일이에요. 타오타오가 물었다. 후신정湖心亭 주인의 책 읽어보셨죠? 후성이 되물었다. 무슨 책인데요? 타오타오가 말했다. 『춘란추예』 상, 하권이에요. 청나라 때 사람이 쓴 책이지요. 후성이 말했다. 잘 모르겠네요. 타오타오가 말했다. 밤마다 비가 오고, 아침마다 구름이 끼네. 샤오타오훙小桃紅은 밤마다 가슴이 두근거린다지만 난 애당초 믿지 않았어요. 아내를 얻고 나서야 믿게 되었지요. 후성이 시계를 보고 나서 말했다. 이만 가봐야겠어요. 타오타오가 말했다. 예컨대 어젯밤에는 간신히 평안하게 넘어갈 수 있었는데 한밤중에 갑자기 깨더니 또 똑같은 상황을 반복하는 거예요. 후성은 아무 말도 하지 않았다. 타오타오가 물었다. 이런 부부관계를 제가 어떻게 감당할 수 있을까요? 후성은 이번에도 말을 하지 않았다. 타오타오가 말했다. 저는 줄곧 이혼을 생각하고 있어요. 저를 위해 방법을 좀 생각해주세요. 후성이 말했다. 남편이 아내에게 무조건 양보해야 해요. 타오타오가 냉소하며 말을 받았다. 제가 후성 씨라면 바이핑白萍이 출국한 지 몇 년이 지났더라도 이혼하지 않았을 거예요. 후성이 힐끗 손목시계를 들여다보았다. 작별인사를 준비하는 것이었다. 타오타오가 말했다. 이곳은 풍경이 아주 좋아요. 밖은 밝고 울타리 안은 어둡죠. 당의가 비교적 낮아 쉬면서 힘을 비축할 수 있어요. 저는 믿을 데가 있어서 마음이 아주 든든합니다. 후성이 물었다. 몇시에 장사를 시작하나요? 타오타오가 말했다. 다섯시쯤 시작해요. 아주머니나 젊은 아가씨들을 상대로 거래조건을 따지면서 웃고 떠드는 것은 친구를 사귀는 것이나 마찬가지예요. 타오타오가 장부 한 권을 들추다가 후성에게 보여주었다. 장부에는 적지 않은 여자들의 이름과 주소, 전화번호가 적혀 있었다. 타오타오가 바지를 털면서 말했다. 홍콩 친구가 보내준 거예요. 사업을 하고 있는데 아주 잘나간다고 하더라고요. 종종 게를 집까지 배달하지요. 제 말 무슨 뜻인지 아시겠죠? 집에 들어가 차나 한잔하면서 인생 얘기 좀 하기로 해요. 후성은 아무 말도 하지 않았다.

이때, 대각선 방향에 한 여자가 나타났다. 눈썹을 낮게 드리우고 걸어왔다. 서른 남짓 되어 보이는 그녀는 느린 걸음을 사뿐사뿐 옮기고 있었다. 타오타오가 낮은 목소리로 말했다. 보세요, 왔어요, 이리 다가오고 있네요. 타오타오가 그녀를 불렀다. 아메이阿妹*! 여자는 어색한지 아무 말도 하지 않았다. 타오타오가 말했다. 아메이, 오늘 게는 한 마리 한 마리가 전부 최상품이에요. 어제도 말했지만 여자들은 치장이 가장 중요하다고 하지요. 하지만 사실은 잘 먹어서 배를 든든하게 채우는 것이 가장 실속 있는 일이라고요. 여자가 가볍게 웃었다. 타오타오가 말했다. 아메이, 내가 항상 싸게 드리잖아요. 여자는 아무 말도 하지 않고 좌판 가까이 다가왔다. 그 순간, 후성은 별실에 들어앉은 것 같았다. 눈앞에 조명이 충분하여 여자의 머리칼 한 올 한 올이 밝게 빛났다. 뜬 것 같기도 하고 감은 것 같기도 한 봉의눈 한쌍이 게 통 위에 멈췄다. 타오타오가 말했다. 아메이는 혼자 드실 테니까 암수 한 마리씩만 사도 충분할 겁니다. 여자가 말했다. 오빠, 목소리 좀 낮춰서 말해요. 내가 혼자 사는 게 뭐 그리 듣기 좋은 소리라고 그래요. 타오타오가 말했다. 혼자 대갑게大閘蟹**를 먹는다는 게 얼마나 분위기 넘치는 일이에요. 여자가 말했다. 그만하세요, 듣기 싫다니까요. 타오타오가 말했다. 네네, 알겠습니다. 타오타오는 밖으로 나가 보온통의 유리판을 옮겼다. 두 사람이 게를 구경하더니 웃으면서 몇 마디 주고받았다. 여자가 기웃거리며 말했다. 좀더 보고 올게요, 구경 좀 하려고요. 그러고는 다른 데로 가버렸다.

타오타오가 몸을 돌려 안으로 들어오면서 말했다. 이미 여러 번 왔었어요. 꼭 나랑 연애하는 것 같다니까요. 틀림없이 다시 올 거

---

* 연하의 여성을 친근하게 부르는 호칭.

** 중국 양쯔강에 서식하는 민물게.

예요. 후성은 아무 말도 하지 않았다. 타오타오가 말했다. 이런 어색함은 참아야 하죠. 사실은 아주 간단해요. 기껏해야 게를 배달해주기만 하면 되거든요. 후성이 말했다. 저는 이만 갈게요. 타오타오가 말했다. 저는 정말 이해할 수가 없어요. 여자들은 어째서 게를 보는 눈이 남자를 보는 눈과 같은지 말이에요. 후성은 웃으면서 아무 말도 하지 않고 가게를 나섰다. 타오타오가 따라나서서는 부들 꾸러미를 하나 건네면서 말했다. 제 작은 성의예요. 후성은 사양하면서 받으려 하지 않았다. 왜 이러시는 거예요. 타오타오가 말했다. 제 친구 링즈玲子가 최근에 남편이랑 말다툼을 하더니 이혼을 준비하고 있어요. 후성 씨가 좀 도와주셨으면 합니다. 후성은 고개를 끄덕이며 명함을 한 장 꺼냈다. 타오타오가 명함을 받아들고 말했다. 사실 저도 여자 변호사 한 분을 알고 있어요. 한때는 농탕弄堂*의 꽃이라 불리기도 했지요. 지금은 벌써 나이가 쉰이 넘었지만 말이에요. 후성이 말을 자르면서 말했다. 저 갑니다. 타오타오가 말했다. 지난달에 제가 고객에게 게를 배달한 적이 있어요. 15동 A실에 들어가니까 여자가 문을 열어주더라고요. 아주 아름답고 분위기 있는 여자였어요. 이런저런 얘기를 하다보니 과거에 있었던 일들을 적잖이 늘어놓게 되었지요. 무척 유쾌했어요. 그러고 며칠이 지나 또 한번 그 집을 찾아가게 되었지요. 그리고 그다음은, 아시겠죠? 타오타오가 후성을 툭 치면서 말했다. 후성은 짜증나는 것을 애써 참으며 몸을 슬쩍 피했다. 타오타오가 물었다.

* 상하이 전통 가옥이 모여서 형성된 좁은 골목.

재미있죠? 후성이 말했다. 지루하네요. 유쾌하지 못한 일을 당한 느낌이에요. 타오타오가 말했다. 여자는 꽃이고 남자는 꿀벌이에요. 후성이 말했다. 이만 갈게요. 후성은 부들 꾸러미를 들어 타오타오의 손에 도로 쥐여주고는 곧장 자리를 떴다. 사흘 뒤 타오타오가 전화를 걸어왔다. 후성과 함께 작은 여관을 운영하고 싶다는 것이었다. 위치는 헝펑로교恆豊路橋로, 기차역과 가깝기 때문에 아주 높은 이윤을 기대할 수 있을 거라고 했다. 후성은 단칼에 거절했다. 마음속으로 타오타오가 게를 팔면서 이미 적지 않은 계책들을 팔았으리라 확신했다. 여관을 개업하는 데 다른 꿍꿍이속이 더 클 것이 분명했다. 팡메이는 정말 대단한 여자였다. 남편의 마음이 태평하지 않으니 매일 밤 현물세를 더 많이 바쳤다. 좋은 방법이었다.

이전에 후성은 자주 신자로新閘路에 가서 여자친구 메이루이를 만나곤 했다. 야간법률학교 동창인 두 사람은 몇 번 커피를 함께 마신 뒤로 연애를 시작했다. 1980년대에는 남녀가 만나면 습관적으로 개인이 운영하는 작은 카페를 찾곤 했다. 어둡고 조용한 공간이긴 하지만 바퀴벌레가 있었다. 어느 날 밤, 두 사람은 작은 카페에 앉아 있었다. 메이루이가 말했다. 후성 씨가 다른 여자친구를 두고 양다리 걸치고 있으리라고는 정말 꿈에도 생각지 못했어요. 후성이 말했다. 그래, 맞아. 이름이 바이핑이지. 메이루이가 물었다. 한 달에 몇 번이나 만났어요? 후성이 말했다. 딱 한 번. 메이루이가 말했다. 그래도 양심은 있군요. 후성이 말했다. 누가 소개해준 거야. 생긴 건 보통인데, 장점은 집이 있다는 거지. 메이루이가 말했다. 후성 씨는 아주 솔직하군요. 나한테 그렇게 모든 걸 다 얘기하니 말이에요. 후성이 말했다. 그러는 게 당연하지. 메이루이가 빙긋이 웃으면서 말했다. 일찍이 우리 엄마가 제대로 된 사람이라면 잔머리 굴리지 말아야 하고 양다리 걸치는 일도 없어야 한다고 말했어요. 사실 제게도 다른 남자친구가 있어요. 줄곧 저랑 결혼하고 싶어해요. 베이쓰촨로北四川路에 집도 있어요. 후성이 말했다. 조건이 나쁘지 않군. 메이루이가 말을 받았다. 하지만 저는 애당초 결혼 생각이 없어요. 후성은 아무 말도 하지 않았다. 메이루이가 말했다. 이런 얘기가 나오면 난 기분이 좋지 않아요. 후성은 여전히 말이 없었다. 메이루이가 그에게 몸을 기대왔다.

두 사람은 만나면 대개 영화를 보거나 공원을 거닐었다. 메이치美琪나 핑안平安 영화관에는 따로 연인석이 마련되어 있었다. 손을 내밀어도 손가락이 보이지 않을 정도로 어두운 공간이었다. 줄지어 붙어 있는 칸막이 좌석은 새벽 한시 전후의 양쯔강 유람선 객실이나 마찬가지였다. 도처에서 남녀가 몽경에 깊이 빠져드는 소리가 들려왔다. 한번은 메이루이와 후성도 그런 자리에 앉은 지 몇 분 지나지 않아 서로 껴안으려 했다. 바로 그때 누군가 메이루이의 어깨를 툭 쳤다. 메이루이가 깜짝 놀라자 후성은 얼른 손을 풀고 자세를 바로 했다. 앞쪽 칸막이 좌석에 검은 보탑寶塔 같은 모습으로 여자가 하나 서 있었다. 어둠 때문인지 눈 흰자위가 더 커 보였다. 후성은 메이루이의 몸이 경직되고 떨리는 것을 느꼈다. 메이루이가 검은 보탑을 향해 말했다. 왜 툭 치는 거죠? 할 얘기가 있으면 하세요. 검은 보탑이 말했다. 우린 모두 자매들인데다 규방의 가장 친한 친구들이잖아. 나를 못 알아보겠어? 메이루이가 잠시 멍한 표정을 짓고는 말했다. 난 지금 일이 있어. 검은 보탑이 앞쪽 칸막이 좌석을 가리키면서 말했다. 좋아, 우선 내 자리로 돌아갈게. 꼭 넷이서 함께 식사하고 난징로南京路 구경하러 가자고. 검은 보탑이 자리를 떴다. 앞쪽으로 가면서 몸을 낮게 숙이더니 희미한 벽 그림자와 하나가 되어 담배 불빛 속으로 사라졌다. 메이루이는 아무 말도 하지 않았다. 후성이 낮은 목소리로 물었다. 방금 무슨 일이야? 메이루이는 뭘 하려고 했던 거야? 메이루이가 후성의 허벅지를 세게 한 번 꼬집으면서 말했다. 우리 당장 나가요. 당장! 빨리 나가자고요. 이렇게 캄캄한 데 와서도 아는 사람을 만나다니, 정말 재수 되게 없네. 두 사람은 흥이 싹 가신 채 저린 다리를 절름거리면서 조용히 밖으로 나왔다. 시간은 이미 오후 세시였고 해가 강렬하게 내리쬐고 있었다. 메이루이가 짜증 섞인 어투로 말했다. 그 시커먼 여자는 제가 농사를 배우던 시기에 묵었던 집 주인 딸이에요. 몇 차례 왕래가 있긴 했지만 왜 날 만나자고 하는지 모르겠어요. 이상해요. 후성이 물었다. 이렇게 인사도 하지 않고 와 버리면 큰 실례가 아닐까? 메이루이가 말했다. 이미 결혼한 여자예요. 푸둥浦東*에서 시내로 넘어와 저 음침한 곳까지 들어와서 커피를 마시는 걸 보니 틀림없이 많이 타락한 것 같네요. 후성이 빙

* 상하이를 관통하는 황푸강(黃浦江) 동쪽 지역으로 과거에는 농촌이었으나 지금은 번화한 신도시로 개발됐다.

긋이 웃었다. 메이루이가 말했다. 입만 열었다 하면 타락 운운하는 걸 보니 나도 주민위원회의 나이든 아주머니들이랑 똑같은 것 같아요. 후성이 말했다. 그래, 맞아. 『금릉춘몽』*에서는 입만 열었다 하면 '씹팔'이 나오고 『시위관일기』**에서는 입만 열었다 하면 '달링, 달링' 하면서 달링의 장단점을 떠벌리지.

메이루이는 야간학교에 다닌 지 석 달 만에 포기해버렸지만 걸핏하면 교문 앞에 가서 후성이 수업을 마치고 나오기를 기다렸다가 함께 뭔가 먹으러 가거나 거리를 돌아다녔다. 때로는 신자로 아래에 있는 쑤저우하 옆까지 가기도 했다. 후성은 메이루이를 다시 농탕 안까지 데려다주고 혼자 우딩로武定路로 돌아갔다. 한번은 메이루이가 호출전화로 후성에게 엄마가 쑤저우로 과립형 플라스틱 사업을 논의하러 갔다가 밤중이나 되어야 돌아올 예정이니 집으로 오라고 말했다. 그날 밤 후성은 처음으로 이 신식 농탕 안으로 들어갔다. 한때 영화계의 황후였던 롼링위阮玲玉가 바로 위층에 살았었다. 층마다 세 가구씩 거주하고 가구마다 문발이 하나씩 설치되어 있었다. 두 사람은 차를 마셨다. 이어서 메이루이는 후성에게 몸을 기댄 채 반시간이나 딱 붙어 있었다. 후성은 곧 작별인사를 건네고 나왔다. 이때부터 후성은 자주 이 집 3층을 찾아 메이루이의 집 주렴을 들쳤다. 신식 농탕은 비교적 조용한 편이었다. 상

* 장제스의 생애를 다룬 장회소설.

** 1950년대 말에 쑹차오가 발표한 장편소설.

하이에서는 이를 '강창사지鋼窗蠟地'*라고 불렀다. 메이루이의 집이 상하이의 구식 석고문石庫門** 앞 곁채라면 바닥이 스프링처럼 꿀렁꿀렁하여 한 걸음 뗄 때마다 몸이 세 번씩 흔들렸을 것이고 벽 위쪽이 벌어져 그 틈새로 이웃집에서 어린애들에게 욕하는 소리와 사오싱紹興 지방극의 창을 하는 소리가 고스란히 들려왔을 것이다. 그런 환경이었다면 두 사람은 전등을 꺼야 할 뿐만 아니라 아무 소리도 내지 않고 태극정공太極靜功을 구사해야 했으리라. 후성은 때때로 메이루이가 어디서나 거리낌없는 태도를 보이는 것이 집 구조 때문이 아닐까 하는 생각을 하곤 했다.

한번은 메이루이가 말했다. 나는 말하자면 대외무역을 하고 있어요. 수입이 나쁘지 않아요. 하지만 지금은 개인 회사에서 벌어들이는 것이 더 쏠쏠하기 때문에 개인 업체 사장이랑 합작을 하고 싶어요. 후성이 말했다. 내 오랜 친구 하나가 아프리카 잡화를 취급하면서 별도로 다른 장사도 하고 있어. 메이루이가 물었다. 그 사람 이름이 뭔데요? 후성이 말했다. 아바오阿寶라고 해. 메이루이가 후성을 툭 치면서 말했다. 어머, 아바오 사장 말이군요. 아주 유명한 사람이에요. 우리 회사에도 자주 와서 제 동료 미스 왕汪이랑 사업 얘기를 나누곤 해요. 후성은 아무 말도 하지 않았다. 메이루이가 말했다. 처음에는 이 아바오 사장이란 사람이 능력이 뛰어나서 분명 미스 왕과 특별한 일이 있을 거라고 생각했어요. 후성이

* 강철 창틀과 초를 먹인 바닥.

** 19세기 중반부터 상하이의 공공조계로 사람들이 모여들면서 생겨난 주택양식. 2~3층으로 된 연립주택 형식의 건물로 농탕을 따라 길게 이어졌다.

물었다. 연애를 말하는 거야? 메이루이가 말했다. 미스 왕에게는 이미 남편이 있어요. 후성이 말했다. 틀림없이 별 사이 아닐 거야. 아바오는 내가 수십 년 동안 알아온 오랜 친구라고. 올바르게 장사하는 사람이라 궤도를 넘어선 투자는 절대 고려하지 않아. 상당히 진실한 친구지. 내가 소개해줄 수도 있어. 메이루이가 두 볼을 발갛게 물들이며 말했다. 그랬다가는 틀림없이 미스 왕이 기분 나빠할 거예요. 후성이 말했다. 괜찮아, 다음주에 내가 밥을 한번 사지. 그날이 되어 두 사람은 메이룽진梅龍鎮 술집에서 만났다. 메이루이는 위아래로 정장을 갖춰 입은 모습이었다. 홍콩 센트럴에서 사 온 새 옷으로 가슴과 허리, 엉덩이의 사이즈가 딱 맞았고 재단 솜씨도 아주 훌륭했다. 새로 한 머리와 짙은 화장이 사람들의 눈을 자극하기에 충분했다. 십오 분쯤 앉아 있던 그녀는 화장 거울을 꺼내 얼굴을 몇 번 비춰보았다. 후성이 말했다. 불알친구들끼리 만나는 자리니까 메이루이가 집에서 입는 한삼 차림에 슬리퍼를 신고 나와도 아바오는 평소처럼 눈을 가늘게 뜨고 빙긋이 미소를 지을 거야. 메이루이가 말했다. 죽고 싶어요? 내가 슬리퍼를 끌고 한삼 차림으로 밥을 먹으러 왔다면 이 자리는 엉망진창이 되고 말았을 거예요. 정장을 하는 게 당연하지요. 여기까지 말했을 때, 아바오가 들어왔다. 일제히 서로 인사를 주고받았다. 아바오가 말했다. 미스 메이는 후성 씨 친구니까 내 친구이기도 하네요. 사업에서는 앞으로 최대한 협력하도록 하겠습니다. 메이루이가 웃으면서 물었다. 아바오 사장님, 저를 못 알아보시겠어요? 아바오는 대답하지 않았다. 메이루이가 말했다. 저 미스 왕의 회사 동료예요. 아바오는 멍한 표정을 짓더니 발을 구르면서 말했다. 아아, 그랬군요. 미안합니다. 정말 미안합니다. 이날 메이루이는 줄곧 미소를 지으면서 얼굴을 일부러 가볍게 찡그리곤 했다. 말투는 대단히 부드럽고 매력적이었다. 세 사람은 함께 식사를 하면서 아주 즐겁게 얘기를 나누었다. 무척 유쾌한 시간이었다.

개인회사에는 수출입 권한이 없기 때문에 외국 회사로부터 오더시트를 받으면 반드시 국영무역회사의 지원에 의지하여 일을 진행해야 했다. 하루는 아바오가 미스 왕에게 전화를 걸었다. 아바오가 말했다. 미스 왕, 정말 미안해요. 고위 간부 하나가 최근에 지시를 내려 저의 업무를 귀사의 메이루이 씨랑 진행하라고 하네요. 앞으로 메이루이 씨하고만 연락하게 될 것 같아요. 미스 왕도 어떤 상황인지 이해하시겠죠? 정말 미안해요. 미스 왕은 아무 말도 하지 않았다. 아바오가 말했다. 저로서는 명령에 따를 수밖에 없거든요. 그리고 메이루이 씨는 이런 사정을 전혀 몰라요. 온전히 고위 간부의 생각이죠. 제 사정을 이해해주시면 고맙겠습니다. 미스 왕이 낙담한 기색으로 말했다. 알았어요. 아바오가 물었다. 기분이 안 좋으시겠죠? 미스 왕이 말했다. 그럴 리가요. 광둥廣東 사람들이 하는 말 있잖아요. 사업도 다 같이 하는 것이고 돈도 다 같이 세는 것이라고. 아바오가 말했다. 미안해요. 미스 왕이 물었다. 그 고위 간부가 어떤 사람이에요? 아바오가 물었다. 기분이 안 좋으시군요? 미스 왕이 말했다. 괜찮아요. 저는 얼마든지 이해해요. 아바오는 몇 마디 설명을 덧붙이고 전화를 끊었다. 마음속으로 미스 왕에게 틀림없이 어떤 대책이 있을 것이라는 확신이 들었다. 이전에 몇 차례 식사 초대 자리에서 그녀는 종종 남편인 훙칭宏慶에 관해 언급하고는 했다. 불만이 무척 많은 것 같았다. 이에 대해 아바오는 줄곧 귀머거리와 벙어리 행세를 했다. 국제무역에서 떡 본 김에 제사 지내는 식으로 별로 힘들이지 않고 이윤을 챙겼을 때는, 거래가 끝나고 결산을 마무리한 다음 규정에 따라 일정한 커미션을 지불해야 감정 상하는 일이 없는 법이다. 따라서 지금 미스 왕으로서는 이해하는 수밖에 없지만 만일 두 사람 사이에 애매한 일이 하나라도 발생하면 하나가 둘이 되고 둘이 넷이 되는 식으로 문제가 꼬리를 물 수도 있다.

이때 이후로 아바오는 회사에 가면 먼저 미스 왕에게 인사를 건넨 다음 메이루이와 업무에 관한 얘기를 나눴다. 모든 것이 상당히 화기애애하고 순조로운 분위기 속에서 이루어졌다. 신이 난 메이루이는 후성 앞에서 몇 번이고 아바오에 관해 언급하는 것을 피할 수 없었다. 봄이 되자 메이루이는 후성과 아바오를 만나기 위한 약속을 잡았다. 시자오西郊공원에 가서 벚꽃 구경을 하고 함께 식사하는 것이었다. 남자 둘에 여자 하나가 등불 아래서 대화를 나누는 동안 창밖에는 비가 내렸다. 테이블 위로 술 향기가 짙어가는, 아주 인상 깊은 저녁이었다.

한 달 뒤, 후성은 메이루이와 만나기로 했다. 메이루이가 메이리위안美麗園 회사 대문을 나섰다. 몸이 나른하고 별로 즐겁지 않았다. 두 사람이 막 징안사에 도착했을 때 메이루이가 말했다. 돌아가고 싶어요. 후성이 말했다. 감기인가보군. 메이루이가 말했다. 저랑 후성 씨와의 관계는 이것으로 일단락지으면 좋겠어요. 괜찮겠죠? 후성이 물었다. 베이쓰촨로 남자친구와 결혼할 생각인가보군? 메이루이가 손을 내저으며 말했다. 그건 아니에요. 그냥 조용히 지내고 싶어서 그래요. 후성은 말이 없었다. 메이루이가 말을 이었다. 앞으로는 제가 후성 씨 동생이 될게요. 어때요? 후성이 말했다. 그래, 좋아. 메이루이가 물었다. 동생으로서 오빠에게 한 가지 말하고 싶은 게 있는데 괜찮겠죠? 후성이 말했다. 괜찮아. 메이루이가 말했다. 최근에 제가 계속 엄마랑 싸우고 있어요. 엄마는 후성 씨에게 집이 없다고 생각하나봐요. 부모님에게는 심각한 문혁文革 후유증 문제가 있거든요. 후성이 말했다. 무슨 말인지 알겠어. 메이루이가 말했다. 미안해요. 후성은 말을 받지 않았다. 메이루이가 낙담한 투로 말했다. 사실 주요 원인은 제가 한 남자를 너무나 좋아하고 있다는 거예요. 후성이 말했다. 그랬군. 알겠어. 메이루이가 말했다. 저는 도저히 남자를 피할 수가 없어요. 후성이 말했다. 알겠어. 메이루이가 물었다. 그 남자가 누군지 알아요? 후성이 말했다. 아바오겠지. 메이루이가 탄식하듯이 말했다. 저로서는 솔직하게 말할 수밖에 없네요. 처음 아바오 사장을 만났을 때, 온몸에 땀이 났어요. 그뒤로도 아바오 사장을 만날 때마다 땀이 났죠. 온몸에 개미가 기어다니는 것 같았어요. 줄곧 이런 상태였죠. 더이상 속이고 싶지 않아요. 후성이 말했다. 당연히 사실대로 말해줘야지. 메이루이가 말했다. 아바오 사장은 저에 대해 할말이 많을 거예요. 후성이 말했다. 메이루이에 대한 말이 나오면 전해줄게. 메이루이가 말했다. 아바오 사장에게는 제가 안중에도 없을 거예요. 줄곧 저를 거들떠보지도 않았거든요. 후성이 말했다. 아바오가 바빠서 그럴 거야. 해외무역만 하고 있으니. 메이루이가 말했다. 아바오 사장이 예전에 몇몇 여자친구에 관해 얘기한 적이 있어요. 후성이 말했다. 그건 한마디로 설명하기 어려워. 메이루이가 물었다. 왜 헤어졌대요? 후성이 말했다. 나도 잘 모르겠어. 메이루이가 말했다. 저한테는 다 생각해둔 바가 있어요. 아바오 사장에게 가까이 다가가고 싶은데 방법이 전혀 없어요. 저는 그분을 너무 깊이 좋아하고 있어요. 후성이 말했다. 사업을 앞에 놓고 정말 다양한 요령을 배워야 할 것 같군. 메이루이가 물었다. 아바오 사장은 과거의 여자친구와 왜 헤어지게 된 건가요? 후성은 대답하지 않았다. 메이루이가 물었다. 아바오 사장이 먼저 헤어지자고 한 건가요, 아니면? 후성이 고개를 가로저으며 말했다. 그건 말이야. 메이루이가 말했다. 아바오 사장이 저를 어떻게 생각하는지 알게 되면 꼭 좀 알려주세요. 후성이 말했다. 꼭 그렇게 할게. 메이루이가 서글픈 표정으로 말했다. 저는 지금 아바오 사장의 마음을 알고 싶을 뿐이에요. 여기까지 말하고 나서 메이루이는 눈물을 떨궜다.

두 사람의 관계는 이렇게 끝났다. 그러다가 1990년 어느 날 밤에 후성은 길을 가다가 우연히 타오타오를 만났다. 타오타오가 물었다. 후성 씨는 변호사 일을 하시죠? 후성이 빙긋이 웃었다. 타오타오가 물었다. 결혼한 지 일 년밖에 안 됐는데 마누라가 외국에 나갔다면서요? 후성이 물었다. 어디서 들은 소식이에요? 타오타오가 말했다. 제가 듣기로는 당시 후성 씨는 바이핑하고만 결혼할 생각이었기 때문에 업무상의 소개를 빌미로 메이루이에게 아바오를 소개해줬다고 하더군요. 그런 다음 슬그머니 몸을 뺐다고 하던데요. 정말 훌륭한 방법이에요. 후성이 웃으면서 물었다. 어디서 들은 얘긴가요? 타오타오가 말했다. 메이루이가 말해줬어요. 후성은 아무 말도 하지 않았다. 타오타오가 말했다. 이 아바오 사장이란 사람은 미꾸라지 같은 인물인데다 계속 뜨뜻미지근한 태도를 보였대요. 그래서 메이루이는 베이쓰촨로의 남자와 결혼하는 수밖에 없었다고 하더라고요. 후성이 손목시계를 들여다보고서 말했다. 전 지금 일이 있어서 먼저 가야겠어요. 타오타오가 말했다. 여자들은 정말 눈으로 보고도 이해하질 못하는 것 같아요. 걸핏하면 정반대 얘기를 한다니까요. 예컨대 어떤 남자를 좋아하면 사방팔방 돌아다니면서 그 남자가 안 좋다고 얘기하지요. 하지만 마음속에는 일찌감치 다른 생각이 있는 거예요. 이미 그 남자를 좋아하고 있는 거죠, 안 그래요? 후성이 몸을 돌리며 말했다. 나중에 다시 얘기합시다. 타오타오가 후성을 잡아끌면서 말했다. 최근에 아주 중대한 뉴스가 하나 있어요. 대중 뉴스니까 한번 들어봐요. 후성이 말했다. 지금 바쁘니까 나중에 들읍시다. 타오타오가 말했다. 상당히 충격적인 뉴스라니까요. 후성이 말했다. 타오타오 씨가 충격적이라고 하면 대체로 누가 부패행위를 저질렀다거나 어떤 여선생이 유부남을 좋아하고 있다거나, 그것도 아니면 어느 집 미친놈이 남의 집 빨랫줄에 걸린 브래지어를 훔쳐갔다는 얘기겠지요. 타오타오가 말했다. 정말로 재미있는 뉴스니까 한번 들어봐요. 후성이 말했다. 전 지금 바쁘니까 나중에 시간 있을 때 얘기해줘요. 타오타오가 후성을 더 힘껏 잡아당기며 말했다. 간단히 얘기할게요. 길거리의 작은 채소시장에서 일어난 일이에요. 남녀 두 사람이 두 개의 노점을 차지하고 있었죠. 후성이 말했다. 이 손 좀 놓고 얘기해요. 타오타오가 손을 놓으면서 말을 이었다. 작은 길 하나를 사이에 두고 남자는 계란을 팔고 있고 남자보다 나이가 몇 살 위인 길 건너편 여자는 생선을 팔고 있었어요. 후성이 말했다. 간단히 얘기하라니까요. 타오타오가 말했다. 거리에는 사람이 아주 많았어요. 두 사람에게는 서로의 모습이 보이지 않았지요. 장사를 마무리해야 할 때가 다가와 사람들 수가 줄어들기 시작하자 두 사람은 마침내 서로를 볼 수 있게 되었어요. 후성이 물었다. 그게 무슨 뜻이에요? 타오타오가 말했다. 계란은 반 상자 정도 남았지만 생선은 하나도 남지 않고 다 팔린 거예요. 좌판에 수돗물을 뿌려 청소하고 나니 퇴근까지 약 사십오 분 정도가 남았지요. 남녀 두 사람이 오래 같은 일을 하다보니 눈빛만 주고받는데도 길을 사이에 두고 네 눈동자에 불길이 일 정도였어요. 그래서 어떻게 됐을까요? 후성이 말했다. 서로 계란과 조기를 주고받았겠지요. 타오타오가 말했다. 틀렸어요. 계란이나 조기가 무슨 의미가 있겠어요? 이 단계에 이르면 사람들은 애당초 그런 게 입에 들어가지도 않아요. 마음이 괴로워 뭔가 일을 내게 되지요. 후성이 말했다. 그런 걸 먹지 못하니 황달에 간염이 생겼겠군요. 타오타오가 말했다. 엉터리로 대충 얘기하는 것이 무슨 의미가 있겠어요? 후성이 시계를 들여다보았다. 타오타오가 말했다. 길가 36호 집에 키 작은 노부인이 하나 살았어요. 키가 143센티미터밖에 안 됐지요. 이 노부인은 날씨가 갈수록 지독하게 더워지고, 더워질수록 생선 파는 여자의 좌판 밑이 더 어두워진다는 것을 발견했어요. 생선 파는 여자는 좌판 밑으로 두 다리를 쩍 벌리고 있었어요. 하얀 나비가 날개를 접었다 폈다 하는 것 같았지요. 키 작은 노부인이 자세히 살펴보니 여자의 치마 속이 깊숙한 데까지 훤히 다 보이는 거였어요.

후성이 얼굴을 돌리며 말했다. 알았어요, 그만해요, 전 지금 일이 있어서 먼저 가야 해요. 타오타오가 후성의 어깨를 툭 치면서 말했다. 세상에 어디 가서 이처럼 재미있는 얘기를 들을 수 있겠어요? 제 얘기를 좀더 들어봐요. 후성이 말했다. 좀 간단하게 얘기하면 안 되겠어요? 타오타오가 말했다. 햇볕 때문에 날이 더운데 좌판 아래는 온통 어둠이라는 것이 바로 비밀이었어요. 그 거리 36호의 키 작은 노부인은 평소에 눈이 어두워 지폐를 셀 때도 손가락으로 만지고 비벼야 얼마짜리인지 알 수 있었어요. 하지만 멀리 있는 사물을 볼 때는 망원경으로 보는 것처럼 정확했지요. 노부인이 여인의 치마 아래에 펼쳐진 하얀 날개를 본 거죠. 후성이 시계를 들여다보면서 말했다. 시간이 없으니 빨리 얘기해요. 타오타오가 후성을 잡아끌며 말했다. 여자의 두 눈에 다른 건 들어오지 않았어요. 그녀는 오로지 계란을 파는 남자만 뚫어져라 바라보고 있었지요. 키 작은 노부인은 즉시 입안 가득 가래를 뱉어 신발 밑창으로 몇 번 문지르면서 말했어요. 정말 재수없어. 아침부터 속이 다 뒤집히네. 정말 지저분한 연놈들이야. 후성이 말했다. 그만해요. 다 들었으니까 이제 가도 되겠죠? 타오타오가 물었다. 왜 그렇게 서두르는 거예요? 후성이 말했다. 그게 뭐 대단한 일이라고 그래요? 좌판 아래는 개인의 사사로운 영역인데다 장사에 영향을 주는 것도 아니잖아요. 타오타오가 말했다. 정말 그런지 한번 볼까요? 이런 상황은 매일 지속됐어요. 후성 씨는 참을 수 있겠지만 저는 참지 못하거든요. 계란 파는 남자가 더 참지 못하고 결국 중대한 뉴스를 만들게 되죠. 후성이 말했다. 저 가요. 며칠 있다가 다시 얘기하기로 해요. 타오타오가 웃으면서 말했다. 후성 씨도 참 촌스럽고 어리벙벙하시네요. 이렇게 재미있는 얘기를 왜 나눠서 해요? 제가 장삼 차림에 부채를 흔들면서 얘기하는 설서인說書人*도 아니고, 쑤저우 설서나 양저우揚州 평화評話** 〈피오랄자〉를 공연하는 것도 아니잖아요. 억지로 맛있는 음식으로 식욕을 돋우는 것이 무슨 소용이 있겠어요? 다른 데 가서 이런 사람을 만날 수 있다면 제가 굴복할게요.

후성이 손목시계를 들여다보았다. 아바오와의 약속 시간은 여덟시 반이었다. 카이스링凱司令 카페에서 만나기로 되어 있었다. 후성이 말했다. 좀더 간단하게 얘기해봐요. 타오타오가 말했다. 뒤로 갈수록 더 긴장감이 넘친다고요. 후성이 물었다. 결과가 어떻게 되는데요? 타오타오가 말했다. 그 36호 노부인이 알게 되었잖아요. 노부인은 지스페이얼로極司非爾路 76호***의 간첩이나 마찬가지였어요. 곧장 주민위원회로 달려가 신고하게 되었지요. 주민위원회에

---

* 사람들을 모아놓고 창과 대사를 섞어가면서 『삼국연의』나 『수호전』 같은 역사 이야기를 들려주는 기예인. 송나라 때부터 시작되었으며 '강사(講史)' '설창(說唱)' 등으로도 불렸다.

** 한 사람이 군중 앞에서 그 지방 사투리로 옛 역사 이야기를 서술하는 민간 기예의 한 가지로, 창(唱)을 하지 않는 것이 특징이다.

*** 항일전쟁 시기 일본군이 상하이에 설치했던 비밀 첩보기구.

서 말했어요. 할머니, 이런 걸 '콩나물 기르기'라고 합니다. 이전에 외부 마을에서 온 유민游民들은 아침에는 햇빛을 먹고 저녁에는 이슬을 먹고 살았어요. 제대로 된 옷도 없어서 항상 바지 하나를 세 사람이 함께 입었지요. 바지 하나를 셋이서 번갈아 입는 일도 비일비재했어요. 지금은 상부에서 요구하지 않는 한, 문란한 일이 벌어지는 현장이 아니면 주민위원회에서도 간섭하거나 통제할 수가 없어요. 답답했던 노부인은 아침 일찍 가서 사람을 기다리기로 마음먹었어요. 누구를 기다렸을까요? 후성이 말했다. 모르겠네요. 타오타오가 말했다. 생선 파는 여자의 남편은 매일 해가 뜰 때쯤이면 자전거를 몰고 아내를 채소시장까지 태워 출근시켜줬어요. 부부가 함께 내려 두장豆漿과 자반粢飯*을 먹은 다음, 남편은 다시 자전거를 타고 출근했지요. 후성이 말했다. 좀 간단하게 얘기해요. 타오타오가 말했다. 이날, 남편의 자전거가 모퉁이를 도는 순간, 36호 노부인이 그를 불러 몇 마디 친근한 대화를 주고받으면서 사태를 전부 얘기했어요. 남편은 애당초 믿지를 않았지요. 그러자 36호 노부인이 말했어요. 아우님, 자기 집 여자는 자기가 가장 잘 알아야지요. 남자는 멍한 표정을 지었어요. 후성이 말했다. 왜 멍한 표정을 지어요? 나라도 안 믿겠네요. 농탕 노부인의 헛소리에 누가 귀기울이겠어요? 타오타오가 말했다. 당연히 믿었지요. 겉으로는 아무 말도 안 했지만 마음속으로는 믿었어요. 남자라면 앞뒤를 잘

* 찹쌀에 멥쌀을 섞어서 찐 다음 가운데에 기름에 튀긴 밀가루 반죽인 요조(油條)를 넣은 주먹밥.

따져서 생각해봐야 하잖아요. 후성이 물었다. 남들이 어떻게 생각하는지 타오타오 씨도 알아요? 타오타오가 말했다. 줄여서 얘기한다 해도 사실 이 대목만 가지고도 몇 시간을 얘기할 수 있어요. 후성이 말했다. 남이 화를 당하는 걸 구경하는 게 뭐 그리 재미있다고 그래요? 타오타오가 말했다. 36호 노부인은 정말 대단했어요. 남자는 이때부터 그녀의 말을 마음에 두기 시작했어요. 마음속 느낌이 이미 달랐던 것이죠. 겉으로는 숨겨둔 패를 뒤집지 않으면서 속으로 줄곧 노부인을 관찰한 거예요. 가로로 보고 세로로 보고, 낮부터 밤중까지 온몸의 위아래, 안팎을 두루 관찰했어요. 제가 이걸 얘기하기 시작하면 몇 시간으로 모자랄 거예요. 후성이 시계를 들여다보며 물었다. 도대체 몇 시간을 얘기할 작정인가요? 타오타오가 말의 속도를 높이기 시작했다. 남편은 매일 아침을 준비하고 오후에 출근했기 때문에 상황을 이해하기가 비교적 어려웠어요. 그래서 농탕의 친구에게 부탁했지요. 자기 마누라에 대해 수상한 낌새가 보이면 곧장 알려달라고요. 며칠 후 보고가 왔지요. 일반적으로 점심시간을 전후하여 여자가 먼저 돌아오고, 십오 분쯤 지나면 계란을 파는 남자가 따라서 큰 농탕 안으로 들어와 현관문을 통과해 3층으로 올라간다고 했어요. 이 번지에는 도합 세 층이 있어 출근 시간에는 각층마다 어른 아이 할 것 없이 한 사람도 보이지 않다가 한 시간쯤 더 지나면 계란 파는 남자가 문을 밀어 열고는 고개를 숙이고 나와 천천히 농탕을 빠져나갔어요.

후성이 낙담한 표정으로 말했다. 그렇게 환장할 보고가 있다니, 정말 큰일이 났겠네요. 타오타오가 말했다. 그러게 말이에요. 남편이 공장 도제들을 세 명이나 부른데다 농탕의 친구들이 더해져 다섯 명이나 됐어요. 리스췬李士群*과 비슷했지요. 도제들에게 임무를 다 정해주고, 이날 아침 일찍 먼저 면방직 공장에 출근한 다음, 시계를 정확히 맞춰놓고 휴가를 조정하여 공장을 나왔어요. 열한시가 조금 넘어 농탕의 친구가 먼저 농탕 안에 있는 구두수선 장인의 좌판 옆에 자리를 잡고 앉았지요. 그러다가 생선 파는 여인이 퇴근하고 돌아와 자물쇠를 열고 집안으로 들어가는 걸 보았어요. 손짓을 할 필요도 없었지요. 바로 그때 다른 사람들이 거리 밖에 있는 다밍大明이라는 음식점에 들어가 앉아 요두면澆頭面**을 먹고 있었거든요. 이어서 계란 파는 남자가 여자를 따라 농탕 안으로 들어와 문을 밀어 열고 들어가는 것을 확인하자 농탕 친구가 일어나 구두수선 좌판을 벗어나 황급히 다밍으로 뛰어들어갔어요. 세 명의 도제는 돼지간 국수에 소계素鷄***를 곁들여 먹고 있었지요. 남편은 국수를 주문하지 않았어요. 입맛이 전혀 없었고 얼굴색까지 변해 있었거든요. 농탕의 친구가 남편을 향해 고개를 끄덕였어요. 남편도 고개를 끄덕이고는 담배를 비벼 끄고 일어섰어요. 어린 도제들은 그릇에 머리를 묻고 후루룩후루룩 국수를 다 먹고 나서 젓가락을 내려놓고는 다 함께 밖으로 나왔어요. 계란 파는 남자가 문안에 들어선 때부터 이때까지의 시간은 대략 이십 분 정도였어요. 앞서

* 중화민국 시기 10대 한간(漢奸) 중 한 명. 혁명에 가담하여 중국공산당원으로 활동했으나 나중에 변절하여 국민당으로 넘어갔고, 항전 시기에는 일본군에 부역했다.

** 저장성의 토속 음식.

*** 두부피를 접어 잘라 기름에 볶고, 죽순과 버섯 등을 더해 간장에 조린 요리.

거니 뒤서거니 하면서 빠른 걸음으로 농탕 안으로 들어선 사람들이 3층을 바라보니 창문에는 커튼이 쳐져 있었어요. 시계를 보니까 이십오분이었어요. 남편은 입을 한 번 씰룩이더니 도제 하나를 데리고 위층으로 쳐들어갔어요. 나머지 도제 둘은 계란 파는 남자가 지붕을 넘어 도주하는 걸 막기 위해 앞뒤 농탕을 지키고 있었지요. 정탐을 마친 농탕 친구는 이때는 오히려 귀머거리에 벙어리인 척하면서 더 관여하지 않았어요. 그저 담벼락에 몸을 기대고 서서 담배만 피우고 있었지요. 결과는 어떻게 됐을까요? 타오타오는 손으로 가슴을 가리면서 숨이 차기라도 한 듯이 한동안 말을 잇지 못했다.

순간, 후성은 마음속으로 이제 급할 것도 없고 느긋할 이유도 없다고 생각했다. 아바오가 오래 기다린다 해도 당장은 발걸음이 떨어질 것 같지 않았다. 눈앞에 있는 타오타오가 직접 겪기라도 한 것처럼 생생하게 얘기하는 것을 보면서 후성은 타오타오가 예상한 시간을 넘어 얘기를 계속 이어가기를 기다렸다. 천천히 〈서상기〉 같은 이야기에 귀기울이기로 마음먹었다. 홍랑紅娘*이 건물을 나와 계단을 걷는 것만 얘기하는 데 장장 육십 일이 걸린다 해도 크게 웃으며 들어줄 작정이었다. 후성이 말했다. 천천히 얘기해요. 계란 파는 남자가 타오타오 씨인 것도 아닌데 뭘 그렇게 긴장하고 그래요. 타오타오가 말했다. 너무 긴장되네요. 얘기할 때마다 꼭 한 번

* 중국 원나라 때의 희곡 〈서상기〉에 등장하는 시녀. 나중에는 남녀간의 사랑을 맺어주는 중매쟁이를 상징하는 이름이 되었다.

씩 긴장하게 돼요. 후성이 말했다. 남의 마누라를 농락하려면 조심하는 게 당연하지요. 타오타오가 말했다. 맞아요, 그럼 후성 씨가 자세히 얘기해봐요. 후성이 말했다. 뭘 얘기하라는 거예요? 이제는 제가 타오타오 씨 얘기를 잘 들을게요. 다 기억하고 있죠? 타오타오가 빙긋이 웃었다. 후성이 말했다. 이런 일은 타오타오 씨가 가장 생동감 넘치게 잘 얘기하는 것 같아요. 타오타오가 말했다. 생동감 넘치기로 치자면 생선 파는 여자의 남편이 일등이지요. 낮에는 농탕에 사람이 적기 때문에 사부와 도제들이 뚜벅뚜벅 계단을 올라가 와장창 방문을 부수고 쳐들어갔어요. 면방직 공장 수리공들이 힘을 다 쓸 필요도 없이 문짝과 전기 자동개폐장치가 전부 박살이 났지요. 건물 아래서 이 광경을 보고 있던 도제들의 목청이 크게 울렸어요. 작업장 안에는 기계음이 아주 크기 때문에 이들은 입을 열었다 하면 큰 소리로 말해야 했거든요. 못 도망가게 해! 지붕에 사람이 있어! 이미 봤어! 아산阿三, 그 사람 도망치게 하면 안 돼! 도망 못 치게 해! 나도 봤어. 엄청난 소음이었어요. 이번 소란은 정말 대단했지요. 공짜 연극을 보기 위해 앞뒤 농탕에서 주민들이 우르르 쏟아져나왔어요. 쌀도 다 일지 않고 음식 하다 말고 나온 아주머니도 있고 식탁 위에 그릇과 젓가락도 놓지 않은 채 뛰어나온 아주머니도 있었지요. 변기 위에 앉아 있다가 얼른 일어나 밖으로 뛰어나온 사람도 있었어요. 천 년에 한 번 있을까 말까 한 큰 일이었지요. 후성이 말했다. 변기 얘기가 재미있네요. 더 얘기해봐요. 타오타오가 말했다. 가능성이 백분의 일 정도 되는 일이에요. 주민위원회 간부도 구경하러 밖으로 뛰어나왔어요. 사방이 온통 시끌벅적한 소음으로 가득했지요. 옆집 노선생 한 분은 또다시 혁명운동이 벌어진 것이라고 생각하고는 놀라서 숨도 제대로 쉬지 못하다가 바지를 적시고 말았어요. 후성이 웃으면서 말했다. 좋아요, 양념을 더 치는 것도 나쁘지 않네요. 타오타오가 말했다. 제가 하는 말 전부가 사실이라니까요. 잠깐 숨을 돌리는 사이에 남편과 도제들이 이 이슬 맞은 원앙 두 마리를 끌고 나왔어요. 남편은 생선 파는 여자를 잡고 도제들이 계란 파는 남자를 잡아 밀고 당기면서 계단을 내려왔지요. 여자는 뒷문을 나서려 하지 않았어요. 남편이 말했죠. 멍청한 년아, 어서 가! 빨리 가자고! 주민위원회로 가잔 말이야! 생선 파는 여자는 몸을 뒤로 잔뜩 움츠렸지만 계란 파는 남자는 목을 꼿꼿하게 세웠어요. 남녀가 문을 나서는 순간, 주민들은 와하고 소리를 지르며 뒤로 세 걸음 물러섰어요. 왜 그랬을까요? 두 사람 모두 몸에 실오라기 하나 걸치지 않은 상태였어요. 방안은 어두웠지만 여자가 뒷문으로 끌려 나오면서 눈처럼 하얀 몸이 그대로 드러났지요. 사람들은 눈이 부셔 눈을 제대로 뜨지 못했어요. 여자는 계속 몸을 움츠린 채 끌려 나와 무릎을 꿇고 앉았지요. 남편이 말했어요. 어서 가! 더러운 짓을 해서 사람들 볼 면목도 없는 년아! 가서 속시원하게 다 얘기하라고! 어서! 남편이 힘껏 잡아당기자 여자가 앞으로 두 걸음 나아갔지만 두 손으로 위아래를 단단히 가리면서 움직이려 하지 않았어요. 계란 파는 남자가 뒷문으로 끌려나오다가 발을 헛디뎌 넘어지자 주변에 있던 나이 든 아주머니들과 젊은 새댁들이 갑자기 뒤로 한 걸음 물러서면서 고소하다는 듯이 키득키득 웃어댔어요. 도제 하나가 말했지요. 이

년아, 움직이지 못하겠어? 일어서! 나이든 주민위원회 아주머니가 재빨리 옷을 하나 벗어 여자의 몸을 가려주고는 큰 소리로 말했어요. 모두 움직이지 마요. 돌아가서 냉정하게 문제를 해결하도록 합시다. 어서들 돌아가세요. 내 말 안 들려요? 바로 그때, 남편이 고개를 돌려 갑자기 도제들을 밀치고 계란 파는 남자를 향해 달려들더니 두 손으로 남자의 배꼽 아래 있는 물건을 세게 움켜쥐고는 있는 힘껏 누르고 억지로 꺾었어요. 계란 파는 남자는 극도의 통증을 이기지 못해 살려달라고 큰 소리로 외쳤지요. 그제야 모두들 계란 파는 남자의 물건이 정말 보기 드문 보물이라는 사실을 알게 되었어요. 건물 위층에서 붙잡혀 뒷문 입구까지 끌려내려올 때까지 원래의 모습이 변하지 않고 탱탱하게 부풀어 있는 것이 순금의 가치와 맞먹었기 때문이지요. 용기와 지모를 갖춘 물건이 하늘을 향해 마구 떨리고 있었어요. 남편이 물건을 꽉 쥐고서 사탕수수를 꺾듯이, 무를 꺾듯이 억지로 꺾었어요. 그러면서 말했지요. 해봐! 지금 당장 해보라고! 어디 시원하게 해보라니까! 그래, 해봐! 해! 계란 파는 남자는 큰 소리로 비명을 질러댔지요. 때마침 지역경찰이 달려와 있는 힘을 다해 사람들을 말리면서 소리쳤어요. 이봐요, 어허, 좀 교양 있게 행동합시다. 비켜요, 다들 좀 물러서라고요.

후성이 말했다. 그 원앙 한쌍이 너무 불쌍하네요. 타오타오가 말했다. 남편이 정말 화가 났어요. 후성이 말했다. 옷도 못 입은 마누라를 끌고 문을 나서다니, 체면과 의미를 동시에 생각해야 하는데 말이에요. 타오타오가 물었다. 상하이 사람들이 마누라한테 잘한다는데, 어떤 부분에서 잘한다는 건가요? 후성이 말했다. 프랑스 남자들은 마누라가 바람을 피우는 걸 적발하면 일반적으로 집 안에 가둬두지요. 타오타오가 웃으면서 말했다. 아주 영리하고 원만한 방법이군요. 메이루이도 프랑스 남자들이 가장 영리한 부분이란 연인으로서는 이 세상에서 가장 훌륭하지만 남편으로서는 가장 형편없는 것이라고 말한 적이 있어요. 그런데 말이에요. 후성이 물었다. 그런데 뭐요? 타오타오가 목소리를 낮추며 말했다. 프랑스 남자들의 눈에는 세상 여자들이 전부 쉽게 꼬여낼 수 있는 상대로 보이나봐요. 인내심을 갖고 기다리기만 하면 되는 줄 아나보네요. 후성이 말했다. 가장 중요한 단계에서는 자질을 봐야겠지요. 타오타오가 말했다. 맞아요, 그럴 거예요. 저급한 소시민들은 온갖 악행과 추태를 보이면서 욕설과 폭행을 일삼으니 그런 심정을 충분히 이해할 수 있을 것 같네요. 후성이 말했다. 이 남편은 자신이 용감하다고 생각하겠지만 사실은 가장 속이 좁고 비열한 사람이에요. 아내에게 옷 입을 틈도 주지 않았다는 것은 제 손으로 옷을 벗긴 것이나 마찬가지거든요. 그런 사람이 무슨 체면이 있다고 화를 내겠어요. 타오타오가 말했다. 정말 창피한 일이지요. 후성이 말했다. 하느님은 아시겠지요. 타오타오가 말했다. 예수나 옥황상제 말이에요. 후성이 말했다. 옛날에 한 농촌 여자가 있었어요. 부정한 짓을 하다 걸리자 수많은 군중이 달려들어 그녀의 목숨을 빼앗으려 했지요. 그러자 예수가 말했어요. 너희 중에 죄가 없는 사람이 있거든 먼저 이 여자를 돌로 쳐라. 그러자 다들 아무 말도 하지 못하고 그녀를 공격하지도 못했지요. 그렇게 집으로 돌아가 쌀을 일어 밥을 하거나 잠을 잤어요. 타오타오가 말했다. 예수의 수완이 놀랍군요. 후성이 말했다. 예수의 눈에는 천하에 선한 사람이 하나도 없었던 것이지요. 머릿속으로 부정한 생각을 한 것도 실제로 부정을 저지른 것이나 마찬가지니까요. 이게 무슨 뜻이냐 하면, 일찌감치 집에 돌아가 밥이나 해 먹고 변기 위에 앉아 일이나 보라는 거예요. 타오타오가 말했다. 예수의 말이 맞아요. 앞으로 그런 잔인한 일을 맞닥뜨리게 되면 저는 집에 돌아가 잠이나 잘 거예요. 후성이 시계를 들여다보며 말했다. 자, 저는 이만 가볼게요. 타오타오가 말했다. 얘기나 좀더 나누다 가지 그래요. 후성이 웃으면서 말했다. 이미 충분해요. 사탕수수도 있고 무도 있고 기름에 간장에 온갖 양념을 다 뿌렸는데 아직도 부족하겠어요? 타오타오가 말했다. 정말 그렇군요.

이날 밤, 후성이 카페에 들어가보니 아바오 옆에 메이루이의 동료 미스 왕이 다소곳한 자세로 앉아 있었다. 또다른 미녀는 이름이 리리李李였다. 키가 크고 늘씬한 몸매의 소유자인 그녀는 맑은 눈동자로 곁눈질을 아주 잘했다. 미스 왕이 말했다. 후 선생님, 말씀 많이 들었어요. 소개할게요. 이쪽은 제 친구 리리예요. 최근에 음식점을 하나 열었지요. 신구新舊 양방향으로 영업을 유지하고 싶어요. 접대에 빈틈없이 철저를 기하면서 후 선생님과 좋은 관계를 이어가고 싶네요. 후성이 주머니를 더듬어 명함을 꺼내며 말했다. 최대한 도와드리겠습니다. 리리가 말했다. 후 선생님, 많이 보살펴주세요. 후성이 말했다. 억양을 들으니 미스 리는 북방분이신 것 같군요. 리리가 말했다. 네, 그래요. 이전에는 선전深圳에서 일했고 상하이로 온 지는 몇 년 안 됐어요. 미스 왕이 말했다. 리리는 패션쇼 모델로 일하면서 연해 대도시를 무대로 활동했기 때문에 시장을 잘 알고 있어요. 리리가 가볍게 웃으며 눈길을 던졌다. 아바오는 리리가 뼛속까지 수려하고 마음이 떨릴 정도로 아름답다고 생각했다. 리리가 말했다. 오빠 두 분을 알게 돼서 무척 기뻐요. 앞으로 이 가게는 여러분 모두의 음식점이 될 거예요. 오빠 언니들과 부인, 동생들까지 자주 찾아주세요. 네 사람은 한 시간쯤 얘기를 나누다가 미스 왕과 리리가 먼저 작별인사를 하고 자리를 떴다. 분위기가 조용해졌다. 아바오가 커피를 한 모금 마시면서 물었다. 후성은 생각이 어때? 후성이 말했다. 하루종일 바쁘게 일했더니 머리가 어지럽고 눈앞이 가물가물하군. 아바오가 말했다. 리리를 보니까 예전에 샤오마오小毛의 이웃이었던 따메이메이大妹妹가 생각나더군. 후성이 웃으면서 말했다. 좀 닮긴 한 것 같네. 아바오가 물었다. 바이핑에게서 편지는 오고 있지? 후성이 말했다. 아주 드물게 오지. 아바오가 커피잔을 내려놓고 탄식하듯 말했다. 따메이메이와 샤오마오를 본 지 꽤 여러 해가 지났군. 세월이 정말 빠른 것 같아. 후성은 아무 말도 하지 않았다.

# 일장

## 일

아바오가 열 살일 때, 이웃에 사는 베이디蓓蒂는 여섯 살이었다. 두 아이는 3층으로 보이도록 만들어진 다락방을 통해 지붕으로 올라갔다. 기왓장이 뜨끈뜨끈했다. 지붕에서는 루완구盧灣區의 절반이 눈에 들어왔다. 앞에는 상산로香山路가 펼쳐졌고 동쪽에는 푸싱復興공원이 보였다. 동쪽에서 약간 북쪽으로 치우친 지점에는 할아버지의 단독 양옥집 일부가 보였다. 서쪽에서 뒤로 가면 가오란로皐蘭路의 니콜라스 동방정교 교회당이 있었다. 1930년대에 러시아 화교들이 지은 건물로, 전해지는 바에 의하면 소비에트가 처형한 차르, 니콜라이 2세를 기념하기 위한 것이라고 했다. 천둥번개가 칠 때는 음산하고 무섭지만 햇빛 아래서는 무척이나 아름다운 풍경이었다. 베이디가 아바오를 자기 옆으로 끌어당겨 작은 몸을 기댔다. 머리칼이 춤추듯 휘날렸다. 동남풍이 가볍게 불면서 황푸강의 뱃고동이 들려왔다. 호른이 웅웅대는 것 같은 웅장한 소리가 어린애들의 가슴을 어루만져주었다. 아바오가 베이디에게 말했다. 베이디야, 착하지, 그만 내려가자. 사오싱 할멈이 지붕 위에 올라오면 안 된다고 했잖아. 베이디가 아바오를 잡아끌며 말했다. 조금만 더 구경하고. 사오싱 할멈이 제일 나빠! 아바오가 말했다. 그래 맞아. 베이디가 말했다. 나는 말을 아주 잘 듣잖아. 아바오가 베이디의 머리를 쓰다듬으면서 말했다. 내려가자. 피아노 치러 가야지. 베이디가 말했다. 알았어. 이때의 대화는 아바오에게 영원히 기억되었다.

이곳은 아바오 부모가 해방 전에 세 들어 살던 집이다. 베이디는 아래층에 살고 있었다. 똑같이 방 세 칸짜리 집이었고 큰방에 피아노가 놓여 있었다. 가정부인 사오싱 할멈은 오랫동안 채식을 해왔다. 음식 솜씨가 좋다보니 기름 솥 앞에서도 간을 볼 필요가 없었다. 할멈은 베이디를 무척 예뻐했다. 베이디가 기분이 안 좋을 때마다 할멈은 이야기를 하나씩 들려주겠다고 했다. 베이디가 말했다. 듣고 싶지 않아. 안 들을래. 할멈이 말했다. 아주 옛날에 나리 한 분이 살았어. 베이디가 말했다. 또 나리야. 할멈이 말했다. 나리가 방심하는 사이에 나쁜 사람이 와서 그의 심장을 훔쳐갔지. 그런데 나리는 그런 사실을 전혀 모른 채 시장의 큰길을 지나가다가 한 노파가 채소를 팔고 있는 걸 보게 된 거야. 베이디가 웃으면서 이야기를 가로챘다. 나리가 멈춰 서서 어떤 채소들이 있는지 물었겠지. 그러자 노파가 대답했어. 나리, 이 지역에서 나는 온갖 채소가 다 있습니다. 다시 할멈이 이야기를 이어갔다. 나리가 물었어. 이건 무슨 채소요? 노파가 말했지. 무심채無心菜*예요. 나리가 다시 물었어. 그게 대체 무슨 말이오? 채소에 심장이 없다니 그럼 어떻게 살 수 있단 말이오? 노파가 말했지. 나리께서는 잘 모르시는군요. 채소는 심장이 없어도 살 수 있지만 사람은 심장이 없으면 바로 죽게 됩니다. 그 말을 들은 나리는 갑자기 명치끝이 아파오더니 입과 코, 귀, 눈 등 일곱 개의 구멍에서 피가 흘러나왔어. 변발辮髮도 위로 치켜올라갔지. 베이디가 귀를 막으면서 말했다. 알아, 예전에 다 들었던 얘기잖아. 할멈이 말했다. 착한 아가씨가 왜 온갖 물건들을 변기통에 집어넣는 거야. 베이디는 아무 말도 하지 않았다. 할멈이 말했다. 엄마가 사주신 서양 인형을 변기통에 집어넣는 바람에 '미전공米田共'**이 잔뜩 묻은 걸 끄집어냈잖니. 베이디는 아무 말도 하지 않았다. 할멈이 말했다. 피아노는 아주 잘 치니까 다른 일도 잘해야지. 마음도 올바르게 가져야 하고. 베이디는 아무 말도 하지 않았다. 저녁을 먹고 난 뒤에는 항상 베이디의 피아노 소리가 위층까지 들려왔다. 때로는 피아노 소리가 갑자기 그치고 베이디의 울음소리가 들리기도 했다. 아바오 엄마가 말했다. 아래층 시골 노파는 성격이 정말 안 좋은 것 같아요. 아바오 아빠가 말했다. 시골과 도시를 구별하지 마요. 아직도 계급 사상이 남아 있는 모양이구려. 아바오 엄마가 말했다. 여자애들은 어려서부

* 줄기 속이 빈 채소. '심'자에 심장이라는 뜻도 있다.

** 대변을 의미하는 '분(糞)'자를 분해해 돌려 말하는 표현.

터 좋은 습관을 가져야 해요. 특히 상하이에서는 더 그렇단 말이에요. 아바오 아빠는 아무 말도 하지 않았다. 아바오 엄마가 말을 이었다. 사오싱 할멈이 뭘 알겠어요. 안인지 밖인지도 모르고 섬세한 것과 거친 것도 구별하지 못해 모든 일을 똑같이 처리한다니까요. 아바오 아빠가 말했다. 지금이 구舊사회인 줄 알아요? 아직도 위층은 몸종, 아래층은 발 큰 아주머니*라는 생각을 갖고 있게! 아바오 엄마는 아무 말도 하지 않았다. 아바오 아빠가 말했다. 구사회에 있었던 일은 입에 올리지도 마요.

어느 날 베이디의 아빠가 연구소에서 토끼를 한 마리 가지고 왔다. 베이디는 몹시 신이 났지만 사오싱 할멈은 그다지 달갑지 않았다. 공급 부족으로 채소가 갈수록 사기 어려워졌기 때문이다. 할멈은 토끼를 집안에 들이지 못하게 했다. 작은 화단에 있는 풀만 먹게 한 것이다. 일요일이면 베이디는 광주리에서 채소 이파리를 몰래 가져다가 토끼에게 먹였다. 베이디가 토끼에게 말했다. 토끼야, 어서 먹어, 빨리 먹어야 해. 할멈이 곧 쫓아온단 말이야. 신통하게도 토끼는 재빨리 채소를 먹어치웠다. 할멈이 쫓아와도 항상 다 먹은 뒤였다. 나중에는 토끼가 진흙바닥에 구멍을 파자 베이디가 솎아낸 채소를 두 손에 받쳐들고 와서는 구멍 입구에 깔아주면서 말했다. 토끼야, 얼른 먹어. 할멈이 곧 온단 말이야. 하루는 할멈이 씩씩거리며 말했다. 베이디야, 토끼가 매일 먹는 채소가 얼마인지 이 할멈이 다 세고 있어. 할멈은 채소 잎을 빼앗고는 베이디를 부엌으로

* 전족을 하지 않은 천민 여성을 의미한다.

기와는 따뜻했다. 황푸강을 오가는 배들의 기적소리가 들렸다.

끌고 갔다. 그러자 베이디는 울음을 터뜨렸다. 하지만 밥을 먹을 때 채소를 할멈의 밥그릇에 골라내는 것 말고는 다른 방법이 없었다. 할멈이 말했다. 채소를 먹어야지 이가 하얘지는 법이야. 베이디가 말했다. 하얘지기 싫어. 할멈은 아무 말도 하지 않고 채소 줄기만 먹고 이파리는 베이디의 밥그릇 위에 꾹 눌러주었지만 베이디는 여전히 울음을 그치지 않았다. 할멈이 말했다. 할멈이 죽어서 몸이 뻣뻣하게 굳으면 그때 실컷 울기로 하고 어서 먹어. 베이디는 울면서 밥을 먹었다. 아바오가 말했다. 베이디야, 할멈도 토끼야. 베이디가 물었다. 어째서? 아바오가 말했다. 할멈도 토끼처럼 채소만 먹잖아. 베이디가 말했다. 할멈은 나빠. 할멈이 말했다. 난 베이디가 좋은데. 베이디가 말했다. 어제 할멈이 먹은 채소 바오즈는 엄마가 사온 건데 나중에 할멈이 목구멍에 손가락을 집어넣어 전부 토해냈잖아. 할멈이 말했다. 그래, 맞아, 내가 나이를 먹으니 코가 영 시원찮아졌구나. 먹고 나서야 바오즈 소에 돼지기름이 들어 있다는 걸 알아챘으니 말이야. 정말 못 견디겠더라고. 베이디가 말했다. 나는 너무너무 즐거웠는데. 할멈이 말했다. 베이디는 착해. 난 이제 쓸모없어졌어. 곧 죽게 될 거야. 베이디가 말했다. 할멈은 어째서 채소만 먹는 거야. 할멈이 말했다. 오래전에 내가 딸을 키우고 있을 때 점쟁이가 그랬어. 딸과 나의 운명이 상극이라고 말이야. 나는 호랑이띠, 딸아이는 용띠라서 서로 살이 끼어 싸울 수밖에 없다는 거야. 그래서 그때부터 채식을 하고 덕행을 쌓기로 했지. 그런데 그렇게 해도 딸아이가 세상을 등지리라고는 미처 생각하지 못했구나. 아바오가 베이디의 머리를 쓰다듬었다. 할멈이 말했다. 에휴, 채식을 해도 사람을 해치게 되다니, 옛날에 비간比干* 나리가 커다란 백마를 타고 채소시장에 가서 몇 바퀴 돌았었지. 베이디가 웃었다. 할멈이 말했다. 채소를 팔고 있는 어멈을 발견한 나리가 물었어. 어멈, 어떤 채소들이 있소? 어멈이 말했지. 세상에는 유심채有心菜와 무심채 두 가지 채소가 있습니다. 나리가 웃자 어멈이 말했단다. 저는 채소 장사를 하면서 양배추는 '폐엽閉葉'이라고 하고 배추는 '과심裹心' 혹은 '상청常青'이라고 부르지요. 속칭 '수침화水浸花'라고 부르기도 합니다. 나리는 고삐를 바짝 틀어쥐고 아무 말도 하지 않았어. 그러자 어멈이 말했지. 콩 싹이나 자주개자리, 아욱 같은 채소는 무심채인 셈이지요. 나리가 그런 얘기는 들어본 적이 없다고 하자 어멈이 말했어. 공심채空心菜라는 채소가 있습니다. 그게 바로 옹채蕹菜예요. 이제 아시겠지요. 나리가 아무 말도 하지 않자 어멈이 말했어. 몸집이 큰 이 백마는 발굽이 밥그릇보다 크군요. 말에게 무슨 채소를 먹고 싶은지 물어보세요. 나리가 백마를 손으로 툭툭 치면서 말했어. 그래, 넌 뭘 먹고 싶으냐. 이때 베이디가 나서서 말했다. 말은 홍당무를 먹잖아. 솎아낸 채소도 먹고. 할멈은 웃으면서 손으로 채소를 고르고 있었다. 연탄을 때는 부엌의 부뚜막 옆 바닥은 흑백 바둑판 무늬였다. 그 위에 놓인 광주리에 미타개채彌陀芥菜**가 절반 정도 담겨 있었다. 할멈은 홍소紅燒*** 채소볶음을 할 생각이었다. 아바오

* 『봉신연의』의 등장인물. 상나라 주왕의 숙부로 요괴들에게 심장이 파여 죽는다.

** 채소 갓의 일종.

*** 고기나 생선 등에 기름과 설탕을 넣어 살짝 볶은 다음, 간장을 넣고 다시 익혀 검붉은색이 되게 하는 중국 요리법.

가 물었다. 미타개채는 무심채인가요? 할멈이 웃으면서 말했다. 비간 나리는 미타개채라는 말을 듣자마자 갑자기 가슴을 움켜쥐고는 붉은 피를 토했대. 핏방울이 백마 등에 떨어지고 나리는 말에서 땅바닥으로 떨어져 숨이 끊어지고 말았지. 베이디가 물었다. 토끼도 숨이 끊어져? 할멈이 말했다. 그럼, 그럴 수 있지. 베이디가 말했다. 화원에 있는 풀은 다 먹었어. 할멈이 베이디를 꽉 끌어안으면서 말했다. 착한 우리 베이디, 지금은 토끼에게 신경쓸 때가 아니야. 사람은 자기 가족을 먼저 챙겨야 한다고. 누구보다도 식구들이 먹을 것이 있어야 한단 말이다. 베이디가 또 울기 시작했다. 할멈은 아무 말도 하지 않았다. 근처에서 차 한 대가 지나가는 소리도 듣지 못했다. 할멈이 베이디를 토닥이면서 말했다. 이 채소 모종 같은 아이가 이제 보니 아주 조금 큰 것 같네. 착하지, 베이디. 아이, 착해. 얼른 눈을 감아. 베이디는 아무 말도 하지 않고 눈을 꼭 감았다. 할멈이 말했다. 아주 옛날에 나리 한 분이 살았지. 원래 이름은 공야장公冶長인데, 아주 게으른 사람이었어. 아무것도 할 줄 몰랐지만 새 우는 소리는 알아들을 수 있었지. 하루는 두루미 한 마리가 푸른 소나무 위로 날아와서는 나리에게 공야장, 공야장 하고 말을 했어. 나리가 문 앞에 나가 무슨 일이냐고 물었지. 두루미가 말했어. 남산 꼭대기에 양이 한 마리 있으니 나리가 고기를 먹고 제가 내장을 먹도록 해요. 나리는 신바람이 나서 남산 위에 올라가 양고기를 몇 그릇이나 먹으면서 두루미에게는 조금도 나눠주지 않았지. 그러던 어느 날 종달새 한 마리가 날아와 갈대 위에 내려앉으며 공야장, 공야장 하고 말했어. 나리가 문밖에 다가가 물었지. 공야장, 공야장. 무슨 일로 날 찾는 게냐. 종달새가 말했어. 북산 꼭대기에 양이 한 마리 있으니 나리가 고기를 먹고 제가 내장을 먹도록 해요. 나리는 또 몹시 기뻐하면서 북산 꼭대기로 뛰어갔지. 하지만 양고기의 절반을 가지고 오면서 종달새에게는 한 조각도 나눠주지 않았어. 어느 날, 사오싱 할멈은 얘기를 하면서 계속 베이디를 토닥였다. 베이디는 몸을 움직이지 않는가 싶더니 작은 손이 아래로 미끄러져내렸다. 쓰난로思南路에는 어떤 소리도 들리지 않았다. 할멈은 다섯번째 이야기를 이어가고 있었다. 봉황이 오동나무 위에 내려앉았을 때쯤 베이디는 이미 잠들어 있었다. 할멈은 이야기를 할 때 습관적으로 돌아가면서 얘기를 이어나갔다. 할멈의 얘기를 듣다보니 아바오 자신도 모르게 몸이 가벼워졌다. 시간도 느려지는 것 같았다.

## 이

후성의 집은 마오밍로茂名路에 있는 양옥이었다. 공군 간부인 부모님은 사회의 새로운 문물인 사립 초등학교에 적극적인 모습을 보이면서 후성을 등록시켰다. 때문에 후성이 육 년 동안 초등학교에 공부하러 다닌 장소는 푸싱중로復興中路의 통간統間*과 루이진로瑞金路 석고문의 객당客堂, 마오밍난로茂名南路의 양옥 객청客廳, 창러

* 칸막이 없이 커다란 공간이 하나로 넓게 뚫려 있는 건축양식.

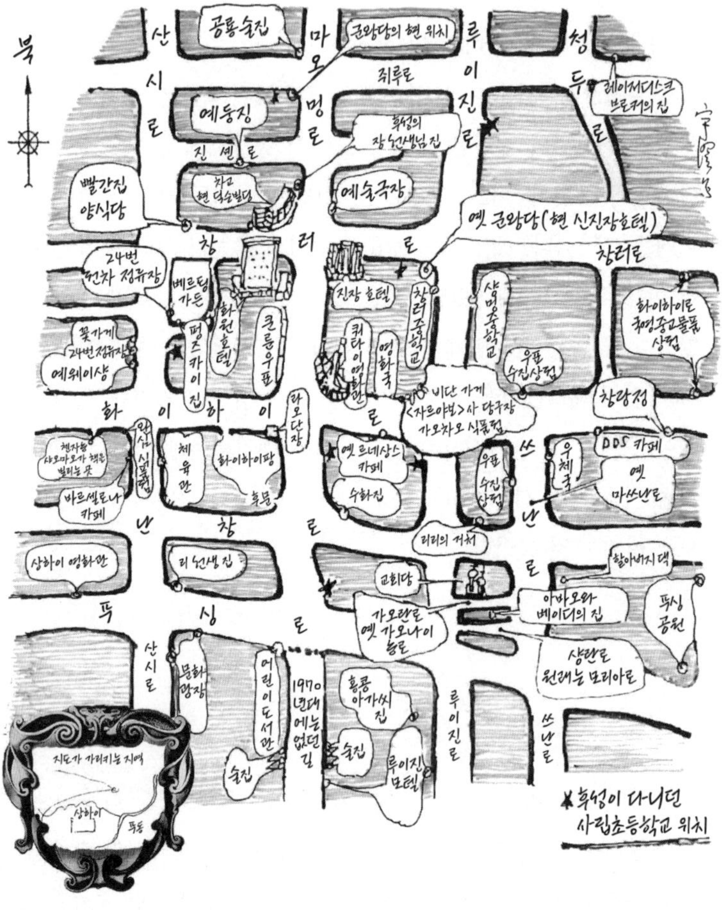

누군가의 기억에 의지하여 그린 지도로 1960년부터 2000년 사이의 상하이 루완구의 국부를 나타내고 있다. 조계지 시절의 지명 및 기타 사실들을 담고 있다. 2011년에 루완구는 황푸구와 합병되어 그 명칭은 이미 역사가 되어버렸다.

로長樂路의 곁채, 창러춘長樂邨 주민위원회 창고, 난창로南昌路 양옥 골목의 차고, 중국 탁구의 요람인 쥐루로巨鹿路 제1초등학교 맞은편의 고풍스러운 골목 뒤쪽 등에 두루 분포되어 있었다. 이 구역은 아바오의 활동 범위에서 가까웠지만 두 사람은 서로 전혀 알지 못했다. 학기마다 후성은 여러 군데로 돌아다니면서 수업을 듣고, 선생님을 바꿔가면서 국어와 수학 수업을 들어야 했다. 또한 습관적으로 크고 작은 골목들을 드나들면서 체조를 하고 달리기를 했다. 1950년대는 취학 열기가 최절정에 이르렀던 시기라 글깨나 아는 상하이 여성들 가운데 분필로 글을 쓸 수 있고 노래와 춤을 좋아하거나 풍금을 칠 줄 아는 이들은 대부분 민간 교사로 나섰다. 이른 나이에 할머니가 된 여자나 나이든 아주머니, 장 씨 부인, 리 씨 부인, 젊은 엄마 할 것 없이 다양한 신분의 여성들이 적극적으로 교육을 지원했고, 심지어 가정집을 교육 공간으로 제공하기도 했다. 그중 장張 선생님이라는 사람이 있었다. 항상 꽃무늬 치파오 차림에 앞가슴에는 무늬와 색깔이 화려한 손수건을 꽂고 온몸에 향수를 뿌리고 다녔다. 이곳은 루이진로의 여자 집주인이 자기 집 객당을 수업 공간으로 내놓은 곳으로, 흐린 날이면 비용을 아끼느라 전등을 켜지 않아 실내가 몹시 어두웠다. 천정天井* 안팎에서는 누군가 석탄 화로를 피우느라 파닥파닥 소리를 내면서 부들부채를 부쳤고, 위층에서 물이 새 천장 틈새로 물방울이 떨어지면 세 사람에 하나씩 우산을 들고 있게 했다. 마치 장러핑張樂平**이 그린 〈삼모

---

* 안채와 곁채 사이의 작은 마당.

독서도三毛讀書圖〉의 풍경 같았다. 후성은 전혀 이상하게 여기지 않았다. 초등학교란 그래야 한다고 생각했다. 통상적으로 3교시까지 수업을 하면 슬슬 부엌에서 밥 짓는 기름 솥 냄새가 풍겨나왔다. 그러면 장 선생님은 분필을 내려놓고 몸을 돌려 교실 밖으로 나가 옆방 아주머니와 이야기를 나누었다. 그리고 항상 기름에 지진 갈치 한 조각이나 기름에 흠뻑 젖은 오향소계五香素鷄***를 한 점 집어 들고 들어와 먹으면서 계속 애들을 가르쳤다. 공부하는 태도가 안 좋은 학생은 교실에 남았다가 장 선생님 집으로 따라가서는 바로 뒤쪽 곁채에서 계속 글씨를 썼다. 한번은 후성이 날이 어두워질 때까지 글씨를 쓰고 있었다. 그런 사실을 깜빡 잊고 있던 장 선생님이 들어와 후성의 귀를 잡아당기면서 말했다. 이 녀석, 얼른 집에 가서 밥부터 먹어. 앞으로는 수업시간에 말 잘 들어야 해. 알았지? 한번은 황매천黃梅天****에 후성이 뒤쪽 곁채로 따라 들어갔더니 장 선생님이 옷을 다 벗고 팔 없는 속옷과 삼각팬티만 입은 채 둥글부채를 하나 꺼내 몸 전체에 바람이 가도록 위아래로 부치고 있었다. 같은 반 남학생 하나가 말했다. 장 선생님은 솜털이 정말 조밀하더라고. 여학생 하나가 말했다. 너무 더운 날 생소한 글자 몇 개를 쓰고 있었는데 장 선생님이 대야에 물을 떠 와서는 내 옆에 서서 몸을 닦는 거야. 장 선생님이 말했어. 뭘 봐! 뭘 보냐고? 얼른 쓰기

** 중화민국 시기의 유명 만화가.

*** 두부피가 주재료인 상하이 토속 음식.

**** 중국 양쯔강 중하류 지역에 매년 6, 7월에 찾아오는 우기를 말한다. 이 시기에 매실이 익기 때문에 이런 이름이 붙었다.

나 해. 2학년이 되면서 후성은 창러로에 있는 옛날식 농탕으로 옮겨 공부했다. 한번은 쉬徐 선생님을 따라가 벌로 글씨를 쓰게 되었다. 쉬 선생님은 방으로 들어가자마자 먼저 옷부터 갈아입더니 큰 장롱을 열어놓고 머리를 빗고, 라디오를 들으면서 말린 매실을 먹다가 나중에는 발톱까지 깎았다. 후성은 황혼 무렵까지 글씨를 쓰고 있었다. 옆방에 있던 쉬 선생님이 들어와서는 후성이 쓴 글씨를 확인했다. 고개를 든 후성은 쉬 선생님 옆에 남자가 아주 가까이 붙어서는 머리를 쭉 내밀고서 그녀를 쳐다보고 있는 것을 발견했다. 쉬 선생님은 이미 안경도 벗은 상태였다. 사방으로 향기가 번지고 있었다. 쉬 선생님은 복숭아와 옥수수가 아로새겨진 주름 잡힌 봄 잠옷 차림이었다. 입술에 립스틱도 칠하고 얼굴에는 연하게 분까지 발라 전혀 다른 사람의 얼굴을 하고 있었다. 쉬 선생님이 후성의 머리를 어루만지면서 말했다. 이제 그만 돌아가도록 해. 큰길 건널 때 조심하고. 후성이 필통을 닫고 책가방을 잡아당기면서 말했다. 쉬 선생님, 안녕히 계세요. 인사를 하는 순간, 그는 남자가 손을 내밀어 쉬 선생님의 엉덩이를 움켜쥐는 모습을 보았다. 쉬 선생님이 몸을 비틀고 아양을 떨면서 말했다. 뭐하는 거예요. 내 학생 앞에서는 훌륭한 선생님이 되어야 한단 말이에요. 후성의 기억으로는 란신蘭心대극장(예술극장)의 매표소 맞은편 농탕에 살던 왕王 선생님만 항상 소박한 인민복 차림이었다. 그녀는 집으로 돌아가서도 여전히 똑같은 복장이었다. 항상 새하얀 블라우스를 단정하게 갖춰 입고 후성의 맞은편에 앉아 그가 한 획 한 획 제목을 써내려가는 것을 보고는 냉수를 한 컵 따라주기도 했다. 왕 선생님이 말했다. 지금 열심히 공부하지 않으면 나중에 혁명 사업에 참여할 수 없어. 착한 아이는 절대 도망병이 되어선 안 되는 법이야.

3학년 1학기가 되자 후성은 마오밍난로에 가서 수업을 받았다. 독립된 별장식 건물의 대청에는 서양식 사슴뿔 모양의 커다란 샹들리에가 매달려 있었다. 쑹宋 선생님은 상하이 사람으로, 막 북방에서 이사온 참이었다. 한번은 방과후 쑹 선생님이 후성을 잡아끌고는 난창로를 향해 가더니 루이진로를 지나 쓰난로에서 모퉁이를 돌았다. 쑹 선생님이 말했다. 반에서 친구들이 후성이를 '뻰질이 선생'이라고 부르던데 그게 무슨 뜻이니? 후성은 아무 말도 하지 않았다. 쑹 선생님이 말했다. 어서 말해봐. 후성이 말했다. 잘 모르겠어요. 쑹 선생님이 말했다. 상하이 사람들의 호칭은 선생님도 정말 잘 모르겠더구나. 후성이 말했다. 싸움에서 진 귀뚜라미를 상하이 사람들은 '뻰질이 선생'이라고 불러요. 쑹 선생님은 아무 말도 하지 않았다. 후성이 말했다. 그런 귀뚜라미는 일반적으로 두번째 싸움에서도 지게 되지요. 쑹 선생님이 말했다. 후성 학생, 그러니까 그 말뜻은 더이상 고군분투하려 하지 않는다는 거로군. 후성이 말했다. 네. 쑹 선생님이 말했다. 아주 듣기 싫은 호칭이네. 후성이 말했다. 황黃 선생님이 붙여준 거예요. 쑹 선생님이 말했다. 황 선생 아버지는 매년 이렇게 작은 곤충들을 키워 전문적으로 도박을 하시지. 들리는 소문에 의하면 파출소에 이미 이름이 올라가 있다고 하더구나. 후성은 아무 말도 하지 않았다. 쑹 선생님이 말했다. 그렇게 아무렇게나 학생들에게 별명을 지어주는 건 정말 해서는 안 될 일이야. 후성이 말했다. 저는 괜찮아요. 쑹 선생님이 물었다.

후성 학생 자신도 그런 마음을 갖고 있는 거야? 겁이 많아 기꺼이 실패를 인정하고 작은 벌레가 되고 싶은 거야? 후성이 대답했다. 네. 쑹 선생님이 물었다. 부끄럽다는 생각 안 들어? 후성이 대답했다. 네. 쑹 선생님이 말했다. 나는 부끄러울 것 같은데. 후성이 말했다. 전 아무렇지도 않아요. 쑹 선생님이 물었다. 시험에 빨간불이 켜지고 공부를 게을리하게 되는데도 전혀 괴롭지 않다는 말이니? 후성은 아무 말도 하지 않았다. 쑹 선생님이 말했다. 실패를 두려워하지 말고 용감해져야 해. 후성은 아무 말도 하지 않았다. 쑹 선생님이 말했다. 선생님한테 약속하렴. 후성은 아무 말도 하지 않았다. 쑹 선생님이 말했다. 어서 말해봐. 후성이 말했다. 귀뚜라미가 아무리 용감하고 이빨이 날카롭다 해도 끝까지 싸우면 지고 말지요. 죽는 거예요. 사람도 마찬가지고요. 쑹 선생님이 한숨을 내쉬면서 말했다. 아직 나이도 어린 녀석이 정말 대단하구나. 선생님을 기가 막혀 죽게 할 생각이니? 그런 거야? 쑹 선생님이 후성을 잡아끌면서 말했다. 열심히 공부해야 해. 알았지? 후성이 말했다. 네. 두 사람은 더이상 입을 열지 않고 쓰난로로 향했다. 거리는 짙은 나무 그늘에 뒤덮여 있고 행인은 거의 없었다. 바람도 무척 시원했다. 그러고 나서 맞은편에서 걸어오는 아바오와 베이디를 맞닥뜨렸다. 이것이 바로 세 사람의 첫 만남이었다. 당시 아바오는 6학년이었고 베이디는 초등학교 1학년이었다. 아바오가 쑹 선생님에게 인사를 건네며 말했다. 고모! 쑹 선생님이 말했다. 수업 끝났구나! 아바오가 고개를 끄덕이며 베이디를 소개했다. 얘는 우리 옆집에 사는 베이디예요. 쑹 선생님이 물었다. 나랑 같이 쓰난로로 할아버지를 뵈러 가지 않을래? 아바오가 말했다. 안 갈래요. 쑹 선생님이 말했다. 잠깐 앉아만 있다 오면 돼. 아바오는 아무 말도 하지 않았다. 쑹 선생님이 말했다. 얘는 내 학생인 후성이야. 쑹 선생님이 후성을 잡아끌었다. 두 사람은 서로를 한 번 쓱 쳐다보고는 '구口'자 모양으로 세 칸의 큰 방이 있는 쓰난로의 대저택 안으로 들어갔다. 저택 차고에는 검은색 오스틴 승용차가 한 대 주차되어 있었다. 이 저택에서는 삼대가 한데 모여 살고 있었다. 아바오의 할아버지와 큰아버지, 삼촌, 그리고 새로 이사해 들어온 고모, 즉 쑹 선생님이었다. 그녀는 남편 황허리黃和理를 따라 상하이로 돌아와 잠시 이 저택 2층에 거주하고 있었다. 모두가 객청으로 들어섰다. 계단에는 소년 소녀 서너 명이 경계하는 듯한 차가운 눈빛으로 이들을 내려다보고 있었다. 놀란 눈빛으로 아무 말도 하지 않았다. 아바오는 할아버지와 얘기를 몇 마디 나누었다. 베이디가 후성에게 물었다. 나는 나비를 좋아하는데, 후성은 뭘 좋아해? 후성이 말했다. 나는 말이야, 글쎄, 생각이 안 나네. 이어서 쑹 선생님이 후성을 데리고 화원 옆에 있는 가사도우미들 방으로 들어갔다. 그 안에는 팔선상과 등받이가 없는 걸상이 놓여 있었다. 후성이 글씨를 쓰기 시작했다. 얼마 안 있어 아바오와 베이디도 들어왔다. 베이디가 물었다. 후성은 뭘 좋아해? 후성이 말했다. 글씨 쓰는 걸 좋아해. 베이디가 낮은 목소리로 말했다. 나는 글씨 쓰는 것 싫어하는데. 아바오가 물었다. 쑹 선생님이 수업을 하실까? 후성은 아무 말도 하지 않았다. 베이디가 말했다. 나는 베이디라고 해. 산수를 아주 싫어하지. 후성이 빙긋이 웃었다.

몇 달이 지난 어느 날, 후성은 길에서 아바오와 베이디를 마주쳤다. 이때부터 세 사람은 정식으로 알고 지내게 되었다. 아바오는 영화 보는 것을 좋아했고 베이디는 영화 팸플릿 수집하는 것을 좋아했다. 후성은 줄 서는 것을 두려워하지 않았다. 어느 날 아침 후성이 표를 사러 갔다. 궈타이國泰영화관에서 새 영화 〈모야다이〉* 의 표를 예매중이라 이를 사기 위한 줄이 진장錦江호텔 한쪽의 통로까지 이어져 있었다. 후성은 파라핀을 입힌 포장지로 싼 네모난 계란빵을 들고서 또래 학생 뒤에 줄을 섰다. 샤오마오라 불리는 이 아이는 어깨가 무척 다부져 보였다. 아이는 고개를 숙인 채 『팽공안』**을 읽고 있었다. 후성이 어색한 어투로 그에게 말을 걸었다. 표를 몇시부터 팔기 시작한대? 샤오마오가 되물었다. 지금 몇시지? 후성은 아무 말도 하지 않았다. 손목시계를 찬 사람이 많지 않은 터라 후성은 줄을 벗어나 앞으로 가서 몇시인지 물어보고는 돌아와 말했다. 일곱시 사십오분이야. 샤오마오가 말했다. 이 영화는 여자들만 좋아해. 후성이 말했다. 한 사람에 네 장씩만 살 수 있어. 샤오마오가 말했다. 나는 두 장만 사면 돼. 후성이 말했다. 나는 여섯 장을 사야 하는데 두 장이 모자라네. 샤오마오는 아무 말도 하지 않았다. 통로를 지나 복도까지 온통 사람들로 가득찼다. 후성은 심심해졌다. 이때 샤오마오가 몸을 돌려 손가락으로 책의 한 단락

* 중국 인민해방군의 활약상을 다룬 영화.

** 청나라 말기의 장편소설.

을 가리키면서 후성에게 보여주었다. 번체자繁體字였다. 녹림의 영웅으로는 복도樸刀 이준李俊과 도망의 귀재 마석빈馬石賓, 니금강泥金剛 가신賈信, 몽둥이를 잘 쓰는 방회方回, 하늘을 나는 강립江立, 몸이 굼뜬 강순江順, 도끼 솜씨가 뛰어난 흑웅黑雄, 머리를 흔드는 사자 장병張丙, 등잔 호충胡沖 등이 있었다. 후성이 말했다. 이건 『수호전』이랑 비슷하네. 샤오마오가 말했다. 옛날에는 도처에 영웅호걸들이었던 것 같아. 후성이 말했다. 과장이 좀 심하네. 정식 대장군은 싸움을 할 때, 깃발에 간단히 한 글자만 썼는데 말이야. 조조는 '조曹'자를 썼고 관우는 '관關'자를 썼지. 두 사람은 몇 마디 얘기를 나누는 사이에 서로 성과 이름을 주고받았다. 아는 사이가 된 것이다. 줄이 조금씩 움직이기 시작했다. 샤오마오가 책을 둘둘 말아 바지주머니에 쑤셔넣으면서 말했다. 나는 두 장만 사면 돼. 후성이 물었다. 나머지 두 장은 나 대신 좀 사줄래? 샤오마오는 기꺼이 그렇게 하겠다고 했다. 두 사람은 함께 빵을 먹고, 표를 사고, 북쪽을 향해 계속 함께 걸어가다가 창러로 사거리 입구까지 와서 헤어졌다. 길 건너편은 몇십 년 뒤에 고급 상가로 변해 딕슨빌딩이 들어섰지만 당시에는 그저 입체형 시멘트 주차장이 있을 뿐이었다. 우의友誼표 회색 대형버스 한 대가 주차장을 떠나고 있었다. 후성이 말했다. 외국 귀빈들만 접대하는 고급 버스야. 상하이 전체를 통틀어 딱 두 대밖에 없지. 두 사람은 그 자리에 멈춰 서서 버스를 구경했다. 샤오마오의 집은 상하이 서쪽 대자명종大自鳴鐘* 농탕에 있었고 후성

* 1926년에 낙성된 촨촌(川村) 기념비인데 점차 지명으로 자리잡았다.

은 부모를 따라 스먼로石門路 라더拉德 아파트로 이사한 터였다. 두 사람은 서로 주소를 남기고 작별했다. 후성은 영화관 표를 여섯 장 샀다. 그 가운데 세 장은 부모님과 형 후민滬民의 몫이고 나머지 세 장은 자신이 아바오와 베이디를 데리고 가서 볼 작정이었다. 후성은 손을 흔들면서 란신대극장의 〈십이야〉이라는 연극의 커다란 포스터를 지나서 북쪽으로 걸음을 옮겼다.

## 삼

샤오마오가 산 표 두 장은 2층에 사는 새색시 인펑銀鳳을 대신해 산 것이었다. 신랑 하이더海德는 원양화물선회사의 선원이었다. 젊은 부부가 함께 이 영화를 본 뒤에 하이더는 반년 넘는 일정으로 바다에 나가야 했다. 샤오마오는 창러로의 베르됭Verdun가든을 가로질러가면서 계속 이리저리 두리번거렸지만 후성이 말한 긴 수염을 휘날리는 유명한 화가 노인 펑즈카이는 만날 수 없었다. 산시로陝西路의 골목을 빠져나오니 오른쪽이 바로 24번 전차 정거장이었다. 후성이 일러준 노선이었다. 샤오마오는 만족했다. 처음으로 빵도 먹어봤기 때문이었다. 기다리다 전차를 타고 창서우로長壽路에서 내린 샤오마오는 전차가 북쪽을 향해 계속 달려가는 것을 바라보았다. 전차는 빵의 바닐라크림 향기를 싣고 가버렸다. 이 부근이 바로 차오셰빈草鞋濱이고, 여기서 계속 북쪽으로 가면 서쪽이 야오수이농藥水弄이었다. 종점은 쑤저우하에 인접해 있었다. 이곳은 샤오마오에게 아주 익숙한 지역이었다. 하루 전에 샤오마오는 이 부근의 노점에서 담배 그림카드를 산 바 있었다. 이전에는 옛날식 담뱃갑 안에 화려한 광고용 카드가 한 장씩 들어 있었다. 카드 한 장에 그림이 한 점씩 그려져 있어 세트로 수집할 수도 있고 승패를 가리는 게임을 할 수도 있었다. 담배 공장이 국영화된 이후로 그림카드가 없어지자 노점에서 전문적으로 모조품을 팔기 시작했다. 16절지 크기 종이에 작은 카드 서른 장이 들어가 있었다. 그림카드 게임은 갑이 그림카드 정면이 바닥을 향하게 놓으면 을이 그림 카드 한 장을 높이 들었다가 바닥에 있는 카드 바로 옆 바닥을 내리쳐 뒤집는 방식이었다. 이를 상하이 말로 '담배카드 치기'라고 했다. 카드를 내리칠 때 발생하는 기류의 힘을 이용하여 바닥에 놓인 카드를 뒤집어 정면이 하늘을 향하게 하면 그 카드를 뒤집은 사람이 갖게 되는 것이다. 이 게임에서 먼저 바닥에 놓이는 카드는 최대한 평평하고 납작해야 했다. 완벽하게 납작해야 뒤집히지 않을 수 있기 때문이다. 반면에 내리치는 카드는 약간 울퉁불퉁해야 더 많은 기류를 일으켜 큰 힘을 발휘할 수 있었다. 때문에 상하이 농탕 애들의 손에는 항상 그림카드가 한 묶음씩 쥐여 있었고, 카드를 구부렸다 펴는 동작이 멈추지 않았다. 양이 많은 때는 고무줄로 묶어 가지고 다니기도 했다. 바지 주머니 안에는 올리브씨 같은 딱딱한 물건들이 있어서 카드가 쉽게 손상되었다. 샤오마오가 산 큰 종이는 수호전 108장수 시리즈 중 하나로 천괴성호보의天魁星呼保義 송강宋江이 한 장 더 있는 경우도 있었다. 천폭성양두사天暴星兩頭蛇 해진解珍과 지수성통비원地遂星通臂猿 후건侯健은 없어서 전부를 모으기 위해선 카드를 다시 사야 했다. 시캉로西康路 끝에는 인도용 육교가 하나 있었다. 강 건너편 양곡창고 부두에서는 항상 쌀과 밀, 잡곡 가루를 잔뜩 실은 거룻배가 정박해 있었다. 배 몇 척에 실린 가늘고 흰 밀가루는 네모난 크림빵을 만드는 데만 사용된다고 했다. 최근에 식량이 부족해지자 거룻배가 올 때마다 강 양안에 있던 뱃사람들은 곧장 부두의 철제 기중기 아래로 달려갔다. 철제 기중기는 봉황 모양으로 신호가 분명했다. 뱃사람들은 양곡 부스러기와 밀, 콩, 잡곡 가루를 모으는 데 혈안이 되었다. 그들은 항상 작은 빗자루를 가지고 다니면서 신문지를 바닥에 깔고 식량을 주웠다. 작은 새들 같았다. 봉황 모양의 기중기가 움직이기만 하면 수많은 새들이 달려와 반겼다. 그러다가 규찰대원이 달려오면서 소리를 지르면 모두들 재빨리 날아올랐다가 이내 다시 에워쌌다. 미용실 왕王 사부가 쑤베이蘇北 사투리로 말했다. 쓸어담은 잡곡 가루를 잘 털면 모래와 진흙이 밑으로 가라앉지. 그렇게 잡곡 가루만 모아 잘게 썬 파를 넣고 전병을 만들 수 있었어. 약간의 노력만 들이면 사람들과의 관계를 이용하거나 돈을 주고 살 필요가 없는 경우가 허다했지. 샤오마오 엄마가 말했다. 맞아요, 사람들의 배는 고무줄 같아서 굵을 때도 있고 가느다랄 때도 있는 법이에요. 얼마든지 늘였다 줄였다 할 수 있지요. 과거에 동양인들이 야오수이농과 차오셰빈을 봉쇄하고 쑤베이 난민들이 들어오는 것을 막는 바람에 사람들은 두 눈이 파래질 정도로 굶주렸었지요. 그때도 사람들은 밀가루 공장에 가서 바닥에 남은 밀기울을 긁어모으곤 했어요. 그때는 진흙을 먹는 것이나 마찬가지였지요. 쑤저우하 강변에 자라난 우설초牛舌草를 캐다 먹기도 했어요. 매일 사람들이 중독되어 죽거나 굶어죽었지요. 왕 사부가 말했다. 맞아, 정말 불쌍했지. 목숨을 보전하는 게 쉽지 않았어. 봉쇄된 보름 동안 매일 열 명이 넘는 사람들이 그렇게 죽어갔고 매일 시신을 전문으로 수습하는 차가 와서 죽은 사람을 실어 갔지. 샤오마오 엄마가 말했다. 지금 또다시 힘들어진다 해도 걱정할 것 없어요. 저는 확실하게 커다란 알루미늄 솥을 사두었어요. 양표糧票*를 절약하고 매일 누런 현미죽을 끓이면 다들 몇 그릇씩 더 먹을 수 있거든요. 왕 사부는 아무 말도 하지 않았다. 상황이 이렇다보니 대자명종 농탕에서는 자산계급인 비구니 푸甫 스님을 제외하고 집집마다 흰죽을 먹거나 고구마 가루나 잡곡 가루로 쑨 죽을 먹었다. 샤오마오네는 3층 구석에 살고 있었다. 오두주五斗櫥** 위에는 황금빛 찬란한 영수領袖의 초상화가 붙어 있었다. 온 가족이 식사를 하기 전에 샤오마오 엄마는 손을 높이 들고 말했다. 잠깐, 뜨거운 죽은 반찬을 많이 축내게 되니까 좀 식힌 다음에 먹어. 모두들 아무 말도 하지 않았다. 샤오마오 엄마는 오두주 앞으로 다가가 두 손을 모으고 낮은 소리로 기도를 올렸다. 영수님, 제 말을 좀 들어주세요. 어떤 사람이 제가 삼 년 동안 멀건 죽만 끓였으니 이제 소를 한 마리 살 수 있을 거라고 했습니다. 하지만 그건 다 거짓말이에요. 저는 구두쇠가 아니지만 지금 뱃가죽이 들러붙도록 굶주리고 있어요. 남들에게 제 굶주린

---

* 1950년대부터 1980년대까지 배급을 위해 발행했던 식량구매증서로, 이것이 없으면 음식을 살 수 없었다.

** 서랍이 다섯 개 달린 낮은 옷장.

모습을 보이지 않을 뿐이라고요. 영수님께서는 다 보고 계시니 꼭 응답해주셔야 해요. 영수님, 저를 좀 구해주세요. 제 눈이 밝아지게 해주세요. 모두 아무 말도 하지 않았다. 그러고 나서 샤오마오 엄마가 자리잡고 앉자 다들 죽을 먹기 시작했다.

샤오마오 집 아래층은 농탕 미용실이었다. 미용실 실내는 길고 좁은 구조였다. 왼쪽에 통로가 있고 오른쪽에 구식 이발의자 다섯 개가 나란히 놓여 있었다. 미용실은 항상 손님들로 북적였다. 샤오마오가 미용실 안으로 들어가자 익숙한 비누 냄새와 분말 땀띠약, 다이아몬드표 포마드 냄새가 그를 휘감으며 다가왔다. 무선방송에서는 월극越劇* 〈반부색부〉가 흘러나오고 있었다. 그뒤에는 장화이희江淮戲**가 이어졌다. 때는 일경 초저녁인데 에이에이, 밝은 달이 화단을 비추네. 기름장수 사내가 청루青樓에 들어가 앉아, 여인의 치마를 들춰보네. 내가 그녀를 자세히 뜯어보니, 원래는 양갓집 딸이었네. 에이에이에이. 왕 사부는 샤오마오가 들어오는 것을 보고는 쑤베이 사투리로 말했다. 왔구나. 샤오마오가 말했다. 네. 왕 사부가 수건 한 장을 잡아당기면서 말했다. 이리 와서 얼굴 좀 닦아주거라. 샤오마오가 다가가서 왕 사부의 얼굴을 닦아주었다. 왕 사부가 전동 이발기를 조작하여 손님의 목덜미를 따라 위를 향해 천천히 밀었다. 리李 사부가 쑤베이 사투리로 말했다. 샤오마오 석탄난로 좀 끄고 가서 온진溫津 두 병만 사오너라. 샤오마오는 대나무 마

* 중국에서 가장 영향력 있는 지방극 중 하나. 20세기 초부터 저장성 농촌에서 유행했으며, 경극 등 다른 전통 희극에 비해 개혁 이후 훨씬 많이 상연되었다.

** 양쯔강과 화이수이(淮水) 지역 일대에 전래되는 전통극.

개가 달린 보온병을 두 개 들고서 바로 옆에 있는 라오후자오老虎灶*로 갔다. 미용실에서는 더운물을 온진이라 불렀고 등받이 없는 걸상을 '파신자摆身子', 비누를 '발화發滑'라고 불렀다. 장張 사부는 세숫대야를 '월량月亮(달)'이라 불렀고 여자들의 머리를 땋아주는 것을 '추조자抽条子', 귀를 후벼주는 것을 '반정扳井(우물 당기기)', 귀를 후벼주는 사람을 '소청가화小青家夥(어린 녀석)', 면도칼을 '청봉青鋒(푸른 날)', 면도칼을 닦는 천을 '기봉起鋒'이라고 불렀다. 하루는 이런 일이 있었다. 샤오마오가 더운물 세 병을 들고 들어오자 장 사부가 쑤베이 사투리로 말했다. 샤오마오, 이리 좀 와봐라. 샤오마오는 아무 말도 하지 않았다. 리 사부가 '내자來子'를 비틀어 짰다. '내자'는 다름아니라 뜨거운 수건을 의미했다. 리 사부는 뜨거운 수건을 손님 얼굴에 덮어놓고 면도할 준비를 했다. 장 사부가 말했다. 샤오마오, 이리 와봐. 샤오마오가 말했다. 왜요. 장 사부가 말했다. 어서 이리 와봐, 이리 오라고. 장 사부는 복스럽게 생긴 여자의 머리를 잘라주고 있었다. 샤오마오가 가까이 다가가서 물었다. 왜요? 복스럽게 생긴 여자의 이발의자가 움직이더니 느린 어투로 그를 불렀다. 샤오마오! 장 사부가 낮은 목소리로 말했다. 좋은 일이 생겼어. 복스럽게 생긴 여자가 말했다. 샤오마오, 이리 와봐. 샤오마오가 다가가보니 다름아니라 같은 농탕에 사는 비구니 푸 스님이었다. 샤오마오가 말했다. 스님. 푸 스님이 쑤저우 사투리로 물었다. 샤오마오, 24번 전차 탈 줄 알지? 샤오마오가 말했

* 1970년부터 상하이 주택가 곳곳에 설치되었던 온수 가게.

다. 뭘 하시게요. 푸 스님이 목소리를 낮추면서 또박또박 말했다. 내일 아침 여섯시 반에 나 대신 24번을 타고 가서 그 염병할 빨간색 양식당에 좀 갔다 올 수 있겠니? 샤오마오는 아무 말도 하지 않았다. 푸 스님이 말했다. 너무 힘들진 않을 거야. 아침 일찍 줄을 서서 그 염병할 식권 두 장만 받아주면 돼. 장 사부가 말했다. 일요일에 할일도 없으니 다녀오렴. 푸 스님이 말했다. 내가 내일 그 염병할 식당으로 점심을 먹으러 가야 하거든. 지금은 염병할 세상이 되어버려 밥을 먹으려면 아침 일찍 먼저 식당 문 앞에서 줄을 서야 하고, 그러려면 그 염병할 식권을 받아야 한단 말이야. 염병할 식권을 받지 못하면 염병할, 나는 밥도 못 먹게 된다고. 그거야말로 진짜 큰 재앙이 아니겠니. 샤오마오가 말했다. 스님께서 식사를 하시기 위해 저더러 먼저 가서 줄을 서라는 건가요. 스님이 말했다. 그래, 맞아. 착하지. 샤오마오가 말했다. 먼저 엄마한테 얘기해봐야 해요. 장 사부가 사각사각 머리카락을 자르면서 말했다. 얘긴 무슨 얘기를 한다는 거야. 사람 구실 제대로 하려면 융통성이 있어야지. 스님이 말했다. 굳이 얘기 안 해도 되면 안 하는 게 낫지. 이 스님이 어린 너한테 수고비를 줄게. 1위안元을 준다고. 괜찮지 않니? 게다가 오가는 차비도 추가로 줄 거야. 두 장에 7펀分이니까 그냥 1자오角로 쳐서 1위안 하고도 1자오*를 더 줄게. 그러면 맛있는 걸 사먹을 수 있지 않겠니? 장 사부가 잠시 일손을 멈추고 말했다. 엄마 아빠는 아침 일찍 일하러 나가니까 알 길이 없잖아. 샤오

* 10펀이 1자오이고, 10자오가 1위안이다.

마오가 물었다. 사람이 많겠죠? 스님이 말했다. 일곱시에 가서 줄을 서면 될 거야. 염병할, 사람들이 한 열 명쯤 될 거다. 한 사람 앞에 두 장씩 식권을 줄 거야. 스님이 열시 반에 식당 앞으로 가서 식권을 받도록 할게. 무슨 일이 있어도 날 기다려야 한다, 알았지? 샤오마오가 말했다. 알았어요. 스님이 말했다. 우리 서로 속이는 일은 없어야 한다. 샤오마오, 우선 선금으로 5자오를 줄 테니까 받아. 스님은 하얀 천으로 된 가운 밑으로 부스럭부스럭 손을 움직여 5자오 지폐를 한 장 꺼냈다. 샤오마오가 이를 받으면서 말했다. 고맙습니다. 왕 사부가 말했다. 우아, 정말 잘 생각했어. 샤오마오 횡재했네. 우리집 애는 일주일에 용돈이 1펀밖에 안 되는데 말이야. 샤오마오, 나 대신 조개탄 난로 좀 피워줄래? 샤오마오는 5자오를 주머니에 집어넣고는 조개탄 난로와 함께 신문지와 부채를 집어들고 밖으로 나갔다. 자신도 모르게 입에서 유행가 곡조가 흘러나왔다.

2층 아저씨가 창밖으로 머리를 내밀고 소리쳤다. 샤오마오, 내가 여기서 난로를 피우면 안 된다고 몇 번 말했어? 좀 멀리 가서

하면 안 되겠니? 샤오마오는 아무 말도 하지 않았다. 2층 아주머니가 묻는 소리가 들렸다. 뭐하는 거예요? 아저씨가 말했다. 저 이발사 개자식은 아주 나쁜 놈이야. 형편없는 쓰레기라고! 아무것도 모르는 어린애한테 마구 일을 시키면서 부려먹는다니까. 2층 아주머니가 말했다. 아이고, 이 양반아, 뭐 그리 할말이 많아요? 그렇게 쓸데없는 일에 참견하다가 낭패만 당한다고요. 샤오마오가 난로를 들어올렸다. 건물 창밖으로 2층 아주머니가 은 대야 같은 얼굴을 내밀고 부드러운 목소리로 말했다. 샤오마오, 노래를 정말 잘하는구나. 이 아주머니가 군침이 돌 정도로 잘하네. 쥐들이 다 기어올라오겠어. 노래 가사가 전부 연야반年夜飯* 밥상에 오르는 음식들이잖아. 찬 음식 두 가지에, 따뜻한 음식 네 가지. 그리고 국과 디저트 한 가지까지. 멋지네.

## 사

아바오에게는 홍콩으로 간 형이 하나 있었다. 어린 나이에 남의 집에 보내진 뒤로는 왕래가 없었다. 그런데 어느 날, 아바오는 뜻밖에도 형의 편지를 한 통 받게 되었다. 만년필로 쓴 번체자 편지였다. 형은 안부를 물으면서 자신이 이미 대학에 다니고 있다고 말했다. 최근에 찍은 사진 한 장과 신문에서 오린 오페라의 여왕 마

* 선달그믐날 온 가족이 모여 함께하는 저녁식사.

리아 칼라스의 포스터가 동봉되어 있었다. 내용을 보니 이것이 형이 보낸 아홉번째 편지라는 것을 분명히 알 수 있었다. 이 편지를 부모님이 받았다면 아바오는 여전히 아무것도 몰랐을 것이다. 형의 사진을 베이디는 아주 자세히 들여다보았다. 베이디가 말했다. 홍콩 오빠는 내가 장래에 좋아할 타입이 아니네. 아바오가 물었다. 왜지? 베이디가 말했다. 나중에는 나도 남자를 좋아하게 되겠지. 하지만 지금은 아니야. 아바오가 빙긋이 웃었다. 베이디가 말했다. 홍콩 오빠에게는 고민이 있는 것 같아. 아바오가 말했다. 나는 봐도 모르겠는걸. 베이디가 말했다. 수완淑婉 언니도 마리아 칼라스 레코드판을 갖고 있어. 아바오는 아무 말도 하지 않았다. 수완은 같은 농탕에 사는 자산계급 아가씨로 당시에는 '사회청년'*이라 불렸다. 고등학교를 졸업하고 대학 진학이 어려워지자 문밖으로 나오는 일이 극히 드물었다. 때로는 학교 친구들을 집으로 불러 함께 음악을 듣거나 춤을 추거나 했다. 이런 모임이 있다는 걸 들을 때마다 베이디는 멋진 장면을 기대하며 구경하러 갔다. 이날 오후 두 사람은 수완네 집에 갔다가 신문에서 오린 마리아 칼라스의 오페라 공연 사진이 수완이 갖고 있는 레코드판 재킷의 모습과 똑같다는 것을 발견했다. 수완이 말했다. 홍콩은 아주 좋아. 정말 좋다고. 아바오는 아무 말도 하지 않았다. 방안에는 커튼이 두껍게 드리워져 있고 유성기에서는 비로드처럼 부드러운 〈카르멘〉의 노랫

* 1949년 이후에 생겨난 용어로 학교는 졸업했지만 직업을 구하지 못한 상태에서 정부로부터도 직업을 배정받지 못한 도시 청년들을 말한다.

소리가 흘러나왔다. 랄라, 랄라, 랄라, 랄랄라, 랄라. 노랫소리가 어두운 방안에 메아리쳤다. 베이디는 이리저리 왔다갔다하면서 방을 한 바퀴 돌았다. 수완이 말했다. 메조소프라노야. 지금 메조소프라노가 계속 올라가다가 소프라노로 음조가 바뀌고 있어. 아바오는 아무 말도 하지 않았다. 수완은 편지를 내려놓고 아바오 형의 사진을 자세히 살펴보았다. 수완이 말했다. 홍콩 오빠는 깊은 생각에 빠져 있는 모습이군. 베이디가 말했다. 마리아 칼라스는 공주 전하인가봐. 수완이 말했다. 기질은 그레고리 펙을 대하는 오드리 헵번이라고 할 수 있지. 난 그 영화를 세 번이나 봤어. 매번 울고 싶었지. 아바오는 아무 말도 하지 않았다. 노랫소리가 마음을 움직이고 낯선 가족의 온정에 감동한 것 같았다. 수완이 말했다. 홍콩은 얼마나 좋은지 몰라. 내가 지금 마리아 칼라스의 레코드판을 구해 듣고 있긴 하지만 그래도 여긴 상하이잖아. 아바오는 아무 말도 하지 않았다. 수완이 말했다. 내 친구들은 모든 걸 다 알고 있고, 모든 걸 다 갖고 있는 것 같아. 잘 먹고 잘 입는데다 자전거도 산창三槍표가 아니라 란링蘭苓표라고. 수입 레코드판으로 음악을 듣고 외국 텔레비전 방송을 볼 수 있으니 얼마나 자랑스럽겠어. 외국과 비교해도 손색이 없지. 홍콩과 비교해도 그렇고. 베이디가 말했다. 그렇겠네요. 수완이 말했다. 양말 하나 가지고도 비교가 된다니까. 상하이의 시대는 이미 지났어. 너무 경직되어 있지. 끝났어. 더 얘기할 것이 없다고. 아바오는 아무 말도 하지 않았다. 수완이 말했다. 지금은 몰래 춤을 추는 수밖에 없어. 커튼을 굳게 닫고 손발을 가볍게 하여 이렇게 갑갑한 춤을 추는 거야. 여러 사람이 한데 어울려 군무를 추거나 신나게 소리지르면서 기분전환을 하는 건 불가능해졌어. 모두가 참여해서 손에 손을 잡고 발을 구르는 가운데 악단의 음악소리가 울려퍼지고 다 함께 무도장으로 달려나와 한목소리로 〈만장비〉* 노래를 부를 수 있다면 얼마나 좋을까. 실내에 샴페인 향기 가득 떠다니고, 여인들 비녀와 살쩍의 그림자가 이리저리 흔들리네. 재즈 음악이 울리면 룸바를 춰야 제맛이지. 헤이. 아바오는 아무 말도 하지 않았다. 수완이 말했다. 모두들 손에 손을 잡고 밝고 경쾌한 발걸음으로 환하게 웃으면서 춤추고 빙글빙글 돌 수 있다면 얼마나 좋을까. 다 함께 손뼉을 치면서 환하게 웃을 수 있다면 얼마나 즐거울까. 아바오는 아무 말도 하지 않았다. 수완이 오래 침묵하다가 다시 입을 열었다. 홍콩 형에게는 여자친구가 있어? 아바오가 말했다. 편지로 물어볼게. 수완이 말했다. 그냥 생각나는 대로 물어본 거야. 형이 상하이에 오면 아바오가 내게 말해줘야 해. 아바오가 말했다. 꼭 그렇게 할게. 수완은 부끄러운 마음에 말을 받지 않았다. 아바오가 말했다. 형한테서 편지가 오면 누나도 와서 읽어봐. 수완은 아무 말도 하지 않았다. 베이디가 다가와서 물었다. 아바오가 무슨 얘기 했어? 아바오가 베이디의 뒤통수를 어루만지며 말했다. 땀이 나네. 이제 돌아가도 되겠다. 아바오가 몸을 일으켰다. 수완이 말했다. 앞으로 자주 놀러와. 아바오는 대답하지 않았다. 다음날이 되자 아바오의 아버지가 방에 들어와 유리판 아래 끼워둔 사진을 보고는 미간을 찌푸리며 말했다. 홍콩에

---

* 1930년대 중반에 만들어진 가무극의 삽입곡.

서 편지가 왔구나. 아바오는 아무 말도 하지 않았다. 아바오의 아버지가 말했다. 절대 답장해선 안 된다, 알았지? 아바오가 대답했다. 응! 한 달 뒤에 형에게서 또 편지가 왔다. 여전히 만년필로 쓴 번체자 편지였다. 내 동생 아바오, 잘 지내고 있지? 네 답장을 읽고 무척 기뻤다. 지금 나는 아직 여자친구가 없어. 앞으로는 생기겠지. 오페라에 관해 얘기하자면 이탈리아어는 발음이 아주 풍부한 것 같아. 음소도 a, e, i, o, u 다섯 가지 모음에 열여섯 개의 보조음이 있지. 탁음과 공명하는 비음, 쌍보음雙輔音, 파찰음도 있어. 상하이에 이탈리아어를 가르치는 학원이 있니? 부모님과 어른들은 모두 안녕하시지? 이전에 홍콩 계부에게서 상하이 화이하이로淮海路와 루이진로가 교차하는 지점에 '작은 러시아'라는 곳이 있다는 말을 들었어. 당구장이지. 바로 옆 건물에는 원래 백러시아의 〈자르야보〉* 사무실이 있었어. 일제시대에도 계속 신문을 발행했지. 지금은 여러 분야의 정보를 주고받는 장소가 되었지만. 여기까지 읽었을 때 아바오의 아버지가 편지를 확 빼앗아 구겨버렸다. 편지는 동그란 종이공이 되어버렸다. 아버지는 몹시 화를 내면서 아바오에게 한 시간 동안 손을 들고 있게 했다. 아바오 아버지의 성격은 줄곧 이렇게 거칠었다. 하지만 반시간쯤 지나 화가 풀렸는지 아바오를 잡아끌더니 머리를 쓰다듬으면서 말했다. 이 아비가 고민거리가 많아서 그래. 짜증나는 일을 만들지 마라. 아바오는 아무 말도 하지 않았다. 신문

* 1920년 4월 15일에 창간된 신문으로 중국어로는 〈하광보(霞光報)〉라 불리기도 했다.

에서 오린 마리아 칼라스의 포스터는 이때부터 책갈피에 끼워두었다. 음악과 이탈리아어, 당구장에 대해 아바오는 별 흥미가 없었다. 매일 베이디가 연주하는 〈부레 무곡〉과 클레멘티의 〈소나타〉를 듣는 것만으로도 충분히 짜증이 났다. 매일 밤 아바오의 아버지는 회계장부를 정리하는 것 같았지만 사실은 제소 자료를 작성하고 있었다. 아바오는 매일 밤 아버지 서재 앞을 지나쳐야 했다. 책상 앞에 보이는 것은 항상 아버지의 뒷모습이었다. 아버지가 말했다. 아바오, 날 위해 루이진로에 가서 상하이표 흑맥주 한 병만 사다주렴. 때로는 루이진로에 있는 담뱃가게에 가서 판다표 실담배를 사오라고 시키기도 했다. 아버지는 한때 혁명청년이었던 터라 돈의 지위를 우습게 여겼고, 이로 인해 할아버지와 척을 지기도 했다. 아버지는 자산계급 출신 사람들만이 진정한 혁명가가 될 수 있다고 생각했다. 먼저 상하이에서 활동하던 그는 나중에 쑤베이 근거지로 가서 훈련을 받고 상하이로 돌아와 온갖 부침을 경험했다. 상하이가 해방되어 몇 년 동안 즐거운 시절을 보낼 수 있기를 기다렸으나 즉시 조사를 거쳐 구금되고 말았다. 이 년 뒤 석방되긴 했지만 모든 대우를 박탈당하고 잡화 회사로 배치되어 회계업무를 맡게 되었다.

한번은 할아버지가 아바오의 어깨를 어루만지며 물었다. 최근에는 아빠가 좀 나아진 것 같지? 아바오가 말했다. 네, 좋아지셨어요. 할아버지가 말했다. 머릿속에 온통 혁명밖에 없어서 해마다 날 보러 오는 것도 딱 한 번뿐이야. 아바오는 아무 말도 하지 않았다.

할아버지가 말했다. 과거에 나랑 선을 확실히 긋고 뛰쳐나가 연락이 단절되었을 때는 양복쟁이 건달이 된 거나 다름없었지. 매일 집회를 하러 가더니 나중에는 양쯔강의 유람선에 올라 한마디 인사도 없이 가버렸어. 아바오가 물었다. 그다음에는 어떻게 되었나요? 할아버지가 말했다. 나는 잘못된 길로 빠져 '양쯔강형제'가 되었을 거라고 생각했어. 아바오가 말했다. 그게 뭔데요? 할아버지가 말했다. 양쯔강을 항행하는 유람선들을 습격하는 강도들이지. 들리는 바에 의하면 나중에는 상황이 안 좋아져 강북으로 갔다고 하더구나. 아바오가 물었다. 그다음에는 어떻게 되었는데요? 할아버지가 말했다. 강북에서 슬그머니 돌아와 상하이의 양복쟁이 건달이 되어 혁명에 가담했어. 밥그릇부터 찾더니 매일 먹고 자기만 했어. 영화에서 보는 것처럼 상부에서 경비를 지원하고 지시를 내리는 일은 없었지. 모든 걸 자신이 해결해야 했어. 이상을 가진 청년들이 밥 먹는 것조차 배우질 못했으니 무슨 혁명사업을 전개할 수 있었겠니? 아무리 굶주려도 겉으로는 싱글싱글 웃으면서 온몸에 양복을 휘감고 있지만 바지 주머니 안에는 동전 두세 냥밖에 없으니 정말로 불쌍하기 그지없었지. 아바오는 아무 말도 하지 않았다. 할아버지가 말했다. 혁명의 가장 큰 이상은 정보원이 되거나 지하당원이 되는 거야. 그러다가 나중에는 일본놈들의 감옥에 갇히고 말았지. 왕징웨이汪精衛*의 감옥이었어. 내가 비타민 음료 두

---

* 중국 정치인이자 국민당의 일원으로 쑨원과 친밀한 관계에 있었으며 장제스와 대립했다. 중일전쟁 발발 이후 친일파로 변절하여 난징에 친일 괴뢰정권을 세웠다.

병을 챙겨가지고 '신선을 바라보러' 갔었단다. 아바오가 물었다. 그게 뭔데요? 할아버지가 말했다. 감옥으로 죄수를 면회하러 가는 걸 말하지. 가보니 이미 피골이 상접한 몰골이더군. 감옥에서 나와 반년 정도 몸을 보양하더니 또 실종되고 말았어. 또다시 혁명을 하러 간 거였지. 아바오가 물었다. 그다음에는 어떻게 되었는데요? 할아버지가 말했다. 나중에는 저장浙江의 지주계급 집안의 딸인 아바오의 엄마랑 결혼하고 홍콩에 가서 일 년쯤 지내다가 딸을 낳자 당장 남에게 줘버렸어. 왜 그랬겠니? 혁명을 위해서였지. 아바오는 아무 말도 하지 않았다. 할아버지가 말했다. 나는 줄곧 그애를 지켜보면서 도무지 이해할 수가 없었어. 그래도 프랑스 조계지인 가오나이이로高乃依路에 살았었지. 지금은 가오란로皐蘭路로 바뀌었지만 말이야. 말하자면 똑같이 세낸 집이었어. 왜 '하척각下隻角'*이나 자베이閘北**의 낮고 허름한 천막집, '판과농番瓜弄'의 천막촌, 후시滬西 지역의 '삼만일농三灣一弄'*** 같은 곳으로 가지 않았을까? 왜 부두 노동자가 되어 파업을 선동하거나 혁명을 하지 않고 맥주나 마시고 실담배만 피워댔을까? 아바오는 아무 말도 하지 않았다. 할아버지가 말했다. 이미 고생을 많이 했기 때문이지. 그때까지의 혁명에도 아무런 성과나 이득이 없었거든. 그저 평범한 회계원이 되어 하찮은 지출이나 기록하고 있자니 마음이 편치 않았을 거

---

* 상하이의 중심지였던 서쪽 지역을 '상척각(上隻角)'이라 하고 기타 도시와 변두리 지역을 '하척각'이라 불러 구분했다.

** 지금은 사용하지 않는 지명으로 상하이 중심지 북부 구역을 지칭한다.

*** 20세기 초 반복되는 전란으로 조성된 빈민 지역.

야. 아바오는 아무 말도 하지 않았다. 옆에 있던 큰아버지가 말했다. 네, 맞아요. 혁명이 막바지에 달했으면 성과를 분배해야 하고, 여기에 구체적인 명분과 지위가 있어야 하지요. 하지만 두 손 모두 빈손이고 맞는 게 아무것도 없었어요. 할아버지가 큰아버지를 노려보면서 말했다. 넌 형이라는 녀석이 속에 뭐가 들어 있는 거냐? 큰아버지가 멍한 표정으로 물었다. 무슨 말씀이에요? 할아버지가 말했다. 그때 회사에 들어가 '용두龍頭'가 되었으면 좋았을 것 아니냐? 아바오가 물었다. 그게 뭔데요? 할아버지가 말했다. 재무담당자를 말하는 거야. 큰아버지는 아무 말도 하지 않았다. 할아버지가 말했다. 단계적으로 해나가는 거야. 천천히 '총용두'가 된 다음에 '두궤頭櫃'*가 되는 거야. 모든 걸 주관하는 거지. 그러면 식견도 늘고 앞에 나서서 '찹쌀 손님'과 '쉰밥 손님' 등 다양한 고객들을 접대할 수 있게 되지. 아바오가 물었다. 그게 뭔데요? 큰아버지가 말했다. 다양한 고객들을 맞아 상대하는 거란다. 고객들 중에는 좋은 고객도 있고 안 좋은 고객도 있기 마련이지. 할아버지가 말했다. 흥, 그런데 넌 매일 옷만 근사하게 차려입고 거울이나 들여다보면서 빈둥빈둥 먹고 놀았잖아. 방안에 〈만유문고〉를 늘어놓고 있었으니 돈 한푼이나 벌었겠어? 큰아버지는 아무 말도 하지 못했다. 할아버지가 말했다. 사람은 마땅히 명성을 갖춰야 해. 이를테면 손중산孫中山이나 워싱턴 대통령 같은 걸 명성이라고 할 수 있지. 아바오는 아무 말도 하지 않았다. 할아버지가 말했다. 남자라면 모든

* 재무를 담당하는 총지배인.

일을 진지한 마음으로 진심을 다해서 해야 하는 법이야. 항상 여기저기 어려움이 있기 때문에 사람의 도리를 하는 것이 어느 정도 난처하고 곤란할 때가 있지. 아바오가 말했다. 네, 알겠어요. 할아버지가 말했다. 그만해야겠다. 지금은 나도 어색한 연극을 하는 어색한 사람이 되어버렸어. 하늘이 사람의 뜻을 허락해주지 않으면 한 가지만 소홀히 해도 인과응보가 따르기 마련이다. 아바오가 대답했다. 네! 할아버지가 말했다. 나도 오래된 쌀에 찰기가 없는 것처럼 단결할 줄 모르니 무슨 일을 할 수 있겠니. 이제 내가 할 수 있는 일은 아무것도 없단다.

이전에, 대부분 오후였지만 차가 난창로 유치원에 도착하면 할아버지가 아바오를 맞아 바람을 쐬러 나가곤 했다. 성황묘城隍廟로 가서 점심을 먹기도 했다. 그후에 다시 데려다주었다. 아바오의 엄마는 한 번도 입에 올리지 않았다. 아바오가 조금 크자 할아버지는 가끔 그를 쓰난로에 데려가 한담을 나누곤 했다. 할아버지는 이미 연로했다. 원래는 규모가 큰 공장을 몇 개 소유하여 공사합영 방식으로 경영했는데 이제는 할 수 있는 일이 없었다. 우공寓公이 된 것이나 마찬가지라 앞에 나설 수가 없었다. 예컨대 공상련工商聯에서 학습회의를 할 때에도 큰아버지한테 앞에 나서게 했다. 매달 대가족 전체가 써도 다 쓰지 못할 정도로 큰 액수의 이자가 지급되었다. 할아버지의 유일한 역할은 금고를 장악하는 것이었다. 금고만 온전하면 모든 것을 원상태로 보전할 수 있었다. 할아버지는 열쇠를 움켜쥐고 열었다 닫기를 반복했다. 최근 몇 년 사이에는 식품이 부족해 겉으로는 계획에 따라 분배하는 정책을 실시하는 것 같았지만 매달 사용할 수 있는 표가 있어야 시커먼 밀가루나 잡곡 가루, 고구마 등을 사서 '발이 큰 아주머니'에게 채소죽이나 호박 국수, 수제비 같은 걸 끓여 체면치레를 할 수 있었다. 큰어머니 두 분은 돌아가면서 석탄으로 화로를 피워 양철통마다 밀가루 반죽을 한 덩이씩 넣고 위에 계란노른자를 발라 작은 빵을 구웠다. 술과 백설탕을 사용하여 평소처럼 케이크를 만들기도 했다. 닭가슴살 구이, 카레롤, 베이컨을 곁들인 달걀부침, 그리고 일명 '맑은 샐러드'라고 불리는 음식을 만들어 먹었다. 이 큰 집에서 매주 소모하는 닭고기와 오리고기, 생선, 달걀 등은 암시장에서 가장 구하기 힘든 물건들이었다. 해외 친척들이 우편을 통해 갖가지 식품을 상하이로 보내주었지만 우체국에서 전수검사를 하면서 항상 일정 부분이 압수되었다. 하지만 10파운드 포장의 부강富强표 밀가루와 마카로니, 가지즙에 절인 고기 통조림, 돼지고기 통조림, 버터, 커피, 코코아, 연유 등은 기본적으로 전부 받을 수 있었다. 상하이에 텔레비전이 보편적으로 보급된 것은 대략 1980년 전후였지만 텔레비전 방송이 시작된 것은 1958년이었다. 초기에는 상하이시 전체를 통틀어 텔레비전 수상기가 삼백 대밖에 되지 않았다. 1960년, 쓰난로 객청에는 이미 소련제 브라운관 텔레비전이 한 대 있었다. 한번은 고장이 나서 수리하는 청년을 집으로 불렀다. 콧수염을 기르고 앞머리를 한껏 부풀린 청년이 왔다. 청년은 통이 좁은 바지를 입고 있었다. 할아버지가 지폐로 수리비를 지불하자 청년은 이를 받아 둘로 나눠 앞뒤 바지 주머니에 집어넣었다. 덕분에 바지가 튀어나오지 않고 여전히 말끔한 모습을 유지했다. 아바오 옆에는 예쁜 이종사촌 누나들 몇몇이 호기심어린 표정으로 다소곳이 서 있었다. 청년은 전파를 맞추는 방식을 설명하고는 메모지를 한 장 꺼내 사촌누나에게 말했다. 앞으로 또 무슨 일이 있으면 전화를 주세요. 다시 올 테니까요. 당시에는 텔레비전 채널이 하나밖에 없었고 영화 상영 시기와 연동되었기 때문에 '궈타이'나 '화이하이' 같은 영화관의 포스터가 나오면 얼마 지나지 않아 텔레비전에서도 방영되었다. 어느 날 저녁식사를 마치고 아바오는 친구 집에 가서 복습을 한다는 핑계를 대고 슬그머니 쓰난로로 건너갔다. 텔레비전 앞에는 할아버지밖에 없었다. 아바오가 주위를 두리번거리자 할아버지가 말했다. 내가 방금 화를 내면서 가족들 모두 텔레비전을 보지 못하게 했다. 넓은 객청이 휑했지만 모든 문 뒤에서 누군가 엿듣고 있는 것 같았다. 알고 보니 이날 큰아버지네와 삼촌네도 각자 현지에서 생산되는 14진공관 라디오를 한 대씩 샀기 때문에 국제방송을 청취할 수 있었던 것이다. 고모가 이런 사실을 알고는 할아버지에게 알렸다. 큰아버지네와 삼촌네는 돌아가면서 사정을 설명했지만 할아버지는 완강하게 반품하라고 했다. 고모가 쓰난로로 이사해 돌아간 뒤로 갈등이 적지 않았다. 방이 많네 적네, 가구가 좋네 나쁘네 하는 문제로도 화목하지 못하던 터에 갑자기 여동생이 이사해 들어오자 큰아버지는 방을 한 칸 양보해서 고모가 쓸 수 있게 했다. 겉으로는 아주 넉넉한 것 같았지만 마음속으로는 몹시 못마땅하게 여겼다. 할아버지가 말했다. 확실히 이제 자산계급은 정말 꼴이 말이 아니군. 내가 일찍 죽었다면 쓰난로도 완전히 남들에게 먹혀버리고 말았을 게다. 아바오는 아무 말도 하지 않았다. 이때 텔레비전 흑백 모니터 안에서 뭔가 움직이는가 싶더니 머리에 3 대 7 가르마를 타고 베이지색 장삼 차림을 한 청년이 나와 미소를 지으며 정확한 상하이 방언으로 말했다. 여기는 상하이 텔레비전 방송국, 상하이 텔레비전 방송국입니다. 지금부터 방송 프로그램을 시작하겠습니다. 지금부터 방송 프로그램을 시작하겠습니다. 오늘 저녁 프로그램입니다.

# 2장

## 1

이른봄의 어느 밤, 미스 왕과 훙칭은 야참을 먹고 아무 말 없이 앉아 있었다. 미스 왕이 말했다. 나의 이런 건조한 생활에 무슨 맛이 또 있는 걸까요? 훙칭이 말했다. 또 시작이군. 미스 왕이 말했다. 말하자면 내가 아이를 갖는 것은 백판白板*이나 마찬가지라고요. 훙칭이 참지 못하고 짜증 섞인 투로 말했다. 우리 엄마한테 얘기했잖아. 아이는 데려다 키울 수 있다고. 미스 왕이 말했다. 알았어요. 친자식처럼 가까워질 수 있겠죠? 나는 아이를 하나 더 낳을 생각이에요. 훙칭이 말했다. 불가능해. 미스 왕이 말했다. 낳을 거예요. 훙칭이 말했다. 산아 정책을 어기면 내가 공직에서 잘리

* 마작의 여러 패 가운데 글자가 없는 흰 바탕의 패를 가리킨다.

게 된다고. 미스 왕이 말했다. 결혼하고 나서 지금까지 누구는 다른 사람과 바람피울 생각만 하고 있을 때, 나는 어린애 키울 생각만 했어요. 훙칭이 단호하게 말했다. 시골에 있는 외삼촌이 답청踏青을 하자시니 같이 가서 바람이나 좀 쐬고 옵시다. 미스 왕은 아무 말도 하지 않았다. 훙칭이 말했다. 풍경도 좋고 집도 아주 크대. 숙식을 다 해결할 수 있다고. 미스 왕이 물었다. 둘이서 가요? 훙칭이 말했다. 우리 두 사람만의 세계지. 미스 왕이 말했다. 나는 세 사람의 세상을 원해요. 그런 세상도 있잖아요. 훙칭은 아무 말도 하지 않았다. 미스 왕이 말했다. 그렇게 궁벽한 시골구석에 가서 내가 또 무슨 연애를 할 수 있는 것도 아니잖아요? 조금 번화한 곳이어야 나를 웃게 할 수 있다고요. 훙칭이 말했다. 그럼 캉康 사장 부부도 부르도록 하지. 네 사람이 마작을 하면 풍수가 딱 맞을 거요. 미스 왕이 잠시 생각해보고 나서 말했다. 캉 사장은 나쁘지 않아요. 캉 부인이 좀 끈적끈적해서 그렇지. 입만 열었다 하면 남편의 장단점을 늘어놓는다니까요. 그 여자는 정말 마음에 안 들어요. 훙칭이 말했다. 아니면 리리를 불러서 같이 가지. 미스 왕이 말했다. 음식점을 여는 것은 감옥에 들어가 앉는 거나 마찬가지예요. 마음대로 도망칠 수가 없다고요. 게다가 리리는 안목이 높고 아주 깍쟁이라 이렇게 허름한 곳으로는 몸을 움직이기 어려워요. 그럼 그만두지 뭐. 훙칭이 물었다. 아니면 메이루이 부부를 불러 함께 갈까? 미스 왕이 흥 하고 콧방귀를 뀌고서 말했다. 두 쌍의 부부가 봄 여행을 가서 마작판을 벌이는 것이 무슨 재미가 있겠어요? 나는 줄곧 바람을 좀 쐬고 싶었단 말이에요. 훙칭은 아무 말도 하지 않았다. 미스 왕이 말했다. 내가 보기에는 메이루이의 결혼생활은 그다지 좋은 것 같지 않아요. 매번 남편의 전화를 받을 때마다 죽을 것처럼 괴상한 표정을 짓잖아요. 미간에 주름이 몇 개씩 잡히면서 말이에요. 이전에 아바오는 보기만 해도 피부에 촉촉하게 윤기가 돌았는데 말이에요. 훙칭이 말했다. 여자의 마음을 알려면 원래 이런 부분을 살펴야 하는 거야. 미스 왕이 말했다. 밖에 여자가 있는 것 같아요. 훙칭이 말했다. 아무 말이나 함부로 하지 말아요. 나는 캉 사장의 말을 믿는 편이야. 여자들의 눈썹은 역방향일 수도 있고 순방향일 수도 있지. 밤에는 뜨거웠다가 낮에는 차가워진다는 뜻이야. 미스 왕이 웃으면서 말했다. 캉 사장은 정말 대단해요. 좋아요, 그럼 그렇게 해요. 캉 사장과 메이루이를 불러서 같이 가자고요. 훙칭이 말했다. 뭐라고? 우리 부부랑 부부가 아닌 유부남 유부녀가 함께 여행을 간다고? 이것참. 미스 왕이 말했다. 부부 얘기를 하면서 나는 아직 아이도 키우지 못하고 있어요. 훙칭은 아무 말도 하지 않았다. 미스 왕이 말했다. 캉 사장과 메이루이를 함께 데리고 가요. 두 사람이 서로 눈빛을 주고받는 걸 보니 뭔가 좋은 구경거리가 있을 것 같더라고요. 훙칭이 말했다. 당신은 생각하는 게 좀 이상해. 캉 사장은 점잖은 분이란 말이야. 메이루이는 유부녀인데 왜 골치 아픈 일을 만들려는 거요? 미스 왕이 말했다. 이전에 메이루이가 내 사업을 가로챈 적이 있어요. 그래서 나는 지금까지도 감정이 안 좋아요. 아바오와 메이루이를 불러 쌍쌍이 봄 여행을 간다면 나는 그저 레이펑雷鋒* 신세가 되고 말 거예요. 훙칭이 말했다. 정말 복잡하군. 미스 왕이 말했다. 그럼 그렇게 하는 걸로 결정해요. 홍칭이 말했다. 알았어, 그렇게 하자고. 나는 줄곧 그래왔잖아. 출근하면 조직의 말을 듣고 퇴근하면 아내 말을 들었지. 미스 왕이 웃으면서 말했다. 웃기는 소리 좀 작작하세요. 참, 나는 사람들이 나를 미스 왕이라고 부르는 게 좋아요. 이번 여행에서도 당신은 나를 그렇게 불러야 해요. 홍칭은 아무 말도 하지 않았다. 미스 왕이 말했다. 호칭만 바꿔도 나는 얼마든지 젊어질 수 있거든요.

2

이날 강남 지역은 새벽부터 흐리고 추웠다. 가랑비도 부슬부슬 내렸다. 사방에 축축한 구름이 가득했다. 다행히 모두가 기차에 오르자 하늘색이 점점 돌아오기 시작했다. 캉 사장이 말했다. 봄 여행은 치즈케이크와 같아요. 맛이 진하기 때문에 천천히 먹어야 하죠. 특히 완행열차를 타는 것은 최선의 선택이에요. 홍칭이 말했다. 사람은 적고 시간은 느리게 가네요. 창밖의 풍경도 천천히 지나가 마음이 편안해져요. 캉 사장이 말했다. 봄날은 짧고 케이크는 작은데다 여러 층으로 되어 있고 맛도 진하지요. 때문에 천천히 보면서 천천히 음미해야 해요. 메이루이가 빙긋이 웃었다. 객차 안

* 인민해방군 전사로 1962년 8월 15일 만 22세의 젊은 나이로 순직해 공산주의를 위해 분투하고 인민과 공의를 위해 봉사하는 자의 상징으로 자리잡았다.

은 텅 빈데다 적막하기까지 했다. 네 사람만 자리잡고 앉아 모임을 진행하니 정말 멋진 분위기가 만들어지고 있었다. 훙칭과 캉 사장은 서로 잘 아는 사이였고 미스 왕과 메이루이는 원래 동료인데다 둘 다 사교에 능했다. 얘기와 웃음을 주고받는 두 사람의 눈에 정감이 넘쳤다. 기차는 자싱嘉興을 지나 계속 천천히 달렸다. 창밖으로 핀 듯 만 듯한 유채화 군락이 펼쳐졌다. 노란빛 속에 푸른빛이 섞여 있었다. 논밭에도 푸른빛이 감돌고 버드나무 가지에도 푸른빛이 가득했다. 오랫동안 잡담을 주고받는 사이에 풍경은 영원히 움직이지 않았다. 봄은 근심을 가지고 왔다. 봄이 어디로 돌아가든지 돌아가고 나야 사람들의 마음이 평온해졌다. 봄은 사람들에게 평온의 방식도 가져다주었다. 두 시간 뒤 기차는 위항餘杭에 도착했다. 기차에서 내려 버스로 갈아탄 네 사람은 충푸崇福와 스먼石門을 거쳐 솽린雙林이라는 옛 소도시에 도착했다. 계획대로 하자면 먼저 재래시장에 들러야 했다. 분위기가 이미 무르익은 터라 다들 쉽게 지갑을 열었다. 미스 왕은 토종닭을 샀다. 훙칭은 냉이와 민물새우, 봄 죽순, 봄 부추 등을 샀다. 캉 사장은 술을 산 다음, 생선가게 주인이 화련어의 대가리를 잘라 다듬어주기를 기다리고 있었다. 옆에 있던 메이루이는 이미 계란과 두렁허리, 파와 생강, 분피粉皮*, 솽린 건두부, 미나리 두 다발 등을 손에 들고 있었다. 모든 것이 이상할 정도로 묵계 속에서 이루어졌다. 그런 다음 기계식 농선農船 한 대와 긴 의자 두 개를 빌려 나란히 놓고 시끌벅적하게 배에

* 녹말로 만들어 얇게 정형한 묵.

올라 안정적으로 자리잡고 앉았다. 엔진소리가 울리면서 배는 타이호太湖 지류 속으로 빨려들어갔다. 작은 배에 술이 실려 있어 그런지 호수의 물까지 향기롭게 느껴졌다. 수로는 넓어졌다 좁아지기를 반복했다. 변화무쌍하지만 맑고 깨끗한 물결이 아득하게 이어졌다. 수로 양쪽에는 삼백초와 갈대가 무성했다. 삼백초와 갈대가 가까워졌다 멀어지기를 반복하면서 메이루이의 가슴 위를 스쳐지나갔다. 안갯속을 지나가는 듯한 느낌이었다. 네 사람이 눈을 들어보니 산색은 미인의 자태 같고 물빛은 여인의 볼 같았다. 뽕나무밭이 끝없이 이어지고 군데군데 연근을 재배하는 연못이 보였다. 사람들의 목소리는 거의 들리지 않고 바람소리만 들렸다. 간간이 물새가 날개를 치고 날아오르는 소리도 들려왔다. 침묵 속에서 도화원桃花源을 향해 가는 것 같았다.

약 사십오 분쯤 항행하여 배는 숲속 별장에 도착했다. 먼저 눈앞에 아주 적막한 시골 마을이 나타났다. 춥고 음산하고 축축한 마을이었다. 강을 가로지르는 다리 어귀에 사람들 몇몇과 개 한 마리가 한가롭게 서 있었다. 훙칭의 외삼촌은 물가에 와서 몇 시간째 기다리고 있었다. 네 사람은 크고 작은 짐보따리를 들고 배에서 내려 외삼촌을 따라 구불구불 집 앞뒤를 우회하는 길을 걸어 마당에 들어섰다. 모두가 놀라움을 금치 못했다. 한 층에 방이 세 칸인 오래된 2층 가옥이었다. 문 양쪽에는 마음에 부끄러움이 없으면 되지, 꼭 문 위에 신령이 있어야 하나라는 문구의 대련對聯이 붙어 있었다. 글씨와 종이는 허옇게 바래 있고 창문도 부서져 떨어진 상태였다. 마당 안에는 온갖 탁자와 의자, 만들다 만 다탁 등이 개 이빨처럼 마구 뒤엉킨 채 잔뜩 쌓여 여러 해째 비바람에 노출되어 있었다. 외삼촌이 말했다. 두 해 전에 내가 목기장사를 해서 돈을 좀 벌었는데 결국에는 본전까지 다 까먹고 말았어요. 훙칭이 말했다. 아직도 이런 물건들이 남아 있네요. 외삼촌이 말했다. 알몸을 드러낸 이 목기들이 좀 지저분해 보이긴 하지만 모양은 그리 나쁘지 않아요. 상하이 친구분들 모두 잘 살펴보세요. 혹시 가져가실 수 있으면 제가 약간 손해를 보고 넘기도록 할게요. 미스 왕이 말했다. 아, 네. 다른 사람들은 말이 없었다. 외삼촌이 말했다. 사양하지 마시고 마음에 드는 게 있는지 골라보세요. 상하이로 가져가 요긴하게 쓰시면 되잖아요. 훙칭이 손을 내저으며 말했다. 됐어요. 모두들 같은 말을 따라 했다. 됐어요. 외삼촌이 거대한 목기 더미에 올라가 이리저리 뒤적거리며 말했다. 보기에는 흉하지만 사포로 좀 밀고 물을 섞어 칠을 몇 번 하면 반짝반짝 빛이 날 거예요. 캉 사장이 말했다. 맞아요, 향기나는 비누를 하나 사서 삭삭 문질러주는 것도 좋지요. 메이루이가 캉 사장을 힐끗 쳐다보았다. 미스 왕이 등을 돌리고 힘껏 기침을 한 번 하자 외삼촌이 손을 멈췄다. 훙칭이 말했다. 그만 내려오세요. 외삼촌이 놀란 표정으로 말했다. 에구, 맞다. 우선 안으로 들어가세요. 화려하게 차려입은 남녀 네 사람은 누추한 풍경을 마주하고서 실망감을 감추지 못했다. 캉 사장이 메이루이에게 낮은 목소리로 말했다. 난 방금 채소랑 오래된 술을 사면서 얼굴에 웃음이 가득했었어요. 즐겁게 얘기를 나누면서 희주喜酒*를

* 혼례 잔치 술.

마시는 기분을 내려고 했는데 뜻밖에도 한쪽 발을 화장장 안에 들여놓은 것 같네요. 메이루이가 말했다. 저는 사우나에서 나오자마자 양철 서랍에 걸려 넘어져 아주 빨리 얼어버린 것 같아요. 앞가슴이 등짝에 들러붙었어요. 배고파 죽겠네요. 온몸이 춥고요. 외삼촌이 말했다. 어서 들어가 앉아요. 다들 객당의 구들 위에 앉자 기분이 좀 좋아졌다. 실내는 옌원량颜文梁*의 〈부엌〉 그림과 같은 구도였다. 외숙모가 구들 앞에 바싹 다가앉아 혼돈餛飩**을 준비하고 있었다. 화구가 두 개인 강남 풍격의 석탄 부뚜막이 있고 가운데에 온수통이 자리잡고 있었다. 불은 뒤쪽에서 뽕나무 장작을 이용해 땠다. 부뚜막신의 신위 양쪽에는 대련과 함께 섬세한 길상의 도안들이 붙어 있었다. 창문 가까이 탁자와 찬장, 수돗물이 나오는 수조가 있고, 대들보에 매달려 길게 늘어진 대나무 바구니에는 바람을 이용해 말리려고 펼쳐놓은 닭과 생선이 담겨 있었다. 모두들 팔선상 앞에 자리를 잡고 앉았다. 외숙모가 냉이와 고기를 소로 넣은 혼돈을 네 그릇 담아 내주었다. 네 사람은 고개를 파묻고 열심히 먹었다. 외삼촌이 말했다. 장사해서 본전을 다 까먹는 바람에 진에 정착해 살고 있어요. 이번에 상하이 손님들이 오게 되어 하루종일 청소를 했지요. 미스 왕이 혼돈을 먹다 말고 홍칭을 노려보았다. 외삼촌이 말했다. 밤에는 홍칭에게 간단한 음식을 만들어달라고 해서 다 같이 먹으면서 얘기를 나누도록 해요. 나랑 외숙모는 먼저

* '중국 유화의 아버지'로 불리는 상하이 출신 화가.

** 밀가루피에 소를 넣고 빚어 국물과 함께 먹는 음식.

돌아가야 할 것 같거든요. 모두 말이 없었다. 외삼촌이 말했다. 위층에 큰 방 두 칸을 정리해놓았어요. 침구도 다 갖춰져 있고요. 방마다 큰 침대가 하나씩 있으니까 문만 꼭 닫으면 젊은 두 부부가 밤을 보내는 데는 안성맞춤일 거예요. 외삼촌의 이 한마디에 두 사람의 손에 들려 있던 숟가락이 툭 하고 그릇 속으로 떨어졌다.

홍칭이 갑자기 웃었다. 미스 왕이 물었다. 멍청이, 뭐가 그렇게 즐거워서 웃어요? 홍칭이 말했다. 웃는 것도 안 되나? 캉 사장이 말했다. 혼돈에 사람을 웃게 만드는 약이 들어 있나봐요. 메이루이가 말했다. 혼돈 맛은 정말 좋네요. 미스 왕이 말했다. 외삼촌, 걱정 마시고 어서 가보세요. 외삼촌이 오래된 마작 패를 한 세트 꺼내놓자 이를 본 캉 사장이 놀란 표정을 지으며 말했다. 우아, 옛날 마작 패네요. 정말 옛날 물건이에요. 외삼촌이 말했다. 1962년에 내가 감자 열 근을 주고 삼대가 빈농인 집에서 바꿔온 거예요. 캉 사장이 감정해보고 나서 말했다. 이건 정말 오래된 대나무로 만든 거예요. 색깔이 다 똑같고 오래된 상아가 박혀 있어요. 글자에도 기교와 힘이 넘치고 필치가 소박한 것이 대지주의 가산이었을 가능성이 아주 커요. 외삼촌이 말했다. 안목이 정말 높으시군요. 이 마작 패는 저우周 씨 집안 물건이에요. 이 지역의 대지주였지요. 토지개혁 때 재산을 분배하면서 그 빈농의 손에 들어갔던 거지요. 십 년 뒤에 빈농이 극도로 가난해지면서 3위안짜리 물건의 가치가 2위안도 나가지 않게 되자 내게 감자 한 바구니랑 바꿔서라도 배고픔을 해결하려고 했던 거예요. 홍칭이 말했다. 식량이 정말 부족할 때는 감자도 감지덕지였어. 마작 패를 깨물어 이가 다 빠지기도 했지. 네 사람이 훈돈을 다 먹고 나자 외숙모가 말했다. 간단한 음식은 해놓았으니까 밤에 살짝 데우기만 해서 먹으면 돼요. 토종닭도 솥에 다 쪄놨으니까 다들 우선 위층으로 올라가세요. 훙칭과 메이루이가 올라가 방을 살펴보았다. 모든 것이 깨끗하게 준비되어 있었다. 외삼촌이 말했다. 상하이로 돌아가면 유념해서 잘 좀 살펴봐줘요. 어떻게든 판로를 찾아야 하거든요. 미스 왕은 아무 말도 하지 않았다. 캉 사장이 말했다. 이 집을 파시게요? 외삼촌이 말했다. 아니, 밖에 알몸을 드러내고 있는 가구들 말이에요. 훙칭이 말했다. 알았어요. 이리하여 외삼촌과 외숙모는 작별인사를 하고 진으로 돌아갔다. 훙칭이 대문을 닫자 메이루이가 위층에서 내려와 말했다. 내 정신이 어떻게 됐나봐요. 호텔에 묵는 줄 알았어요. 미스 왕이 말했다. 훙칭이 하는 일에 대해 저는 항상 탄복을 금치 못해요. 흐트러진 머리칼조차 보이지 않는다니까요. 방에 타구唾具도 마련되어 있네요. 최고예요. 캉 사장이 자리잡고 앉아 패를 고르기 시작하자 네 사람 모두 자리에 앉았다. 캉 사장이 말했다. 일단 왔으니 즐겁고 편하게 보내야지요. 시간이 아직 이르니 몇 판 놀아봅시다. 훙칭이 말했다. 차라리 밖에 나가 산책 좀 하는 게 어때? 강남 지방의 농촌 풍경도 좀 감상하고 말이야. 미스 왕이 말했다. 됐어요. 이렇게 가난하고 환경이 안 좋은 곳에 뭐 볼 게 있다고 그래요? 오면서 쭉 보니까 이리저리 왔다갔다 뛰어다녀도 충분하진 않아요. 아직 가볼 곳이 많다고요. 메이루이가 말했다. 식사 먼저 하고 얘기해요. 캉 사장이 말했다. 전등을 켜고 우선 패를 잡아봅시다. 이렇게 좋은 마작 패를 만나니 마음이 차분해지네요. 네 사람이 동서남북으로 자리를 잡고 앉아 패를 나누고 마작을 시작했다. 주사위가 던져지고 눈앞에서 패가 나뉘었다. 옛 분위기와 향기 속에서 여덟 개의 손이 움직였다. 두툼한 손 넷과 가는 손 넷이 사각형의 작은 세계에 집중되었다. 캉 사장이 말했다. 이 마작 패를 오래전에는 대갓집 큰따님이나 이부인姨太太* 들이 가지고 놀았을 거예요. 훙칭이 말했다. 그다음에는 지주 어른과 향단鄕團** 사람들, 충의구국군忠義救國軍*** 군단장 등이 사용했겠지요. 그다음에는 빈농위원회 주임이 사용했을 것이고요. 메이루이가 물었다. 그리고 또 누가 사용했을까요? 훙칭이 말했다. 부녀 간부와 생산대生産隊 대장도 가지고 놀았겠지요. 미스 왕이 말했다. 지금은 캉 사장님과 촌뜨기 훙칭이 가지고 노네요. 훙칭이 말했다. 그 촌뜨기의 마누라도 있지. 다들 까르르 웃음을 터뜨렸다. 순서가 몇 차례 도는 동안 캉 사장은 줄곧 메이루이에게 팽碰****을 먹게 해주었다. 다섯시 반이 되어서야 판을 끝내고 결산해봤더니 메이루이 혼자만 따고는 분을 바른 얼굴이 발갛게 물들었다. 모두 밤참을 준비하기 시작했다. 캉 사장이 음식을 만드는 동안 메이루이가 옆에서 조수 역할을 했다. 훙칭이 몇 번 부뚜막을 왔다갔다했다. 미스 왕이 말했다. 가서 분위기 좀 잡아봐요. 마침내 다 함께 한자리에 둘러앉았다. 음식은 싱겁지도 짜지도 않았다. 사람들은 뜻밖에도 현지의 황주黃酒

* 첩을 미화하여 부르는 말.

** 마을의 자위 민병단.

*** 중국 항일전쟁 시기 국민당의 게릴라 무장부대.

**** 마작에서 같은 그림이나 숫자의 패가 네 개 모여 화패(和牌)를 이루는 것.

에 곁들여 어두분피魚頭粉皮* 한 솥을 깡그리 먹어치웠다. 이어서 일행은 밖에 나가 산책을 했다. 날이 완전히 어두워진데다 길이 좁아 걷기 힘들었다. 캉 사장과 메이루이가 앞에서 걷고 훙칭과 아내가 뒤를 따랐다. 아주 드넓은 구간에 이르자 시야 가득 뽕나무숲이 들어왔다. 공기는 더없이 맑고 신선했다. 캉 사장이 뒤를 살피다가 훙칭과 미스 왕이 갑자기 사라지는 것을 발견했다. 메이루이가 말했다. 다른 두 분은 어디 갔어요? 주위에는 어두침침한 볏짚 몇 덩어리밖에 보이지 않았다. 메이루이가 미스 왕! 하고 불러보았다. 사람도 보이지 않고 대답도 없었다.

구름 사이로 달이 모습을 드러내자 사방의 들판이 환해졌다. 볏짚들이 더 검게 보였다. 눈앞에는 빽빽한 뽕나무밭이 펼쳐졌다. 캉 사장은 갑자기 우습다는 생각이 들었다. 달빛 속의 풍경이 유난히 맑고 아름답다는 생각도 들었다. 메이루이와 단둘이 있는 것도 나쁘지 않은 것 같았다. 캉 사장의 눈에 보이는 메이루이는 사람과 사물을 대하는 것이 겉으로는 엄격하고 신중한 것 같지만 사실은 비처럼 연기를 뿜어내고 아름다움 속에 바람을 숨기고 있었다. 부자연스럽고 수줍음을 많이 타는 성격이었다. 캉 사장이 자신도 모르게 감탄하여 말했다. 밤 풍경이 정말 좋네요. 메이루이가 말했다. 네, 그래요. 캉 사장이 말했다. 들리는 바에 의하면 이곳의 누에농사는 여전히 옛날 방식으로 한다더군요. 누에를 씻어서, 이면二眠과 삼면三眠, 대기大起를 거쳐 분박分箔과 자박炙箔, 상족上簇과 하

* 연어 대가리와 녹말로 만든 묵을 주재료로 하는 탕.

족下簇의 과정*을 거치지요. 메이루이가 말했다. 뽕나무가 원래 이렇게 키가 작았군요. 캉 사장이 말했다. 고대에는 뽕잎을 딸 때 한 장씩 따야 했어요. 그러다보니 일부러 키를 작게 만들었지요. 가지를 송두리째 베어 누에에게 먹이기도 했지요. 메이루이가 갑자기 또렷한 어투로 말했다. 참, 그러고 보니 저도 한때 호사湖丝**장사를 했던 것이 기억나네요. 일본과 이탈리아 밀라노 등지로 수출했었지요. 캉 사장이 말했다. 사람들은 정말 이상해요. 잠보보蚕寶寶***는 나방의 애벌레랑 비슷하게 생겼고 다람쥐도 보통 쥐랑 크게 다르지 않은데 잠보보랑 다람쥐는 좋아하면서 애벌레나 보통 쥐는 끔찍하게 싫어하니까 말이에요. 메이루이가 말했다. 저는 잠보보를 키운 적이 있어요. 베이징시로北京西路의 장자자이張家宅에 큰 뽕나무가 있었지요. 남학생들이랑 해마다 그 나무에 올라가 한 장 한 장 뽕잎을 땄어요. 캉 사장은 아무 말도 하지 않았다. 두 사람은 어깨를 나란히 한 채 달빛 아래 서 있었다. 사방은 적막하기만 했다. 캉 사장은 메이루이가 가까이 다가오는 것을 느꼈다. 그녀의 몸에서 나는 향기가 코끝을 스쳤다. 달이 구름 속으로 들어가더니 이내 다시 나왔다. 말 그대로 하얀 달이 하늘에 걸리고 부평초를 스친 바람이 나무 뒤로 숨는 듯한 풍경이었다. 캉 사장이 입

* 누에를 재우고 선별한 다음, 대나무 용기를 이용하여 크기별로 분류하고 포장하는 등 생사를 생산하는 모든 과정을 말한다.

** 후저우(湖州)에서 생산된 생사.

*** 중국 강남 지방에서 생사 산업이 중요하고 키우는 일이 어렵기 때문에 누에를 잠보보라 불렀다.

을 열기 전에 대각선 방향의 볏짚 속에서 갑자기 두 사람이 걸어나왔다. 메이루이가 깜짝 놀라며 캉 사장을 잡아끌었다. 자세히 보니 미스 왕과 훙칭이었다. 그녀는 얼른 캉 사장을 잡아끌었던 손을 풀었다. 훙칭이 물었다. 한 장 한 장 따면 다 못 따게 되지 않나요? 메이루이가 말했다. 놀랐잖아요! 미스 왕이 몸에 묻은 먼지를 털면서 말했다. 훙칭은 정말 멍청이예요. 절 억지로 끌고서 볏짚 안으로 들어가지 뭐예요. 캉 사장이 말했다. 날이 어두워지니까 훙칭 자네는 여자를 어떻게 해볼 생각을 하는군. 훙칭이 말했다. 한 사람은 끌려가고 한 사람은 잡아끌고, 여자들은 겉으로는 놀라는 척하지만 마음속으로는 은근히 좋아할 거야. 미스 왕이 말했다. 좋은 건 안 배우고 이런 야만인들 틈에 끼어들어갈 방법만 배우고 있군요. 황폐한 산이나 들판에 가 생활하면서 '노천패구露天牌九'*나 하시라고요. 메이루이가 물었다. 그게 무슨 뜻이에요? 캉 사장이 말했다. 야합을 의미하지요. 훙칭이 말했다. 이런 걸 낭만이라고 하는 겁니다. 미스 왕이 웃으면서 말했다. 정말 창피해서 어디라도 숨고 싶네요. 자세히 살펴봐야겠어요. 메이루이와 캉 사장님의 야릇한 요지경에 훙칭이 이렇게 야만스러워질 줄은 미처 생각지 못했네요.

네 사람은 웃으면서 얘기를 이어나갔다. 조금 걷고 나서 사람들은 다시 집으로 돌아와 대문을 닫고 다시 한자리에 앉았다. 마작

---

* 길바닥에서 행인을 상대로 도박을 하는 것. 상하이 은어로는 남녀 간의 야합을 의미한다.

을 이어가기로 한 것이다. 마작판에 약간의 변화가 생겼다. 메이루이가 계속 패를 내주어 캉 사장이 팽을 하게 한 것이다. 생패生牌*니 감패嵌牌**니 할 것 없이 전부 파란불이었다. 훙칭만 한 장도 털지 못하게 하면 되는 것 같았다. 한밤중까지 노는 사이에 집 사방에서 축축한 바람이 불어왔다. 위층 창문으로 바람이 들어오고 있었다. 바람은 세졌다가 약해졌다가를 반복했다. 미스 왕이 말했다. 훙칭, 당신이 올라가봐요. 훙칭은 아무 말도 하지 않았다. 캉 사장이 옷깃을 추켜올리며 말했다. 약간 춥네요. 메이루이가 말했다. 야참을 좀 먹는 게 어떨까요? 제가 음식을 만들고 밥을 할게요. 미스 왕은 아무 말도 하지 않았다. 훙칭이 말했다. 제가 할게요. 그리하여 마작을 잠시 멈췄다. 훙칭이 밥을 물에 말아 네 사람이 함께 먹었다. 메이루이가 혼자 중얼거리듯이 말했다. 밤에 제가 미스 왕이랑 같은 방에서 자야겠네요. 훙칭이 말했다. 그러네요. 메이루이가 웃으면서 말했다. 죄송해요, 부부를 갈라놓게 되는군요. 사실 저는 부엌에서 자도 돼요. 미스 왕이 빙긋이 웃었다. 캉 사장이 말했다. 저도 부엌에서 자도 돼요. 미스 왕이 물었다. 만일 부엌에 뱀이나 온갖 벌레들이 나오면 어떻게 해요? 메이루이가 부드러운 어투로 말했다. 사실 저는 캉 사장님과 한방을 써도 돼요. 제가 바닥에서 자면 되거든요. 캉 사장이 말했다. 당연히 제가 바닥에서 자야죠. 저는 괜찮아요. 여기까지 듣고 나서 훙칭이 빙긋이 웃으면서

* 마작이 후반으로 접어들었을 때 남이 내놓은 적이 없는 패를 두는 것.

** 마작에서 상대방의 패 숫자 사이에 들어갈 수 있는 경우를 말한다.

홍중紅中*과 백판을 각 한쌍씩 꺼내놓으며 말했다. 공평하게 스스로 고른 패가 한쌍을 이루는 사람과 같은 방을 쓰는 걸로 합시다. 미스 왕이 웃으면서 말했다. 또 바보 같은 소릴 하네요. 멍청이! 홍칭이 가볍게 웃으면서 패 네 개를 한참이나 만지작거리다가 말했다. 자, 골라요. 메이루이가 망설임이 가득한 표정으로 말했다. 캉 사장님이 먼저 고르세요. 홍칭이 말했다. 먼저 분명히 말하고 고른 패대로 하기로 했으니까 패를 뒤집고 나서도 후회하는 일은 없을 거예요. 캉 사장이 패를 골라 뒤집었다. 홍중이었다. 메이루이가 말했다. 홍칭 씨도 고르세요. 홍칭이 자세를 취하면서 손으로 마작판 위를 한 바퀴 돌고 나서 말했다. 미스 왕이 먼저 고르도록 양보할게요. 캉 사장이 말했다. 아무래도 마누라님에게 먼저 고르게 하는 게 적절하지요. 홍칭이 말했다. 마누라가 너무 젊고 예쁘거든요. 미스 왕이 아무 말도 하지 않다가 몹시 긴장한 표정으로 천천히 패를 하나 내밀었다. 백판이었다. 메이루이가 홍칭을 한참 쳐다보았다. 홍칭이 메이루이에게 말했다. 저를 쳐다보지 말고 어서 패를 고르세요. 메이루이가 물었다. 왜 제가 골라야 하죠? 미스 왕이 웃으면서 말했다. 사실 한 개만 더 고르면 결과가 분명해지거든요. 패가 나온 뒤에도 자기 멋대로 터무니없이 행동하기 없어요. 패를 고른 메이루이가 마작의 고수라도 되는 것처럼 손으로 패를 비비기만 했다. 힘을 주어 한참을 비비면서도 뒤집지는 않았다. 홍칭이 말했다. 어떤 패죠? 어서 말해봐요. 메이루이가 멍한 표정을 지었

* 흰 바탕에 붉은 글씨로 '중(中)' 자가 새겨진 마작 패.

다. 그러다가 마침내 천천히 패를 뒤집었다. 백판이었다. 맨 처음에 들떠서 왁자지껄하던 분위기가 싸늘하게 식고 말았다. 마작판이 썰렁해졌다. 네 사람 모두 멋쩍은 표정으로 자리에서 일어섰다. 미스 왕은 이곳에 오래 있고 싶지 않다면서 내일 아침 곧장 상하이로 돌아가겠다고 단호하게 말했다.

네 사람 모두 각자의 방으로 돌아갔다. 캉 사장이 침대 머리에 몸을 기대고서 말했다. 하느님에게 제대로 보는 눈이 있었던 거야. 그렇지 않았다면 큰일이 벌어졌을 거라고. 훙칭이 물었다. 그건 왜지? 캉 사장이 말했다. 생각해낼 수 있으니까. 패를 고르면서 방을 알아맞힐 수 있지. 머리를 굴리면 되거든. 훙칭은 아무 말도 하지 않았다. 캉 사장이 말을 이었다. 나는 메이루이 씨랑 한방을 써도 상관없어. 하지만 훙칭 자네의 아내인 미스 왕과 같은 방을 쓰게 된다면 내일 아침에 일어나서 무슨 말을 할지 모르는데, 내가 또 그걸 어떻게 당해낼 수 있겠나? 훙칭이 물었다. 그게 무슨 뜻인가? 캉 사장이 말했다. 분명하게 말하기는 어려워. 내가 하룻밤을 땅바닥에서 잤다고 강력하게 주장하고, 미스 왕도 나서서 두 사람이 하룻밤을 아무 일 없이 무사히 보냈다고 보증한다면 훙칭 자네는 믿을 수 있겠나? 이때부터 훙칭은 온갖 상상을 다 하기 시작했다. 끊임없이 생각해봤지만 결론을 낼 수 없었다. 이것이 결국 남녀에게 하나의 새로운 경험이 될지, 아니면 각자 평소의 자신을 지키게 될지는 당장 알 수 없었다. 물이 얼어 얼음이 되어야 투명해지는 것과 마찬가지였다. 이날 밤이 훙칭에게는 영원히 공백으로 남았다. 하나의 이야기에 지나지 않았다. 훙칭은 아무 말도 하지 않았다. 캉 사장이 말했다. 마찬가지야. 훙칭 자네가 메이루이와 한방을 쓴다고 해도 마누라님께서는 자네를 믿을 수 있었을 거야. 자네의 결백을 믿었을 거라고. 하지만 아무리 금슬이 좋은 부부라 해도 멋대로 이상한 생각을 할 수 있지. 부부 사이는 친구 사이와 달라 영원히 상대방을 믿지 못하거든. 훙칭은 아무 말도 하지 않았다. 캉 사장이 말했다. 친구 사이라면 틀림없이 그렇게 하지 못했을 걸세. 그날 밤은 영원한 수수께끼였다. 훙칭이 말했다. 걱정하지 말게. 내가 그 패를 골랐다면 분명 명나라 때의 관리 황화黃和처럼 아주 잘 처리했을 테니까. 캉 사장이 말했다. 아주 듣기 좋은 말이군. 훙칭은 아무 말도 하지 않았다. 바로 이때 옆방의 커다란 구식 침대 위에서는 미스 왕이 이미 휘장 깊숙한 곳에 들어가 있고 메이루이도 옷 단추를 풀고 천천히 토포土布* 면이불 속으로 몸을 집어넣고 있었다. 미스 왕이 말했다. 이 침대도 틀림없이 저우 씨 집안에서 쓰던 걸 거예요. 골동품상들은 이를 '모등暮登'이라고 부르지요. 밤에 올라간다는 뜻이에요. 여자들이 매일 밤 높고 멀리 올라가기 위해 서로 차례를 다투었던 것이지요. 메이루이가 웃으면서 말했다. 소란과 갈등이 끊이질 않았겠네요. 미스 왕이 말했다. 삼면에 꽃이 새겨진 목판으로 되어 있으니 아예 조각으로 이루어진 방이네요. 그래서 구사회에서는 처첩을 서너 명씩 거느릴 수 있었던 거죠. 침대가 넓고 크지 않으면 어떻게 밤을 즐길 수 있겠어요? 메이루이가 낮은 목소리로 말했다. 큰마누라든 첩이든 따

* 수동 직기로 짠 무명.

로따로 놀았겠지요. 미스 왕이 말했다. 꼭 그런 것도 아니에요. 이 휘장만 해도 정말 넓잖아요. 처첩을 합쳐 세 명이 올라와도 충분히 여유가 있을 것 같아요. 세 여인이 함께 수청을 들었으니 저우 어르신은 적지 않은 여자들과 자야 했을 것 아니에요? 그러니 밤만 되면 마음이 편치 않았겠지요. 메이루이가 말했다. 그런 얘기 그만해요. 구역질이 날 것 같네요. 미스 왕이 말했다. 이 침대 위에 얼마나 많은 남녀의 목소리가 있었고 얼마나 많은 안 좋은 일들이 벌어졌겠어요? 메이루이가 화들짝 놀라며 말했다. 그만, 그만! 그런 얘기 그만해요. 저는 이 베개마저도 더럽게 느껴진단 말이에요. 미스 왕이 웃으면서 말했다. 헤헤, 호호호, 왼쪽 오른쪽으로 껴안고 만지면서 물길을 열었겠지요. 메이루이가 온몸을 떨면서 말했다. 제발 절 괴롭히지 마요. 솜털이 곤두서고 있단 말이에요. 미스 왕이 말했다. 생각해보니 정말 아쉬운 것 같아요. 이번에 아바오 씨가 안 온 것 말이에요. 메이루이는 아무 말도 하지 않았다. 미스 왕이 말했다. 아바오 씨는 참 괜찮은 사람이에요. 메이루이가 부드러운 목소리로 물었다. 정말로 제 얘기를 듣고 싶으신 건가요? 제가 보기에는 캉 사장님이 훨씬 더 풍격이 있는 분이에요. 미스 왕은 아무 말도 하지 않았다. 메이루이가 말했다. 저는 단지 캉 사장님과 부인의 관계에 문제가 없는지 궁금할 뿐이에요. 미스 왕이 물었다. 무슨 뜻이에요? 메이루이가 말했다. 그냥 제멋대로 생각해봤어요. 미스 왕이 말했다. 캉 부인은 정말 풍격 있는 미인이지요. 아름답고 온화하기까지 하다니까요. 부부 두 사람의 감정과 의지가 아주 깊이 일치하는 편이에요. 평생 연인처럼 살 사람들이지요. 들리는 소문에 의하면 두 분이 밤마다 합환주를 마신다고 하더군요. 메이루이는 아무 말도 하지 않았다. 미스 왕이 말했다. 그래서 캉 사장님에게는 부부 이외의 남녀관계가 불가능하다는 거예요. 메이루이는 아무 말도 하지 않았다. 미스 왕이 물었다. 참, 아바오 씨는 왜 결혼하지 않는 거예요? 메이루이가 말했다. 저도 잘 몰라요. 미스 왕이 말했다. 생각이 너무 많아서 그럴 거예요, 그렇죠? 메이루이는 대답하지 않았다. 미스 왕이 말했다. 이전에 사업을 할 때 아바오 씨가 아주 세심한 모습을 보였던 게 기억나네요. 제가 자리에 앉으려 하면 뒤에서 의자를 받쳐주고 제가 일어서면 외투 입는 것을 도와주기도 했지요. 메이루이가 차갑게 말했다. 그게 뭐 그리 대수라고요! 기껏해야 사카린 몇 알 넣어준 것뿐인데 무슨 영양이 있겠어요. 미스 왕은 아무 말도 하지 않았다. 메이루이가 말했다. 아바오 사장은 그냥 일반적인 사업가이자 보통 상하이 사람이에요. 캉 사장이 훨씬 더 상냥하고 다정하지요. 미스 왕은 말을 받지 않았다. 이때 창문이 바람에 흔들렸다. 두 여인은 각자 마음속 고민을 안고 있었다. 등불은 짧고 밤은 길었다. 오래된 침대와 휘장, 겹겹의 주름이 점점 진하고 무겁고 흐릿하게 변해갔다.

네 사람은 다음날 상하이로 돌아와 각자 흩어져 일상으로 돌아갔다. 그날 밤, 미스 왕이 훙칭에게 말했다. 메이루이 저 여자는 글러먹었어요. 입만 열었다 하면 캉 사장 얘기더라고요. 훙칭이 말했다. 자기 남편 얘기도 하던데 뭘 그래. 미스 왕은 숨을 죽이고 아무 말도 하지 않았다. 훙칭이 말했다. 이 사회에는 확실히 그런 여자들이 있어. 절대로 자기 남편에 관해서는 얘기하지 않는 여자 말이야. 미스 왕이 말했다. 그게 뭐 그리 이상하다고 그래요? 나도 어디 가서 당신 얘기 절대 안 해요. 지금의 사회에서는 먹고 입는 것에 대해 얘기하거나 다른 남자에 관해 얘기하는 것이 당연한 추세라고요, 하지만. 훙칭이 물었다. 하지만 뭐? 미스 왕이 말했다. 입만 열었다 하면 분위기를 찾는 여자들도 있어요. 파리를 얘기하고 차 마시는 자리를 얘기하고 인생을 얘기하지요. 멍청한 여자들이에요. 입을 열든 닫든 아이와 우유병, 기저귀, 예방접종을 얘기하는 여자들은 표준 멍청이들이죠. 입만 열었다 하면 남편의 장단점을 들추는 여자들은 요괴에 속하고요. 훙칭이 물었다. 어째서 그렇다는 거요? 미스 왕이 말했다. 중국은 여인국인 것 같아요. 보통 여자들은 남자가 없어서 혼인증명서도 발급받지 못하잖아요. 그러니 온통 시골 여자들이나 도시와 시골을 왔다갔다하면서 일하는 시계 가게 점원이나 얼간이, 양반洋盘*들 천지지요. 흥, 게다가 전부 독수공방이에요. 의사들에 의해 석녀石女로 확진되는 경우가 많대요. 전부 배란관이 막혀 있는 거예요. 훙칭이 이불을 머리 위까지 당기고는 손을 뻗어 그녀의 몸에 얹으면서 말했다. 여보, 그런 얘긴 듣기 거북해. 앞으로 남편들의 장단점에 관해서는 얘기하지 않도록 해요. 남자 동료가 들으면 끼어들어 한데 어울리려고 할 거라고. 미스 왕이 허리를 비틀며 물었다. 나를 끌어당겨서 뭐하려고요? 훙칭이 말했다. 밤이 깊었잖아. 미스 왕이 말했다. 손은 왜 움직이

* 시류와 유행에 대해 잘 모르는 시골뜨기.

는 거예요? 매일 밤마다 공수표만 날리면서 참 재미도 있겠네요!

3

어느 날 오후, 캉 사장과 메이루이는 루윈綠雲 다실에 앉아 있었다. 메이루이가 말했다. 최근에는 마음이 좀 편치 않아요. 캉 사장이 말했다. 국제무역이란 정말로 순조롭지 못하죠. 어떤 회사는 '광교회廣交會'* 부스를 팔아서 생계를 유지하고 있더라고요. 메이루이가 말했다. 저는 우리 집안 사정을 얘기하고 있는 거예요. 캉 사장은 아무 말도 없었다. 메이루이가 말했다. 지난봄 여행이 종종 생각나는군요. 캉 사장이 말했다. 그래요? 메이루이가 말했다. 정말 전혀 생각지 못한 일이 벌어졌어요. 최근에 우리 엄마가 과거의 옛 애인을 만났어요. 캉 사장은 아무 말도 하지 않았다. 메이루이가 말했다. 저희 부모님은 오래전부터 별거하고 계세요. 이 옛 애인은 과거 상하이의 샤오카이小開**였어요. 1960년대에 홍콩으로 갔다가 1980년대 초에 엄마랑 연락이 닿았지요. 그런데 뜻밖에도 최근에 다시 만나고 있어요. 엄마는 아빠랑 다툰 뒤로 이혼하고 홍콩으로 갈 생각이에요. 샤오카이랑 결혼하는 걸로 한바탕 난리를 일으킬 모양이에요. 캉 사장이 물었다. 결혼하러 홍콩에 간다

* 매년 봄과 가을에 광저우(廣州)에서 거행되는 중국 수출입상품 교역회의.

** 일반적으로 부잣집 도련님이나 사업가 자제를 의미하지만 상하이에서는 생활 능력 없이 집안의 재산에 의지하여 풍족한 소비생활을 추구하는 사람들을 말한다.

고요? 메이루이가 말했다. 외할아버지가 홍콩에 거주하고 계세요. 혼자 사시면서 줄곧 엄마가 홍콩으로 갈 수 있도록 수속을 도와주고 계시지요. 지금 엄마는 홍콩 남자친구를 다시 만나고 제정신이 아니에요. 캉 사장은 아무 말도 하지 않았다. 메이루이가 말했다. 말하자면 이건 아주 일관된 모습이었어요. 엄마는 중학교 시절부터 빨간불이 켜졌었거든요. 매일 유행에 민감한 남자들과 어울려 춤을 추러 다녔으니까요. 1950년대 중반 상하이에는 무도장들이 전부 문을 닫기 전까지 소규모 무도장들이 정말 많았어요. 그 시기에 샤오카이를 만나 매일 무도장을 드나들었지요. 작은 무도장들을 전전하면서 하룻저녁에 서너 군데씩 돌아다녔어요. 애당초 신기한 일도 아니었지요. 특히 가장 질이 안 좋은 작은 무도장에 가서 노는 것을 제일 좋아했어요. 1위안만 내면 열 번 입장할 수 있는 구시대의 무도장보다 수준이 낮았는데도 신바람이 나서 미친듯이 돌아다니며 춤을 췄지요. 우리 외할머니는 너무나 곤혹스러워서 감히 외할아버지한테 편지를 써서 알릴 생각도 못하고 한밤중에 이 집 저 집 딸을 찾아 돌아다니면서 우셨어요. 그러다가 외할머니가 돌아가시고 나서는. 메이루이는 여기까지 말하고 나서 갑자기 입을 다물었다. 캉 사장이 말했다. 이 상하이라는 도시는 정말 이상해요. 1930년대에 베이징과 톈진天津, 칭다오 등지에도 무도장이 있었지만 여성 댄서들은 전부 상하이 여자들이었죠. 메이루이가 차갑게 웃으며 말을 받았다. 우리 엄마가 구사회의 여자가 아니었다는 게 그나마 다행이에요. 그렇지 않았더라면 일찌감치 댄서가 되었을 거예요. 평생 숭배한 인물이 유명한 댄서인 '솽단雙丹'이었으니까요. 대갓집 출신 규수로 상하이 전체를 뒤흔들었던 댄서 저우단핑周丹萍과 샤단웨이夏丹维 말이에요. 캉 사장이 물었다. 그다음엔 어떻게 되었나요? 메이루이가 서글픈 어투로 말을 이었다. 아무래도 제가 정신병에 걸린 것 같아요. 입만 열었다 하면 자기 집안 얘기를 하고 있으니 말이에요. 캉 사장이 말했다. 책에서 읽은 적이 있는데, 여자들은 비교적 쉽게 잘 모르는 남자에게 마음속 얘기를 털어놓는다고 하더군요. 메이루이가 찻잔을 가볍게 내려놓으면서 말했다. 캉 사장님이 그렇게 말씀하시니 기분이 별로 안 좋아지네요. 캉 사장이 물었다. 왜요? 메이루이가 말했다. 캉 사장님이 낯선 사람이 되잖아요. 저는 경박한 여자가 되고요. 캉 사장이 말했다. 그냥 남들이 하는 말을 인용했을 뿐이에요. 메이루이가 차를 한 모금 마시면서 눈길을 캉 사장에게 던진 채 말을 이었다. 우리 엄마가 옛날에 외할머니를 괴롭혀서 돌아가시게 하더니 이제는 저를 괴롭히기 시작했어요. 제가 죽어야 끝이 날 것 같아요.

춤 얘기가 나오자 캉 사장은 1980년대에 아내가 춤을 추러 다녔던 일이 생각났다. 대학 시절 캉 사장은 춤에 대해 대단한 열정을 보였었고 대학에서 상을 받기도 했다. 나중에 베이징으로 출장 갔을 때는 모교를 찾아가 동창을 만났다. 당시 무도회의 왕자로 군림했던 친구였다. 두 사람은 난차오핑南草坪에서 만났다. 캉 사장은 교정 깊숙한 곳의 채색 등불이 여전히 반짝거리는 것을 발견했다. 캉 사장이 물었다. 토요일에도 무도회가 있나? 왕자가 말했다. 그래, 맞아. 샤오캉小康* 자네는 요즘 사업을 한다며? 발바닥이 더

근질근질하겠군. 아니면 아예 간지러워 미칠 지경이든가. 캉 사장이 말했다. 너무 오래 추지 않아서 거의 다 잊어버렸네. 왕자가 웃으면서 말했다. 기본 공력이 있을 텐데 어떻게 잊어버린단 말이야. 오늘 저녁에 한번 추러 가는 게 어때? 캉 사장이 말했다. 그러지 뭐. 하지만 나는 춤을 추지 않고 앉아만 있을게. 구사회 무도장 용어로 '문자점 좌판을 펼쳐놓는다'는 표현이 있지. 그냥 구경하면서 옛 시절을 회상하는 것만으로도 만족스러울 것 같네. 왕자가 빙긋이 웃었다. 두 사람은 무도장을 향해 갔다. 입구에 가까워지자 왕자가 캉 사장을 잡아끌면서 물었다. 샤오캉, 여자 볼 줄 알지? 캉 사장이 되물었다. 무슨 말이야? 왕자가 말했다. 요즘 젊은 여자들은 몇 년 전과 사뭇 달라. 당시에는 교양이 있는 남자들만 좋아했었지. 캉 사장이 물었다. 지금은? 왕자가 말했다. 시장경제시대 아닌가. 무슨 말인지 모르겠어? 여자들도 많이 까다로워졌어. 샤오캉 자네도 안에 들어가면 눈을 똑바로 뜨고 자세히 살펴봐야 할 걸세. 지금의 대학 무도장은 본교 여학생들뿐 아니라 학교 밖에서 온 젊은 여자들이나 인근 지역 여성 주민들도 많거든. 따라서 외모와 기질을 잘 따져봐야 한다고. 상대방이 여학생 같아 보이면 자네가 다가가 춤을 청할 경우 십중팔구 자신이 학교 뒷문에 있는 작은 음식점 주인이라고 말할 걸세. 상대방이 가난한 집 딸 같은데 얼굴이 예쁠 경우, 눈이 부실 정도로 화려하게 차려입고 오만함과 교태를

* 상대방의 성이나 이름의 특정 글자 앞에 '샤오(小)'자를 붙인 호칭은 아주 친한 사이에 사용한다. 여기서는 캉 사장을 가리킨다.

동시에 드러낸다면 학교 밖에서 사회생활하는 아가씨일 가능성이 크지. 그녀에게 자네를 이 학교 부교수라고 소개하면 백발백중일 걸세. 캉 사장이 웃으면서 물었다. 왜 그래야 하는 건가? 왕자가 캉 사장의 어깨를 가볍게 치면서 말했다. 정말 모르는 건가, 아니면 모르는 척하는 건가? 캉 사장은 아무 말도 하지 않았다. 왕자가 말했다. 이걸 상부상조라고 하지. 알겠나? 지금은 신나게 춤만 추는 시대가 아니야. 몇 곡 추다가 데리고 나가도 되거든. 샤오캉 자네가 말만 잘하면 상대방은 냉큼 따라올 걸세. 둘이 간단히 식사를 하고 그다음에는 다양한 선택이 가능하지. 아주 직접적인 코스를 택할 수도 있고 말이야. 알겠나? 캉 사장은 놀라움을 금치 못했다. 왕자가 말했다. 춤만 열심히 추면 뭐하나! 결국에는 죄다 암환자 클럽의 회원이 되고 말 텐데. 여기까지 생각의 나래를 펴던 캉 사장은 문득 메이루이의 눈시울이 붉어지는 것을 발견했다. 그녀는 고개를 숙이고 손에 들고 있던 가방에서 사진 봉투를 하나 꺼내 다탁 위에 올려놓았다. 메이루이가 말했다. 우리 엄마가 제게 인화해 달라고 한 사진이에요. 사진에 찍힌 모습이 정말 꼴불견이더군요. 정말 말도 안 돼요. 캉 사장이 힐끗 보니 전부 무도장에서 찍은 전신사진이었다. 사진의 주인공은 나이가 쉰 정도 되어 보이는 우아한 자태의 여인이었다. 무늬가 있는 옥색 비단치마 차림으로 허리는 무척 가늘고 가슴은 풍만했다. 완전한 S자 몸매를 자랑하고 있었다. 부드러운 눈매와 오뚝한 콧날에 소박한 분위기는 찾아볼 수 없고 몹시 선정적이었다. 두 사람이 함께 찍은 사진도 몇 장 있었다. 여자가 피부가 약간 검은 남자에게 몸을 기대고 찍은 사진이었다. 나이가 쉰 남짓 되어 보이는 남자는 어깨가 딱 벌어져 있었다. 브이넥의 검정 무도복 차림에 바닥이 부드러운 국가표준 무도화를 신고 있었다. 온몸에 열기가 넘치는 진정한 남자의 모습이었다. 얼굴에는 땀이 몇 줄기 흘러내리고 있었다. 꽤나 인기 있어 보이는 이 거무튀튀한 남자는 강철처럼 단단한 근육질 몸매에 눈빛에서도 전류가 느껴졌다. 맨 밑에 있는 한 장은 춤을 추던 중 서로 껴안고 입을 맞춘 모습을 근거리에서 촬영한 사진이었다. 캉 사장은 한 장 한 장이 전부 생생하게 살아 있는 표정을 담았다고 생각했다. 동양인들의 키스 장면에서는 얼굴 구조가 서양인들과 달랐다. 쉽게 변형되어 욕정의 요소가 강했다. 이 사진의 장점이라면 그럼에도 불구하고 전혀 저속하게 느껴지지 않는다는 것이었다. 캉 사장이 말했다. 자당께서는 아주 젊어 보이고 남자친구도 진정한 MAN인 것 같네요. 아주 잘 어울려요. 메이루이가 말했다. 무슨 말씀을 그렇게 하시는 거예요? 우리 엄마는 예순이 다 되어가는 할머니란 말이에요. 남자친구란 사람도 두 살밖에 어리지 않고요. 이런 모습으로 사진을 찍은 것은 아빠를 자극하려는 의도임이 틀림없어요. 이 사진이 아빠의 손에 들어가 이혼을 결심하게 하려는 거예요. 캉 사장은 아무 말도 하지 않았다. 메이루이가 말했다. 최음제를 먹은 두 마리 대왕 뱀 같아요.

다실 밖에서는 비가 추적추적 내려 처마를 적시고 파초 잎을 흔들고 있었다. 캉 사장이 차를 한 모금 마셨다. 메이루이가 말했다. 부끄럽네요. 자리에 앉자마자 발작을 일으키고 말았어요. 캉 사장이 말했다. 이해합니다. 메이루이가 말했다. 원래는 다른 이야기를 하려고 했어요. 시골에서 산책하면서 둘이 달 구경하던 얘기를 하려고 했지요. 엄마 얘기는 입 밖에 내지도 않을 작정이었어요. 캉 사장이 말했다. 자식들은 부모님 일에 관해 그냥 옆에서 지켜보는 수밖에 없어요. 메이루이가 탄식하듯이 말했다. 우리 엄마는 비교적 특별한 편이에요. 어려서부터 끊임없이 주위 사람들 속을 썩였거든요. 옷 입는 것부터 화장까지 외할아버지가 매일 뒤에서 일일이 다 챙겨주셨지요. 캉 사장이 말했다. 이전에는 무도의 왕자를 하나 알았었는데 오늘 무도의 황후님을 뵙게 되었군요. 무도의 황제도 아주 인상이 깊고요. 메이루이가 웃으면서 말했다. 제가 가장 마음을 놓지 못하는 부분이 바로 이 무도의 황제예요. 우리 엄마랑 1980년대에 연락이 닿았지만 당시 엄마는 매번 홍콩으로 외할아버지를 만나러 갈 때마다 샤오카이를 만나고 싶어했어요. 하지만 엄마가 홍콩에 갈 때마다 이 사람은 일본 아니면 싱가포르에 가 있곤 했지요. 여러 해 동안 줄곧 만남을 회피해왔어요. 그러다 뜻밖에 어느 날 엄마가 난징로를 걸어가는데 공교롭게도 맞은편에서 이 사람이 걸어오는 거였어요. 이상하게도 두 사람은 그 자리에서 걸음을 멈추고 멍한 눈빛으로 서로를 바라보았지요. 엄마의 눈에서는 눈물이 흘러내렸어요. 캉 사장이 말했다. 영화 같네요. 메이루이가 말했다. 엄마는 샤오카이를 붙잡고 놓아주지 않았어요. 인연이 찾아오면 칼로 잘라내도 끊어지지 않는 법이라고 하더니 엄마는 꿈속에서도 그 사람 이름을 불러댔어요. 하지만 그 사람의 속마음에 대해 확신을 가질 수 없었지요. 엄마 말로는 그 사람이 엄마가 여전히 그렇게 예쁘리라고는 생각지 못한 게 분명했대요. 엄마의 사진을 보고도 믿지 않았던 거예요. 직접 만나보고 나서야 알게 되었지요. 두 사람은 일주일간 뜨겁게 연락을 주고받았어요. 그러더니 그 사람이 저녁식사 자리를 마련했지요. 엄마는 저를 함께 데리고 갔어요. 신야新雅*에 가서 저녁을 먹었죠. 그날 저는 음식점에 들어가자마자 그 사람의 눈빛이 무척 이상하다고 생각했어요. 제가 그 사람한테 물었죠. 제가 홍콩 아저씨라고 불러드릴까요? 아니면 삼촌이나 샤오카이라고 불러드릴까요? 엄마는 곧 아빠라고 부르게 될 거라고 말했어요. 그 사람이 빙긋이 웃으면서 샤오카이라고 부르는 게 자연스러울 것 같다고 대답하더군요. 엄마는 그냥 아저씨라고 부르라고 했어요. 아니면 젊은 외삼촌이라고 부르는 것도 나쁘지 않다고 했지요. 그 사람은 빙긋이 웃으면서 그냥 샤오카이라고 부르라고, 그렇게 부르는 게 더 젊게 느껴진다고 말하더군요. 당시 저는 아무 말도 하지 않았어요. 그때부터 저는 그 사람을 샤오카이라고 부르게 되었지요. 나중에 알게 된 사실이지만 그날 밤 엄마는 이미 질투를 하고 있었더라고요. 며칠이 지나 샤오카이가 제게 전화했어요. 엄마에게 너무 서둘러 이혼하려 애쓰지 말라고 말해달라는 것이었어요. 그렇게 하는 것이 모두에게 좋을 거라고 하면서요. 하지만 제가 그렇게 말하자 엄마는 화가 폭발해서 펄쩍펄쩍 뛰었어요. 엄마는 부부가 불화하여 장기간 별거했으면 이혼이든 결혼이든 폭발하는 날이 오기 마련이라고 하더

* 1926년에 개점했으며 원래 명칭은 '신야 다실(新雅茶室)'이다. 이름과 달리 광둥 음식을 전문적으로 제공하는 음식점이다.

군요. 제가 말했지요. 폭발은 뭐가 폭발한다는 거예요? 세계대전이 폭발하기라도 한다는 건가요? 엄마가 말했어요. 폭발이라고 하지 말고 나의 두번째 봄이라고 해주렴, 알겠니? 한 계절에 꽃이 두 번 피는 거라고 할 수 있지. 캉 사장이 말했다. 한 해에 차를 두 번 수확하는 것과도 같겠군요. 메이루이가 말했다. 두번째 봄이라 해도 좋고, 노을구름이라도 해도 좋고, 관계라고 해도 좋아요. 하지만 샤오카이가 마음속으로 줄곧 '사계절 모두 봄'이기를 바라고 있다면 어떻게 하나요? 엄마는 상관없다고, 반드시 아빠랑 이혼하고 샤오카이랑 결혼하고 말겠다고 하더군요. 제대로 된 여자라면 마음속에 고통이 있을 수밖에 없다면서요. 제가 엄마에게 말했지요. 샤오카이는 결혼하고 싶어하지 않아요. 기꺼이 결혼에 나서는 게 아니라고요. 어쩌면 일 년의 정력을 사 년에 걸쳐 쓰게 될지도 모르지요. 저의 오랜 고객 아바오 씨가 줄곧 독신 상태를 유지하면서 밖에서는 제멋대로 대충 사는 것과 다르지 않아요. 또한 후성이라는 변호사는 절반의 결혼 상태를 유지하는 것을 더 좋아하지요. 마누라가 외국에 나가 있으니 문제될 게 없어요. 자기 멋대로 살고 있지요. 주위 사람들을 혹사시키고 재산을 낭비하면서도 기본 원칙을 굳게 지키고 있어요. 이렇게 말해도 전혀 흔들리지 않으니 무슨 방법이 있겠어요? 캉 사장은 아무 말도 하지 않았다. 메이루이가 말했다. 마오毛 주석의 최고 지시나 마찬가지예요. 하늘은 비를 내려야 하고, 여자는 결혼을 해야 하는 법. 그러니 제게 무슨 방법이 있겠어요? 최대한 관여하고 싶지 않지만 마음이 괴로운 건 어쩔 수 없네요. 캉 사장은 아무 말도 하지 않고 눈길을 돌려 창밖에서 비가 파초를 때리는 모습을 바라보았다. 메이루이가 말했다. 제가 지금까지 말하는 동안 캉 사장님은 아무 말도 하지 않으시네요. 캉 사장이 머뭇거리면서 말했다. 제가 무슨 말을 하겠어요? 메이루이가 이를 드러내고 방긋 웃으면서 말했다. 무슨 말이든지 해보세요. 뭐든지 다 듣고 싶으니까요. 캉 사장이 대충 얼버무리며 말했다. 제 생각에는 메이루이 씨가 좀더 인내심을 갖고 열심히 일하면 좋겠어요. 물론 서로 만나지 않으면 마음이 깨끗해질 수도 있지요. 그 방법이 나을 수도 있어요. 메이루이는 아무 말도 하지 않았다.

# 삼장

## 일

할멈이 머리를 빗었다. 베이디가 말했다. 할멈은 왜 우는 거야? 할멈은 아무 말도 하지 않았다. 베이디가 말했다. 내가 말 잘 들었잖아. 할멈이 말했다. 외할머니 꿈을 꾸었어. 마음이 급해서 침 뱉을 틈도 없었단다. 베이디가 물었다. 할멈의 외할머니는 이름이 뭐예요? 할멈이 말했다. 외할머니의 녹나무 관 속에는 원보元寶* 두 덩이가 들어 있었는데 어젯밤 관에 박은 못이 덜컹거리는 것을 보니 뭔가 일이 생긴 게 분명해. 내가 보니까 우리 외할머니는 의지할 데 없이 외롭고 쓸쓸한 모습이었어. 관을 만들었던 판자 네 쪽만 남아 있고 아주 오래된 뼈는 마치 한 마리 물고기 같았어. 베이

* 중국의 옛 화폐로 금이나 은으로 만들었다.

디가 물었다. 물고기라고? 할멈이 말했다. 정말 당장이라도 사오싱으로 돌아가고 싶어. 외할머니 무덤을 정리하지 않으면 안 될 것 같아. 베이디가 말했다. 노파가 피난 갔던 얘기 좀 해봐요. 할멈이 말했다. 여러 번 얘기해줬잖아. 베이디가 말했다. 장모長毛*들이 물러가고 모두 피난을 갔잖아요. 할멈이 말했다. 우리 외할머니는 남경南京 천왕부天王府**의 궁녀였어. 당시에는 매일 연잎 물로 얼굴을 문질러 닦았지. 그러다보니 얼굴이 누레졌어. 꼭 죽은 사람 같았지. 하루는 일꾼들 몇몇이 몰래 바닥이 뚫린 관 속에 머리를 집어넣어 떠메고 갔어. 길을 반쯤 가다가 문지기를 만나 관뚜껑을 열어 보이자 문지기가 안에다 대고 말하더군. 죽어서 몸이 딱딱해졌어요. 관을 남경성 밖으로 메고 나가야 해요. 관 밑판이 빠지자 우리 외할머니는 재빨리 빠져나와 곧장 남쪽으로 도망쳤어. 열심히 도망쳤지만 몸에 무거운 원보를 지니고 있었기 때문에 빨리 뛸 수 없었지. 베이디가 말했다. 거짓말! 할멈이 말했다. 한 마디도 거짓말을 보태지 않았단다. 지난번에 얘기할 때는 황궁을 몰래 빠져나왔었잖아. 그때 마침 정궁낭랑正宮娘娘***과 마주치게 됐고. 혼돈을 먹으러 나왔다가 적잖이 놀랐다고 했잖아. 할멈이 이불을 끌어당기며 말했다. 베이디야, 그만 일어나. 침대에서 뭉그적거리지 말고 어서 공부하러 가야지. 베이디가 벌떡 일어나며 말했다. 뭐하는 거

---

* 1851년 청나라 말기 홍수전(洪秀全)이 주도했던 태평천국의 난에 가담했던 반도들을 말한다. 대부분 머리를 기르고 다녔기 때문에 이런 이름이 붙었다.

** 홍수전은 남경에 왕부를 짓고 호화로운 생활을 영위했다.

*** 황후를 지칭함.

야, 이건 홍콩 그림엽서라고. 내가 달라고 해서 얻어 온 거란 말이야. 베이디가 할멈의 손에서 그림엽서 한 장을 낚아채 베개 밑에 눌러놓았다.

당시 아바오는 홍콩 풍경이 담긴 그림엽서를 한 무더기 받았다. 형은 편지에서 친구들에게 크리스마스카드 대신 보내면 좋을 거라고 말했다. 아바오는 베이디에게도 몇 장 고르게 했고 후성도 달라고 해서 두 장 주었다. 베이디는 결국 한 장만 골랐다. 스타페리*와 빅토리아항구 풍경이 담긴 엽서였다. 아바오는 엽서에 가는 글씨로 베이디 아가씨, 메리크리스마스!라고 썼다. 아가씨라는 단어는 베이디가 요구한 것이었다. 베이디는 엽서를 받고 무척 신이 났다. 후성이 고른 엽서 가운데 한 장은 마오밍로의 이웃인 수화姝華 누나에게 보낼 작정이었다. 또 한 장은 비행기가 카이탁啓德공항에 막 착륙하면서 건물에 바싹 다가간 풍경을 담고 있었다. 후성은 잠시 생각하다가 주소를 썼다. 상하이 대자명종 시캉로 모농 5호 3층. 바로 옆의 빈 공간에는 이렇게 썼다. 샤오마오, 요즘 잘 지내지? 아주 오래 연락하지 못했어. 대자명종에도 몇 번 가고 싶고 쑤저우하에도 가보고 싶군. 새해 복 많이 받아! 베이디가 말했다. 메리 크리스마스라고 써야지. 후성이 말했다. 우리 아빠가 그건 자본주의의 미신이라고 하셨어. 중국인들은 인정하지 않는다는 거지. 베이디는 몸을 돌리고는 아무 말도 하지 않았다. 아바오는 한 장은 할아버지에게 쓰고 또 한 장은 친고모인 쑹宋 선생님에게 썼다. 신년 인

---

* 홍콩섬과 주룽반도 사이의 바다를 오가는 배.

사를 적어 쓰난로 문 앞에 있는 우체통에 넣었다. 수완 누나에게도 한 장 썼다. 그 엽서를 베이디가 대신 전하고는 영화설명서를 몇 장 가지고 돌아왔다. 당시에는 영화를 개봉할 때마다 설명서를 인쇄했다. 관객들은 영화관에 들어가면 공짜로 받을 수 있었다. 베이디의 부모님은 십 년 넘게 영화 포스터를 수집해왔다. 아바오는 포스터가 커다란 상자 여러 개를 가득 채우고 있는 것을 본 적이 있었다. 수량이 정말 대단했다. 베이디는 영화설명서만 수집했다. 베이디가 말했다. 우리 엄마 아빠는 옛날에 다광밍大光明영화관*에 영화를 보러 갔다가 공교롭게도 나란히 붙은 자리에 앉게 되었고, 서로 말을 걸어 결혼하게 되었대. 할멈이 말했다. 엄마랑 아빠는 학교 같은 반 친구였어. 중학교 때부터 연애를 한 거지. 베이디가 말했다. 아빠가 '다광밍'에 갔다가 엄마 손에 설명서가 들려 있는 것을 보고 빌려 보다가 두 사람이 서로 미소를 짓게 되었대. 할멈이 말했다. 이 두 사람은 도대체 영화를 본 거야, 아니면 영화를 찍은 거야? 연기를 하면서 눈짓을 주고받았겠네. 베이디가 말했다. 정말이라고요. 할멈이 말했다. 허튼소리 집어치우라고 해. 베이디가 말했다. 두 사람은 서로 모르는 상태에서 설명서가 한 장밖에 남아 있지 않아 빌려 보고 돌려준 것뿐이라고. 할멈이 말했다. 아주 그럴듯하군. 베이디가 벌떡 일어나 할멈을 거세게 끌어당겼다. 아바오가 나서서 말렸다. 베이디! 할멈이 말했다. 착한 아가씨, 나랑 싸

* 1928년 상하이 난징시로(南京西路)에 설립된 영화관으로 헝가리 건축가 우덱이 설계했다.

우려고 덤비지 마요. 아바오가 빙긋이 웃었다.

베이디는 영화 보는 걸 좋아했다. 쓰난로의 사촌오빠와 사촌언니들도 영화를 좋아했다. 수완 언니도 영화광이었다. 인근의 적지 않은 '사회청년' 중 남자들은 로런스 올리비에나 제라르 필리프, 그레고리 펙을 따라 하면서 좋아했다. 그레고리 펙을 따라 하는 것은 쉽지 않았다. 기껏해야 소매가 등롱처럼 쩍 벌어진 셔츠를 입는 것뿐이었다. 여자들은 오드리 헵번 스타일로 파마를 하고 오드리 헵번처럼 눈썹을 들어올렸다. 연한 컬러의 7부 바지나 9부 바지에 플랫슈즈를 신는 것은 비교적 쉬운 일이었다. 남녀 청년들은 수완의 집에 모여 춤을 추거나 레코드판을 들었고 궈타이영화관에 가서 〈햄릿〉이나 〈백만 파운드 지폐〉 〈로마의 휴일〉 같은 영화를 보았다. 밤이 되면 사거리가 무대가 되었다. 남쪽의 푸싱중로 어린이도서관 일대에서도 궈타이영화관 입구의 눈처럼 밝은 불빛이 보였다. 남녀가 짝을 지어 입장권 환불을 기다렸다. 이는 일종의 몸동작이나 마찬가지였다. 빠르지도 않고 느리지도 않았다. 암표상들은 이 사람들을 보면 그저 피해 지나갈 뿐이었다. 3할 정도는 암표상을 기다리거나 만나기로 약속한 사람들로 가볍게 다가와 한마디 물었다. 표 있죠? 상대방이 힐끗 쳐다보니 아주 우아하고 점잖은 얼굴에 흰 셔츠를 입고 있었다. 양복바지는 다림질을 잘해서 뾰족하게 날이 서 있었다. 원피스 차림일 경우에도 아주 깨끗하고 청결한데다 봉재 상태가 무척 아름답고 유행을 잘 타는 유형이었다. 상하이 사람들은 누구나 앉으면 앉은 대로 서면 선 대로 우아한 자태가 드러나야 한다고 말하곤 했다. 체면과 외모에 등급이 있어 남들의 눈을 사로잡아야 한다는 것이다. 남은 표를 내밀면 상대방은 작은 목소리로 고맙다고 말했다. 표를 받는 동작은 암표상보다 느렸다. 이런 청년들은 항상 여러 회차분의 표를 사서 몇 번이나 연달아 영화를 보았다. 수완 누나가 말했다. 나는 영화관에 들어갈 수 있기만 하면 돼. 영화관 안에서 죽어도 좋아. 아바오가 말했다. 왜? 수완이 말했다. 나는 기꺼이 영화관 안에서 죽고 싶어. 영화에 취하는 거지. 영화는 그런 효과와 마법을 지니고 있거든. 아바오가 말했다. 영화를 반복해서 보는 것은 수완의 아빠가 돈이 많기 때문이야. 수완이 빙긋이 웃었다.

한동안 상하이에서는 〈분홍신〉*과 〈백치〉** 〈백야〉*** 〈자전거 도둑〉 등의 영화가 절찬리에 상영되었다. 〈적과 흑〉의 표를 사려면 밤중까지 줄을 서야 했다. 각자 번호표를 받아 기다려야 했고, 사람 대신 줄에 채소 바구니나 벽돌을 놓아두는 것은 인정되지 않았다. 아바오와 베이디 아빠도 줄을 선 적이 있었다. 표는 한 사람이 두 장씩만 살 수 있었다. 줄은 진장호텔을 따라 보행로를 끼고 베이이로北一路까지 이어졌다. 아바오는 아는 사람들을 여럿 만났다. 사촌형과 사촌누나는 조금 늦게 왔다. 수완과 유행을 따르는 몇몇 친구들도 왔다. 이들은 이렇게 삼삼오오 무리를 이루어 길거리에 모이게 되었다. 사촌형은 소형 일제 트랜지스터라디오에 의지

---

* 영국의 뮤지컬 영화(1948).

** 도스토옙스키의 동명 소설을 바탕으로 제작된 소련 영화(1958).

*** 소련 영화(1959).

궈타이영화관에서 표를 사기 위한 줄이 진장호텔 주랑을 따라 북쪽으로 길게 이어져 있다. 이 주랑이 있던 자리에 지금은 상점들이 들어서 있다. 1961년에는 일급 영화관에만 에어컨이 설치되어 있었다. 상하이영화관은 3급 영화관이라 종이부채로 더위를 달랬다.

해 가볍게 몸을 흔들면서 쉴새없이 친구들과 얘기를 나누었다. 트랜지스터라디오는 모양이 아주 얇고 우아하며 무척이나 드문 물건이었다. 1970년대 초가 되어서야 국산품이 유행하기 시작했다. 비교적 후기에 나온 산양三洋 라디오는 스피커가 두 개인 것도 있고 네 개인 것도 있었지만 전부 조악하기 그지없었다. 수완은 바깥세계에 비해 상하이는 완전히 낙오되었다고 말한 적이 있었다. 모든 게 뒤죽박죽이라 맨발로 쫓아가도 바깥세계를 따라잡기 어렵다고 했다. 이들의 표현에 따르자면 이른바 시대의 유행이라는 것은 이보다 여러 해 전 서양 사람들이 운동경기를 보기 위해 여전히 보수적인 정장 차림으로 경기장을 찾던 우아한 시대의 끝자락에 다름 아니었다. 줄은 조금도 움직이지 않았다. 베이디 아빠는 아무 말도 하지 않았지만 아바오는 무척 심심했는지 자신도 모르게 소련의 새 명화 〈더 포티 퍼스트〉* 얘기를 꺼냈다. 베이디 아빠는 여전히 아무 말도 하지 않았다. 아바오가 말했다. 여자 홍군이 백군 포로를 지키고 있었어요. 고도孤島나 다름없었지요. 외로운 남자와 외로운 여자였으니까요. 베이디 아빠가 말했다. 처음에는 서로 적대시하다가 나중에는 서로 농담을 주고받더니 결국 연인으로 발전하게 되었지. 그러다가 마지막에는 바다에 백군의 전함이 나타났어. 백군 포로가 살려달라고 외쳤지만 결국 여자 홍군이 총으로 쏘아 목숨을 빼앗고 말았지. 아바오는 아무 말도 하지 않았다. 영화의 결말에 여자 홍군이 죽은 사람을 꼭 껴안고 있던 장면이 생각났다.

* 그리고리 츠흐라이 감독이 제작한 멜로 영화(1956).

여성 합창이 배경음악으로 흘러나오고 있었다. 파란 눈, 파란 눈, 나의 파란 눈이여. 줄은 조금도 움직이지 않았다. 아바오가 멋쩍은 듯이 말했다. 저는 무척 감동했었어요. 베이디 아빠는 아무 말도 하지 않았다. 아바오는 약간 난처했다. 베이디 아빠가 아바오를 끌고 담장 구석으로 가서는 낮은 목소리로 말했다. 한 여인이 계급적 감정을 위해 사랑하는 애인을 총으로 쏘아 죽인 거야. 이는 폭력을 선전하는 공산당 영화라고. 아바오가 물었다. 폭력이라고요? 베이디 아빠가 말했다. 이건 아주 오래된 단어야. 프랑스는 폭력혁명을 선전했고 영국은 '명예혁명'을 선전했지. 공산당도 그랬고. 베이디 아빠가 여기까지 말했을 때, 여자 경찰 하나가 옆을 지나갔다. 두 사람은 얼른 입을 다물었다. 잠시 후 여자 경찰이 멀어지자 베이디 아빠가 다시 입을 열었다. 이런 영화는 여권주의자들만 좋아하지. 아바오가 말했다. 그게 뭔데요? 베이디 아빠가 말했다. 아주 오래된 단어야. 여권주의가 중국에 들어온 지는 사십 년쯤 되었지. 아바오는 아무 말도 하지 않았다. 베이디 아빠는 목소리를 아주 낮춰 한 글자 한 구절 또박또박 설명해주었다. 소련 사람들 가운데는 소콜로프가 가장 피비린내나는 인물이야. 이념을 위해 부자지간에 살육을 벌이고 사람들을 해치는 무수한 이야기를 써냈지. 아바오는 말이 없었다. 베이디 아빠가 물었다. 그런데 아바오 너는 무엇 때문에 감동했다는 거니? 한번 말해봐. 아바오가 말했다. 아, 네, 저 말이에요? 베이디 아빠가 말했다. 그 영화는 사람들의 나쁜 마음을 작동시키는 영화야. 아바오는 말이 없었다. 줄이 조금 움직였다. 베이디 아빠가 말했다. 마오둔茅盾*의 『삼인행』은 여성의 변태적 심리를 묘사하고 주광첸朱光潛**의 『변태심리학』에서는 프로이트의 이론을 설명하지만 별로 특별한 것은 없어. 아무것도 아닌 셈이지. 〈더 포티 퍼스트〉야말로 진정한 변태 영화야. 아바오 너도 앞으로 이해하게 될 거야.

궈타이영화관 앞을 지나갈 때마다 아바오는 이때의 대화가 생각났다. 마오밍로는, 이후에 푸른 잎의 담장이 화원호텔에서 지하철 입구까지 이어지지만 당시에는 쇼윈도가 길게 늘어서 있었다. 이는 〈오늘은 쉬는 날〉***이라는 영화의 결말 부분에 등장하기도 했다. 남자 주인공이 과일 바구니를 열자 사과가 빙글빙글 빠르게 돌면서 아주 멀리서 카메라를 향해 다가왔다. 야경에 가까운 마오밍로의 전시용 진열장에 길게 전등이 켜졌었다. 남자 주인공이 카메라를 등진 채 자전거를 타고 화이하이로 위로 멀어져가는 가운데 배경음악이 울리면서 자막에 '끝'이라는 글자가 나타나고 영화관 실내에 불이 켜졌다. 사방에서 쿵 퍼벅 하는 소리와 함께 의자가 뒤로 넘어갔다. 모든 것이 희미해지면서 뒷모습으로 변했다. 베이디 아빠의 모습도 희미해지면서 뒷모습으로 변했다. 나이는 넘기 어려운 장애물이었다. 일종의 장벽이라 융통성이 없는 대신 강렬한 흡인력을 발생시켰다. 이때 아래층에서는 피아노 조율사를 불러왔는지 고음대의 건반을 두드리는 소리가 반복되고 있었다.

---

* 중국의 소설가.

** 현대 중국을 대표하는 미학가이자 문학 연구자.

*** 상하이에서 제작된 코미디 영화(1959).

아바오 엄마는 긴 소파에 앉아 털실로 뜨개질을 하고 있었다. 옆에는 소설책 『청춘지가』*가 펼쳐져 있었다. 아래층의 피아노 소리가 멈췄다. 아바오는 소파에 앉아 책을 집어들었다. 참새 울음소리가 가늘게 울렸다. 농탕 안에서 쉰 목소리로 외치는 소리가 들려왔다. 우산 고쳐요! 아바오가 책을 펼쳤다. 옆에서는 뜨개질하는 소리가 들렸다. 아바오 엄마가 다가와 함께 책을 보았다. 엄마는 콜드크림 향기를 함께 몰고 왔다. 한 구절을 읽고 나서 물었다. 사랑의 고뇌가 무슨 뜻이야? 아바오는 아무 말도 하지 않았다. 아바오 엄마가 물었다. 고뇌가 뭐지? 아바오가 몸을 가볍게 움직였다. 고요함 속에 뜨개바늘이 서로 마찰하는 소리가 들렸다. 아래층에서는 또다시 고음대의 피아노 소리가 반복되기 시작했다. 우산 고쳐요, 우산들 고치세요! 아바오는 몇 쪽 읽다가 짜증이 나서 책을 내려놓고는 자리를 떴다. 엄마가 읽은 부분은 다른 쪽에 있는 구절인지 아바오의 눈에는 보이지 않았다. 하지만 엄마가 책을 읽는 소리, 특히 상하이 사투리로 읽는 소리가 몹시 귀에 거슬렸다. 엄마가 자신의 변화를 읽고 있는 것 같았다. 라디오에서 호극滬劇**의 대사 한 구절이 들려왔다. 류劉 소저, 사랑해요. 상하이 사람들은 사랑을 거론할 때면 혀가 잘 돌아가지 않았다. 일반적으로 '좋아한다'는 단어를 대신 썼다. 영어 A를 쓸 수도 있었다. 이를 구두로 말하면 좋아한다는 뜻이 된다. 〈더 포티 퍼스트〉에도 이런 대사가 나온다. 중위

* 작가 양모가 1958년에 발표한 자전적 소설.

** 상하이의 전통 지방극.

가 여자 홍군 마류트카에게 말한다. 나는 태어날 때부터 포로였던 것은 아니오. 우리집 벽은 사방이 전부 책이었어요. 책에서 읽었어요. 사랑의 고뇌 역시 책에서 읽었지요. 책에 인쇄된 글자를 통해 알았어요. 아바오는 골치가 아파서 아래층으로 내려가 가오란로 입구까지 갔다. 뜻밖에도 맞은편에서 작은이모가 걸어오고 있었다. 아바오가 작은이모를 불렀다. 작은이모는 무척 쓸쓸하고 처량한 모습이었다. 손에는 부들을 엮어 만든 꾸러미를 하나 들고 있었다. 이모가 어색한 표정으로 말했다. 이모가 쏘가리 한 마리 가져왔어. 아바오는 아무 말도 하지 않았다. 작은이모는 아바오 엄마의 동생으로 고통스러운 운명을 지닌 여인이었다. 여러 해 전에 곤경에 빠진 부잣집 아들과 이혼하고 훙커우虹口의 호적경찰*과 결혼하여 아이를 둘 낳았다. 그런데 이 호적경찰, 즉 작은이모부가 업무상의 지위를 이용하여 한 여성 주민과 사통했다. 당시에는 이를 '부패행위'라고 불렀다. 여자의 남편은 해군이었다. 이 여성 주민이 갑자기 임신하자 이모부는 '군혼軍婚파괴'의 혐의로 삼 년간의 노동개조를 선고받았다. 온 가족이 고향인 저장성의 작은 진으로 이사해야 했다. 이는 상하이시가 직업이 없는 부녀자들이나 범죄자의 배우자에게 내리는 정규적인 처벌 조치였다. 상하이 생활에 익숙해져 시골 생활을 몹시 싫어했던 작은이모는 여러 번 울면서 가오란로를 찾곤 했다. 때로는 두 아이를 데리고 와 며칠 묵고 가기도 했다. 아바오의 엄마 아빠는 며칠 동안 열심히 작은이모를 달래고 위

* 공안국이나 파출소에서 관할 지역의 호구 관리를 전문적으로 담당하는 경찰.

로했지만 여전히 울고 다투는 소리가 그치지 않았다. 어느 날 밤, 구급차 한 대가 요란한 경보음을 울리면서 아바오의 집 앞으로 달려왔다. 두 명의 의료요원이 다급하게 움직이더니 작은이모를 들것에 싣고 떠났다. 이날 작은이모는 마음속 아픔을 떨쳐버리지 못하고 자살을 결심하고는 황린 다섯 봉지를 삼켰던 것이다.

이

우편배달부가 그림엽서를 배달해주었다. 미용실 리 사부는 대충 살펴본 다음, 사진이 밖을 향하게 하여 경대 앞면에 끼워두고는 자신이 홍콩과 왕래가 있다고 말했다. 이전에 상하이에서 처음으로 일본 상품 전시회가 열렸을 때, 사진 속의 홍콩은 상하이 사람들의 마음을 더욱 복잡하게 만들었었다. 남녀 손님들이 전부 멍한 표정을 지었다. 사흘 전에 그림엽서는 샤오마오의 손으로 돌아갔다. 리 사부가 말했다. 우체국 소인은 상하이시 건데 사진은 홍콩 거네. 난 정말 봐도 모르겠다. 희미해서 잘 모르겠어. 샤오마오는 아무 말도 하지 않고 바로 옆에 있는 창서우로 우정국에 가서 한 장에 2편 하는 그림엽서 두 장을 산 다음, 후성이 남긴 라더 아파트 주소를 적고 옆에 한 구절 적었다. 후성, 나 샤오마오야. 보내준 편지 정말 고마웠어. 시간 날 때 놀러와. 그때까지 즐겁게 지내. 이는 샤오마오 평생의 유일한 편지였다. 이날 샤오마오가 위층으로 돌아왔을 때, 샤오마오 엄마는 3층 다락방 문밖에 서서 음식을 하나 만들고는 조개탄 화로를 껐다. 음식은 아주 간단했다. 미나리와 말린 두부를 함께 볶은 것과 홍소 홍당무 두 가지였다. 통상적으로 밤이 되면 샤오마오가 대자명종 재래시장에 가서 줄을 서서 벽돌을 놓아두고 다음날 아침 일찍 샤오마오의 엄마나 샤오마오가 가서 벽돌을 찾아 그 자리에 다시 줄을 섰다. 미나리와 무, 콩으로 만든 제품은 카드에 기록을 해야 공급받을 수 있었다. 이때 샤오마오 엄마가 물었다. 왜 또 수업 빼먹고 농땡이를 치는 거야? 점심만 먹고 집에 와버리면 선생님이 가만히 계시겠어? 샤오마오는 아무 말도 하지 않았다. 샤오마오 엄마가 말했다. 내가 당장 마오 주석님한테 얘기할 거야. 샤오마오가 말했다. 배가 아파서 그랬어요. 샤오마오 엄마가 말했다. 헛소리 그만해. 사내 녀석이 배가 왜 아파? 형과 누나들은 성적이 좋은데 샤오마오 너만 이 모양이니 내가 잘못 키운 게 분명한 것 같구나. 샤오마오가 말했다. 배가 또 아파요. 그러면서 침대에 엎드렸다. 샤오마오 엄마가 말했다. 엄마는 죽기살기로 일하고 야근까지 해가면서 돈을 벌어도 식당에 가서 배불리 먹지도 못하고 국수 한 그릇에 파기름과 간장 조금 곁들여 한끼를 때워. 그렇게 시합을 벌이듯이 실을 이으면서 머리가 아플 정도로 일을 해봤자 수입이 강북 계집애* 하나만도 못하단 말이다. 샤오마오는 아무 말도 하지 않았다. 샤오마오 엄마가 말했다. 공부를 잘해야 나중에 기술자가 되고 공장장이 되어 유리로 된 사무실에

---

* 원문은 '小娘皮'로 저장 지역의 사투리다. 청춘기의 발랄하고 버릇없는 아가씨들을 나이든 여자들이 욕할 때 쓰는 말이다.

서 여유롭게 차를 마실 수 있단 말이야. 샤오마오가 말했다. 또 시작이시네. 샤오마오 엄마가 가마솥 뚜껑을 닫으면서 말했다. 가서 더운물이나 한잔 마시도록 해. 샤오마오가 대답했다. 네! 이때 지붕창 밖에서는 햇빛이 검은 기와를 가득 뒤덮고 부근 일대에는 굴뚝마다 연기가 피어오르고 있었다. 공장이 밀집되어 있기 때문이었다. 면방직 공장을 비롯하여 담배 공장, 약물 공장, 칫솔 공장, 손수건 공장, 모방 공장, 기계강철 공장 등 다양한 유형의 공장들이 밤낮으로 가동되고 있었다. 서쪽에는 치약 공장이 있어 서풍이 불면 스피어민트 냄새가 날아왔고 서북풍이 불면 삼관당교三官堂橋* 의 제지 공장에서 풀을 태우는 역한 냄새가 날아왔다. 뭔가 썩는 냄새 속에 도시의 숨결과 목을 자극하는 매캐한 냄새가 한데 섞여 있어 집집마다 창문을 닫아야 했다.

샤오마오와 학교 친구 젠궈建國는 예자자이葉家宅에서 돌아오는 길이었다. 두 사람은 무술 사부님을 모시고 권법을 연마하면서 반 년째 형의권形意拳**을 배우고 있었다. 권법 사부님의 집은 북쪽으로 쑤저우하에 인접해 있어 수련을 위한 말뚝을 세울 공간이 없었기 때문에 시멘트 바닥에 흰 분필로 작은 동그라미를 그려놓은 후 그걸 이용하여 혼원장渾圓樁***을 세우고 기氣를 배양하게 했다. 이날 권법 사부님은 검정 털실로 짠 단추 많은 옷차림으로 두 제자에

---

* 삼관당은 하늘과 땅, 물을 관장하는 세 신에게 제사를 지내는 도교 사원을 말한다.

** 중국 전통 권법의 하나.

*** 옛날 권법의 일종.

게 말했다. 모든 힘을 이 권법에서 찾아야 한다. 힘의 운행을 체감할 수 있어야 무술의 발전이 있는 법이다. 젠궈는 숨을 죽이고 아무 말도 하지 않았다. 이날 친구의 연재 그림책 세 권을 훔친 일이 발각되어 놀라고 당황하여 어쩔 줄 몰랐기 때문이다. 권법 사부님이 말했다. 아무리 하찮은 일이나 사물이라도 사람을 놀라게 할 수 있지. 친구가 정말로 싸우려고 덤비면 젠궈 너는 절대로 얼굴을 때려선 안 된다는 것을 잊지 마라. 눈과 코가 붓고 퍼렇게 멍이 들면 선생님한테 들킬 테니 말이다. 젠궈는 아무 말도 하지 않았다. 샤오마오가 물었다. 친구 세 명이 한꺼번에 싸우자고 덤벼들어도 저는 막기만 해야죠? 사부님이 말했다. 상황을 봐야지. 눈을 동그랗게 뜨고 이리저리 살피다보면 눈이 피곤해서 쉽게 시야가 흐려지지. 이때 주먹이 날아오면 맞는 수밖에 없어. 하지만 아무리 아파도 눈을 감아선 안 된다. 머리를 감싸쥐어서도 안 되고 놀라서도 안 돼. 샤오마오가 말했다. 네 명이 한꺼번에 달려들면요? 사부님이 말했다. 잊지 마라. 한 명이 힘을 쓰는 것만 뚫어지게 쳐다봐라. 알았지? 사람 수가 많은 것은 신경쓰지 않아도 된다. 주먹이 빠르게 움직이지 않을 때 기회를 놓치지 않고 밀어버리면 돼. 한 명만 확실히 밀치면 된다. 상대방을 놀라게만 하면 돼. 머리가 깨져 피가 흘러도 상대를 밀쳐내고 손바닥으로만 치는 거야. 그러다가 일단 주먹이 나가기 시작하면 얼음처럼 냉혹해야 돼. 북두칠성이 남쪽으로 돌아갈 때까지 패야 한다. 샤오마오는 아무 말도 하지 않았다. 사부님이 말했다. 금종金鐘을 한 번 칠지언정 북을 천 번 쳐서 부숴버려선 안 돼. 샤오마오는 반에서 일어났던 일이 생각나 갑자기 피가 머리로 솟구쳤다. 사부님이 말했다. 놀라선 안 된다. 달이 쪼그라든다 해도 원래의 빛이 바뀌지 않는 법이야.* 화살은 꺾여도 쇠는 꺾이지 않는다. 허리가 아주 튼튼해야 해. 알았지? 지금은 우선 인내심을 단련하는 게 좋겠다. 오행권五行拳만 훈련하도록 해. 샤오마오가 말했다. 알겠습니다. 사부님이 말했다. 그다음에는 벽권劈拳을 연마하기로 한다. 스스로 힘의 이치를 찾도록 해. 그걸 찾아냈다면 다른 권법을 연마해도 된다. 샤오마오와 젠궈는 고개를 끄덕이고는 각자 노동표 담배를 두 갑씩 꺼냈다. 사부님이 말했다. 이 녀석들, 담배라면 나는 적어도 마두馬頭 회사 담배만 피운단 말이다. 샤오마오가 말했다. 저는 사부님께서 홍모란紅牡丹이나 남모란藍牡丹을 피우시는 줄 알았어요. 젠궈가 말했다. 용돈이 생기면 먼저 사부님을 위해 쓰도록 하겠습니다. 사부님이 말했다. 그런 마음만 기억하고 있어도 된다. 앞으로 너희가 어떻게 하는지 두고 보마. 권법훈련을 제대로 하지 않으면 뺨을 맞을 줄 알아. 샤오마오가 고개를 끄덕였다. 사부님이 말했다. 사람을 공격하는 무술은 다음에 가르쳐주마. 지금은 우선 힘의 원리를 이용하는 것만 생각하도록 해. 힘을 발바닥과 팔에 집중해야 한다. 명심해. 샤오마오가 말했다. 명심하겠습니다. 젠궈가 말했다. 사부님, 휴지 백 장을 장방형 의자 위에 놓고 며칠 동안 권법을 연마했더니 휴지에 구멍이 나는 바람에 아빠한테 호되게 야단을 맞았지만 저는 후회하지 않습니다. 사부님은 아무 말도 하지 않았다.

---

* 송나라 시인 매요신의 시 「고의」 중 한 구절.

우닝로교武寧路橋 어귀는 샤오마오 아빠가 다니는 제8강철공장이 있는 곳이었다. 전기 벨이 울리면 뜨거운 철근이 가득 실린 특장 트럭이 출발했다. 철망 울타리 안에서는 밤마다 붉은 뱀 같은 철근이 생산됐다. 샤오마오가 밥그릇을 들고 말했다. 선생님이 작문 숙제를 내줬어요. 부모님이 일하는 공장의 상황에 관한 글을 써오라는 거예요. 아빠가 마시던 녹두주 술병을 내려놓고 말했다. 공장과 노동자는 가장 좋은 작문 소재라고 할 수 있지. 이전 작업라인에서는 노래가 퍼지기도 했어. 단 한 구절짜리 노래였지. 1070만 톤의 철강, 울랄라, 1070만 톤의 철강, 울랄라. 대단하네, 대단해. 당시 중국은 영국을 능가하려 노력했어. 빨리 영국을 능가하려면 1070만 톤의 철강이 필요했지. 철강 1070만 톤만 있으면 뭐든지 할 수 있으니까 말이야. 샤오마오가 물었다. 왜 미국을 뛰어넘을 생각은 안 하는 건가요? 샤오마오 아빠가 말했다. 미국 놈들은 애송이들이라 깡통에 든 소고기만 먹을 줄 알지. 그런 놈들을 뛰어넘는 것이 무슨 의미가 있겠니. 상하이는 말이야, 줄곧 영국인들의 상황을 주시해왔거든. 샤오마오가 물었다. 그럼 프랑스는요? 샤오마오 아빠가 말했다. 마오 주석님께서 입을 여실 때까지 기다려야지. 영수님께서 한마디하시면 어떤 사람이든지 다 대적할 수 있거든. 중국은 금세 세계 1등이 될 거야. 멋진 건물들도 세계에서 가장 많이 보유하게 될 거다. 샤오마오의 엄마가 말했다. 그런 얘긴 그만하고 밥이나 먹어요. 샤오마오 아빠가 술잔을 내려놓으며 말했다. 부처의 입은 함부로 열면 안 되는 법이야. 부처의 입이 열리면 일이 쉽게 해결되긴 하지만 말이야. 샤오마오 엄마가 물었다. 도대체 언제나 술을 좀 줄일 거예요? 샤오마오 아빠는 아무 말도 하지 않았다. 샤오마오 엄마가 말했다. 이 세상의 모든 남자는 출근과 회의, 그리고 노상 술 먹는 것만 알지. 내 고민을 알아주는 사람은 마오 주석님밖에 없다니까. 내가 일을 잘한다는 걸 알아주시는 분도 마오 주석님밖에 없고 말이야. 샤오마오가 말했다. 그렇군요. 샤오마오 엄마가 말했다. 엄마는 줄곧 잘못이 있거나 책임질 일이 있을 때마다 마오 주석님을 생각하면 마음이 편안해졌어. 직장에 화냥년들이 몇 있어서 내가 뭐라고 불평하려고 하면 마오 주석님께서 먼저 다 알고 계신다니까. 샤오마오는 아무 말도 하지 않았다. 샤오마오 엄마가 물었다. 샤오마오, 너 작문에 엄마에 관해 쓰는 게 어때? 샤오마오가 고개를 끄덕였다. 샤오마오 엄마가 말했다. 지난 몇 년 동안 내게는 노동모범의 순서가 돌아오지 않았어. 다른 사람들이 상장을 받고 면방신촌棉紡新村*으로 이사해 새 노동자 숙소에 거주하게 되는 것을 구경만 해야 했지. 엄마는 화도 내지 않고 말다툼을 벌이지도 않았어. 샤오마오 아빠가 말했다. 지나간 얘기는 그만 하라고. 샤오마오 엄마가 말했다. 다른 사람들 같았으면 말다툼으로 그치지 않고 치고받으면서 싸웠을 거야. 죽어라고 욕을 해대면서 천지사방 돌아다니며 울고불고 난리를 쳤겠지. 하지만 엄마는 왜 아무 짓도 하지 않았는지 알아? 샤오마오가 물었다. 왜 그랬는

* 상하이와 톈진에 설치된 주거단지로 주로 면방직공업의 우수 노동자들에게 제공됐다. 상하이 면방신촌은 푸퉈구(普陀區) 닝창로(寧强路) 25호에 위치해 있었다.

데요? 샤오마오 엄마가 말했다. 모든 영광이 내게 돌아오지 않고 영수님에게로 돌아갔으니까. 그렇게 생각하면 내가 억울할 게 뭐가 있겠니? 샤오마오가 물었다. 여성 노동자들은 왜 항상 그렇게 싸우는 건가요? 샤오마오 아빠가 말했다. 여성 노동자들은 작은 문제들을 가지고도 다투지만 남자 노동자들은 음흉해서 겉으로는 호방한 척하지. 가장 야심이 큰 건 남자들이야. 샤오마오가 물었다. 그럼 왜 기계수리공은 전부 남자예요? 샤오마오 엄마가 말했다. 수시로 기계 안팎으로 올라갔다 내려왔다 하기 때문이지. 과거에는 체면 따위를 중시하지 않았어. 보기 흉하고 편하지도 않았지. 샤오마오는 아무 말도 하지 않았다. 샤오마오 엄마가 눈을 문지르면서 말했다. 물론 나도 억울하긴 하지. 엄마는 단지 평생 남들을 이해해야 한다고 생각했을 뿐이야. 죽을 때까지 남을 도와야 한다는 게 이 엄마의 신념이란다. 샤오마오가 말했다. 잘 기억해둘게요. 샤오마오는 힐끗 영수님의 초상화를 쳐다보았다. 그저께 인평이 갑자기 위층으로 올라와 오두주 위에 있던 그 초상화를 바라보던 일이 생각났다. 그때 인평이 웃으면서 말했다. 주민위원회에 있는 것보다 크네. 샤오마오가 물었다. 누나, 무슨 일 있어요? 인평이 물었다. 엄마는 안 계시니? 자잘한 꽃무늬가 아로새겨진 인평의 얇은 저고리 단추가 풀어져 안에 받친 두꺼운 수건이 밖으로 드러났다. 젖가슴이 퉁퉁 불어 있었다. 샤오마오가 힐끗 쳐다보자 인평은 빨개진 얼굴로 재빨리 가슴을 가리면서 말했다. 나 간다. 샤오마오는 아무 말도 하지 않았다. 인평은 그렇게 곧장 아래층으로 내려갔다. 이날 밤, 엄마 아빠는 야간근무를 했다. 시캉로 24번 전차가 땡땡땡 소리를 내면서 지나가자 2층 아저씨의 기침소리가 들렸다. 인평이 물을 받느라 계단을 위아래로 오르내리자 이내 조용해졌다. 지붕창 밖에는 차가운 북풍이 불고 있었다. 시캉교 방향에서 밤 항행을 하는 배들의 모터소리와 기적소리가 들려왔다. 쑤저우하 예자자이 일대와 강 건너편의 분뇨처리장, 양안의 빈 박선駁船들, 흘수선, 갑판 등이 가볍게 흔들리는 모습이 홍수예방 담장보다 높게 보였다. 샤오마오의 눈이 싸하게 아파왔다. 농탕 옆 시캉로의 재래시장에서는 아무리 어려운 시기라 해도 몇 시간만 지나면 인근 지역에서 조기를 실은 차와 갈치를 실은 차가 한꺼번에 몰려와 날이 밝을 때까지 시끄러울 것이었다. 창서우로 양쪽은 동서남북으로 무수한 공장들이 있어 오후 근무자들과 야간근무자들의 교대가 이루어지고 있었다. 대자명종 주민들은 15촉 백열등이 하나하나 꺼지고 밤이 깊어질 때가 되어야 이불 속이 따뜻해지기 시작하는 것을 느낄 수 있었다.

## 삼

일요일 오후, 후성이 대자명종 농탕 안으로 들어섰다. 미용실 대문 입구에서는 꼬마 아가씨 둘이서 고무줄놀이를 하고 있었다. 하나는 따메이메이이고 다른 하나는 이웃 농탕에 사는 란란蘭蘭이었다. 후성이 문패를 살피면서 말했다. 혹시 3층에 사는 샤오마오 아니? 란란이 말했다. 내가 안내해줄게. 샤오마오는 숙제를 잘 안

해서 벌로 글씨를 쓰고 있어. 두 꼬마 아가씨가 후성을 가게 안으로 데리고 들어갔다. 라디오에서는 본탄의 창이 흘러나오고 있었다. 딩스어丁是娥의 〈중매쟁이 옌옌〉이었다. 무척이나 멀고 아득한 느낌을 주는 곡조였다. 후성은 한 줄로 나란히 놓여 있는 이발의자를 지나 2층으로 올라갔다. 열린 방문으로 인평이 아기를 안고 젖을 먹이는 모습이 보였다. 후성이 여자애들을 따라 2층으로 올라가자 소리를 듣고 나온 샤오마오가 문 앞을 가로막으면서 경고하듯 말했다. 뭐하는 거야. 어서 내려가. 따메이메이가 말했다. 손님이 왔어. 그 순간 란란의 등뒤에 후성이 서 있는 것을 발견한 샤오마오는 몹시 반가워했다. 두 사람은 네모난 탁자 앞으로 가서 몇 마디 주고받았다. 샤오마오가 고개를 돌리자 따메이메이와 란란의 손발이 빨라졌다. 두 꼬마 아가씨는 찬장을 열고는 홍소백엽결紅燒百葉結* 한 점과 당초소배糖醋小排**를 한 점씩 그릇에 담아 재빨리 아래층으로 내려갔다. 샤오마오가 버럭 화를 내며 소리쳤다. 당장 안 가? 빨리 꺼지라고! 두 꼬마 아가씨는 한 줄로 꿰인 은방울처럼 후성의 등뒤로 날듯이 달아나 쿵쾅쿵쾅 아래층으로 내려갔다. 후성이 빙긋이 웃으며 지붕창 너머로 밖을 내다보았다. 농탕의 지붕들이 한눈에 들어왔다. 두 사람은 몇 마디 더 주고받고는 아래층으로 내려왔다. 2층의 인평이 아기를 끌어당겨 젖가슴을 가리면서 물었다. 밖에 나가는 거야? 샤오마오가 말했다. 제 친구예요. 후성이

* 두부말림과 닭고기를 홍소 방식으로 조리한 음식.

** 돼지갈비에 설탕과 식초를 넣고 볶은 저장 지역 음식.

인평을 향해 가볍게 고개를 끄덕였다.

아래층으로 내려온 두 사람은 뒷문으로 농탕을 빠져나와 시캉로를 따라 곧장 북쪽으로 달려갔다. 후성이 따메이메이와 란란에 관해 묻자 샤오마오가 말했다. 걸신들린 먹보들이야. 후성이 말했다. 내가 아는 꼬마 아가씨가 하나 있는데 나이가 란란보다 조금 어려. 피아노 치는 데는 마음이 없고 남녀가 만나는 걸 구경하길 좋아해서 노상 거리를 쏘다니지. 샤오마오가 말했다. 란란보다는 세상 물정을 더 잘 아는 편이네. 후성이 말했다. 성격이 조용하고 우아한 걸로 얘기하자면 원래 우리 이웃이었던 수화 누나를 들 수 있지. 그 누나는 좀처럼 말을 안 해. 글씨 쓰는 것만 좋아해서 노트 몇 권에 계속 뭔가를 적고 있지. 샤오마오가 물었다. 체계적인 무술 동작이나 고대의 명구들을 적어두는 건가? 후성이 말했다. 수화 누나는 시를 베껴. 한 행 한 행 아주 작은 글씨로 베끼지. 샤오마오가 말했다. 내 친구 젠궈는 국어 책에 나오는 시를 전문적으로 베끼는데. 예컨대 하늘에는 옥황상제가 없고/ 땅에는 용왕이 없네/ 내가 바로 옥황상제이고/ 내가 바로 용왕이네 이런 시 말이야. 후성이 말했다. 그런 혁명시는 우리 아빠가 아주 잘 알고 있지. 틀림없이 칭찬하실 거야. 샤오마오가 말했다. 말하자면 간부 집안 사람들도 별 차이가 없는 것 같아. 내 친구 젠궈의 아빠는 교현郊縣* 간부인데 농촌 분야의 글들을 발견하고는 젠궈에게 열 번씩 쓰게 했대. 예컨대 나무는 늙으면 뿌리가 많아지고/ 사람은 늙으면 말이 많아

---

* 교외에 있으나 행정 관할상으로는 도시에 속하는 현.

지는 법이니/ 내가 늙어서 말이 많다고 탓하지 말라 이런 구절이야. 후성이 말했다. 나는 이 시를 한 구절밖에 못 외워. 세 가닥 힘줄이 머리를 지탱하고 있네.* 샤오마오가 웃었다. 후성이 말했다. 우리 아빠 말로는 이것이 신파新派의 정기시正氣詩래. 샤오마오가 말했다. 정기를 얘기하자면 송나라를 언급하지 않을 수 없지. 후성은 웃으면서 아무 말도 하지 않았다. 두 사람은 시캉로가 끝나는 지점에 이르렀다. 앞에는 쑤저우하가 가로놓여 있었다. 맨 처음 가까이 다가갔을 때는 후성이 상당히 흥분했었다. 서쪽으로 지는 햇빛이 강수면을 덮고 있었다. 때마침 썰물 때라 물위에 떠 있는 볏짚과 해진 부들 바구니, 채소 껍질 등이 햇빛을 받아 금빛으로 반짝이면서 조용히 동쪽으로 흘러가고 있었다. 강 양안에는 적지 않은 배들이 정박해 있고 강 한가운데도 배들이 오가고 있었다. 배들로 가득 찬 물위를 긴 거룻배 대열이 천천히 떠가고 있었다. 후성이 시 네 구절을 기억해내고는 읊조렸다.

꿈속 아름다운 풍경이 우담화처럼 잠시 나타나더니,
흐르는 물을 따라 이내 사라져버리네
시든 꽃잎은 소리만 남긴 채 사라져버리고,
썩은 흙은 뜨거운 열기만 내뿜네

* 1950~60년대 상하이에서 유행하던 말로 제대로 먹지 못해 피골이 상접한 모습을 비유한 것.

샤오마오가 말했다. 외국인이 쓴 시로군. 후성이 말했다. 수화 누나가 적어준 거야. 샤오마오는 아무 말도 하지 않았다. 후성이 말했다. 수화 누나 사촌오빠가 베낀 거래. 샤오마오가 말했다. 나는 무슨 뜻인지 모르겠어. 후성은 말이 없었다. 샤오마오가 말했다. 여기서 동쪽으로 가면 양톈창洋鈿廠과 양톈창교洋鈿廠橋*가 나오고 거기서 더 가면 탄즈만潭子灣**이 나와. 노동계급의 발원지지. 후성이 말했다. 나도 알아. 그곳을 장닝교江寧橋라고 부르잖아. 앞에는 후항선滬杭線***이 연결되어 있어 철로가 쑤저우하에 가깝게 붙어 있어. 양톈창은 조폐 공장이고 쑤저우하에서 탄즈만까지 남쪽으로 오다보면 철로는 줄곧 동쪽을 향하게 되어 있지. 그 사이에 양톈창이 있어. 커다란 서양식 건물인데 꼭 베를린 국회건물처럼 생겼지. 샤오마오가 말했다. 따메이메이의 엄마는 이전에 매일 그 건물 안에 앉아 있었어. 납으로 각자角子****를 만들었지. 1펀, 2펀, 5펀짜리 동전을 만든 거야. 드르륵드르륵 기계 소리가 울리면 각자가 산더미처럼 쌓였지. 나중에는 병이 나서 그 일을 그만두셨어. 후성이 말했다. 상상하기 어렵네. 샤오마오가 말했다. 각자는 한

---

* 과거 상하이 사람들은 은화를 '은양전(銀洋鈿)'이라 불렀다. 양톈창교는 옛 조폐 공장이 있던 위치의 쑤저우하 다리로 1949년 이후에 장닝로교로 이름이 바뀌었다.

** 상하이시 푸퉈구 동부, 펑웨푸(彭越浦)와 쑤저우하가 만나는 지점의 북쪽 지역. 20세기 초에 갑자기 상하이 인구가 폭증하면서 허름한 상가와 주거지가 들어서게 되었다. 상하이의 대표적인 빈민가 가운데 하나다.

*** 상하이와 항저우(杭州) 사이를 오가는 철로.

**** 중화민국 시기에 사용되던 1자오와 2자오짜리 은화와 해방 이후에 사용되는 1위안 미만의 동전을 통칭하는 말.

무더기씩 쌓여 있는 흰 돌 같았어. 공장 안에서는 한푼의 가치도 없었지. 소라 껍데기나 마찬가지였어. 내가 따메이메이에게 "내가 한줌만 쥘 수 있게 해주면 좋을 텐데"라고 말했더니 따메이메이가 빙긋이 웃더군. 얼굴에 보조개를 만들면서 말이야. 후성이 말했다. 란란도 웃는 모습이 아주 예쁘던데. 샤오마오가 말했다. 지금이 여름이었다면 양톈창교에 올라가 물속으로 뛰어내렸을 텐데. 후성이 말했다. 나는 무서워서 그렇게 못해. 샤오마오가 말했다. '양초 끼우기揷蠟燭'*는 할 수 있지? 두 발을 아래로 향하게 해서 두 손으로 꼭 끌어안은 다음, 눈을 질끈 감고 뛰어내리면 돼. 후성이 말했다. 낙하산을 타고 내려오는 것과 다르지 않네. 우리 부모님은 공군이셨어. 이건 훈련을 해야 할 수 있는 일이야. 샤오마오가 말했다. 군대 얘기가 나왔으니 말인데, 지금은 송나라 때랑 비교도 안 돼. 후성이 말했다. 송나라 때 기선이나 비행기가 있었다면 타이완을 금방 해방시켰겠지. 샤오마오가 말했다. 틀림없이 그랬을 거야. 장회소설을 쓸 수도 있었겠지. 타이완성에 높이 매달린 적교들을 향해 대포 소리 속에서 군마가 몰려들어가 전부 죽였을 거야. 깃발에는 '호滬'자가 박혀 있었겠지. 다시 북소리가 울리면 후성 아빠가 고함을 치면서 재빨리 말을 달려 들어갔겠지. 그러면 장蔣씨네 도둑놈**들이 재빨리 문을 열고 죽음을 받아들였을 것이고. 이 몸은 손을 쓸 기회도 없었을 거야. 백성들은 도탄에 빠져 있었겠지. 후성

---

* 상하이의 사투리로 몸을 전혀 움직이지 않는 것을 의미한다.

** 국공 내전에서 패하고 타이완에 중화민국 정권을 세운 장제스과 국민당 세력을 말한다.

이 빙긋이 웃었다. 샤오마오가 말했다. 내가 아는 할아버지가 한 분 계셔. '상척각' 화이하이로 첸자농錢家弄에 사시지. 수중에 수백 권의 구사회 연재그림을 갖고 있는데, 한 권 빌려 보는 데 3펀이야. 어때, 생각 있어? 샤오마오는 『평원기』라는 책을 뽑아들었다. 맨 앞에는 '조중조朝中措'라는 사패詞牌가 인쇄되어 있었다. 번체자였다. 그윽한 자태로 뭇 꽃들이 있는 곳은 들어가지 않고, 말없이 쓸쓸하게 서 있네. 떨어진 꽃처럼 영락한 신세, 너무나 차갑고 서늘한 심장. 강 머리 달빛 아래, 새로 시를 지어 옛 한을 읊으니, 외로운 꿈 향기롭기만 하구나. 후성은 고개를 가로저었다. 별로 흥미를 느끼지 못했다. 샤오마오는 흥이 싹 가셨다. 두 사람의 화제가 산만해졌다. 뱃사람들의 작은 부두에 이르러 후성이 유둔자油墩子*를 사서 둘이 천천히 나눠 먹었다. 강에서 박선들의 기적소리가 들려왔다. 두 번은 길고 한 번은 짧았다. 중량창고中糧倉庫를 마주하고 있으니 소리 없는 정적 속에 시간이 빠르게 흘러가면서 햇빛이 사라지기 시작했다. 쑤저우하가 진하고 어둡게 변했다. 후성이 말했다. 시간 날 때 라더 아파트에 놀러와. 샤오마오는 그러겠다고 약속했다. 두 사람은 강가를 벗어나 24번 전차 종점까지 걸었다. 샤오마오는 눈길로 후성이 전차에 오르는 것을 배웅했다.

이날 샤오마오 엄마는 오전 근무를 마치고 돌아왔다. 미용실 왕사부가 쑤베이 사투리로 말했다. 식구들이 돌아왔어요. 샤오마오

* 장쑤와 저장 지방의 길거리 음식.

엄마가 쑤베이 사투리로 대답했다. 네. 왕 사부가 말했다. 샤오마오는 방금 다시 나가던데요. 샤오마오 엄마가 물었다. 어딜 갔어요? 왕 사부가 말했다. 글쎄요, 친구랑 같이 나가더라고요. 샤오마오 엄마가 물었다. 어떤 친구랑 같이 나갔어요? 왕 사부가 말했다. 안경 낀 꼬마던데요. 샤오마오 엄마가 화가 머리끝까지 나서 말했다. 어린놈이 안 나가겠다고 약속해놓고 또 발바닥이 근질근질해졌군. 엉덩이가 올리브같이 생겨서 제대로 앉아 있지를 못하네요. 샤오마오 엄마가 쿵쿵거리며 위층으로 올라갔다. 2층 아저씨의 방문은 굳게 닫혀 있었다. 인펑이 문을 열고서 말했다. 아주머니, 잠깐만 들어와보세요. 샤오마오 엄마가 물었다. 무슨 일인데? 인펑이 말했다. 들어와서 얘기해요. 샤오마오 엄마가 그녀의 방으로 들어가자 인펑이 문을 닫았다. 요람에서는 아이가 막 깼는지 이리저리 눈을 돌리고 있었다. 샤오마오 엄마가 아기를 들어 안았다. 인펑이 낮은 목소리로 말했다. 아주머니한테 한 가지 여쭤볼 게 있는데, 입을 열기가 좀 부끄럽네요. 샤오마오 엄마가 말했다. 어서 말해봐. 인펑은 쪽찐머리를 숙인 채 아무 말도 하지 않았다. 그러다가 가슴을 천천히 올리면서 말했다. 정말 너무 크게 불어요. 샤오마오 엄마가 잠시 살펴보고는 놀란 표정으로 말했다. 아이고, 날이 갈수록 더 커지네. 인펑이 낮은 목소리로 말했다. 이웃 사람들이 보면 정말로 보기 흉할 거예요. 무겁기는 또 되게 무거워요. 샤오마오 엄마가 말했다. 아기가 복이 많네. 인펑이 말했다. 너무 많이 나와서 아기가 다 먹지도 못해요. 옷도 계속 젖어 있고요. 아기가 울었다 하면 쉬를 한 거예요. 기저귀를 갈아댈 틈이 없어요. 인평이 단추를 풀자 옥설玉雪처럼 희고 풍만한 가슴이 모습을 드러냈다. 뜨거운 공 두 개가 미끄러져나와 방안을 가득 채우는 것 같았다. 샤오마오의 엄마가 소매를 걷어붙이고 가까이 다가가면서 말했다. 큰일났군. 공장의 백 명이 넘는 사람들이 함께 목욕을 할 때도 이렇게 큰 가슴은 본 적이 없는 것 같아. 너무 창피하겠다. 인평이 말했다. 네, 그래요. 샤오마오 엄마가 말했다. 걱정하지 마요. 옛날 방법대로 하면 될 거야. 유산나트륨을 조금 발라봐요. 적당히 바르면 줄어들 거야. 인평이 옷고름을 여몄다. 샤오마오 엄마가 말했다. 혹시 하이더가 돌아오거든 좀 먹어달라고 해도 좋을 것 같은데. 인평이 얼굴이 빨개지면서 말했다. 저희 엄마도 그렇게 말씀하셨어요. 이웃집에 먹어줄 아기가 있으면 그렇게 해도 된다고요. 샤오마오 엄마가 말했다. 여자로 산다는 건 정말 어려운 일이야. 젖이 적으면 초조해지고 젖이 많아도 고민이니 말이야. 인평이 망설이다가 물었다. 아주머니, 혹시 샤오마오에게 먹이는 건 어떨까요? 저는 정말로 그러고 싶어요. 샤오마오 엄마는 아무 말도 하지 않았다. 인평이 말했다. 매일 아침저녁으로 두 번씩요. 샤오마오 엄마가 멍한 표정으로 말했다. 샤오마오는 줄곧 비쩍 말라 있으니 먹으면 보양이 되겠지. 문제는 샤오마오가 이미 다 컸다는 거야. 말을 들어먹질 않아. 인평이 말했다. 그 문제는 저도 생각해봤어요. 하지만 저는 기꺼이 그러고 싶어요. 샤오마오만 불편해하지 않는다면 괜찮아요. 샤오마오 엄마가 쓴웃음을 지으며 말했다. 생각 좀 해볼게. 급한 일은 아니니까. 인평이 말했다. 젖이 너무 많이 나와서 정말 방법이 없어요. 샤오마오 엄마는 천천히 위층으로 돌아왔다. 황혼 무렵이 되자 샤오마오는 시캉로에서 천천히 자기 집이 있는 농탕으로 돌아왔다. 란란이 그를 보고 말했다. 빨리 들어가봐. 위에서 샤오마오를 부르는 소리가 열일곱 번이나 들렸는데 어딜 그렇게 싸돌아다니는 거야? 샤오마오가 물었다. 뭐 그리 급한 일이 있다고 그러지? 란란이 말했다. 서랍 속에 있던 양표랑 돈이 없어졌는데 틀림없이 샤오마오가 가져갔을 거라고, 맞을 짓만 한다고 그러던데. 샤오마오가 말했다. 우리 엄마는 한 번도 나를 때린 적이 없어. 샤오마오가 위층으로 올라갔다. 집안으로 들어서자마자 샤오마오 엄마의 걸레 자루가 날아왔다. 머리에 밤톨만한 혹이 생겼다. 샤오마오 엄마가 물었다. 이 망할 놈의 새끼야, 어딜 그렇게 싸돌아다니는 거야? 샤오마오가 머리를 감싸쥐고 말했다. 왜 때려요? 샤오마오 엄마가 물었다. 왜 글씨를 쓰지 않는 거야? 샤오마오가 말했다. 학교 친구가 찾아와서 그랬어요. 샤오마오 엄마가 말했다. 발바닥이 하얀 고양이 새끼처럼 잘도 빠져나가지. 이 녀석을 어떻게 하면 좋아? 엄마가 퇴근하고 돌아와보니까 빈 책상만 보이던데. 샤오마오가 말했다. 말 좀 부드럽게 하시면 안 돼요? 샤오마오 엄마가 말했다. 엄마는 항상 샤오마오 네가 아직 어린 젖먹이라고 생각해서 감히 매를 들지 못했는데 지금 보니까 다리뼈가 아주 단단해졌네. 여기저기 마구 돌아다니니 말이야. 샤오마오가 말했다. 사람을 때리는 건 옳지 않아요. 샤오마오 엄마가 말했다. 정말 화를 돋우는구나. 샤오마오가 말했다. 아무리 엄마가 옳다고 해도 말로 할 수 있잖아요. 왜 손찌검을 하는 거예요. 영수님은 한 번도 사람을 때린 적이 없단 말이에요.

# 4장

## 1

그날 메이루이와 캉 사장은 차를 마시면서 아바오와 후성이 가는 곳마다 혼란한 단계에 처해 있다는 얘기를 했다. 후닝滬寧 고속도로*에서 아바오가 연달아 몇 번 재채기를 하자 후성도 덩달아 재채기를 해댔다. 업무용 차는 아주 빠르게 달렸다. 타오타오가 뒷좌석에서 티슈를 건네면서 말했다. 모처럼 이렇게 나왔으니 밤에 대접을 잘 받으려면 두 분 모두 몸조심하도록 하세요. 타오타오 옆에는 투자 고객인 미스 위俞가 타고 있었다. 바로 그때 그녀가 티슈 한 장을 뽑아 코앞에 가져다대면서 말했다. 비가 갈수록 더 많이

* 상하이와 닝보 사이를 잇는 고속도로. 상하이가 발전하기 전까지는 닝보가 장쑤성 최고의 항구도시였다.

오네요. 쑤저우에 도착하면 좀 잦아들까요? 타오타오가 말했다. 걱정 마요, 금세 그칠 거예요, 모든 게 다 준비되어 있습니다. 미스 위가 물었다. 이번에 쑤저우에 가면 도대체 어떤 일들이 우리를 기다리고 있는 거예요? 타오타오가 말했다. 그냥 대접받으러 가는 거예요. 미스 위가 말했다. 그 말은 믿을 수가 없군요. 타오타오가 말했다. 이미 여러 번 말했잖아요. 쑤저우의 친구가 손님 대접하는 걸 좋아해서 상하이의 사장님들 몇 분이랑 친해지고 싶어하는 거예요. 미스 위가 손을 내저으며 전화를 몇 통 받더니 갑자기 못마땅한 어투로 말했다. 상하이를 떠나자마자 바로 문제가 생기네요. 타오타오가 물었다. 기분이 상했어요? 미스 위는 아무 말도 하지 않았다. 타오타오가 말했다. 기분 풀어요. 미스 위가 낮은 목소리로 말했다. 타오타오 씨에게는 얘기해도 모를 거예요. 타오타오가 말했다. 사람은 좀 낙관적일 필요가 있어요. 미스 위는 아무 말도 하지 않았다. 앞자리에 있던 후성이 말했다. 기왕에 나왔으니 그냥 내버려둬요. 미스 위가 말했다. 네, 알았어요. 저는 후 선생님과 아바오 사장님 체면을 봐서 따라온 거예요. 앞자리에 앉은 아바오가 말했다. 고마워요. 타오타오가 말했다. 제 체면도 좀 챙겨주세요. 무역에 종사하는 친구들이 몇 명 있는데 다들 아바오 사장님의 이름을 알고 있지요. 미스 위가 말했다. 저는 타오타오 씨가 제일 싫어요. 사업을 하면서 목적성이 너무 강해요. 일단 일이 생기면 제게 죽기 살기로 이리저리 마구 엮어대잖아요. 대갑게 사장의 사람 성가시게 만드는 기질은 절대 고치지 못할 거예요. 후성이 웃으며 말했다. 대갑게가 집게로 물었다 하면 도망칠 데가 없지요. 미스 위가 웃으면서 말을 받았다. 맞아요. 타오타오 씨의 집게는 너무 세거든요. 미스 위는 이런 말을 하고는 뒷자리에서 잠깐 바스락거리더니 잠시 후 퍽 하는 소리를 냈다. 미스 위가 목소리를 낮게 깔면서 말했다. 날 건드려서 뭐하려고 그래요?

차가 쑤저우 간장로幹將路에 있는 훙펑鴻鵬 음식점에 도착하자 비가 멎었다. 네 사람은 차에서 내려 별실로 들어갔다. 나이가 좀 들어 보이는 사장이 이들을 맞아주었다. 모두 자리잡고 앉자 사장이 말했다. 네 분의 명성은 익히 들어 알고 있습니다. 오시느라고 수고하셨습니다. 타오타오는 저의 오랜 형제지요. 우선 모두 자리에 앉으셔서 제가 올리는 잔을 받으시지요. 이리하여 모두 음식을 먹으면서 얘기를 나누기 시작했다. 사장은 주량이 대단한데다 성격도 아주 시원시원했다. 성이 판范인 그의 조력자도 대단히 친절했다. 식사를 마치고 나서 판 사장은 내부 개발계획에 대해서만 설명하면서 이 일에 참여하면 투자금액이 얼마가 되든지 간에 수익률이 매우 높을 것이라고 말했다. 판 사장이 이 일에 관해 얘기할 때마다 타오타오도 끼어들어 이 일로 떼돈을 벌었다는 다른 사람들의 이름을 나열하면서 거들었다. 판 사장이 얘기를 끊으면서 말했다. 친구들끼리 내부적으로 함께 하는 일인데 자꾸 외부인들에게 얘기하는 건 적절하지 않아요. 식사를 하는 동안 판 사장은 자주 왔다갔다하면서 꽤나 바삐 돌아쳤다. 밖에 있는 테이블들에 앉아 있는 고위 간부나 자신의 친구들에게도 술잔을 올려야 했다. 수시로 별실로 들어와 판 사장에게 술을 올리고 나가는 손님들도 적지 않았다. 자리가 끝나자 판 사장은 네 명과 함께 차에 올라 어느 호텔로 안내한 다음, 내일 다시 만나기로 약속하고서 작별인사를 건넸다. 네 사람은 곧장 호텔 로비로 들어갔다. 후성이 타오타오에게 말했다. 식사한 곳은 아주 근사했는데 이 호텔은 그냥 허접한 게스트하우스 같네요. 미스 위의 표정이 침울해 보였다. 타오타오가 말했다. 판 사장이 그러더군요. 손님들이 너무 많아서 일시적으로 방 구하기 어려웠다고요. 내일 다른 곳으로 거처를 바꿔준다고 했어요. 후성과 아바오는 방으로 들어가 차 두 잔을 따라놓고 앉아 얘기를 몇 마디 주고받았다. 갑자기 옆방에서 큰 소리가 들렸다. 미스 위의 목소리였다. 잠시 후 타오타오가 문을 열고 들어와서 말했다. 큰일났어요, 미스 위가 상하이로 돌아가겠다고 고집을 부리네요. 두 분이 좀 도와주세요, 미스 위를 좀 말려달라고요.

세 사람이 옆방으로 뛰어들어가자 미스 위가 몹시 화가 난 어투로 말했다. 저는 이런 쓰레기 같은 방에서는 못 자겠어요. 지금 당장 돌아갈래요. 타오타오가 말했다. 미스 위, 이미 왔잖아요. 제발 하루만 버티고 내일 다시 얘기하기로 해요. 미스 위가 차갑게 웃으면서 말을 받았다. 흥, 저 보라고 연극을 하는 건가요? 그 쑤저우 사장은 애당초 쓰레기 같은 떠돌이임이 틀림없어요. 그러면서 날 속이려 하다니! 모두들 놀라움을 금치 못했다. 미스 위가 말했다. 무슨 말도 안 되는 투자수익률에, 또 무슨 말도 안 되는 고위간부 개발프로젝트예요? 사람을 좀 보라고요. 저는 사람들을 많이 만나봤기 때문에 척 보면 다 알아요. 타오타오가 말했다. 너무 그렇게 심하게 말하지 말아요. 미스 위가 말했다. 저는 이렇게 낡은 침대에 낡은 이불, 낡은 베개에는 손도 댈 수 없어요. 지금 당장 상하이로 돌아가겠어요. 타오타오가 거듭 설득해봤지만 미스 위는 고집을 꺾지 않았다. 그녀가 말했다. 오는 길에 이번 여행은 그다지 유쾌하지 못할 게 틀림없다는 생각이 들었어요. 저는 타오타오 씨를 잘 알아요. 여러 번 속아넘어갔으면서도 아직 정신을 못 차린 제가 바보지요. 타오타오는 아무 말도 하지 않았다. 미스 위가 말했다. 후 선생님, 아바오 사장님, 저랑 같이 돌아가요. 상하이로 돌아가자고요. 지금 당장요. 타오타오가 말했다. 미스 위, 어쨌든 제 체면도 좀 생각해줘야 하는 것 아닌가요? 성격이 너무 거치시네요. 미스 위는 아무 말도 하지 않았다. 어색한 상황이 되고 말았다. 아바오가 타오타오를 데리고 복도로 나가 상의한 결과 타오타오가 말했다. 알았어요, 그렇게 합시다. 이리하여 아바오와 후성은 자신들의 방으로 돌아갔고 옆방에서는 여전히 시끄러운 소리가 그치지 않았다. 그러나 나중에는 복도에서 한동안 웃고 떠드는 소리가 들리더니 이어서 발소리가 들렸다. 후성이 물었다. 두 사람이 뭐하는 거지? 아바오가 말했다. 내가 미스 위에게 나가서 다른 곳에 묵으라고 했어. 4성급이나 5성급도 괜찮다고 말이야. 후성이 말했다. 미스 위는 싸울 땐 싸우고 웃을 때는 웃는 여자야. 상당히 특별한 성격이지. 아바오가 말했다. 타오타오는 세상 물정을 잘 몰라. 이런 회의에는 애당초 오지 말았어야 했다고.

두 사람은 앉아서 한담을 나누기 시작했다. 아바오가 물었다. 바이핑에게서는 소식이 있는 거지? 후성이 말했다. 아주 드물게 편지가 오긴 하지. 아바오가 말했다. 1989년에 국비로 해외에 나가면서 딱 석 달이라고 잘라 말하더니 이미 오 년 하고도 삼 개월이 넘었어. 후성이 말했다. 그녀가 떠나고 나니까 장인 장모도 내게 냉담해지더군. 나도 우딩로로 이사해버렸지. 그러다가 1991년 어느 날 장모가 나를 부르더니 서랍을 열어 차용증을 하나 꺼내 보여주더라고. 액수가 인민폐 2만 2200위안이나 되더군. 그러면서 장모가 말했어. 바이핑이 출국하기 전에 빌린 돈일세. 나는 한 마디도 하지 않았어. 그러자 장모가 다시 입을 열더군. 후성, 자네에게 가진 돈이 있으면 바이핑 대신 좀 갚아주게. 나중에 바이핑더러 갚으라고 하면 되지 않겠나. 나는 아무 말도 하지 않고 그 자리에서 3천 위안을 꺼내놓았어. 나머지는 일주일 뒤에 보내주었지. 나중에는 '사람들이 묻지 않을 수 없을 것'이라는 생각이 들더군. 만일 갚아줘야 할 액수가 22만 2천 위안이었으면 어떻게 했겠느냐고 말이야. 아바오가 웃으면서 말했다. 문화대혁명 화법은 고쳐지질 않는군. 후성이 말했다. 당시에는 바이핑이 전화를 해서 미안하다고 할 줄 알았지. 하지만 말 한마디 없더군. 어쩌다 전화를 해도 이 문제에 대해서는 언급조차 하지 않더라고. 아바오는 아무 말도 하지 않았다. 후성이 텔레비전을 켰다. 두 사람이 뉴스를 보고 있는 차에 누군가 문을 두드렸다. 아바오가 문을 열어보니 타오타오와 쑤저우의 판 사장이었다. 아바오가 물었다. 미스 위는 어디 있어요? 타오타오가 말했다. 아바오 사장이 맞혀보세요. 아바오가 말했다. 상하이로 돌아갔겠군요. 타오타오가 말했다. 그럴까요? 아마 불가능할걸요. 후성이 말했다. 속시원하게 말해봐요. 타오타오가 말했다. 공식적으로 보고드리겠습니다. 미스 위는 쑤저우호텔에 투숙했습니다. 천하가 태평해진 셈이지요. 아바오가 말했다. 잘됐네요. 타오타오가 말했다. 미스 위가 벨벳 소파 위에 앉아 있는 모습이 꼭 임대옥林黛玉* 같더군요. 하얗고 보드라운 피부에 애교가 넘치는 모습이 너무나 요염하더라고요. 후성이 물었다. 임대옥이 한 번 웃었을 때 보옥寶玉**이 나와서 뭘 했는지 알아요? 타오타오가 물었다. 뭘 했는데요? 후성이 말했다. 미간을 한 번 찌푸리더니 다시 화를 냈지요. 타오타오가 한숨을 쉬면서 말했다. 이 여자는 독재군주나 다를 바 없다니까요. 저는 자유와 민주를 원합니다. 정말 그녀가 두려워요. 쑤저우 판 사장이 웃으면서 말했다. 모든 게 다 제 탓입니다. 대접이 흡족하지 못했지요. 타오타오가 제게 전화를 걸어 정말 미안하게 됐다고 하더군요. 아바오가 말했다. 별말씀을 다 하시네요. 판 사장이 말했다. 미스 위의 비용은 반드시 제가 결제하도록 하겠습니다. 아바오가 말했다. 별것 아니니 판 사장님은 너무 신경쓰지 마세요. 네 사람은 차를 마시면서 한 시간 정도 얘기를 나눴다. 후성이 시계를 보니 이미 열한시가 넘어 있었다. 타오타오가 물었다. 시간이 늦긴 했지만 혹시 두 분은 밖에 나가실 생각 없으신가요? 아바오가 말했다. 저는 좀 쉬고 싶네요. 타오타오가 다시 물었다. 나가서 야참을 좀 먹는 건 괜찮겠지요? 후성이 말했다. 됐어요. 타오타오가 말했다. 나갑시다. 근처에 작은 가게가 하나 있는데 주인아주머니가 상당히 분위기가 있어요. 다 같

* 『홍루몽』의 여주인공.

** 『홍루몽』의 남주인공.

이 나갔다 와서 쉬도록 하자고요. 판 사장이 말했다. 그 가게 정말 괜찮습니다. 주인아주머니도 재미있고요. 잠깐 나가서 기분전환이나 하고 오자고요. 타오타오가 말했다. 자, 갑시다. 타오타오가 아바오와 후성을 잡아끌고서 넷이 함께 아래층 로비로 내려왔다. 불빛이 극도로 어둡고 프런트에는 아무도 없었다. 출입구로 가까이 다가가 보니 이미 문에는 고리형 자물쇠 두 개가 걸려 있었다. 타오타오가 문을 밀어보았다. 판 사장이 종업원을 불렀다. 이봐요, 종업원! 아무도 없어요? 한참을 불러대자 프런트 옆에 있는 쪽문이 슬그머니 열리면서 문틈으로 여자 목소리가 들려왔다. 쑤저우 사투리였다. 왜 이렇게 시끄럽게 소란을 피우세요? 한밤중이잖아요! 타오타오가 말했다. 밖에 좀 나가려고요. 종업원이 말했다. 정말 시끄럽고 귀찮아 죽겠네. 타오타오가 말했다. 밖에 좀 나갈 생각인데 문 좀 열어줘요. 여자가 말했다. 호텔 규정상 불이 난 경우가 아니면 한밤중에는 출입을 금하게 되어 있어요. 타오타오가 말했다. 헛소리 집어치워요. 호텔에서 문단속은 할 수 있는 거잖아요. 말인지 방군지 모르겠네. 어서 문을 열어요. 여자가 말했다. 아저씨, 입을 좀 깨끗하게 놀려줬으면 좋겠네요. 타오타오가 따졌다. 지금 뭐하자는 거예요? 여자가 말했다. 잘 아시겠지만 여긴 기관 내부 게스트하우스란 말이에요. 판 사장이 북방 사투리로 말했다. 허튼소리 그만해요. 우린 급한 일이 있어서 나가야 하니까 빨리 문이나 열어줘요. 아바오가 말했다. 그만둡시다. 후성이 말했다. 아니야, 판 사장님은 돌아가야 하니까 문을 열어야 한다고. 타오타오가 주먹 쥔 손으로 프런트를 내려치고 문을 흔들면서 큰 소리로 고함을 쳤다. 문 열어요, 당장 문 열라고, 문 열란 말이야. 나 나가야 해, 나가야 한다고, 나가야 한단 말이야. 문틈에서는 더이상 아무 소리도 나지 않았다. 판 사장이 버럭 화를 내면서 북방 사투리로 말했다. 서비스가 왜 이 모양이야! 당장 문 열어! 망할 년아, 당장 문 열지 않으면 내가 직접 문을 부숴버릴 줄 알아! 옆에서 아바오와 후성도 덩달아 소리를 질러댔다. 한참을 소란을 피우고 나서야 문틈으로 쑤저우의 설서인 허우리쥔侯莉君의 〈영대곡령英臺哭靈〉을 흉내내는 목소리가 들려왔다. 문을 열라고요? 그러지요, 뭐. 하지만 일단 나가시면 돌아올 수 없어요. 아시겠죠? 타오타오가 말했다. 웃기시네. 어떤 조건이든 다 좋으니까 빨리 문이나 열어요. 잠시 침묵이 흐르더니 열쇠꾸러미가 짤랑거리는 소리가 들렸다. 이윽고 봉두난발을 한 여자 하나가 신발을 질질 끌면서 걸어나와 문을 열어주었다.

네 사람은 관문을 넘은 물고기들처럼 우르르 밖으로 나왔다. 꽃향기는 무척 깊고 달빛은 어두웠다. 공기는 맑고 신선했다. 타오타오가 말했다. 속이 비어 벌써 배에서 요란한 소리가 나네요. 판 사장이 말했다. 이런 숙소는 그야말로 감옥이나 다를 바 없네요. 타오타오가 물었다. 그 가게에 가려면 얼마나 걸어야 하나요? 판 사장이 말했다. 세 블록만 지나면 됩니다. 밤이 깊어 인적은 드물었다. 네 사람은 말없이 길을 걸었다. 네 블록을 더 지나와서야 판 사장은 한참을 두리번거려 가게를 찾아냈다. 하지만 가게 안에는 불빛을 찾아볼 수 없고 굳게 닫혀 있는 유리문 위에는 '내부 수리중'이라는 안내문만 붙어 있었다. 판 사장이 말했다. 큰일났네. 타오타오가 물었다. 주인아주머니는 연락이 안 되나요? 판 사장이 짜증 섞인 어투로 말했다. 보름 동안 오지 않았더니 상황이 완전히 변해버렸네요. 아바오가 시계를 보니 거의 한시가 다 되어가고 있었다. 판 사장이 말했다. 아니면, 다 같이 목욕이나 하러 갑시다. 음식도 먹고 노래도 할 수 있거든요. 타오타오가 말했다. 좋아요, 갑시다. 아바오가 물었다. 번거롭게 그럴 것 없이 그냥 돌아가는 게 어때요? 후성이 말했다. 저도 그냥 숙소로 돌아가고 싶네요. 타오타오 씨가 꼭 목욕을 하고 싶으면 판 사장님이랑 두 분이 가시면 되잖아요. 판 사장이 말했다. 갈 거면 다 같이 가고, 아니면 가지 않는 걸로 합시다. 타오타오가 말했다. 이미 나왔는데 그냥 돌아가기도 그렇잖아요. 아바오가 말했다. 시간이 너무 늦었어요. 그냥 방에 돌아가 쉬도록 합시다. 네 사람은 게스트하우스를 향해 되돌아갔다. 아바오는 걸으면서 판 사장이 이 지역에 대해 잘 알지 못한다는 느낌이 들었다. 대책 없이 서성이고 한참을 가다가 몇 블록을 지나쳐 길을 에돌다보니 타오타오도 기분을 완전히 잡쳐버렸다. 네 사람이 어렵사리 게스트하우스로 돌아오니 로비의 불이 완전히 다 꺼져 있었다. 타오타오가 문을 밀어보았지만 안쪽으로 세 개의 자물쇠가 걸려 있었다. 타오타오가 문을 두드리며 말했다. 빨리 문 열어요, 손님들이 돌아왔다고요. 안에서는 아무 소리도 나지 않았다. 타오타오가 문을 흔들면서 말했다. 문 열어요, 들어가야 한단 말이에요. 안에서는 여전히 반응이 없었다. 타오타오가 말했다. 죽고 싶지 않으면 빨리 문 열어! 문 열라고! 어서 문을 열란 말이야! 안에서는 여전히 아무 소리도 나지 않았다. 건물 전체를 통틀어 빛줄기 하나 보이지 않았다. 완전히 죽은 건물이었다. 판 사장이 외투를 벗고 문 옆에 있는 쇠창살을 타고 오르기 시작했다. 2층으로 넘어 들어갈 심산이었다. 뜻밖에도 갑자기 지익 하는 소리가 나더니 조금도 올라가지 못하고 난간 쇠창살에 걸려 바지가 찢어지고 말았다. 바지는 가랑이부터 허릿단까지 길게 찢어졌다. 이만저만 낭패가 아니었다.

이미 새벽 두시가 다 되었다. 아바오가 말했다. 평생 다양한 숙소를 들고 나고 했지만 이번처럼 출입이 어려운 건 처음이네요. 후성이 말했다. 네 명의 밤 귀신이 종업원 눈에는 마구 짖어대는 네 마리 개와 다르지 않았을 거예요. 악몽이었겠지요. 타오타오가 말했다. 좀 쉬었다가 다시 문을 두드리고 소리를 질러볼게요. 기필코 저 망할 년이 나와서 문을 열게 하고 말겠어요. 아바오가 말했다. 문을 여는 건 불가능할 것 같네요. 그냥 저 앞으로 가서 문 앞에 돌사자처럼 쭈그려앉아 있는 게 낫겠어요. 이리하여 네 사람은 이러지도 저러지도 못하는 심정으로 천천히 앞을 향해 걸어갔다. 몸과 마음이 다 지친 상태였다. 가로등 불빛은 희미하고 밤공기는 물처럼 차가웠다. 판 사장이 손으로 찢어진 바지통을 붙잡고 말했다. 이렇게 막연히 걷는 것도 방법이 아닌 것 같군요. 차라리 하룻밤 묵을 수 있는 곳을 찾아보는 게 어때요? 아바오가 말했다. 판 사장님은 먼저 집으로 돌아가세요. 판 사장이 말했다. 그러면 세 분께 너무 미안하지요. 그럴 수는 없습니다. 타오타오가 말했다. 목욕탕에 가서 몇 시간만 버티면 곧 날이 밝을 거예요. 아바오가 말했다. 판 사장님을 더 번거롭게 해선 안 될 것 같네요. 저는 지금 곧장 방으로 돌아가도 정신이 말짱한 상태라 날이 밝을 때까지 눈을 뜨고 있을 작정이에요. 후성이 말했다. 맞아요, 판 사장님 먼저 집에 들어가세요. 판 사장은 고개를 가로저으며 여전히 찢어진 바지통을 붙잡고 있었다. 후성은 아바오의 말뜻을 알아차렸다. 보아하니 판 사장의 능력에도 한계가 있는 것 같았다. 그래서 이렇게 어색한 상황이 발생한 만큼, 더이상 그가 하는 대로 따라가는 것은 그에게 돈만 쓰게 하는 것이라는 생각이 들었다. 이는 전혀 필요하지 않은 일이었다. 후성이 말했다. 판 사장님 먼저 들어가세요. 그리고 타오타오 씨는 쑤저우호텔로 가서 미스 위를 좀 찾아보세요. 저랑 아바오 사장은 달리 방법을 생각해볼 테니까요. 타오타오가 말했다. 그건 너무 의리 없는 짓이에요. 길바닥에서 자는 한이 있더라도 미스 위를 찾아갈 수는 없어요. 후성이 말했다. 미스 위는 남을 등치고도 남을 여자에요. 타오타오가 낙담한 듯한 어투로 말했다. 이번에 쑤저우에 온 것은 전적으로 이 여자 때문이었어요. 미스 위가 급히 투자를 하고 싶다고 해서 온 거라고요. 에이, 최근에 저의 여자 보는 눈이 흐려진 것 같아요. 영혼이 날아가버려 죽은 사람 같아요. 갈수록 형편없어진다니까요. 이 세상 어디에 임대옥이 있겠어요. 죄다 암호랑이들뿐이죠. 뼛속까지 돈 벌 생각만 가득찬 여자예요. 이번 모임에 오기 위해 제게 몇 번이나 전화를 해대고는 정작 오고 나니까 또 이런저런 불평만 하네요. 얼굴 바꾸는 게 마작패 바꾸는 것보다도 더 빠른 것 같아요. 이런 여자는 도무지 속을 알 수 없다니까요. 후성이 말했다. 그런 얘기를 저한테 하신들 무슨 소용이 있겠어요? 타오타오가 말했다. 이래저래 소란을 피우면서 기분을 상하게 하니 머리가 터질 지경이에요. 반드시 결판을 내고 말겠어요. 후성이 말했다. 그만둬요, 몇 시간만 지나면 두 분이 헤헤 웃으면서 서로 잘 어울릴 게 뻔합니다. 이 말에 대해 타오타오가 항변하면서 세 사람은 왁자지껄 쟁론에 휩싸였다. 판 사장 혼자 고개를 숙인 채 걷고 있었다. 무언가에 홀린 듯한 모습이었다. 이리저리 모퉁이를 도는 뒷모습이 아무 생각 없이 걷는 것 같았다. 입도 굳게 다물고 있었다.

새벽 세시에 네 사람은 어느 저수지 앞에 이르렀다. 물속에 구불구불한 돌잔도가 보였다. 거무튀튀한 옛날 문루門樓로 통하는 길이었다. 잔도 옆으로는 폭이 넓고 길며 네모반듯한 돌난간이 두 줄로 이어져 있었다. 네 사람은 돌난간에 엉덩이를 붙이고 주저앉아 편안하게 쉬었다. 날이 어둡긴 했지만 눈앞의 맑은 물이 희미한 빛을 발하고 있었다. 아바오가 말했다. 여긴 한 번 와봤던 것 같네요. 후성이 말했다. 풍경이 아주 좋군요. 여기가 어딘가요? 일행은 문루 가까이 다가가보았다. 흰 바탕에 검정 글씨로 편액에 창랑정滄浪亭이라는 세 글자가 쓰여 있었다. 타오타오가 말했다. 정말 배가 고팠는데 알고 보니 소방면관蘇幇麵館까지 와 있었네요. 상하이 화이하이로에도 한 집이 있지요. 아바오가 물었다. 이건 상하이 양식인데 쑤저우에 어떻게 이런 곳이 있는 건가요? 판 사장이 말했다. 북송 시기에 조성된 정원으로 쑤저우에서 가장 오래된 원림園林이지요. 아바오는 아무 말도 하지 않고 검은 칠을 한 대문 두 짝을 바라보았다. 발밑으로는 물이 반짝이며 흘러가고 있었다. 문득 탄사彈詞*의 명인으로 창랑조도滄浪釣徒라는 별명을 갖고 있었던 마여비馬如飛**가 생각났다. 판 사장이 말했다. 공자도 이런 말을 한 적이 있지요. 얘들아, 저 노래를 들어보아라. 창랑의 물이 맑으면 갓끈을 빨 수 있고 물이 탁하면 발을 씻을 수 있으니, 이는 물이 스스로 취하는 것이니라. 후성이 말했다. 상상도 못한 일이네요. 문화대혁명 이전에 이곳에 처음 왔었고, 그뒤에도 왔었죠. 밤이 되니까 전혀 알아볼 수가 없네요. 판 사장이 찢어진 바지통에서 손을 떼면서 말했다. 최근에 손님들을 데리고 구경을 시켜주면서 비로소 이곳이 함풍鹹豊10년에 태평천국군에 의해 완전히 불타버렸다가 동치同治 연간에 다시 복원되었다는 사실을 알게 되었어요. 네 사람은 말없이 돌난간 위에 앉아 있었다. 구름과 바람은 잔잔하고 편안하기만 했다. 하늘이 밝아올 때쯤 달빛이 드러났다. 얘기를 주고받는 네 사람 주위를 묘한 기운이 감싸고 있었다. 정원 안에는 산나무들이 겹겹이 쌓여 있어 여전히 어둡고 침침했다. 윤곽도 흐릿해 세부적인 모습은 볼 수 없었다. 하지만 길게 이어져 있는 흰 벽은 점차 회색으로 변하면서 하늘의 변화에 따라 서서히 밝아졌다. 희미하게 날이 밝아오는 순간, 사방에서 야릇한 소리가 들려왔다. 새들의 목에서 나오는 것 같았다. 있는 것 같기도 하고 없는 것 같기도 한, 우는 것 같기도 하고 울지 않는 것 같기도 한 소리였다. 아바오가 말했다. 태평천국군은 지식인들을 필요로 하지 않았어요. 책을 전

* 원나라 말기부터 명나라 초기에 걸쳐 형성되었으며 현악기 연주에 맞춰 노래와 이야기를 이어나가는 민간 문예의 일종. 평탄(評彈)이라고도 한다.

** 청나라의 유명한 탄사 공연가.

부 불태우고 창랑정도 흔적도 남기지 않고 태워버렸지요. 8국 연합군이 베이징을 공격하자 이수성李秀成은 상주常州를 공격하면서 방어선을 이곳으로 옮겼어요. 청 왕조의 수비군 하나가 강에 뛰어들어 자살하려고 했지만 끝내 물에서 끌어내 이수성 앞으로 끌고 갔지요. 어느 고서의 기록에 의하면 이수성에게는 칼을 찬 여덟 명의 호위무사가 있었대요. 몸에는 노란 망토를 두르고 노란 비단으로 지은 마고자를 입었으며 얼굴 전체가 수염으로 덮여 있었다고 하더군요. 이수성은 머리가 그렇게 길어서 사람들이 자신을 '장모'라고 부른다고 탄식하면서 나중에 혹시라도 일이 잘못되면 자신은 도망치지도 못할 거라고 말했대요. 잡혀 온 청나라 수비군은 온몸에서 물이 뚝뚝 떨어졌고 고개를 숙인 채 아무 말도 못했다고 하더군요. 이수성이 그랬대요. 자신의 뜻대로 일이 이루어져 천하를 장악하면 먹고 쓸 것이 충분해지고 세상에 널리 공명을 떨칠 수 있겠지만, 패배하면 너무나 힘들어질 거라고 말이에요. 이렇게 말한 그의 두 눈에서 눈물이 줄줄 흘렀다고 하더군요. 판 사장이 말했다. 장모들은 함풍 황제를 이기지 못했어요. 타오타오가 말했다. 주식이 위험한 것과 다르지 않군요. 주식시장에 들어가려면 아주 신중해야 하거든요. 문화대혁명 때 상하이 조반파造反派*들도 혁명에 성공했다면 신바람이 났을 것이고 많은 여자들을 손에 넣었을 거예요. 후성이 타오타오를 힐끗 쳐다보면서 말했다. 또 여자 얘기군

* 문화대혁명 당시 주자파(走資派)에 대항하고 마오쩌둥을 지지했던 군중 조직과 그 조직에 참가한 사람들의 통칭.

요. 여자 때문에 그렇게 고생을 하고서 아직도 부족한가요? 타오타오가 자조 섞인 어투로 말했다. 저도 잘 알아요. 옛말에 도둑질을 하는 사람들 중에는 만족하는 사람이 없었다고 하잖아요. 하느님이 가장 공평한 것 같아요. 저는 이렇게 돌아다니면서 단맛도 보고 쓴맛도 봤으니 괜찮아요. 네 사람은 한참이나 얘기를 나누다가 잠시 멍한 표정을 지었다. 마음이 아주 편해졌다. 달빛이 희미해지면서 날이 점차 밝아왔다. 새들이 재잘거리는 소리도 점점 커지더니 이내 요란한 울음으로 바뀌었다. 한밤중에 밖으로 나와 갈 곳도 없고 의지할 곳도 없던 네 방랑자는 삼경의 한밤중에 거리를 유랑하다가 이제는 남쪽으로 옛 정원과 고목에 의지하여 말없이 눈 밑을 내려다보며 앉아 있었다. 희미하던 고소성姑蘇城 건물의 윤곽과 쑤저우미술관의 로마식 기둥들이 점차 뚜렷하게 눈에 들어왔다. 따스한 바람은 술 같고 물결무늬는 수를 놓은 것 같았다. 한줄기 맑은 물 위로 물고기를 잡으러 오는 사람도 있고 운동을 하러 오는 사람들도 있었다. 노점상인 두세 명이 채소 광주리를 들고 와서는 물에 담가 흥건히 적신 다음 다시 들어올렸다. 다들 이리저리 눈길을 돌리고 있는 차에 갑자기 구름과 아침놀이 찬란하게 비치기 시작했다. 아바오가 말했다. 바로 눈앞에서 창랑정이 조금씩 밝아지네요. 일생에 한 번도 보기 힘든 광경인 것 같아요.

# 2

리리는 즈전위안至眞園이라는 이름의 음식점을 운영하고 있었다. 몇 번 음식점 위치를 바꾸면서 새로 연 가게의 규모가 제법 커진 어느 금요일에 아바오와 후성, 미스 왕과 훙칭 부부, 캉 사장 부부 등을 초대해 식사를 대접했다. 모두가 별실로 들어가 자리잡고 앉자 리리가 들어왔다. 아름다운 얼굴에 머리도 새로 하고 명품 타이트스커트 차림을 한 그녀가 눈길로 테이블을 한번 훑어보고는 말했다. 여자가 둘이고 남자가 넷이라 짝이 맞지 않는 것이 문제네요. 미스 왕이 말했다. 저는 원래 아바오 사장님과 후성 씨가 여자친구를 데리고 오는 줄 알았어요. 리리가 말했다. 괜찮아요, 제가 예쁜 아가씨 두 명을 불러오면 되잖아요. 미스 왕이 말했다. 리리 씨는 갈수록 멋있어지는 것 같네요. 리리가 빙긋이 웃으면서 나갔다가 사람들이 차 한 잔 마시는 동안 여자 두 명을 데리고 들어와 소개했다. 이분은 미스 우吳예요. 회사에서 회계업무를 맡고 있지요. 그리고 이분은 미스 장章으로 외자기업의 화이트칼라예요. 모두들 자리잡고 앉자 리리는 손님들을 접대하러 나가고 종업원들이 들어와 음식을 올리기 시작했다. 훙칭이 물었다. 귀한 여자 손님이 두 분 오셨는데 누가 담당할래요? 미스 왕이 물었다. 뭘 담당하라는 거예요? 어린애를 돌보기라도 하는 건가요? 훙칭은 아무 말도 하지 않았다. 미스 왕이 말했다. 제가 보기에 미스 우는 주량이 좀 되시는 것 같고 미스 장은 국화차만 마시고 있군요. 아바오 사장님은 어느 분을 보살펴주고 싶으세요? 미스 우가 나서서 느긋한 표정으로 말했다. 저는 남자가 돌봐주는 걸 좋아하지 않아요, 직접 남자를 돌보는 걸 좋아하죠. 미스 왕은 아무 말도 하지 않았다. 미스 우와 아바오가 잔을 부딪치고는 술을 들이켰다. 미스 장과 후성은 맥주를 마셨다. 캉 사장 부인이 온몸으로 애교를 부리며 배시시 웃는 얼굴로 말했다. 맞는 말씀이에요. 여자가 왜 남자들의 보살핌을 받아야 하나요? 저도 직접 남자를 돌보는 걸 좋아해요. 남자들을 전부 할아버지로 만들어버리는 걸 좋아하죠. 미스 왕은 이번에도 입을 다물었다. 캉 사장 부인이 말했다. 저는 매일 남편을 위해 발을 주물러주고 등을 두드려줘요. 아주 흐뭇한 일이에요. 캉 사장이 빙긋이 웃었다. 미스 왕은 아무 말도 하지 않았다. 그러다가 테이블 밑으로 훙칭을 한 번 걷어찼는지 훙칭이 앗 하고 소리를 질렀다. 후성이 말했다. 방금 계단을 올라오다가 비구니 몇 명이 리리 씨를 찾는 것을 보았어요. 미스 우가 말했다. 밖에 채식으로만 두 테이블을 마련해놓았어요. 리리는 부처와 보살을 믿기 때문에 채식을 하면서 줄곧 이 분야의 사람들과 친분을 맺고 있지요.

아바오는 음식점 사장들을 많이 알고 있지만 가장 인상 깊은 사람은 리리였다. 가게를 연 지 몇 년이 지난 터라 두 사람은 제법 친숙한 사이였다. 항상 정신없이 지내는 그에게 음식점을 하는 친구들이 쉴새없이 전화를 걸어댔다. 통화를 끝내자마자 곧장 다음 전화를 받는 일도 비일비재했다. 아바오 사장님, 가게에 우럭이 백 근 넘게 들어왔어요. 한번 나오실 생각 없어요? 찜으로 할까요 아니면 조림이 좋을까요? 새 친구들을 데려오실 건가요, 아니면 평소대로 두 테이블을 준비할까요? 아바오를 위해 자리를 마련하여 낯선 사람들을 아바오와 함께 같은 테이블에서 음식을 먹게 하기도 하고 아바오를 다른 사람들의 테이블에 합석시키기도 했다. 리리는 기본적으로 말을 잘 하지 않았다. 아바오가 적막함을 느끼는 경우가 대부분이었다. 회사에서 사람들이 다 떠나버리고 차가 싱거워졌을 때 그랬다. 아바오가 리리를 미처 생각하지 못하고 있을 때 리리가 전화를 걸어왔다. 아바오 사장님, 바쁘시죠? 마음이 내키면 지금 절 좀 보러 오실래요? 아바오는 곧장 가겠다고 대답했다. '즈전위안'에 들어선 그는 작은 별실로 안내되었다. 그곳에는 작고 둥근 테이블 위에 젓가락과 접시, 술잔 등 찬구 두 벌이 준비되어 있었다. 아바오가 자리에 앉고 리리도 들어오자 간단한 음식이 상에 올랐다. 방문을 꼭 닫자 눈빛이 편안해졌다. 두 사람은 편한 자세로 최근에 있었던 일들을 얘기했다. 조금 어색하기도 했다. 오랫동안 만나지 못한 친구들 같았다. 단어와 어투에 구애받지 않고 일상의 자질구레한 일들이나 사업상의 갈등을 얘기했다. 한번은 리리의 생일에 아바오가 사람을 시켜 작은 꽃바구니를 전달했다. 저녁에는 둘이 만나 술을 마셨다. 아바오가 물었다. 꽃바구니는 어땠어요? 리리가 말했다. 미안해요, 저는 꽃바구니를 별로 좋아하지 않아요. 아바오가 물었다. 무슨 문제가 있었나보군요? 리리가 말했다. 저는 그런 꽃은 좋아하지 않아요. 가게에도 필요 없고요. 카네이션만 쓸모가 있지요. 아바오가 말했다. 장미는 원가도 비싸고 얼마 가지 못하지만 카네이션은 일주일도 넘게 감상할 수 있죠. 리리가 말했다. 그 얘긴 그만해요. 아바오가 빙긋이 웃었다. 이날 밤, 리리는 술을 많이 마셨다. 나중에는 풀이 죽은 표정으로 자신의 지난 경력을 얘기하면 정말 책 한 권으로도 모자랄 것이라고 말했다. 아바오가 말했다. 얘기해봐도 괜찮을 것 같은데요. 리리가 말했다. 자주 밤중에 자다가 깨서 친한 친구한테 자세한 얘기를 털어놓고 싶은 충동을 느껴요. 아바오가 말했다. 친한 친구가 바로 눈앞에 앉아 있잖아요. 아니면 녹음기에 대고 얘기하는 것도 나쁘지 않을 거예요. 리리가 말했다. 그럼 제가 미친 사람이 되잖아요. 아바오가 말했다. 외국인들은 혼자 중얼거리는 걸 좋아해요. 뭔가 생각나면 녹음기에 대고 얘기하기도 하죠. 과거에 있었던 갈등이나 다양한 사람들의 이야기, 혹은 괴로웠던 장면들을 마음대로 얘기하고 녹음하는 거예요. 리리가 말했다. 아바오 씨가 제 정신을 흐리게 하네요. 아바오가 말했다. 비행기나 여객선을 탔을 때 편하게 얘기하면 돼요. 이런 걸 오럴 히스토리Oral History라고 하죠. 나중에 정리하면 자료가 되고 책 한 권이 될 수 있는 거예요. 리리가 말했다. 물론 제게도 이야기가 있지요. 하지만 입 밖에 내기가 편치 않아요. 개인적인 비밀이거든요. 아바오는 아무 대꾸도 하지 않았다. 리리가 취한 것 같기도 하고 멀쩡한 것 같기도 한 어투로 말했다. 기분이 좋지 않아요. 얘기를 하면 울음이 터질지도 몰라요.

이때 테이블에는 술이 세 순배나 오간 터였다. 어깨를 다 드러낸 오프숄더 드레스를 입고 있던 미스 우는 에어컨 바람이 추웠는지 의자에 걸려 있던 아바오의 외투를 어깨에 걸치고는 아바오에게 술을 한 잔 권했다. 아바오의 기분이 썩 좋아 보이지 않는 것을 눈치챈 그녀는 속도를 늦추면서 아바오 대신 음식을 집어주었다. 훙칭이 물었다. 봤어요? 다들 봤지요? 캉 사장이 물었다. 뭘 봤냐는 거예요? 훙칭이 말했다. 미스 우가 남자를 돌봐주잖아요. 얼마나 살뜰한지 모르겠어요. 미스 왕은 아무 말도 하지 않았다. 훙칭이 말했다. 두 사람이 나란히 앉아 있는 모습이 정말 다정해 보이네요. 미스 우가 몸을 웅크려 아바오의 옷 속으로 파고들어 아양을 떨면서 말했다. 훙 사장님은 무슨 말씀을 하시는 거예요. 이런 단계였다. 리리가 두 번 손님을 데리고 들어와 술을 올렸다. 먼저 들어온 사람은 홍콩 사람으로 어느 홍콩 회사의 상하이 주재 사무소 주임이었다. 두번째 들어왔을 때는 얼굴이 복숭앗빛이 될 정도로 술을 많이 마신 상태였다. 좌우 두 명의 타이완 남자도 과음한 티가 역력했다. 두 타이완 남자는 나이가 마흔 남짓 되어 보였다. 나름대로 능력도 있고 품위도 갖춘 사람들이었다. 그들은 다른 사람들과 어울려 술을 한 모금씩 마시고는 리리를 데리고 나갔다. 몸을 약간 비틀거리면서 하이힐 한 짝이 꺾이는 리리의 모습이 무척이나 매력적이었다. 아바오는 리리와 두 명의 타이완 남자 사이에는 기본적으로 이야기가 있을 수 없다는 것을 알았다. 먼저 들어왔던 홍콩 남자에게서는 뭔가 미묘한 점을 느낄 수 있었다. 당시 리리와 함께 들어온 그 남자가 서로 가까이 다가가 있진 않았지만 아바오가 앉아 있는 각도에서 보면 두 사람이 사실 상당히 가까워 보였다. 심지어 밀착된 모습으로 보이기도 했다. 모두들 일어나 잔을 들고서 사업의 번창을 기원했다. 아바오가 앉아 있던 자리는 굳이 몰래 훔쳐볼 필요도 없이 방 유리문에 비친 홍콩 남자의 손을 선명하게 볼 수 있었다. 그때 그는 리리의 허리로 손을 뻗어 휘감고 있었고, 잠시 후에는 허리 아래로 세 치 정도 내려가 똑같이 감싸안았다.

손을 댔다면 시간과 정도를 봐야 한다. 모두 일어나 시선을 눈앞에 있는 잔에 집중하여 술이 많은지 적은지를 살피게 된다. 샹들리에 아래 눈앞에 보이는 것은 전부 사람들의 얼굴과 표정, 술잔뿐이다. 의자를 뒤로 밀고서 똑바로 서야 하고 앞사람과 눈을 맞추면서 술잔의 위치가 평행을 이루게 해야 한다. 다른 잔과 부딪칠 때, 특히 여러 개의 잔을 함께 부딪칠 때에는 힘과 소리를 조절해야 한다. 이런 것들 말고도 신경써야 할 것들이 많다. 다른 사람들의 주량이 어느 정도인지 고려하는 것도 그 가운데 하나다. 상하이에서는 마시는 시늉만 하는 것도 가능하다. 많이 마시든 적게 마시든 상관없다. 입술만 적셔도 되고 한 잔을 통째로 뱃속에 쏟아부어도 된다. 상하이에서는 모든 것을 마음대로 할 수 있다. 이렇게 어수선한 상황에서 리리의 허리 뒤쪽 고급 소재로 재단된 곡선과 트임 사이, 첼로의 에프홀에 해당하는 지점, 사람들을 극도로 미혹시키는 그 각도로 낯선 손 하나가 소리 없이 미끄러져들어오리라고 생각할 사람은 아무도 없었다. 그 손은 눈이 밝은 뱀이 풀밭 사이로 미끄러져들어와 민첩하게 몸을 움직이며 돌아다니는 것처럼 능숙하게 움직이다가 잠시 멈춰 정신을 집중하여 조용히 짜릿한 맛을 즐기고 있었다. 두 사람이 여러 해 동안 줄곧 묵계의 상태를 유지해온 것인지, 아니면 오늘밤 처음으로 질의와 암시를 주고받는 것인지는 아무도 알 수 없었다. 이처럼 작은 동작의 수위가 보통 신사들의 수준을 훨씬 넘어서고 시간이 길어지고 있다는 사실을 아무도 알지 못했다. 그 손가락 끝의 미세한 움직임과 봄에 강물이 녹는 듯한 따스함을 외부 사람들은 알 길이 없었다. 상하이 방언에서는 처음 상대의 반응을 탐색하는 것을 '짚는다搭'고 표현한다. 일곱 번 짚어보고, 여덟 번 짚어보고, 백 번 짚어보면서 상대방의 의중을 탐색하고 맥을 파악하는 것이다. 소매치기가 전차에 오르는 것은 한의사가 자리에 앉아 먼저 환자의 맥을 짚어보는 것과 같은 행위다. 승객의 뒷주머니에 네모난 물건이 튀어나와 있으면 그것이 가죽 지갑인지 작은 수첩인지 아니면 티슈인지 알 수 없다. 이럴 때 이 바닥의 규율에 따르면 절대로 손바닥을 쓰지 않는다. 오로지 손등만으로 무심결에 부딪치거나 몸이 밀린 것처럼 가장하여 몇 초 동안 밀착한 상태를 유지한다. 평소에 집에서 수없이 연습하면서 손등 피부의 민감성을 단련한 이들은 접촉한 물건이 지폐인지 명함인지 아니면 포개진 휴지인지 정확히 알 수 있다. 상대방이 접촉을 감지했다 하더라도 손바닥이 밖을 향해 있기 때문에 의심을 사진 않는다. 이러한 탐색방법을 상하이의 '소매치기' 업계에서는 '맥을 짚는다'고 말한다. 리리가 잔을 들자마자 홍콩 남자는 경계선을 넘어 손을 위아래로 마구 오르내리며 그녀의 몸을 마구 짚어댔다. 리리의 얼굴에서는 아무런 반응도 찾아볼 수 없었다. 마음에 격동이 일고 있는 것인지, 의외로 짜증이 나거나 심지어 몹시 불쾌하지만 사람들이 많아서 화를 내거나 피하지 못하는 것인지, 그것도 아니면 또다른 감정을 느끼고 있는 것인지 알 수 없었다. 리리는 아무런 흔적도 드러내지 않았고 한마디 말도 하지 않았다. 하지만 모두가 술잔을 비우자 그녀는 와인 잔을 꼭 쥐고는 몸을 돌려 물러날 준비를 했다. 두 발에 하이힐을 신고 있는데다 의자 다리와 테이블보, 치맛단의 제약을 받았던 그녀는 조심스럽게 몸을 돌리면서 홍콩 남자의 어깨에 순간적으로 몸을 기댔다. 너무나 자연스러운 동작이었고 자신도 좋은 감정을 갖고 있다는 것을 드러내기에 충분했다. 아바오가 고개를 숙여 시계를 보았다. 꽤나 늦은 시각이었다. 옆에서는 미스 장과 캉 사장 부부, 그리고 후성이 신나게 얘기를 나누고 있었다. 서로들 마음이 잘 맞는 것 같았다. 처음에 미스 장은 맥주를 몇 잔 마셨지만 그뒤로는 국화차만 마시고 있었다. 하지만 아무도 그런 사실을 알아채지 못했다.

이날 즈전위안에서의 저녁식사는 원래 아홉시에 끝낼 예정이었다. 아바오는 화장실에 가는 길에 바깥쪽 테이블들을 살펴보았다. 채식으로만 차려진 테이블에 앉아 있던 리리의 불교 거사와 신도 친구들은 다 흩어져 돌아갔고 다른 테이블의 손님들도 자리에서 일어나고 있었다. 아바오가 방으로 돌아와 이런 상황을 전하자 모두들 자리에서 일어났다. 리리는 입구까지 나와 손님들을 배웅했다. 술을 좀 많이 마시긴 했지만 생각이 흐트러지지는 않은 터였다. 그녀가 재삼 고마움을 표하면서 말했다. 가게를 연 뒤로 몇 년 동안 한 번도 상하이를 벗어나지 못했어요. 창수常熟에 친한 친구가 하나 있는데 월분패月份牌* 달력 그림을 수백 장 소장하고 있

* 낱장의 카드식 달력으로 상하이 사투리로는 일력을 의미한다.

고 오래된 고택을 한 채 보유하고 있어요. 1930년대 가구도 적지 않게 소장하고 있지요. 시장에 대갑게가 나올 때가 되면 여러분들과 함께 날짜를 잡아 다 같이 한번 다녀왔으면 해요. 모두 이 제안에 찬성했다. 이리하여 미스 왕과 훙칭, 캉 사장 부부가 먼저 떠나고 아바오와 후성, 미스 우와 미스 장 네 사람은 남았다. 미스 장이 커피를 마시자고 제안했다. 미스 우는 술기운에 얼굴이 붉어진 채 아바오와 단둘이 길을 좀 걷고 싶다고 했다. 이에 네 사람은 두 패로 나뉘었다. 후성과 미스 장은 택시를 한 대 불러 타고 자리를 떴다. 미스 우와 아바오는 베이징로를 따라 서쪽 방향으로 걷기 시작했지만 겨우 반 정거장 정도 걷다 말고 미스 우가 손을 들어 택시를 불렀다. 두 사람은 뒷자리에 나란히 탔다. 미스 우가 기사에게 말했다. 옌안중로延安中路에 있는 옌안호텔로 가주세요. 기사가 물었다. JJ나이트클럽이 있는 호텔 말씀이신가요? 미스 우가 말했다. 네, 맞아요. 아바오는 아무런 반응도 보이지 않았다. 차는 빠르게 달렸고 미스 우는 샤넬 NO.5의 향기를 풍기며 아바오에게 몸을 바싹 기댔다. 그렇게 눈을 꼭 감은 채 아무 말도 하지 않았다. 몸을 가볍게 떨었다. 아바오가 물었다. 몸이 안 좋으면 그냥 집으로 돌아가는 게 어때요? 미스 우가 부드러운 어투로 말했다. 아바오 사장님, 오해하지 마세요. 아바오는 아무 대꾸도 하지 않았다. 미스 우가 말했다. 솔직히 말하자면 저는 아바오 사장님이 아빠처럼 느껴져요. 아바오는 아무 말도 하지 않았다. 미스 우가 낮은 목소리로 물었다. 지금 아바오 사장님을 아빠라고 불러도 될까요? 아버지라고 불러도 괜찮죠? 아바오가 얼떨떨한 표정으로 말했다.

옛날 같았으면 외할아버지도 되어줄 수 있었을 거예요. 미스 우가 서글픈 표정으로 말했다. 저는 어려서부터 아빠가 없었어요. 아바오는 아무 말도 하지 않았다. 미스 우가 말했다. 최근에는 기분이 정말 엉망진창이에요. 남편이랑 싸우고 나서는 집에 돌아가고 싶지가 않아요. 아바오가 물었다. 어떤 여자들은 남편을 아빠라고 부르던데, 미스 우는 왜 밖에 나와서 아빠를 찾는 거예요? 미스 우가 말했다. 남편은 저보다 세 살 어려요. 도저히 그렇게 불러지지가 않지요. 아바오는 아무 말도 하지 않았다. 미스 우가 말했다. 긴장하실 필요 없어요. 그냥 그렇게 부르고 싶은 것뿐이니까요. 오늘 아침에는 기분이 좀 좋았어요. 아바오가 말했다. 여자들이 가장 기분좋을 시간이지요. 미스 우가 재치 있게 말을 받았다. 때로는 가장 기분이 안 좋을 시간이기도 해요. 아바오가 말했다. 잘 이해가 안 되네요. 미스 우가 물었다. 이해해서 뭐하시게요? 아바오가 말했다. 그만 돌아갑시다. 미스 우가 물었다. 아바오 사장님은 별자리가 어떻게 되시나요? 아바오가 대답했다. 생일이 2월 16일이에요. 미스 우가 웃으면서 말했다. 물병자리네요. 가족들보다 친구들에게 더 잘하시죠? 저는 물고기자리예요. 아바오가 말했다. 제가 들은 바로는 물고기자리인 사람들은 누군가를 한번 좋아하면 평생 잊지 못한다고 하더군요. 미스 우가 말했다. 저는 아바오 사장님이 어렸을 때 어떤 여자아이 하나만 몹시 좋아했다고 들었어요. 아바오는 아무 말도 하지 않았다. 미스 우가 물었다. 그 여자아이는 이름이 뭐였어요? 무슨 별자리였죠? 아바오가 빙긋이 웃으면서 말했다. 아마 물고기자리였을 거예요. 그 아이는 정말로 나이 많은 보모와 함께 두 마리 물고기가 되었거든요. 미스 우가 말했다. 말도 안 돼요. 아바오가 말했다. 정말이에요. 미스 우가 말했다. 아바오 사장님은 제가 아무렇게나 얘기하는 걸 보고 무궤전차를 몰려고 하시는군요. 아바오는 아무 말도 하지 않았다. 미스 우가 물었다. 아바오 사장님은 지금까지 독신이지만 마음속에는 틀림없이 누군가 있을 것 같군요. 아바오는 아무 말도 하지 않았다. 미스 우가 말했다. 리리는 황소자리라서 얼굴도 예쁘고 재운도 좋지요. 아바오가 빙긋이 웃었다. 바로 그때 머리가 아파오기 시작했다. 미스 우가 물었다. 리리의 이야기는 잘 알고 계시겠죠? 아바오가 말했다. 네, 알아요. 미스 우는 말을 받지 않았다. 아바오가 말했다. 한번 얘기해보세요. 미스 우가 가볍게 웃더니 갑자기 경계하는 태도를 보이면서 말했다. 얘기하고 싶지 않아요. 어차피 몇 마디로 간단히 설명할 수 있는 일이 못 되니까요.

두 사람이 이런저런 얘기를 주고받는 사이에 차는 JJ에 도착했다. 문 안팎으로 화려한 모습의 젊은 남녀가 가득했다. 안으로 들어가자 요란한 헤비메탈 음악이 땅을 울렸다. 사방을 분간할 수 없었다. 어두침침한 홀에 온갖 조명이 번쩍거렸다. 드넓은 공간에서 사람들의 머리가 마구 움직이는 가운데 술에 취해 노래하고 춤추는 열기가 하늘을 찔렀다. 아바오가 음료수를 두 잔 사가지고 사람들을 제치고 원래 자리로 돌아왔지만 미스 우는 춤추는 인파 사이로 들어가 어두운 물결 속으로 사라졌다. 클럽 안은 사람이 많아서인지 무척 더웠다. 아바오는 미스 우가 저 블랙홀 속으로 들어가면 곧 파묻혀 침몰될 것이라고 생각했다. 하지만 미스 우의 오프숄더 드레스가 빛을 반사하는 소재라서 그런지 어두울수록 더 돋보였고, 조명이 흐려질수록 그녀의 실루엣은 더욱 선명하게 드러나면서 은백색 빛을 쏟아냈다. 검은 바다의 항해표지판이 끝없이 부침을 반복하면서 빛을 토해내는 것 같았다. 검은 물결이 밀려가 빛나는 표지판을 눌러버리는 바람에 표지판이 이리저리 떠다니면서 춤추듯이 들썩거렸다. 아바오는 위치가 높은 의자 위에 멍한 표정으로 앉아 있었다. 심장이 음악의 리듬에 맞춰 거칠게 뛰었다. 뻔질나게 '꽃뱀'들이 다가와 귀청을 찢는 듯한 소음 속에서 맑고 부드럽게 인사를 건네는 소리가 들려왔다. 오빠, 우리랑 같이 놀아요. 오빠, 혼자 왔어요? 여자 하나가 손을 뻗어 음료를 가져가려고 하자 아바오가 저지했다. 음악소리는 끝없이 이어졌고 고막은 터질 듯이 아팠다. 얼마 후 미스 우가 돌아왔다. 땀에 흠뻑 젖은 모습으로 빙긋이 웃던 그녀는 갑자기 아바오에게 달려들어 꼭 껴안고는 떨어지려 하지 않았다. 아주 긴 시간 동안 미스 우는 아바오를 꼭 끌어안고 아바오의 품에 몸을 기대고 있었다. 마침내 미스 우가 아름다운 고개를 들었다. 아름답고 매혹적인 얼굴로 눈물을 흘리며 그녀가 말했다. 전 지금 너무나 즐거워요. 아바오는 아무 말도 하지 않았다. 미스 우가 말했다. 아버지, 오해하지 마세요. 저는 단지 마음이 답답했던 것뿐이에요. 아바오는 여전히 말이 없었다. 미스 우가 말했다. 정말 다른 생각은 없어요. 지금 저는 그냥 안기고 싶을 뿐이에요. 고마워요, 아버지. 아빠!

# 오장

## 일

그 시절 아바오는 종종 화이하이로에 있는 웨이민偉民으로 우표를 구경하러 갔다. 일요일에는 많은 사람들로 북적였다. 하나같이 손에 우표첩을 들고 이리저리 돌아다니면서 서로 무슨 우표를 갖고 있는지 묻곤 했다. 그러면 상대방은 위아래로 훑어보고는 우표첩을 건네받아 마음대로 넘겨보았다. 탐구욕이 강한 사람들은 스스로 확대경과 우표 핀셋을 준비해 가지고 다니면서 우표 한 장을 집어 뒷면에 묵은 때가 끼어 있는지, 혹시 뜯긴 자국은 없는지, 풀이 그대로 묻어 있지는 않은지, 깔끔한 원판 우표인지, 테두리는 온전한지, 다른 문제가 있지는 않은지 살펴본 다음, 관심 있는 우표를 발견하면 자기 우표첩을 열어 그 가운데 한 장 혹은 여러 장을 골라 바꾸자고 제안했다. 상대가 동의하면 공손하게 우표를 건네주면서 이리저리 세심하게 살펴볼 수 있게 해주고, 쌍방이 동의하면 마침내 거래가 이루어졌다. 교환이 이루어지지 않을 경우 먼저 값을 부르고 흥정을 통해 구매할 수도 있었다. 이러한 사적 거래에는 나이의 구분이 있었다. 코흘리개 초등학생과 어린애들이 들고 있는 우표첩이나 우표, 엽서들은 대개 여러 군데 오물이 묻어 있거나 표면이 긁혀 있어 몹시 지저분했다. 밖으로 쏘다니기 좋아하는 애들의 목처럼 깨끗하지도 않았다. 어린애들은 우표첩을 펼쳐 마구잡이로 우표를 꺼냈다가 다시 꽂아넣었다. 손가락에 오물이 잔뜩 묻은 채로 우표를 이리저리 옮기면서 앞쪽에 꽂았던 것을 다시 빼내 뒤에 꽂곤 했다. 우표의 상태에는 전혀 신경쓰지 않았다. 중학생이 되면 약간 철이 들어 우표를 만질 때 항상 손을 조심하게 된다. 그러다가 좀더 나이가 들면 우표첩 안에 우주 전체가 들어 있는 양 우표첩을 펼치면 아름다운 자연처럼 다양한 우표들이 눈부시고 질서정연하게 정리되어 있다. 때문에 서로 나이와 신분이 맞지 않거나 외모나 위생 상태가 차이 날 경우에는 우표를 보여달라는 사람이 있어도 그냥 눈을 흘기면서 거들떠보지도 않는다. 이런 마당에는 항상 허장성세하는 사기꾼들도 돌아다니기 마련이다. 그들은 손에 편지봉투가 몇 개 들려 있다. 그 안에는 나름대로 조합한 우표 세트가 셀로판지로 잘 싸여 있었다. 하지만 비교적 낮은 가격에 팔렸다. 그 안에는 비싼 우표도 있고 싼 우표도 있었다. 입에 발린 말로 적당히 둘러대면서 물건의 상태는 보여주지 않으면서 현란한 말솜씨만으로 속을 알 수 없는 '가짜'를 봉투째 파는 것이다. 우표 수집가들의 계급은 이처럼 분명하게 나뉜다.

이 시기에 아바오는 그저 흔한 보통 우표밖에 없었다. 홍콩에 있는 형이 소인 찍힌 우표가 잔뜩 들어 있는 우표첩을 몇 권 보내주기도 했다. 그 가운데는 영국에서 제작된 작은 우표첩도 있었다. 악어가죽을 모방한 재질에 표지가 짙은 검은색이었다. 손에 들어보니 모양새가 나쁘지 않았다. 아바오는 매번 이 우표첩을 들고 나갔다. 그 안에는 산마리노나 리히텐슈타인 같은 작은 나라의 아주 흔한 보통 우표들과 파란색이나 회색이 주조인 중화민국 초기의 우표들이 들어 있었다. 어린애들이 보면 부러워서 침을 질질 흘리기에 충분한 물건들이었다. 소인이 희미한 잉크자국처럼 찍혀 있는 신중국新中國* 초기의 액면가가 증액된 우표도 한 장 따로 꽂혀 있었지만 어른들은 이를 몇 푼 되지 않는 물건으로 여겼다. 거의 사라져버린 신중국 초기 액면가 천 위안의 우표들도 매번 전부 가지고 나갔다. 목적은 단 하나였다. 이 우표들을 열심히 굴려 자신이 좋아하는 두 가지 주제인 식물과 화훼 우표로 바꾸는 것이었다. 물론 이런 우표들도 갠지스강의 모래만큼이나 흔하고 많았다. 아바오가 있는 힘을 다해 모은다 해도 영원히 돈이 부족하고 손에서 나가는 물건은 초라하고 궁상맞은 것뿐이라 능력의 부족을 한탄하는 수밖에 없었다. 어쩌다 가게 안에 있는 고급 수집품들을 보게 되더라도 중학생인 그에게는 그런 우표들을 손에 넣을 인연이 없었다. 이 연령대의 수집가들은 대개 웨이민이나 쓰난우체국에서 대각선으로 건너편에 있는 사설 우표 수집상점인 화와이華外 같은

* 1949년 중화인민공화국 정부 수립 이후의 시기.

곳을 출입할 수 없었다. 이 두 가게는 어른들의 세계로, 넓은 매장이 무척이나 환하고 깨끗했다. 주인장은 안면이 있는 손님 한두 명만 접대했다. 주인과 손님 쌍방의 모습은 마치 장기를 구경하는 것 같았다. 서로 마주보고 앉아 주인장이 조심스럽게 커다란 우표첩을 꺼내 손님이 자세히 살펴볼 수 있도록 스위스와 헝가리의 50매가 한 장으로 구성된 식물 및 화훼 우표 전지를 펼쳐 보여주었다. 가난한 사람들은 가게 밖에 서서 진열창 유리 너머로 바라보면서 눈으로 즐기는 수밖에 없다. 두 사설 우표 수집상점과 쓰난우체국 창구를 중심으로 하는 이 바닥에 놀러올 때마다 아바오는 늘 베이디와 동행했다.

이날 베이디는 자잘한 꽃무늬가 아로새겨진 치마를 입고 머리에는 남색 리본을 달고서 나비처럼 이리저리 날아다녔다. 아바오는 예전에 베이디에게 한 세트가 6매로 이루어진 소련 우표를 선물한 적이 있었다. 가가린의 우주선을 주제로 한 우표와 어린이들의 낙서를 소재로 한 우표 세트였다. 지금은 이 우표들이 베이디의 우표첩에서 사라진 지 오래다. 베이디는 그 우표 여섯 장을 자신의 다른 우표 두 장과 바꾼 것이라고 주장했다. 한 장은 콜롬비아의 미녀 우표이고 다른 한 장은 프랑스 왕비의 초상을 담아 실크스크린으로 인쇄된 우표인 만큼, 교환 조건은 적정한 편이었다고 했다. 우표에 담긴 콜롬비아 여자는 1960년 전국 미인대회에서 선발된 미녀로 굽이 가는 하이힐을 신고 있었다. 다리에는 망사스타킹을 신어 옥처럼 하얀 다리를 다 드러내고 있었다. 다른 한 장에 담긴 초상의 주인공은 루이 16세의 왕비로 남다른 기품을 자랑하고 있었다. 검정 드레스 차림으로 황금빛 왕좌에 몸을 기대고 있는 모습이었다. 전해지는 바에 의하면 그녀는 남편인 루이 16세를 밟고 올라서려다가 결국 단두대 위로 올라갔고, 기계가 움직이는 소리에 이내 머리가 광주리 속으로 굴러떨어졌다고 한다. 이런 얘기에 아바오는 몹시 불길하다는 느낌이 들었다. 베이디가 물었다. 정말 우아하지? 죽긴 했지만 왕비는 역시 아름다워. 베이디는 미녀와 공주를 좋아했고, 또한 스위스의 나비 우표를 좋아했다. 친척들이 세 장으로 구성된 새 나비 우표 한 세트를 보내준 적이 있었다. 그 가운데 하나는 감청색으로 빛나는 날개를 지닌 남미 아마존 우림지역의 나비였다. 한 장은 크고 두 장은 작은 병풍식 우표라 쉽게 잊히지 않았다. 그날 베이디는 그 우표 세트를 가져와 혼자 뭔가를 중얼거리면서 웨이민 안으로 들어갔다. 통통한 몸매의 주인장은 파이프 담배를 피우고 있었다. 아바오는 진열창 유리에 바짝 붙어 바라보았다. 베이디가 파란색 커버의 작은 우표첩을 주인장의 손에 건네면서 아마존 우림지역 나비 우표가 있는 페이지를 펼쳤다. 주인장은 베이디를 쳐다보다가 또 우표를 살펴보고는 잠시 생각에 잠기더니 파란색 우표첩을 덮었다. 그러고는 몸을 돌려 뒤쪽에 있는 선반에서 크기가 50센티미터 정도 되는 커다란 정사각형 우표첩을 꺼내 유리 진열대 위에 펼쳐 보여주었다. 진열대는 일반 가게들보다 낮은 편이었고 바로 앞에 푹신한 의자가 두 개 놓여 있었다. 베이디는 조용히 우표첩을 살펴보았다. 주인장이 진열대 밖으로 나와 아주 공손한 태도로 베이디가 편하게 앉을 수 있도록 의자를 옮겨주었다. 반짝거리면서 한 페이지가 넘어갈 때마다 주인장은 고개를 숙여 베이디에게 자세히 설명해주었다. 아바오는 진열창 유리 밖에 서서 촉촉한 난초 향기를 맡고 있었다. 저 앞에서는 열대강우가 내리고 있고 형형색색의 화려한 나비 무리가 유리 진열대 위로 찬란한 빛을 뿌리며 날아올라 베이디의 머리에 맨 파란 나비 리본 위를 지나갔다. 이 우표첩 자체가 알록달록한 나비의 날개처럼 사방에 찬란한 별빛을 뿌리고 있었다.

웨이민의 진열창에 전시된 식물 우표는 38매가 한 세트로 구성되어 있는 십자화과의 헝가리 우표였다. 하나같이 귀엽고 요염하며 생기 넘치는 디자인이었다. 식물류 우표는 발행 종류가 대단히 많지만 소련 우표에는 항상 작은 자작나무가 등장했다. 독일 우표로는 라임나무 소형 전지가 있었다. 미국 우표들은 상수리나무와 미송, 더글러스 전나무 등을 주제로 하고 있었다. 화훼를 주제로 한 우표는 더욱 눈부시고 화려했다. 남양南洋*과 필리핀, 태국 같은 지역에서는 난초 우표를 자주 발행했고 컬러 인쇄는 보통 수준이었다. 북한은 여러 가지 진달래 우표를 낱장, 혹은 두 장 세트로 발행했지만 종류는 다양하지 못했고 재질도 거친데다 색감도 떨어졌다. 일본은 여러 해 동안 '이달의 꽃' 시리즈 우표를 발행하고 있는 터라 아무리 노력해도 다 모을 수 없었다. 1960년판 중국의 국화 우표 전지 18매 세트도 회화 기법이 뛰어났다. 어느 날 베이디가

* 말레이반도와 인도네시아 군도, 중국 남부 연해 등을 포함하는 지역을 일컫는 호칭으로, 명청 시대 중국이 중심이라는 개념에서 유래된 표현이다.

물자가 부족하던 시대의 환상을 담은 우표.

아바오에게 물었다. 개인도 우표를 찍을 수 있다면 아바오 오빠는 어떤 디자인으로 찍고 싶어? 아바오가 잠시 생각해보고 말했다. 옛날 사람들은 옥잠화는 차갑고 정향화는 메말랐지만 연한 초록색과 요염한 붉은색을 띠고 있다고 말했어. 꽃만 된다면 이런 꽃들을 인쇄할 수 있겠지. 베이디가 물었다. 그래서 어떤 꽃을 인쇄하고 싶은데? 아바오가 말했다. 옛날 책에서는 꽃을 여자로 비유해서 말하고 있지. 예컨대 '요녀姚女'는 수선화로 비유하고 있어. '여사女史'도 수선화를 비유하는 말이지. '제녀帝女'*는 국화를 비유하고 '명부命婦'는 꽃잎이 두 겹인 해당화를, '여랑女郎'은 모란을, '계녀季女'**는 옥잠화를 비유하고 있어. 또한 '요수療愁'***는 원추리의 다른 이름이고 '도영倒影'****은 봉선화를 가리키지. 또한 '망강남望江南'*****은 결명자 꽃을 의미하고 '설단란雪團圞'******은 수국화의 다른 이름이야. 베이디가 말했다. 할멈이 그러는데 '파양怕癢'*******은 백일홍이고 '리낭초離娘草'는 장미래. 다른 건 못 알아듣겠더라고. 아바오가 물었다. 그럼 '무쌍염無雙艷'********은 뭔지 알아? 베이디가 말했다. 모르겠어. 아바오가 말했다. 모란이야. 베이디가 말

---

* 천제의 딸.

** 어린 소녀.

*** '근심을 없애주는 여자'라는 뜻.

**** '거꾸로 선 그림자 같은 여자'라는 뜻.

***** '강남을 바라보는 여자'라는 뜻.

****** '얼굴이 눈처럼 희고 둥근 여자'라는 뜻.

******* '간지럼을 잘 타는 여자'라는 뜻.

******** '둘도 없이 아름다운 여자'라는 뜻.

했다. 나는 모란을 좋아하지 않아. 모란은 분홍빛과 자줏빛으로 물들인 종이꽃 같거든. 아바오가 물었다. 베이디는 상하이에서 어떤 꽃이 가장 아름답다고 생각해? 베이디가 말했다. 나는 치자꽃이 제일 좋아. 아바오가 또 물었다. 그럼 가장 좋아하는 나무는? 베이디가 대답했다. 플라타너스. 아바오가 말했다. 길거리에서 파는 재스민 꽃 팔찌랑 치자꽃 한 다발, 붓끝같이 생긴 백란화白蘭花로 세 장짜리 우표 세트를 만들 수도 있겠다. 베이디가 말했다. 맞아, 그러면 좋겠네. 또 무슨 꽃이 있을까? 아바오가 물었다. 플라타너스를 주제로 봄, 여름, 가을, 겨울 네 장이 병풍처럼 하나로 연결된 우표를 만드는 건 어떨까? 베이디가 말했다. 그건 별로 안 예쁠 것 같아. 아바오가 말했다. 봄에는 새 잎으로 한 장, 6월에는 껍질이 벗겨진 모습으로 한 장 만들면 되잖아. 사실 나무껍질은 옅은 색에서 진한 색까지 세 가지 색상을 지니고 있어서 정말 아름답단 말이야. 가을에는 누런 잎에 동그란 방울열매가 달린 모양으로 만들면 되지. 겨울에는 눈이 내려 나뭇잎은 보이지 않고 눈이 가지 위에 쌓여 있고 통통한 참새 한 마리가 그 위에 앉아 있는 풍경으로 만들어도 멋질 거야. 베이디가 말했다. 나는 싫어. 사실 나는 월계화가 좋아. 5월이면 울타리 위에 '칠자매七姊妹'*가 홑잎의 하얀빛으로 자태를 뽐내지. 그게 얼마나 예쁘다고! 아바오가 말했다. 짙은 살구나무 가지와 오색 장미가 최고야. 예전의 푸싱공원은 백장미와 '십자매'가 가장 유명했지. 베이디가 말했다. 칠자매와 십자

* 찔레꽃의 중국식 별칭.

매는 명칭이 다르잖아. 분홍색과 노란색, 진홍색, 자홍색, 천엽 십자매도 예쁘니까 한 세트로 만들 수 있을 거야. 아바오가 말했다. 화훼는 영국 우표에 가장 많아. 전부 장미인데다 품종도 다 갖춰져 있지. 영국은 화원이 가장 유명하거든. 베이디가 말했다. 용화龍華 복숭아꽃을 네 장짜리 시트로 만들어도 좋을 것 같아. 사실 복숭아꽃은 언제나 매화보다 예쁘니까 말이야. 아바오가 말했다. 복숭아꽃은 '한풀이'라고 불리기도 해. 겹잎 복숭아꽃은 학명이 '사랑의 노예'라 아무래도 좀 투박하지. 그런 점에서 어쩌면 매화가 더 깔끔하다고 할 수 있지. 베이디가 말했다. 버드나무 가지와 복숭아꽃, 해당화, 파초 잎 등으로 한 세트를 만드는 건 어떨까? 아바오가 말했다. 그런 생각은 못해봤군. 어쨌든 봄을 배경으로 하면 좋을 것 같네. 베이디가 말했다. 비파나무와 자두나무, 황도, 참외, 멜론, 호리병박, 쑥갓 같은 것들로도 한 세트를 만들 수 있지 않을까? 아바오가 말했다. 그건 별로야. 과일가게를 연다고 해도 그런 조합은 어울리지 않아. 베이디가 말했다. 외국 우표라면 가능할 거야. 면적이 넓은 우표 한 장에 큰 쟁반을 하나 펼쳐놓으면 되잖아. 아바오가 빙긋이 웃었다. 베이디가 말했다. 정말로 그런 우표는 엄청 많아. 각양각색의 큰 쟁반이 다 있다고. 아바오는 여전히 웃기만 했다. 베이디가 말했다. 사과와 배, 미국 오렌지, 포도, 양배추, 오이, 감자, 토마토, 셀러리, 상추, 통마늘, 파, 표고버섯, 송이버섯, 당근, 멜론, 수박, 그리고 여기에 햄이나 돼지다리, 베이컨, 송어, 꿩과 오리 등이 전부 담겨 있고 테이블보 아래에는 엽총과 탄띠, 담뱃대, 살담배, 사냥용 칼, 구겨진 냅킨, 은제 식기류, 잘라놓은 바게트 몇 조각, 작은 빵, 올리브유, 후추 병, 치즈 몇 가지, 케이크, 잼, 크림버터, 소스, 우유 항아리, 컵, 맥주, 찻주전자, 와인 등이 펼쳐져 있다고. 그리고 그 바로 옆 창문에는 두꺼운 커튼이 쳐져 있지. 아바오가 말했다. 착한 꼬마 아가씨, 기억력이 아주 좋으시군요. 정물을 담은 우표 전지는 액면가가 한 장에 1프랑 정도 나가겠지만 너무 커서 보통 우표첩에는 끼워 넣을 수가 없어. 베이디가 말했다. 화와이 주인의 말로는 1961년에 중국 상하이 사람들이 이런 초대형 항공모함을 보았다면 틀림없이 모든 사람이 탐욕스러워져 폐병에 위병까지 걸렸을 거래. 급성 위염을 앓아 삼 일 밤낮 동안 잠도 자지 못했을 거라던데. 아바오는 베이디의 빙설처럼 냉철하고 똑똑한 모습을 바라보면서 마음속으로 기쁨을 감추지 못했다.

이때, 지붕 위로 시원하고 상쾌한 여름 바람이 불어왔다. 푸싱 공원의 녹나무는 검푸른 빛이었고 오동나무는 초록색과 노란색이 뒤섞인 모습이었다. 눈앞에는 높고 낮은 지붕의 용마루들이 종려색으로 펼쳐져 있었다. 농탕에서 할멈이 외치는 소리가 들렸다. 베이디! 베이디! 베이디야! 아바오가 말했다. 할멈이 널 부르기 힘들 테니 어서 내려가봐! 베이디가 말했다. 어제 할멈이 아빠한테 말했어. 사오싱에 한번 다녀오고 싶다고 말이야. 상하이에 온 지 여러 해가 지났으니 이제 고향에 돌아가서 죽고 싶다는 거야. 아바오가 말했다. 그렇게 함부로 말하지 말고 어서 내려가기나 해! 베이디가 말했다. 담쟁이덩굴 알지? 담쟁이덩굴은 꽃이 피었다 하면 작고 붉은 별들이 쫙 펼쳐진 것 같은 모양이야. 아바오가 말했다.

할멈이 매년 담쟁이덩굴을 심은 덕분에 이웃집 담장에도 있잖아. 베이디가 말했다. 할멈은 내가 우표 얘기만 하면 웃어. 채소 종류도 가장 많고 유채꽃도 예뻐서 그런 것 같아. 우표를 만든다면 풀로는 가장 먼저 토끼풀로 한 장 만들려 하겠지. 그다음에 꽃이 핀 냉이로 한 장 만들 거야. 참깨로 한 장 만드는 것도 좋겠지. 콩 새싹도 좋고 녹두나 팥 꽃, 무 같은 것도 우표로 만들기 좋을 것 같아. 아바오가 말했다. 그런 얘기 그만해. 베이디가 말했다. 할멈이 수팔선水八仙에 대해서도 얘기해줬어. 미나리와 줄풀, 연근, 소귀나물, 올방개, 물밤, 순채, 연자육 등을 통틀어 수팔선이라고 하는데, 이걸로 한 세트 만들면 좋을 거라고 했어. 아바오가 말했다. 알았어, 그만해. 계속 얘기하다간 날이 어두워져도 끝나지 않겠다. 베이디가 물었다. 담쟁이덩굴과 인동 꽃, 능소화, 자등나무로 시트를 만들면 좋지 않을까? 아바오가 말했다. 이미 충분히 얘기했으니 이 얘기는 그만하도록 하자. 베이디가 조르는 듯한 어투로 말했다. 더 얘기해봐, 더 말해보라고. 아바오가 말했다. 이런 꽃들도 좋긴 하지만 담쟁이덩굴과 인동 꽃은 너무 일찍 피는 게 문제야. 담쟁이덩굴은 초본식물이라 나팔꽃이 더 어울릴 것 같아. 베이디가 말했다. 아니야, 나는 나팔꽃을 안 좋아해. 해가 떴다 하면 끝나버리잖아. 그래서 싫어. 아바오가 말했다. 그래서 일본인들은 아침의 얼굴이라는 의미로 '아사가오朝顔'라고 부르지. 꽃이 피어 있는 시간이 너무 짧아. 꽃이 아무리 예쁘게 핀다 해도 결국 지고 말지. 베이디는 아무 말도 하지 않았다. 아바오가 말했다. 옛날에 한 시인이 노래했지. 향기와 빛깔은 지금 어디로 갔는가? 텅 빈 가지만 저녁 바람을 맞고 있네라고. 베이디가 말했다. 난 무슨 말인지 모르겠어. 별로 기분이 안 좋아. 아바오는 잠시 입을 다물고 조용히 있었다. 베이디가 말했다. 할멈은 이런 노래를 부르던데. 무꽃이 피면 모란을 맺고/ 모란 언니는 시집을 가네/ 석류 언니가 중매를 서지만/ 금가마가 와도/ 몸을 일으키지 않네/ 은가마가 와도/ 일어서지 않다가/ 꽃가마가 오고 나서야 일어서네. 아바오가 말했다. 나도 아는 노래야. 베이디가 말했다. 하나 더 있어. 일곱 살 난 딸이 앉은뱅이 의자에 앉아 있네/ 외할아버지가 말을 타고 가면서 중매를 하고/ 아버지는 항저우에서 머리에 쓸 관을 주문하네/ 엄마는 방에서 비단 치마에 수를 놓네, 꽃 몇 송이를 수놓네, 원앙꽃 세 송이를 수놓네. 아바오가 말했다. 됐어, 그만하자. 베이디가 웃으면서 말했다. 아바오 오빠가 꽃을 심으면 내가 곧바로 나비가 될게. 아바오가 말했다. 그래, 좋아. 베이디가 말했다. 사실 나는 나비야. 아바오가 말했다. 나는 나무가 좋은데. 베이디가 말했다. 그래, 알았어. 나비는 꽃도 좋아하고 나무도 좋아하고 날아다니는 것도 좋아한다고.

## 이

당시 제조국로製造局路 화신묘花神廟 일대에는 화초 노점상들이 있었다. 상하이 신 성황묘와 구 성황묘, 난징시로, 쉬자후이徐家滙 등지에는 꽃집이 있었다. 산시난로陝西南路 지금의 바이성百盛대로 양쪽에는 각각 두 칸짜리 유리 온실이 있었다. 조계지에는 외국인 거류자들이 많았기 때문에 가지를 자른 꽃만 팔면서 1966년까지 영업을 유지했다. 베이디가 꽃나무를 말하던 시기에는 쓰난로의 오스틴 자동차가 이미 사라지고 없었다. 어느 날 아바오는 할아버지와 함께 삼륜차를 타고 롄윈로連雲路의 신 성황묘에 갔다가 사오싱 사람 하나가 꽃을 파는 것을 보게 되었다. 야생 물푸레나무桂花가 세 그루 있고 춘란과 호자나무, 가는 대나무, 루쉰이 글에서 묘사한 하수오何首烏 등 여러 가지 꽃들이 좌판에 함께 놓여 있었다. 사오싱 사람이 말했다. '월도越桃' 사세요. 월도란 치자나무를 말하지요. 아바오는 아무 말도 하지 않았다. 사오싱 사람이 물었다. '경수객驚睡客'은 어때요? 아바오가 물었다. 그게 뭔데요? 사오싱 사람이 말했다. 서향瑞香의 다른 이름이지요. 사시겠어요? 아바오가 고개를 가로저었다. 사오싱 사람이 물었다. '네발나비蛺蝶'는 어때요? 시골에서는 '사건기射乾旗'라고 부르지요. 꽃이 피면 여섯 개 꽃잎에 가늘고 붉은 점들이 찍혀 있는 것을 볼 수 있습니다. 꽃 심지를 뽑으면 노란 수술이 있어 꽃 한 송이가 나비 한 마리에 해당하지요. 아바오는 여전히 아무 말도 하지 않았다. 사오싱 사람이 물었다. 금잔화는 어때요? 사시겠어요? 금잔화는 8월에 씨앗을 심으면 섣달에 꽃이 피지요. 산에 있는 동안에는 아주 신선하지요. 철쭉은 어떠세요? 할아버지가 말했다. 천천히 말해요. 뭐가 그리 급하시오? 사오싱 사람이 목소리를 낮춰 말했다. 어르신, 저는 돈이 아주 급합니다. 그래서 한밤중에 산에 들어가 이런 야생화들을 뽑아다 파는 거예요. 할아버지는 아무 말도 하지 않았다. 사오싱 사람이 말했다. 순찰을 도는 민병대를 만나면 당장 잡혀가요. 멜대도 빼앗기게 되지요. 아바오는 아무 말도 안했지만 물푸레나무가 마음에 들었다. 사오싱 사람이 할아버지에게 말했다. 얼마나 신선한지 보세요. 뿌리를 싸고 있는 흙덩이에 푸른 이끼가 그대로 남아 있잖아요. 두 주를 함께 사 가세요. 할아버지는 아무 말도 하지 않았다. 사오싱 사람이 말했다. 짝을 맞춰 두 주를 사시는 게 좋아요. 금계金桂는 '붉은 속살' 빛이고 은계銀桂는 '티 없는 옥'이니 두 그루를 사다 집에 놓으면 집안에 금과 은이 가득차고 모든 일이 길하게 될 겁니다, 어르신. 할아버지는 여전히 말이 없었다. 사오싱 사람이 말했다. 과거의 어르신들은 대문 안이나 천정에 반드시 금계와 은계를 심었습니다. 그래야 자손들이 복을 누리게 되기 때문이지요. 할아버지가 말했다. 과거는 과거고 지금은 지금이오. 그런 얘긴 그만하시오. 사오싱 사람이 말했다. 장제스 총통의 펑화奉化 공관 대문 안뜰과 천정에도 금계와 은계가 두 그루 심겨져 있어 사람들에게 진한 향기를 제공했었지요. 할아버지가 말했다. 됐어요, 사지 않겠소. 사오싱 사람이 재빨리 묘목 두 그루를 집어들고 삼륜차 발판 위에 올려놓았다. 차부가 쑤베이 사투리로 말했다. 이봐요, 장제스 그 대머리, 비적 놈에 관해 한마디만 더 했다가는 내가 당신을 당장 롄윈로 파출소로 끌고 갈 테니까 그런 줄 알아요. 내 말 알아들었어요? 사오싱 사람은 아무 말도 하지 않았다. 차부가 말했다. 내가 당신의 성분을 한번 조사해봐야 할 것 같소. 보아하니 부농 출신 아니면 지주 계층일 것 같구려. 할아버지가 나서서 차부를 진정시켰다.

물푸레나무를 쓰난로로 가져다주자 사촌형과 사촌누나가 뛰어나와 보고는 아주 싱싱하다며 좋아했다. 바로 이때 삼륜차 한 대가 더 들어오더니 큰아버지가 비틀거리며 내렸다. 중산복中山服* 단추가 풀리고 머리칼이 마구 헝클어져 있었다. 할아버지가 말했다. 허구한 날 서장書場**에나 다니고 거창하게 때려먹고 마시더니 이 꼴이 되어 오는 게냐? 큰아버지가 말했다. 조금 취한 것 같기에 그만 마시고 돌아온 겁니다. 허허! 아바오가 금을 캐 왔구나! 사촌형과 누나가 얼른 큰아버지를 부축해 안으로 들어갔고 할아버지도 따라 들어갔다. 아바오가 마당에 흙을 조금 파내고 물푸레나무 한 주를 심으면서 울타리 밖을 바라보았다. 베이디가 구시求是표 버터 막대사탕을 먹으면서 중학생 하나와 함께 천천히 걸어오다가 아바오를 보더니 재빨리 달려와 울타리 밖에서 구경했다. 중학생은 그 자리에 선 채 움직이지 않았다. 베이디가 물었다. 귤나무를 심는 거야? 아바오는 아무 말도 하지 않았다. 베이디가 말했다. 내가 들어가서 도와줄게. 아바오가 말했다. 공연히 번거롭게 할 필요 없어. 베이디가 물었다. 마터우馬頭***를 보고 기분이 상한 거야? 아바오는 아무 말도 하지 않았다. 베이디가 말했다. 마터우, 이리 와봐. 마터우가 다가와 울타리 가까이에 섰다. 베이디가 말했다. 이쪽은 아바오야. 마터우가 따라 불렀다. 아바오! 아바오가 고개를 끄덕였다. 베

* 신해혁명의 지도자인 쑨원(孫文)의 호를 따서 지어진 중국식 정장으로 나중에는 인민복이라 불리며 중국인 남성들 사이에 널리 보급되었다.

** 옛날 중국에서 사람들을 모아 놓고 만담이나 야담, 재담 등을 들려주던 장소.

*** '말대가리'라는 뜻.

이디가 물었다. 기분 상했어? 아바오는 말이 없었다. 베이디가 말했다. 이건 마터우가 사준 거야. 마터우가 말했다. 맞아. 아바오가 말했다. 좀 가주라, 꺼져달라고. 베이디는 아바오를 한번 힐끗 쳐다보고는 마터우와 함께 가버렸다. 두 사람의 뒷모습이 천천히 멀어져 갔다. 다음날, 베이디가 아바오에게 말했다. 어제 수완 언니가 학교 친구들을 초대해서 함께 춤을 추었어. 사람들이 꽤 많았지. 아바오는 아무 반응도 보이지 않았다. 베이디가 말했다. 그러다가 우연히 마터우와 마주치게 된 거야. 아바오가 말했다. 알았어. 베이디가 말했다. 마터우는 양수푸楊樹浦 가오랑교高郎橋에 살아. 수완 언니의 사촌동생이지. 아바오가 말했다. 가정무도회를 여는 건 불법이야. 베이디가 말했다. 수완 언니 말로는 걱정할 필요 없대. 전부 교양이 있는 사람들이라 외지에서 온 부랑아들과는 다르다는 거지. 아바오가 물었다. 외지에서 온 부랑아들이 어떤 사람들을 가리키는 거야? 베이디가 말했다. 수완 언니의 말로는 화이하이로의 부랑아들은 대부분 외지에서 온 남녀 노동자들이래. 아바오는 아무 말도 하지 않았다. 베이디가 말했다. 나는 신경쓰지 않았어. 레코드판 음악만 들었거든. 아바오가 말했다. 할멈이 뭐라고 말했는지 잊었어? 베이디가 말했다. 마터우는 괜찮은 아이인 것 같아. 머리가 좀 길고 바지통이 좁긴 하지만 말이야. 아바오는 아무 대꾸도 하지 않았다. 베이디가 말했다. 마터우는 나를 데리고 가오랑교에 가서 구경을 시켜주고 싶어했어. 마터우가 사는 곳은 온통 공장들이라고 하더라고. 양수푸 자오바이위안茭白園의 쿤밍로昆明路 부근인데 자주 '길거리 전통극' 공연이 펼쳐진다고 하더라고. 노천 공연인데 주로 장화이희의 창을 하는 모양이야. 표를 사지 않아도 구경할 수 있대. 장화이희가 어떤 건지 몰라서 한번 구경하고 싶었는데 수완 언니한테 욕만 한 바가지 얻어먹고 말았지 뭐야. 마터우는 옆에서 아무 말도 하지 못했지. 아바오가 빙긋이 웃었다. 베이디가 말했다. 그러고 나서 마터우는 나와 함께 춤을 한 번 추고는 개나리꽃을 선물해주더라고. 아바오가 말했다. 그 개나리는 3호 식구들이 심어놓은 거야. 베이디가 말했다. 남자친구가 내게 꽃을 선물한 건 처음이야. 아바오가 씩 웃으면서 말을 받았다. 어린 나이에 남자친구라니! 베이디가 말했다. 나중에 수완 언니가 나를 부르더니 또 춤을 추고 싶으면 마터우를 데리고 와서 같이 추라고 하더라고. 아바오는 아무 말도 하지 않았다. 베이디가 말했다. 사실 음악은 너무 가볍고 방안은 너무 갑갑해. 레코드판을 한 장 또 한 장 바꿔 틀면서 언니는 계속 춤을 추었지. 아바오가 말했다. 춤을 많이 출수록 더 중독되는 법이야. 어떤 농탕에서는 주민위원회가 벌써 현장에 들이닥쳐 잡아가기 시작했다고. 베이디가 말했다. 그러고 나서 나는 마터우에게 내 사적인 비밀을 말했지. 아바오는 말이 없었다. 베이디가 목소리를 낮춰 말했다. 마터우에게 내가 공주가 되고 싶다고 말했어. 마터우가 웃으면서 그러더군. 오늘날의 여자들은 어른이 되면 운반공이 되어 화물차를 몰 수도 있고 닭이나 오리, 돼지를 잡는 일을 할 수도 있으며 버스를 몰거나 비행기, 기차, 군함 등의 조종사가 될 수도 있지만 공주는 절대 될 수가 없다고 말이야. 내가 왜 그런 거냐고 물었지. 그랬더니 마터우가 그러더라고. 우리 조상이 황족의 혈통이라면 몰라도, 그게 아니면 불가능하다는 거야. 아바오가 빙긋이 웃었다. 베이디가 물었다. 마터우 걔 참 재미있지? 아바오가 대답했다. 응. 베이디가 말했다. 마터우는 사람들이 아무리 노력해도 모든 것이 혈통에 따라 이루어지기 때문에 기본적으로 바꾸는 게 불가능하다고 생각하나봐.

## 삼

샤오마오는 24번 전차를 타고 예웨이샹野味香* 앞에서 내려 대각선으로 건너편에 있는 화이하이팡淮海坊 농탕으로 가서 후성과 만난 다음, 농탕 뒤쪽을 가로질러 난창南昌 아파트로 갔다. 초등학교 때부터 후성은 친구들과 이 낡은 아파트를 지날 때마다 반복해서 엘리베이터 버튼을 누르는 장난을 쳤다. 그러다가 엘리베이터가 내려오면 일제히 흩어져 도망쳤다. 엘리베이터를 조종하는 아가씨는 아파트 입구까지 쫓아와 "나쁜 놈들!" "죽일 놈들!" 하며 마구 욕을 해댔다. 애들은 난창로에 조용히 숨어 있다가 엘리베이터가 올라가면 또다시 달려가 마구 버튼을 눌러 엘리베이터가 몇 번씩이나 빈 채로 오르내리게 하고 나서야 만족스러운 마음으로 그곳을 떠났다. 이때 엘리베이터 아가씨가 샤오마오를 쳐다보았다.

* 냉이와 신선한 고기를 버무린 소가 들어간 혼돈을 전문적으로 만들어 파는 상하이의 유명 음식점.

후성이 말했다. 수화를 찾아왔어요. 엘리베이터 아가씨가 샤오마오에게 물었다. 너는? 샤오마오가 대답했다. 수화요. 아가씨는 철책을 잡아당겨 쇠로 된 손잡이를 조종했다. 쇠로 된 새장 같은 엘리베이터가 위잉 소리를 내면서 위로 올라갔다. 엘리베이터 외부는 철조망으로 되어 있고 계단이 사방을 둘러싸고 있었다. 3층에 도착하자 철책 문이 열리고 수화가 냉담한 표정으로 문 앞에 서 있었다. 두 사람은 수화의 집 안으로 들어갔다. 초를 먹인 바닥에 몇 가지 간단한 가구들이 놓여 있었다. 사무용 책상과 대나무 의자 몇 개, 농가에서 흔히 볼 수 있는 기다란 의자 등이 여기저기 놓여 있었다. 책은 단 한 권도 찾아볼 수 없었다. 수화의 방도 아주 간소했다. 긴 의자를 붙여 만든 널빤지 침대와 대나무로 만든 작은 책꽂이가 있고 책상 위에는 책이 한 권 놓여 있었다. 후성이 말했다. 이쪽은 내 친구 샤오마오야. 수화는 아무 말도 하지 않았다. 샤오마오가 연습장을 한 권 꺼내 수화 앞에 있는 책상 위에 내려놓았다. 창문으로 바람이 불어와 한 장이 넘어가자 수화가 얼른 눈으로 훑었다. 후성이 말했다. 샤오마오는 특별히 누나를 만나러 온 거야. 수화는 아무 말도 하지 않았다. 집은 아주 좁았고 난창로에서 나는 소리가 거침없이 방안까지 들려왔다. 무척이나 낡은 연습장 겉표지에는 『검협비웅』 판각본의 삽화가 붙어 있었다. 수화는 아예 거들떠보지 않았다. 바람에 삽화들이 계속 넘어갔다. 다소 어색해진 샤오마오가 후성을 쳐다보았다. 대로에서는 차바퀴가 움푹 파인 구덩이를 넘어가면서 내는 쿵쿵 소리가 들려왔다. 후성이 연습장을 집어들고 말했다. 이 안에 있는 글들은 전부 샤오마오가 베낀 거야. 수화가 말했다. 그렇구나! 샤오마오가 물었다. 누나가 쓴 시를 좀 보여주면 안 돼요? 수화가 말했다. 후성, 너 왜 밖에서 쓸데없는 소리 하고 다니는 거야? 나는 시를 쓰지 않아. 샤오마오는 아무 말도 하지 않았다. 후성은 뜻밖의 상황에 약간 당황스러웠다. 샤오마오가 혼자 중얼거리듯이 말했다. 그럼 맘대로 하세요. 그건 개인의 자유니까요. 보든 못 보든 저는 상관없어요. 수화는 아무 말도 하지 않았다. 샤오마오는 무릎 위에 있던 낡은 신문지로 싼 물건을 책상 위에 올려놓으면서 말했다. 누나가 좋아하시는 거면 두고 갈게요. 샤오마오는 몸을 일으켜 돌아갈 준비를 했다. 수화는 아무런 표정도 없이 신문지를 벗겼다. 낡은 책 한 권이 모습을 드러냈다. 원이둬聞一多*가 엮은 『현대시초』였다. 수화의 얼굴이 빨개졌다. 이때 후성도 일어나 작별인사를 건네려 했다. 수화가 말했다. 좀더 앉았다 가. 샤오마오는 아무 말도 하지 않았다. 수화가 무단穆旦**의 시를 펼쳤다. 번체자였다.

조용히, 우리는 서로를 껴안는다
언어가 밝게 비출 수 있는 세계 안에서
하지만 형태가 이루어지지 않은 어둠은 두렵다
그 가능과 불가능이 우리를 깊은 미혹에 빠뜨린다

---

* 중국의 현대 시인 겸 고전문학 연구자.

** 중국의 유명 시인이자 번역가이며 영문학자. 홍콩 무협 소설가 진융(金庸)의 친형이기도 하다.

우리를 옥죄는 것은

태어나기도 전에 죽어버리는 달콤한 말들이다

언어의 유령이 뒤덮고 있는 곳에서 빠져나와

우리는 혼란스러운 사랑의 자유와 아름다움 속으로 헤엄쳐 들어간다

샤오마오가 말했다. 꼭 외국 시 같네요. 수화가 낮은 목소리로 말했다. 루완구盧灣區 도서관에서도 찾아볼 수 없는 시야. 줄곧 인쇄되지 않았거든. 후성이 물었다. 그럼 이걸 어디서 구한 거야? 샤오마오가 말했다. 아오먼로澳門路 폐품처리장에 가면 낡은 책이랑 신문, 쓰레기들이 산처럼 쌓여 있어. 수화는 아무 말도 하지 않았지만 눈빛은 많이 부드러워지기 시작했다. 샤오마오가 말했다. 손이 가는 대로 대충 집어온 거야. 수화가 웃으면서 말했다. 손이 가는 대로 집어온 거라니 아주 똑똑한 아이임이 틀림없는 것 같구나. 후성이 말했다. 그럼! 수화는 다른 한 권을 넘겨보았다. 똑같이 중화민국판으로 일련번호는 431이고 라마르틴의 『화성집』이라고 쓰여 있었다. 손을 대자 책 표지가 미끄러져 흘러내렸다. 삽화가 보이고 번역문에는 이렇게 쓰여 있었다. 교회 기둥 불빛 아래 죽은 소녀는 편안히 잠들었다. 관 옆구리에 백합꽃이 피었다. 수화는 얼른 책을 가슴에 끌어안더니 과장된 동작이라는 것을 의식했는지 책을 조용히 제자리에 돌려놓았다. 난창로에서는 쾅하고 옥수수를 튀기는 뻥튀기 소리가 들려왔다. 수화는 샤오마오가 베껴 쓴 수첩을 펼쳐보았다. 앞부분에 유성추流星錘와 아미자峨嵋刺, 팔보수전八寶袖箭

같은 무기 이름들이 적혀 있고 권법의 동작들도 기록되어 있었다. 뒷부분에는 사패詞牌가 번체자로 적혀 있었다. 누반樓槃의 '상천효각霜天曉角'*. 눈과 얼음을 오렸더니 어떤 이는 너무 맑다고 탓하고 또 어떤 이는 너무 앙상하다고 탓하나 둘 다 아니니, 내 지음만 알 뿐이네. 누가 내 지음일까? 그는 고산 사람 성은 임이네. 서호에서 이별하여 나를 저버린 뒤로 지금에 이르렀네. 수화는 말이 없었다. 오대유吳大有의 '점강진點絳唇'**. 강가의 작은 술집은 그대를 보낸 곳이자 그대를 만난 곳, 술로 그대를 막아보지만 그대는 끝내 강을 건너네. 눈이 강가의 갈매기들을 누르는 저녁, 하늘 가득한 눈발 사이로 바람이 부네. 향기롭지만 차가운 배꽃 비는 수심만 더하니 애끓는 마음으로 노를 저어 차가운 물살을 밀고 가네.

수화가 고개를 들어 샤오마오를 유심히 바라보며 물었다. 이 시는 왜 적은 거니? 샤오마오가 말했다. 좋은 시 같아서요. 수화가 다시 물었다. 어디가 그렇게 좋았어? 샤오마오가 말했다. 노를 젓는 대목이 좋은 것 같아요. 수화가 또 물었다. 그건 왜? 샤오마오가 말했다. 쑤저우하 근처에서는 항상 노 젓는 사람들을 볼 수 있지만 흐리고 추운 날에는 점심때가 되면 아무도 없어 강물이 아주 잔잔해지거든요. 수화가 말했다. 나는 아직 한 번도 가보지 못했어. 후성이 말했다. 경치가 아주 좋아요. 샤오마오가 말했다. 하류에는 산관탕까지 가는 띠배가 있고 상류에는 톈허우궁天後宮 도매

* 남송(南宋) 사인(詞人) 누반의 작품 「매화」 중 한 구절.

** 남송 사인 오대유의 작품 「송별시」.

점 부두까지 가는 푸른 껍질의 사탕수수 배도 있어요. 아주 외롭게 배 한 척에 사람 하나가 노 한 자루를 저어 가지요. 배가 클 경우에는 두 사람이 노를 저어요. 부부가 한마음으로 손을 모아 두 개의 노를 함께 저을 때면 노 한 자루가 움직이는 소리가 난대요. 수화가 말했다. 시의 의미가 깊진 않지만 작품의 길이에 비해 운율이 조밀한 것이, 여성들 마음속의 원망을 담은 것 같네. 남녀의 그리움을 묘사한 사는 이 두 편뿐인 것 같아. 샤오마오가 물었다. 누나도 고대 영웅들이 벽에 쓴 사詞 작품들을 보았겠죠? 수화가 말했다. 내용이 너무 잔인하더군. 샤오마오가 말했다. 송나라 때가 지금보다 훨씬 좋았던 것 같아요. 수화가 목소리를 낮춰 속삭이듯이 말했다. 샤오마오는 이제 중학생이 되었으니 밖에서 아무 얘기나 함부로 떠들고 다니면 안 돼. 문제가 된단 말이야. 정말이야.

두 사람은 한 시간 정도 앉아 있다가 아파트를 나와 궈타이영화관을 지나 곧장 북쪽을 향해 걸었다. 샤오마오가 말했다. 수화 누나는 좀 이상한 것 같아. 후성이 웃으면서 말했다. 그 누나는 부모님한테도 똑같이 쌀쌀맞아. 샤오마오가 말했다. 친자식이 아닌가 보지, 뭐. 후성이 말했다. 그 누나 부모님은 구區 노동조합 간부들이라 무척 바빠. 샤오마오는 아무 말도 하지 않았다. 후성이 말했다. 만일 내가 오로지 옛날 책만 보고 옛날 시만 베낀다면 우리 아버지는 화를 낼 게 분명해. 새로운 책과 새로운 영화만 봐야 할 거야. 샤오마오가 물었다. 혁명 가정인데도 그래? 후성이 말했다. 아마 수화 누나가 샤오마오에게 고맙다는 편지를 쓸 거야. 샤오마오가 말했다. 안 그래도 돼. 나는 그냥 손에 잡히는 대로 집어온 것뿐이야. 후성이 말했다. 혹시 편지가 오면 네가 답장을 해서 수화 누나한테 옛날 책과 외국 서적을 너무 많이 보지 말라고 권해줘. 우리 아버지 말로는 상황이 많이 좋아졌대. 형편도 좋아졌고. 샤오마오가 말했다. 그건 어려울 것 같아. 수화 누나가 내 말을 들을 것 같지도 않고 말이야. 후성이 말했다. 나는 좋은 마음에서 하는 얘기야. 샤오마오가 웃으면서 말했다. 수화 누나가 또 엽서를 보낸다면 틀림없이 미용실 왕 사부가 먼저 받게 될 거야. 후성이 말했다. 지난번에는 풍경화 엽서였잖아. 일반적인 상황에서는 나이든 사람들만 엽서를 쓰지. 샤오마오는 아무 말도 하지 않았다. 두 사람은 걸어서 웨이하이로威海路에 이르렀다. 후성이 물었다. 그러지 말고 나랑 같이 이펑翼風 모형항공기 가게에 한번 가보는 게 어때? 샤오마오는 그의 제안에 동의했다. 이리하여 두 사람은 다중리大中里를 가로질렀다. 거기서 조금만 더 가면 난징시로였고 건널목을 하나 건너면 바로 이펑이었다. 두 칸짜리 점포 안에는 손님들이 별로 많지 않았고 진열대에는 고무줄을 동력으로 움직이는 간단한 비행기나 어뢰정부터 구축함 그림까지 다양한 조립품 재료가 놓여 있었다. 고급 모형 항공기와 가솔린엔진도 있어 다양한 물건들이 장관을 이루고 있었다. 1960년대의 소형 선박모형은 전부 수공에 의존했기 때문에 가게 안에는 탁상용 미니 바이스를 포함하여 각종 목공 및 금속공에 기자재도 팔았다. 있어야 할 것은 거의 다 있는 셈이었다. 눈이 번쩍 뜨인 샤오마오가 9천 톤급 원양여객선 모형을 가리키면서 말했다. 우리 이웃에 사는 인펑 누나의 남편 하이더는 이런 배에서 일하는 선원이야. 후성이 말했다. 여기에 순양함 도면이 있어. 각 부분의 치수도 인치와 피트로 아주 상세하게 기록되어 있지. 사오마오는 진열장 안에 들어 있는 물건들을 구경했다. 후성이 말했다. 우리 아버지 말로는 애당초 국제조약으로 갑판의 함포 수량을 제한했대. 예컨대 펜사콜라급 순양함에는 203밀리미터 주포가 10문 설치되어 있는데 설계가 아주 세밀하대. 샤오마오로서는 이해하기 힘든 설명이었다. 후성이 말했다. 미국인들은 대공포와 수상 정찰기를 갖추고 일본의 후루타카古鷹급 중형 순양함에 대항했어. 흘수선 아래로 5피트까지 장갑방어가 가능했지만 애석하게도 탄약창의 방어능력이 부족했지. 여기서 그 배의 설계도를 사서 만들어볼 수도 있어. 샤오마오가 말했다. 나는 무슨 말인지 하나도 모르겠다. 후성이 말했다. 난 중학교에 들어가자마자 모형항공기 동아리에 들어갔다가 한 달 만에 쫓겨났어. 샤오마오가 물었다. 왜? 후성이 말했다. 소형 대패가 하나 없어지자 선생님이 내가 훔쳐간 거라고 의심하는 바람에 나올 수밖에 없었어. 샤오마오가 말했다. 그거 내가 훔쳤는데.

후성은 본드 한 병과 0호 사포 세 장을 샀다. 두 사람은 상점을 나섰다. 상점 밖에는 적지 않은 사람들이 모여 구경을 하고 있었다. 중년의 사내 하나가 물었다. 독일 순양함 샤른호르스트를 알지? 중학생 하나가 대답했다. 몰라요. 중년의 사내가 말했다. 장갑 및 방수 능력이 아주 뛰어난 함정이지. 첫 발이 가장 멀리 떨어져 있던 영국의 글로리우스호 항공모함을 명중시켰어. 적수가 없었지. 중학생이 말했다. 그건 별로 대단한 게 아니에요. 비스마르크 순양함의 명성이 대단해지자 샤른호르스트는 낭패를 맞고 말았잖아요. 함교가 폭파되면서 결국 침몰하는 수밖에 없었으니까요. 중년의 사내가 말했다. 네 척이 한 척을 공격했으니 그다지 영웅적인 전적이라고는 할 수 없지. 그것도 무려 세 시간이나 공격했으니까 말이야. 그게 어떤 개념이냐 하면 말이야, 듀크 오브 요크 호가 샤른호르스트의 포탄을 배 터지게 받아먹은 거라고 할 수 있지. 중학생이 물었다. 그래서 결국에는 어떻게 되었는데요? 결국에는 533밀리미터 어뢰발사기가 알몸을 드러낸 것과 마찬가지였어. 방호 갑판도 있었는데 공격을 받아 폭파되고 말았지. 여기까지 말했을 때 규찰대가 지나가면서 주의를 주었다. 좀 비켜주세요. 지갑들 조심하고 얘기는 좀 적게 하도록 하세요. 후성은 샤오마오를 잡아끌고 앞으로 나아갔다. 후성이 말했다. 저 중년 사내와 중학생은 아주 유명해. 중년 사내는 저 옆 장인로江陰路 농탕의 잘난 척 대장이고 중학생은 시市 중학생 모형항공기 대회에서 몇 등 안에 든 친구야. 잘난 척하는 애송이임이 틀림없어. 샤오마오가 말했다. 아주 거창하게 얘기하던데. 후성이 말했다. 우리 형의 설명에 의하면 샤른호르스트 순양함의 무기 체계가 대단히 정교하고 뛰어났는데도 영국인들이 그 배를 침몰시킬 수 있었던 것은 사실 이물의 설계가 너무 무거웠기 때문이래. 일단 배가 움직였다 하면 이물이 물에 잠겨 안톤 포탑이 물속으로 들어갔기 때문에 나중에 가장 유명한 애틀랜틱 이물로 교체한 것은 확실히 당연한 조치였다는 거야. 하지만 빨리 도주하지 못해 영국인들에게 포위당하고 말았으니 달리 방법이 없었던 거지. 샤오마오가 말했다. 우리 사부님이 말한 방법은 한 척만 조준해서 죽어라고 집중 공격하는 거야. 후성이 말했다. 순양함은 주먹하고 달라. 중국의 무술은 기본적으로 전부 속임수야. 샤오마오는 아무 말도 하지 않았다.

두 사람은 신화新華영화관에 이르렀다. 후성이 아이스바를 두 개 사서 샤오마오와 함께 계단에 앉았다. 후성이 물었다. 기분 상했어? 내가 잘못 말했나? 샤오마오가 말했다. 아니야, 괜찮아. 두 사람은 모퉁이를 돌아 펑양로鳳陽路를 지나 스먼로의 라더 아파트 입구에 이르렀다. 후성이 말했다. 우리집에 가서 좀 쉬었다 가. 샤오마오가 말했다. 저녁 먹을 시간이야. 그냥 집에 갈래. 후성이 말했다. 잠깐 올라갔다 가. 두 사람은 엘리베이터를 타고 4층으로 올라갔다. 영국 회사의 고위급 직원 사택이라 난창 아파트보다 넓고 한 층에 세 가구만 거주했다. 강철 창틀에 초를 먹인 바닥이었고 취사 시설과 화장실을 단독으로 사용했다. 후성이 문을 열고 샤오마오에게 들어가라고 권했다. 동쪽은 바닥이 모자이크로 되어 있는 커다란 부엌이었고 한가운데 있는 테이블에는 둥그런 생크림 케이크가 하나 놓여 있었다. 이런 광경에 샤오마오는 어리둥절한 표정을 지었다. 이때 서쪽 방에서 식구들이 나와 후성과 샤오마오를 향해 환하게 웃었다. 후성이 말했다. 오늘은 샤오마오 생일이야. 샤오마오, 이쪽은 내 친구 아바오와 베이디야. 그리고 이분들은 우리 엄마 아빠야. 공군 제복 차림의 중년 남녀가 빙긋이 웃으면서 다가와 상하이 억양이 섞인 북방 사투리로 말했다. 샤오마오, 생일 축하한다. 공부 열심히 해야 해. 순간 어쩔 줄 몰라하던 샤오마오가 다시 눈길을 돌리자 서쪽 응접실에서 낯익은 누나 하나가 빙긋이 웃으면서 자리에서 일어서고 있었다. 뜻밖에도 수화였다.

1960년대 상하이에는 생일을 중시하는 가정이 그리 많지 않았다. 후성의 부모는 군관학교를 졸업하고 공군 부서에서 근무하고 있었다. 두 사람은 같은 해, 같은 달, 같은 날에 태어났고 처음 만난 날이 바로 생일이었다. 때문에 두 사람은 생일을 매우 중시하게 되었다. 후성과 형 후민을 포함해 네 식구로 구성된 가족은 매년 세 번의 생일을 보냈다. 이는 벼락이 쳐도 변하지 않는 일이었다. 지난번에 후성은 쑤저우하에 가서 유돈자油墩子*를 먹으면서 얘기를 나눌 때 샤오마오의 생일을 기억하고 있던 터에 스먼로로 이사 온 지 벌써 몇 년이 지났으니 수화를 초대하여 샤오마오를 놀라게 해주려고 마음먹었고, 부모님도 적극적으로 찬성하여 이런 자리를 마련했던 것이다. 이리하여 후성은 아바오와 베이디와 사전 약속을 했고 수화만 마음을 정하지 못하고 주저했기 때문에 일부러 샤오마오를 데리고 먼저 수화를 만나러 갔던 것이다. 후성이 말했다. 수화 누나는 올지 말지 스스로 결정하라고 했는데 이렇게 와주리라고는 미처 예상하지 못했네. 알고 보니 샤오마오가 이웃집 아이였던 것을 알고서 후성의 부모님은 무척 반가워했다. 후성의 아버지가 상하이 억양이 섞인 북방 사투리로 말했다. 매년 10월 1일이 되면 조국의 생일이자 후성 엄마의 생일이니 더욱 성대하게 경축해야 할 것 같구나. 너희도 꼭 와서 베란다에서 함께 불꽃놀이를 구경하도록 하자꾸나. 다들 고개를 끄덕였다. 생각지도 못한 생일

* 장쑤와 저장, 상하이 등의 지역에서 볼 수 있는 길거리 간식.

상을 받게 된 샤오마오만 얼떨떨한 표정이었다. 모두가 샤오마오가 케이크를 자르기를 기다리고 있는 사이에 베이디가 말했다. 샤오마오 오빠도 소원을 하나 빌어봐. 샤오마오가 소원을 생각해내지 못하자 모두 한목소리로 말했다. 생일 축하해! 베이디가 두 눈을 깜빡거리며 케이크를 뚫어져라 바라보면서 말했다. 그림엽서에서 본 것처럼 오색 양초와 금은 양초였다면 얼마나 좋았을까! 아바오가 말했다. 잡화점에서는 하얀 양초밖에 안 팔아. 난징로 훙먀오虹廟에 가면 붉은 양초도 살 수 있지. 샤오마오가 말했다. 향촉香燭가게에 가면 '삼배三拜'라고 불리는 가장 작은 양초도 팔아. 후성이 물었다. 그게 무슨 뜻인데? 샤오마오가 말했다. 세 번 절하는 사이에 바닥까지 다 타버린다는 뜻이야. 베이디가 말했다. 아, 그렇구나. 샤오마오가 말했다. 좀더 큰 건 '대사지大四支'라고 하고 그보다 더 큰 건 '야반광夜半光'이라고 부르지. 무게가 열두 냥이나 돼서 한밤중까지 태울 수 있다는 뜻이야. 더 큰 것으로는 무게가 한 근이나 되는 '근통촉斤通燭'이 있고 두 근이나 되는 '통소通宵'도 있어. 가장 큰 양초는 '두광斗光'이라고 부르지. 베이디가 손사래를 치면서 말했다. 그런 얘긴 그만해. 나는 중국 양초가 제일 싫어.

다들 케이크를 먹고 나자 후성의 부모님은 모임이 있다고 하면서 먼저 자리를 떴다. 밥하는 아주머니가 간단한 음식을 몇 가지 상에 올려 다 같이 둘러앉아 식사를 했다. 샤오마오가 말했다. 막 문에 들어섰을 때는 무척 놀랐는데 지금 생각해보니 정말 금란지교를 맺어도 좋을 것 같다는 생각이 들어. 후성이 물었다. 그게 뭔데? 샤오마오가 말했다. 베이디는 홍콩의 채색 양초를 좋아하지만

나는 고대의 형식으로 세 개의 향을 피우는 걸 좋아해. 모두가 사주단자를 바꿔 성이 다른 형제자매가 되는 거지. 밥하는 아주머니가 물었다. 의형제를 맺는다면 샤오마오는 어느 인물에 해당할까? 유비야, 아니면 관우야? 샤오마오가 말했다. 저는 옛날에 노동자들이 방회幇會*에 가장 많이 참여했고 의형제를 맺는 일도 가장 많았다는 것밖에 몰라요. 고향과 소속 방회가 같은 사람들은 서로에 대한 충성심이 가장 강했다고 하더라고요. 아바오가 말했다. 제갈량과 장온도 의형제라고 할 수 있지. 후성이 말했다. 세대를 넘는 결의도 있어. 동탁과 여포, 양귀비와 안녹산의 관계를 예로 들 수 있지. 수화가 물었다. 샤오마오는 진심을 얘기한 건데 다들 이렇게 농담으로 받아들여서 되겠어? 샤오마오가 말했다. 굳이 금란부金蘭簿를 쓰지 않아도 지금부터 당장 의형제이자 의자매라고 생각하면 되지 뭐. 후성이 피식 하고 웃었다. 수화가 말했다. 허클베리 핀과 톰 소여는 진정으로 의형제를 맺은 사람들이었어. 샤오마오가 말했다. 같은 해, 같은 달, 같은 날에 태어나기를 바라지는 못하지만 같은 해, 같은 달, 같은 날에 죽기를 바라는 것도 물론 불가능한 일이야. 이 말에 모두 웃음을 터뜨렸다. 샤오마오가 말했다. 고대 사람들은 전쟁에 나가기 전에 각자 칼을 갈면서 의형제를 맺었대. 함께 죽을 준비를 한 거지. 베이디가 말했다. 나는 황궁 이야기나 황궁 무도회 이야기가 좋더라. 샤오마오가 말했다. 의형제를 맺으면 어려움도 같이 나누고 복도 함께 누리게 되지. 아바오

* 명청 시대 중국의 민간 비밀결사.

가 말했다. 우리 아버지 말로는 그건 불가능한 일이래. 인생에 자신을 알아주는 지기는 두세 명도 되지 않고 뜻대로 되지 않는 일은 항상 수없이 많이 일어나는 법이래. 아무리 좋은 친구라 해도 결국에는 각자의 길을 가게 된다는 거지. 각자가 처하게 되는 상황이 너무 복잡하기 때문이라는 거야. 후성이 말했다. 계급 감정은 피와 같아서 영원히 물보다 진하지. 우리 아빠 부대에서는 전우들의 단결력이 가장 좋아. 아바오가 말했다. 혁명군인 가족에게 더 할 말이 뭐가 있겠어! 후성은 아무 말도 하지 않았다. 수화가 화제를 돌려 말했다. 너희 형 후민은 어디 있어? 밥하는 아주머니가 대신 대답했다. 부대에서 휴가를 얻어 나와서 지금 병원에 입원해 있어. 후성은 아무 말도 하지 않았다. 다들 밥을 먹고 나서 아바오와 함께 베란다로 나가 먼 곳을 내다보았다. 동쪽에는 국제호텔이 있고 동남쪽으로는 대세계大世界* 보탑의 미색 윤곽이 희미하게 보였다. 샤오마오는 식탁 정리를 도왔다. 밥하는 아주머니가 낮은 목소리로 말했다. 후민은 병이 난 게 아니라 탈영을 한 거야. 그래서 아빠가 화가 나서 몇 번이나 꾸짖었던 거라고. 샤오마오는 아무 말도 하지 않았다. 모두들 거실에 모였다. 벽에는 책장이 한 줄로 나란히 붙어 있고 대부분 정치 관련 책들이 채워져 있었다. 표지가 회색 천으로 싸여 있는 『레닌 전집』과 커피색 표지의 『스탈린 전집』도 있었다. 또다른 작은 책장에는 비교적 다양한 분야의 책들이 꽂

---

* 암흑가의 거두였던 황진룽이 세운 위락 시설. 각종 잡기와 남북 각지의 희곡, 곡예 등을 주요 공연 내용으로 했다.

혀 있었다. 항공기술 관련 자료도 있고 선거船渠와 군함, 군항 부두, 흘수선, 해류와 기상 등에 관한 자료들도 있었다. 러시아어로 된 책이 가장 많았다. 적긴 하지만 문학 서적도 있었다. 책장 위에는 P-4 어뢰정 모형이 한 척 놓여 있었다. 후성이 말했다. 이건 예전에 후민 형이 만들어놓은 거야. 샤오마오가 가까이 다가가 살펴보았다. 후성이 말했다. P-4는 중국 해군의 주력 함정이야. 소련에서 제작한 쾌속정이지. 애석하게도 자체 레이더가 장착되어 있지 않아 지상 레이더의 지시를 전달받아 작전을 수행해야 하기 때문에 목표물을 놓치기 십상이야. 아바오가 말했다. 그건 군사기밀이야. 후성이 말했다. 소련에서 서른여섯 척을 수입했지. 전해지는 바에 의하면 1958년에 타이완의 4천 톤급 수송선 타이성臺生호를 침몰시킨 것도 바로 이 함정을 이용한 거였대. 이것 말고 목재로 된 어뢰쾌속정도 있어. 샤오마오가 말했다. 아, 맞다. 쑤저우하에서 면화를 운송하는 거룻배도 철판으로 만든 거라고 하더라고. 후성이 말했다. 그런 배들은 전부 광저우나 우후蕪湖의 조선공장에서 제작된 거야. 소련 특허 02형이지. 아바오가 별로 흥미를 느끼지 못하고 자리를 뜨자 후성은 샤오마오를 데리고 다른 방으로 갔다. 베란다 안쪽 구석진 곳에는 〈인민일보〉와 〈홍기〉 잡지가 잔뜩 쌓여 있고 작은 탁자 위에는 모형 전함 한 척의 용골이 놓여 있었다. 후성이 말했다. 이건 후민 형의 로열 오크 호 전함이야. 입대하기 전에 절반만 만들어놓고 갔지. 샤오마오가 말했다. 후민 형은 전문가네. 후성이 말했다. 나는 문외한인 셈이야. 우리 모형항공기 동아리의 지도 선생님은 위로 두 세대가 모두 장난조선소의 전문 기술자였대. 샤오마오가 전함의 용골을 한 번 만져보았다. 후성이 말했다. 군왕급 계열 함정은 항속이 비교적 떨어지는 편이야. 이 배는 결국 독일 U-47 잠수함의 어뢰 공격 세 발에 팔백 명이나 목숨을 잃고 말았지. 샤오마오가 물었다. 패전한 배를 뭐하러 만드는 거지? 후성이 말했다. 이렇게 침몰한 배 시리즈를 좋아하는 사람들도 있거든. 후민 형을 비롯해서 말이야. 샤오마오는 말이 없었다. 후성이 낮은 목소리로 다시 말했다. 후민 형은 정말 운이 없어. 최근에 여자 사병 한 명과 연애를 했지만 성공하지 못하자 병을 핑계로 상하이로 돌아왔어. 화가 난 우리 아빠가 따귀를 두 대 갈겼지. 샤오마오는 아무 말도 하지 않았다. 후성이 가운데 있는 함교를 가리키면서 말했다. 이런 데 관심이 있으면 자주 와서 만들어봐도 돼. 샤오마오는 아무 말도 하지 않았다.

두 사람은 거실로 돌아갔다. 베이디는 라디오 방송의 어린이 프로그램을 듣고 있고 수화는 책장에 몸을 기댄 채 책들을 뒤적이고 있었다. 샤오마오는 가까이 다가가 소련 소설 몇 권을 발견했다. 『시멘트』와 『회색 코트를 입은 세 사람』 『트랙터 정거장 종합 농예사』 등이었다. 수화는 아르치바셰프의 『사닌』을 읽고 있었다. 샤오마오가 가까이 다가가자 수화가 재빨리 뒤로 한 걸음 물러서면서 말했다. 저리 가. 샤오마오가 물었다. '퇴폐'가 무슨 뜻이에요? 수화가 두 볼이 빨개지면서 말했다. 저리 좀 가주면 안 되겠니! 어린애가 뭘 안다고 그래! 샤오마오가 말했다. 저는 뭐든지 다 알아요. 수화가 말했다. 이 책은 좀 특별하지. 하지만 샤오마오 너는 너무 어려. 말해주고 싶지 않아. 샤오마오가 포기하지 않고 물었다.

주로 뭘 얘기하고 있는데요? 수화가 잠시 생각에 잠기더니 부끄러운 듯이 말했다. 그러니까 그게 말이야. 샤오마오가 말했다. 왜 그렇게 우물쭈물 답답하게 굴어요? 내가 좀 볼게요. 수화가 얼른 책을 덮으면서 말했다. 그러니까 1905년에 이 사람은 '성욕 제일'이라는 의미로 글을 쓴 거야. 알겠지? 샤오마오가 물었다. 성욕이 뭐예요? 수화가 엄숙한 어투로 말했다. 어떤 사람들은 정치와 헌정에 불만을 갖고 있지. 이 작가의 주장에 의하면 이는 대부분 육체적 불만 때문이라는 거야. 샤오마오가 또 물었다. 육체가 어떤 의미예요? 얘기를 이어가지 못한 수화는 결국 참지 못하고 돌아서면서 말했다. 나중에 다시 얘기하자. 흥미를 잃은 샤오마오는 그 자리에 쭈그려앉더니 아무 생각 없이 책장 맨 아래 칸에서 『사랑의 과학』 중국어 번역본을 뽑아들고는 첫 장을 펼쳤다. 한 페이지를 여성 생식기 그림이 가득 채우고 있었다. 동판화로 찍어낸 해부도였다. 복숭아 모양의 정면에 한 가닥 한 가닥 음모가 정교하게 묘사되어 있고, 그 바로 밑에 빽빽하게 주석이 달려 있었다. 쿵하는 소리와 함께 바로 옆에서 상무인서관商務印書館에서 출간한 대형 『중러 사전』이 떨어져 샤오마오를 깜짝 놀라게 했다. 수화가 낮은 목소리로 말했다. 샤오마오, 그 책은 보면 안 돼. 얼른 도로 꽂아 놔. 알겠지!

# 6장

## 1

타오타오는 일찍이 채소장사를 하다가 나중에는 싱바오醒寶 담배를 팔았다. 이어서 노점을 열어 대갑게를 팔다가 작은 여관을 열기도 했다. 1990년대 어느 시기에는 농어회가 유행했다. 형제의 아들을 양자로 들인 누님 하나가 어느 양어장 사장을 소개해 타오타오에게 큰돈을 벌게 해주었다. 하지만 호경기는 오래가지 않았다. 농어 활어에서 간흡충증과 폐흡충증 같은 질병이 발생하는 바람에 정부 관계 부서에서 공문을 내려 날생선의 취식을 금지했기 때문이다. 손님이 음식을 주문하면 음식점에서는 햄을 곁들인 농어찜과 탕수농어, 가즙송서어茄汁松鼠魚* 등의 방식으로 조리해 상에 올리다보니 농어 가격이 크게 떨어졌다. 이와 동시에 다른 해산물이 큰 환영을 받으면서 푸젠福建과 광둥 등지의 해산물 상인들이 대거 내륙 도시로 몰려들어 음식점들의 해산물 공급을 독점하고 어류 유통시스템을 완전히 장악했다. 이리하여 해산물 소비가 크게 진작하면서 타오타오는 그대로 손발이 묶이고 말았다. 공교롭게도 대갑게를 비행기로 운송할 수 있게 되면서 자유롭게 남북을 오갔다. 홍콩 및 타이완 사람들은 물론 북방 사람들도 본격적으로 대갑게를 먹기 시작하자 시장이 큰 활기를 띠었다. 이에 타오타오는 원래 하던 대갑게 장사로 돌아와 회사를 차렸다. 일일이 전화를 걸어 고객들을 확보하고 여러 회사들의 선물 품목으로 대갑게를 납품함으로써 큰돈을 벌 수 있었다. 당시에는 여러 큰 거래를 하려면 상부의 결재가 있어야 했기 때문에 이를 위해 다량의 선물을 뿌려야 했다. 장사를 한다는 것은 곧 상부 기관을 찾아다니며 결재를 받아내는 것에 다름 아니었다. 장사하는 사람들이 제공하는 선물 품목으로는 두 가지가 크게 유행했다. 하나는 민물 대갑게고 다른 하나는 파나소닉 레이저디스크 플레이어였다. 예컨대 대갑게 서른 광주리와 레이저디스크 플레이어 이삼십 대, 여기에 레이저디스크 몇 세트를 곁들이는 식이었다. 이러한 품목에 대해 타오타오는 점차 전문가가 되었다. 이 사업에서는 대갑게에 대한 기술적 지식이 풍부하여 대갑게의 모든 것을 알고 상품을 볼 줄 알아야 했으며 가격 흥정 능력도 갖춰야 했다. 개인적으로 불법 레이저디스크를 파는 브로커들을 포함한 판로와 상품 모델을 비롯한 갖가지 정

* 생선살에 칼집을 내 기름에 튀긴 다음, 파와 정종, 후추 등이 들어간 토마토소스를 뿌려 먹는 생선 조리법.

보도 알아야 했다. 디스크 플레이어는 생명이 없지만 대갑게는 살아 있는 상품으로 베이징까지 운송되었다. 대갑게 열 광주리가 폐사하면 모든 것이 물거품이 되고 말았다. 돈과 재산뿐 아니라 체면과 성격, 심지어 목숨에까지 영향을 미쳤다. 연달아 몇 번의 가을과 겨울을 보내는 동안 팡메이는 잠자리를 가질 때 더없이 편안했지만 남편 타오타오는 극도로 긴장했고 몸이 무거웠다. 게살과 관련해서 타오타오를 찾는 사람들이 적지 않았고 그 가운데는 회사 사장들도 있었다. 전자기기 가게 사장들도 그를 찾아 뭔가 일을 부탁했다. 불법 레이저디스크 브로커 중에서도 대갑게 장사를 하려는 사람이 있어 타오타오는 정말 눈코 뜰 새 없이 바빴다.

어느 해 가을 저녁, 팡메이는 타오타오를 데리고 여기저기 돌아다니다가 청두로成都路에 있는 대규모 레이저디스크 브로커인 멍孟 선생의 집으로 물건을 보러 갔다. 멍 선생은 음향기기 가게의 점원으로 낮에 가게를 찾아오는 손님들을 따로 섭외하여 저녁에 자기 집으로 데리고 가서 레이저디스크를 고르게 하는 식으로 이중 영업을 하고 있었다. 동시에 두 마리 말을 타는 격이었다. 두 사람이 멍 선생 집에 들어가보니 여자 손님 하나가 다소곳이 앉아 차를 마시고 있었다. 아래층은 거실과 천정이 연결된 커다란 방이었다. 동쪽 벽은 전부 레이저디스크가 들어 있는 오두주로 이동식 목재 사다리까지 구비되어 있었다. 레이저디스크는 여기저기에 가득차 있었다. 타오타오가 집안을 둘러보니 여성용품은 전혀 보이지 않았다. 때문에 그는 멍 선생이 독신일 거라고 생각했다. 팡메이가 애교 섞인 목소리로 말했다. 멍 선생님, 이 사람은 제 남편 타오타오예요. 멍 선생은 아무 말도 하지 않고 큰 서랍 몇 개를 열더니 고개를 끄덕이면서 말했다. 일반적인 상품들은 이쪽에 다 있으니 두 분이 맘대로 골라보세요. 타오타오가 가까이 다가가보니 서랍 안에 레이저디스크가 눈이 부실 정도로 빼곡하게 들어차 있었다. 원래의 포장 그대로인 레이저디스크들은 각각 가로세로 40센티미터 정도의 정사각형 케이스에 들어 있었다. 케이스가 너무 크고 무거워 겨우 서너 개를 꺼냈는데도 제대로 들기가 어려웠다. 팡메이가 말했다. 멍 선생님, 너무 무게만 잡지 마시고 와서 좀 도와주세요. 멍 선생이 말했다. 두 분이 직접 골라보세요. 물건은 정식 통로로 들여온 거니까 안심하시고요. 이번에는 얼마나 사실 생각이신가요? 팡메이가 말했다. 스무 장 정도 살 생각이에요. 고위 간부들에게 보낼 건데 내친김에 제 남편도 몇 장 사서 볼 생각이라고 하네요. 멍 선생이 말했다. 상하이 사람들은 레이저디스크를 사서 자신이 직접 보는 경우가 드물어요. 타오타오는 아무 말도 하지 않았다. 멍 선생이 무뚝뚝한 어투로 말했다. 상하이 사람들을 무시해서 하는 말이 아니라 정부가 개인적으로 재생하는 걸 허락하지 않거든요. 한 장에 적어도 삼사백 위안 하는데다 복제품도 거의 같은 가격에 팔려요. 타오타오가 퉁명스럽게 말했다. 이봐요, 물건을 사든지 말든지 당신하고 무슨 상관이요? 별 웃기는 사람 다 보겠네! 멍 선생은 말문이 막혀버렸다. 이때 차를 마시던 여인이 다가와 공손하게 명함을 내밀면서 북방 사투리로 말했다. 두 분 안녕하세요? 저도 레이저디스크를 좀 보러 왔어요. 우리 함께 구경하도록 해요. 제가 이 분야에 관해 좀 알거든요. 타오타오가 명함을 받아들고 보니 상하이 하이징톈안실업유한회사 부사장 판징潘靜이라고 새겨져 있었다.

멍 선생이 다가와 칠성七星 담배를 꺼내 한 개비 건네면서 타오타오에게 말했다. 미안합니다, 오늘 아침에 물건이 두 무더기 들어왔는데 배에서 내리자마자 압수당해 기분이 좀 안 좋아서 그래요. 팡메이가 애교 섞인 웃음을 지으면서 말했다. 이 사람이 어떻게 화를 내겠어요? 멍 선생님이야말로 정말 정직하게 장사를 하시는데 말이에요! 타오타오가 말했다. 전 괜찮습니다. 단지 이 분야에 관해 아는 게 없을 뿐이지요. 팡메이가 말했다. 멍 선생님은 정말 패기가 넘치시네요. 레이저디스크를 이렇게나 많이 보유하고 계시니 말이에요. 멍 선생이 말했다. 원, 별말씀을요! 주로 크고 작은 가게의 사장님들이나 정부기관 고위 간부들이 레이저디스크를 즐겨 감상하기 때문에 갈수록 더 많이 들어오는 것뿐입니다. 팡메이가 말했다. 저는 옆에서 기다리는 수밖에 없어요. 멍 선생님하고 판 사장님이 저 대신 좀 해결해주세요. 판징이 북방 사투리로 말했다. 알았어요, 언니! 이번에 사는 물건은 어떤 분에게 선물하실 건가요? 팡메이가 잠시 멍한 표정을 지었다. 판징이 다시 물었다. 문화수준이 어느 정도 되는 사람이에요? 여자예요, 남자예요? 아주 높은 간부인가요, 아니면 개인 사업을 하는 사람인가요? 그런 걸 먼저 알아야 하거든요. 타오타오는 아무 말도 하지 않았다. 판징이 말했다. 제가 이 집에서 산 레이저디스크를 다 합치면 적어도 사오백 장은 될 거예요. 예술 영화와 액션 영화, 에로 영화의 세 유형으로 나눌 수 있지요. 에로 영화는 좀더 세분화해서 고려해볼 필요가 있어요. 틴토 브라스* 작품도 있고 일본 SM이나 코스프레, 혐오물 영화도 있어요. 그래서 직접 확인해가면서 물건을 고를 필요가 있지요. 예컨대 앞에서 말한 세 가지 유형은 다시 홍콩 및 타이완 영화와 미국 영화, 유럽 영화 등으로 세분할 수 있어요. 네 사람은 얘기를 나누면서 점점 자연스럽게 웃음을 주고받았다. 레이저디스크를 다 고르고 집으로 돌아가는 길에 갑자기 팡메이가 가로등 아래 서더니 타오타오를 노려보면서 말했다. 고질병이 또 도진 게 분명해요. 방금 판징 씨를 보면서 자꾸 위아래로 훑더군요. 침대로 돌아가면 내가 어떻게 하는지 보라고요. 밤에 제대로 손을 봐줄 테니 그런 줄 알아요. 타오타오가 말했다. 원래는 나도 말을 하고 싶었는데 이리저리 농탕 모퉁이를 몇 바퀴 돌다보니 이 지경이 된 거라고. 그 멍 씨라는 사람은 좋은 사람이 아니라는 걸 한눈에 알아보겠더군. 팡메이는 아무 말도 하지 않았다. 타오타오가 말했다. 당신은 멍 선생을 보자마자 굳이 그렇게 아양을 떨어야 했어? 완전히 화냥년 같더구먼!

판징을 알게 된 타오타오는 말이 없어졌다. 판징이 레이저디스크 얘기를 하던 모습에서 그는 마치 깊은 혼란 속에서 고요함을 발견한 것 같은 기분이었다. 너무나 인상적이었다. 예전에 영화가 시작할 때 스크린에 아주 잘 쓴 해서나 필기체 '정靜'자가 나타나 둥근 달빛과 버드나무 가지와 멋진 조화를 이루던 것과 같았다. 관중

* 이탈리아의 영화감독.

들은 동시에 글자를 알아보고는 순식간에 조용해졌다. '정'자의 구조를 보는 관중들에게는 기대가 가득했다. 영사기가 불안정해 '정'자가 흔들리면 달빛이 사방으로 흩어져 참깨를 뿌리는 것 같았다. 그럼에도 모두 스크린을 주시하면서 '정'자가 나타나기를 기다렸다. '정'자가 나타남은 영화가 시작되고 본격적인 관람이 진행되는 것을 의미했다. 이번에 판징은 타오타오에게 조건반사적으로 어린이의 세계를 되돌려주었다. 이런 감정을 타오타오는 팡메이에게 말해줄 수 없었다. 판징을 생각하기만 하면 사방이 고요해졌다. 상하이 여자들의 특징을 잘 나타내는 삼자경三字經을 타오타오는 완전히 이해하고 있었다. 다름아니라 까다롭고作, 애교가 많으며嗲, 영리하다精는 것이다. 상하이 여자들의 세심한 실무 정신과 기개, 심리적 지향, 계산은 타오타오도 너무나 잘 알고 있었다. 하지만 판징에 대해서는 지금까지 사용해온 모든 대응과 조롱의 방법이 전혀 효과를 발휘하지 못했다.

이듬해 가을, 판징이 타오타오에게 전화를 걸어왔다. 대갑게 시세를 묻기 위해서였다. 보름 뒤에 또 전화가 왔다. 역시 대갑게에 관한 문의였다. 타오타오가 북방 사투리로 말했다. 얘기하자면 좀 길어요. 1980년대 이전까지만 해도 북방 사람들은 일반적으로 대갑게를 먹지 않았어요. 칭다오青島나 다롄大連 사람들은 바닷게를 먹었고, 북방의 강가에 사는 사람들은 작은 민물게를 먹었지요. 농촌에서 소를 모는 애들이 몇 마리 잡아다가 불에 구워먹기도 했지만 벗겨낼 수 있는 살은 얼마 되지 않았어요. 판징이 낮은 소리로 웃었다. 타오타오가 말했다. 게를 선물하는 것도 레이저디스크와 같은 이치예요. 반드시 상대방의 배경을 알아야 하지요. 적지 않은 고위 간부들이 강남 지역 출신이면서 젊은 시절 북쪽에서 관직을 지냈기 때문에 게의 품질에서는 대충 속여넘길 수가 없어요. 쑤저우나 상하이 출신의 간부들이나 홍콩 및 타이완 사장들은 물건을 고를 때 아주 세밀하게 따지기 때문에 반드시 물이 좋아야 해요. 배는 하얗고 털은 금빛이어야 하죠. 선물을 왜 하나요? 상대방에게 깊은 인상을 주기 위해서 아닌가요? 특히 대갑게 뱃속에 들어 있는 누런 알은 강남 지역에서 난 것만 귀한 물건으로 간주되지요. 미국의 게 가공선들은 해상에서 게 통조림을 만드는 작업을 할 때 바닷게를 잡아올리면 곧바로 게딱지를 비틀어 연 다음, 누런 알을 전부 꺼내 쓰레기통에 버리고 게살만 여덟 조각으로 잘라 캔에 넣는다고 하더군요. 그 동작도 무척 빠르대요. 선물을 받는 사람이 외국인이라면 마블링이 많은 소고기나 설로인 스테이크 몇 파운드를 넣는 게 나을 것이고, 상대가 동북 지방이나 쓰촨四川, 구이저우貴州, 간쑤 등지를 포함한 진짜 북방 사람들이라면 일반적인 수준의 게를 넣으면서 관련 책자를 몇 권 곁들이거나, 쑤저우에서 만든 게를 먹을 때 사용하는 도구와 전장鎮江의 식초, 신선한 생강 등을 함께 넣어주면 될 겁니다. 세부적인 부분이 좀 까다롭긴 하지만 걱정하실 것 없어요. 그다지 번거롭지는 않으니까요. 중국인들은 인정과 의리를 가장 중시하기 때문에 낯선 사람에게는 철판덩어리 같지만 친구에게는 더없이 부드럽고 친절하지요. 어떤 법률이나 규정, 제도도 이런 인지상정을 이길 수 없을 겁니다. 그러니 뭐든지 다 오케이예요. 판징이 북방 사투리로 말했다. 설명이 아주 상세하시네요. 타오타오가 말했다. 구체적인 세부 사항은 제가 직접 처리해드리겠습니다. 판징이 말했다. 타오타오 사장님은 너무 친절하시네요. 정말 감동이에요. 타오타오가 말했다. 별말씀을 다 하시네요. 판징 씨한테는 이윤을 한푼도 남기지 않고 드리겠습니다. 판징이 말했다. 왜 그러세요! 타오타오가 말했다. 그냥 제가 그러고 싶은 것뿐이에요. 판징은 더이상 할말이 없었다. 타오타오도 할 얘기를 다 했는지 곧장 전화를 끊었다. 이때부터 판징은 걸핏하면 전화를 걸어왔다. 한번은 그녀가 이렇게 말했다. 타오타오 사장님, 우리 이제 더이상 게 얘기는 하지 말기로 해요. 괜찮죠? 그 대신 한번 만나면 좋겠어요. 타오타오가 말했다. 요즘은 너무 바쁘니까 나중에 다시 얘기하기로 하지요. 사실 타오타오는 주저하고 있었다. 둘이 만나는 장면이 눈앞에 몇 번이나 펼쳐졌지만 타오타오는 항상 마지막 중요한 순간에 행동으로 옮기지 못했다. 한 달쯤 뒤 판징이 아주 강력한 전화를 걸어왔다. 전화에서 판징이 북방 사투리로 말했다. 타오타오 씨, 타오타오 씨는 저의 가장 좋은 친구예요. 내일은 꼭 저를 만나러 오셔야 해요. 타오타오 씨를 만나야 제 마음이 편안해질 것 같아요.

판징의 회사는 중산中山공원 근처에 있었다. 이날 두 사람은 위위안로愚園路에 있는 위구幽谷란 음식점에서 저녁을 먹었다. 전화에서 판징은 약간 제정신이 아닌 느낌이었지만 타오타오를 직접 만나서는 무척 자연스러운 미소를 보였다. 불빛 아래 판징은 레이저디스크 브로커의 집에서 차를 마시던 모습을 다시 재현하면서 자신이 허베이河北 사람으로 상하이에 온 지 몇 년 되었고 회사 대표는 자신의 여자 동창이라고 말해주었다. 이른바 규중밀우閨中密友로 상당한 배경을 가진 친구라고 했다. 자신은 부분적인 운영을 책임지고 있고 남편과 아이는 스자좡石家莊에 살고 있다고 했다. 최근에 집을 두 채 사려고 하지만 남편과 아이를 상하이로 오게 할지는 아직 정해지지 않은 상태라고 했다. 타오타오는 아무 말도 하지 않았다. 판징은 혼인 관계와 감정 등에 관해 얘기했지만 타오타오는 줄곧 신중한 모습을 유지했다. 판징과 달리 타오타오는 과거에 왕래했던 여자들이 훨씬 가볍고 부담이 없다는 생각이 들었다. 식사를 마친 두 사람은 잠시 산책을 하면서 근처에 있는 창닝長寧영화관 앞을 지나게 되었다. 이 영화관 2층에는 카페와 작은 무도장이 있고 3층에는 여관이 있었다. 판징이 걸음을 멈추면서 말했다. 우리 커피 한잔 마시고 가요. 타오타오도 그러자고 했다. 두 사람은 2층으로 올라갔다. 네온사인이 화려하게 빛나고 있었다. 복도 쪽은 무도장이 있어 조금 어두웠다. 음악의 리듬이 느려지면서 너덧 쌍의 남녀가 어두침침한 무도장 플로어에 서서 한두 걸음 옮기는 모습이 보였다. 거의 움직이지 않는 것이나 다름없었다. 색소폰만 홀로 처량한 소리를 쏟아냈다. 구슬프면서도 멋진 음악이었다. 또 다른 문을 열고 들어가니 자동차 안처럼 꾸민 실내가 무척 밝았다. 두 사람은 나란히 앉아 커피를 마시면서 디저트를 먹었다. 희미하게 음악소리가 들려왔다. 타오타오는 몸과 마음이 편안해졌다. 옆에는 판징이 앉아 있었다. 이런 순간에는 굳이 많은 얘기를 할 필요가 없었다. 음악소리에 의지하여 편안하게 침묵하는 것이 더 좋았다.

두 사람은 아홉시 반까지 그런 시간을 보내고 있었다. 갑자기 밖에서 날카롭게 외치는 소리가 들리더니 이어서 문을 여닫는 소리가 들렸다. 머리를 풀어헤친 종업원 하나가 뛰어들어와 말했다. 빨리 밖으로 나가세요! 빨리요. 불이 났으니 어서 대피하시라고요! 타오타오는 온몸에 식은땀이 흘렀다. 문가로 달려가보니 엄청난 연기가 피어오르고 있었다. 음악을 연주하던 사람들 몇 명이 이미 목숨을 잃은 채 쓰러져 있고 그 뒤로는 하이힐을 한 짝만 신은 댄서가 절뚝거리면서 바짝 뒤쫓아오고 있었다. 무도장은 불바다가 되었다. 타오타오의 심장이 목구멍까지 치밀어올랐다. 그가 판징의 손을 꼭 잡으면서 말했다. 자, 빨리요! 판징은 꼭 잡은 손을 놓지 않았다. 복도에는 연기가 3분의 1 정도 차 있어 계단이 보이지 않았다. 두 사람이 허리를 구부리고 얼마간 걷다보니 저 앞에서 여성 댄서 하나가 하이힐을 벗어버리고는 문 한 짝을 당겨 열었다. 타오타오가 판징의 손을 잡아끌고 재빨리 따라가보았지만 뜻밖에도 위로 올라가는 계단만 나왔다. 다시 문을 하나 열자 스프링이 달린 문을 타고 연기가 거세게 밀려왔다. 두 사람이 있는 힘을 다해 3층으로 뛰어올라가보니 여관 복도가 나왔다. 메인 계단을 통해 불과 연기가 가득 올라와 3층 전체가 거대한 혼란에 휩싸여 있었다. 투숙객과 무도장 손님들을 포함한 모든 사람들이 뜨거운 가마 속의 개미들처럼 방향을 찾지 못한 채 허리를 구부리고 복도를 따라 마구 소리를 지르며 기어다니고 있었다. 순간 타오타오는 이날 밤에 적지 않은 사람들이 불에 타 한 무더기 시체 더미로 변할 것임을 직감했다. 옆에 있는 판징은 머리가 다 헝클어져 꼴이 말이 아니었다. 한 손으로는 핸드백을 꼭 감아쥐고 다른 한 손은 타오타오의 손을 꼭 잡고 있었다. 눈빛이 몹시 비참하고 고통스러워 보였다. 바로 이때 당직을 서던 나이든 아저씨 한 분이 연기 속에서 걸어나왔다. 그의 손에는 열쇠가 가득 매달려 있는 작은 나무 판때기가 들려 있었다. 아저씨가 침착한 어투로 말했다. 다들 너무 당황하지 마세요. 비상계단이 있으니까요. 아저씨는 허리를 곧게 펴고 앞으로 걸어갔고 사람들은 허리를 숙이거나 등을 구부리고서 줄줄이 그 뒤를 따라갔다. 복도 맨 끝에 이르자 정말로 철문이 하나 나타났다. 가로로 가름쇠가 채워져 있고 자물쇠가 하나 달려 있었다. 아저씨의 나무 판때기에는 이삼십 개의 열쇠가 매달려 있었다. 아저씨는 하나하나 바꿔가면서 끈기 있게 자물쇠를 열어보기 시작했다. 너무나 견디기 힘든 시간이었다. 외지에서 온 손님 하나가 초를 먹인 무쇠 대걸레를 들고 와서는 북방 사투리로 외쳤다. 아저씨, 좀 비켜보세요. 내가 문을 부술 테니까. 내가 문을 부순다고요. 하지만 그 손님은 대걸레를 두 번 휘두르고는 다리가 풀리면서 그 자리에 주저앉고 말았다. 잠시 숨을 돌릴 수 있는 구실만 얻었을 뿐이다.

삶과 죽음의 갈림길에 이르자 타오타오는 영화에 나오는 장면들이 전부 거짓이라는 것을 알게 되었다. 피가 사방으로 흩어지면 아무 기력도 없이 죽은 개 한 마리 꼴이 되는 것이다. 나이든 아저씨는 계속 열쇠를 바꿔가면서 문을 열려고 시도했다. 뒤쪽에서는 연기와 불길이 덮쳐오고 있었다. 옆에 있던 하이힐 신은 여자가 갑자기 타오타오 팔을 부여잡고는 소리 내어 울면서 애교 섞인 목소리로 살려달라고 애원했다. 몸과 마음이 굳어버린 타오타오는 두 눈을 꼭 감고 조용히 죽음을 받아들일 준비를 하고 있었다. 몸 양쪽에서 두 여자가 꼭 껴안고 달라붙어 있으니 이대로 죽어도 무척이나 낭만적인 죽음이 될 것이었다. 연기와 불길이 점점 자욱해지는 가운데 갑자기 철컥하는 소리가 들리더니 철문의 가름쇠가 당겨졌다. 이어서 비상문이 열렸다. 모두들 필사적으로 아래로 뛰어내렸다. 비상문 아래는 작은 농탕으로 위위안로와 곧장 연결되어 있었다. 이때 소방차가 요란하게 사이렌을 울리며 도착했고 거의 동시에 경찰차도 도착했다. 판징과 하이힐 신은 여자는 여전히 타오타오의 양팔을 꼭 붙잡고 있었다. 타오타오는 얼굴이 새빨개지고 입술이 바짝 말랐다. 좌우에서 꼭 붙잡고 있으니 제정신이 아니었다. 허겁지겁 길을 건넌 그는 몸이 떨릴 정도로 숨을 헐떡였다. 이때 지나가던 사람들의 시선은 전부 큰불과 불을 끄는 소방대원들, 소방차에만 집중되어 있었다. 병원에서 달려온 구급차마저도 방금 죽음에서 벗어난 세 사람에게는 주의를 기울일 여유가 없었다. 두 여자는 여전히 타오타오의 팔을 놓지 않고 있다가 잠시 소방대원들이 불을 끄는 것을 보고 나서야 이제 손을 놓아도 된다는 것을 깨달았다. 하이힐을 신은 여자가 울먹이면서 북방 사투리로 말했다. 제 소지품이 아직 3층에 있는데 어떡하지요? 거기서 죽은 귀신, 제 남자 동료는 정말 양심도 없는 놈이었어요. 함께 춤을 출 때는 온갖 사탕발림 말을 다 하면서 위아래로 마구 더듬어대더니 불이야 하는 소리를 듣자마자 염병할, 저 혼자 먼저 도망치지 뭐예요. 이제 남자를 좀 알 것 같아요. 남자는 정말 쓸 만한 물건이 못 되는 것 같아요. 이렇게 말하면서 여자는 그 자리에 쪼그려앉아 울음을 터뜨렸다. 북방 여자들의 옷차림은 일반적으로 노출이 심한 편이었다. 위아래 층으로 죽기 살기로 뛰어다니다보니 속살이 다 드러나 있었다. 보다 못한 판징이 옷으로 여자의 몸을 가려주면서 말했다. 우선 일어서세요. 어차피 이런 처지가 되었으니 조급해하지 마시고 우선 일어서세요. 타오타오가 북방 사투리로 말했다. 이봐요, 동생, 살아서 나왔으니 이보다 더 다행스러운 일이 어디 있겠어요?

잊지 못할 일들은 전부 밤에 일어나는 법이다. 타오타오가 여러 여자들을 만난 것도 전부 밤에 이루어진 일이었다. 레이저디스크 브로커의 집에 갔다가 판징을 알게 된 것도 밤이었다. 판징과 함께 식사를 하다가 '뜻밖의 화재'를 만난 것도 밤이었고, 3층으로 도망쳤을 때 하이힐 신은 여자가 그를 꼭 붙잡고 놓아주지 않은 것도 밤이었다. 그리고 지금 이 순간도 밤이었다. 하이힐 신은 여자가 말했다. 오라버니, 제가 말을 잘못했어요. 오라버니는 유일하게 좋은 남자예요. 판징이 빙긋이 웃었다. 여자가 말했다. 저는 이번에 남자 동료랑 상하이에 왔는데 오라버니랑 언니를 만나지 못했더라면 백 근이 넘는 제 몸도 끝장이 나고 말았을 거예요. 저 불에 타버려 번거롭게 화장터 갈 일도 없이 아주 깔끔하게 처리되었겠지요. 타오타오는 아무 말도 하지 않았다. 여자가 말했다. 오라버니랑 언니, 두 분의 주소를 좀 남겨주세요. 이것도 인연 아니겠어요? 자신을 언니라고 부르자 판징은 조금 난처해했다. 두 사람은 얼른 여자와 헤어져 되도록 빨리 이 시비의 현장을 떠나려 했지만 뜻밖에도 감격스러운 인사를 듣고는 다시 대화가 이어졌다. 판징이 여자에게 명함을 건네고 나서 세 사람은 함께 길을 건너 소방대 간부를 찾아가 상황 설명을 들었다. 소방대 간부가 말했다. 화재는 이미 완전히 진압됐고 화재 원인을 조사해야 하니 당사자분들께서 당시의 상황을 좀 말씀해주세요. 여자가 말했다. 눈을 감은 채 춤을 추고 있는데 갑자기 날카로운 비명소리가 들리더니 연기 냄새가 나기 시작했어요. 그때 불은 이미 무도장을 덮치고 있었지요. 타오타오와 판징의 대답도 이와 다르지 않았다. 소방대 간부가 말했다. 지금은 화재 현장에 들어가는 것이 허용되지 않습니다. 여관에 있던 개인 소지품들은 이미 전부 타버렸고 준비한 소방용수도 바닥이 났어요. 현장이 다 정리된 다음에 다시 얘기하도록 하세요. 여자는 알겠다고 대답했다. 그때 마침 남자 하나가 비틀거리며 나타나 여자를 꽉 껴안았다. 그녀가 욕했던 남자 동료인 것 같았다.

타오타오와 판징은 현장을 떠나 위위안로를 따라 동쪽으로 한 블록을 걸었다. 판징이 말했다. 타오타오 씨는 좋은 남자인 것 같아요. 타오타오가 말했다. 열쇠로 문을 열어준 아저씨야말로 정말 좋은 남자지요. 판징이 말했다. 그분도 좋은 분이지요. 하지만 절 잡아끌어 구해준 건 아니잖아요. 타오타오가 말했다. 나도 겁이 나서 많이 떨었어요. 판징이 타오타오의 어깨에 몸을 기대면서 말했다. 가장 어려운 순간에 누군가 내 손을 꼭 잡고 끝까지 놓지 않았어요. 타오타오가 말했다. 그건 당연한 일이지요. 판징이 부드러운 목소리로 말했다. 좋은 남자님, 저를 집까지 좀 데려다주세요. 타오타오가 시계를 보니 이미 새벽 한시였다. 그가 택시를 부르자 함께 차에 오른 판징은 그의 몸에 바싹 붙어 앉았다. 타오타오는 머릿속이 온통 흐릿하기만 했다. 오후에 팡메이에게 친구들 모임에 간다고 말하고는 판징을 만나 식사하고 커피를 마시고 사방으로 뛰어다니면서 손을 잡아끌고 껴안고 하다보니 지금 이렇게 서로 친밀해진 터였다. 이 모든 일이 불과 몇 시간에 압축되어 일어났다. 타오타오의 속마음은 엉킨 마처럼 어지러웠다. 옆에 앉아 있는 판징을 보니 얼굴 가득 흐뭇한 표정을 짓고 있었다. 세상일이란 항상 이런 식이었다. 한쪽은 아주 단순한데 다른 한쪽에서는 온갖 풍파가 이는 것이다. 택시가 상화교香花橋의 어느 아파트 입구에 이르자 타오타오가 판징에게 말했다. 나는 이 차를 타고 갈 테니까 여기서 헤어지기로 해요. 끝까지 배웅하지 못해 미안해요. 판징이 정신을 차리고 핸드백 안을 더듬어 편지봉투를 하나 꺼내더니 그 안에서 열쇠를 꺼내 타오타오의 얼굴 가까이 다가오면서 말했다. 저는 여기 39호, 11A에 살아요. 아무 때나 와도 돼요. 열쇠를 타오타오의 손바닥에 꼭 쥐여주고 힘껏 누른 그녀는 눈물을 뚝뚝 흘리면서 차문을 닫았다. 그러고는 뒤돌아보지 않고 아파트를 향해 뛰어갔다.

타오타오는 안도의 한숨을 내쉬고는 집으로 돌아왔다. 팡메이가 옆에서 물었다. 술을 지금까지 마신 거예요? 그러고는 몇 마디 혼자 중얼거리더니 몸을 돌려 꿈나라로 돌아갔다. 타오타오는 마음이 가라앉지 않아 목욕을 하고 차를 마시고 신문을 보고 텔레비전을 보면서 새벽 세시부터 아침해가 상하이 전역을 비출 때까지 버티다가 결국 깊은 잠에 빠져들었다. 잠에서 깨어나보니 이미 열 시였다. 회사 사무실에 가서 잠시 멍하니 앉아 있던 그는 전화를 몇 통 하고는 점심때가 되자 태평양이라는 음식점에 가서 일식 정식으로 식사를 했다. 오후에는 어느 회사에 가서 영수증을 받아 왔다. 타오타오는 대규모 공공장소든 작은 사무실 복도든 어디를 가든지 항상 위험을 느꼈다. 때문에 일단 문을 열고 들어서면 비상통로와 정문의 위치를 눈여겨보고 비상계단의 위치도 확인해두었다. 어느 날은 집에 돌아와서도 마음이 안정되지 않았다. 저녁을 먹고 나서 아이는 숙제를 하고 팡메이는 집안일을 했다. 타오타오는 신문을 뒤적거리다가 갑자기 한 뉴스를 발견했다. 어제 중산공원의 한 주점에서 화재가 발생했으나 다행히 인명 피해는 없었다. 하루종일 타오타오의 가슴을 꽉 누르고 있던 어떤 기운이 출구를 찾아 빠져나갔다. 손으로 뉴스 제목을 가리키면서 타오타오가 말했다. 신문에 났네, 벌써 신문에 났다고. 팡메이가 물었다. 뭐가 신문에 났다는 거예요? 타오타오가 말했다. 어젯밤에 내가 바로 저곳에 있었어. 불이 나는 바람에 필사적으로 탈출했지. 만일 내가 불에 타 죽었다면 당신과 식구들은 어떻게 됐겠어? 팡메이가 손에 묻은 물기를 닦고 나서 신문을 가져다 읽었다. 그러더니 타오타오를 침실로 끌고 가서는 문을 꼭 닫아걸고 따져 물었다. 여보, 술을 중산공원에 가서 마셨다고? 아니잖아! 나한테는 모임 장소가 바셴교八仙橋 시장로西藏路라고 했잖아. 좀 앉아봐요. 내가 좀 자세히 따져봐야겠으니까! 도대체 누구랑 술을 마신 거예요? 남자예요, 여자예요? 새벽이 되어서야 들어온 걸 보고 한번 물어봐야겠다고 마음먹고 있었는데 이제 다 들통이 났네요. 어서 말해요. 어제 있었던 일을 나한테 솔직하게 다 털어놔보라고요. 타오타오는 마음이 몹시 괴로웠다. 판징의 나긋나긋한 말투와 덩리쥔鄧麗君의 간드러지는 노랫소리가 떠올랐다. 지금 이 순간 그에게 필요한 것은 부드러운 포옹과 위로였다. 화재를 겪고 살아서 돌아온 타오타오는 온몸이 만신창이였다. 죽은 게 한 마리와 다를 바 없었다.

## 2

일요일 오후, 메이루이는 캉 사장과 만나기로 약속하고 머리와 손톱 손질을 마쳤다. 새로 산 스타킹을 신고 반지와 목걸이도 바꿔 끼고서 큰 거울 앞에 서서 이리저리 자신을 비춰보았다. 다시 가는 회색 망사스타킹으로 갈아 신고 앤 서머스Ann Summers의 레이스가 달린 가터벨트를 했다. 그런 다음 가슴이 깊게 파인 검은색 민소매 내의와 진회색 정장으로 갈아입었다. 얼굴에 파우더를 조금 바르고 진주 귀걸이를 했다. 탕윈唐韻 2층으로 들어가보니 캉 사장은 이미 자리잡고 앉아 기다리고 있었다. 메이루이는 상의 단추를 풀고 얌전하게 자리에 앉았다. 캉 사장이 단정한 자세로 말했다. 최근에 좀 정신을 차렸더니 살이 좀 빠진 것 같아요. 메이루이가 요염하게 웃으면서 말했다. 저는 정말 싸우다가 살이 빠졌어요. 남편이랑 싸우고 엄마랑 싸워야 하니 꾸밀 시간이 어디 있겠어요? 급하게 대충 챙겨 입고 정신없이 뛰어나온 거예요. 캉 사장이 물었다. 남편이랑 아이는 어디에 있나요? 메이루이가 말했다. 아직 훙커우 베이쓰촨로에 살고 있어요. 집이 크긴 하지만 저는 엄마 집으로 이사해 나왔어요. 캉 사장이 말했다. 부부가 말다툼을 하는 건 일상적인 일이지요. 메이루이가 말했다. 모든 게 너무 급하게 결혼한 탓이에요. 제게는 특별한 경력이 있거든요. 캉 사장은 아무 말도 하지 않았다. 메이루이가 말했다. 전부 우리가 아는 사람들 사이에 일어난 일이라 얘기가 전해지면 별로 듣기 안 좋을 거예요. 캉 사장이 말했다. 괜찮아요, 저는 안전 금고니까 듣고 나서 곧장 문을 닫아버리면 돼요. 메이루이가 말했다. 과거에 잘 아시는 남자 두 명과 연애를 한 적이 있어요. 하나는 후성이고 다른 하나는 아바오 사장이지요. 캉 사장은 아무 말도 하지 않았다. 메이루이가 말을 이었다. 당시 이 두 사람이 동시에 저를 쫓아다녔어요. 둘 다 안 좋은 마음을 품고 있었지만 나중에야 알게 되었지요. 후성은 양다리를 걸치고 있었어요. 저를 만나면서 혀끝으로 연꽃을 뒤집듯이 바이핑도 따로 만나고 있었죠. 세상에 그런 사람도 다 있더라고요. 캉 사장이 말했다. 후성은 결국 바이핑이랑 결혼했잖아요. 메이루이가 말했다. 하지만 그 결혼은 겨우 반년밖에 유지되지 못했어요. 흥! 마누라가 해외로 도망가서는 돌아오지 않았거든요. 보아하니 후성에게 생리적인 문제가 있었던 것 같아요. 캉 사장이 물었다. 아바오 사장은 어땠나요? 메이루이가 말했다. 얘기하자면 좀 이상하게 들릴지 모르겠네요. 저는 그 사람에게 정신병이 있는 게 아닌가 의심했어요. 늘 다정하게 연락해 오고 친근하게 말을 걸었지만 저는 아예 거들떠보지도 않았어요. 나중에 가서 조금 진지해졌지만 아주 중요한 단계로 접어들자 저를 모른 척하기 시작했죠. 이상하지 않나요? 세상에 그런 사람도 있더라고요. 결국 너무 무서워 재빨리 물러서버렸어요. 캉 사장은 아무 말도 하지 않았다. 메이루이가 말했다. 심리상태가 너무 안 좋을 때 친구가 베이쓰촨로에 사는 남자를 하나 소개해주었어요. 만나보니 셔츠 깃이 더럽고 다리 떠는 버릇이 있었지만 집은 있으니까 속으로 탄식하면서도 황급히 결혼했지요. 나중에야 저의 모든 걸음걸음이 결국은 다 잘못된 것이었다는 걸 깨달았어요. 캉 사장은 아무 말도 하지 않았다. 메이루이가 얘기를 이어갔다. 지금의 사회에서 제 마음에 드는 남자는 독신인 나쁜 놈 아니면 결혼한 좋은 사람이에요. 특히 저처럼 결혼한 여자들이 남자와 교제하게 되면 상대방은 제가 남자를 바꾸거나 정변을 일으킬 준비를 한다고 생각할 수도 있겠지요. 하지만 사실 저는 베이쓰촨로 남편이랑 헤어져도 다시 결혼할 생각은 전혀 없어요. 캉 사장이 말했다. 앞으로 벌어질 일은 누구도 장담하기 힘들어요. 메이루이가 말했다. 처음 결혼했을 때만 해도 저는 순결하고 젊은 여자였고 아무런 경험도 없었기 때문에 결혼 생활이라는 것이 어떤 것인지 전혀 알지 못했어요. 나중에야 뭔가 잘못됐다는 생각이 들었죠. 매일 밤만 되면 그런 생각이 들었어요. 말을 마친 메이루이는 차를 한 모금 마시고는 다시 입을 열지 않았다. 캉 사장이 말했다. 밤만 되면 남편이 마작을 하거나 춤을 추러 가는 모양이군요. 메이루이는 말이 없었다.

캉 사장은 차를 한 모금 마시고 말했다. 아주 웃기는 얘기가 하나 생각났어요. 저의 고모가 신혼일 때 고모부가 매일 밤 밖에 나가려고 했어요. 말은 설서인들의 옛날얘기를 들으러 간다고 했지만 사실은 춤을 추러 나가는 것이었죠. 고모는 아주 좋은 방법을 하나 생각해냈어요. 메이루이가 빙긋이 웃었다. 캉 사장이 말했다. 저희 고모가요. 메이루이가 말했다. 제 남편은 춤을 추지 않았어요. 캉 사장이 말을 이었다. 흰 구두를 한 켤레 준비해서 새하얗게 닦아놓고 고모부에게 신게 했지요. 춤을 추러 간다면 신발에 여자가 밟은 자국이 생기거든요. 빼도 박도 못하는 상황이 되는 것이지요. 메이루이가 웃으면서 말했다. 그게 무슨 소용이겠어요? 댄스 파트너가 남성용 구두 한 켤레를 준비해 올 수도 있고 여자가 춤 실력이 워낙 좋아서 발을 밟지 않을 수도 있잖아요. 게다가 주도면밀하게 흰색 구두약과 구둣솔을 준비해 오면 자국을 하나도 남기지 않을 수 있지요. 캉 사장이 웃으면서 말했다. 옛날 사람들은 아주 착실했지요. 메이루이가 차를 한 모금 마시고 나서 말했다. 매번 제가 중요한 대목을 말할 때마다 캉 사장님이 끼어들어 쓸데없는 얘기들을 해서 화제를 망가뜨리시네요. 고모니 구두니 춤이니 하는 것들 전부 고의적으로 지어내신 거죠? 캉 사장이 말했다. 아니에요, 갑자기 떠오른 겁니다. 메이루이가 말했다. 정말 힘들어서 얘기 못하겠어요. 메이루이는 이렇게 입을 다물어버렸다. 캉 사장이 다시 화제를 되찾아주었다. 메이루이 씨가 결혼을 했고 밤이 되었어요. 메이루이가 수줍어하면서 말했다. 밤이 되면요, 남녀 사이에 큰 문제가 발생하기도 하잖아요. 상하이 사람들의 표현으로 하자면 은으로 만든 것 같지만 실은 납으로 만든 부실한 창끝이나 다리가 흐물흐물해진 게라고 할 수 있지요. 대포가 한 번 쏘고 곧 숨어버리는 거예요. 제가 이렇게 말하면 캉 사장님은 틀림없이 그 부분에 문제가 있다면 아이는 어디서 나온 건지 의아해하실 거예요. 사실대로 말씀드리는 수밖에 없겠네요. 몇 달 뒤 제가 한의사에게 처방전을 받아 남편을 위한 약을 한 첩 지었어요. 캉 사장이 말했다. 여태껏 들어본 적이 없는 얘기군요. 메이루이가 말했다. 상하이에서는 모든 게 다 신기하잖아요. 이렇게 처방전을 받아 약을 짓는 것은 예로부터 내려오는 관습이에요. 남편에게 정성을 다하는 대부분의 여자들에게 이런 의사는 송자관음送子觀音*인 셈이지요. 캉 사장이 물었다. 남자 의사를 관음이라고 부르나요? 메이루이가 말했다. 관음보살은 중성이에요. 남성일 수도 있고 여성일 수도 있지요. 캉 사장은 아무 말도 하지 않았다. 메이루이가 말했다. 약 한 첩에 1900위안이었는데 남편이 이 약을 먹더니 밤일에 완전히 흥미가 폭발하여 시도 때도 없이 초과 근무에 특별 근무까지 하면서 이 주 동안 저를 온몸에 개미가 기어다니는 것처럼 만들더라고요. 날마다 해달라는 대로 다 해주고 정신을 못 차리게 하더니 아이도 생겼어요. 결혼하고 여러 해가 지나는 동안 저는 그 이 주 동안만 진정한 여자였던 것 같아요. 캉 사장은 아무 말도 하지 않았다. 메이루이가 말했다. 그뒤로 남편은 병원에 입원하고 말았어요. 손발이 차가워지고 매일 기침을 해댔지요. 캉 사장이 말했다. 이 정도면 충분해요. 풍월보감風月寶鑑**의 완결판이라고 할 수 있겠네요.

* 아이를 갖게 해주는 관음보살.

** 남녀 간의 성(性)에 관한 일들을 설명한 책으로 『홍루몽』을 가리키기도 한다.

메이루이가 낮은 목소리로 말했다. 남편은 저를 의심하더라고요. 처방전을 내린 의사가 강호를 떠돌아다니는 돌팔이임이 틀림없다면서 제가 자기를 해쳤다는 거예요. 저는 너무나 억울했지요. 여자들이 그런 요구를 하는 것은 더없이 정상적인 일인데 왜 자신은 탓하지 못하고 저랑 애먼 의사만 탓하는 건지 모르겠더라고요. 결혼 전에 지식이 부족하고 너무 순진해서 아무것도 모르면 결혼해서 큰 고생을 할 수도 있는 것 같아요. 캉 사장이 물었다. 지금은 남편 상황이 어떤가요? 장기 병가를 내고 아이를 돌보고 있어요. 캉 사장이 또 물었다. 처방전을 내린 의사는 나중에 몇 년 형을 선고받았나요? 메이루이가 되물었다. 그게 무슨 말이에요? 캉 사장이 말했다. 소송을 걸면 적어도 십 년 형은 받을 것 같은데요. 메이루이가 말했다. 그럴 리 없어요. 그분은 진료 예약을 하려고 해도 아예 예약이 안 되고 여기저기서 와달라고 부탁하는 통에 늘 외지로 순회 진료를 다니는 명의란 말이에요. 사람들로부터 감사의 인사를 얼마나 많이 받는지 몰라요. 여자들의 사정을 잘 알아주는 지음이라고 할 수 있지요. 캉 사장이 말했다. 남자들에게는 그 약이 황천길의 해골이고 꿈속의 나비 같은 거예요. 무시무시한 약이지요. 메이루이가 물었다. 그게 무슨 뜻이죠? 캉 사장이 말했다. 남자들이 평생 써야 할 힘을 불타는 전선에 나가 돌격하기라도 하는 것처럼 초과 근무를 하면서 한꺼번에 소진해버리면 결국 순직하는 수밖에 없어요. 끝이 나는 셈이지요. 메이루이가 허리를 비틀면서 말했다. 캉 사장님은 정말 이기적인 것 같아요. 캉 사장이 말했다. 여자들은 비교적 순진하고 멍청한 데 비해 고급 사기꾼들은 전부 남자예요. 메이루이가 말했다. 그래서 제가 이혼을 준비하고 있는 거예요. 우리 엄마도 이혼 생각이 있고요. 캉 사장이 차를 한 모금 마시고서 물었다. 어머님은 잘 지내시죠? 메이루이가 말했다. 아빠가 이혼에 동의하자마자 엄마는 저랑 말다툼을 시작했어요. 어제는 심지어 저를 원망하기까지 하시더라고요. 왜 서둘러서 상자를 정리하고 짐을 싸느냐면서 말이에요. 그래서 제가 그랬죠. 엄마는 홍콩으로 가서 다시는 상하이로 돌아오지 않을 거잖아요? 나는 짐 싸는 걸 도와주려는 것뿐인데 뭐가 잘못됐다는 거예요? 그랬더니 엄마가 울음을 터뜨리시더라고요. 사실은 저도 괴로워서 몇 번이나 울었어요. 엄마가 그러시더군요. 메이루이 네가 이 집을 원하면 가져도 돼. 엄마는 홍콩에 가서 샤오카이랑 결혼할 거니까 오래된 상하이 집은 이제 필요 없어. 메이루이는 차를 한 모금 마시고 화장 거울을 꺼내 얼굴을 한번 비춰보고는 말을 이었다. 이렇게 얘기하고 나니 좀 놀랍기도 하네요. 그동안 말할 수 없었던 일들을 왜 전부 말해버린 건지 모르겠어요. 캉 사장은 아무 말도 하지 않았다. 메이루이가 허리를 곧게 펴면서 말했다. 사실 저는 이혼한 여자들이랑 다를 바가 없어요. 혼자 생활하고 있으니까요. 다시 말해 고독하다는 거예요. 남자가 저에게 잘해주기만 한다면 저는 상대가 기혼자든 미혼자든 얼마든지 다 받아들일 수 있을 것 같아요. 저는 상대방에게 전혀 부담을 주지 않을 거예요. 시간만 있으면 둘이 얼마든지 만날 수 있거든요. 캉 사장은 아무 말도 하지 않았다.

몇 달 후 어느 날 오전에 캉 사장은 우시無錫에서 상하이로 돌아왔다. 기사가 라디오를 켜자 일상적인 가정생활을 주제로 한 토크쇼가 방송되고 있었다. 한 여자가 자신의 감정 경험을 얘기하고 있었는데, 목소리가 메이루이와 너무나 비슷했다. 캉 사장은 문득 드넓은 뽕나무밭이 생각났다. 서로 가깝지도 않고 멀지도 않은 한쌍의 남녀가 신바람이 나서 나풀나풀 뛰어다니는 가운데 맑은 공기가 사방을 휘감고 있었다. 마지막에는 불이 꺼지고 달이 지면서 풍경이 빠른 속도로 뒤로 밀려갔다. 캉 사장은 갑자기 메이루이와 얘기를 나누고 싶어졌다. 캉 사장의 아내도 똑같이 이것저것 얘기하기 좋아하고 자신을 대하는 태도가 온화하고 부드러웠다. 대학 시절에는 아주 찰지고 부드러우면서도 달콤한 찹쌀경단 같았지만 매일 찹쌀경단만 먹다보면 입맛이 둔해지고 물리는 것을 피할 수 없었다. 게다가 이것저것 요구하는 것이 많고 너무 제멋대로인 것도 마음에 들지 않았다. 그에 비해 메이루이를 만나면 하자상어蝦籽鯗魚* 같은 맛을 느낄 수 있었다. 아무리 메이루이를 백지 같은 여자라고 낮춰 평가한다 해도 스스로 천 가지 맛을 지니고 있는 구쑤姑蘇** 지역의 미식과 같은 것이 그녀의 매력이라고 할 수 있었다. 뼈가 많고 살이 적긴 하지만 그 아기자기함은 숨길 수가 없었다. 온몸을 겹겹이 싸고 있는 작은 새우 살과 촘촘히 박혀 있는 작은 가시들이 아주 복잡한 맛을 자아냈다. 메이루이의 성격과 마음은 울 수도 있고 웃을 수도 있으며 깊을 수도 있고 얕을 수도 있는 그런 것이었

* 세계적으로 유명한 중국 전통 음식.

** 장쑤성 쑤저우시 구쑤구를 지칭한다. 고대의 고소성을 중심으로 한 지역이라는 문화적 함의를 갖고 있다.

다. 겉에서 보면 영롱하게 아름답지만 속은 맹렬하고 매서웠다. 정말로 신선하면서도 짙은 향기를 지닌 맛이었다. 캉 부인과 메이루이는 쑤저우 황톈위안黃天源*의 찹쌀 쌍양단雙釀團**과 차이즈자이采芝齋***의 비법으로 만든 하자상어의 대결이라고 할 수 있었다. 한 사람은 산이고 한 사람은 물이라 선택이 쉽지 않았다.

캉 사장이 메이루이에게 전화를 걸었다. 메이루이가 놀란 어투로 말했다. 어머나, 제가 막 번호를 누르려는 차에 전화가 걸려왔네요. 캉 사장이 물었다. 요즘 잘 지내고 있나요? 주변이 좀 시끄럽군요. 메이루이가 말했다. 좀 바빴어요. 지금 개인 상대로 수속중이라 일이 정말 많아요. 캉 사장이 물었다. 집을 사시나보군요? 네. 방 두 개에 거실 하나인 구조예요. 캉 사장이 또 물었다. 임대를 하실 건가요, 아니면? 메이루이가 말했다. 제가 살기로 결정했어요. 캉 사장이 앞자리에 있는 기사의 눈치를 살피며 목소리를 낮춰 물었다. 지난번에 말했던 일이 이미 해결돼서 이사하시려는 건가요? 메이루이가 말했다. 그런 셈이에요. 사실 저는 여전히 예전 그대로예요. 제가 말했잖아요. 여자는 누구보다도 자신에게 잘해야 한다고요. 이 작은 집을 사서 마음에 들게 꾸미고 나면 곧바로 이사 들어갈 생각이에요. 캉 사장은 아무 말도 하지 않았다. 메이루이가 말했다. 그다음에는 공사 팀에 부탁해서 안마 욕조를 설치할 거예

* 청나라 때 만들어진 중국식 제과점. 저장과 상하이 일대의 유명한 노포다.

** 찹쌀 안에 팥 앙금과 참깨로 만든 소를 넣어 찐 떡으로 저장과 상하이 일대의 특산품이다.

*** 19세기 말에 창립된 중국식 제과점.

요. 캉 사장이 말했다. 그럼, 수고하세요. 메이루이가 말했다. 저는 다 생각해둔 바가 있어요. 지금은 말하기가 좀 불편하지만요. 캉 사장은 아무 말도 하지 않았다. 메이루이가 말했다. 저의 가장 개인적인 비밀을 어떤 남자에게 말했어요. 그런데 좀 후회가 되네요. 캉 사장은 여전히 말이 없었다. 메이루이가 부드러운 어투로 말을 이었다. 그 남자는 아주 점잖고 우아하게 생긴데다 경험도 많아요. 앞으로 저를 그리워하면서 저한테 관심을 갖게 되겠지요. 캉 사장이 가볍게 웃었다. 메이루이는 그렇게 전화를 끊었다.

그후 어느 날, 메이루이가 캉 사장에게 전화를 걸어 엄마가 결국 이혼을 했고, 곧장 홍콩으로 가서 샤오카이랑 합칠 것이라고 말했다. 사흘 뒤에 메이루이가 또 전화를 걸어 말했다. 캉 사장님, 우리 엄마가 정말로 떠났어요. 상하이로 다시 돌아올 가능성은 전혀 없어요. 돌아오더라도 호텔에 묵을 거예요. 저는 여러 번 울었어요. 캉 사장은 아무 말도 하지 않았다. 메이루이가 말했다. 그날 집에 들어갔더니 엄마가 그러시더군요. 혼자인 늙은 여자가 오래된 농탕을 이미 충분히 들락거리며 살았으니 엄마가 떠난 뒤에는 네 마음대로 환경을 바꾸거라. 엄마는 전적으로 네 생각에 동의할 테니까, 신자로의 이 낡은 집을 당장 팔아버리고 옌안중로의 저층 집을 사서 이사하는 것도 나쁘지 않을 거야. 부엌과 화장실을 단독으로 쓸 수 있고 이웃도 많지 않아 무척 조용할 테고 말이야. 엄마는 돈을 좀 모아 네가 안정되게 생활할 수 있게 해주고 싶었어. 그때 엄마 말을 듣자마자 제가 그랬지요. 엄마가 나중에 상하이로 돌아오면 여기에 계속 살아도 되잖아요. 하지만 엄마는 빙긋이 웃으시더니 조용히 옷장을 비롯해 집안 구석구석을 뒤지느라 여념이 없었어요. 그날 하루만 엄청난 양의 폐품을 정리했지요. 집안 여기저기에 크고 작은 짐들이 쌓였어요. 중국식 솜저고리와 주단 저고리, 블라우스, 반원형 공단 솜저고리, 코듀로이 바지, 카키색 바지, 양면 겸용 상의, 봄가을용 나일론 코트, 짧은 플란넬 외투, 농탕의 나이든 재단사가 만들어준 이중 버튼 파카, 베이지색 긴바지, 슈베르니 긴바지, 폴리아크릴로니트릴로 제작한 양면 겸용 상의 등이 여기저기 널브러져 있었어요. 캉 사장이 입을 열었다. 하하하! 어느 집이나 다 똑같군요. 메이루이가 말했다. 저는 그 옷들을 뒤적거리며 아무 말도 하지 않았어요. 그러자 엄마가 전부 쓰레기니 쓰레기통에 내다버리라고 하시는 거예요. 저는 아무 대꾸도 하지 않고 헌옷이 담긴 가방을 하나 열어보았어요. 체크무늬 셔츠와 시어서커 치마를 보는 순간 지나간 일들이 생각나더군요. 엄마는 뭘 들춰보냐면서 얼른 전부 내다버리라고 하셨어요. 단정하게 개켜놓은 이불과 이불 홑청이 든 큰 보따리도 몇 개 있었어요. 엄마는 지금은 세트 침구를 쓰기 때문에 그런 것들은 더이상 전혀 쓸모가 없다고 하시더군요. 저는 계속 헌옷들을 뒤적였어요. 벨벳 스웨터와 아크릴 캐시미어 삼중 깃 상의가 눈에 띄더군요. 엄마는 당신이 죽으면 전부 쓰레기통에 던져질 물건들이라고 하셨어요. 상자 하나를 열어봤더니 그 안에도 꽤 많은 셔츠와 양면 겸용 상의, 주름치마, 주홍빛 크레이프 조직의 '장칭 치마'*, 쪼글쪼글한 견직물에 연

* 1974년, 마오쩌둥의 아내인 장칭(江青)이 문화부에 지시하여 중국 고대 당, 송, 원

잎 모양을 덧대어 만든 후저우 치마 등이 들어 있더군요. 엄마는 그 옷들도 전부 내다버리라고 하셨어요. 캉 사장이 물었다. 몹시 화가 나셨던 모양이군요? 메이루이가 말했다. 저는 그저 입을 다물고 있는 수밖에 없었어요. 그 치마들은 엄마의 보물들이었거든요. 다시 전국적으로 춤이 허용되자 엄마는 이에 적극적으로 호응하면서 직접 무도용 치마를 만들어 입었어요. 조젯 천과 검정색 벨벳에 손으로 직접 스팽글을 달고 금사와 은사를 꿰매 붙이기도 했지요. 그러던 엄마가 지금은 너무나 냉정하고 무정하게 말씀하시는 거예요. 정말 너무 촌스럽다. 보기만 해도 화가 나네. 너무 이상해! 어떤 상자에는 1950년대의 레닌 복장과 농탕 가공조加工組** 시기의 멜빵바지, 파란색 작업모, 팔 토시 같은 것들이 정갈하게 개켜져 들어 있었어요. 엄마가 말했지요. 풀지 마라, 정말 재수없으니까. 그런 쓰레기들을 보면 정말 짜증나 죽을 것 같아. 그 물건들을 보면 아름다운 청춘을 전부 헛되게 낭비해버린 것 같아 한스럽기만 하단다. 저는 엄마의 그런 말을 들으면서 아무 말도 하지 않았어요. 그날 제가 물건을 풀어놓기만 하면 엄마는 전부 내다버리고 단호하게 말했어요. 일부는 주민위원회에 보내고 시골의 어려운 곳에 기부해도 좋다고 하셨지요. 캉 사장은 아무 말도 하지 않았다. 메이루이가 말했다. 벽 모퉁이에 발 씻는 커다란 대야 안에는 네덜란드식 하이탑과 티스트랩 구두, 주름 잡힌 가죽 신발, 보

---

시기의 부녀자 복식의 장점을 살려 제작한 원피스로 전국 여성들에게 보급되었다.

** 농탕과 거리마다 설치되어 주로 지역 주민들의 노동력을 동원하여 간단한 물건들을 생산하던 소규모 공장 시스템.

트화, 가로로 끈을 매는 신발, 댄스화 몇 켤레 등 과거에 유행했던 온갖 유형의 신발들이 가득 들어 있더군요. 란탕藍棠* 양가죽 미들굽 구두는 숙련공에게 부탁해 끈을 단 덕분에 춤을 추다가 턴을 할 때도 벗겨지지 않는다고 자랑하신 적이 있어요. 캉 사장이 말했다. 몇 년 전까지도 무도장에 가면 나이든 아주머니들은 전부 그런 차림이었지요. 메이루이가 말했다. 저는 그런 물건들을 보면서 지나간 세월들이 생각났어요. 자신이 점점 성장하던 모습과 엄마가 조금씩 늙어가던 모습이 눈에 선했지요. 엄마가 대야를 발로 툭 차면서 그러시더군요. 이게 다 무슨 소용이냐. 과거의 상하이는 명줄이 끊어진 사회, 사람들을 놀라게 하는 사회였어. 그 시절 나는 말 그대로 부랑아와 다를 바 없었지. 저는 아무 말도 하지 않았어요. 어느 녹나무 상자 안에는 치파오만 잔뜩 들어 있더군요. 엄마는 결혼한 뒤로 홑겹 치파오와 안감이 있는 두 겹 치파오를 비롯하여 모직 치파오와 반짝이는 무늬가 가득 깔려 있는 비단 치파오, 사절지 크기의 주단과 핀헤드 원단으로 짠 견직물 등을 사용한 치파오, 땡땡이 무늬 치파오 등 다양한 원단과 유형의 치파오를 입었어요. 색상은 대부분 소박하고 점잖은 편이었지요. '비 온 뒤 하늘雨後天'** 색도 있고 복숭아 옥색, 슬픈 먹색, 조릿대 풀색도 있었어요. 하나같이 허리가 매우 가늘었지만 모양은 제각기 달랐지요. 단추도 테두

* 1930년대 상하이의 패션 중심지였던 징안사로에 있던 유명 제화점으로 고급 여성화를 전문적으로 제작했다.

** 중화민국 시기의 유명 시인 린후이인의 시 「비 온 뒤 하늘」에서 묘사된 맑은 하늘색.

리를 재봉틀로 박아서 만든 싸개단추와 속단추, 스냅단추, 매듭단추 등으로 무척 다양했어요. 얼핏 보기에는 아주 간단했지만 실제로는 정말 예쁜 단추들이었지요. 제가 말했어요. 치파오는 전부 제가 가질래요. 이 말에 엄마는 금세 조용해지시더군요. 제가 또 말했어요. 치파오는 전부 맘에 들어요. 엄마가 묻더군요. 애당초 입지도 못할 걸 왜 가지려고 하는 거야? 제가 말했어요. 그냥 기념으로 갖고 있으려고요. 엄마가 말했어요. 상자 맨 밑에 샤크스킨 원단, 그러니까 인조견으로 만든 치파오도 몇 벌 있어. 초록색도 있고 노란색, 분홍색, 하늘색도 있지. 제일 예쁜 건 하얀색이야. 당시에 남자들은 흰색 양복을 맞춰 입고 여자들은 흰색 치파오를 맞춰 입는 게 유행이었지. 저는 아무 말도 하지 않고 다른 보따리를 풀어보았지요. 보따리 안에는 라오제푸老介福*와 푸리富麗**의 원단과 본견, 시폰, 개버딘, 체비엇, 수자직 비단, 능직물 등이 들어 있었어요. 캉 사장은 아무 말도 하지 않았다. 슬슬 마음이 불편해지기 시작했다. 메이루이가 말했다. 예전의 원단 상점들은 대단히 시끌벅적했을 것 같아요. 가게 안에 사람들이 가득 들어찬 가운데 위에서 철삿줄을 몇 가닥 잡아당겨 영수증을 끊고 지폐를 집어 쉬익 하고 밀어보내면 철삿줄이 계산대까지 밀려가 도장을 찍고 다시 쉬익 하고 돌려보내주지요. 한쪽에서는 높은 의자에 앉아 있는 아저씨가 하루종일 큰 소리로 외치는 거예요. 고객 동지 여러분, 도둑

* 상하이 난징둥로와 허난로(河南路)의 교점에 자리한 원단 회사. 1860년에 창립되어 실크를 주로 다루다가 나일론을 비롯한 다른 원사도 취급했다.

** 상하이 펑셴구(奉賢區)에 있는 유명 실크원단 회사.

과 소매치기를 조심하시고 지갑들을 잘 챙기도록 하세요. 캉 사장이 빙긋이 웃었다. 메이루이가 말했다. 제 얘기를 듣자마자 엄마가 말했어요. 알았어, 됐으니 이제 그만해라. 이 옷감들은 네가 다시 결혼할 때 치파오를 맞춰서 입으면 좋을 것 같구나. 제가 말했지요. 내가 어떻게 결혼할 수 있겠어요? 캉 사장이 말했다. 그건 단정하기 어려운 일이지요. 메이루이가 말했다. 확실해요. 제 엄마는 옷감들을 대충 살펴보시더니 이렇게 말씀하시더군요. 서양식 원단으로 치파오를 만드는 건 구사회에서 대유행이었어. 지금 유행하는 중국식 큰 꽃무늬 치파오들은 하나같이 시골뜨기 같고 빈티가 나. 시골 여자들이나 호텔에서 문을 열어주는 아가씨들은 하나같이 모란꽃 아니면 홍매화가 아로새겨진 치파오를 입고 있더군. 그러면서 금룡금봉金龍金鳳의 용포를 입기라도 한 것처럼 으스댄단 말이야. 온몸을 그런 치파오로 꼭 싸매고 있지. 뚱뚱한 여자들도 그런 치파오를 입고 있으니 장유찰육醬油紮肉*이나 호주육종湖州肉粽**을 만드는 것과 다를 게 뭐니? 그러면서 스스로 자신들의 미모가 뛰어나다고 여기니 옛날 상하이 사람들이 보면 웃음밖에 나오지 않을 거야. 저는 아무 말도 하지 않았어요. 엄마가 말을 이었어요. 하지만 솔직히 말해서 이 시장은 해방 전과 별반 다르지 않아. 아마 또 서양식 옷감이 잘 팔리고 있을 게다. 어차피 엄마는 이 방에 있는 것들을 다시 보고 싶지 않으니 모조리 없애버려도 돼.

---

* 돼지고기를 묶어 간장에 졸인 음식.

** 대나무 잎으로 찹쌀과 고기를 섞어 각이 지게 싼 다음 쪄낸 찹쌀밥.

저는 여전히 아무 말도 하지 않았지요. 그러다가 엄마에게 물었어요. 홍콩으로 가셔도 종종 상하이에 오지 않으실 건가요? 엄마가 그러시더군요. 돌아오지 않을 생각이야. 집과 돈과 몸 말고 다른 물건은 하나도 필요치 않아. 엄마에게 필요한 것은 감정뿐이야. 혹시 너도 이혼하게 된다면 내게 꼭 알려주기 바란다. 이 말을 듣고 저는 울음을 터뜨리고 말았어요. 소리 내어 울었지요. 엄마가 그러시더군요. 우리 착한 딸, 여자는 감정만 중시하면 돼. 좋은 남자를 만나 확실하게 의지할 수만 있으면 마음이 편해질 거야. 그때 저는 아무 말도 하지 않고 눈물만 닦았어요. 저희 엄마가 그러시더군요. 홍콩에 가면 좋은 사윗감을 찾아보마. 그러면 메이루이 너도 홍콩으로 와서 재혼해 즐겁게 사는 게 좋지 않겠니? 제가 말했어요. 엄마, 저는 재혼은 고려하지 않고 있어요. 저는 이미 결혼으로 인해 철저하게 상처받았거든요. 저는 이제 모든 걸 알았어요. 캉 사장은 아무 말도 하지 않았다.

# 칠장

## 일

할멈이 부들부채를 흔들며 노래하듯이 말했다. 부채가 바람을 일으켜 시원해지면 오빠는 글을 쓰네. 글을 써내지 못하면 우리 선생님을 찾네. 베이디가 물었다. 할멈, 밤중에 왜 울었어? 할멈은 아무 말도 하지 않았다. 베이디가 말했다. 나는 아주 오래 울지 않았는데 할멈은 왜 걸핏하면 우는 거야? 할멈이 말했다. 밤에 꿈속에서 또 관을 짜는 판때기를 몇 개 봤어. 뭔가 좋지 않다는 걸 나는 알아. 최근에 무슨 큰일이 일어났을 거야. 베이디는 아무 말도 하지 않았다. 할멈이 말했다. 이전에는 꿈을 꾸면 관 속에 금이 들어있어 줄곧 빛이 났는데 어젯밤에는 관이 텅 비어 있었어. 온통 쇠처럼 시커먼 색이었어. 우리 외할머니는 홀로 외롭게 돌아가셔서 반짝이는 한 마리 물고기가 되셨지. 베이디가 물었다. 물고기가 됐다고? 할멈이 말했다. 그래, 맞아. 나는 겨울이 되기 전에 무슨 일이 있어도 사오싱에 돌아가 외할머니 묘를 정리해야 해. 꼭 돌아갈 거야. 베이디가 할멈의 부추 테두리韭菜邊* 금반지를 어루만지며 물었다. 관 속에 도대체 금이 얼마나 들어 있었는데? 할멈이 말했다. 물론 아주 많았지. 아바오가 물었다. 얼마나 많았는데요? 할멈이 말했다. 우리 외할머니는 남경 천왕부에서 도망쳐나올 때 적지 않은 금을 가지고 나왔어. 베이디가 말했다. 거짓말! 할멈이 말했다. 몸에 금붙이를 지니고 있어서 빨리 도망칠 수 없었던 거야. 아바오가 물었다. 원보였어요 아니면 금괴였어요? 할멈이 말했다. 우리 외할머니는 천왕부의 궁녀였어. 삼 년 반 동안 궁중에서 살았지. 하늘과 땅이 온통 금으로 되어 있는 금 세상에서 도망쳐나오면서 여인은 내내 울었어. 베이디가 물었다. 금을 어디에 쑤셔넣고 나왔는데? 할멈이 말했다. 몸에 지니고 나왔지. 손으로 짠 무명으로 된 저고리와 바지를 입고 있었어. 금을 종아리와 배, 엉덩이에 넣어 나왔어. 여자들은 엉덩이가 크기 때문에 몸에 꼭 끼었지. 그 위에 치마를 덧입어 덮었어. 브래지어가 있었다면 그 안에 금을 넣어 두 젖가슴이 아주 크고 둥글게 보였을 거야. 아바오는 말이 없었다. 할멈이 말했다. 옛날 여인들은 말이야, 예컨대 서시西施 같은 사람은 가슴을 있는 그대로 평평하게 졸라매고 다녔기 때문에 애당초 사람들을 속일 수 없었어. 베이디가 말했다. 외할머니가 다이아몬드나 남보석 같은 것도 들고 나왔겠네. 할멈이 말했다. 빛나는

* 부추 모양의 테두리는 다른 장식이 없이 단조롭고 밋밋한 모양을 말한다.

남보석은 4품 관원의 정자頂子*에나 다는 거야. 얼마나 귀중한 보석인데 그래. 2품 관원도 네 명이 메는 녹니綠呢가마밖에 못 탄다고. 황금이 얼마나 단단한데 그래? 다이아몬드는 외국인들이나 좋아하지. 중국인들은 유리에 뭔가 새기는 걸 좋아한다고. 베이디가 말했다. 내 눈에는 왜 관이 보이지 않는 거지? 할멈이 말했다. 사람이 상심하면 꿈에서 자기 조상들을 만나게 되는 법이야. 베이디가 물었다. 뭐라고? 할멈이 말했다. 외할머니가 세상을 떠나시던 날 영당靈堂이 눈처럼 희었어. 대개 시신을 염해서 관에 넣는데 갑자기 외할머니 눈에 두 줄기 금줄이 나타나더니 주르륵 흘러내린 거야. 베이디가 말했다. 그건 벌써 예닐곱 번 들은 얘기지만 믿을 수가 없어. 할멈이 말했다. 눈에서 황금이 흘러나오자 우리 외할아버지는 불길한 징조라고 생각하고 영당의 장막을 찢어버리더니 관에 가까이 다가가 말했어. 주인 할망구, 좀 기다리면서 쉬고 있어. 곧 관뚜껑에 못을 박을 거야. 사람들이 외치는 소리가 들리면 몸을 동쪽으로 돌렸다 서쪽으로 돌렸다 하면서 못을 피하라고. 꼭 피해야 돼. 우리 외할머니 눈에 갑자기 한 방울 한 방울 금이 떨어지는 것이 보였어. 시골 이웃들이 이걸 보고는 손을 뻗어 잡으려고 서로 밀쳐댔지. 외할아버지는 이때 발을 헛디뎌 넘어지더니 이내 놀라서 돌아가시고 말았어.

아바오가 물었다. 태평천국의 궁녀들은 황금을 얼마나 가질 수 있었나요? 할멈이 말했다. 천왕부에서는 금으로 다양한 모양의 물

* 청나라 관원들의 관모에 다는 장식.

건을 만들었다는 것 알고 있지? 베이디가 말했다. 할멈이 여러 차례 얘기해줬잖아. 타구 항아리도 금으로 만들고 국 숟가락도 금으로 만들었다고 말이야. 아바오가 물었다. 그리고 또 뭘 금으로 만들었나요? 할멈이 말했다. 하늘과 땅 사이의 모든 것을 금으로 만들었어, 알아? 천왕부 안에서는 탁자와 낮은 의자, 침대, 창문, 변기통, 파리채까지 전부 금으로 만들었어. 여자들의 속바지도 금실로 짜서 만들었다니까. 한번 상상해봐. 베이디가 말했다. 그럴 리가 없어. 할멈이 말했다. 마차와 가마도 전부 금으로 만들었어. 아바오가 빙긋이 웃었다. 할멈이 말했다. 말발굽의 편자도 보통 말은 쇠로 만들었지만 천왕부의 말은 금으로 만들어 금 못으로 박았지. 따각따각 달릴 때 해가 나면 금 마차와 여덟 필의 말이 드넓은 길을 금빛으로 환하게 물들였어. 소리가 아주 경쾌했지. 금은 쇠보다 부드러우니까 말이야. 베이디가 말했다. 말도 안 되는 소리야, 그럴 리가 없어, 전혀 불가능한 일이라고. 할멈이 부들부채를 흔들면서 말했다. 지금도 누군가는 이해할 거야. 천왕의 호화로운 모습과 그 위용을 말이야. 베이디가 말했다. 이 세상에는 황금과 보물로 장식된 마차가 단 두 대밖에 없어. 엘리자베스 여왕과 루트비히 2세만 그런 마차를 탈 수 있다고. 할멈이 말했다. 그까짓 게 뭐 그리 대수라고! 태평천국은 완전히 황금 세상이었어. 여든여섯 명이 메는 황금 가마도 있었단 말이야, 알아? 가마 안에는 둥근 탁자를 놓고 술을 마실 수 있었지. 안에는 황금 등잔과 황금 촛대, 황금 대야, 황금 밥그릇, 황금 젓가락, 황금 실내화가 갖춰져 있었지. 황금 병풍으로 된 칸막이에는 황금 보료와 황금 변기가 마련되어 있고 황금으로 장식한 어린 기녀가 손에 잘 개킨 노란 주단이 놓인 황금 쟁반을 받쳐들고서 천왕께서 엉덩이를 닦을 수 있도록 시중을 들었어. 아바오가 말했다. 홍수전은 한 번도 궁전 대문을 나선 적이 없어. 궁녀들이 끄는 황금 마차 안에만 앉아 있었지. 항상 용봉여龍鳳輿*가 준비되어 있었어. 일흔두 개의 굵은 막대기와 궁궐 안의 변기통, 세숫대야, 목욕통이 전부 진짜 금으로 되어 있었지. 베이디가 말했다. 그럴 리가 없어. 아바오가 말했다. 우리 아빠도 그렇게 말했어. 동왕東王인 양수청楊秀清이 절강에 회의하러 갈 때 앞뒤로 마흔여섯 명이 커다란 가마를 메고 가면서 구령을 외쳤대. 무더운 날에는 물가마도 준비해서 시원하고 쾌적하게 이동할 수 있었대. 맨 밑에는 유리로 된 물항아리를 놓아 금붕어와 연꽃을 키웠대. 할멈이 말했다. 그런 얘긴 못 들어봤는데. 아바오가 말했다. 책에 그렇게 쓰여 있어요. 할멈이 말했다. 천왕님만 황금 가마를 탈 수 있었어. 천왕부의 겉치레는 정말 요란했지. 천라天鑼와 천악天樂을 주관하는 사람이 얼마나 됐는지 몰라. 천관天官을 주관하는 사람이 3천 명이고 천마天馬를 관장하는 사람도 삼백 명이나 됐었지. 금관金官을 주관하는 사람은 전문적으로 금만 주관하고 옥관玉官을 주관하는 사람은 전문적으로 보석만 주관했어. 태평천국의 건국일이 오면 백관이 의식을 참관하는 가운데 천왕께서 황금 가면을 쓰고 누런 이무기 모양의 옥대를 두르고 궁문을 나서 경축 모임을 주재했지. 광대한 모범노동자 군중을 향해 손을 흔들면 밑에 있는 백성

* 황태후가 타는 가마.

들은 울음을 터뜨리면서 만세 삼창을 했어. 이어서 유원회遊園會*가 열리고 황금으로 된 징 서른 쌍이 늘어서서 길을 열면 황금 갑옷과 투구를 쓴 용사들이 비금자체飛金字體로 쓴 숙정패肅靜牌와 회피패回避牌**를 높이 든 채 행진했고 비호기飛虎旗와 비룡기飛龍旗 등 다양한 깃발들이 그 뒤를 따랐어. 천왕의 앞뒤로는 커다란 황금부채와 금을 수놓은 붉은 비단 양산을 든 시종들이 동행했지. 이를 홍일조紅日照***라고 불렀어. 이것만 봐도 겉치레가 얼마나 어마어마했는지 알 수 있지. 금룡강金龍杠****을 준비하려면 사람이 얼마나 많이 있어야 하는지 알아? 아바오가 말했다. 금과 관련된 일은 얘기할수록 더 늘어나는 것 같네요. 베이디가 물었다. 그런데 할멈은 도대체 왜 운 거야? 할멈이 말했다. 아이고, 벌써 여러 번 얘기했잖아. 우리 외할머니가 밤에 꿈속에서 찾아왔다고. 관의 나무판이 빛을 투과하고 있었어. 우리 외할머니는 이미 한 마리 알몸의 물고기로 변해 있더라고.

* 공원이나 화원에서 거행되는 축제 행사로 규모가 비교적 큰 행사에서는 각종 기예 공연도 이루어진다.

** 각각 행인과 구경꾼들에게 천자의 행차를 알리면서 정숙할 것을 경고하고, 길을 막지 말고 돌아갈 것을 알리는 팻말.

*** '붉은 해가 비친다'는 뜻.

**** 멜대에 황금 용 두 마리가 장식된 화려하고 거대한 가마로 옛날에 천자가 타던 것이었으나 지금은 산시(山西) 지역을 중심으로 장례에 주로 사용되고 있다.

# 이

할멈은 연말에 고향으로 돌아가 묘지를 정리할 계획을 갖고 있었다. 11월이 되자 베이디 엄마 아빠는 사회교육운동에 참여했다. 누군가 베이디 아빠가 광석라디오를 이용하여 적국의 방송을 듣는다고 밀고했다. 〈보이스 오브 아메리카〉와 〈크렘린궁의 종소리〉 즉, 소련 모스크바 방송국의 상하이어 프로그램을 듣는다는 것이었다. 모스크바 방송국의 아나운서가 상하이 사투리로 말했다. 여기는 모스크바 방송국입니다. 여기는 모스크바 방송국입니다. 지금 시각은 밤 열시 이십분이고, 저는 아나운서 바실리예프입니다. 지금부터 상하이 군중 친구들께 저녁 뉴스를 전해드리겠습니다. 여기는 모스크바 방송국, 이제 프로그램을 시작하겠습니다. 이건 정말 놀라운 일이었다. 베이디 엄마가 특별히 회의를 하러 가자 고위 간부는 베이디 아빠의 문제를 폭로하러 온 것이라고 생각했다. 하지만 베이디 엄마는 남편의 억울함을 호소할 뿐이었다. 이 부부는 그렇게 가서 돌아오지 못했다. 아바오가 집안에 혼자 남은 베이디 옆에 함께 있어주었다. 베이디가 몇 번인가 아바오에게 물었다. 할멈이 고향으로 돌아가버리면 어떡하지? 아바오가 말했다. 그럴 리는 없을 거야. 베이디가 다시 물었다. 정말이지? 아바오가 베이디의 머리를 어루만지면서 말했다. 뭘 그렇게 걱정해? 할멈은 가지 않을 거야. 베이디는 아무 말도 하지 않았다. 눈 깜짝할 사이에 1966년 새해 아침이 되었다. 하루는 베이디가 말했다. 할멈, 나 어제 꿈꿨어. 꿈속에서 어떤 할머니가 물고기로 변하는 것을 보았어. 할멈이 물었다. 정말? 베이디가 말했다. 물고기가 입을 벌릴 때 물소리밖에 안 났어. 할멈이 황급히 베이디의 입을 막으면서 말했다. 말하면 안 돼. 베이디는 깜짝 놀랐다. 할멈이 말했다. 나도 어제 꿈에서 베이디를 봤어. 물고기로 변했더라고. 이건 정말 놀라운 일이야. 너무나 공교롭잖아. 아바오가 웃으면서 말했다. 물고기가 되는 것이 가장 게으른 것 같아요. 아무 소리도 내지 않고 매일 피아노도 치지 않으면서 물만 먹으면 될 테니까요. 베이디가 말했다. 정말이야, 할멈이 물고기로 변한 것을 보고서 나도 요리조리 헤엄을 쳤지. 온몸이 반짝반짝 빛났어. 금붕어였거든. 할멈이 말했다. 우리 꼬마 아가씨가 또 허튼소리를 하시네. 그렇게 함부로 말하지 말아요. 어린애들은 물고기 한 가닥으로 변할 수가 없어. 베이디가 말했다. 한 가닥이 아니라 한 마리라고. 할멈이 말했다. 그런 얘기 그만해. 어쨌든 나는 이미 알고 있어. 올해 연초는 몹시 불길해. 큰일이 벌어질 것 같아. 올해가 몇년이지? 아바오가 말했다. 1966년이에요. 베이디가 할멈을 꼭 끌어안으면서 말했다. 엄마 아빠는 꼭 돌아오실 거야. 할멈이 말했다. 피! 베이디가 말했다. 돌아오시겠지? 할멈 생각은 어때? 어서 말해봐. 할멈이 말했다. 지금 나에게는 고향에 한번 다녀와야겠다는 생각밖에 없어. 가서 무덤을 정리해야 해. 그러면 우리 외할머니가 즉시 날 보호해주시겠지. 저승에서 나랑 베이디를 지켜주실 거야. 그러면 다시 상하이로 돌아와 몇 년 더 살 수 있겠지. 베이디가 말했다. 두 사람이 물고기 두 마리로 변해서 물속으로 미끄러져들어갔어. 할멈이 물고기로 변해서 입을 크게 벌리고 뻐끔거리는 것을 보았지. 반짝반짝 빛나더군. 그래서 내가 헤엄쳐 다가갔어. 할멈이 말했다. 얘기를 갈수록 그럴듯하게 하네. 내가 정말 물고기가 된다면 세상이 태평해질 거야. 세 사람이 여기까지 얘기했을 때, 하늘은 이미 어두워져 있었다. 베이디가 말했다. 피아노 위에도 물고기가 한 마리 보이네. 아바오가 전등을 켜고 피아노 위를 바라보았다. 베이디가 말했다. 클레멘티의 〈소나티네 Op. 36〉은 한 장이 열한 마디로 되어 있어. 낮은 음에서 건반을 세 개씩 세 번이나 건너뛰어야 한다고. 내가 위를 바라보았더니 작은 물고기가 헤엄쳐 오더라. 다시 치니까 하프시코드 음색이 나고. 스타카토가 경쾌해야 하니 팔에 탄력이 있어야 그런 소리가 나와. 내가 고개를 들어보니 악보 옆에 정말로 금붕어가 한 마리 있었어. 반짝반짝 빛나는 모습이었어. 꼬리를 이리저리 흔들면서 왔다 갔다 헤엄쳐 돌아다녔지. 내가 눈을 문질렀더니 물고기가 멈춰 서더라고. 그저께 내가 머리핀으로 휘휘 저으면서 표시를 해놓았어. 보이지? 바로 여기야. 여기가 내가 표시한 자리라고. 아바오가 피아노를 자세히 살펴보니 피아노 몸체는 몹시 낡은 편이었고 건반 위 방음판에 몇 가닥 자국이 남아 있었다. 할멈이 가까이 다가가 살펴보고 나서 말했다. 무슨 짓을 한 거야? 아바오가 건반을 가볍게 만지면서 말했다. 오래된 피아노에는 오래된 흔적이 있기 마련이야. 칠이 벗겨진 흔적이나 무언가에 긁힌 자국은 원래부터 있었던 거라고. 베이디가 말했다. 물고기가 바로 이 자리에 멈춰 있었어. 더이상 피아노를 치지 못하겠어. 열 마디만 치면 물고기가 나온단 말이야. 아바오가 말했다. 전혀 집중을 안 하니까 그렇지. 베이디가 말했다. 피아노 소리가 들리면 물고기가 헤엄쳐 오는 거야. 할멈이 베이디를 끌어당겨 두 가닥으로 길게 땋은 머리를 어루만지면서 말했다. 새해 새 기운에 베이디가 이상하게 변했군. 곧 큰일이 생길 징조야. 아바오가 말했다. 베이디는 꼬마 아가씨라 겁이 많아요. 할멈이 며칠 동안 고향에 가고 없으면 정말 큰일이에요. 이 말에 베이디는 울음을 터뜨리면서 할멈에게 몸을 기댔다. 할멈이 말했다. 우리 꼬마 아가씨 착하기도 하지! 아바오가 말했다. 아니면 제가 겨울방학을 맞자마자 할멈이랑 베이디를 데리고 함께 사오싱에 가는 건 어떨까요? 베이디가 울음을 뚝 그치고 웃으면서 말했다. 나도 가고 싶어. 할멈이 잠시 생각해보고 말했다. 좋아, 그렇게 되면 정말 좋겠다. 상하이 도련님과 꼬마 아가씨가 같이 우리 고향에 가면 이 할망구도 체면이 설 거야. 아바오가 말했다. 상하이에서 사오싱까지는 기차를 타고 가도 되고 스류푸十六鋪*에서 작은 여객선을 타고 가도 돼요. 베이디가 말했다. 나는 여객선을 타고 가고 싶어. 두 사람은 할멈을 쳐다보았다. 날은 이미 완전히 어두워져 창밖이 짙은 잿빛이었다. 눈발이 날리기 시작하면서 유리창에서 미세한 소리가 났다. 베이디가 할멈을 꼭 끌어안았다. 추운 모양이었다. 할멈이 눈을 꼭 감았다. 뭔가를 결정하는 것 같기도 하고 꿈을 꾸고 있는 것 같기도 했다. 시간이 멈춰버린 것 같았다. 마침내 할멈이 몸을 가볍게 움직이면서 말했다. 고향에 갈 생각을 하면 내가 얼마나 막막한지 몰라. 아바오는 남자잖아. 내가 베이디를 데리고 고향에 가려면 옆에 남자가 있어야 할

* 상하이 와이탄(外灘)의 가장 유명한 부두.

것 같아. 그래야 마음을 놓을 수 있지.

## 삼

어느 날 아침 일찍 아바오와 베이디, 할멈 세 사람은 크고 작은 보따리를 들고 상하이 북부역으로 가서 기차를 탔다. 세 사람이 자리를 찾아 앉자 기차는 곧 출발했다. 하루 전에 아바오 엄마가 전국에서 사용할 수 있는 열 근짜리 양표와 10위안짜리 지폐를 건네면서 아바오에게 말했다. 할멈에게 꼭 세 사람 차비를 내라고 해. 남는 돈은 가는 길에 음식을 사먹도록 하고. 아바오 너도 이제 철이 들었으니까 음식은 조금만 사가지고 세 사람이 함께 나눠 먹도록 해. 아바오가 말했다. 알았어요. 기차에 오른 베이디는 모든 것이 신기하기만 했다. 동시에 배도 타고 싶어졌다. 할멈이 말했다. 배도 타야 해. 정말로 사오싱 커차오柯橋에 도착하자 세 사람은 기차에서 내렸다. 할멈은 각화선脚劃船*을 한 대 불러 뱃사람에게 고향집이 있는 핑서平舍까지 가자고 했다. 아바오가 선창에 들어서자 배가 곧장 출발했다. 뱃사람은 할멈이 같은 고향 사람이고 아바오와 베이디는 '산사람'임을 한눈에 알아보았다. 할멈이 웃으면서 말했다. 이런 배를 탈 줄 모르는 사람들을 이곳에서는 전부 '산사

* 수로가 발달되어 있는 중국 장쑤성과 저장성 일대에 널리 사용되는 교통수단으로 한두 사람이 타서 발로 노를 젓는 작은 배를 말한다.

람'이라고 부른단다. 아바오는 아무 말도 하지 않았다. 할멈이 말했다. 각화선은 정말 작고 좁아서 일단 발을 들여놓으면 먼저 발을 갈고리에 잘 걸어야 해. 그러고 나서 천천히 발을 선창에 들여놓아야 하지. 뭍에 오를 때는 먼저 한 발을 땅에 단단히 디딘 다음, 다른 발을 뱃전에 걸고 더 천천히 올라서야 한다는 걸 잊지 않도록 해. 아바오와 베이디는 아무 말도 하지 않았다. 세 사람이 자리를 잡고 앉자 노 젓는 소리가 들리면서 배가 앞을 향해 나아가기 시작했다. 할멈이 말했다. 옛날에는 이렇게 노를 젓는 배를 타고 여자 장님들이 경사가 있는 집으로 '화시話市'*를 하러 다녔지. 여자 둘에 남자 하나가 한 조가 되어 비파를 타면서 창을 하는 거야. 여자 장님은 '화조花調'** 창을 했지. 아바오가 물었다. 그게 어떤 창인데요? 할멈이 말했다. 별의별 창이 다 있지. 내가 한번 해볼게. 베이디가 할멈을 힘껏 끌어당기면서 말했다. 할멈! 세 사람은 동시에 입을 다물었다. 배는 나뭇잎처럼 물위를 떠갔다. 노 젓는 소리밖에 들리지 않았다. 물은 맑고 산은 아름다워 사람들의 눈길을 끌기에 충분했다. 잠시 쉬는 사이에 날이 흐리고 추워지기 시작했다. 가늘고 긴 배는 나는 듯이 물살을 갈랐다. 눈앞에 맑고 푸른 물이 끝없이 펼쳐졌다. 강과 호수들이 그물처럼 얽힌 가운데 차가운 바람이 불어왔다. 몸과 마음이 편안해진 할멈이 말했다. 여러 해 동안 오지 못했더니 전혀 알아볼 수가 없네. 사오싱 사투리도 못하고 말

* 부잣집의 초청으로 가서 갖가지 기예 공연을 해주는 일.

** 청나라 때 저장성 항저우 일대에 유행하던 기예의 하나로 다섯 명이 악기를 연주하면서 노래를 하는 것.

이야. 아바오가 말했다. 걱정하실 것 없어요. 잠시 후 강물 위로 눈발이 날리기 시작하자 뱃사람은 오봉烏篷* 덮개를 덮었다. 아바오는 엉덩이 밑으로 얼음처럼 차가운 물이 흐르는 것을 느꼈다. 단풍잎이 떨어지고 물억새꽃이 말랐다. 저멀리 희미하게 산등성이들이 기복하고 있었다. 할멈이 뱃사람에게 물었다. 이봐요, 아우, 저게 후이지산會稽山이지요? 뱃사람이 말했다. 네, 맞아요. 길은 그리 멀지 않아요. 할멈이 말했다. 우리 고향 핑서에서 앞으로 더 가면 산간 평지가 하나 나와요. 뱃사람이 물었다. 메이우梅塢 말씀이신가요? 할멈이 말했다. 네, 맞아요. 뱃사람이 말했다. 거긴 이미 사는 사람이 없어요. 할멈은 아무 말도 하지 않았다.

마침내 배가 핑서에 도착했다. 세 사람은 무사히 뭍에 올랐다. 한 무리의 농부들이 일을 마치고 돌아오는 모습이 보였다. 그 가운데 한 아낙이 말했다. 산 근처 메이우에는 정말로 사람들이 살지 않아요. 할멈이 말했다. 아, 그렇군요. 아낙이 말을 이었다. 지역이 너무 가난해져서 전부 이사해 나갔어요. 들풀만 남기고 다 떠났지요. 어쩌다 드물게 소를 먹이러 그곳을 찾는 사람들이 있기는 해요. 당황한 할멈은 처량한 표정을 지으며 넷째삼촌의 이름을 댔다. 아낙이 말했다. 일찌감치 돌아가셨지요. 고약한 급류에 쓸려가셨어요. 아바오가 물었다. 그게 무슨 뜻이에요? 할멈이 말했다. 강물

* 콜타르로 검게 칠해 방수 처리를 한 천막. 이를 이용해 지붕을 설치한 작은 배를 오봉선이라 부르기도 한다.

에 빠져 돌아가셨다는 말이야. 할멈이 울기 시작했다. 베이디는 놀라움을 금치 못했다. 아바오가 아낙에게 말했다. 아주머니, 이곳에 혹시 숙소가 있나요? 여관 말이에요. 아낙이 고개를 가로저으며 말했다. 이런 시골에 무슨 여관이 있겠어요. 아낙은 세 사람을 데리고 커다란 집 안으로 들어갔다. 몹시 낡고 허름한 집이었다. 아바오가 5위안짜리 지폐를 한 장 꺼내 내밀면서 말했다. 아주머니, 여기서 저녁을 먹을 수 있을까요? 지폐를 본 아낙의 두 눈에 불이 들어왔다. 할멈이 눈물바람을 하면서 돈을 빼앗고 말했다. 방값과 밥값을 더한다 해도 어떻게 5위안이나 받을 수 있어요? 1위안이면 충분하지. 아바오가 1위안짜리 지폐를 내밀자 아낙은 신바람이 나서 얼른 받아 옆에 있던 남편의 손에 쥐여주고는 밥을 준비하러 갔다. 잠시 후 밥상이 차려졌다. 매건채霉乾菜*와 매천장霉千張**, 소금물에 절인 푸른 채소, 그리고 한 사람 앞에 멀건 죽 한 그릇이 전부였다. 이를 본 베이디는 책가방을 뒤져 소다 비스킷을 꺼냈다. 아바오는 음식을 두 입 먹어보고 나서 더는 젓가락을 움직이려 하지 않았다. 할멈이 말했다. 얘들아, 여기는 시골이야. 이런 음식에 익숙한 건 나밖에 없는 것 같구나. 어렸을 때는 줄곧 이런 음식을 먹었으니까 말이야. 밥상 아래에는 닭과 개들만 어슬렁거렸다. 주위에는 남녀노소 농민들이 잔뜩 모여 시끌벅적했다. 모두들 그릇을 하나씩 들고 마음대로 드나들었다. 하나같이 밥을 먹으면서 얘기

* 장아찌의 일종으로 저장성 사오싱의 전통 음식.

** 두부의 일종으로 사오싱의 특산품.

를 주고받았다. 몇몇 어린애들이 베이디를 뚫어지게 쳐다보자 베이디가 애들에게 비스킷을 나눠주었다. 할멈이 말했다. 베이디야, 너나 잘 챙겨 먹어. 농부 아낙이 말했다. 지금은 시골 사정이 많이 좋아졌어요. 몇 년 전까지는 하루종일 일해도 곡물 한 근 먹기가 어려웠거든요. 그녀의 남편이 말했다. 오 년 전에는 이른아침 십 리 밖에 있는 완구춘萬古春 양조장에서 나눠주는 술지게미를 얻어먹기 위해 한밤중에 가서 줄을 서야 했어요. 매일 싸움이 벌어져 피가 터지기 일쑤였지요. 할멈이 말했다. 술지게미는 돼지 사료인데 그걸 사람이 먹으면 무슨 맛이 있겠어요? 모두들 밥을 먹으면서 온갖 얘기들을 주고받으며 서로를 쳐다보았다. 저녁식사가 끝나고 밥상을 치운 다음, 농부 아낙은 세 사람을 곁채로 안내해 쉬게 했다. 사람들은 밥그릇과 수저를 들고 이들을 따라오며 구경했다. 방안으로 들어가보니 구식 커다란 침대 하나밖에 없고 휘장도 전부 천으로 여기저기 기운 것이었다. 아낙이 말했다. 우선 주무시고 나중에 다시 얘기하지요. 할멈은 침대 가장자리에 앉아 탄식 같은 한숨을 내쉬며 말했다. 이런 곳에서 어떻게 잠을 잔단 말이에요? 나는 내일 아침 일찍 조상님 무덤에 갔다가 다시 상하이로 돌아가야 한단 말이에요. 아낙이 말했다. 그러시군요. 한데 문제는 주위의 모든 무덤들이 전부 평평하게 깔아뭉개졌다는 거예요. 할멈이 물었다. 뭐라고요? 우리 황黃씨 집안의 오래된 무덤은요? 농부 아낙이 말했다. 다 없어졌어요. 모여든 사람들이 집으로 돌아갈 준비를 하다가 무덤 얘기를 듣게 되었다. 나이든 농부 하나가 말했다. 정말로 하나도 남아 있지 않아요. 다 파버렸다고요. 할멈이 물었다. 뭐라고요? 그래도 황법皇法이란 게 있잖아요. 우리 집안의 오래된 무덤 안에는 황금이 잔뜩 들어 있단 말이에요. 도대체 누가 파낸 거예요? 주위에는 온통 비웃는 소리뿐이었다. 남자 하나가 나서서 말했다. 토지정리운동 때 전부 없애버렸어요. 땅속의 석곽까지 전부 깨뜨려 열고 석판은 도로포장에 사용했지요. 1958년에 풍작을 거두었을 때는 비료가 부족해지자 오래된 무덤을 전부 파내 죽은 사람들의 뼈를 태워 그 재를 비료로 사용했어요. 집안의 오래된 무덤도 이틀 동안 파내 평평하게 메워버렸어요. 할멈이 물었다. 그 안에 들어 있던 황금과 보물들은 어떻게 했나요? 시골 남자가 말했다. 그런 게 어디 있다고 그러세요? 썩은 관밖에 없었어요. 할멈이 갑자기 미끄러지듯 땅바닥에 주저앉아 울기 시작했다. 시골 남자가 말했다. 뭣 때문에 우시는 거예요? 정말 뼈 몇 조각밖에 없었다니까요. 할멈이 말했다. 우리 외할아버지랑 외할머니의 무덤은 풍수의 명당자리에 있었고 관도 금줄을 먹인 녹나무 관이었단 말이에요. 주위에서 또 일제히 비웃는 소리가 터져나왔다. 누군가 비아냥거리는 투로 말했다. 그럼 수정관도 있었겠네요. 할멈이 몸을 뒤집어 땅바닥 위를 이리저리 구르고 계속 울면서 말했다. 나반羅盤*이 정확하게 지정해준 아주 길한 묘혈이란 말이에요. 돌로 된 촛대와 영대靈臺가 있고 가마에 구워 만든 커다란 청벽돌이 깔려 있었단 말이에요. 우리 조상의 묘가 없어지게 돼버린 것은 전부 저의 불효예요. 수확이 풍작을 이루었으면 자손들이 삼 년을 여

* 풍수 전문가가 땅을 살필 때 사용하는 방향기.

묘廬墓*해야 마땅한데 저는 상하이로 가버렸으니까요. 어쩐지 꿈속에서 외할머니가 알몸의 물고기로 변해 슬픈 표정을 짓고 있더라고요. 베이디와 아바오가 할멈에게 다가가 몸을 부축해 일으키면서 말했다. 할멈, 일어나요. 어서 일어나라고요. 할멈이 말했다. 황금과 보물들은 어떡해! 죽은 것도 억울한데 황금을 전부 강탈당했네! 바로 이때, 비쩍 마른 한 노파가 들어와 할멈에게 말했다. 둘째동생, 누가 왔나 보게! 할멈은 눈을 떴지만 여전히 울고 있었다. 노파가 말했다. 둘째동생이 상하이로 일을 하러 간다고 하더니 도대체 얼마나 오래 일을 한 거야? 내가 자네 큰언니잖아! 할멈이 갑자기 울음을 그치고 일어서 앉았다.

아바오가 할멈을 부축해 침대 가장자리에 앉혔다. 베이디가 말했다. 할멈, 할멈! 노파가 다가와 할멈의 등을 토닥거려주었다. 할멈이 눈을 커다랗게 뜨고 노파를 쳐다보고는 한참을 헐떡거리더니 큰 소리로 외쳤다. 큰언니! 주위에 있던 사람들이 일제히 한목소리로 말했다. 다행이네. 정말 잘됐어! 큰언니가 말했다. 상하이 사람들이 이렇게 궁벽한 촌구석에 와서 이런 고생을 다 하네! 할멈이 말했다. 나는 큰언니도 물에 빠져 죽은 줄 알았어요! 큰언니가 말했다. 나는 명이 아주 질겨. 물에 빠졌을 때도 죽기 살기로 발버둥쳐 끝내 뭍으로 기어올랐지. 할멈이 말했다. 설마 황씨 가문 사람들이 다 죽고 큰언니만 남은 거예요? 큰언니가 말했다. 상하이에 둘째동생도 남아 있잖아. 게다가 상하이 손자 손녀도 있고 말이

* 무덤 근처에 지푸라기로 장막을 짓고 살면서 무덤을 지키는 일.

야. 할멈이 말했다. 내게 무슨 복이 있어서 손자 손녀가 있겠어요. 이애들은 상하이 주인집 애들이에요. 큰언니가 말했다. 나는 메이우에서 도망쳐온 지 육 년 됐어. 왕친望秦으로 도망쳐 살고 있는데 공교롭게도 우연히 이곳을 지나게 된 거야. 할멈은 아무 말도 하지 않았다. 큰언니가 말했다. 왕친은 여기서 그리 멀지 않아. 지금 당장 배를 타고 가볼래? 할멈이 손사래를 치면서 말했다. 안 갈래요. 어디도 가고 싶지 않아요. 할멈은 여기까지 말하고 나서 짐 보따리 앞에 꿇어앉아 잠시 뒤적거리더니 부강표 꽈배기를 한 묶음 꺼내 큰언니에게 건넸다. 할멈은 또다른 보따리를 풀어 적지 않은 물건들을 꺼냈다. 사람들 모두 다가와 이들을 둘러싸고 구경했다. 보따리 안에는 '영생寧生'이라고 불리는 커다란 폭죽과 '백향百响'이라고도 불리는 줄폭죽, '만지홍滿地紅'* 폭죽, 장정석박長錠錫箔**, 지전 몇 묶음, 황표지黃表紙***, 크고 작은 향촉, 라이터 몇 개가 들어 있었다. 할멈이 물었다. 우리 부모님과 외할아버지, 외할머니의 무덤이 있는 곳에 가문 묘지의 돈두墩頭****가 있었는데 아직 남아 있겠지요? 큰언니가 말했다. 전부 밭으로 변했어. 할멈이 말했다. 무덤을 찾지도 못하는데 이런 물건들을 어디에 쓸까요? 큰언니가 말했다. 태우지, 뭐. 내일 아침 일찍 공터를 하나 찾아 태우면 되잖아.

---

* 돌돌 말린 연발 폭죽으로 터질 때 허공에 붉은 종이 가루가 휘날려 땅바닥을 온통 붉게 물들여 이런 이름이 붙었다.

** 한쪽 면에 얇은 주석 막을 바른 종이를 한데 엮은 명지(冥紙).

*** 제사 지낼 때 쓰는 누런 종이.

**** 통나무를 짧게 자른 원주형의 의자 또는 받침대.

옆에 있던 사람 하나가 피식하고 웃었다. 큰언니가 말했다. 태우면서 경을 읽고 참회의 절을 올리면 조상님들이 받아주실 거야. 할멈이 차갑게 웃으면서 말했다. 뼈 한 조각 보이지 않고 전부 불에 타 재가 되어버렸는데 돌아가신 분들이 어디에서 장정석박을 받아주신단 말이에요. 큰언니는 아무 말도 하지 못했다. 할멈이 말했다. 관 속의 황금은 전부 파 갔겠군요. 외할머니의 황금은 다 어떻게 됐나요? 또 어떤 사람이 피식 웃었다. 큰언니가 말했다. 나도 황금이 있었다고 믿어. 또 어떤 사람이 깔깔대며 큰 소리로 웃었다. 큰언니가 말했다. 당시 우리 외할머니를 땅에 묻을 때는 분위기가 정말 대단했어. 장관이었지. 밤에는 촛불에 불을 붙이고 등불을 다 켰어. 이를 속칭 '요광耀光' 혹은 '불야不夜'라고 했지. 관 옆에는 휘장을 내걸고 모든 사람이 '백피白披'라고 부르는 흰 상복을 입었어. '향정香亭*을 내오고' 일명 '유류성幽流星'이라 불리는 혼번魂幡**도 세웠지. 우리 외할아버지가 와서 관 위에 씌운 덮개를 들추자 관 속에 외할머니의 얼굴이 드러나면서 갑자기 눈부시게 찬란한 금빛이 뿜어져나왔어. 머리칼은 금빛으로 단정하게 빗겨져 있었지. 금으로 된 실 같았어. 단지 몸에서는 금을 찾아볼 수 없었어. 할멈이 말했다. 황금은 줄곧 관 바닥에 깔아 잘 보관하고 있었어요. 밖에서 보면 보이지 않았지요. 우리 외할머니는 남경 천왕부에서 왔다니까요. 베이디가 힘껏 할멈을 밀쳤다. 큰언니가 말했다. 전부 그

* 제사나 장례를 지낼 때 쓰는 향로 따위를 놓아두는 화려한 정자.

** 장례를 지낼 때 영구(靈柩) 앞에 세워 죽은 이의 영혼을 부르는 깃발.

런 얘기구나. 할멈이 말했다. 나도 무슨 큰일이 벌어졌다는 건 알았지만 그게 바로 우리 황씨 집안의 오래된 무덤들이 전부 평평하게 깔아뭉개진 것이었네요. 옆에 있던 농부 아낙이 말했다. 황씨 집안의 오래된 무덤들은 사 년 전에 전부 논으로 변했어요. 아낙의 남편이 말했다. 땅속에서 아주 훌륭한 관이 하나 나오자 생산대대에서 회의를 열어 사람들에게 나눠주었지요. 관을 분해한 판자를 탁자를 만드는 데 쓰기도 하고 작은 배를 만드는 데 쓰기도 했어요. 농부 아낙이 말했다. 또다른 관이 하나 나왔는데 그 안에 이불이 한 채 들어 있었어요. 누군가 그걸 햇볕에 며칠 말려서 침대에 깔아 겨울을 났지요. 이 일로 의론이 분분했어요.

할멈이 말없이 눈물을 닦으며 농부 아낙에게 물었다. 오늘 아침과 밤에 시골 원유회가 열리지 않나요? 몇시까지 하나요? 주변에 있던 사람들은 이 말을 듣고 천천히 흩어져 돌아갔다. 큰언니가 탄식처럼 긴 한숨을 내쉬고는 세 사람과 함께 바닥에 잠자리를 깔았다. 밤새 아무도 말을 하지 않았다. 다음날 아침 일찍 할멈은 아바오와 베이디를 데리고 각화선에 올랐다. 큰언니는 주로 술을 만드는 데 쓰는 이 지방 특산 찰벼를 한 근 빌려 아바오에게 건네면서 가져가라고 했다. 큰언니가 할멈에게 말했다. 다시 상하이에 가면 천천히 일하도록 해. 할멈은 아무 말도 하지 않았다. 뱃사람의 두 발이 긴 노를 밟기 시작했다. 어기여차 소리와 함께 이내 배가 움직였다. 큰언니가 소리쳐 부르자 할멈은 강가의 큰언니를 바라보았다. 눈물은 한 방울도 흘리지 않았다. 세 사람은 배를 타고 커차오로 가서 곧장 기차에 올라 상하이로 돌아왔다. 돌아오는 길 내내 할멈은 창밖을 바라보면서 감상에 젖어 말했다. 정말로 연극에 나오는 창唱과 다르지 않구나. 가슴속 수심을 씻어내지 못하는 것은 나의 욕심 때문이네. 무덤으로 가는 배 안에서 사당祠堂을 지으니 벼와 밀이 안개처럼 오가고 모처럼 드물게 창포꽃도 피었지만 이제는 산음山陰현도 관여하지 않고 회계會稽현도 받아주지 않네. 아바오는 아무 말도 하지 않았다. 할멈이 말했다. 풍경은 조금도 변하지 않았어. 후이지산도 그대로이고 논과 뽕나무밭도 그대로야. 푸른 물은 눈을 밝게 해주고 푸른 산은 비장을 건강하게 해준다는 말이 있었지. 모든 것이 옛날 그대로야. 단지 가까운 집 앞을 지나면 안 좋은 냄새가 나는 것이 흠이지. 사람들 모두 얼굴이 누렇게 뜨고 몸이 비쩍 말랐어. 그 옛날 우리 외할머니가 남경에서 도망쳐 나올 때랑 똑같아. 베이디가 말했다. 그런 말 하지 마. 할멈이 말했다. 외할머니는 난리를 피해 도망쳐서 매일 연잎 물로 얼굴을 문질러 닦았어. 그래서 얼굴이 밀랍처럼 누런데다 몸에 똥을 뒤집어쓰고 있었지. 베이디가 물었다. 왜 그랬는데? 할멈이 말했다. 여자들은 못생기고 더러워야 태평한 법이야. 단지 남들이 나쁜 생각을 갖는 것이 두려울 뿐이야. 두부를 먹거나* 팔을 들어올리는** 것은 작은 일이지만 바지를 벗기거나 들판으로 끌고 가 몸을 더듬고 황금과 원보를 빼앗아가는 건 정말 큰일이거든. 베이디가 물었다. 두부

---

* 원문은 '吃豆腐'로 두부를 먹는다는 뜻이지만 여기서는 놀려댄다는 뜻의 은어로 쓰이고 있다.

** 원문은 '吊膀子'로 팔을 들어올린다는 뜻이지만 여기서는 이성에게 추파를 던진다는 뜻의 은어로 쓰이고 있다.

를 먹는다는 것과 팔을 들어올린다는 게 무슨 뜻이야? 할멈이 말했다. 당시 우리 외할머니는 남경에서 도망쳐온 터였어. 베이디가 할멈의 몸을 흔들면서 말했다. 할멈, 나 머리칼 속이 간지러워. 할멈이 베이디를 끌어당겨 머리를 자세히 살펴보고 나서 말했다. 이가 있는 게 분명해. 에이, 알 것 같다. 올해는 정말 기운이 좋지 않아. 올해는 조만간 큰일이 터질 거야. 아바오가 말했다. 그런 말 하지 마세요. 할멈이 입을 다물었다. 세 사람은 헛걸음만 하고서 고생 끝에 상하이로 돌아왔다.

한 달이 지나 베이디 엄마 아빠가 풀려나왔다. 할멈은 몹시 기뻤다. 다음날 할멈은 작은 재래시장에서 돌아와 문 앞의 조그만 화단에 앉았다. 때마침 아바오가 문을 나서고 있었다. 할멈이 아바오를 잡아끌면서 낮은 목소리로 말했다. 아바오, 앞으로 말 잘 들어야 해. 아바오는 아무 말도 하지 않고 베이디가 피아노 치는 모습만 바라보다가 문 앞으로 나갔다. 할멈이 아바오에게 다가가 낮은 목소리로 말했다. 할멈은 갈 거야, 정말로 떠날 거라고. 아바오가 베이디를 잘 보살펴야 해. 아바오가 물었다. 할멈이 어디로 간다는 거예요, 응? 아바오는 할멈이 정상이 아니라고 생각했다. 아바오는 몸을 일으켜 두 걸음 내디디다가 다시 고개를 돌려보니 할멈은 화원의 연못 옆에 얌전히 앉아 있었다. 겉으로 보기에는 아무렇지도 않은 것 같았다. 발밑에는 채소 바구니도 하나 놓여 있었다. 베이디는 이미 화원 안으로 걸어들어가고 있었다. 하지만 바로 그 순간 할멈이 갑자기 몸을 움직이지 않더니 몸이 옆으로 기울었다. 아바오가 곧장 달려가 할멈을 부축했다. 베이디도 황급히 달려와 큰 소리로 할멈을 불렀다. 할멈! 할멈! 이때 아바오는 한줄기 밝은 빛을 보았다. 물소리도 들렸다. 베이디가 소리쳤다. 할멈! 아바오가 할멈의 몸을 흔들었다. 하지만 할멈은 고개를 숙인 채 몸을 조금도 움직이지 않았다. 채소 바구니는 연못보다 조금 낮았다. 빛과 소리가 교차했다. 그날 할멈의 채소 바구니에는 붕어 세 마리가 들어 있었다. 할멈은 고개를 숙인 채 미동도 하지 않았다. 붕어 한 마리가 팔딱거리더니 몸을 날려 연못 속으로 튀어 들어가버렸다. 베이디가 큰 소리로 외쳤다. 할멈! 할멈! 하지만 할멈의 몸은 역시 움직이지 않았다. 두 눈도 굳게 감겨 있었다. 모두들 할멈을 구급차에 태워 병원으로 갔다. 의사가 베이디 아빠에게 말했다. 후사를 준비하셔야 할 것 같습니다. 베이디 엄마는 베이디를 데리고 집으로 돌아와서는 할멈이 사오싱에 들고 갔던 보따리를 열어 뒤져보았다. 안에는 수의 한 벌과 수혜壽鞋 한 켤레가 들어 있었다. 연잎 한 장과 연꽃 한 송이, 연꽃 봉오리 하나, 나비 한 마리, 잠자리 한 마리가 수놓여 있었다. 베이디 아빠는 즉시 셰차오斜橋 장례식장에 연락했다. 장례식장에서는 다음달부터 상하이에서 매장이 일절 금지된다고 말했다. 그러면서 지금 그곳에 마지막 관이 하나 남아 있는데 이를 사려면 당장 예약해야 하고, 할인된 가격이 50위안이라고 말했다. 아울러 다음부터는 무조건 화장을 해야 하기 때문에 정말 얻기 힘든 기회라고 덧붙였다. 베이디 아빠는 예약금을 내겠다고 하면서 염이 끝나는 대로 관을 장례식장에 며칠 놓아두겠다고 말했다. 그날 오후, 베이디 아빠는 서둘러 롄이산장聯義山莊으로 달려가 묘지를 물색했다. 밤중에 할멈의 목에서 가래를 제거했지만 혼수상태에서 깨어나진 않았다. 다음날 아침 일찍 베이디와 아바오가 일어나보니 연못에 붕어 한 마리가 들어 있었다. 베이디가 말했다. 할멈! 붕어가 가볍게 몸을 움직였다. 베이디가 손을 뻗어 물속에 담그자 붕어는 미동도 하지 않았다. 손으로 붕어의 배 아래쪽을 어루만져보았지만 그래도 붕어는 미동도 하지 않았다. 그러더니 잠시 후 헤엄쳐 베이디의 손을 빠져나갔다. 베이디가 말했다. 할멈, 기분좋지? 물고기가 헤엄을 치면서 한 바퀴 돌았다. 아바오는 아무 말도 하지 않았다. 셋째 날 이른아침, 연못 옆에는 온통 물고기 비늘이 가득했다. 검은색은 붕어 비늘이고 금황색은 금붕어 비늘이었다. 햇빛이 비치자 도처에 반짝이는 물체투성이였다. 물속의 금붕어와 붕어는 흔적도 남기지 않고 사라져버렸다. 바닥을 쓸던 아주머니가 말했다. 철사 덮개를 깜빡 잊었네. 들고양이가 몰래 들어와 화를 당한 게 틀림없어. 베이디가 말했다. 들고양이는 왕자니까 잘된 일이에요. 아주머니가 빙긋이 웃었다. 베이디가 말했다. 할멈은 헤엄쳐 도망친 거야. 밤 열두시 종이 울리자마자 달빛 아래로 들고양이가 금붕어와 민물 붕어를 입에 물고 황푸강 옆의 르후이日暉 항구로 가서 강물 속으로 들어가버린 거야. 아바오는 약간 오한이 났다. 베이디의 대답이 몹시 이상하다는 느낌이 들었다. 아바오가 말했다. 고양이는 물고기를 보면 재빨리 입으로 물고서 먼저 좌우로 몇 번 흔들지. 새끼 고양이는 물고기를 먹지 못해. 웃기는 얘기야. 고양이가 남쪽으로 몇 정거장을 뛰어간다는 것도 불가능한 일이야. 베이디가 말했다. 멍청하긴! 들고양이는 왕자님이 변신한 거라고. 금붕어랑 붕어 중 한 마리는 공주고 한 마리는 할멈이야. 그런 것도 몰라? 아바오는 아무 말도 하지 않았다. 베이디는 이 이야기를 하면서 얼굴이 환하게 빛났다. 눈동자가 보석 같았다. 황혼이 되자 두 사람은 다시 병원으로 갔다. 할멈이 갑자기 깨어나서는 수의를 전부 하나하나 정갈하게 개켜놓고 있었다. 할멈이 베이디 아빠를 보고는 입을 열어 말했다. 시골 여자가 성내에 들어와 보살님을 배알하면서 거듭 약속했어요. 열일고여덟 번이나 약속을 했지요. 창문을 열어보니 동쪽이 하얗게 밝아오고 있었어요. 안에는 청삼青衫을 입고 밖에는 달처럼 흰옷으로 가렸지요. 핏빛으로 붉어지도록 연지를 바르고 분을 물에 찍어서 눈처럼 하얗게 화장을 했어요. 머리 가득 비취와 진주를 달고 전부 구리로 땜을 했지요. 송진 색깔의 마노를 목에 걸고는 밀랍이라고 속였어요. 베이디 아빠는 놀라움을 금치 못했다. 할멈이 말했다. 난 다 나았어요. 따뜻한 유조가 먹고 싶네요. 아바오는 이것이 회광반조回光返照* 임이 틀림없다고 생각했다. 황급히 유조를 사러 나갔지만 한밤중에 상하이 어디에서 유조를 살 수 있단 말인가? 병실로 돌아와보니 할멈은 상태가 많이 좋아져 빙긋이 웃고 있었다. 뜻밖에도 몸이 점차 회복되고 있었다. 일주일이 지나 할멈은 퇴원했다. 이에 따라 베이디 아빠는 관을 반품하고 묘지도 취소하는 수밖에 없었다.

* 해가 지기 직전에 잠시 빛나는 현상으로, 사람이 죽을 때가 되면 잠시 정신이 맑아지는 것을 가리킨다.

# 8장

## 1

가을 어느 날, 미스 왕이 리리에게 전화를 걸어 창수에서의 활동 일정에 관해 물었다. 리리가 망설이다가 말했다. 모두를 초청해 바람을 좀 쐬고 싶은 생각은 확실하지만 최근에는 정말 너무 바빠졌어요. 미스 왕이 말했다. 난 오래 기다릴 수 없어요. 리리가 말했다. 좀더 생각해볼게요. 미스 왕은 최근에 형편이 좋은가봐요. 미스 왕이 말했다. 칠 년의 간지러움*이지요. 리리가 웃으면서 말했다. 어디를 가든지 저는 결혼이 하고 싶었어요. 남자들이 가져다주게 될 고통은 찾지 못했죠. 미스 왕이 말했다. 이번에 창수에 가면

* 미국 영화 〈7년 만의 외출〉에서 유래한 말로 남녀의 사랑은 칠 년이 지나면 위험한 단계로 접어들게 된다는 뜻.

저는 남편을 데리고 가지 않을 생각이에요. 리리가 말했다. 캉 사장과 부인을 보세요. 두 사람은 서로 얼마나 사랑과 관심이 넘치는지 어디든 같이 다니잖아요. 미스 왕이 말했다. 지금 제게는 자유가 필요해요. 좀 홀가분해지고 싶거든요. 어제 얼굴을 하러 갔더니 서비스하는 아가씨가 제 얼굴에 주름이 두 줄 늘었다고 그러더군요. 리리가 말했다. 그런 장사방법을 믿어요? 좋아요, 창수에 가는 게 확정되면 곧바로 알려줄게요. 미스 왕이 전화를 끊었다. 리리는 잠시 앉아 있다가 아바오에게 전화했다. 요즘은 정말 골치 아파 죽겠어요. 창수의 쉬 사장이 줄곧 저를 감시하면서 놓아주질 않아요. 하루에도 세 번 이상 전화를 한다니까요. 아바오가 말했다. 즈전위안에 손님을 몰아다주는 일이 쉽지 않은 모양이죠. 리리가 말했다. 저를 죽어라고 감시하면서 놓아주질 않는다니까요. 무슨 뜻인지 알겠지요? 아바오가 웃으면서 말했다. 쉬 사장의 그런 모습은 나쁜 게 아니에요. 나이가 좀 많은 게 흠이죠. 리리가 말했다. 맨 처음에는 그런대로 점잖았어요. 제 장사를 잘 보살펴주었지요. 적지 않은 사람들을 데리고 와서 식사하곤 했으니까요. 그러면서 계속 창수에 한번 놀러오라고 했어요. 친구들을 여럿 데리고 와도 좋다면서요. 하지만 최근에는 한밤중에도 전화를 해서 터무니없는 태도를 보인다니까요. 아바오가 빙긋이 웃었다. 리리가 말했다. 상하이에 한 번 올 때마다 식사를 여러 테이블 주문했어요. 그런데 술만 마셨다 하면 취하고, 취했다 하면 이런저런 말이 많아진다니까요. 창수의 재산은 전처가 낳은 두 아이까지 포함해서 전부 저 리리에게 넘기겠대요. 징그럽잖아요. 아무래도 좀 지나친 것 같아요. 아바오가 말했다. 이상하게 생각할 것 없어요. 나이든 남자가 한 여자를 좋아하게 되면 두 무릎을 땅에 대고 꿇어앉아 팔백여든여덟 송이 장미를 바치지 않는 것만 해도 천만다행이죠. 리리가 말했다. 저는 지금 진지하게 고민을 얘기하는 거란 말이에요. 아바오 씨가 제게 농담을 하면서 이런 꽃 얘기까지 하면 제가 좋아하지 않으리라는 걸 잘 아시잖아요? 아바오가 말했다. 남자로서 저는 쉬 사장을 이해할 것 같습니다. 리리가 한숨을 쉬면서 말했다. 제가 좋아하는 남자들은 가까이는 바로 눈앞에 있고 멀리는 저 하늘 끝에 있어요. 아바오는 아무 말도 하지 않았다. 리리가 말했다. 게다가 지금은 모르는 척하고 있지요. 정말 미워요. 아바오는 여전히 말이 없었다. 리리가 말했다. 저는 그래서 창수에 가고 싶지 않은 거예요. 하지만 방금 미스 왕에게서 전화가 왔어요. 꼭 가고 싶다고요. 게다가 남편은 데려가지 않고 자기 혼자 가서 자유롭게 시간을 보낼 생각이래요. 아바오가 말했다. 창수에 가서 자유를 누리겠다는 것은 양이 호랑이 입에 들어가겠다는 것이나 마찬가지예요. 자발적으로 찾아가 쉬 사장에게 억류당하겠다는 것이죠. 나쁘지 않군요. 리리가 큰 소리로 천천히 말했다. 결혼한 여자이긴 하지만 충분히 쉬 사장의 눈길을 끌 수 있겠지요. 쉬 사장이 그녀를 좋아하게 될 거예요. 아바오가 말했다. 그건 장담하기 어려울 것 같네요. 미스 왕도 미모가 뛰어난데다 섹시하기까지 하잖아요. 리리가 웃으면서 말했다. 아바오 씨가 여자에 대해 좋게 말하는 건 아주 드문 일인 것 같네요. 아바오가 말했다. 늙은 남자의 시각에서 말하자면, 미스 왕은 충분히 멋진 여자예요. 리리가 말했다. 됐어요, 그만하세요. 저는 애당초 그건 걸 가지고 질투하는 사람이 아니에요. 아바오가 말했다. 쉬 사장의 여비서 쑤안蘇安은 나이가 좀 있다고 하더군요. 예전에 들은 바로는 그래요. 리리가 단호하게 말했다. 쉬 사장의 사적인 일에 관해서는 그만 얘기하지요. 아바오는 얼른 입을 다물었다. 리리가 말했다. 이번에 제가 여자 친구들을 많이 데려갈 테니까 모두 함께 가도록 해요. 사람이 많으면 목표물도 많아지잖아요. 쉬 사장이 제멋대로 말하고 행동해도 제가 신경쓰지 않을 수 있지요. 아바오 씨는 어때요? 저랑 같이 가실 거죠? 아바오가 말했다. 뭐라고요? 그 양반은 미녀들을 잔뜩 초대해서 함께 대갑게를 먹으려는 생각일 텐데 남자인 내가 거길 뭐하러 갑니까? 리리가 말했다. 아바오 씨가 간다고 약속해야 저도 갈 거예요. 저를 도와주는 셈 치세요. 아바오가 말했다. 목표물을 바꾸고 물을 흐리게 하려는 의도로군요. 리리가 웃으면서 말했다. 저는 일절 상관하지 않을 생각이에요. 아바오가 웃으면서 말했다. 그럼 저도 가는 걸로 하지요. 하지만 먼저 한 가지 분명하게 해두고 싶은 게 있습니다. 만일 쉬 사장이 정말로 다른 사람들과 이리저리 복잡하게 얽히더라도 리리 씨는 절대 질투하면 안 돼요. 리리가 웃으면서 말했다. 쓸데없는 얘기는 하지 마요. 그럴 리가 있겠어요?

## 2

11월의 첫번째 토요일, 창수에서 이베코 차량이 한 대 도착했다. 사람들은 아침 여덟시 반에 인민광장에 모여 차에 올랐다. 이날 날씨는 무척 좋았다. 아바오가 광장 옆에 도착해보니 햇살은 따스하게 빛났지만 바람은 비교적 차가웠다. 가을 나무의 노란 잎사귀들이 스산한 모습으로 눈에 가득 들어왔다. 멀리 차 앞에 있는 리리와 미스 왕, 미스 장, 미스 우, 북방에서 온 미스 친秦 등이 보였다. 원앙인 듯 제비인 듯 하나같이 화려하고 아름다운 모습이었다. 아바오는 시 한 구절이 떠올랐다. 산과 강은 드넓은데 여인들의 화장은 새롭고 아름답구나. 샤오마오가 비스듬하게 베낀 사詞의 한 구절이었다. 산 밖에 또 푸른 산이 펼쳐지네. 하늘과 바다 끝을 어찌 알겠는가? 해마다 똑같이 혼자 말을 타고 돌아다니며 꽃과 열매를 즐기다 새로 난 싹이 숲이 된 것을 보고 적이 놀라움을 금치 못하네.* 아바오는 마음속으로 웃음을 금할 수 없었다. 모두들 자리잡고 앉자 차는 곧장 창수를 향해 출발했다. 미스 왕은 아바오를 보더니 즉시 그를 홍창칭洪常青**이라는 존칭으로 불렀다. 아바오가 빙긋이 웃었다. 미스 왕이 말했다. 이제 당대표께서 오셨으니 본격적으로 의논을 시작해야겠군요. 지금 차 안에 있는 사람들 가운데 누가 우치웅화吳瓊花*** 역할을 맡고 누가 여자 중대장을 맡을 건지 말이에요. 아바오가 말했다. 그런 비유를 들어 말하니까 정말 웃기네요.

---

* 송나라 사인 이둥의 작품 「풍입송」의 일부. 여기서 흔히 쓰는 '天南地北' 대신 '天南海北'을 인용한 것은 톈진과 난징, 상하이, 베이징 등 중국의 4대 도시를 상징하기 위한 의도임을 유추할 수 있다.

** 영화 〈홍색낭자군〉의 남자 주인공.

*** 〈홍색낭자군〉의 주인공으로 그 시대에 지주와 토호신사들에게 온갖 모욕과 착취를 당하는 노예 여성의 화신이다.

그럼 창수에 있는 쉬 사장은 난바톈南霸天*이겠군요. 리리가 웃으면서 말했다. 너무 복잡해요. 그럼 기사 아저씨는 백마 한 필을 몰고 가는 샤오팡小龐인가요? 아바오가 말했다. 창수에 있는 쉬 사장의 호화저택은 난바톈의 야자수 숲 울타리인 셈이네요. 너무 예의 없는 비유 아닌가요? 기사가 웃었다. 미스 왕이 말했다. 사람으로 산다는 것 자체가 혁명을 의미합니다. 이런 것도 모르면서 과거에는 문밖에 나와 혁명 활동이란 토호를 타도하고 전단을 뿌리는 것이라고 생각했지요. 지금은 여자들이 더이상 큰 칼을 메거나 권총을 차고 다니는 일은 없어요. 그저 예쁘게 화장하고 연지를 바르고 몸을 꼬면서 교태를 부리기만 하면 되지요. 말하면서 한 번씩 웃어주면 상대가 완전히 쓰러지거든요. 아바오가 말했다. 그건 혁명을 너무 왜곡하는 말인 것 같군요. 혁명이론에 관한 책에 따르면 누구나 엄마의 뱃속에서 나올 때부터 혁명이 시작된다고 합니다. 모든 것이 혁명의 경험이고 몸이 곧 혁명의 밑천이 되는 것이지요. 책을 읽고 글을 쓰는 것, 손님을 초대하여 함께 식사하는 것 등을 포함하여 생활 전부가 혁명이라는 겁니다. 나가서 혁명적 활동에 한 번 참여하는 것도 혁명의 임무를 수행하는 것이겠지만요. 미스 왕이 말했다. 헛소리는 그만하시고, 지금은 우선 창칭 동지를 모시고 지시를 듣도록 하겠습니다. 중요한 것은 여성 간부와 여전사를 뽑는 일입니다. 일단 창칭 동지께서 거명하시면 어떤 쟁론도 불가능하고 말다툼은 더 허용되지 않습니다. 자신에게 이로운 쪽으로 인선

* 〈홍색낭자군〉에 등장하는 악역으로 하이난(海南)의 악덕 지주다.

을 주장해서도 안 되고요. 아바오는 아무 말도 하지 않았다. 차 안에 탄 일고여덟 개의 입이 아바오에게 빨리 말할 것을 요구하고 있었다. 아바오가 주저하면서 말했다. 제가 생각해보니 이 영화는 정말 고통스러운 영화였던 것 같습니다. 등장인물들이 전부 죽도록 고생만 하잖아요. 창칭 동지는 결국 불에 타 죽고 재가 되고 말지요. 정말 불쌍해요. 리리가 말했다. 모든 것을 조직의 결정에 따르기로 해요. 조직에서 모든 책임자를 지명하는 겁니다. 아바오가 물었다. 그걸 꼭 제가 해야 하나요? 미스 왕이 말했다. 어서 말씀하세요. 아바오가 잠시 생각에 잠겼다가 입을 열었다. 그럼 리리 씨가 우치옹화 역을 맡고 미스 왕이 여성 중대장을 맡기로 하지요. 나머지 세 분 미녀께서는 낭자군 전사 갑, 을, 병이 되는 겁니다. 그러면 되겠죠? 한순간에 차 안이 조용해지더니 이내 의론이 분분했다. 리리가 말했다. 제 운명도 너무 고달픈 것 같아요. 처음에는 하녀가 되어 매일 주인어른을 위해 얼굴을 닦아주고 목욕을 시켜주면서도 걸핏하면 채찍으로 맞고 밧줄에 묶인 채 구타를 당하다가 죽지요. 저는 차라리 조반造反을 하고 말겠어요. 미스 왕이 차갑게 웃으며 말했다. 가장 중요하고 화려한 여주인공 역할을 맡았잖아요. 약간 힘들긴 하지만 그래도 제법 멋진 역할이라고요. 저처럼 중대장을 맡는 게 무슨 의미가 있겠어요? 정말 더 영락하고 싶지 않아요. 제게는 거들먹거리는 기질이 있어요. 아주 거칠단 말이에요. 이 말에 아바오가 입을 열어 약간의 보완을 시도하려는 순간, 미스 장이 먼저 입을 열었다. 상부에 있는 사람들은 정말로 우리 같은 하층 사람들의 고충을 알지 못하는군요. 하층 여자가 되면 어려운 일은 하늘이 허락하는 것이고 쉬운 일은 자신이 취하는 것이 되지요. 제가 이렇게 깃발을 든 선봉장 역할을 하는 데 무슨 명분이 있겠어요? 정식 이름도 갖지 못하고 첩만도 못한 신세로 이리저리 떠돌아다니는 게 전부지요. 버려진 천처럼 이리저리 굴러다니다가 한약방 탁자를 닦는 데나 쓰이겠지요. 아바오가 말했다. 다들 보셨죠? 이제 알겠어요. 말을 했다 하면 하나같이 안 좋은 얘기만 쏟아낸다는 걸 말이에요. 리리가 빙긋이 웃으면서 말했다. 북방에서 온 미스 친은 너무나 우아하시네요. 상하이 속담에 여자가 연극을 하려면 죽도록 고생하는 역을 맡아야 한다는 말이 있어요. 그러지 않으면 아무도 거들떠보지 않는다는 뜻이지요. 미스 우가 말했다. 그 점에선 궁리鞏俐*가 가장 탁월하지요. 온통 고달픈 역만 도맡아 하잖아요. 사람들의 눈물을 짜내기 위해 고달픈 운명의 여인이 되어야 하지요. 한밤중까지 자다가 옆에 있는 영감이 한 번 하자고 덤비면서 꼬집고 깨물고 때리기까지 하잖아요. 울고불고 난리를 치다가 온몸이 멍투성이가 되어 집밖으로 쫓겨나기도 하고요. 미스 장이 참지 못하고 입을 열었다. 궁리 같은 얼굴은 시골 여자 역에나 어울려요. 정말로 죽도록 고생만 할 상이지요. 그렇게 고생하면서 손수건이 열 장이나 젖도록 흐느끼죠. 눈에만 고생한 흔적이 가득한 것이 아니라 머리칼까지 한 가닥 한 가닥이 전부 고생의 자국인 사람은 샹관윈주上官雲珠**밖에 없었어요. 하지만 고생

* 영화 〈붉은 수수밭〉 〈국두〉 〈홍등〉 등으로 알려진 배우.

** 1920년에 태어나 1968년에 요절한 배우.

에도 맛이 있어야 해요. 고통 속에 약간의 애교가 섞여 있어야 사람들에게 아쉬움을 남기게 되죠. 나이든 남자들은 이런 유형을 가장 좋아하거든요. 미스 우가 말했다. 아닐걸요. 월극越劇의 황후 위안쉐펀袁雪芬이 최고일 거예요. 아바오가 말했다. 여자들의 요구는 너무 높군요. 너무나 만족할 줄 몰라요. 젊고 예뻐야 하는데다 또 고생은 싫어하니까 아마도 오래전 영화 〈출수부용〉*에 나오는 것처럼 마냥 먹고 놀면서 노래나 부르고 춤이나 추는 게 전부겠네요. 리리가 말했다. 아니에요. 여자는 얼굴에 웃음이 가득하고 항상 즐거운 모습을 보일수록 패를 뒤집어보면 더 고통스럽고 뱃속에 쓴물이 가득한 경우가 많아요. 기사가 끼어들면서 말했다. 쉬 사장님 방에 오래된 구식 영사기가 두 대 있습니다. 옛날 영화도 아주 많지요. 슬프고 가슴 아픈 영화도 많아요.

모두들 가는 길 내내 요란하게 토론을 벌였다. 차가 창수에서 멀리 떨어진 교외의 쉬 사장 저택에 도착한 것은 이미 열한시를 알리는 종이 울린 뒤였다. 눈앞에 3진進**양식의 강남 고택이 한 채 나타났다. 뒤로 산을 기대고 있는 저택은 푸른 기와가 담장을 덮고 있고 앞에는 연못이 하나 있었다. 쉬 사장은 나이가 예순에 가까웠고 몸집은 보통이었으며 영락없는 상하이 사투리만 구사했다.

---

* 서로 다른 배경을 가진 여학생들이 코치의 지도하에 수많은 곡절을 이겨내는 상황을 그린 영화.

** 집이나 건물이 줄을 지어 늘어선 것, 혹은 그 늘어선 집 사이에 있는 정원을 세는 양사(量詞). 즉, 마당이 딸린 건물이 한 채 더 있었다는 의미다.

옆에는 저장성 출신 친구인 딩丁 사장과 마흔 전후로 보이는 여비서 쑤안이 함께 서 있었다. 차가 완전히 멈추자 리리가 아바오에게 먼저 차에서 내리라고 말했다. 쉬 사장이 다가와 악수를 청했다. 리리가 차에서 내리자 쉬 사장이 친절하게 악수를 청하면서 귓가에 대고 뭔가 말을 하려 했다. 리리가 가볍게 몸을 피하면서 주변에 있는 사람들을 소개했다. 모두들 줄줄이 집안으로 들어섰다. 딩 사장이 집을 소개했다. 이 저택은 원래 대지주의 재산이었습니다. 조상이 2품 관원이라 원래는 1진이 더 있었지요. 대문에는 깃대가 있고 돌사자도 있었지만 인민공사人民公社 시기에 전부 없어졌습니다. 쉬 사장이 이 집을 구입한 뒤로 여러 차례 보수공사를 한 결과 지금은 가장 표준적인 사수귀당四水歸堂*의 저택이 되었지요. 고대 건축의 형식을 가미하여 대문 영벽影壁**은 안후이安徽에서 제작해 옮겨왔습니다. 첫번째 진의 천정은 그윽한 조화를 이루고 있고 대청 한가운데 걸린 대련도 빠질 수 없는 중요한 장식이지요. 기다란 탁자 위에는 관례에 따라 남경종南京鐘***과 삽병插屏**** 등이 가운데 놓여 있고 그 옆에 옥으로 된 여의如意가 하나 자리하고 있습니다. 바로 옆에는 관요官窯의 커다란 자기병이 한쌍 세워져 있고

* 저장 강남 민간주거 특유의 평면배치 방식으로 건물의 구조가 긴밀하고 마당의 면적이 큰 비중을 차지하지 않아 적당한 인구밀도를 유지할 수 있다. 약간의 농지가 딸려 있는 것이 특징이다.

** 대문 밖에서 마당이 훤히 들여다보이지 않도록 막아 세운 가림벽.

*** 명나라 말기에서 청나라 초기에 중국 최초로 서양의 괘종시계를 모방하여 개조한 시계.

**** 책상 위에 놓는 장식용 병풍이나 벽에 세로로 거는 유리 액자.

팔선탁과 등받이 없는 홍목 의자가 몇 개 놓여 있지요. 좌우의 곁채는 전부 너비가 4미터고 대들보는 아주 깊고 그윽한 헐산歇山식을 채택했습니다. 이 곁채들은 서양식 소파를 갖춘 객청과 긴 탁자가 놓인 회의실, 정통 안마방 등으로 사용됩니다. 안마방에는 보일러 설비와 일본식 욕조, 사우나 마사지 시설 등이 두루 갖춰졌지요. 위층의 객방 다섯 칸은 1930년대 상하이 중산층의 풍격으로 조성되어 세면대와 화장대, 미인선, 흔들의자, 아편탑* 등을 구비하고 있지요. 또한 구식 선풍기와 월빈패 달력도 빠지지 않고요. 뒤쪽 천정에는 작은 연못이 하나 자리하고 방안에는 포켓당구대와 탁구대, 마작실, 시청각실, 작은 댄스룸, 드레스 룸 등이 두루 갖춰져 있습니다. 마지막 1진 천정의 동쪽 담장에는 육각 비첨飛檐의 작은 공연무대가, 서쪽 담장에는 낭붕廊棚**으로 차를 마실 수 있는 등나무 의자와 탁자가 마련되어 있습니다. 대청 중앙의 대련은 보는 사람들의 눈을 즐겁게 해주지요. 독일제 팔음종八音鐘 괘종시계와 산수석 골동병풍, 관요의 분채병粉彩瓶 등이 좌우 여기저기에 배치됐고 방 한가운데 식사용 원탁이 놓였으며 원탁을 빙 둘러 관모의官帽椅***가 있지요. 곁채에는 화실和室****과 서양식 식당이 갖춰져 있습니다. 위층이 주인의 거처이고 방 뒤로는 곧장 대형 주방이 연결되어 있지요. 3진의 건물을 연결하는 통로는 전부 푸른 벽

* 아편을 흡입하기 위한 다양한 도구가 갖춰진 침대.

** 지붕과 기둥이 갖춰진 긴 통로.

*** 팔걸이와 등받이가 달린 중국식 전통 목제가구.

**** 일본 전통 양식으로 인테리어를 한 방.

돌로 마감됐고 구석구석에 각종 화초가 심겨 있거나 분재들이 흩어져 있습니다. 발길이 닿는 곳마다 탁자와 칸막이, 다양한 무늬가 아로새겨진 나무 창살, 꺾어지는 주랑 등이 이어지고 곳곳에 청아한 소재의 청동기들이 놓였지요. 아바오가 푸른 녹이 잔뜩 슬어 있는 기물을 하나 만져보았다. 쉬 사장이 말했다. 그건 고觚*라고 하는 물건입니다. 지금 5성급 호텔에도 싸구려 화병을 바닥에 접착제로 붙여놓지만 이곳의 물건들은 마음대로 집어들고 보실 수 있습니다. 아바오가 물었다. 안전에는 문제가 없나보군요? 쉬 사장이 말했다. 오랫동안 여기서 일해온 아주머니가 계세요. 원예 장인과 주야로 교대 근무하는 경비원도 네 명 있고요. 상하이에서 친구분들이 오면 특별히 유명 요리사를 초빙하고 현지 친구들이 올 때는 양식 조리사를 부릅니다. 모든 일을 쑤안에게 맡겨서 준비하지요. 쑤안이 빙긋이 웃었다. 리리가 말했다. 쑤안 씨가 여주인인 셈이군요. 쑤안이 공손한 어투로 말했다. 저는 하인의 운명이에요. 아바오가 말했다. 도처에 귀중품들을 소장하고 계시네요. 쉬 사장이 말했다. 전 그저 라오딩老丁**의 소장품들을 빌려 쓰고 있는 것뿐이에요. 딩 사장이 빙긋이 웃으면서 말했다. 제겐 골동품이 아주 많습니다. 서북 지방 두 성省에 있는 창고 여기저기에 가득 보관하고 있지요. 미스 왕이 감격하여 말했다. 저는 정말 골동품이 되고 싶었는데 바로 이곳을 제 자리로 삼으면 되겠네요. 쑤안은 아무 말

* 몸통이 사각 또는 팔각으로 된 옛날 술잔.

** 성 앞에 '라오(老)'를 붙여 친근하게 부르는 말로 여기서는 딩 사장을 가리킨다.

도 하지 않았다. 쉬 사장이 말했다. 저는 다섯 분 모두를 전부 간절히 원합니다. 다섯 분 모두 골동품으로 변하게 해드리지요. 모두들 준비되셨나요? 지금부터 입김을 불도록 하겠습니다. 변해라, 쉭!

쉬 사장이 대청을 가리키며 주문을 외쳤지만 연기와 불이 번쩍이는 그런 기적은 일어나지 않았다. 맞은편 흰 벽 아래 놓인 긴 탁자 위에 청동기 다섯 점이 나란히 놓여 있었다. 리리가 물었다. 다섯 점의 구리 화병은 무얼 의미하나요? 딩 사장이 말했다. 이건 화병이라고 하지 않고 준尊*이라고 부릅니다. 모두들 자세히 살펴보았다. 동준銅尊들이 단정하게 진열되어 있었다. 크기와 모양은 제각각이지만 하나같이 초록색 녹이 슬어 있었다. 쉬 사장이 물었다. 이 보물들 정말 멋지지 않나요? 미스 왕이 대답했다. 네, 아주 멋지군요. 쉬 사장이 말했다. 라오딩은 농담하지 말라고 하지만 저는 줄곧 이 청동기 다섯 점이 고대의 다섯 미녀가 변한 것이라고 생각해왔어요. 딩 사장이 말했다. 쉬 사장이 농담하는 겁니다. 상주商周의 동준은 미녀들과 아무런 관계도 없어요. 리리가 말했다. 딩 사장님의 해석이 있어서 다행이네요. 그렇지 않았다면 우리 모두 밤중에 자다가 놀라서 내일 아침에는 전부 몸이 움직이지 않는 상태로 탁자 밑에 나란히 꿇어앉아 있게 될지도 모르잖아요. 평생 사람들이 마음껏 구경하고 만지도록 말이에요. 쉬 사장이 웃으면서 말했다. 그럼 제가 한 점을 줄이도록 하겠습니다. 네 점이면 되겠죠? 미스 장과 미스 우가 손사래를 치면서 말했다. 전 싫어요, 싫어. 도

* 중국 상주 시대에 술을 담을 때 쓰이던 대형 청동기.

저히 견딜 수가 없군요. 미스 왕이 침울한 얼굴로 말했다. 농담도 알아듣지 못하겠네요. 저는 차라리 화병이 될래요. 화병이 되는 게 뭐 어때서요? 종추홍鍾楚紅*도 화병이지요. 관즈린關之琳**과 리자신李嘉欣***도 화병인 셈이고요. 구리 화병이든 자기 화병이든 여자로서 그런 위치에 있는 것이 뭐가 나쁘겠어요? 모두 웃음을 터뜨렸다. 쉬 사장이 감탄을 금치 못하며 말했다. 정말 탁월한 성품이십니다. 보아하니 미스 왕을 알아보는 남자는 많지 않을 것 같군요. 리리는 아무 말도 하지 않았다. 미스 왕이 부끄러워하는 표정으로 말을 받았다. 쉬 사장님만 저를 알아주시면 돼요. 쑤안은 아무 말도 하지 않았다.

이때 일하는 아주머니가 와서 알렸다. 식사가 다 준비되었습니다. 모두들 식당으로 몰려갔다. 쉬 사장이 상석에 앉으면서 리리에게 옆자리를 권했다. 리리가 미스 왕에게 자리를 양보했지만 두 사람은 한참을 서로 고사하면서 앉으려 하지 않았다. 딩 사장이 말했다. 옆에 앉는 사람이 가장 믿고 의지하는 사람이라고 하잖아요. 미스 왕이 얼른 자리에 앉았다. 리리는 하는 수 없이 그 옆에 앉으면서 자연스럽게 아바오를 끌어당겨 옆자리에 앉혔다. 그 옆에는 미스 장이 앉았다. 리리가 딩 사장에게 말했다. 음양이 맞지 않네요. 남자 셋에 여자가 여섯이나 되잖아요. 딩 사장이 미스 왕 옆에 앉고 그 옆에 미스 장과 미스 우, 미스 친이 줄줄이 이어서 앉았

* 홍콩의 배우.

** 홍콩의 유명 가수 겸 배우.

*** 홍콩의 유명 모델 겸 배우.

다. 쑤안은 맨 끝자리를 고수했다. 자리 배치가 끝나자 일하는 아주머니들이 냉채 여덟 가지와 열채 여덟 가지를 하나하나 상에 올렸다. 규화계叫化雞*와 과유계鍋油雞**, 출골도어구出骨刀魚球***, 부용해두芙蓉蟹鬥****, 백즙서로순첨白汁西露筍尖*****, 청탕독폐清湯禿肺****** 등이었다. 쉬 사장이 찻잔을 들면서 말했다. 미녀들이 구름처럼 모여 있군요! 리리가 말했다. 웃으시는 모습이 꼭 술을 드신 것 같네요. 쉬 사장이 말했다. 리리 씨가 전화로 신신당부했지요. 술을 마시는 건 안 된다고 말이에요. 특히 경화硬貨*******는 절대 안 된다고 했어요. 미스 왕이 물었다. 경화가 뭔가요? 딩 사장이 말했다. 백주白酒를 말하는 겁니다. 쉬 사장이 말했다. 만약에 제가 그러겠다고 약속하지 않았더라면 리리는 여기 오려고 하지 않았을 거예요. 저로서는 그저 매상만 올려줄 뿐이지요. 정말로 이치에 맞지 않아요. 상하이 즈전위안에는 온갖 술이 넘쳐나면서 여기서는 누구나 차만 마셔야 하니까 말이에요. 리리가 말했다. 음식점에서 술을 팔지 않아도 장사를 할 수 있어요. 쉬 사장이 말했다. 저는 모든

---

* 연잎에 싸서 찐 통닭.

** 기름에 튀긴 닭 요리로 장쑤의 전통 음식.

*** 가시를 발라낸 갈치 완자.

**** 상하이 지역의 유명 음식으로 찐 게살과 달걀 흰자위를 거품 형태로 만든 다음, 이를 흰 부용꽃처럼 성형한 것.

***** 생선살, 새우, 돼지고기, 죽순 등을 주요 재료로 하는 고급 술안주 요리.

****** 청어 간과 콩, 버섯 등 다양한 재료를 넣고 끓인 국물 요리로 장쑤의 토속 음식.

******* 동전이나 가격이 높은 물건을 뜻하기도 하지만 여기서는 알코올 도수가 센 술을 의미한다.

걸 리리 씨의 말에 따르겠습니다. 술을 마시지 않는 것에 동의합니다. 리리가 말을 끊었다. 술을 마시고 제멋대로 취해버리면 어떻게 대화가 가능하겠어요? 미스 장이 말했다. 이곳은 아주 고상한 곳이잖아요. 박물관처럼 말이에요. 미스 우가 말했다. 현지의 음식을 먹을 때는 차를 마시는 게 더 유리해요. 쑤안이 말했다. 제가 소개하겠습니다. 이 백즙서로순첨은 현지의 중화민국 시기 음식이에요. 먼저 죽순을 얇게 썰어서 돌돌 말아 생선과 새우 살을 싼 다음, 돼지기름을 약간 넣고 증롱에 넣어 쪄내지요. 거기에 죽순과 채소 줄기, 진투이金腿* 등을 잘게 썰어 넣고 전분을 풀어 걸쭉하게 끓인 거예요. 미스 왕이 말했다. 맛있네요. 쉬 사장이 듣고는 식탁의 회전판을 돌려 이 음식이 미스 왕 앞에 멈추게 하고 나서 말했다. 이 사회에서는 모든 사람들이 돼지기름과 비계를 싫어하기 때문에 요리사가 좀 덜 넣은 겁니다. 솔직히 말하자면 여인들의 피부가 하얘지려면 돼지기름과 비계를 아주 많이 먹어야 하지요. 미스 왕이 말했다. 놀랍네요. 그런 얘긴 처음 듣거든요. 쉬 사장이 말했다. 제 친구 중에 원로 한의사가 하나 있어요. 그 친구에게는 조상 대대로 전해내려오는 피부미용의 비방이 한 가지 있죠. 몇 가지 좋은 약재에 흑돼지의 비계를 섞어 환으로 만든 거예요. 시험삼아 세 첩을 먹어봤더니 랑콤 화장품보다 더 효과가 좋더라고 하더군요. 미스 왕이 웃으면서 말했다. 저는 원래 온몸의 피부가 아주 흰 편이에요. 신진장新錦江**에 수영을 하러 가면 탈의실에 있는 거

* 저장성 진화(金華)현에서 나는 훈제 돼지 뒷다리.

의 모든 사람들이 저를 백인종으로 여긴다니까요. 리리는 아무 말도 하지 않았다. 쉬 사장이 말했다. 미스 왕께서 그렇게 말씀하시면 이 음식을 누가 감히 먹겠습니까? 이걸 먹으면 자기 피부가 좋지 않다는 걸 인정하는 셈이 될 테니 말이에요. 모두 웃음을 터뜨렸다. 미스 왕이 애교 섞인 어투로 물었다. 쉬 사장님, 왜 계속 저만 쳐다보시는 거예요? 이 자리에 있는 여자들 전부 미인들인데 자꾸 저만 쳐다보시면 다들 불쾌해할 것 아니에요! 리리가 뾰족한 신발코로 아바오의 발을 가볍게 눌렀다. 그러고는 가볍게 웃으면서 말했다. 뭘 그렇게 겸손해하세요? 미스 왕은 정말 예쁘세요. 뛰어난 미모라고요. 이때 대갑게가 상에 올랐다. 미스 왕이 뒤로 몸을 기대면서 말했다. 저는 더 못 먹을 것 같아요. 모처럼 남편 없이 나와서 술을 좀 마실 수 있을 줄 알았는데, 맙소사, 차만 마셔야 할 줄 누가 알았겠어요! 랑콤이 어쩌니 돼지비계가 어쩌니 하는 얘기만 들어도 느끼해 죽겠네요. 쉬 사장이 말했다. 미안합니다. 대갑게가 정말 싱싱해요. 각자 한 덩어리씩 먹어도 될 것 같군요. 그렇죠? 쉬 사장이 게를 뒤적거리다 한 덩어리를 집어 미스 왕의 접시에 놓아주었다. 쑤안은 아무 말도 하지 않았다. 리리가 말했다. 쉬 사장님 본인이나 드세요. 모두들 열심히 대갑게를 자르고 파내기 시작했다. 게 집게발을 꺾으면서 입이 쉴새없이 움직였다. 쑤안이 웃으면서 말했다. 게의 몸에서 어느 부위에 가장 영양분이 많고 몸에 좋은지 알아맞혀보세요. 아바오가 말했다. 당연히 노란 알이겠

** 상하이의 화이하이로 상업중심가에 위치한 43층 높이의 고급 호텔.

지요. 리리가 말했다. 아바오 씨는 암게만 집중적으로 먹네요. 알이 꽉 차 있어서 그런가요. 그렇죠? 쉬 사장이 말했다. 그러는 리리 씨는 수게만 공략하시네요. 이유가 뭔가요? 미스 친이 물었다. 그게 무슨 말이에요? 미스 우가 말했다. 아바오 사장은 암게를 좋아한다는 뜻이에요. 암게는 뱃속에 노란 알이 가득 들어 있지만 수게는 흰 살만 들어 있잖아요. 리리가 말했다. 바보, 그게 아니에요! 쉬 사장이 말했다. 이를 이성상흡異性相吸*이라고 하지요. 이성 사이에 상호보완이 이루어지는 겁니다. 미스 장이 피식 웃었다. 딩 사장이 말했다. 영양분으로 말하자면 집게가 최고지요. 움켜쥐는 힘이 가장 세잖아요. 쑤안이 말했다. 틀렸어요. 미스 장이 말했다. 게 눈일 리는 없을 테고, 그럼 게 입 아니면 내장이겠네요. 쑤안이 말했다. 다 틀렸어요. 바로 게 집게 끝이에요. 누구도 먹지 않는 가느다란 집게 끝요. 게 한 마리에 집게가 여덟 게 달려 있죠. 그 뾰족한 끝에 검은 줄 같은 가는 살이 들어 있어요. 그것이 게의 영혼으로 인삼 못지않은 효능을 갖고 있어요. 그래서 '게 인삼'이라고 부르죠. 모두들 어리둥절한 표정을 지었다. 미스 왕은 아무 말도 하지 않았다. 쑤안이 말했다. 진짜 대갑게는 유리판도 기어오를 수 있어요. 전부 그 여덟 개의 가느다란 집게 끝의 힘에 의지하는 거죠. 미스 왕은 여전히 말이 없었다. 모두들 쑤안의 시범에 따라 먼저 게 다리를 떼어내 가장 가는 끝부분을 가볍게 깨물고 손으로 꺾

* 원래는 심리학 용어로 한 사람이 겉으로 드러나는 인격과 마음속에 감춰진 인격이 서로 달라 눈앞에 벌어지는 사물이나 현상에 대해 뜻밖의 심리반응을 나타내는 것을 의미한다. 여기서는 자성과 웅성 사이의 상호보완을 비유하는 말로 쓰이고 있다.

어보았다. 정말로 검은 줄 같은 가느다란 속살이 끌려나왔다. 아바오가 말했다. 대단하네요, 인삼을 먹게 되다니! 미스 장과 미스 우, 리리도 신바람이 나서 게 집게를 깨물어 벗기기 시작했다. 미스 왕만 입을 굳게 다물고 한 마디도 하지 않았다. 쑤안이 말했다. 미스 왕, 속이 안 좋은 모양인데 따스한 차를 한 모금 드세요. 미스 왕이 멍한 표정으로 말했다. 저는 원래 차를 안 마셔요. 쑤안은 아무 말도 하지 않았다. 미스 왕이 뜬금없이 말했다. 술을 마시고 싶네요. 쉬 사장이 막 게살을 한 가닥 발라놓고는 미스 왕을 쳐다보았다. 딩 사장이 말했다. 그러지 말고 게살을 좀 드시면서 차를 드세요. 미스 왕이 갑자기 몸을 흔들더니 애교를 부리면서 말했다. 저는 오래된 술을 마시고 싶어요. 강하고 자극적인 걸 마시고 싶다고요.

술 애기가 나오자 쉬 사장이 리리를 쳐다보았다. 결국 리리가 마지못해 말했다. 좋아요, 정 마시고 싶다면 마셔야죠. 하지만 취하지 않도록 조금만 마시도록 해요. 쉬 사장이 말했다. 여기 아주 좋은 황주가 있어요. 항아리 속에서 오래 숙성한 술이라 맛이 아주 깊고 진합니다. 미스 왕이 쉬 사장을 쳐다보면서 아주 느린 어투로 말했다. 저는 경화를 마시고 싶다니까요. 쉬 사장이 놀란 표정으로 말했다. 대단한 한 마디네요. 상하이 여자들은 레드와인에 사이다를 타서 마시는 사람들이 가장 많다고 하더군요. 미스 왕이 말했다. 그건 너무 촌스러운 방식이에요. 저는 일 년에 두 번 광교회에 가는데 외국인들 말로는 중국인들만 그렇게 섞어 마시는 걸 좋아한다고 하더군요. 완전히 제멋대로지요. 망가지자는 거예요. 쉬 사장이 말했다. 대단하군요. 이번에 미스 왕을 제대로 알게 되는군요. 아주 마음에 듭니다. 저는 미스 왕을 따르도록 하겠습니다. 모든 걸 미스 왕에게 맡기겠어요. 리리는 아무 말도 하지 않았다. 미스 왕이 말했다. 쉬 사장님, '마음에 든다'는 말은 여자들에게 함부로 사용하면 안 돼요. 신이 난 쉬 사장이 눈꼬리를 치켜올리며 말했다. 아주머니, 백주를 따도록 해요. 아주머니가 백주를 한 병 땄다. 리리가 말했다. 그럼 우리 다 같이 마셔요. 미스 왕이 말했다. 리리 씨도 마시게요? 좋아요, 다 함께 마시자고요. 리리가 손을 내저었다. 아주머니가 테이블에 술잔을 올렸다. 한두 번 사양하다가 아바오도 술잔을 받았다. 테이블 아래로 또다시 아픈 발길질이 날아왔다. 아바오가 옆을 둘러보니 미스 우가 얼굴이 빨개져 손을 내젓고 있었다. 결국 쉬 사장과 딩 사장, 미스 왕 세 사람만 술을 마시고 나머지 사람들은 대갑게를 까먹는 데 열중했다. 쉬 사장이 말했다. 기왕에 미스 왕이 술을 마시자고 했으니 이곳의 규칙에 따라 먼저 세 잔을 비우도록 합시다. 리리가 말했다. 그거 좋겠네요. 미스 왕은 모처럼 자유를 만끽하는 터라 적어도 석 잔은 마실 생각이었을 거예요. 미스 왕이 말했다. 저는 여자예요. 여자를 이런 식으로 대하면 곤란하지요. 리리가 말했다. 적어도 좌우에 있는 분들에게는 한 잔씩 경주敬酒를 올려야죠. 이는 어딜 가나 공통적으로 따르는 규칙이잖아요. 미스 왕이 동의했다. 이리하여 남자 둘과 여자 하나가 좌우로 술을 주거니 받거니 하면서 흥을 더해갔다. 나중에는 딩 사장이 주령酒令으로 '꿀벌 두 마리'를 제시했다. 미스 왕은 항상 마음이 열려 있는 여자라 기꺼이 동참하여 세 사람이 합창을 했다. 꿀벌 두 마리가, 꽃들 사이로 날아들었네. 나네, 나네, 나네.

리리가 아바오에게 낮은 목소리로 말했다. 상상했던 일이죠? 아바오는 아무 말도 하지 않았다. 리리가 쉬 사장의 술잔을 빼앗으며 말했다. 그만 마셔요, 취하시면 안 돼요. 미스 장이 말했다. 창칭 동지는 아무런 역할도 못하시네요. 미스 우가 말했다. 사람이 이미 나무에 묶였으니 불을 붙일 준비를 하는 게 좋겠어요. 몇 마디 구호만 외치면 돼요. 이제 중대장이 난바텐을 상대로 혁명을 진행하는 걸 보게 될 거예요. 아바오가 말했다. 난바텐에게는 토비 친구가 있어요. 어깨 위에 원숭이를 한 마리 얹고 다니지요. 리리가 말했다. 그래서 중대장의 임무가 가중되는 거예요. 스스로 알아서 용감하게 나서야 해요. 쉬 사장이 고개를 돌리며 물었다. 중대장이니 원숭이니 하는 것들이 다 무슨 뜻인가요? 미스 친이 냅킨으로 얼굴을 가렸다. 미스 왕만 못 들은 척하면서 변하지 않은 눈빛을 보였다. 부용꽃 같은 얼굴이 요염하게 빛났다. 혼을 뺄 정도로 아름다운 모습이었다. 꿀벌은 허공을 몇 바퀴 돌다 사뿐히 꽃 위에 내려앉았다. 미스 왕이 불안정한 자세로 앉아 딩 사장의 어깨에 몸을 기댔다. 딩 사장이 몸을 움츠리자 미스 왕은 천천히 쉬 사장을 향해 몸을 기울였다.

아바오가 말했다. 미스 왕이 모두를 대표해서 감사의 뜻으로 쉬 사장에게 합환주*를 한 잔 권하는 게 어떨까요? 딩 사장이 말을 받았다. 그거 좋지요. 모두들 박수를 쳤다. 쑤안은 아무 말도 하지 않았다. 리리가 아바오를 발로 툭 찼다. 이때 미스 왕이 정신을 모으

* 서로 사랑하는 두 사람이 술잔을 들고 팔을 교차하여 걸고 마시는 것.

고 눈을 감은 채 천천히 반응을 보이기 시작했다. 허리를 가볍게 흔들면서 부드럽게 몸을 일으킨 그녀의 모습에 매력이 넘쳤다. 쉬 사장도 눈을 게슴츠레 뜨고 웃으면서 자리에서 일어섰다. 미스 왕의 두 볼에 번진 홍조가 목까지 이어졌다. 눈빛은 몽롱했다. 굽이 아주 높은 하이힐을 신고 있어서인지 갑자기 허리가 흐느적거리자 쉬 사장이 재빨리 다가가 부축했다. 두 사람의 팔이 엉키면서 잠깐 동안 맨살이 맞닿았다. 잔에서 술이 똑똑 떨어졌다. 술 방울이 머리에 부딪히는 것 같았다. 두 사람은 잔 주둥이까지 술이 차자 단번에 목구멍으로 털어넣었다. 모두들 박수를 쳤다. 이때 아바오는 쑤안이 아무 말도 하지 않고 낯빛이 어두워지고 있는 것을 간파했다. 미스 장이 말했다. 딩 사장님 기분이 좋지 않을 것 같네요. 딩 사장님과도 합환주를 한 잔 마실까요? 리리가 말했다. 동감입니다. 딩 사장이 잔을 들고서 미스 왕에게 말했다. 아니에요, 안 그러셔도 돼요. 미스 왕이 웃으면서 말했다. 먼저 딩 사장님께 한 가지 여쭤볼게요. 저 같은 화병을 보물 구리 화병과 비교하면 어떤 차이가 있을까요? 한번 말씀해보세요. 딩 사장이 말했다. 당연히 미스 왕이 더 아름답고 빛나지요. 미스 왕이 일부러 흐릿한 발음으로 말했다. 틀렸어요. 옛말에도 있잖아요. 여자 나이 서른이 넘으면 달이 빛을 잃는 것과 같다고요. 제가 예쁘긴 뭐가 예뻐요? 피부가 좀 희고 허리가 부드러운 것뿐이지요. 이 자리에서는 리리 씨가 가장 젊고 아름다운 것 같아요. 딩 사장이 말했다. 다들 똑같아요. 모두 똑같이 아름답습니다. 미스 왕이 딩 사장의 어깨를 두드리며 말했다. 그렇게 '풀 쑤듯이' 대충 띄우시지 말고 솔직하게 말씀해주세요. 딩 사장이 말했다. 정말로 제 진심을 말한 겁니다. 미스 왕이 말했다. 사실은 아주 간단해요. 구리 화병은 전체가 상당히 단단하지요. 하지만 저는 온몸이 아주 부드러워요. 쉬 사장이 박장대소했다. 미스 왕이 팔을 뻗어 내밀면서 딩 사장에게 말했다. 한번 눌러보세요. 이 화병이 부드럽지 않은지 손으로 눌러보시라고요. 딩 사장이 빙긋이 웃었다. 미스 왕이 옆에서 그를 계속 부추겼다. 당황하지 마시고 눌러보세요. 한번 눌러 보시라니까요. 쉬 사장이 말했다. 됐어요, 됐어. 방금 퓨즈가 타서 끊어졌다가 다시 전기가 들어온 셈이에요. 상하이 사람들은 전기가 통하면 마비된다고 하죠. 감각이 있다는 거예요. 리리가 아바오를 힐끗 쳐다보았다. 미스 왕이 말했다. 구리 화병은 몸 전체가 아주 차갑지만 저는 머리에서 발끝까지 따스한 데도 있고 뜨거운 데도 있어요. 딩 사장님은 점수가 깎였어요. 우선 벌주를 한 잔 드세요. 쉬 사장이 끼어들어 말했다. 그거 잘됐네요. 벌을 받아야 한다면 제가 대신 받을게요. 합환주로 한 잔 더 하는 것도 괜찮겠죠? 쑤안은 아무 말도 하지 않았다. 미스 왕은 못 들은 척하면서 그를 거들떠보지도 않고 혼자 중얼거리듯이 말했다. 꿀벌 두 마리가, 꽃들 사이로 날아들었네. 나네, 나네, 나네. 리리가 말했다. 어서 일어서요, 합환주를 마시라고요. 미스 왕이 물었다. 뭐라고요? 리리가 말했다. 우선 합환주를 한 잔 마셔야 해요. 순간 미스 왕의 동공이 확 커지면서 주위 사람들을 둘러보더니 온몸이 딱딱해졌다. 그러더니 갑자기 테이블을 탕 내리치면서 말했다. 웃기는 소리 하지 마요! 술잔이 테이블 위로 튀어올랐다. 리리가 어리둥절한 표정을 지었다. 미스 왕이 말했다. 제게 뭘 명령하는 거예요. 뭐가 그렇게 대단하다고? 리리가 조용히 말했다. 알았어요, 그만해요. 미스 왕이 말했다. 코딱지만한 음식점 하나 갖고 있다고 뭘 그렇게 매섭게 구는 거냐고요? 리리가 말했다. 알았어요, 마음대로 해요. 미스 왕이 말했다. 다들 얘기 몇 마디 나누는 동안 저는 술을 몇 잔 하면 되는 거잖아요. 그렇게 쳐다보는 게 무슨 뜻이에요? 제가 없었다면 오늘날의 리리 씨가 있을 수 있었겠어요? 리리의 낯빛이 크게 변하더니 벌떡 일어서서 격한 반응을 보이기 시작했다. 아바오가 황급히 나서서 저지했다. 쉬 사장도 약간 취했는지 고개를 숙인 채 바보 같은 표정으로 웃고 있었다. 딩 사장은 그나마 눈빛이 맑은 셈이었다. 그가 자리에서 일어서며 말했다. 됐어요. 미스 왕, 제가 먼저 벌주를 한 잔 마시겠습니다. 자, 여러분, 이제 제가 선포하겠습니다. 제가 잘못했습니다. 제가 벌을 받겠습니다. 미스 왕의 얼굴이 철판처럼 굳어져버렸다. 완전히 붉은 얼굴에 약간 굼뜬 표정이 스쳤다. 분위기가 썰렁해지자 맞은편에 앉아 아무 말도 하지 않던 쑤안이 빙긋이 웃으면서 우아하고 아름다운 자세로 미스 왕 옆으로 다가가서는 가는 목소리로 그녀를 위로해주었다. 미스 왕은 눈빛이 약간 마비된 듯한 모습이었다. 쑤안이 딩 사장의 술잔을 옮겨다가 두 잔 가득 술을 따르면서 말했다. 버릇없는 짓인지 모르겠지만 제가 두 분을 위해 대신 한 잔 마시겠습니다. 성격이 맞는 사람들끼리 한 잔 마시면 인연이 깊어지고 기념할 일을 남길 수 있지 않겠어요? 아주 작은 걸로 말이에요! 미스 왕은 쌍방의 감정을 위해 거부하지 않았다. 하지만 동작은 확실히 둔해져 있었고 손도 뻣뻣했다. 그럼에도 그녀는 텅

하는 소리와 함께 쑤안과 잔을 부딪치고는 단번에 술을 목구멍에 털어넣었다. 쑤안이 자리에 앉았다. 미스 왕은 자리에 앉아 이삼십 초 동안 멍한 표정을 짓더니 갑자기 머리로 테이블을 박으면서 인사불성이 되고 말았다. 모두들 놀라 소리를 질렀다. 쑤안이 천천히 다가와 일하는 아주머니에게 미스 왕을 돌보라고 지시했다. 그러자 쉬 사장이 먼저 재빨리 나서 미스 왕을 부축하면서 쑤안을 나무랐다. 먼저 위층 방으로 모셔야 할 것 아니야! 분위기가 아주 좋았는데 이 한 잔 때문에 망해버렸잖아. 연분, 연분 하더니 몸만 상하게 했다고! 쑤안이 마음을 가라앉히고서 낭랑한 목소리로 말했다. 제가 이 잔을 마시면 안 됐다니, 공짜 구경을 몇 가지 더 하고 싶으신 건가요? 아주 재미있으신가보네요! 쑤안은 말을 마치고 몸을 돌려 가버렸다. 모두 멋쩍은 표정으로 자리에서 일어섰다. 쉬 사장은 일하는 아주머니와 함께 미스 왕을 부축해 위층으로 올라갔고 나머지 사람들은 함께 천정으로 갔다. 쑤안이 침울한 표정으로 앞서 가다가 사람들을 안내하여 좁은 통로를 지나 첫번째 진의 천정으로 들어섰다. 거기서 각자 흩어져 2층의 객방으로 올라갔다. 방은 한 사람이 한 칸씩 사용했다. 방에는 모든 것이 갖춰져 있었다. 사람들은 먼저 휴식을 취하다가 오후 세시쯤에 다시 아래층으로 내려와 차를 마셨다.

아바오가 방에 들어오고 얼마 지나지 않아 딩 사장이 찾아왔다. 아바오가 말했다. 쑤안 씨는 정말 대단한 여자인 것 같아요. 딩 사장이 말했다. 이런 자리를 많이 경험해봤기 때문에 자신이 한 잔 마시면 장내가 정리된다는 걸 잘 알고 있었던 거요. 두 사람은 빙긋이 웃었다. 한가롭게 잡담을 나누면서 차를 마시고 담배를 피우는 동안 창밖에서는 새들이 지저귀었다. 아바오가 물었다. 딩 사장님은 언제부터 그런 물건들을 소장하셨나요? 딩 사장이 말했다. 맨 처음에는 장사 때문에 수집하기 시작했습니다. 산시陝西와 간쑤甘肅 일대에서 크게 확장할 수 있었지요. 부근에 도굴된 무덤이 아주 많았거든요. 항상 사람들이 제게 물건을 보내왔어요. 맨 처음 부르는 가격도 무척 낮았지요. 그러다보니 오는 족족 사들이게 되었어요. 사들일수록 관심이 더 생기고 마음도 물러졌지요. 아바오가 말했다. 얻기 쉽지 않은 기회였군요. 딩 사장이 말했다. 오늘 아침에 아바오 사장님을 만난 뒤로 갑자기 한 가지 구상이 생겼습니다. 혹시 저를 도와주실 수 있을지 모르겠군요. 아바오가 말했다. 문제없습니다. 무슨 일이든지 다 얘기할 수 있습니다. 딩 사장이 말했다. 1950년대 상하이에 청동기를 소장한 큰손이 한 분 있었습니다. 정말로 저랑 비슷한 경우였지요. 아바오가 물었다. 어떤 사람이었나요? 딩 사장이 말했다. 그분은 외부와의 왕래가 극도로 적었고 항상 대문을 굳게 잠그고 살았어요. 특히 공공기관에서 일하는 사람들을 절대적으로 조심했지요. 당시 상하이박물관의 청동기 전문가 한 분이 여러 차례 그분 집을 찾아가 얘기를 나누었지만 그분이 소장하고 있는 보물은 단 한 점도 구경하지 못했다고 하더군요. 아바오가 말했다. 그 전문가는 아마도 마청위안馬承源이었을 것 같군요. 지금 상하이박물관 관장으로 있지요. 청동기 분야의 권위자이기도 하고요. 딩 사장이 말했다. 아마 그럴 겁니다. 저는 저

아래층에서는 청중들이 설서 공연을 감상하고 있다.
위층의 상황은 분명하지 않다. 많은 일들이 이와 다르지 않다.

장 사람이라 문혁 시기에 상하이 관련한 온갖 소식들이 엄청 많이 날아왔어요. 박물관 안에서 골동품들을 연인으로 삼아 지냈지요. 그러다보니 사람인 저 자신마저 골동품이 되어버리고 말았습니다. 덕분에 외국물을 먹은 듯한 말투도 많이 고칠 수 있었지요. 아바오가 말했다. 온갖 꿍꿍이속이 가장 많은 곳이 박물관이에요. 마오주석이 부활하여 다시 파사구破四舊*를 전개한다면 틀림없이 박물관부터 싹 쓸어버릴 겁니다. 딩 사장이 말했다. 그럴 리는 없을 거예요. 이미 권력자의 자리에 앉아 있는데 다시 반봉건反封建 운동에 나서진 않을 겁니다. 아바오가 잠시 고개를 끄덕이다가 다시 고개를 들고서 물었다. 딩 사장님이 마청위안에 관해 물으시는 이유는 뭔가요? 딩 사장이 말했다. 당시 박물관에서 비판투쟁대회가 열리고 있었어요. 마청위안은 가슴에 죄명이 적힌 팻말을 걸고 허리를 구부린 채 비행기 자세를 하고 있었죠. 갑자기 누군가 대회장에 뛰어들어와 말했어요. 라오마, 라오마, 청동기 큰손이 전화를 걸어왔어. 더이상 버틸 수 없는 지경이래. 곧 몇 개 조직에서 수색에 나선데 이어 박물관장 동지에게 요청하여 당장 트럭을 보내 청동기들을 전부 실어 오게 했지요. 바로 이날 그 큰손은 집안 깊숙이 소장하고 있던 물건들을 전부 국가소유로 헌납했어요. 아바오가 말했다. 이 이야기에는 또다른 판본도 있습니다. 역시 비판투쟁대회가 배경이죠. 라오마가 허리를 구부리고 비행기 자세를 하고 있었어요. 머리가 땅을 향하고 엉덩이는 하늘을 향한 자세였지요. 그러다

* 낡은 사상과 문화, 풍습, 습관을 없애기 위한 문화대혁명 시기의 정치운동.

가 갑자기 청동기 소식이 들리자 하늘을 바라보며 하하하 큰 소리로 웃었어요. 정신분열증 발작을 일으킨 것 같았죠. 모든 혁명 군중이 놀라움을 금치 못했다고 하더군요. 딩 사장이 말했다. 그 심정을 충분히 이해할 것 같네요. 여러 해 동안 아침저녁으로 그리워하고 상상하던 보물들이 갑자기 발이 달리기라도 한 것처럼 박물관 안으로 뛰어들어왔으니 얼마나 기쁘겠어요. 소장가들은 이런 느낌을 꿀보다 더 달콤한 맛이라고 말하죠. 아바오가 말했다. 엄격히 말하자면 소장가들은 심리가 건강하지 못할 수밖에 없어요. 남에게 좋은 물건이 있는 것을 보면 즉시 상사병이 도져서 어떻게든 방법을 찾아 그 물건을 자기 손에 넣을 때까지는 먹어도 먹은 것 같지 않고 앉아도 앉은 것 같지 않지요. 하지만 그 물건을 손에 넣고도 반나절 정도 잠시 즐거워하다가 또다른 물건들을 찾아 나서기 일쑤예요. 인생이 이런 지경에 이르면 거의 고통에 가깝다고 할 수 있을 거예요. 딩 사장이 물었다. 설마 소장가들이 다 변태겠어요? 아바오가 말했다. 소유욕이 너무 강하다고 할 수 있지요. 새것을 좋아하고 지나간 것은 좋아하지 않는 부류가 바로 소장가들이에요. 딩 사장이 말했다. 아바오 사장님, 혹시 잘못 말씀하신 것 아닌가요? 새 사람은 웃고 지나간 사람은 운다고 해야 맞는 말 아닌가요? 이는 여자를 차지하는 상황과 비슷합니다. 한 여자를 손에 넣으면 잠시 즐거워하다가 또 밖에 나가 이리저리 두리번거리게 되지요. 그러다가 예쁜 여자를 보면 밤낮으로 생각하고 그리워하여 천신만고 끝에 손에 넣지요. 하지만 반나절 정도만 즐거워하다가 또 밖에 나가면 새로운 여자를 찾게 됩니다. 그렇게 새로운 상대를 찾으면 한두 번 안아보고는 또다시 밖으로 나가 새 미녀를 찾게 되지요. 다시 나가 멋쩍은 표정으로 두리번거리는 겁니다. 그렇게 겨우 반나절 즐거워하다가 또 밖으로 나가 새로운 상대를 찾는 거예요. 아바오가 물었다. 날이 밝을 때까지 계속 이런 얘기를 하실 작정이신가요? 딩 사장이 웃으면서 말했다. 소장가들이 설마 그렇게 저급한 사람들이겠습니까? 아닙니다, 절대로 아니에요. 소장가들은 감정을 가장 중시합니다. 상당히 감정을 중시하지요. 아바오가 말했다. 그렇겠죠. 제게도 옛날에 오래 간직하고 있던 프랑스 우표 한 장을 다른 사람에게 넘겼을 때의 기억이 남아 있습니다. 지금 생각해도 살이 떨어져나가는 느낌이지요. 딩 사장이 말했다. 맞아요. 다시 말해 골동품을 수집하면 세상이 평화로워지지만 여자를 수집하면 세상이 크게 어지러워집니다. 골동품이 다다익선인 것은 이미 죽은 물건이라 완전히 말이 없기 때문이에요. 하지만 여자는 살아 있기 때문에 한 여자를 수집하는 것은 백 가지가 넘는 일을 불러들이는 것과 마찬가지죠. 아바오가 빙긋이 웃었다. 딩 사장이 목소리를 낮춰 말했다. 제가 바로 당시의 청동기 큰손과 유사한 처지입니다. 너무 무기력했지만요. 박물관과는 아예 왕래가 없었거든요. 매체의 보도가 있긴 했지만 상하이박물관측에서는 줄곧 아무런 연락도 없었습니다. 태도 표명이 전혀 없었지요. 아바오가 물었다. 상하이의 큰 신문에서 보도한 건가요 아니면 외성外省의 작은 신문에 난 건가요? 딩 사장이 말했다. 지나간 일은 차치하고 본론을 얘기하지요. 최근에 저는 청동기 화집을 한 권 출판할 계획을 갖고 있습니다. 틀림없이 전문 업계의 주목을 받을 수 있을 거예요. 마청위안이 소장품 사진들을 보고 서문을 쓰거나 서명에 제자題字를 해주었으면 합니다. 혹시 아바오 사장님이 줄을 댈 방법을 찾아주실 수 있다면 어떤 조건을 제시하시든지 다 수용할 용의가 있습니다. 도와주실 수 있으시겠죠? 아바오가 말했다. 할 수 있을 것 같습니다.

두 사람의 대화는 여기까지 이르러 자유로운 한담이 이어졌다. 세시가 되어 천정에서 쑤안이 부르는 소리가 들려왔다. 차를 마시러 내려오라는 것이었다. 이리하여 두 사람은 아래층으로 내려가 뒤쪽 천정으로 가서 회랑의 등의자에 앉았다. 여자 손님들은 쑤안의 인도에 따라 함께 내려왔다. 리리는 옷을 땡땡이 무늬 원피스로 갈아입었다. 미스 장과 미스 우는 단정한 복장을 했고 미스 친은 집에서 입는 것 같은 간편한 복장으로 내려왔다. 머리에는 플라스틱 헤어 롤러를 그대로 달고 발에는 방에서 신던 슬리퍼를 신고 있었다. 다들 속속 자리잡고 앉았다. 리리가 주위를 둘러보고 나서 말했다. 쉬 사장님은요? 쑤안은 아무 말도 하지 않았다. 딩 사장이 물었다. 미스 왕은 이제 다 회복되었겠지요? 쑤안이 잠시 멈췄다가 말했다. 쉬 사장님은 미스 왕을 데리고 위층으로 올라가 지금까지 쉬고 계세요. 아무런 동정도 보이지 않네요. 리리가 손목시계를 들여다보았다. 모두들 말이 없었다. 천정 동쪽 벽 비첨에 설치된 작은 연극무대에서 남녀 두 사람이 탄사를 공연하고 있었다. 남자는 푸른 바닷빛 장삼 차림이고 여자는 하녀들이 주로 입는 옷깃이 둥글고 붉은색 바탕에 꽃무늬가 아로새겨져 있고 몸에 착 달라붙는 치파오 차림이었다. 허리를 비롯한 몸매 전체가 너무나 가늘고 날씬했다. 두 사람 모두 번뇌의 속세를 벗어난 청아하고 수려한 모습이었다. 분위기도 심원하고 조용했다. 두 사람은 목청을 가다듬고 비파 현을 몇 번 튕겨보고는 두세 마디 발성을 했다. 남자가 쑤바이蘇白*를 한 마디 내뱉어 목청을 조율하면서 말했다. 상하이 손님 여러분께서 왕림해주신 것을 진심으로 환영합니다. 봄바람에는 봄을 맞은 새들의 노랫소리가 실리고 가을바람에는 가을 매미의 울음소리가 담깁니다. 여름 구름은 더위와 비를 품고 겨울 달은 혹한을 감추지요. 오늘은 날씨가 너무나 좋습니다. 여러분께서도 방금 보신 것처럼 저 앞 천정의 비단잉어 연못에는 연꽃잎이 시들어 있긴 하지만 여전히 아름답습니다. 옛 시에 이런 구절이 있습니다. 물고기가 연잎 동쪽에서 장난치네. 물고기가 연잎 남쪽에서 장난치네. 물고기가 연잎 서쪽에서 장난치네. 물고기가 연잎 북쪽에서 장난치네. 꽃을 수놓는 쑤저우의 아가씨들은 물고기들이 연잎 사이에서 장난치는 것이 사랑하는 낭군을 기다리는 것임을 잘 알고 있네. 이어서 현이 다시 움직이기 시작했다. 천정의 작은 마당에는 앰프 시설이 필요 없었다. 두 사람은 먼저 네 구절의 회문回文**을 노래했다. 향기로운 연잎과 푸른 물 사이로 시원한 바람이 불고, 물과 시원한 바람은 밤새 쉬지 않고 움직이네. 밤새 시원해진 바람이 물을 움직이고, 시원한 바람과 움직이는 물은 푸른 연잎을 향기롭게 하네. 이어서 개편開篇*** 〈초선이 달에게 절하다〉의 창이 시작됐다. 여자가 간드러지는

* 중국어의 여러 음계 가운데 하나인 오음(吳音)의 백화문을 말한다.

** 중국어 특유의 반복 수사법으로 주로 사(詞)에 사용된다.

*** 탄사에서 본격적으로 이야기를 들려주기 전에 부르는 창사(唱詞).

목소리로 창을 하자 구성진 오음吳音 소리가 생황을 연주하는 것처럼 울려퍼졌다. 달빛이 물처럼 화장花牆*에 스며들고/ 향기로운 안개와 뭉친 구름이 깊고 고요한 죽림을 덮네/ 고요한 뜰은 밤인데도 낮처럼 밝고/ 모든 소란 가라앉은 풍경은 처량하기만 하네/ 곱고 아름다운 달은/ 한나라의 미녀 왕소군王昭君 같아/ 미인의 찡그린 얼굴 눈가에 눈물 맺혀 있네/ 오동잎 떨어지는 가을 빗방울이 푸른 이끼 위를 미끄러지고/ 연못의 물소리는 가을을 노래하네. 천정이 조용해지고 서쪽으로 따스한 햇빛이 쏟아졌다. 창은 담장 밖으로 전해졌다. 가을바람과 가을 나뭇잎 소리가 같았다. 새들이 재잘거리는 소리가 멀리서 희미하게 들리는 닭 울음소리, 개 짖는 소리와 뒤섞였다. 전부 이곳이 정말로 조용하기 때문이었다.

* 꽃무늬 모양의 구멍을 내어 쌓은 담.

# 구장

## 일

창러長樂중학교 교문 입구에서 학생 둘이 새 군용바지를 입은 후성을 발견하고는 다가와서 친근하게 말을 걸었다. 이때 화이하이로 쪽에서 갑자기 시끌벅적한 소리가 들려왔다. 세 사람은 재빨리 그쪽으로 달려갔다. 다른 구區의 학생들이 화이하이로로 몰려와 '파사구'를 진행하고 있었다. 한 무리는 타이산泰山 문구점 방향에서 몰려와 루이진로와 다팡大方 주단점을 지나 서쪽으로 이동했다. 세 사람은 흩어지지 않고 똘똘 뭉쳐 앞에서 사람들이 외치는 소리를 듣고 있는 수밖에 없었다. 거기 서, 거기 서라고! 어딜 도망가! 사람들은 가오차오高橋 식품점과 시 영화국의 광고판 부근을 지나서야 걸음을 멈춰 서더니 누군가를 빙 둘러쌌다. 후성이 사람들 틈을 비집고 들어가보니 한 여자가 머리를 감싸쥔 채 땅바닥에 쪼그려앉아 있었다. 위에서는 누군가 가위로 그녀의 머리를 자르고 아래에서는 그녀의 바지통을 자르고 있었다. 철제 보통 가위가 찰칵찰칵 소리를 냈다. 긴 물결 같은 머리칼이 마구잡이로 잘려 땅바닥에 떨어졌다. 여자는 아무 소리도 내지 않고 머리칼을 꽉 감싸쥐고 있었지만 그래도 손바닥으로 다 가리지는 못했다. 찰칵. 아래쪽에서 바지통을 자르던 가위 소리가 멈추는 것 같았다. 바지통이 잘려나가자 여자는 두 손으로 아래쪽을 가렸다. 위에서는 찰칵찰칵 가위 소리가 멈추지 않았다. 머리칼이 계속 잘려나갔다. 황급히 머리를 잠시 감싸쥐면 아래쪽에서 다시 가위가 움직였다. 좌악 하고 바지통이 찢겨져나갔다. 여자는 울면서 소리를 질렀다. 엄마, 살려주세요! 한 학생이 말했다. 누굴 부르는 거야? 풍성한 머리칼과 엉덩이를 감싸고 있던 바지, 끝이 뾰족한 구두가 전부 잘려나갔다. 당시의 국가 규정에 의하면 남자들은 바지통이 여섯 치 반을 넘지 못하고 여자는 여섯 치를 넘을 수 없었다. 이를 초과하면 사람들이 맘대로 자를 수 있었다. 주위에서 누군가가 외치는 소리만 들렸다. 망나니 같은 년! 개수작한다! 저질! 고등학생이 일어서서 말했다. 누가 더러운 입을 놀리는 거야, 엉? 뱃속까지 간지럽네. 몇몇 학생들이 일어서 경고하듯이 주위를 둘러보았다. 모두 입을 다물었다. 중년 남자 하나가 공손하게 박수를 치면서 말했다. 잘한다! 정말 잘하고 있어요. 적극적으로 지지합니다. 여자의 엉덩이가 이미 절반쯤 둥그런 속살을 드러냈어요. 이 정도에 이르렀는데 더이상 바지통을 자르지 않는다면 무슨 꼴이 되겠어요? 학생들이 이 남자를 힐끗 쳐다보고는 다시 쭈그려앉았다. 중년 남자가 말했다. 찢어요,

어서 마저 찢으라고요. 수많은 군중의 머리가 움직이는가 싶더니 좌악 옷을 찢는 소리가 들렸다. 바지통이 허벅지 위까지 찢어졌다. 후성과 두 명의 친구를 포함한 주위 사람들이 일제히 환호성을 질렀다. 여자는 엉엉 소리를 내며 울기 시작했다. 땅 위에 멈춰 있던 손 몇 개가 좌악 하고 나머지 바지통도 찢었다. 여자가 울면서 소리쳤다. 엄마! 아빠! 이때 고등학생 하나가 일어서서 중년 남자를 툭툭 치면서 물었다. 이봐요, 소속이 어딥니까? 중년 남자는 즉시 대답하지 못하고 머뭇거렸다. 고등학생이 다시 물었다. 이름이 뭐예요? 직업은 뭡니까? 어서 말해봐요. 중년 남자는 고개를 숙이고 배시시 웃기만 했다. 또다른 학생이 일어서서 말했다. 말하기 싫다 이거예요? 혁대 맛을 봐야겠어요? 중년 남자가 말했다. 직업으로 말하자면 저는 소규모 자영업자인 셈이지요. 고등학생이 말했다. 망나니, 개수작, 저질, 이런 게 다 무슨 뜻이죠? 중년 남자가 황급히 손사래를 치면서 말했다. 제가 언제 그런 말을 했습니까? 저는 줄곧 박수만 쳤어요. 줄곧 파사구를 지지하고 이를 행동으로 실천하는 것을 지지했다니까요. 고등학생이 큰 소리로 말했다. 소규모 자영업자도 착취계급에 속합니다. 자, 벽에 몸을 기대고 똑바로 서요. 안 들려요? 중년 남자는 몸이 굳어버렸다. 팍. 그의 허벅지에 혁대가 꽂혔다. 고등학생이 소리쳤다. 어서 똑바로 서라고! 담장에 바짝 붙어 서란 말이야! 중년 남자가 똑바로 섰다. 고등학생이 거리를 한번 둘러보고 나서 말했다. 삼륜차 와 있지? 후성이 길가로 가서 소리쳐 삼륜차를 불렀다. 삼륜차가 도착해서 보니 짐칸에 여자용 구두가 한 짝밖에 없었다. 구두코는 이미 마구 까지고 뒷굽도 부러져나간 상태였다. 차부가 쑤베이 사투리로 말했다. 맙소사, 정말 대단하네. 오늘 벌써 네 탕이나 뛰었다고. 사람들이 몸을 비키며 길을 터주었다. 땅바닥 위에 있던 여자가 일어서서 한 손으로는 머리를 가리고 다른 한 손으로는 허벅지를 가렸다. 그러고는 삼륜차에 기어올라 헝산로衡山路로 갔다. 후성의 학교 친구 하나가 갑자기 길 건너편에 있는 여자를 하나 가리키면서 큰 소리로 외쳤다. 이봐요, 거기 서봐요. 여자가 고개를 돌려 쳐다보고는 놀라서 몸을 돌리더니 곧장 라오다창老大昌* 방향으로 미친듯이 달리기 시작했다. 친구 둘이 큰 소리로 외쳤다. 어딜 도망가. 거기 서, 당장 서라고. 후성도 외쳤다. 고등학생이 맞은편에서 급히 달려가는 여자를 보고는 손을 흔들자 다들 그녀를 쫓기 시작했다. 현장에는 중년 남자만 남아 상하이시 영화국 담장에 찰싹 달라붙어 서 있었다. 그렇게 선 채로 움직이지 않았다.

후성과 학교 친구 둘은 산시난로 입구까지 줄곧 함께 걸어왔다. 구경을 실컷 하고서 집으로 돌아가는 길이었다. 후성이 말했다. 정말 너무나 자극적이었어! 옆에 있는 친구들이 말했다. 나한테 한 가지 비밀 정보가 있어. 홍콩 아가씨가 하나 있는데 줄곧 검정 바지만 입고 다니지. 평소에는 작은 치파오만 입었는데 말이야. 엉덩이가 꽉 끼었지. 특히 향유사香油紗로 지은 작은 치파오를 입으면 온몸에서 빛이 나고 두 가슴이 커다란 헤드라이트 같았어. 또다른 친구가 말했다. 그럼 그 여자한테도 행동을 취할 수 있겠는걸! 후

* 상하이의 과자점. 서양식 과자뿐 아니라 중국의 월병 등도 만들어 판다.

성이 물었다. 무슨 행동? 친구가 말했다. 후성, 일단 한번 가보자. 후성은 아무 말도 하지 않았다. 친구가 말했다. 후성의 이 새 군복 바지를 믿고 지금 당장 가보자고. 후성이 말했다. 난 일이 좀 있어. 그러니 나중에 다시 얘기하자. 친구가 물었다. 뭐가 겁나서 그래? 후성이 말했다. 행동에 참가하려면 적어도 팔에 완장 하나는 차고 있어야 한다고. 친구가 말했다. 화이하이로 사람들한테 완장이 있을 거야. 가자. 후성이 머뭇거리다가 말했다. 됐어. 나중에 다시 얘기하자고. 두 친구가 후성을 잡아끌고 루이진로를 따라 남쪽을 향해 빠른 걸음으로 걸었다. 친구가 말했다. 이 홍콩 아가씨는 이전에 대세계의 '유리잔'이었어. 후성이 물었다. 그게 뭔데? 친구가 말했다. 대세계 위층에 불량한 찻집이 하나 있어. 겉으로는 차를 마시는 것 같지만 사실은 지저분한 짓을 하고 있었지. 손님들과 함께 홍차나 녹차를 마시다가 바로 옆에 있는 개방간開房間*으로 가서 옷을 다 벗는 거야. 후성은 아무 말도 하지 않았다. 친구가 말했다. 나중에 그 여자는 홍콩으로 가서 공기 주사를 두 방 맞고 왔대. 주민위원회 동지도 그러더군. 그 나이에는 가슴이 그렇게 높이 튀어나올 수 없다는 거야. 후성이 말했다. 그래? 친구가 말했다. 농탕에서 누군가 자주 외치는 걸 들었어. 유리잔, 공기 주사 맞았지. 유리잔, 공기 주사 맞았지. 그러면 홍콩 아가씨는 즉시 창문을 열고 밑을 향해 더러운 물을 뿌리고는 그 사람을 쫓아가서 때리고 욕을 했지. 세 사람은 루이진로에 있는 어느 신식 농탕으로 들어섰다.

* 성매매를 목적으로 대여해주는 여관방.

어느 집인가 한창 가택수색을 당하고 있었다. 그다음에는 재산 몰수가 이어졌다. 친구가 후성에게 말했다. 허리 꼿꼿하게 펴고 규정에 따라 세 사람이 함께 올라가야 한다고 말하면 돼. 세 사람은 19호실로 올라갔다. 친구가 뒷문을 밀어 열고 들어가자 노천 돌계단이 나타났다. 여성 청년 하나가 내려오면서 말했다. 네모 두부말림方塊豆腐乾, 여기서 뭐하는 거야? 친구가 말했다. 홍콩 아가씨 좀 불러줘. 당장 농탕으로 나오라고 해. 여성 청년이 놀라서 말했다. 우리 엄마를 왜 찾는 거야? 친구가 말했다. 홍영투紅永鬪 총부의 명령을 받았어. 지금 홍콩 아가씨에 대해 행동을 취하려면 먼저 밖으로 불러내야지. 빨리 나오라고 해. 여성 청년은 멍한 표정을 지었다. 위층에서 유리문이 열리는 소리가 들렸다. 홍콩 아가씨가 머리가 마구 헝클어진 채 얼굴을 내밀었다. 시든 버드나무 같은 그녀가 낮은 목소리로 물었다. 누구세요?

세 사람은 위층으로 올라가 바닥 쪽에 설치되어 있는 유리문을 잡아당겨 열었다. 홍콩 아가씨는 단향목 같은 입에 앵두 같은 입술을 갖고 있었다. 인조면 원피스 차림에 꽃이 수놓인 슬리퍼를 신고 있었다. 손에는 단향 부채를 하나 들고 장방형 의자에 안정된 자세로 앉아 있었다. 방안에는 그윽한 향기가 번지고 있었다. 벽난로 선반 위에는 젊은 시절의 치파오 차림 사진이 한 장 놓여 있었다. 두 볼에 보조개가 있는 귀여운 모습이었다. 친구가 말했다. 홍콩 아가씨, 이런 아침에 내가 찾아온 것은 '홍영투'의 지령을 받았기 때문이에요. 홍콩 아가씨가 말을 잘랐다. 네모 두부말림, 나도 이미 들었어. 무슨 일이지? 친구가 말했다. 큰 옷장과 오두주 안에 들어 있는 여자 불량배 옷들을 자발적으로 전부 꺼내놓아요. 홍콩 아가씨가 물었다. 그건 왜? 친구가 물었다. 가위 있죠? 혁명의 용사들 앞에서 자발적으로 전부 잘라버리도록 해요. 홍콩 아가씨가 말했다. 전부 잘라버리면 나더러 알몸으로 다니라는 거야? 그렇게는 못하겠어. 친구가 말했다. 그렇다면 인정사정 봐주지 않고 당장 가택수색에 들어갑니다. 홍콩 아가씨는 낯빛을 바꾸며 코웃음을 쳤다. 흥, 내가 젊었을 때는 '홍두아삼紅頭阿三'* 이나 빨간 눈썹에 푸른 눈을 한 사람들을 많이 보았지. 대나무 막대기를 두드리는 망나니들도 보았고 '소열혼小熱昏'** 패거리나 '소당명小堂名'*** 의 창唱을 하는 사람들도 상대했으며 흰 얼굴의 귀신으로 분장한 광대는 물론, 심지어 길거리 무허가 노점상들까지 다 상대해봤는데 내가 누굴 두려워하겠어? 그리고 내가 무슨 법을 위반했다는 거야? 친구가 후성을 옆으로 가볍게 밀어내며 말했다. 헛소리하고 자빠졌네! 저질 걸레는 태어난 것 자체가 위법이야! 오늘은 반드시 실토해야 해. 저질스러운 짓을 얼마나 많이 저질렀는지 말이야. 스스로 다 털어놓으라고! 홍콩 아가씨가 말했다. 내가 왜 말해야 해? 내게 거리낄 것이 뭐가 있다고? 나는 반혁명분자가 아니란 말이야! 친구가 말했다. 좋아, 순순히 말을 듣지 않겠다 이거지! 홍콩 아가씨

* 상하이 노인들이 상하이 공공조계지 시기의 인도 시크교도들을 부르던 호칭. 이들이 항상 머리에 붉은 두건을 말아 올리고 다닌 데서 유래했다.

** 장쑤와 저장 지역에 광범위하게 유행했던 민간기예 형식으로, 설(說)과 창(唱)이 결합되어 자유로우면서도 간단하게 이야기를 표현한다.

*** 옛날 쑤저우와 상하이 일대에서 집안에 경사가 있을 때 고용하던 아동 악대.

가 말했다. 옷은 남의 것을 훔치거나 빼앗은 게 아니라 내가 돈을 들여서 만든 것인데 왜 잘라버리라는 거야? 친구가 말했다. 강아지 방귀 뀌는 소리 하고 있네! 농탕 입구의 불량배 재봉사가 옷 사이즈를 잰다면서 위아래로 만지고 더듬으면서 희희낙락한 게 몇 번이나 되는지 말하란 말이야. 어서 말하라고! 홍콩 아가씨는 아무 말도 하지 않았다. 친구가 말했다. 그 불량배 재봉사는 진작에 잡혀 들어갔어. 재봉틀과 전기다리미도 전부 압수당했다고, 알아? 홍콩 아가씨는 여전히 아무 말도 하지 않았다. 친구가 말했다. 못하겠다 이거지? 후성, 가서 옷장 열어봐. 홍콩 아가씨는 잠시 어리둥절한 표정을 짓더니 갑자기 눈을 커다랗게 뜨고서 달려들어 친구의 멱살을 잡고 두세 번 거칠게 흔들면서 말했다. 이 머리에 피도 안 마른 깡패 새끼야, 농탕의 양아치 새끼가 어른들을 속여넘기려 들어? 내가 누구를 겁낼 줄 알고? 내가 누구를 두려워할까봐 그래? 이래 봬도 내가 황진룽黃金榮*에게도 대들었고 얼굴 하얀 부잣집 난봉꾼들이나 서양 불량배들, 여자에게 추파를 던지며 희롱하는 건달 놈들까지 다 겪어본 사람이라고! 그런 나한테 오늘은 이 어린 양아치 새끼가 다 덤비네! 친구는 두 손을 마구 떨면서 금세 얼굴이 창백해졌다. 후성과 또다른 친구가 황급히 달려들어 홍콩 아가씨를 떼어놓았다. 여성 청년이 미친듯이 뛰어들어와 다급한 어투로 말했다. 엄마! 빨리 그애 풀어줘. 얼른 풀어주라고. 그 손 놓으란 말이야. 큰일 터지기 전에 어서 풀어주라고! 홍콩 아가

* 상하이를 쥐락펴락하던 조직폭력단의 두목.

씨가 손을 풀자 친구는 뒤로 몇 걸음 물러서 숨을 몰아쉬면서 머리와 목을 매만졌다. 갑자기 사방이 조용해졌다. 친구가 씩 웃더니 옆에 있던 등받이 없는 둥그런 홍목 의자를 집어들고는 갑자기 옆에 있는 유리문을 힘껏 내려쳤다. 와장창 요란한 소리와 함께 유리격자가 세 동강이 났다. 친구가 유리 조각을 발로 밟으면서 문밖으로 뛰쳐나가더니 농탕을 향해 큰 소리로 외쳤다. 다들 이리 와보세요! 19호실에 문화대혁명을 파괴하는 사람이 있어요! 모두 빨리 와서 혁명행동을 전개합시다! 대세계의 여자 불량배를 생포해야 합니다!

근처에서 가택수색을 하던 사람들과 농탕 앞뒤 문에 길고 짧은 의자를 전부 꺼내놓고 줄지어 앉아 일찌감치 점심을 먹은 후 한가롭게 휴식을 취하고 있던 남녀 노동자와 기술자들이 전부 친구가 외치는 소리를 들었다. 남자 노동자들이 일제히 19호실 2층으로 몰려왔다. 친구는 상황을 설명하고는 재빨리 후성을 아래층으로 끌고 내려갔다. 방안에서 곧장 하늘이 뒤집어질 정도로 격한 소란이 벌어지더니 얼마 후 완전히 조용해졌다. 누군가 머리를 내밀고 몇몇 여자 노동자들에게 위로 올라오라고 소리쳤다. 남자 노동자들은 전부 아래층으로 내려갔다. 잠시 후, 멜빵바지 차림의 여자 노동자 둘이 홍콩 아가씨를 끌고 내려와 농탕 한가운데 세웠다. 자세가 기울어지자 작업용 신발이 가차없이 그녀를 걷어찼다. 홍콩 아가씨는 머리가 마구 엉클어져 있고 몸에는 깃이 높고 호추湖縐*로

* 저장성 후저우에서 나는 오글쪼글한 견직물.

테를 두른 작은 치파오를 입고 있었다. 옷이 몸에 착 달라붙어 있고 옆에서 보면 허벅지 양쪽의 트임이 허리춤까지 찢어져 있었다. 가슴 부위의 단추도 몇 개 풀려 있었다. 치파오 안에는 얇은 검은색 속바지를 입고 있었다. 미니 치파오는 단추가 옆으로 달려 있는 데다 허리춤까지 찢어져 있고 단추가 하나밖에 채워져 있지 않아 맨살이 그대로 드러났다. 발에는 끝이 뾰족한 무도용 신발을 신고 있고 목에는 열 켤레가 넘는 나일론 스타킹이 매여 있었다. 농탕 안에는 갈수록 많은 사람들이 몰려들었다. 위층에서 코르셋과 브래지어 몇 개가 떨어지자 누군가 이를 주워 홍콩 아가씨의 머리에 걸었지만 이내 흘러내려 땅에 떨어지고 말았다. 마침 점심식사 때라 근처 길거리 노점에서 저유채반豬油菜飯*이나 국수를 먹던 손님들도 그릇을 들고 몰려와 구경꾼 대열에 합류했다. 노동자 간부가 팻말을 들고 왔다. 공기 중에 고약한 먹 냄새가 감돌았다. 팻말에는 황진룽의 정부, 저질 여자 불량배 동단구이董丹桂라고 쓰여 있었다. 팻말을 홍콩 아가씨의 목에 걸면서 노동자 간부가 말했다. 대세계에 대해 이미 세 차례에 걸쳐 대규모 청소를 진행했고 마지막 청소에서 바퀴벌레 만 삼천 마리를 치웠습니다. 이번이 네번째 청소인데 이 여자 불량배를 생포하게 되었습니다. 모두들 박수를 쳤다. 햇볕이 지독하게 내리쬐는 바람에 몇몇 사람들은 자리를 떴다. 여성 청년이 고개를 숙인 채 가위를 하나 꺼내 후성에게 건넸다.

* 저장과 장쑤 지역의 간단한 음식으로, 채소와 돼지고기를 볶은 다음 쌀과 함께 섞어 지은 밥.

후성이 쭈그려앉아 화이하이로에서 보았던 방식으로 홍콩 아가씨의 바지통 입구를 잘랐다. 가위로 조금 자른 다음 힘을 주어 당기자 바지가 조금 찢어졌다. 친구가 달려들어 있는 힘껏 잡아당기자 바지가 더 많이 찢겨 올라갔다. 다시 가위로 자르고 잡아당겨 찢기를 반복하자 허벅지 부위에 찢어진 천이 나풀거렸다. 친구가 옆에 있던 브래지어 두 개를 집어들고 몇 번 가위질을 하자 모두 열렬히 박수를 치면서 환호했다. 기술노동자 하나가 후성을 잡아끌면서 말했다. 여기 있는 사람들에게 진지하게 비판투쟁을 진행하라고 하고 혁명의 소장小將 세 분은 4호실로 가서 식사를 하도록 하세요. 후성과 친구가 막 가택수색을 하고 있는 4호실 뒷문에 도착해보니 삼륜차 안에 직장의 식당에서 날라온 홍소 돼지갈비와 콩줄기 볶음, 함육동과탕鹹肉冬瓜湯 같은 음식들이 법랑 그릇에 가득 차려져 있었다. 세 사람은 법랑 그릇을 받쳐들고 식사를 시작했다. 후성이 친구들에게 말했다. 진정한 대결이 뭔지 알게 된 것 같아. 죽음이 바로 앞에 있으면 보통 사람들은 이를 막아내지 못해. 친구들은 아무 말이 없었다. 후성이 말했다. 네모 두부말림, 너 정말 대단했어! 친구는 말이 없었다. 후성이 또 말했다. 내가 앞장서서 쳐들어가면 틀림없이 도망치지 못할 거야. 친구들은 말이 없었다. 주위가 썰렁했다. 다들 농탕 안의 요란한 구경거리 쪽으로 눈길을 돌리고 있었다. 시끌벅적한 소리가 들려왔다. 친구가 젓가락을 내려놓고 말했다. 사실 나는 몇 년 동안 힘들게 꾹 참아왔어. 가장 견디기 힘들었던 것은 나를 불량배라고 욕하는 거였어. 사람은 모두 평등한 것 아니냐고 따져 묻고 싶었지. 저렇게 당하고 있는 여자는 과거에 나를 욕한 대가를 치른 셈이야. 이제는 또 감히 나를 욕한다 해도 의자를 집어던지지는 않을 거야. 그게 남자니까.

## 이

7월 무더위에 푸싱중로의 상하이 영화관에서 〈베를린 함락〉*이라는 영화를 상영했다. 학생 표의 가격은 5펀이었다. 영화관 안의 모든 의자 뒤에는 대나무 살에 종이를 바른 부채가 하나씩 꽂혀 있었다. 영화 한 편을 보는 내내 아바오는 줄곧 부채질을 했다. 영화의 결말 부분에 베를린은 온통 폐허로 변하고 소련의 붉은 깃발이 휘날렸다. 영화관 안의 대형 전등이 켜지기도 전에 주위에서는 의자가 뒤로 넘어가는 소리와 여기저기 부채질하는 소리가 가득했다. 앞줄에 앉은 관중들은 부채를 곧장 아래층을 향해 날려버렸다. 폭발음 속의 베를린은 하늘 가득 파편이 날아다니고 있었다. 영화관 안에 안내방송이 들렸다. 마오 주석님의 최고 지시입니다. 증산과 절약을 생활화하고 국산품을 애용합시다. 부채를 함부로 내던지지 마세요. 안 들려요? 부채 내던지지 말라고요. 하지만 부채는 계속 허공을 날아다녔다. 붉은 깃발이 휘날리는 가운데 3대 특수부대가 베를린 동쪽과 남쪽, 북쪽에서 한데 모여들고 있었다. 아바오도 일어나 영화관을 나왔다. 오동나무 그늘은 시원했고 주위는 평

---

* 소련 영화(1949).

온함과 조용함을 회복했다. 매미 울음소리만 요란했다. 어디를 가든지 대로와 농탕을 따라 적지 않은 학생과 노동자들이 드나들고 있었다. 형세의 발전이 너무 빨라 화이하이로 완싱萬興 식품점에선 가택수색에서 압수한 식품들을 진열창에 전시하기 시작했다. 이탈리아 생수와 양주, 샴페인 등이 상자째 놓여 있고, 어떤 상자 위에는 거미줄이 쳐져 있었다. 역사의 회색 먼지가 가득 쌓인 것도 있었다. 한 무더기의 통조림—검은색 알젓, 햄, 정어리, 칠면조 등도 있고, 심지어 청대콩과 러시아 오이 피클, 이탈리아 올리브—도 있었다. 일부는 이미 변질되어 부풀어올랐고 상표가 떨어져나가거나 녹슨 흔적이 있는 상품도 있었다. 이 압수품들의 배경에는 흰 종이에 붉은 글씨로 자산계급의 부패한 생활 방식이 밝은 세상에 적나라하게 드러났다! 라고 쓰여 있었다. 인근의 폐품수집소, 특히 화이하이로 24번 전차 정거장 옆에 있는 폐품수집소에는 중국과 서양의 잡지와 화보, 심지어 분해된 구리 침대 부품들까지 마구 뒤엉켜 나뒹굴면서 햇빛 아래 보는 이들의 눈을 몹시 불편하게 자극하고 있었다. 아바오는 천천히 쓰난로를 걸어가다 마구 두드려대는 북소리와 징소리를 들었다. 소리는 커졌다 작아지기를 반복했다. 이 일대에는 가택수색을 하는 인원들이 더 많아 적지 않은 집들이 문이 열려 있고 낯선 사람들이 여러 무리를 이루어 잔뜩 몰려 있었다. 사람들은 신부님네 집 3층 창문에서 아주 무거운 홍목 오두주를 천천히 내리고 있었다. 공장에서 일하는 기중기 기사가 나무로 만든 구식 활차와 밧줄, 범포, 트럭 발판 등을 챙겨 왔다. 삼륜차 두 대가 식사 배달을 담당하고 있었다. 삼륜차에는 홍기紅旗

가 꽂혀 있고 차가운 음료와 만두가 든 대나무 찜통, 법랑 그릇 등이 실려 있었다. 노동자들이 주야로 이 지역의 집들을 지킨 지 이미 사흘째였다.

아바오가 대문 입구로 가자 여성 노동자가 말했다. 왜 또 왔어? 아바오가 말했다. 고모를 만나러 왔어. 남자 노동자가 말했다. 이리 와봐. 아바오가 가까이 다가가자 남자 노동자는 위아래로 그의 몸을 더듬어 몸수색을 했다. 그러고 나서 화원 안으로 들어가자 눈앞에 영화 속 베를린의 풍경이 펼쳐졌다. 감탕나무와 황양목, 물푸레나무 등이 전부 파여 쓰러져 있고 푸른 벽돌로 조성한 통로도 전부 파헤쳐져 있었다. 벽돌은 가져다 감추지 못하도록 전부 깨뜨려 버린 뒤였다. 작은 문 앞에는 오래된 사오싱주紹興酒* 항아리가 잔뜩 쌓여 있었다. 술항아리 주둥이를 막는 경화점토는 전부 깨져 땅바닥 여기저기에 널브러져 있고 술냄새가 코를 찔렀다. 대청은 텅 비어 있고 카펫은 둘둘 말려 있었다. 벽난로와 일부 바닥의 굽도리는 전부 비틀려 벌어져 있고 모든 창문의 커튼 틀도 제거되어 있었다. 1인용 침대 세 개는 네 발이 하늘로 향해 뒤집혀 놓여 있고 매트리스 바닥을 덮었던 천은 전부 찢겨나가 스프링이 내장처럼 삐져나왔다. 기술노동자 하나가 지하실에서 망치를 들고 올라왔다. 그의 얼굴에는 먼지가 가득하고 어깨에는 온통 석횟가루가 내려앉아 있었다. 그는 아바오를 거들떠보지도 않고 곧장 2층으로 뛰어올라갔다. 거실의 다른 물건들로는 소련제 텔레비전과 유자나무로

* 저장성 사오싱의 특산물인 황주로 오랜 전통을 갖고 있어 황주의 대명사로 통한다.

만든 다탁 두 개, 황동으로 된 플로어스탠드, 축음기 겸용 대형 라디오, 단단한 나무로 된 유리장식장, 골동품 장식장, 네 다리에 매화 장식이 아로새겨진 작은 탁자 등이 있었지만 다 사라지고 없었다. 들리는 바에 의하면 당일에 화이하이로에 있는 국영 중고물품 상점으로 운송되어 곧장 처리되었다고 했다. 식당 입구에는 먼지가 가득 쌓인 통조림 상자들이 잔뜩 놓여 있었다. 유칼리 통조림과 포르투갈 엔초비 소스, 토마토 소스, 정교하게 제작된 마닐라 시가 등과 수십 병의 양주도 있었다. 아바오가 식당 입구로 가까이 가보니 식당 안에는 발 디딜 틈조차 없이 사람들로 가득차 있었다. 커다란 찬장과 의자, 다탁 등은 이미 다른 곳으로 옮겨지고 오륙십 명쯤 되어 보이는 사람들이 집중적으로 높이 쌓인 트렁크들을 정리하고 있었다. 그 가운데 한 중년 남자는 무릎까지 오는 작업복 차림이었다. 노동자 하나가 말했다. 법사님, 이게 뭔가요? 중년 남자가 대충 살펴보고 나서 말했다. 이건 '낙주落珠'라는 거야. 일종의 은쟁반이지. 노동자가 물었다. 정말 모르는 게 없으시네요! 중년 남자가 말했다. 골동품가게나 헌옷가게, 은행과 금은방의 잡다한 항목들에 관해서는 공장을 통틀어 아는 사람이 나 하나밖에 없어. 몇 년 동안의 장사 경험 덕분이지. 고생하면서 싸구려 무밥*을 많이 먹었어. 노동자가 말했다. 식견이 넓으시군요. 중년 남자가 낮은 목소리로 말했다. 룽신隆鑫 공장의 자본가 사장은 정말 대단해. 쉬후이구徐匯區에 있는 양옥집에서는 오십 년도 더 된 프랑스

* 식량을 절약하기 위해 쌀과 무를 섞어서 지은 밥.

3색 와인도 나왔다고. 나도 그런 술은 처음 봤어. 술병 안이 유리로 세 부분으로 나뉘어 있더라고. 병 입구까지 삼등분되어 각각 하얀색, 빨간색, 파란색 술이 담겨 있었지. 이걸 따로 구별해서 따를 수도 있고 한데 섞어서 따를 수도 있어. 노동자가 물었다. 맛은 어땠어요? 중년 남자가 말했다. 미치도록 맛있었지. 이때부터 노동자들이 고개를 파묻고 뭔가를 적기 시작했다. 중년 남자가 노래하듯이 물건들의 명칭과 세부사항을 부르기 시작했다. 독일 레전드 Legends 구식 금고, 지금까지 집계한 결과 남아 있는 돈은 약간의 영국 파운드 금화이며, 금화 하나의 무게가 2전 2푼 5리로, 적표금赤標金*으로 환산할 경우 1048위안에 해당함. 동양東洋, 그러니까 뭐냐, 바로 그 일본식 금화, 무게는 2전 6푼 5리, 372위안. 프랑스 금화는 프랑으로 표기되어 있음. 금화 한 개의 무게는 1전 7푼 5리로 다 합쳐서 천 위안에 해당함. 독일 금화는 마르크로 표기함. 금화 한 개의 무게는 1전 6푼 5리로, 410위안에 해당함. 다 적었지? 트렁크 수량은 총 열한 개, 3층 트렁크와 녹나무 상자 네 쌍은 별도로 계산함. 여기. 중국식 가죽 트렁크 큰 것 네 점, 작은 것 네 점은 별도로 계산함. 나머지 서양식 가죽 트렁크는 큰 것은 얼마 안 되고 작은 것이 많음. 하나, 둘, 셋, 넷, 우선 다 합쳐서 스물세 개라고 적어놔. 적었어? 좋아. 등나무 상자 네 쌍. 귀퉁이에 철피를 댄 가죽 트렁크 한 쌍, 그 가운데 일곱 개는 이미 비어 있다는 걸 분명히 적도록 해. 아바오는 창가에 가까이 있는 커다란 식탁을 바라보았다.

* 중량과 순도를 표시한 막대형 금괴.

어두운 빛깔의 은그릇들이 잔뜩 쌓여 있었다. 은식기 세트도 두 벌 있었다. 한 벌에 크고 작은 국그릇과 밥그릇, 국 수저 등이 포함되어 있었다. 나이든 법사와 노동자가 몸을 돌려 다가왔지만 등록 물품의 호명은 계속되었다. '금불리金不离', '은불리銀不离', 그러니까 크고 작은 금은 옷핀 스물세 점, 은 '족쇄', 팔찌 형태니까 그냥 은팔찌라고 적어. 큰 것, 작은 것 합쳐서 여덟 점이야. '횡운橫雲', 속칭 은비녀 열네 점, '낙주' 즉 은쟁반 열 치짜리와 열여섯 치짜리 각 여섯 점이니까 합쳐서 열두 점이네. 은 원앙 '착락錯落', 즉 은 술주전자 네 점, 속칭 '탄구呑口'라고도 하고 '편제偏提'라고도 하는 은 찻주전자 세 점, 은 커피주전자 두 점, 은 얼음통 한 점, 은으로 만든 병 대소 각 두 쌍, 은 칠보 연화탑蓮花塔 두 점 등이었다. 이어서 잡다한 기물들을 등록했다. 은 미륵불 한 점, 은 관음보살 한 점, 은 봉황 장식품 한 쌍, 옥이 상감된 은 꽃가지 장식품 한 쌍, '보압寶鴨'이라고도 불리는 은 향로는 한 쌍이라고 적어. 서양식 은 촛대 한 쌍, 중국식 은 촛대 높은 것과 낮은 것 각 두 쌍, 속칭 '취규고聚虬高'라 불리는 은 등잔 한 점, 은 아편등 한 점, 은 타구 한 쌍, 손잡이 달린 은거울 세 점, 크고 작은 은 손잡이 총 네 점, 은 상감 장신구함 여섯 점, 명패수례銘牌壽禮*는 우선 세 점이라고 적어. 아바오가 얼굴을 돌려보니 대부분의 금은 기명과 보물들이 커다란 인도산 실크 스카프에 싸여 창가의 사각 테이블 위에 가지런히 놓여 있었다. 아무도 돌보지 않는 사이에 화원에서 파리 한 마리가 날아와 금팔찌

* 장수를 기원하는 의미에서 '수(壽)'자와 관련 시문을 새긴 장식물.

한 쌍 위를 맴돌았다. 파리는 이내 사십 마리의 '대황어大黃魚' 위로 날아갔다. 파리는 금빛을 발산하며 비취가락지 위에 앉자 금세 푸른빛으로 변했다. 왼쪽 구석에는 서화 족자가 한 무더기 쌓여 있고 그 옆에는 매화병과 인끈이 달린 병, 뚜껑이 달린 도자기 분채粉彩* 항아리, 수정병, 각종 조미료 통 등 다양한 모양과 크기의 병들이 놓여 있었다.

아바오가 어리둥절해 있는 사이에 누군가가 귀를 잡아당겼다. 몹시 아팠다. 노동자 하나가 물었다. 여기서 뭐하는 거야? 아바오가 말했다. 아, 네. 노동자가 물었다. 뭘 보고 있는 거냐고? 아바오는 아무 말도 하지 않았다. 음식점 안에서 또다른 노동자가 다가와 쑤베이 사투리로 말했다. 이 사람은 가오란로의 손자예요. 노동자가 아바오의 양쪽 겨드랑이와 다리춤을 더듬었다. 아바오는 그렇게 하도록 내버려두었다. 노동자가 말했다. 말대꾸하지 말고 신발이나 벗어. 아바오가 신발을 벗었다. 나이든 노동자가 신발 밑창을 꺼내 손으로 몇 번 만지작거리더니 아바오의 허리춤과 셔츠 뒤 깃을 자세히 만져보았다. 아바오는 아무 말도 하지 않았다. 노동자가 물었다. 뭐하러 들어온 거야? 아바오가 말했다. 고모를 만나러 왔어요. 옆에 있던 다른 노동자가 설명했다. 이전에는 사립 초등학교의 선생님이었는데 나중에 구區로 배정되어 사무원으로 일하고 있어. 무슨 문제가 있는 거지? 아바오는 아무 말도 하지 않았다. 노동자가 말했다. 이번에는 전부 뒤질 생각이야. 아바오는 여전히 말

* 옛날 중국 여성들이 화장에 사용하던 흰 가루분.

이 없었다. 나이든 노동자가 말했다. 가오란로 집들은 가택수색을 다 끝냈겠지? 아바오가 고개를 끄덕였다. 노동자가 말했다. 태도를 분명히 해. 알았어? 자산계급과 경계선을 확실히 긋고 문제점들을 전부 폭로하란 말이야. 알아들었어? 아바오가 고개를 끄덕였다. 노동자가 말했다. 위층의 작은 방으로 가서 한번 둘러보고 오 분 뒤에 다시 내려오도록 해. 아바오는 그러겠다고 대답했다. 계단을 오르자 발판이 전부 느슨하게 비틀려 있었다. 위층은 남향의 커다란 방으로 바닥에 이부자리가 펴져 있었다. 사촌 두 가족 아홉 식구가 이부자리 위에 앉아 고개를 숙인 채 아무 말도 하지 않고 있었다. 할아버지만 목에 팻말이 하나 걸린 채 구석 벽 쪽에 쭈그려앉아 있었다. 아바오가 즉시 방안으로 달려들어가 할아버지를 부축해 일으켰다. 문가에 있던 노동자가 말했다. 뭐하는 거야! 할아버지는 꼼짝도 하지 않고 말했다. 괜찮아, 괜찮아. 노동자가 아바오의 옷깃을 잡고 그를 작은 방으로 끌고 갔다. 고모는 머리칼이 마구 흐트러진 채 혼자 바닥에 무릎을 꿇고 앉아 있었다. 앞에는 작은 가죽 트렁크 하나가 열린 채 놓여 있고 그 안에는 국민당 군복 한 벌과 백지 한 장이 들어 있었다. 백지에는 붓으로 1946년 민국5년 국민대표대회 유권자 증명서. 류더원柳德文이라고 크게 쓰여 있었다. 아바오가 고모를 불렀다. 고모! 고모는 미동도 하지 않았다. 아바오가 말했다. 류더원이 누구예요? 고모가 울면서 말했다. 열 번도 넘게 얘기했잖아. 고모부 친구의 짐이라고 말이야. 1950년에 홍콩으로 가기 전에 작은 트렁크 하나를 맡겼어. 그 안에 국민당 군복과 유권자 증명서 한 장이 들어 있을 줄은 꿈에도 몰랐지.

여자 노동자가 말했다. 아직도 속일 생각을 하는 거야? 고모가 말했다. 개인 짐이라 함부로 열어볼 수 없었어요. 여자 노동자가 말했다. 망할 년! 이거 완전히 쓰레기네. 죽여 마땅한 년! 류더원이 도대체 누구야? 어서 말해. 오늘 아침까지 생각해내지 못하거나 말하지 못하면 영원히 일어나지 못할 줄 알아. 쓸모없는 년!

아바오는 대문 입구로 돌아와 남자 노동자에게 다시 한번 몸수색을 당한 다음 천천히 집으로 돌아갔다. 쓰난로의 집은 모습이 완전히 변해 있었다. 할아버지와 고모는 노동자들에게 굴복해 무릎을 꿇었다. 아바오는 뜬금없이 영화 한 편이 생각났다. 난바톈이 남양의 부호를 접대하는 장면이었다. 붉은 촛불이 높이 걸려 있고 백면서생 훙창칭은 머리에 구리 테를 두른 모자를 쓰고 온몸에 하얀 아사포로 지은 양복을 입고 있었다. 비굴하지도 않고 거만하지도 않은 모습이었다. 은화를 봉송하는 대례가 거행되고 어르신과 도련님들이 이야기를 나누고 있었다. 너무나 조화로운 정경이었다. 그러나 이어서 훙창칭이 머리가 마구 엉클어진 채 단정하지 않은 옷차림으로 나타났다. 난바톈은 두 손으로 뒷짐을 지고 있다가 상자를 뒤집어엎고 도망치면서 물에 빠진 생쥐 꼴이 되었다. 스토리의 연출이 '너무나 슬프면서도 아름답다'는 생각이 들었다. 하지만 아바오는 견딜 수 없는 아픔을 느꼈다. 쓰난로의 가택수색이 끝났지만 이 사람들이 다시 가오란로를 덮칠 수도 있었다. 아빠의 직장에도 이미 사람들이 와서 수색하고 갔고 엄마의 직장도 수색을 당할 예정이었다. 아래층 베이디의 부모님은 진작에 잡혀 들어갔고 집이 두 차례나 수색을 당했다. 할멈과 베이디는 한마디도 하지 않았다. 집안은 엉망진창으로 어질러져 있었다. 피아노는 언제든지 끌고 갈 수 있었다. 어제 사오싱 할멈이 낮은 목소리로 말했던 것이 기억났다. 아바오 얼른 도망가. 하늘이 무너지진 않을 거야. 아바오가 물었다. 어디로 도망가란 말이에요? 베이디는 피아노 의자에 앉아 미동도 하지 않았다. 바닥이 온통 쓰레기 천지였다. 베이디가 말했다. 수완 언니는 양수푸구 가오랑교로 도망쳐서 마터우의 집에 숨을 작정이야. 나도 도망칠 작정이고. 아바오가 말했다. 수완네 집은 두 번이나 가택수색을 당했어. 집안 전체가 이미 지하에 있는 주차장으로 이사했기 때문에 도망치지 못해. 베이디가 말했다. 아니야, 도망칠 수 있어. 아바오가 웃으면서 말했다. 마터우가 감히 자산계급을 받아준다고? 절대로 불가능한 일이야. 가장무도회 사건도 다 말했는데 도망은 무슨 도망을 간단 말이야! 할멈이 말했다. 아니면, 꼬마 아가씨는 수완과 함께 사오싱으로 가 있는 게 어때? 아바오가 물었다. 그럼 피아노는요? 피아노는 네 발이 달려 있어도 움직일 수 없잖아요. 베이디가 말했다. 마터우의 말로는 앞으로 피아노는 업라이트피아노든 다운라이트피아노든, 아니면 그랜드피아노든 간에 전부 없애버릴 게 틀림없대. 중국에는 피리와 호금, 징과 북, 소당라小鏜鑼 같은 악기들이 있잖아. 평소에는 산둥山東 류금柳琴을 연주하고 죽판竹板을 두드리지. 대야랑 젓가락만 있어도 딩딩당당 반주를 넣어 〈번신도정〉*의 창을 할 수

* 산시의 도정(道情) 음조를 기초로 하여 가사를 지어 만든 민가로 가난한 인민들이 공산당의 영도하에 몸을 뒤집듯 사회의 주인이 된다는 내용이다.

있거든. 그거면 돼. 대만족이라고. 아바오는 아무 말도 하지 않았다. 할멈이 말했다. 화이하이로의 오래된 잡화점에는 피아노가 산처럼 쌓여 있어. 베이디가 말했다. 마터우의 말에 의하면 누군가 피아노를 끌고 간다 해도 완전히 공평하게 처리할 거래. 아바오는 아무 말도 하지 않았다. 베이디가 말했다. 마터우는 두려워하는 게 없어. 아바오가 말했다. 그야 당연하지, 노동자계급이니까. 베이디가 말했다. 마터우가 친구들과 함께 쉬후이구에 가서 서양식 주택을 돌아다니면서 물건을 몰수했대. 아바오는 말이 없었다. 베이디가 말했다. 마터우가 그러는데 맘에 안 드는 사람이 있으면 그 자리에서 마구 두들겨패도 된대. 아바오가 말했다. 마터우는 달라. 베이디가 말했다. 마터우가 그랬어. 따져봐야겠다. 파벌이 두세 개, 일고여덟 개 있었는데 전부 무산계급이었대. 사실 내부적으로 여러 개의 파벌로 나뉘어 있지만 전부 무산계급이래. 계속 서로 싸움을 벌이고 있어 머리가 깨져 피가 흐르기도 했대. 서로를 인정하지 않고 무조건 굴복시키려 하는 거지. 무산계급도 서로 싸우니 다른 계급은 더 말할 것도 없잖아. 아바오가 말했다. 그렇게 함부로 말하지 마. 베이디는 아무 말도 하지 않았다. 아바오는 천천히 가오란로 입구를 향해 걸어갔다. 멀리 베이디와 마터우가 맞은편에서 걸어오는 모습이 보였다. 베이디는 근심이 싹 사라진 얼굴에 하얀 블라우스와 파란 치마를 입고 있었다. 너무나 청초하고 아름다웠다. 마터우는 표정이 가벼워 보였다. 베이디가 마터우를 쳐다보더니 몹시 주저하면서 입을 열었다. 내 생각에는 가서 수완 언니를 만나보는 게 좋을 것 같아. 어때? 마터우가 말했다. 베이디, 내가 말했잖아. 우선 화이하이로의 완싱으로 가자. 가서 시원한 것 좀 먹자고. 베이디는 말이 없었다. 고개를 숙인 채 치마를 만지작거렸다. 그러다가 결국 마터우를 따라갔다.

## 삼

밤바람이 낡은 지붕창을 뚫고 희미하고 어렴풋한 타악기 소리를 전해주었다. 샤오마오 엄마가 말했다. 이번에 하이더의 화물선이 다다大達부두*에 정박하자 인펑이 아기를 안고 마중을 나갔어요. 샤오마오 아빠가 술잔을 내려놓으며 말했다. 영수님의 1호 명령이 떨어지자 화물선 회사 간부는 곧장 졸음이 싹 가셨지. 재빨리 꼬리를 말고 황급히 돌아온 거야. 샤오마오 엄마가 말했다. 술을 마실 때는 영수님에 관해 이러쿵저러쿵 얘기하지 마요. 다 마시고 나서 얘기하라고요. 샤오마오 아빠는 대꾸하지 않았다. 밤 열시가 넘어서야 뒷문에서 인기척이 들렸다. 인펑이 돌아온 것이었다. 하이더가 위층으로 올라가는 소리도 들렸다. 인펑이 말했다. 좀 살살 올라와요. 열쇠로 문을 여는 소리가 들렸다. 바닥 틈새로 열 가닥 남짓한 빛이 스며들어왔다. 짐을 내려놓는 소리가 들리고 아기가 옹알거리는 소리가 들렸다. 인펑이 아기를 재빨리 품에 꼭 안는 것 같았다. 샤오마오는 아기가 갑자기 울음을 터뜨릴까봐 남몰래 가

* 황푸강 하류 서안(西岸)에 있는 부두로 435미터에 달한다.

습이 조마조마했다. 바스락거리는 소리와 함께 하이더의 목소리가 들려왔다. 물을 붓고 세면을 하느라 이리저리 움직이는 소리가 들렸다. 이어서 슬리퍼가 바닥에 떨어지는 소리도 들렸다. 인평이 말했다. 뭐가 그렇게 급해요. 좀 살살 움직여요. 손발이 무거운 건 어쩔 수 없잖아요. 잠시 후 인평이 또 말했다. 불 꺼요. 바닥이 캄캄해졌다. 평소에 인평은 옷을 갈아입거나 목욕을 할 때면 반드시 불을 껐다. 낮에는 커튼을 쳐서 방안을 어둡게 했다. 위층에서 누군가 몰래 들여다본다 해도 사람 그림자만 희미하게 보일 뿐이었다. 이때는 달빛이 무척 밝았지만 목소리는 희미했다. 들릴 듯 말 듯한 숨소리 같기도 하고 집이 오래되어 바닥이 갈라지는 소리 같기도 했다. 모든 것이 희미해서 도무지 분간이 되지 않았다. 아래층 미용실과 2층 아저씨의 방은 적막해진 지 오래였다. 24번 전차 막차가 지나가면서 차르르 '작은 변발'*이 전선을 스치는 소리가 들렸다. 잠시 후 인평이 흥흥거리는 소리가 들렸다. 목구멍을 청소하는 소리 같았다. 삼륜차 한 대가 농탕을 지나갔다. 차 안에 실린 대나무 뗏목이 가는 길 내내 탁탁탁 소리를 냈다. 이어서 모든 것이 정지되고 세상이 완벽한 적막에 잠겼다. 샤오마오는 희미하게 꿈속으로 빠져들었다.

다음날 아침 일찍, 샤오마오 엄마는 평소와 다름없이 두 손을 맞잡고 오두주 앞에 서서 공부를 했다. 샤오마오 아빠는 출근 준비

---

* 전차와 전선을 연결해주는 두 갈래 막대. 땋은 머리를 연상시키기 때문에 이런 이름이 붙었다.

를 했다. 샤오마오 엄마도 고개를 들어 영수님 초상을 한 번 쳐다보고는 덩달아 출근 준비를 했다. 샤오마오 아빠가 말했다. 공장에 마오 주석 어록 대련이 적잖이 나붙었어. 샤오마오 엄마가 말했다. 우리 공장도 마찬가지예요. 선전을 담당하는 애송이 녀석들이 올라갔다 내려왔다 하면서 바쁘게 움직이더라고요. 샤오마오 아빠가 말했다. 대련의 오른쪽 문구는 결심을 하면 희생이 두렵지 않다이고 왼쪽 문구는 모든 어려움을 헤치고 승리를 쟁취하자였어. 샤오마오 엄마가 말했다. 다시 한번 말해봐요. 샤오마오 아빠가 대련을 다시 읊어주었다. 샤오마오 엄마가 말했다. 대련 왼쪽에 글자 하나가 빠진 게 분명해요. 샤오마오 아빠가 물었다. 무슨 글자가 빠졌다고 그래? 샤오마오 엄마가 말했다. '가다去'라는 글자가 빠졌어요. 승리를 쟁취하러 가자가 되어야 맞는다고요. 영수님이 실제로 하신 말씀은 세 마디였단 말이에요. 대련을 누가 붙였는지 모르지만 한 마디도 빠뜨리면 안 돼요. 샤오마오 아빠가 말했다. 내가 붙였어. 샤오마오 엄마가 말했다. 에구구, 남들이 발견하면 정말 골치 아파져요. 샤오마오 아빠는 아무 말도 하지 않았다. 샤오마오 엄마가 말했다. 이게 큰 화를 부를 수도 있어요. 에이, 문인들이 하는 일에 노동자들이 왜 끼어드는지 모르겠네! 샤오마오 아빠는 아무 말도 하지 않고 고개를 푹 숙인 채 서둘러 옷을 입었다. 샤오마오 엄마가 양철로 만든 찬합을 들고 고개를 돌려 샤오마오에게 말했다. 빨리 일어나! 휴교라도 때가 되면 일어나야 할 것 아니야! 에이, 모든 일을 사사건건 이 엄마가 걱정해야겠니? 샤오마오가 말했다. 일어날게요. 부모님이 황급히 밖으로 내려가자 샤오마오는 잠자리에서 일어나 수건과 칫솔을 들고 아래층으로 내려갔다. 인평이 채소장사를 마치고 앞문으로 들어왔다. 이때 2층 아저씨가 내려오면서 인평을 힐끗 쳐다보았다. 하이더도 아래층으로 내려와 샤오마오를 향해 빙긋이 웃었다. 샤오마오가 말했다. 형님, 돌아오셨군요. 하이더가 튜브를 집어 샤오마오의 칫솔 위에 치약을 한 줄 짜주면서 말했다. 이거 일본 치약이야. 한번 닦아봐. 두 사람은 이를 닦고 세면을 했다. 하이더가 말했다. 시간 나면 우리 방에 놀러와. 샤오마오가 말했다. 네, 그럴게요.

이날 아침 일찍 샤오마오는 예자자이로 갔다. 권법 사부는 야간 근무를 마치고 돌아왔지만 여전히 정신이 없었다. 쑤저우하 근처에 젠궈가 땅을 한 군데 정리해놓고 그 자리에 석쇄 두 개와 역기 하나를 가져다놓았다. 사부가 물었다. 주먹은 좀 단단해졌니? 샤오마오가 말했다. 그런대로요. 사부가 소개했다. 소는 말라도 소뿔은 마르지 않는 법이야. 이 아이는 룽건榮根이고 이쪽은 샤오마오라고 한다. 룽건이 고개를 끄덕이면서 석쇄를 가리켰다. 샤오마오가 물었다. 어디서 가져온 거예요? 사부가 말했다. 공장에서 틀을 만들고 여기서 시멘트를 부어 만들었지. 평균 무게는 적당해. 역기는 200근이 좀 넘고 석쇄는 하나가 30근이고 또하나는 42근이지. 훈련을 제대로 하면 주먹 위에 사람이 설 수도 있고 어깨 위에서 말이 달릴 수도 있어. 샤오마오가 석쇄 하나를 들어보았다. 사부가 말했다. 잘못하면 팔 근육을 다치기 십상이니 조심해야 해. 룽건이 말했다. 사부님이 시범 좀 보여주세요. 저희 제자 둘이 볼 수 있게 말이에요. 권법 사부가 기합을 한 번 토하고는 발뒤꿈치에 힘을

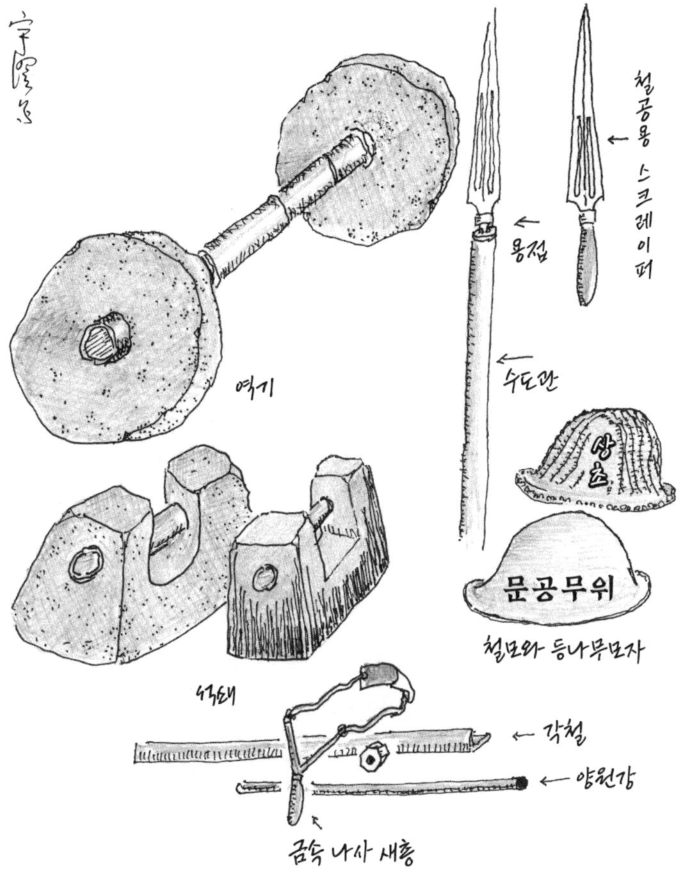


위 그림에 있는 물건들 외에도 소설에는 다음과 같은 소품들이 등장한다(정규군대의 무기는 제외됨). 각종 휘장과 종이모자, 밧줄, 마오 주석 어록, 완장, 구리 버클 가죽 벨트, 해방화, 군화, 군용 서류가방, 물주전자, 잉크병, 붓, 풀통, 대나무 사다리, 징과 북 등 사람들을 동원할 때 쓰는 악기, 깃발, 방송용 스피커, 양초 먹인 종이, 등사용 철필, 등사기 등. 그린 이는 이상과 같은 정물들을 추가하는 문제를 놓고 고심한 바 있다.

주면서 석쇄 한쌍을 들어올리더니 기마자세로 다리를 벌려 석쇄가 가랑이 아래에서 위로 올라오게 하여 힘껏 휘둘렀다. 석쇄가 머리 위를 지나자 팔을 한 번 돌린 다음, 열 손가락에 힘을 빼고 사뿐히 내려놓는 것 같더니 작은 석쇄 한쌍이 각자 허공을 한 바퀴 돌아 떨어지는 단계에서 두 손에 힘을 주어 다시 받았다. 이런 동작을 다시 한번 반복하면서 팔을 돌리지 않고 손을 놓자 석쇄 한쌍이 평면으로 상승하여 공중에서 나란히 멈춰 서 있다가 다시 두 손을 한데 모아 꼭 쥐자 땅바닥에 나란히 내려앉았다. 권법 사부가 말했다. 나이가 들어 아주 오랫동안 다루지 않았더니 손에 붙질 않는구나. 젠궈가 말했다. 그만하면 훌륭하세요. 룽건이 말했다. 제가 해볼게요. 룽건이 한 손으로 석쇄를 잡았다. 작은 석쇄 하나가 허공에 떴다가 자유낙하하는 순간, 팔을 뻗어 석쇄를 건드리자 그대로 바닥으로 떨어졌다. 석쇄는 마치 팔 위로 떨어진 듯 반 초 동안 멈춰 있었다. 팔을 뒤집어 민첩하게 석쇄 손잡이를 잡아 다시 던지자 공중에서 회전했다. 이렇게 받기와 던지기를 반복하다가 동작 전체가 멋지게 마무리되었다. 사부가 말했다. 훌륭해. 당시에 직장에서는 한 번밖에 가르쳐주지 않고 잘 못했다고 내 상금을 깎았던 걸로 기억하는데 뜻밖에도 룽건은 확실하게 기억하고 있구나. 룽건이 말했다. 사부님께서 입문시켜주셨지만 수련은 자신에게 의지해야 하는 법이지요. 저 스스로 일 년 반이나 연습했습니다. 사부가 말했다. 젠궈, 들었지? 모든 일에는 자각이 있어야 하고, 이를 마음에 새길 줄 알아야 하는 법이야. 젠궈가 말했다. 네. 제가 보기에는 샤오마오가 더 튼튼한 것 같으니 먼저 수련을 할 수 있을 겁니다. 사부가 룽건에게 말했다. 나의 이 두 어린 친구들은 나이도 어리고 힘도 부족하긴 하지만 학교에서 매일 다른 애들에게 괴롭힘을 당하리라고는 생각지도 못했어. 룽건이 말했다. 내 사제들을 괴롭히다니, 지금부터 하늘이 뒤집힌 것처럼 형세가 바뀔 거야. 앞으로 내가 다 정리해줄 테니 반에서 무슨 일이 있으면 전부 나한테 얘기하도록 해. 샤오마오가 말했다. 고마워요, 사형! 사부와 제자, 네 사람은 얘기를 주고받으면서 훈련을 계속했다. 이들이 훈련하던 장소 바로 옆이 강둑이었다. 쑤저우하는 이 지점에 이르러 큰 구비를 돌았다. 왕래하는 박선들이 기적을 울리며 서로 기복하듯이 움직이고 있었다. 남풍 속에서 창서우로 일대의 마이크 소리가 희미하게 전해져 왔다. 표준 중국어로 노래를 가르치는 소리였다. 모두들 따라 부르는 거야. 준비, 시작! 혁명은 폭동이다. 하나의 계급이, 아아, 또다른 계급을 전복시키는 것이다. 폭력은 행 행 행 행동이다. 자, 시이작, 혁명은 폭동이다.

갑자기 누군가 박수를 치면서 말했다. 멋지네요! 아주 훌륭해요. 힘이 정말 대단하네요. 호랑이도 때려잡을 수 있겠어요! 네 사람이 고개를 돌려보니 여자 노동자 하나가 자전거 위에 올라타 발 한 짝을 도로 연석에 올려놓고 있었다. 나이는 서른이 갓 넘어 보이고 눈이 큰데다 입술이 두툼한 얼굴이었다. 강바람에 짧은 머리칼이 휘날렸다. 인조면으로 된 파란 반소매 블라우스에 공장 작업복 바지를 입고 있었다. 이 여자 노동자는 다름아니라 진메이金妹였다. 원래 권법 사부의 제자였다가 나중에 저우자교周家橋의 방직 공장으로 배정된 터였다. 결혼한 지 석 달밖에 되지 않아 남편이 공장에서 부상을 당해 세상을 떠났다. 진메이가 자전거를 세우고 땀을 닦으면서 말했다. 너무 오래 찾아뵙지 못했네요. 사부가 물었다. 주간반이야 야간반이야? 진메이가 말했다. 오늘 아침에 쉬었어요, 사부님. 보나마나 야간반일 거예요. 사부님이 말했다. 모든 걸 확실히 해야지. 샤오마오가 진메이를 불렀다. 누나! 진메이가 샤오마오의 어깨를 가볍게 다독였다. 사부님이 말했다. 이 친구는 내 제자 룽건이야. 이쪽은 젠궈고. 진메이가 고개를 끄덕이며 말했다. 아우들, 귀찮겠지만 자전거 뒤에 가방이 하나 있으니 누나 대신 좀 가져다주겠어? 샤오마오와 룽건, 젠궈가 재빨리 자전거로 다가가 짐칸에 실린 범포 가방을 풀었다. 가방은 놀라울 정도로 무거웠다. 열어보니 안에는 쇠로 된 아령이 들어 있었다. 사부님이 말했다. 아주 좋구나. 진메이가 말했다. 남들이 보면 안 되기 때문에 일 년을 질질 끌어서 만든 거예요. 공장에서 사적인 일을 하려면 항상 어둠 속에서 몰래 해야 하거든요. 사부가 진메이의 통통한 엉덩이를 바라보다가 손으로 꾹 누르면서 말했다. '몰래'라는 말은 듣기 안 좋구나. 진메이가 사부의 손을 밀치면서 물었다. 뭐하시는 거예요. 사모님은 출근하셨나보죠? 사부는 대답이 없었다. 젠궈와 룽건은 신이 나서 아령을 들어보고 있었다. 진메이가 말했다. 표준 아령이야. 주물 작업을 해야 만들 수 있지. 평삭판은 내가 만들었어. 한쌍을 깎기 좋게 만들었지. 사부가 말했다. 생철은 약하고 부드럽기 때문에 텅스텐 칼로 자르면 두부처럼 깎여나가지. 진메이가 말했다. 자재를 구하기가 어려울 뿐이지요. 기회가 돼서 운좋게 금속가공공방에 배정되면 혼자 야근을 해서 다시 만들어볼 생각이에요. 샤오마오가 아령을 살펴보았다. 구형球型이 육각으로 되어 있고 테두리의 모서리가 분명했다. 진메이가 말했다. 녹이 슬기 쉬울 거야. 룽건은 빨강 페인트와 검정 페인트로 칠을 몇 번 해야겠다고 마음먹었다. 사부가 말했다. 진메이가 정말로 날 위해 만들어 왔구나. 사실 난 그냥 아무 생각 없이 말해본 건데 말이야. 진메이가 말했다. 사부님이 절 보살펴주신 건 다 기억하고 있어요. 모두 사부의 방으로 돌아갔다. 사부가 말했다. 우선 시원한 냉수부터 좀 마시도록 하자. 오늘 아침엔 좀더 쉬었다 가도록 해. 진메이가 고개를 끄덕이고는 사부의 팔을 툭툭 치면서 말했다. 돈도 못 버는 근육 단련은 뭐하러 하세요? 사부가 말했다. 혁명운동이 시작되어 형세가 자유로워지면 몸을 단련하러 오는 사람도 많아질 게다. 여기까지 말하고 나서 사부는 샤오마오 등을 향해 눈을 깜빡였다. 젠궈와 룽건이 샤오마오를 잡아끌면서 말했다. 누나, 그럼 앉았다 가세요. 저희는 먼저 갈게요. 진메이가 사부를 향해 몸을 돌리며 물었다. 왜 저만 붙잡아두시는 거예요? 아우들 보기에 좋지 않잖아요. 저도 갈래요. 그러면서도 진메이가 몸을 움직이지 않자 사부가 모두를 향해 고개를 끄덕였다. 세 사람은 밖으로 나왔다. 룽건은 빈베이濱北 둥신촌東新村의 판자촌으로 가고 젠궈는 차오자두曹家渡로 가면서 나중에 다시 만나기로 약속했다.

샤오마오가 농탕으로 돌아오니 왕 사부가 파마용 덮개를 단단히 묶고 있었다. 샤오마오가 물었다. 필라멘트가 또 망가졌나요? 왕 사부가 말했다. 파사구 알지? 파마도 안 된대. 샤오마오가 말했다. 잘됐네요. 미용실 문을 닫는 게 최선이에요. 왕 사부가 말했다. 정말 문을 닫으면 목숨을 부지할 수 없게 되잖아. 내가 매일 너희 집에 가서 밥을 먹어도 좋겠니? 샤오마오가 씩 웃었다. 2층으로 올라가보니 인평의 방문이 열려 있었다. 탁자 위에는 국 하나에 세 가지 음식이 차려져 있었다. 인평이 말했다. 샤오마오, 이리 와서 같이 먹어. 샤오마오는 손사래를 쳤다. 하이더가 자리에서 일어서며 말했다. 그러지 말고 이리 와, 뭘 그렇게 쑥스러워하고 그래? 결국 샤오마오는 안으로 들어가 억지로 장방형 의자에 앉았다. 하이더가 상하이표 맥주를 반 컵 따라주자 인평이 병을 집어들면서 말했다. 샤오마오는 마시면 안 돼요. 하이더가 말했다. 반 컵인데 뭘. 샤오마오가 잔을 받았다. 하이더가 말했다. 나는 바다에 한번 나갔다 하면 반년은 있어야 돌아와. 이웃들이 인평을 보살펴줘서 정말 다행이야. 샤오마오가 말했다. 제가 아니라 우리 엄마가 보살펴주었겠죠. 인평이 말했다. 전에 누나를 위해 영화표를 사다 준 걸 잊었나보구나. 하이더가 말했다. 나는 매일 바다 위를 떠돌다보니까 머리가 텅 빈 것 같아. 샤오마오가 말했다. 누나는 식사 때마다 항상 밥 한 그릇과 수저 한 벌을 더 차려놓고 형님이 돌아오기를 기다리곤 해요. 얼굴이 빨개지며 인평이 따지듯 물었다. 내가 언제 그랬다고 그래? 샤오마오는 아무 말도 하지 않았다. 하이더가 인평의 손등을 감싸며 말했다. 마누라는 항상 나를 보고 싶어 하는구나, 맞지? 인평이 말했다. 샤오마오가 몰래 훔쳐본 게 틀림없어. 샤오마오가 말했다. 문 앞을 지나가다보면 다 보여요. 하이더가 말했다. 마누라들은 좀 대담해야 해. 이것저것 생각할 필요가 없다고. 두려울 게 뭐가 있다고 그래? 인평은 쪽찐머리를 살짝 숙인 채 아무 말도 하지 않았다. 하이더가 말했다. 아내가 남편을 보고 싶어하는 것은 당연한 일이야. 인평은 아무 말도 하지 않았다. 하이더가 말했다. 나는 원래 선원으로 먹고살 준비는 전혀 되어 있지 않았어. 문화대혁명이 좀더 대규모로 이루어지는 게 가장 좋아. 화물선 운행이 전부 중지되고 부두 노동도 중지되면 좋겠어. 인평이 말했다. 또 함부로 얘기하네. 그게 가능하겠어요? 하이더가 말했다. 화물선 운항이 중단되고 나도 사무직으로 직업을 바꾸면 매일 밤 마누라한테 돌아올 수 있을 거야. 인평이 옆집 아저씨 쪽을 가리키면서 말했다. 쉿! 하이더가 말했다. 또 저렇게 겁을 먹어요. 저렇게 모든 걸 두려워한다니까. 정말 담이 작아. 얼굴에 홍조가 번지면서 인평이 말했다. 또 쓸데없는 소리 한다! 하이더가 인평을 쳐다보며 말했다. 항상 저렇게 조바심 내는 모습이야. 왜 그렇게 겁이 많은 거야? 이미 노동자계급이 모든 것을 영도하고 있잖아! 좀 즐겁게 지내라고. 인평이 말했다. 쓸데없는 얘기 좀 하지 마요. 내가 언제 즐겁지 않다고 했어요? 무슨 걱정거리가 있다고 그래요? 하이더가 말했다. 항상 저렇게 미간을 찌푸리면서 아무 소리도 못하고 마음속에 걱정거리를 안고 있잖아. 인평이 하이더를 툭 쳤다. 샤오마오가 말했다. 형님이 바다에 나가면 누나는 걱정부터 한다니까요. 하이더는 아무 말도 하지 않았다. 맥주를 몇 모금 마시자 인평의 가슴 윗부분이 빨개졌다. 샤오마오가 물었다. 바다에 나가면 항상 즐거운 일이 있겠죠? 하이더가 말했다. 갑판에 원숭이 두 마리가 쪼그려앉아 있는데 무슨 즐거운 일이 있겠어? 그냥 고생만 죽도록 하는 거야. 바람과 파도를 견디는 거지. 일본 내해만 놓고 말하자면 유속이 팔 할 정도 되지만 세소코지마瀨底島해협과 아카시明石, 간몬關門해협 등지에선 낡은 배들은 전속력으로 운항해도 통과하기 어려워. 샤오마오가 말했다. 제 친구가 하나 있는데 줄곧 선박 모형을 만들고 있어요. 하이더가 말했다. 원양화물선에 관해선 내가 최고 권위자지. 샤오마오가 말했다. 나중에 저도 선원이 될까봐요. 인펑이 말했다. 엉터리로 되는대로 얘기하지 마. 하이더가 말했다. 남자로서는 이 일은 감옥에 갇히는 것과 다름없어. 반년이나 일 년에 한 번씩 재판을 거쳐 형을 선고받는 셈인데 무슨 재미가 있겠어? 상하이로 돌아오면 매일 마누라가 땀을 흘리게 해야 하잖아. 허리도 아프게 하고 말이야. 인펑이 말했다. 지저분한 소리 좀 그만해요. 하이더가 말했다. 나는 조용히 한숨만 쉬어야 해. 정말 할 수 있는 말이 없다고. 갑판 위에 앉아 있으면 눈에 보이는 거라곤 바다와 남자들뿐이니 술을 마시면서 여자 생각과 마누라 생각밖에 못하지. 인펑이 말했다. 아이, 제발! 하이더가 말했다. 감옥에 있는 것보다 좋은 점이 있다면 침대 옆에 마누라 사진을 한 장 붙일 수 있게 해준다는 것뿐이야. 인펑이 말했다. 그런 얘기 그만해요. 더이상 들어줄 수가 없네. 하이더가 말했다. 남자가 여자 생각 하는 건 당연하지. 난 지극히 정상이라고. 인펑이 말했다. 그런 말 좀 하지 말라니까요. 하이더가 말했다. 모두들 여자 사진을 붙여놓는데 독신자들은 마누라가 없으니까 유명 배우들의 사진을 붙이더군. 이전에는 셰팡謝芳*의 사진을 많이 붙였는데 최근에는 〈여자 다이빙선수〉**의 사진들을 많이 붙이더라고. 인펑이 말했다. 그 영화는 아직 못 봤네. 하이더가 말했다. 영화에 등장하는 건 전부 수영복 차림의 여자들뿐이야. 가슴과 허벅지가 다 보이지. 샤오마오는 아무 말도 하지 않았다. 하이더가 말했다. 외국 화보에는 허벅지 사진이 가장 많아. 하지만 정치위원회가 검사를 하지. 샤오마오가 말했다. 해방 전에 나온 옛날 화보들이 최근 폐품수집소에 잔뜩 쌓여 있어요. 하이더가 말했다. 밖에 나가면 그런 잡지 천지야. 일본 것도 있고 태국이나 서독, 네덜란드 것들도 있지. 쓰레깃더미나 마찬가지야. 여자 엉덩이가 다 보이는 화보를 얼마든지 살 수 있지. 정치위원회가 수시로 검사를 해서 한번 걸리면 무조건 반성문을 써야 해. 인평이 말했다. 반드시 검사해야 해요. 남자들의 사상은 정말 저질이라니까. 하이더가 웃으면서 말했다. 사실 정치위원이 화보를 몰수해서 방문을 꼭 닫고 자기 혼자 심취해서 볼 게 분명해. 설마 정치위원의 바지통 속에 들어 있는 물건이 그냥 홍당무나 소시지는 아닐 것 아냐! 인평이 말했다. 그만해요, 지저분한 소리 좀 하지 말라고요. 하이더가 말했다. 나는 결혼한 터라 마누라 사진을 붙여놓았더니 정치위원들도 아무 말 못하더군. 인평이 말했다. 그만 좀 하라니까요. 하이더가 말했다. 샤오마오가 시비를 좀 가려줘야겠다. 내가 인평에게 사진을 한두 장 찍어 배에 가져가게 해달라고 했거든. 수시로 보면서 눈이라도 달래려고 말이야. 이건 당연한 일인데도 인평은 싫다는 거야. 인평이

* 중국의 유명 배우.

** 중국의 로맨스 영화(1964).

말했다. 사진관에 가서 찍는다면 내가 싫어할 이유가 없지요. 하이더가 말했다. 알았어, 그만하자고. 인평이 옆집의 동정을 살피면서 낮은 목소리로 말했다. 누구 말이 맞는지 샤오마오가 판정을 내려줘. 하이더는 저질 친구를 하나 데려다가 내가 침대 위에 누워 있는 모습을 찍어서 확대 인화하겠다는 거야. 샤오마오는 아무 말도 하지 않았다. 하이더가 말했다. 나는 카메라를 다룰 줄 모르거든. 그래서 동료에게 좀 찍어달라고 부탁했지. 신문에 낼 것도 아닌데 인평은 막무가내로 안 된다는 거야. 샤오마오가 말했다. 누나가 왜 안 찍으려 하는지 알겠어요. 대자명종 사진관 쇼윈도에 있는 사진들 중에 누나만한 얼굴이 하나도 없거든요. 인평이 벽 쪽을 살피더니 낮은 목소리로 말했다. 샤오마오는 정말 착한 아이야. 하이더는 내게 알몸으로 브래지어랑 팬티만 입고 허벅지를 다 드러낸 채 사진을 찍으라는 거였어. 베개 옆에서 아주 요염한 포즈를 취하라는 거야. 저질이지. 너무 저질이야. 내가 그런 사진을 찍을 수 있겠니? 샤오마오는 아무 말도 하지 않았다. 하이더가 손을 내저으며 말했다. 정 안 찍겠다면 나도 긴말하지 않을게.

# 10장

## 1

판징의 집 열쇠가 타오타오의 열쇠고리에 들어갔다. 찰랑 소리와 함께 다른 열쇠들과 나란히 섞이게 되었다. 크고 작은 열쇠들 사이에서 조금도 두드러지지 않았다. 하지만 타오타오가 보기에는 원래 있던 열쇠들은 눈에 익지만 새 열쇠는 순서를 다시 정렬한다 해도 눈에 익지 않을 수밖에 없었다. 수중에 열쇠가 들어오니 문을 여는 것이 편리해졌다. 하지만 열 가지, 스무 가지, 백 가지 일이 일어날 리는 없었다. 타오타오의 욕심은 끝이 없었다. 이전에도 여인들의 열쇠가 몇 개 있었지만 일반적으로 사전에 문 앞 발판이나 화분 밑, 우유 상자 위에 놓아두곤 했었다. 또 한 꾸러미는 신문지로 싸서 문 옆 자전거 뒷자리에 넣어두기도 했다. 이런 방법을 생각해 낸 여자는 나중에 확실히 생각이 주도면밀했던 것으로 증명되었다. 열쇠는 일종의 관계라고 할 수 있다. 열쇠 하나를 손에 쥐고 문을 열 때는 특별한 느낌을 갖게 된다. 잠깐의 동작으로 손에 전달되는 느낌이 너무나 가볍고 부드럽다. 문을 열고 안으로 들어가는 행위도 보는 사람이 하나도 없는 것처럼 대단히 안정적이다. 열쇠를 다시 집안의 작은 탁자 위나 의자 위, 혹은 풀을 엮어 만든 현관의 바구니 안에 되돌려놓을 때는 아무런 소리도 들리지 않는다. 손이 가는 대로 내려놓으면 그만이다. 아주 자연스러우면서도 왠지 서먹서먹하다. 열쇠가 손을 스쳐가는 시간은 대개 몇 분밖에 되지 않는다. 겨울에는 날이 추워 체온이 내려가기 때문에 얼른 열쇠를 꽂아 돌리고 문이 열리면 주머니에 넣거나 다른 곳에 내려놓는다. 하지만 이번에는 열쇠가 열쇠 구멍에 그대로 꽂혀 있었다. 경험이 다르고 무게도 무거워졌다. 열쇠와 사람의 관계를 타오타오는 완벽하게 알고 있었다. 열쇠가 바로 사람인 것이다. 열쇠 하나가 다른 열쇠들이 주렁주렁 달린 또다른 열쇠꾸러미에 들어가면 상황은 달라진다. 열쇠가 많아질수록 마찰도 많아지고 소리도 더 요란해지며 일도 더 복잡하고 번거로워지는 법이다. 또한 열쇠꾸러미는 결정적인 역할을 할 수 있다. 쇠로 된 동그란 고리가 지나치게 튼튼하면 비행기 사고 정도는 일어나야 고공에서 떨어져 파괴되고 열쇠가 사방으로 흩어질 수 있다. 여기까지 생각이 미친 타오타오는 열쇠고리를 풀고 열쇠를 다시 꺼내 바지 주머니에 넣었다.

판징에게서 전화가 왔다. 타오타오는 하는 일이 있어 무척 바빴다. 타오타오가 북방 사투리로 말했다. 우리 나중에 얘기해요. 판징이 전화를 끊었다가 오후에 다시 걸었다. 판징이 웃으면서 목소리를 낮추고 북방 사투리로 말했다. 오늘 저녁에 절 보러 오세요. 타오타오는 말이 없었다. 판징이 말했다. 보고 싶어요. 모기가 앵앵거리는 것처럼 간드러지는 목소리였다. 틀림없이 사무실에 사람들이 있어 불편할 것 같았다. 타오타오가 북방 사투리로 말했다. 나중에 얘기해요. 판징이 전화를 끊었다. 이날 타오타오는 확실히 바빴다. 황혼 무렵이 되자 그는 내친김에 우장로吳江路로 달려가 종鐘 대사를 만났다. 종 대사는 일찍이 그의 필생의 사업에 도움을 준 바 있었다. 팡메이가 그를 찾아가 감사의 뜻을 표하라고 여러 차례 채근했다. 이날 종 대사를 찾아간 타오타오는 작은 봉투를 하나 꺼내 탁자 위에 내려놓으면서 말했다. 작은 성의 표시입니다. 액수를 따지지 마시고 마음으로 받아주셨으면 합니다. 종 대사는 아무 말도 하지 않았다. 테이블 밑에는 종 대사가 키우는 백구가 한 마리 있어 여러 차례 타오타오의 다리에 매달리려 했다. 타오타오가 두 다리를 한데 모으면서 말했다. 대사님, 혹시 몸이 불편하시면 길 건너편이 바로 공교의원公交醫院이니까 지금 당장이라도 가서 응급진료를 받아보시지 그래요. 사모가 다가와 차를 우려주었다. 종 대사가 말했다. 마누라는 자리를 좀 피해주구려. 내 이 사람과 할 얘기가 좀 있으니까. 사모가 다시 위층으로 올라가자 종 대사가 말했다. 문제가 있는 사람은 내가 아닐세. 타오타오가 물었다. 제게 문제가 있다는 말씀이신가요? 종 대사가 말했다. 최근에 팡메이에게서 이런저런 얘기를 들었네. 타오타오 자네가 비교적 내향적이고 교양 있는 사람이라고 말하더군. 타오타오가 물었다. 무슨 뜻인가요? 종 대사가 말했다. 팡메이 말로는 타오타오 자네가 고민이 아주 많다고 하더라고. 항상 뭔가 걱정하는 표정이라면서 말이야. 내 판단으로는 최근에 낯선 사람을 하나 만났을 것 같군. 팡메이는 자네가 장사를 하면서 매일 낯선 사람들을 만난다고 하던데, 내 생각은 낯선 여자를 만나는 게 아닌가 하는 걸세. 팡메이는 내게 타오타오 자네가 밖에다 꽃을 꽂고 있는 걸 감지하지 못했느냐고 묻더라고. 나는 잘 모르겠다고 했네. 하지만 타오타오 자네는 올해가 도화유년桃花流年*이기에 그다지 운이 좋은 편이 아닌 만큼 뜻밖의 일들이 반복될 가능성이 크다고 말했지. 밥을 먹을 때는 체하지 않을까 조심해야 하고 길을 걸을 때는 미끄러져 넘어지지 않을까 조심해야 하며 뱃속에 들어가는 술은 꿀에 잰 비상砒霜과 같으니 더욱 위험하다고도 말해주었네. 타오타오가 대사의 말을 잘랐다. 아이고, 대사님, 제 마누라한테 그런 이상한 말씀을 하시면 안 됩니다. 저랑 제 마누라는 서로 아무것도 믿지 않거든요. 종 대사가 말했다. 입으로 밥은 맘대로 먹어도 되지만 무슨 말이든 다 할 수 있는 건 아닐세. 타오타오가 말했다. 정말로 그런 사정이 있다고 해도 마누라한테는 절대 말씀하시면 안 됩니다. 대사가 말했다. 내가 무슨 말을 했다고 그러나? 중요한 얘긴 한 마디도 하지 않았네. 타오타오는 아무 말도 하지 않았다. 종 대사가 말했다. 팡메이는 자주 이곳에 와서 나랑 얘기를 나누곤 한다네. 그래서 문제가 생길 수 있다는 말일세. 타오타오가 말했다. 저도 매일 와서 대사님과 얘기를 나누도록 하겠습니다. 저도 시간이 아주 많거든요. 종 대사

* 여자를 만나 사랑에 빠지기 쉬운 운명인 해.

가 안경을 집어 쓰고 타오타오를 쳐다보면서 말했다. 안색이 썩 좋지 않구먼. 타오타오가 말했다. 저는 황인종입니다. 가장 표준에 가까운 황인종의 얼굴을 갖고 있지요. 종 대사가 말했다. 운세와 운명의 형태는 이미 팔자 안에 다 들어 있네. 도화가 너무 많으면 방법이 없지. 타오타오가 말했다. 그런 말씀은 대사님께서 벌써 여러 번 하셨습니다. 제게는 도화운이 너덧 번 있었지요. 좋은 도화도 있고 썩은 도화도 있었습니다. 이렇게 쓸데없는 얘기가 무슨 재미가 있겠습니까? 종 대사가 말했다. 마오 주석은 인민의 영수로서 위엄과 명망을 지니고 있으면서 언변도 아주 뛰어나시다네. 입을 열어 한 마디만 해도 만 마디를 한 것과 마찬가지지.* 하지만 나는 말을 한 마디 하면 겨우 한 마디의 효력밖에 발휘하지 못하는데 무슨 과장이 있을 수 있겠나? 타오타오가 말했다. 저는 대사님이 아무 생각 없이 던지신 말을 듣고 진작에 집 도처에 화분을 가져다놓았습니다. 화장실 입구에도 화분이 하나 있고 창틀 위에도 있지요. 대문 근처에는 거울도 가져다놓았습니다. 대사님이 하라는 그대로 따라 했어요. 저는 평소에 서쪽 작은 소파에 앉고 손님이 오면 남쪽 큰 소파에 앉게 합니다. 모든 걸 대사님의 지시에 따르죠. 덕분에 장사가 순조로운 편이었습니다. 종 대사가 목소리를 낮춰 말했다. 최근에만 그랬다는 것 아닌가? 타오타오는 물과 불이 부딪치는 부분에서 한 송이 도화를 따랐다. 불속에서 도화를 만나 꽃

* 린뱌오(林彪)가 마오쩌둥에게 아첨하기 위해 한 말인 "一句頂一萬句"를 변용한 표현으로 중국인들에게는 대단히 유명한 과장법이다.

이 불에 타자 더 붉게 변했다. 온통 핏빛이었다. 타오타오는 깜짝 놀랐다. 백구가 갑자기 타오타오의 다리 위로 기어오르더니 종아리를 꼭 껴안고는 엉덩이를 움직였다. 타오타오가 백구를 발로 툭 차고는 두 다리를 오므렸다. 종 대사가 말했다. 일단 피하는 게 좋을 것 같네. 먼저 가서 머리를 밀도록 하게. 머리털이 너무 많아 먹구름이 내리누르고 있어. 타오타오가 말했다. 이만 가보겠습니다. 또 찾아뵙겠습니다. 종 대사가 말했다. 밖에다 꽃을 심으려면 먼저 한 걸음 물러서야 한다는 걸 잊지 말게. 타오타오가 몸을 일으키며 말했다. 알겠습니다.

타오타오는 우장로를 떠나면서 기분이 몹시 상했다. 집으로 돌아오자 팡메이가 말했다. 판징에게서 전화가 왔었어요. 타오타오가 말했다. 응, 알았어. 팡메이가 말했다. 장삿거리를 소개하더군요. 타오타오는 아무 말도 하지 않았다. 팡메이가 타오타오를 쳐다보면서 말했다. 그 여자가 그러더라고요. 몇 번 당신과 만날 약속을 잡아 제대로 얘기를 좀 하려고 했는데 당신이 줄곧 전화를 해주지 않더래요. 타오타오가 말했다. 그랬군. 팡메이가 말했다. 판징은 또 제게 당신이 무슨 일로 그렇게 바쁜지, 아직도 집에 들어오지 않았는지 묻더군요. 그래서 제가 그랬지요. 한마디로 설명하기 어려워요. 우리 남편은 아내가 세세하게 보살펴주는 걸 싫어하거든요. 뱃속에 불만만 가득하지요. 그 말을 듣고 판징이 웃더군요. 그렇게 전화를 끊었어요. 타오타오는 말이 없었다. 팡메이가 물었다. 장삿거리가 생겼고 여자 고객에게서 전화가 왔었다는 말을 듣고도 당신은 왜 웃지도 않는 거예요? 무슨 생각을 하고 있는 거예요? 타오타오가 말했다. 방금 종 영감을 만나고 왔어. 쓸데없는 소리만 잔뜩 듣고 왔지. 기분이 별로야. 팡메이가 말했다. 혈도를 눌렸군요. 속마음을 들켜서 기분이 안 좋은 거죠? 타오타오가 말했다. 흥, 온통 쓸데없고 말도 안 되는 소리만 하잖아, 짜증나게. 팡메이가 타오타오의 얼굴을 어루만지며 말했다. 어디 불편한 데 있으면 병원에 가서 진찰을 받아봐요. 타오타오가 말했다. 우장로에 가서 종 영감을 만나 하도 말을 많이 했더니 턱이 탈구된 것 같아. 먼저 응급실에 가서 진료부터 받아야 할 것 같군. 팡메이가 말했다. 알았어요, 몸이 가장 중요하니까 우선 저녁부터 먹어요. 타오타오가 젓가락을 들었다. 팡메이가 말했다. 저녁에는 일찍 쉬어요. 제가 침대에서 잘해줄게요. 타오타오가 물었다. 뭘 해준다는 거야? 팡메이가 목소리를 낮춰 말했다. 최근에 텔레비전에서 강의를 들었어요. 남자들의 몸에 몇 군데 비밀 혈도가 있대요. 아주 민감하기 때문에 현명하고 지혜로운 마누라들은 이를 잘 기억했다가 섬세하게 어루만져준대요. 타오타오가 젓가락을 탁 내려놓으면서 말했다. 강호의 사기꾼들이 이미 텔레비전까지 진출해 밥을 먹고 있군. 사회를 문란하게 만드는 데 혈안이 된 불량배들은 당장 감옥에 가뒀다가 재판을 해서 무기징역을 때려야 해.

다음날 오후, 타오타오는 판징과 만나기로 약속하고 향심香芯다관으로 갔다. 머리를 새로 한 판징은 타오타오를 보자마자 눈길이 부드러워졌다. 두 사람은 이인용 등의자에 자리를 잡았다. 타오타오가 바깥쪽에 앉자 판징이 안으로 들어가라는 눈짓을 보냈다. 하지만 타오타오가 움직이지 않자 판징은 그냥 맞은편에 앉는 수밖에 없었다. 그녀가 핸드백을 한쪽에 내려놓고 북방 사투리로 말했다. 저는 어제저녁에 타오타오 씨가 올 거라고 생각했어요. 하지만 기다리진 않았어요. 타오타오가 북방 사투리로 말했다. 장사하는 사람에게 출퇴근 시간이 어디 있겠어요? 두 다리가 움직이는 대로 돌아다니는 거지요. 판징이 말했다. 밤에 한숨도 못 잤어요. 이상하게 들리겠지만 한밤중에 정신이 몽롱한 상태에서 인기척이 느껴지는 거예요. 타오타오 씨가 온 거라고 생각하고는 자는 척했죠. 타오타오 씨가 살금살금 들어와 뒤에서 저를 안아줄 거라고 생각했어요. 하지만 잠시 후에는 아무 소리도 들리지 않는 거예요. 너무나 실망스러워서 시계를 봤더니 벌써 세시 십오분이더라고요. 타오타오가 말했다. 제가 아니었던 건 분명해요. 판징이 부끄러운 듯 애교를 부리며 말했다. 그게 불가능한 일이라는 건 저도 잘 알아요. 새벽 세시에는 언니가 옆에 있을 텐데 어떻게 저한테 올 수 있겠어요? 타오타오는 아무 말도 하지 않았다. 판징이 말했다. 그러지 말고 내일 언니에게 하루 휴가를 받아내요. 장쑤에 물건을 보러 간다고 하고 저한테 와서 함께 밤을 보내면 되잖아요. 타오타오는 아무 말도 하지 않았다. 판징이 요염하고 간드러지는 목소리로 말했다. 타오타오 씨가 저랑 함께 있어주면 좋겠어요. 타오타오는 여전히 아무 말도 하지 않고 주머니 속의 열쇠를 만지작거렸다. 열쇠에는 이빨이 네 개밖에 없었다. 세 개는 높고 하나는 낮았다. 손가락이 열쇠 이빨 사이를 이리저리 움직였다. 손가락이 아팠다. 타오타오가 말했다. 이치대로 말하자면 저도 좀 일에서 벗어날 필요가 있어요. 하지만 장사판의 불길이 계속 저를 쫓아다니며 놓아주지 않네요. 판징이 말했다. 그럴 리가요? 타오타오가 말했다. 제가 스자좡 사람이고 상하이에서 생활한다면 좀 자유로울 수 있겠지요. 판징이 말했다. 저도 제멋대로 사는 여자는 아니에요. 여러 해째 상하이에 살고 있지만 남녀문제와 관련된 일은 전혀 없었어요. 남자에게 쉽게 마음이 움직인 적도 없고요. 타오타오는 말이 없었다. 판징이 타오타오의 손을 툭 건드리며 말했다. 한 번의 불장난이 저를 완전히 태워버리려 하는 거예요. 타오타오는 여전히 입을 열지 않았다. 문득 종 대사가 생각났다. 판징이 말했다. 제 곁에 타오타오 씨가 있어서 마음놓을 수 있을 것 같아요. 타오타오가 말했다. 저는 말이에요, 하루종일 안전통로와 소방용 사다리만 만들고 있어요. 미칠 지경이죠. 판징이 말했다. 저도 항상 두려워요. 그래서 이런 욕구를 갖게 된 것 같아요. 어제저녁에는 약간의 충동이 일어 타오타오 씨 집에 전화를 했던 거예요. 미안해요. 타오타오는 아무 말도 하지 않았다. 판징이 말했다. 언니는 겉으로는 아주 예의를 갖추는 것 같으면서도 사실은 집요하게 거듭 캐묻더군요. 두 분은 최근에 사이가 좋은 편인가요? 타오타오가 말했다. 그런대로 괜찮아요. 판징이 말했다. 저는 별로 안 좋아요. 솔직히 말할게요. 스자좡에 남자친구가 하나 있어요. 한번은 그가 전화를 했는데 우리 남편이 받았어요. 제가 있다고 해도 그만이고 없다고 대답해도 그만일 텐데 남편은 이것저것 캐물으면서 전화를 끊지 않고 남자친구를 궁지로 몰아가는 거예요. 이렇게 캐묻는 것 자체가 망가진 부부 관계를 있는 그대로 드러내는 셈이지요. 타오타오는 말이 없었다. 판징이 말했다. 언니도 틀림없이 타오타오 씨한테 압력을 가할 거예요. 제 남편도 줄곧 저에게 압력을 가하고 있거든요. 제가 어떤 옷을 입고 나가는지, 퇴근하고 곧장 집에 돌아오는지 유심히 살피지요. 저를 안으면서 말은 포옹이라고 하지만 사실은 제 목에서 나는 냄새를 맡는 거예요. 저는 한 가지 브랜드의 향수만 쓰거든요. 타오타오가 물었다. 남편은 어떤 일을 하나요? 그냥 집에 있나요? 판징이 말했다. 선생님이에요. 매일 집에 돌아올 때면 향수 냄새는 거의 사라지지만 그래도 희미하게나마 남아 있거든요. 이건 일종의 관례예요. 어느 날 오후에 스자좡에 대중목욕탕 하나가 문을 열어 개업식을 했어요. 친한 친구 하나가 저를 임시 귀빈으로 초대했지요. 때문에 목욕을 하지 않을 수 없었어요. 집에 돌아오니 남편이 다가와 뽀뽀를 하더니 버럭 화를 내면서 도발을 하는 거예요. 제가 오후에 여관에 갔었다고 의심하면서 말이에요. 타오타오가 말했다. 코가 아주 민감한가보군요. 판징이 말했다. 순전히 여자는 정숙하고 얌전해야 한다는 그의 고집 때문이에요. 저는 그저 목욕을 했을 뿐이에요. 평소에 남자친구가 있어 여관에 들어가 시간을 보낸다 해도 목은 씻지 못할 것 같아요. 남편에게 검사를 받아야 하니까요. 타오타오가 말했다. 퇴근할 때 향수를 한번 더 뿌리면 간단히 해결되는 것 아닌가요? 판징이 말했다. 그게 더 문제예요. 보세요. 두 사람의 관계가 그런 지경에 이르렀다면 무슨 재미가 있겠어요? 연달아 두 번 대판 싸우고 나서 남쪽으로 내려와 버렸지요. 상하이에 온 지 한 달이 채 안 됐을 때 무슨 수완을 발휘했는지 남편이 용케도 제 방을 찾아왔어요. 당시 저는 친한 친구와 함께 호텔에 장기 투숙하고 있었거든요. 그는 이인실인데다 화장실에 면도기가 없는 것을 보고는 저랑 친구가 레즈비언이 아닌지 의심하더라고요. 제 친구가 말했어요. 염병할, 정말 재수없네! 진작에 이렇게 저질인 줄 알았다면 일찌감치 정리해버렸어야지. 철저하게 헤어져버려야 했다고! 남편은 그대로 가버렸어요. 타오타오가 물었다. 이렇게 많은 얘기를 하는 의도가 뭐예요? 뭘 설명하고 싶은 건가요? 판징이 고개를 숙인 채 말했다. 어제저녁에 언니가 여러 번 묻더군요. 이는 타오타오 씨랑 언니 사이에도 이미 신뢰가 없다는 뜻이에요. 예전에 멍 선생 집에서 만났을 때부터 저는 두 분이 서로 어울리지 않는다고 생각했어요. 제가 그런 점을 눈치채긴 했지만 팡메이는 그 부분에선 아주 강할 것 같아요. 타오타오가 물었다. 뭐라고요? 판징이 말했다. 타오타오 씨는 전혀 즐겁지 않으면서 줄곧 참는 것이지요. 타오타오가 말했다. 그런 얘긴 하지 맙시다. 판징이 말했다. 사람은 상대방을 위해 사는 게 아니에요. 육체와 영혼이 하나되기 어렵다면 어디서 즐거움을 찾을 수 있겠어요? 타오타오가 말했다. 그런 분석은 귀에 좀 거슬리네요. 저는 아주 단순한 사람이에요. 그저 단순하게 살고 싶을 뿐이에요. 판징은 아무 말도 하지 않았다. 타오타오가 여기까지 얘기했을 때 열쇠는 땀으로 축축하게 젖어 있었다. 타오타오가 말했다. 판징 씨, 판징 씨는 확실히 좋은 여자예요. 하지만 요즘 아주 많이 생각해봤는데 애석하게도 우리는 서로 어울리는 사람들이 아닌 것 같아요. 그냥 친구에 그쳐야 할 것 같아요. 판징이 말했다. 저는 상하이 여자가 아니에요. 아주 직선적이죠. 그게 어때서요? 타오타오가 말했다. 우리 사이는 여기서 더 발전하기가 어려워요. 판징 씨의 열쇠를 받는 날 저는 이미 그렇게 생각했어요. 저는 그냥 보통 여자들과 왕래하고 싶어요. 판징이 허탈한 웃음을 웃으며 말했다. 그럼 제가 특별한 여자란 말인가요? 타오타오 씨가 나르시시즘을 즐기는 거라면 저로서도 할말이 없네요. 타오타오가 말했다. 스자쫭의 남자친구는 어떻게 하고요? 판징이 웃으면서 말했다. 어머, 질투하시는 거군요! 좋아요. 가을달은 물처럼 차갑고 가을 부채는 천천히 흔들리지요. 가을 국화가 피면 그 야속한 사람 때문에 가을 병이 다시 도져요. 역시 뜻밖의 만남이었어요. 우연히 정말 뜻밖에 그를 사랑하게 되었지요. 타오타오가 물었다. 목욕탕에 불이 난 거군요? 판징이 말했다. 새 구두를 신고 길을 걷다가 넘어지면서 기절했어요. 도로 위에 쓰러져 있는데 사람들이 하나같이 보고도 못 본 척하고 가버리는 거였어요. 타오타오가 물었다. 그때 남자친구가 나타났겠네요? 판징이 물었다. 타오타오 씨가 그걸 어떻게 알아요? 타오타오가 되물었다. 그가 판징 씨를 도와줬겠네요? 판징이 말했다. 그가 다가오더니 곧장 저를 안았어요. 타오타오 씨가 저를 구했던 것처럼 말이에요. 그렇게 남자친구가 되었어요. 그녀의 말에 마음이 가벼워진 타오타오는 용기를 내서 땀에 젖은 열쇠를 다탁 위에 꺼내놓았다. 판징이 어리둥절한 표정을 지었다. 타오타오가 말했다. 판징 씨, 나에게 잘해줘서 정말 고마워요. 스자쫭의 남자친구가 최대한 빨리 판징 씨를 만나러 왔으면 좋겠네요. 가장 좋은 건 상하이에서 일자리를 찾는 것이겠지요. 앞으로 제 도움이 필요한 부분이 있으면 서슴지 말고 말해줘요.

## 2

메이루이가 캉 사장을 데리고 방에 들어왔다. 인테리어는 공사가 마무리되어 있었다. 다탁과 소파도 이미 들어온 터였다. 남쪽으로 작은 천정이 하나 있어 노천의 땅 위에 약간의 화초와 철제 의자 두 개가 놓여 있었다. 두 사람은 침실로 들어갔다. 커다란 침대와 화장대 등 있어야 할 가구는 전부 갖춰져 있었다. 메이루이가 말했다. 커튼만 달면 저 혼자 와서 묵어도 되겠어요. 캉 사장이 말했다. 예전에 한 고객이 결혼하기 전에 아내에게 조건을 하나 내걸었대요. 결혼을 하면 주말부부가 되어 평소에는 각자 알아서 생활하자는 것이었죠. 여자 쪽에서는 두말없이 이 조건을 받아들였어요. 두 사람이 결혼한 뒤 제가 한번 물어봤죠. 주말부부가 잘 유지되고 있느냐고 말이에요. 그 고객은 잠시 멍한 표정을 짓더니 어떻게 그게 가능하겠느냐고 되묻더군요. 정신병자가 아니고서는 왜 그런 생활을 하느냐면서 말이에요. 저는 그냥 빙긋이 웃고 말았죠. 그 고객은 결국 인정했어요. 신부가 아양을 떨면서 몇 가지 동작만 해도 남자 쪽 방 문손잡이가 돌아간다고 말이에요. 신부가 그랬대요. 혼자 지내면 틀림없이 문제가 생긴다고요. 그러니 주말부부가 어떻게 가능하겠어요? 메이루이가 말했다. 서로의 감정이 좋다면 그건 당연한 일이지요. 저는 베이쓰촨로의 기운을 견딜 수 없어서 피난 온 거예요. 제가 정말로 이곳으로 이사온다면 밤에 혼자 천장만 바라보고 있을 거예요. 캉 사장이 빙긋이 웃었다. 두 사람은 침실을 나왔다. 메이루이가 말했다. 원래는 이혼한 뒤에 이사할 생각이었어요. 하지만 상황이 바뀌었지요. 캉 사장이 물었다. 지난번 전화에서는 이미 이혼하셨다고 하지 않았나요? 메이루이가 고개를 가로저으며 말했다. 최근에 샤오카이 아저씨가 계속 전화를 걸어 제가 이혼하지 않았으면 좋겠다고 말했어요. 우리 엄마가 이혼하고 결혼하려는 단계에서도 샤오카이 아저씨는 반대했대요. 이혼을 하면 그걸로 over고 결혼을 해도 그걸로 over라면서요. 마음이 변한 거죠. 캉 사장이 말했다. 결혼도 반대하고 이혼도 반대하는 거군요. 메이루이가 말했다. 아무리 반대해도 저는 이혼하고 말 거예요. 캉 사장이 긴 소파에 들어가 앉자 메이루이가 사진과 편지를 꺼내 들고 캉 사장 옆에 앉았다. 캉 사장이 편지를 읽었다. 사랑하는 메이루이, 이달 18일에 엄마는 샤오카이 아저씨랑 혼인신고를 했어. 엄마는 결혼식을 정말 근사하게 치르고 싶었지만 너희 외할아버지가 돈을 아끼는 바람에 간단히 해치웠어. 사진을 좀 봐라. 어떠니? 옌안로 집의 인테리어는 다 끝났니? 모든 것이 순조롭길 빈다. 엄마가. 사진은 연회 장면을 찍은 것이었다. 메이루이의 엄마는 연지홍胭脂紅과 설백이 조화를 이룬 긴 치마 차림이었다. 여전히 늘씬한 몸매였다. 과거에 춤추는 장면을 찍은 사진에서 메이루이 엄마는 아주 짙은 화장을 하고 있었는데 홍콩에 가서는 어디를 봐도 소박하고 훨씬 젊어진 모습이었다. 부잣집 도련님은 옆에서 환하게 웃고 있고 외할아버지도 웃고 있었다. 한 장은 신혼방의 사진이고 한 장은 테라스 난간에서 찍은 것이었다. 홍콩의 파란 하늘 반쪽과 높고 빽빽이 들어찬 고층건물들이 보였다. 메이루이가 말했다. 결혼 비용은 전부 외할아버지가 대셨대요. 그래서 제가 샤오카이 아저씨가 내야 하는 것 아니냐고 물었죠. 엄마 말로는 샤오카이 아저씨는 돈을 전부 사업에 투자했기 때문에 수중에 돈이 없대요. 외할아버지한테 의지하지 않았더라면 집도 사지 못했을 거라고 하더군요. 그래서 진짜 웨딩 촬영은 상하이로 돌아와서 할 거래요. 상하이가 아무래도 싸니까요. 제가 물었죠. 뭐라고요? 상하이로 돌아온다고요? 엄마 얘기로는 샤오카이 아저씨가 중국 서북 지역에서 사업을 벌이고 있대요. 최근에 사업이 호전되는 기미가 있어 다음 달에 둘이 함께 상하이로 돌아올 생각이래요. 상하이에 오는 김에 웨딩 촬영도 하고 파티도 열 생각이라나요. 때가 되면 제가 얘기해줄게요. 엄마가 그러더군요. 하찮은 일에 놀랄 것 없다고 말이에요. 상황은 항상 변하는 법이래요. 샤오카이 아저씨는 줄곧 기회를 기다리면서 대륙에서 사업을 크게 확장하려고 마음먹고 있대요. 이런 걸 '기회를 보고 일을 진행한다'고 한다더군요.

두 사람이 다 보고 나서 메이루이는 사진을 편지봉투에 집어넣었다. 캉 사장이 슬그머니 다가와 메이루이의 손을 잡아끌었다. 메이루이의 몸이 미세하게 떨리더니 천천히 풀어졌다. 방안은 아주 조용했고 천정 안에는 햇빛이 가득했다. 캉 사장에게는 열정이 생겼지만 메이루이는 점차 식어갔다. 메이루이가 말했다. 저는 나중에야 엄마가 샤오카이 아저씨를 만난 뒤로 저와의 관계가 차가워지기 시작했다는 것을 깨달았어요. 어제 전화로 제게 최근에 샤오카이가 전화한 적 있었느냐고 물으시더군요? 제가 몇 번 왔었다고 그랬죠. 엄마는 앞으로 샤오카이의 전화를 받지 말라고 하시더군요. 제가 이유가 뭐냐고 물었더니 그냥 받지 않으면 된다고 하시는 거예요. 제가 엄마에게 기분이 안 좋은 거냐고 물었더니 엄마는 됐다, 이만 끊을게 하고는 그대로 전화를 끊더라고요. 캉 사장은 아무 말도 하지 않고 메이루이에게 다가갔다. 편지봉투가 바닥에 떨어졌다. 메이루이의 눈빛이 흐려졌다. 몸이 미세하게 떨렸다. 방안은 아주 조용했다. 천정에는 햇빛이 쏟아지고 간간이 가벼운 바람이 불어왔다. 화분 몇 개에서 잎이 흔들렸다. 캉 사장이 메이루이의 허리를 감아 안았다. 메이루이도 부드럽게 몸을 맡겼다. 그녀의 몸에 꽃이 피는 것 같았다. 하지만 그녀는 천천히 캉 사장의 손길을 피해 몸을 일으켰다. 캉 사장은 그런 그녀를 그대로 놔두었다. 메이루이가 빙긋이 웃으면서 말했다. 캉 사장님, 이러지 마세요. 캉 사장은 아무 말도 하지 않았다. 메이루이가 말했다. 최근에는 마음이 몹시 심란해요. 캉 사장은 여전히 말이 없었다. 메이루이가 말했다. 지금 이 단계에서 샤오카이 아저씨는 홍콩에서 계속 전화를 걸어 저더러 기분을 가라앉히라면서 이혼하지 말라고 하고 있어요. 캉 사장은 소파에 몸을 기댄 채 아무 말도 하지 않았다. 메이루이가 말했다. 저는 이상하다는 생각이 들었어요. 이혼은 제 개인적인 일인데 왜 샤오카이 아저씨가 이혼하지 않는 것이 낫다며 간섭하는 걸까요? 다음달에 상하이에 올 예정이라면서 이미 퉁뤄완銅鑼灣에 가서 제가 안팎으로 입을 옷을 적지 않게 샀대요. 캉 사장이 물었다. 안팎으로요? 메이루이가 말했다. 속옷을 비롯해서 다른 간단한 옷들도 많이 산 모양이에요. 캉 사장이 물었다. 사이즈는요? 메이루이가 말했다. 특별히 전화로 물어보더라고요. 엄마가 그런 사실을 알고는 샤오카이 아저씨랑 대판 싸웠대요. 저는 왜 엄마 옷을 사지 않았느냐며 샤오카이 아저씨를 원망했죠. 샤오카이 아저씨 말로는 엄마 것도 샀대요. 브랜드와 수량이 제 것과 거의 똑같다고 하더군요. 저는 아무 말도 안 했어요. 샤오카이 아저씨가 그러더군요. 상하이에 오면 자신을 그냥 샤오카이라고 불러달라고요. 저는 아무 말도 하지 않았어요. 샤오카이 아저씨의 말로는 외삼촌이나 큰아버지 같은 호칭은 자신이 너무 늙었다는 느낌을 준대요. 그러면서 서북 지역에서 벌이고 있는 프로젝트는 틀림없이 잘 진행될 것이고, 전망도 좋으니 저더러 사직하고 자기를 따라 그쪽 지역으로 가서 자기 일을 도와달라는 거예요. 그때 저는 호칭 문제는 샤오카이라고 부를 수 있겠지만 저를 위해 속옷을 사는 건 좀 민망해서 마음이 불편하다고 말했어요. 캉 사장은 아무 말도 하지 않고 유리문 앞으로 다가갔다. 작은 천정에 햇빛이 가득 쏟아지고 있었다. 메이루이가 가까이 다가왔다. 밖에 바람이 부는지 꽃이 가볍게 흔들렸다. 두 사람은 어깨를 나란히 하고 서 있었다. 캉 사장이 메이루이를 끌어당겼다. 메이루이의 허리가 부드러워지면서 천천히 몸을 기대왔다. 메이루이가 고개를 들어 캉 사장을 쳐다보더니 얼굴을 캉 사장의 어깨에 갖다대고는 미동도 하지 않았다. 천정으로 가벼운 바람이 불어왔다. 햇빛이 눈을 찔렀다. 캉 사장이 메이루이를 꽉 껴안았다. 일 분쯤 되는 시간이 흘렀다. 메이루이는 캉 사장의 얼굴에 볼을 대고 깊은 숨을 쉰 다음 입술로 캉 사장의 피부를 꾹 눌렀다. 그런 다음 재빨리 입술을 뗐다. 메이루이가 말했다. 미안해요, 아무래도 지금은 안 되겠어요. 때가 아닌 것 같아요. 메이루이가 천천히 몸을 옮기면서 서로의 피부가 가까이 닿았다가 다시 멀어졌다. 캉 사장이 손을 풀었다. 메이루이가 반걸음 뒤로 몸을 뺐다. 두 사람 사이에 가벼운 냉기류가 형성되었다. 무척이나 어색했다. 메이루이가 말했다. 너무 기분 나빠 하지 말아요. 캉 사장이 말했다. 그럴 리가요. 메이루이가 말했다. 최근에 제 감정 상태가 좋지 않아요. 베이쓰촨로 집에 살면서 줄곧 혼자 지냈는데 인테리어 공사가 끝나니까 이제 마음 둘 곳이 없어지고 잠이 오지 않아요. 캉 사장이 말했다. 이래도 안 좋고 저래도 안 좋은 거군요. 메이루이는 아무 말도 하지 않았다. 밖에는 바람이 불고 있었다. 천정 안에는 햇빛이 가득했다. 꽃이 가볍게 흔들렸다. 캉 사장이 말했다. 제 친구 중에 집이 여섯 채인 녀석이 있는데 마누라가 계속 불면증에 시달리고 있어요. 새집으로 이사해 들어갈 때마다 마누라의 불면증이 심해지는 거예요. 아주 미세한 기계음만 들려도 눈이 번쩍 뜨였지요. 집이 푸시浦西에 있든 푸둥에 있든 마찬가지였어요. 새집에서 돈을 얼마나 벌든 마누라의 눈에는 전부 독약일 뿐이었죠. 오 년 동안 매일 저녁 혼자 카이펑로開封路에 있는 옛집으로 돌아가야 했어요. 부엌과 화장실을 공동으로 사용하는 농탕의 정자간亭子間*으로 가서 저녁식사를 했지요. 마누라가 가정부에게 아침에 구매할 식재료와 준비할 아침식사의 내용을 말해주면 저녁 여덟시에 기사가 정자간으로 데려다주었다가 다시 자베이

* 상하이 특유의 주택양식에서 부엌과 발코니 사이 혹은 위층과 아래층을 잇는 계단 아래에 설치된, 높이 약 2미터, 면적 약 6제곱미터 정도의 골방. 외지에서 온 가난한 문인들이 상하이의 비싼 주거비를 감당하지 못해 이곳에 거주하는 사례가 많아 '정자간 문인'이라는 용어가 생길 정도로 특별한 문화적 함의가 있다.

의 카이펑로로 데리고 왔어요. 정자간에는 일인용 침상 외에 온갖 잡동사니들이 쌓여 있고 옆방에는 농민공이 살고 있었어요. 바퀴벌레도 많고 돈벌레와 민달팽이도 기어다녔죠. 하지만 이 마누라는 아주 만족스럽게 날이 밝을 때까지 편하게 잘 자고 아침 여섯시 반이 되면 기사가 정확한 시각에 농탕 입구로 가서 데리고 왔어요. 그렇게 아침마다 새집으로 돌아와 남편을 불러놓고 커다란 식탁에 앉아 함께 아침식사를 했지요. 이런 생활이 요즘까지 이어지다가 최근에 카이펑로가 철거되기 시작하자 제 친구는 몹시 다급해졌어요. 마누라를 어떻게 해야 좋을지 몰라서요. 메이루이가 차갑게 웃으면서 말했다. 어떻게 그럴 수가 있겠어요? 그냥 겉으로만 그렇게 말하는 걸 거예요. 제 말 무슨 뜻인지 알겠어요? 캉 사장이 말했다. 그럴까요? 메이루이가 말했다. 분명하게 말하자면 그 마누라는 궁상맞은 운명을 타고난 거예요. 일부러 그러는 거죠. 아니면 성생활이 맞지 않기 때문에 그러는 걸 거예요. 캉 사장이 빙긋이 웃었다. 메이루이가 말했다. 아니면 화를 참기 어려워서 그럴 거예요. 그 친구분에게 다른 여자가 있거나 가정부랑 놀아났거나 그것도 아니면 이상한 기질을 가장하여 옛집 바로 옆집에 애인을 감춰두고 있는 건지도 모르지요. 캉 사장이 말했다. 다양한 가능성이 있군요. 메이루이가 말했다. 어쩌면 그 친구분 말은 전부 제멋대로 떠들어대는 건지도 몰라요. 캉 사장은 아무 말도 하지 않았다. 메이루이가 말했다. 사람들이 하는 이야기는 종종 겉모습에 지나지 않을 때가 많지요. 무슨 말인지 알겠어요? 캉 사장은 여전히 말이 없었다. 이때 밖의 작은 천정에서는 햇빛이 눈을 자극하면서 꽃들이 가볍게 흔들렸다.

캉 사장과 메이루이는 이것으로 관계를 끝내기로 결정했다. 하지만 한 달 뒤, 메이루이가 전화를 걸어왔다. 여전히 대단히 다정하고 상세하게 근황을 알렸다. 메이루이 엄마와 샤오카이는 벌써 상하이에 와 있다고 했다. 캉 사장은 아무 말도 하지 않았다. 메이루이가 말했다. 저는 단지 패배를 인정할 수 있을 뿐이에요. 두 사람이 상하이로 오기 며칠 전에 저는 일을 보러 밖에 나갔어요. 사무실로 돌아오니 미스 왕이 제게 그러더군요. 메이루이, 방금 홍콩에서 전화가 왔었어요. 홍콩의 신혼부부 한쌍이 모레 상하이에 도착한다고 하더군요. 웨딩 촬영과 그다음날 파티를 준비해야 할 것 같다고 하던데요. 이 말을 듣고 저는 너무 놀라서 이렇게 말했어요. 우리 엄마예요. 확성기처럼 아무한테나 마구 떠벌리고 다니네요. 미스 왕이 아마 또 전화가 올 거라고 하더군요. 당시 저는 아무 말도 하지 않았어요. 이미 일정을 분명하게 알고 있는데 회사로 전화까지 해서 잘 알지도 못하는 미스 왕에게 이러쿵저러쿵 떠들어대는 걸 보니 우리 엄마가 확실히 나이가 들긴 한 것 같더라고요. 당시 미스 왕이 말했어요. 아주머니를 탓하지 마요. 내가 물어본 거니까요. 나이가 아무리 많아도 신혼은 신혼이에요. 낭만적인 일이지요. 그때 저는 아무 말도 하지 않았어요. 미스 왕 말로는 신부와 신랑이 난징로의 진먼金門호텔에 방을 예약해놓았다고 하더군요. 제가 말했어요. 정말 확성기가 따로 없네요. 방 호수도 얘기하던가요? 미스 왕이 빙긋이 웃으면서 말하더군요. 노인네들이라 마음속으로 무척이나 득의양양할 거예요. 누구에게든지 얘기하고 싶겠지요. 과거 구사회 시기에는 고위층 상하이인들 가운데 국제결혼을 하지 못하는 사람들은 모든 것이 이탈리아식으로 되어 있는 진먼호텔을 예약하곤 했어요. 당시 저는 이런 말에 아무런 대꾸도 하지 않았지요. 반시간이 지나니 정말로 엄마가 전화를 걸어오더군요. 정말 갈수록 더 꼴불견이었어요. 미스 왕도 결혼식에 초대하고 싶다는 거예요. 제 친구들을 전부 초대하겠다는 거였지요. 사람은 많을수록 좋다면서 외할아버지의 어린 애인도 데려와도 되느냐고 묻더라고요. 저는 계속 듣고 있다가 기분이 상해서 알았다고 하고 전화를 끊어버렸어요. 옆에 있던 미스 왕이 무슨 문제가 있는 거냐고 묻더군요. 저는 아무 말도 하지 않고 핸드백을 집어들고 밖으로 나와버렸어요. 이날 황혼 무렵이 되어 퇴근한 저는 진먼호텔 가까이 가서 멀찌감치 떨어져 바라보았어요. 샤오카이 아저씨가 링컨 컨티넨탈 흑패黑牌* 승용차에서 내리는 모습이 보이더군요. 뒷문이 열리더니 간부로 보이는 손님 셋이 함께 내리더라고요. 샤오카이 아저씨는 멋지게 양복을 차려입고 얼굴 가득 미소를 지으며 손님들과 함께 위층 로비로 올라갔어요. 저는 줄곧 그 뒤를 따라 식당까지 갔지요. 커다란 테이블이 세 개 준비되어 있고 이미 적지 않은 사람들이 모여 있었어요. 엄마가 저를 향해 손을 흔들자 샤오카이 아저씨가 고개를 돌려 저를 보더니 가볍게 한 번 웃어 보이고는 손님들에게 인사를 건네기 바쁘더라고요. 저는 엄마와 함

* 외국인 명의로 된 중국인 소유의 차.

께 나란히 앉아 아무 말도 하지 않았어요. 저는 그날 저녁 모임의 손님들이 기본적으로 샤오카이 아저씨와 관계가 있는 사람들이라는 걸 눈치챘죠. 외국 투자자들도 있고 다른 성省의 간부들도 있었어요. 은행 지점장이나 기업 사장, 타이완 동포, 일본 국적의 화교, 홍콩인 등 다양한 계층의 남녀가 모여 성황을 이루고 있었지요. 우리 엄마는 검정 실크 치파오 차림에 진주 목걸이를 하고 있었어요. 머리는 약간 흐트러진 스타일로 꾸몄더군요. 그런 모습으로 술잔을 들고 사람들 사이를 오가고 있었지요. 식사가 거의 끝나갈 때쯤 음식도 많이 남고 명함도 많아졌어요. 진먼호텔의 불도장佛跳牆*은 맛이 없었는지 사람들이 손도 대지 않더군요. 저는 샤오카이 아저씨가 줄곧 바늘에 실을 꿰듯이 사람들과의 관계를 이용한다는 것을 알았어요. 다른 성의 대형 작업라인을 운송해 오기 위해 그는 사람들이 다 흩어져 돌아간 뒤에도 다시 일부 사람들을 데리고 장소를 옮겨 술을 대접했어요. 저는 엄마와 함께 방으로 돌아왔지요. 난징로는 불빛이 몹시 화려했어요. 제가 창문을 닫자 방안이 금세 조용해졌죠. 엄마가 말했어요. 메이루이, 이 호텔에 들어와보니 세월이 거꾸로 흐르는 것 같은 느낌이 드는구나. 옛날에는 이런 호텔에 들어올 수 있는 사람은 전부 부자 아니면 귀족이었거든. 구름 같은 유명 인사들만 들어올 수 있었지. 엄마도 젊었을 때 샤오카이와 함께 몇 번 왔던 적이 있었어. 외할아버지를 만나러 왔었지. 당

* 상어 지느러미와 해삼, 전복, 상어 주둥이의 연골 등 서른 가지 이상의 최고급 재료가 들어가는 최고급 보양음식. 냄새와 맛이 너무 좋아 염불하던 스님이 목탁과 염주를 내던지고 절 담장을 넘었다는 뜻에서 '불도장'이라는 이름이 붙었다.

시에는 화교華僑호텔이라고 불렸어. 아래층에는 특공特供 상품*을 파는 상점이 있었지만 일반 시민들은 감히 들어갈 수 없었어. 샤오카이가 그러는데 1986년에 이곳에 손님을 만나러 왔다가 어떤 남자를 보았대. 방금 외국에서 돌아왔는지 한 무리 가난한 상하이 친척들을 데리고 아래층 특별 카운터에 가서는 두툼한 달러 뭉치를 꺼내 내밀면서 점원에게 그러더래. 말버러 담배 여덟 보루에 얼마예요? 돈은 알아서 꺼내 가요. 종업원이 놀라서 세상에 뭐 이런 사람이 다 있나 하는 표정을 짓더래. 상하이와 홍콩을 왕래하던 샤오카이는 그 상하이 사람이 기껏해야 세 번 정도 해외에 나가봤을 거라는 점을 한눈에 간파했대. 최근에 어떤 자극을 받았기 때문에 그런 허세를 부리는 거라고. 수준이 낮은 사람일수록 허세가 심하다고 하더라고. 샤오카이의 누나도 예전에 외국에서 가정부로 일한 적이 있었지. 처음 상하이로 돌아왔을 때, 그녀는 이 지역에 방을 잡고는 일절 밖에 나가질 않았어. 자희태후慈禧太后처럼 조용히 친척이나 친구들이 찾아오기를 기다렸지. 밖에서 승용차도 한 대 장기 임대했지만 한 번도 움직이지 않고 난징로에 사흘이나 세워두었어. 허세가 이만저만이 아니었지. 좀 이상하지 않니? 제가 빙긋이 웃으면서 엄마에게 물었어요. 샤오카이 아저씨의 흑패 승용차도 빌린 건가요? 엄마는 구입한 거라고 대답하더군요. 이미 상하이 회사 명의로 등록도 마쳤다면서요. 오피스텔도 임대했대요. 저

* 생산력이 저조하던 시절 사회주의 계획경제에 따라 특정 품목을 특수계층에게만 공급했던 물건. 지금도 생산량이 제한된 유명 상품에 한해 특공 제도를 시행하고 있다.

는 아무 말도 안 했어요. 엄마는 샤오카이 아저씨랑 결혼했으니 이제 한시름 놓았다고 하더군요. 공장 프로젝트만 성공하면 더 안심할 수 있을 것 같대요. 제가 그 이유가 뭐냐고 물었죠. 엄마는 외할아버지가 줄곧 엄마의 결혼에 대해 안 좋게 생각했다고 하더군요. 그러면서 엄마는 외할아버지에게 샤오카이가 결혼도 할 수 있고 사업도 진지하게 해내는 사람이란 걸 보여주고 싶었대요. 외할아버지처럼 그저 태평하게 홍콩인으로 사는 사람들과는 다르다는 것을 보여주고 싶었던 것 같아요. 그건 제가 태평하게 상하이 여자로 살고 있는 것과 마찬가지겠지요. 제가 엄마에게 외할아버지는 좋게 생각하시지 않았냐고 물었어요. 엄마 말로는 외할아버지는 애당초 마음을 놓지 못하셨대요. 엄마가 옛날 성격을 버리지 못하고 엉덩이가 럭비공 같아서 한곳에 제대로 앉아 있질 못한다고 생각하셨대요. 가장 좋은 방법은 외할아버지 옆에서 조용히 외할아버지를 돌보는 거라고 생각하셨대요. 그래서 엄마는 속으로 상하이로 돌아와야지만 심리 상태가 호전될 수 있을 거라고 생각했대요. 이제 웨딩드레스도 준비되고 사진사까지 부른 마당에 최대한 멋을 부리면서 누리기로 했대요. 그러면서 제게 그러더군요. 메이루이, 잊지 마라. 외할아버지한테서 전화가 와도 아무 말 하지 마. 알았지? 엄마가 이렇게 말하자 제가 한마디 물었어요. 결혼식이 끝나고 희주喜酒를 마시고 나면 신혼여행은 어디로 갈 거예요? 엄마는 회사에 일이 많고 손발이 부족한 상태라 신혼여행은 그만두기로 했다고 하더군요. 그러면서 제게 한 가지 부탁하는 것을 잊지 않았어요. 메이루이, 앞으로는 샤오카이와 접촉하거나 왕래하는 것은 최대한 삼가도록 해. 그래줄 수 있지? 제가 왜 그래야 하느냐고 물었어요. 엄마가 말했어요. 그것만 명심하면 돼. 그리고 한 가지 부탁이 더 있다, 들어줄 거지? 저는 아무 말도 안 했어요. 엄마가 말을 이었어요. 회사에서 사무실을 얻고 차를 사느라 당장은 비용을 좀 절약해야 해. 줄곧 호텔에 장기 투숙하는 건 현실적이지 못하지. 그래서 말인데, 메이루이 네가 새로 인테리어한 집을 잠시 엄마에게 좀 빌려줄 수 있겠니? 반년 정도면 될 거야. 반년이면 충분하고 길어야 일 년을 넘지 않을 거야. 그럴 수 있지? 그 말을 듣고 저는 어리둥절했어요. 캉 사장님이 한번 평가해보세요. 세상에 이렇게 이상한 일이 또 있을까요? 여기까지 들었을 때 캉 사장은 이미 여러 차례 손을 바꿔 전화기를 들고 있던 터였다. 그는 잠시 동안 대답을 하지 못했다.

# 십일장

## 일

아바오 가족이 이사가기 전날 밤, 뜻밖에도 이모가 붉은 마름 열매를 바구니에 절반쯤 담아 들고 와서는 집안이 난장판이 되어 있고 언니와 형부가 아무 말 없이 짐을 싸고 있는 모습을 보고 큰 충격을 받아 그 자리에서 가택수색 요원들과 대판 싸움을 벌였다. 온갖 욕이 다 나왔다. 아바오 엄마가 애원했지만 순순히 그만두려 하지 않았다. 당직 감독요원은 처음에는 이모가 가정부인 줄 알았다가 결국 미친 여자라고 단정해버렸다. 내일 이사를 시켜야 하는 마당에 미친 여자까지 상대할 여력이 없었기 때문이다. 이모가 눈물을 훔치는 아바오의 어깨를 다독이면서 말했다. 아바오, 이모가 왔으니 너무 두려워하지 마. 다음날 아침 일찍, 이모는 아바오 일가를 따라 트럭에 올라 상하이 서부의 차오양曹楊 노동자 신촌으로 이사했다. 아바오가 베이디와 할멈을 향해 손을 흔들었다. 매미 울음소리가 그치지 않았다. 인근의 니콜라스 동방정교 교회당의 양파 머리가 높아졌다 낮아지기를 반복했다. 아바오는 상하이에는 길 몇 개만 지나면 교회당이 하나씩 나온다고 했던 베이디의 말이 기억났다. 베이디의 상하이는 다름 아닌 화이하이로와 푸싱로를 의미했다. 하지만 트럭이 북쪽을 향해 달리면서 낮고 검은 민간 주택들을 무수히 지나쳤다. 쑤저우하를 지날 때는 구름을 뚫고 높이 솟은 굴뚝들이 눈에 들어왔다. 거리의 사람들은 하나같이 칙칙하고 야윈 모습이었다. 중산베이로中山北路에 이르자 향료 공장의 연기 냄새가 코를 찔렀다. 산화철 연료 공장의 붉은 먼지가 뭉게뭉게 하늘에 퍼져가고 드넓은 농지와 농가 가옥, 버드나무, 오이밭, 토마토밭, 사탕수수밭, 청대콩밭, 그리고 어지럽게 파헤쳐진 무덤들이 지나갔다. 이 모든 것들이 전부 상하이의 일부인 셈이었다. 마침내 가지런하게 늘어선 집들이 보였다. 차오양 신촌에 도착한 것이다.

이런 가옥 형태를 상하이 사람들은 '양만호兩萬户'라고 불렀다. 이름은 거창하지만 1950년대 소련 전문가가 설계한 것으로 주로 벽돌과 목재를 사용하여 상하이 동부와 서부 지역에 건축된 이만 호의 주택을 말했다. 2층 목조 구조로 지붕은 서양식이고 문과 창틀은 전부 나무로 되어 있었다. 위층은 삼나무로 바닥을 깔고 아래층은 콘크리트로 마감되어 있었다. 내부 벽은 건초와 진흙을 섞어 올리고 그 위에 종이처럼 얇게 석회를 발라 마감했다. 문패 하나에 열 가구가 들어가 살아야 했다. 평균 다섯 가구가 부엌 하나를 공동으로 사용했고 변기통이 설치된 화장실은 두 칸뿐이었다. 쑤저우하 옆의 진흙 '군디룽滾地龍'*이나 탄즈만의 펠트지로 지붕을 얹은 판잣집에 사는 극빈층 사람들에게 양만호는 누가 뭐라 해도 충분히 바람과 비를 가릴 수 있는 어엿한 주택이라 인간세상의 천당으로 여겨졌다. 아바오 가족의 새 주소는 아래층 4호실이었다. 15제곱미터의 비좁은 단칸방으로 1, 2, 3, 5호실과 복도를 공유하는 형식이었다. 창밖에는 들풀이 가득 자라나 있고 실내에는 도처에 먼지와 거미줄이었다. 가족들이 짐을 담은 바구니를 들여놓는 동안 아바오 아빠는 벽돌을 하나 주워 대문 옆에 못을 박고는 딱딱한 종이에 쓴 인죄서認罪書를 내걸었다. 인죄서에는 모자를 벗고 찍은 사진이 한 장 붙어 있었다. 해서체로 아주 공들여 쓴 인죄서의 첫 부분은 영수님의 어록 중 한 구절로 시작되었다. 어떤 반동적인 것들도 타도하지 않고는 쓰러지지 않겠다는 강한 의지를 담은 내용이었다. 그 밑에는 죄인이 모년 모월에 상하이를 벗어나 자신의 진짜 모습을 숨기고 해방구에 잠입했으며 모년 모월에 다시 해방구를 떠나 상하이로 잠입하여 자발적으로 반동 신문의 편집기자로 일하면서 혁명을 파괴했고, 해방 후에는 죽어도 자신의 죄를 인정하려 하지 않았으니 그 죗값이 만 번 죽어 마땅하다고 쓰여 있었다. 주민위원회 간부들이 전원 현장에 도착했다. 그 가운데 한 여성 간부가 인죄서 사본을 꺼내들고 선포했다. 노동자계급 생활 구역에 반

* 상하이시 민항구(閔行區)에 자리잡은 빈민가와 그 주거 및 주민들을 통칭하는 말이다.

혁명 가구 하나가 이사해 들어와 전체 주민 동지들에게 중대한 시련이 되고 있습니다. 모두 떨쳐 일어나 행동에 나서야 합니다. 혁명의 권리를 행사하여 자신의 죄를 인정한 죄인이 아침저녁으로 주변을 청소하는 것을 감독해야 합니다. 16호실 입구에서 18호실까지 죄를 인정한 죄인은 인죄서를 몸에 부착하고 청소작업을 진행해야 합니다. 아침 일곱시부터 인죄서를 목에 걸고 있다가 저녁 여섯시가 되어야 벗을 수 있습니다. 아바오 아빠는 명령에 그대로 따랐다. 주민위원회 간부가 업무수첩을 뒤적거리며 말했다. 신사회新社會*부터 지금까지 큰마누라와 작은마누라를 두고 있었군요. 아바오 아빠가 이모를 가리키며 말했다. 제 안사람 여동생입니다. 이사를 도우러 온 겁니다. 여성 간부는 만년필을 꺼내 업무수첩에 적으면서 아무 말도 하지 않았다. 4호실 창문 앞에 이르니 남녀 구경꾼들이 가득 들어서 있었다. 창문턱에는 어린애 셋이 앉아 있었다. 모든 것이 한눈에 들어왔다. 아바오 일가 네 사람은 이웃 주민들이 눈을 부릅뜨고 주시하는 가운데 방을 정리하기 시작했다. 큰 침대와 작은 침대, 오두주가 먼저 자리를 잡았다. 2호실 아주머니가 쑤베이 사투리로 물었다. 동생, 집에 있어야 할 가장 중요한 물건을 잊은 것 아니에요? 아바오 엄마는 아무 말도 하지 않았다. 2호실 아주머니가 다시 말했다. 조개탄 화로 말이에요. 아바오 엄마가 놀란 얼굴로 물었다. 여기선 조개탄 화로를 쓰나요? 2호실 아주머니가 말했다. 글쎄요, 서양 풍로도 될 거예요. 내가 방금 댁의 살림

* 1949년 중화인민공화국 수립 이후의 중국 사회를 일컫는 표현.

을 하나하나 살펴보았는데 조개탄 화로도 없고 석유병도 없더군요. 아바오 엄마의 얼굴에 금세 수심이 가득했다. 3호실 아주머니가 쑥베이 사투리로 말했다. 우선 우리집 석탄 난로를 써요. 그걸로 국수를 좀 만드시라고요. 빨리요. 2호실 아주머니가 말했다. 그러지 말고 우리집 조개탄 화로를 써요. 가장 필요하고 싼 것부터 사세요. 난로랑 석유통을 사두는 것도 좋을 거예요. 난로는 집집마다 자기 것을 사용할 수 있으니까요. 아바오 엄마가 말했다. 네, 알겠어요, 고맙습니다. 3호실 아주머니가 말했다. 잊지 말고 가서 조개탄 카드를 발급받으세요. 아바오 엄마가 말했다. 감사합니다. 5호실 아주머니만 옆에서 바라보며 아무 말도 하지 않다가 가느다란 허리를 숙이며 배시시 예의 있게 웃었다. 이모가 아바오 엄마에게 말했다. 언니, 안심해. 내가 화로도 피우고 서양 풍로도 피울 테니까. 이전에 훙커우에 살 때 서양 풍로에 의지해서 생활했던 적이 있거든. 너무 초조해하지 말아. 아바오 엄마는 잠시 말을 하지 못했다.

양만호는 도처에 사람들이었다. 복도와 부엌, 화장실, 창문 앞뒤, 위층에서 아래층까지 어른 아이 할 것 없이 사람들로 가득했다. 아침부터 저녁까지 사람들 목소리가 그치지 않았다. 나무 발판이 끌리는 소리와 서로 욕하고 싸우는 소리, 어린애를 때리거나 남편을 욕하는 소리, 라디오 소리, 호금胡琴이나 피리를 연주하는 소리, 장화이희나 경극京劇, 본탄 등 지방극의 창을 하는 소리, 기침 뒤에 가래를 뱉는 소리, 쌀의 분량을 가늠하여 밥을 하고 음식을 만드는 소리, 돼지 허파를 깨끗이 씻는 소리, 수도꼭지를 설치하느라 탕탕 요란하게 두드리는 소리 등이 끝없이 이어졌다. 뿐만 아니라 쇠로 된 온갖 그릇의 뚜껑과 가마솥이 부딪치는 소리, 혼돈에 소를 넣는 소리, 타구를 이리저리 끄는 소리, 발을 씻은 다음 대야를 비우는 소리, 알루미늄 통을 던지는 소리, 바닥을 끄는 소리, 화장실 문이 쾅 닫히는 소리도 쉬지 않고 이어졌다. 수돗물은 사람 머릿수에 따라 계산했다. 전기와 전등 사용료는 전등 네 개와 라디오를 합쳐 15촉광으로 계산하고 전등 다섯 개와 라디오 한 대를 합쳐 20촉광으로 계산했다. 아바오 아빠는 매일 정확한 시간에 집 앞에 나가 바닥을 쓸고 서둘러 직장에 나가 도착신고를 해야 했다. 인죄서도 매일 목에 걸었다 벗기를 반복했다. 집에 도착하는 시간이 늦을 경우에는 아바오가 아빠의 벌을 대신 받았다. 아바오 엄마는 목욕을 할 때면 사각형 탁자에 바짝 붙어서 해야 했다. 이모가 침대 밑에 있는 커다란 나무 대야를 꺼내놓고 부엌에서 더운물과 찬물을 번갈아 받아다주었다. 방문도 꼭 닫아야 했다. 이는 모든 가구가 마찬가지였다. 남자들은 러닝셔츠와 반바지 차림으로 부엌 밖에서 모든 걸 해결했다. 비누 하나만 가지고 수도꼭지가 있는 노천에서 해결한 다음, 화장실 안에서 옷을 갈아입었다. 황혼 무렵이 되면 집집마다 등받이 없는 낮은 의자를 들고 대문 앞으로 나갔다. 집 앞뒤로 온통 사람들 천지였다. 의자를 밥상 삼아 밥을 먹고 여자들이 맨 마지막에 그릇과 수저를 챙긴 다음, 어른 아이 할 것 없이 일가족 전체의 빨래를 하고 나서 당의를 끌어다놓고 그 위에 판때기를 얹어 밖에서 더위를 피하면서 밤을 보냈다. 이모가 말했다. 밖에 나오니까 넓어서 좋네. 사실 시내나 교외나, 상하이 사람이나 시골 사람이나 별 차이가 없어. 아바오는 아무 말도 하지 않았다. 이모가 말했다. 난징로와 톈진로에는 화장실이 있는 집들이 얼마든지 있는데 말이야. 아바오가 말했다. 그러게요. 이모가 말했다. 아바오, 앞으로 친구들을 많이 사귀도록 해. 봤지? 위층 10호실의 샤오전小珍이 줄곧 이쪽을 바라보고 있더구나. 아바오가 말했다. 이모, 귀찮지도 않으세요? 이모가 빙긋이 웃었다. 저녁식사가 끝나고 집집마다 불이 켜지자 아바오는 집들이 줄줄이 늘어선 주택가를 벗어나 아무런 미련 없이 앞만 보고 걸었다. 근처에는 밭이 있고 버드나무가 몇 그루 서 있었다. 낮에는 나무 아래 사마귀와 이름 모를 풀이 있고 풍뎅이가 날아다녔지만, 지금은 칠흑같이 어두웠다. 아바오는 눈을 감았다. 시원한 바람이 불어 나뭇잎과 풀의 향기를 실어다주었다. 마늘을 곁들인 두부 볶음과 곱창을 굽는 냄새도 실려왔다. 공장의 화학약품 냄새도 날아왔다. 밤이 깊어 집으로 돌아가보니 건물 전체가 조용했다. 집집마다 문을 열어놓은 채 모기향을 피우거나 쑥을 태우면서 밤을 보냈다. 복도는 무덥고 어두웠다. 2호실에는 철제 2층 침대가 두 개 있었다. 달빛이 돗자리 위로 쏟아져 네 발과 네 다리를 비춰주었다. 아바오네 집 문에는 반쪽짜리 주렴이 걸려 있었다. 아바오 아빠는 바닥에 자리를 폈고 아바오 엄마와 이모는 이미 잠에 빠져 있었다. 가족들 사이의 거리가 이토록 가까웠다. 이렇게 밀집되어 있는 모습은 너무나 사실적이지 못했다. 하지만 아바오는 이모에 대해 여전히 가슴 깊이 감격하고 있었다. 이사하던 날 이모는 아바오와 아바오 엄마를 데리고 일용잡화점에 가서 조개탄 난로와 부집게, 발 씻는 대야, 양동이, 부들부채, 앉은뱅이 의자 네 개를 사주었다. 아바오 엄마가 말했다. 두 개만 사. 이모가 말했다. 밖에 나가 저녁을 먹으려면 두 개로는 부족해. 아바오 엄마가 말했다. 얘, 나는 밖에 나와 밥을 먹는 게 익숙하지 않아. 어떻게 해야 좋을지 모르겠어. 이모가 말했다. 밥은 밖에 나가서 먹도록 해. 바람이 시원하잖아. 아바오 엄마는 아무 말도 하지 않았다. 이모가 말했다. 이웃들이 하는 대로 하자고. 아바오 엄마가 말했다. 나더러 대문밖에 나가 두 다리를 쩍 벌리고 앉아 죽 한 그릇을 먹으라는 거니? 난 그렇게 못하겠어. 이모가 말했다. 고생을 덜했군. 학습이 덜 됐다고! 아바오 엄마가 말했다. 입 다물어! 이모가 말했다. 말하자면, 나도 옛날에는 진에서 돈깨나 있는 집안의 귀한 딸이었다고. 하지만 일찌감치 고생을 너무 많이 해서 세상물정과 인지상정을 알게 되었을 뿐이지. 아바오 엄마가 말했다. 그래서 어떻게 됐어? 남자를 잘못 골랐잖아. 이모가 말했다. 그래, 맞아. 언니는 복이 많아서 집도 훌륭하고 남편도 훌륭했지. 하지만 지금은 예전 그대로 사나운 운수를 만나 모든 것이 여의치 않잖아. 아바오 엄마는 아무 말도 하지 않았다. 이모가 말했다. 걱정하지 마. 내가 나서서 언니를 도와줄 거니까. 아바오 엄마가 말했다. 집이 좁으니까 일찍 시골로 돌아가도록 해. 이모가 갑자기 표정이 굳어지면서 말했다. 뭐라고? 난 파출소의 그 죽일 놈이랑 이미 이혼했단 말이야. 내가 고향으로 돌아가면 조개탄 난로는 누가 관리해? 집집마다 돌아가면서 일주일 동안 청소를 담당해야 하고 화장실은 악취가 지독하잖아. 1호실 산둥 사람들은 한 가족이 날마다 부추에 마늘, 양파를 먹기 때문에 너무 매워서 눈도 제대로 뜨지 못하는데 누가 그걸 치워? 아바오 엄마가 말했다. 그만해. 이모가 말했다. 위층 아래층 다 합쳐서 화장실이 네 칸밖에 없다고. 밑에는 시멘트 수조로 연결되어 있고 변기 뚜껑 네 개가 덮여 있잖아. 아래층에서 두 개를 맡아야 한다고. 물을 뿌려 씻은 다음 걸레로 닦고 햇볕에 말려야 해. 러시아 멍청이들이나 소련놈들이 만들어놓은 건 다 이 모양이야. 냄새나고 무겁고 말이야. 도대체 어떤 놈이 이따위로 만든 거야! 아바오 엄마가 말했다. 그만해. 이모가 말했다. 게다가 위층 어린놈들은 항상 아래층에 내려와 대변을 본단 말이야. 정말 이기적으로 행동하면서 말로는 지들이 노동자계급이래. 아바오 엄마가 말했다. 쉿! 이모가 말했다. 온갖 오물을 변기통이나 밑에 있는 시멘트 수조에 버린다고. 생리혈이 그대로 묻은 화장지랑 미전공이 산처럼 쌓인다고. 대나무 빗자루로는 쓸어도 잘 쓸려나가지 않아. 정말 신경쓰인다니까. 아바오 엄마가 탄식하듯이 말했다. 정말 돌아갈 생각이 없다면 나중에 다시 얘기하기로 하자.

일요일에 큰아버지가 차오양 신촌에 왔다. 쓰난로 큰 저택의 모든 재산을 다 빼앗기고 쫓겨나 한 가족이 셋으로 찢어졌다. 큰아버지 일가는 티란교提籃橋 석고문 앞에 있는 허름한 주택으로 이사했고 고모는 가죽 트렁크 사건으로 직장의 압력에 고통받으면서 남편과 이혼하고 혼자 할아버지를 따라가 자베이 훙싱로鴻興路의 다 쓰러져가는 길가 가옥으로 이주했다. 작은삼촌 일가 세 식구는 자

베이 칭윈로青雲路에 있는 정자간으로 이사해야 했다. 할아버지의 고정 배당금은 취소되었고 큰아버지는 매달 29위안 3자오의 임금을 받아 생활해야 했다. 공장 견습공과 같은 수준이었다. 입이 많아 살아가기가 어려웠다. 고모와 작은삼촌 가족은 직장에서의 임금이 한 푼도 줄어들지 않은데다 입이 많지 않아 그런대로 살아갈 만했다. 큰아버지가 창가에 몸을 기댄 채 차가운 냉수를 들이켰다. 해방에서 문화대혁명까지 아바오의 부모는 음력설이 되어야 쓰난로에 큰아버지를 만나러 갔고 평소에는 왕래가 많지 않았다. 아바오의 부모는 말이 없었다. 큰아버지가 말했다. 여기저기 살펴봐도 여기가 가장 좋은 것 같아. 창밖에서는 들판의 정취를 느낄 수 있고 집안에 화장실도 있으니 말이야. 아바오 엄마가 말했다. 어려운 점도 많아요. 큰아버지가 말했다. 사람과 사람을 비교하다보면 화만 나요. 아우는 월급이 아무리 줄어도 68위안이나 되고 제수씨는 사업단위라 월급이 84위안이나 되잖아요. 나랑은 비교도 안 되죠. 아바오 아빠가 물었다. 무슨 일 있어요? 오늘 무슨 일이 있어서 찾아온 거군요? 큰아버지가 말했다. 아우가 먼저 입을 여니 좀 쑥스럽구먼. 잘 모르겠어. 우리 두 형제는 사실 공부를 그다지 열심히 하지 않았지. 그러니 어떻게 좋은 결과가 있겠어. 아바오 아빠는 말이 없었다. 큰아버지가 목소리를 낮춰 말했다. 진즉에 이럴 걸 예상해서 스류푸부두에 가서 노동자가 되었다면 지금 우리 형제는 노동자계급이 되어 있을 텐데, 왜 그때는 그런 걸 깨닫지 못했을까? 아바오 아빠가 차갑게 웃었다. 큰아버지가 말했다. 내가 줄곧 부잣집 도련님 행세를 할 수 있었던 것은 아버지 덕분이었어.

나는 정말 한가한 '방랑자'였지. 이리저리 떠돌아다니면서 황주나 마시고 『만유문고』*나 읽고 미국 영화를 보거나 탄사의 매혹적인 곡조에 정신이 팔렸었지. 아바오 아빠는 아무 말도 하지 않았다. 큰아버지가 말했다. 아우는 애당초 공부에 마음을 두지 않았지만 선전을 듣고 조직에 참여했잖아. 온갖 고생을 다 하면서도 전혀 입 밖에 내지 않았지. 아바오 아빠는 여전히 말이 없었다. 큰아버지가 말했다. 진지하게 영어를 공부했다면 중국의 회사들이 일어서기 시작했을 때 사업을 해서 봄가을로 돈을 세기 바빴겠지. 아바오가 물었다. 그게 무슨 뜻이에요? 큰아버지가 말했다. 장부를 살피는 거야. 얼마나 벌고 얼마나 잃었는지 따져보는 거지. 우리 형제가 영국이나 미국 같은 서양으로 나갔다면 처음에는 포가선생跑街先生**을 하다가 나중에는 강백도康白度***가 되었을 거야. 말하자면 서양 상인들을 위한 매판이 되는 거지. 아무래도 오늘 이 모양 이 꼴은 아니었을 거라고. 아바오 아빠가 목소리를 낮춰 말했다. 당장 돌아가요. 나가란 말이에요! 큰아버지가 말했다. 성격이 정말 괴팍하구나! 모두가 곤경에 처한 마당에 왜 그렇게 화를 내는 거냐? 아바오 엄마가 말했다. 아주버님이 모처럼 오셨는데 말 좀 함부로 하지 마요. 이모가 말했다. 점심만 먹고 돌아가세요. 말은 좀 줄이시고요. 아바오 엄마가 말했다. 아주버님, 우선 두루마기부터 좀 벗으세요. 집안이 좀 덥거든요. 큰아버지가 말했다. 제수씨, 이 옷

* 1929년부터 1937년까지 출간한 종합 총서로 1721종에 4천 권에 달했다.

** 물건을 들고 집집마다 돌아다니며 파는 가정 방문판매업자.

*** 포르투갈어 comprador의 음역으로 매판(買辦)을 의미한다.

을 벗으면 안 될 것 같네요. 창피해서 말이에요. 아바오 아빠가 말했다. 혁대로 몇 번 맞아서 상처가 남았을 거야. 큰아버지가 허리띠를 풀면서 말했다. 운동이 시작되고부터 지금까지 따귀 한 대 맞는 것에 그치면 정말 운이 좋은 편이었어. 가족들 앞에서 매일 황금을 어디에 두었는지 말하라고 윽박질렀지. 맛있는 음식을 못 먹고 좋은 옷을 못 입는 것은 괜찮았어. 큰아버지가 두루마기를 벗자 안에 덧입은 승복 같은 한삼에 수없이 구멍이 나 있었다. 어망 같았다. 그 모습을 보고 다들 말을 잇지 못했다. 큰아버지가 말했다. 돈이 없다보니 나는 부랑아가 되는 수밖에 없었어. 매일 장아찌에 콩나물만 먹으면서 남들 변기통 비워주는 일을 했지. 모두 말이 없었다.

이모가 밖에 나가 요리들을 두 봉지 사들고 와서는 테이블을 침대 앞으로 끌어다놓고 간단히 상을 차렸다. 다섯 사람이 함께 둘러앉았다. 사 온 음식들은 차소叉燒*와 홍장紅腸**, 총고즉어葱烤鯽魚***, 당초소배糖醋小排****, 작두콩 볶음, 개양자채단탕開洋紫菜蛋湯***** 등이었다. 테이블 가득 펼쳐진 음식을 보고서 큰아버지가 갑자기 의자 아래로 미끄러졌다. 아바오가 얼른 큰아버지를 끌어당겨 다시

---

* 붉은빛을 띠는 돼지고기 구이.

** 돼지고기와 전분, 마늘 등을 주요 재료로 해서 가공한 러시아식 소시지.

*** 강남 지역의 전통 음식으로, 간장 위주의 양념을 붕어 등에 뿌리고 그 위에 생파를 얹어 찐 것.

**** 기름에 튀긴 돼지갈비에 달콤새콤한 소스를 얹은 것.

***** 김과 계란을 주요 재료로 하고 말린 바다새우를 곁들여 끓여낸 국으로 대개 식사를 마칠 때 마지막 순서로 먹는다.

자리에 앉혔다. 아바오 아빠가 말했다. 이전에 내가 감옥에 들어가 있을 때도 가끔씩 이런 과민반응이 있었어. 큰아버지가 숨을 헐떡거리며 말했다. 몸에 힘이 빠진 것은 병적인 식욕의 발작으로 위가 아팠기 때문이야. 이모가 말했다. 아이고, 말하자면 부잣집 자제신데 궁상이 이 지경에 이르렀네요. 어서 드세요. 아바오 아빠가 말했다. 처제, 돈이 너무 많아서 그래? 왜 이렇게 과분하게 돈을 쓰는 거야? 중요한 손님도 아닌데 공연히 지나친 친절을 보일 필요 없다고. 이모가 말했다. 형부가 형님에게 식사 한번 제대로 대접하지 못하는 건 다 체면 때문이잖아요. 저는 생색을 내려는 게 아니에요. 저는 발 큰 아주머니, 즉 노동인민이란 말이에요. 어차피 사온 거니까 어서 먹자고요. 아바오 엄마가 말했다. 좀 살살 얘기해. 아바오 아빠가 말했다. 음식이 너무 많아. 다 먹다가는 위가 상할 수 있다고. 모두 말이 없었다. 뜻밖에도 이 순간 큰아버지가 테이블 앞에 안정적인 자세로 앉아 열심히 음식을 먹고 있었다. 아무도 미처 생각지 못한 일이었다. 머리가 거의 음식 그릇에 박혀 있었다. 차소와 훙장은 절반밖에 남지 않았지만 큰아버지는 여전히 그릇에 머리를 박고 있었다. 아무 소리도 들리지 않는 것 같았다. 하늘이 별들을 삼키는 것처럼 목숨을 걸고 입을 움직이면서 쉴새없이 씹고 삼켰다. 이모가 말했다. 먼저 국을 한 모금 드시고 천천히 삼키세요. 꼭꼭 씹어서 드시라고요. 이럴 줄 알았으면 족발도 한 덩이 사 올 걸 그랬네요. 삶은 고기도 괜찮고요. 제가 실수했어요. 다들 말이 없었다. 다섯 사람 모두 놀라서 정신이 나간 상태로 간신히 식사를 마쳤다. 식사가 끝나자 큰아버지가 마음을 가라앉히면서 말했다. 과거를 생각해보면 상하이의 고급 음식점들은 전부 찾아다니며 맛을 보았던 것 같아. 점심, 저녁식사에 야참이나 회사 회식까지 매일 신나게 먹어댔지. 신야의 광둥식 조식으로 나오는 동죽조개찜과 달팽이찜은 정말 일품이었어. 라오정씽老正興*은 하자대오삼蝦籽大烏參이랑 화수劃水, 파페鮃肺, 금은제金銀蹄 같은 음식이 유명했고 다훙윈大鴻運은 취계취하醉雞醉蝦**가 유명했지. 하나같이 대단한 맛이었어. 하지만 자주 먹다보면 그다지 대단하다는 생각도 들지 않았지. 사람의 뱃가죽이란 건 참 고약해. 그런 음식들은 다 헛된 것처럼 느껴지더군. 오늘 방금 먹은 음식들과는 비교도 할 수 없지. 이모가 말했다. 풍수는 돌고 도는 법이에요. 거지들은 죽은 게를 먹으면서도 맛있다고 탄성을 내지르거든요.

아바오 엄마가 막 뭐라고 말하려는 순간, 밖에서 문 두드리는 소리가 들리더니 주민위원회 여성 간부 몇 명이 들어왔다. 아바오 아빠가 얼른 일어섰다. 큰아버지도 일어섰다. 주민위원회 여성 간부들이 테이블 위를 대충 살펴보고 나서 물었다. 좋아요, 음식이 아주 많군요. 오늘 아침에 뭘 경축하려는 건가요? 국민당 창건일을 경축하시나요? 아바오 엄마가 말했다. 제 남편 형님이 찾아왔어요. 주민위원회 여성 간부가 업무수첩을 살펴보더니 큰아버지를 위아래로 훑으면서 물었다. 이름이 어떻게 되나요? 큰아버지는 대답하지 않았다. 주민위원회 여성 간부가 말했다. 자산계급 주제

---

* 중국에서 가장 오랜 명성을 지닌 음식점 가운데 하나로 청나라 동치 연간에 상하이에 처음 개업하여 난징을 비롯한 강남의 여러 도시로 전파되었다.

** 닭고기와 새우를 술을 넣고 찐 음식.

에 티란교로 이사해놓고도 계속 사람들을 만나는 건가요? 큰아버지가 고개를 끄덕였다. 주민위원회 간부가 말했다. 그렇게 멀리서 뭘 가지고 왔나요? 큰아버지가 말했다. 저는 빈손으로 왔습니다. 또다른 여성 간부가 말했다. 손가방조차 안 들고 왔다고요? 큰아버지가 말했다. 네. 주민위원회 여성 간부가 말했다. 빈손으로 와야 금괴나 은괴를 가져가기 편하겠지요. 바짓가랑이나 다리춤에 묶어 가지고 가면서 감쪽같이 전차를 타면 될 테니까 말이에요. 큰아버지가 쓴웃음을 지으며 말했다. 간부 여러분, 그렇게 억지로 지어내서 몰아붙이지 마세요. 한 마리에 열여섯 냥이나 나가는 대황어大黃魚와 소황어小黃魚, 황어 말림과 황어 알, 황어 몸체의 비늘과 금가루까지 전부 국고에 헌납했단 말입니다. 주민위원회 여성 간부가 말했다. 우는 척하면서 엄살 부리지 마요. 큰아버지가 말했다. 거짓말은 한 마디도 하지 않았습니다. 이모가 말했다. 뭘 그렇게 따져 묻는 거예요? 밥이라도 좀 편하게 먹읍시다. 주민위원회 여성 간부가 말했다. 이봐요, 함부로 끼어들지 마요. 이모가 말했다. 우리는 지금 정상적으로 밥을 먹고 있다고요. 우리가 법을 어긴 게 뭐가 있다고 이러는 거예요? 주민위원회 여성 간부가 말했다. 외지 농촌 호구를 가진 시골 여자가 상하이에 빌붙어 살면서 돌아가지 않으려는 이유가 뭔가요? 이모가 자리에서 벌떡 일어서며 말했다. 우리 언니랑 형부를 돕고 있어요. 황법을 범했으면 파출소에 얘기해서 잡아가라고 하세요. 빌어먹을 우리 남편이 파출소에서 일하니까요. 장張 동지, 리李 동지 등등 내가 아는 사람도 아주 많아요. 내가 전화를 해서 잡아가라고 할 테니까 한번 해보자고요. 주민위원회 여성 간부가 어리둥절한 표정을 지었다. 이모가 말했다. 정말 사람 화나게 만드네. 사람들을 들들 볶아서 죽이려고 난리야. 또다른 여성 간부가 말했다. 이봐요, 말 함부로 하지 마요. 이모가 갑자기 그 여성 간부의 면전에 대고 말했다. 난 두려울 게 없어요. 가택수색을 하려면 맘대로 하라고요. 어서 해보란 말이에요. 아바오랑 아바오 엄마가 이모에게 다가가 말렸다. 이때 옆에 있던 큰아버지가 갑자기 허리띠를 풀고 바지를 끝까지 내렸다. 큰아버지가 말했다. 정부를 대신해서 맘대로 뒤져봐요. 내가 어디에 황금을 감추고 있는지 찾아보라고요. 여성 간부들 몇몇이 비쩍 마른 두 다리와 누렇게 색이 바랜 남루한 반바지를 보고는 곧장 얼굴을 돌렸다. 그러고는 고개를 숙이면서 말했다. 늙은 불량배 아니야! 당장 바지 추켜올려요. 정말 형편없네.

## 이

샤오마오가 문안으로 들어서면서 자세한 사정을 얘기했다. 결국 혁명군인의 가정은 무사태평하더군. 후성이 말했다. 우리 아빠가 반드시 혁명의 경각심을 높여야 한대. 샤오마오가 말했다. 최근에 이 빌딩에서 적지 않은 사람이 뛰어내렸어. 후성이 웃으면서 말했다. 얼마 전 우리 아빠 말이 건국 초기 몇 년 동안에도 건물에서 뛰어내리는 일이 잦았대. 당시의 상하이 시장이 아침 일찍 일어나 차를 마시고 나면 으레 옆에 있는 비서에게 물었대. 어제 상하이의

'낙하산병'들이 얼마나 뛰어내렸나? 샤오마오가 히죽 웃었다. 후성이 말했다. 당시에는 거의 매일 사람들이 뛰어내렸대. 지금의 허빈河濱빌딩에서는 매일 그랬대. 즐거운 마음으로 인민들 사이에서 자살하려 한 거지. 샤오마오가 고개를 가로저었다. 후성이 말했다. 지금 이 건물은 그나마 태평한 셈이야. 가장 격렬했던 곳은 우리 중학교 바로 옆 건물이었어. 창러로와 루이진로가 만나는 지점에 있는 천주교 성당인데 갑자기 철거되어 평평하게 깔아뭉개져버렸지. 샤오마오가 말했다. 나는 농탕 안에서 매일 사류분자四類分子*와 승려들, 도망친 지주들을 상대로 비판투쟁을 벌이고 있어. 후성이 말했다. 묻지 않을 수 없군. 이런 시국에 아바오가 베이디와 함께 있는 건 문제이지 않을까? 뭔가 확실한 태도 표명이 있어야 할 것 같은데. 샤오마오가 말했다. 친구 하나가 곤경에 빠졌어. 내가 가봐야 할 것 같아. 후성은 아무 말도 하지 않았다. 두 사람은 발코니로 나갔다. 샤오마오가 물었다. 따메이메이 아직 기억하지? 후성이 말했다. 응, 기억하고말고. 고무줄놀이를 무척 좋아했지. 눈이 아주 크고 말이야. 샤오마오가 낮은 목소리로 말했다. 그저께 따메이메이가 나를 보더니 마구 울더라고. 따메이메이 엄마가 구사회 때 일 년 동안 '넘버원'**을 한 뒤로 다른 방직 공장에 가서 일하다가 결국 재봉사랑 결혼하여 가정주부가 되었대. 그렇게 보통 노동자가 된 거지. 때문에 지금까지 그런 사실을 숨기고 있다가 비판

* 1940년대에서 1970년대 사이에 중국에서 지주, 부농, 반혁명분자, 파괴분자를 통칭했던 말.

** 해방 전 상하이에서 공사장이나 공장 작업장의 십장을 가리키는 말.

투쟁운동이 시작된 뒤로 근처에서 챙챙 둥둥 징과 북을 두드리는 소리가 요란하게 울리는 걸 들었다 하면 다급한 마음에 황급히 침대 밑으로 기어들어가 숨곤 했대. 어느 날은 한밤중까지 숨어 있다가 기어나왔는데 바지에 대소변이 가득차 냄새가 지독해 죽을 지경이었다고 하더라고. 후성이 말했다. 그건 당연한 거야. 샤오마오가 말했다. 내가 따메이메이에게 말했어. 울지 마, 입을 꼭 다물고 있어야 해. 엄마가 천부적으로 정신병이 있었다고 생각해. 원래부터 미쳤다고 생각하라고. 매일 냄새나는 바지를 빨고 엉덩이를 닦아줘야 하는 일이 생겨도 그런 사실을 절대 입 밖에 내면 안 돼. 후성이 말했다. 다들 묻지 않을 수 없을 거야. 이런 사회의 쓰레기가 왜 가서 자수하지 않는 거지? 샤오마오가 말했다. '묻지 않을 수 없다'니 완전히 대자보 말투네. 후성이 빙긋이 웃었다. 샤오마오가 말했다. 자수할 수 있을 것 같아? 절대 그럴 수 없지. 바로 옆 농탕 담뱃가게 주인이 자발적으로 자수하러 가서 솔직하게 다 얘기하고 너그러운 처분을 기대했다가 어떤 결과를 맞았는지 알아? 죽도록 얻어맞고 그다음달에 곧바로 바이마오령白茅嶺 감옥으로 압송되어 노동개조를 당했다고. 후성이 물었다. 이유가 뭐래? 샤오마오가 말했다. 말하자면 아주 간단해. 담뱃가게 주인의 이웃, 그러니까 이웃집 아주머니가 걸핏하면 수돗물을 독점하고 성깔을 부려댔대. 이 때문에 담뱃가게 주인은 차오자두로 달려가 어느 도사에게 법술을 좀 부려달라고 부탁했지. 도사의 이번 도행은 무척이나 심오했어. 향을 태우는 것을 '훈천熏天'이라 하고 피리를 부는 것을 '모동摸洞'이라고 하지. 물고기도 '오면현린五面現鱗'이라고 불렀어.

후성이 말했다. 전혀 알아듣지 못하겠네. 샤오마오가 말했다. 가게 주인이 문안에 들어서자마자 도사는 마음속으로 '장관賬官'이 왔다고 생각했대. 돈을 갚으러 온 거라고 생각한 거지. 가게 주인이 아주머니에 관해 얘기하자 도사는 그런 '유궁流宮'이 가장 대응하기 편하다고 말했어. 가게 주인이 물었지. 그게 무슨 뜻인가요? 도사가 말했어. 일종의 은어일세. 유궁은 여인을 말하지. 도사는 그 자리에서 아홉 장의 부적을 그려주면서 가게 주인에게 세심하게 알려주었대. 이웃집 아주머니가 삼각팬티를 빨랫줄에 널어놓은 틈을 타서 적당한 방법을 찾아 팬티 안에 부적을 한 장 붙이라는 거였지. 사흘에 한 장씩, 아홉 차례에 걸쳐 부적을 붙이면 아주머니의 성깔이 누그러져 비교적 온순해진다는 거였어. 온몸이 떨리면서 닝보의 찹쌀반죽처럼 된다는 거지. 여기에 설탕을 입혀 녠가오年糕*를 만들면 너무나 부드러워 이에 다 달라붙지. 이쯤 되면 어떤 일이든지 아주머니를 마음대로 할 수 있고 눈짓만으로도 소통이 가능해진다는 거야. 안 좋은 일을 제안해도 전부 들어주게 되는 거지. 후성이 고개를 가로저었다. 샤오마오가 말했다. 그런데 부적을 아홉 장이나 붙였는데도 아주머니는 말을 한 마디도 안 했대. 그러던 어느 날, 아주머니가 담뱃가게로 올리브 절임을 사러 갔지. 가게 주인이 말했어. 이리 좀 와보세요. 아주머니가 물었겠지. 왜요? 가게 주인이 다시 말했대. 글쎄, 좀 와보라니까요. 아주머니가 물

* 중국인들이 춘절에 먹는 찹쌀로 만든 떡으로, 길상의 의미로 설탕을 섞어 붉은 칠을 입힌다.

었어. 왜 그러는데요? 가게 주인이 눈을 깜빡거리면서 말했어. 나랑 뒷방 침대 위로 갑시다. 자, 들어가요. 아주머니가 물었어. 뭐하는 거예요? 가게 주인이 되물었지. 뭐하는 거냐니요? 아주머니가 말했어. 돌았군요? 가게 주인이 물었어. 몸에 뭔가 변화가 있지 않았나요? 아주머니가 물었지. 무슨 변화요? 가게 주인이 말했어. 몸이 흐늘흐늘해지지 않았어요? 아주머니가 물었어. 그게 무슨 말이에요? 가게 주인이 되물었지. 아랫도리가 간지럽지 않냐고요? 아주머니가 놀란 표정을 짓자 가게 주인이 말했대. 어서 뒷방으로 갑시다. 내 말 안 들려요? 아주머니가 말했어. 이런 더러운 새끼! 가게 주인이 말했지. 창피하게 왜 그래요? 아주머니가 말했어. 한 마디만 더 지껄여봐! 가게 주인은 아무 말도 하지 않았어. 아주머니는 그렇게 가버렸지. 운동이 시작되자 차오자두의 도사는 잡혀 들어갔어. 담뱃가게 주인은 놀라서 이틀 동안 꼼짝도 못하고 있다가 사흘째 되던 날 주민위원회에 가서 자수하면서 사건의 전말을 다 털어놓았지. 아주머니 남편은 삼대째 삼륜차를 모는 사람이었대. 후성이 물었다. 삼륜차가 삼대 전부터 있었단 말이야? 샤오마오가 말했다. 삼륜차를 모는데다 성격이 워낙 거칠어서 아주머니한테 달려들더니 따귀를 한 대 세게 때리더래. 그러더니 담뱃가게로 달려가 진열장 위에 한 줄로 나란히 놓여 있던 사탕 병을 전부 집어던져 깨뜨리고 주인의 팔을 부러뜨린 다음, 인죄서를 쓰게 했대. 비판투쟁대회가 열리자 농탕에는 공짜 연극을 구경하러 사람들이 구름떼처럼 몰려들었지. 후성이 말했다. 가게 주인은 꼼짝 못하고 '현행 성범죄자'가 되고 말았던 거야. 사람들은 따메이메이의 엄마가 왜 구사회에서 전문적으로 노동자계급을 착취하던 여공 우두머리를 지명하지 않는 건지 묻지 않을 수 없었지. 샤오마오가 말했다. 그건 잘못 알려진 거야. 우리 엄마의 설명에 따르면 '넘버원'은 방직 공장 여공의 먼 친척으로 마음이 아주 따뜻한 사람이라 고향이 같은 어린 아가씨를 상하이에 와서 일할 수 있도록 연결해 주었을 뿐만 아니라 수시로 노동자들을 선동해서 파업을 벌였대. 지금으로 말하자면 작업장의 소조장小組長이나 삼팔홍기수三八紅旗手*, 모범노동자랑 같다고 할 수 있지. 후성이 말했다. 너무 반동이군. 그게 아니야. 샤오마오가 말했다. 말도 아주 잘하고 손발이 무척 빠를 뿐만 아니라 기술도 가장 뛰어났어. 후성이 말했다. 영화 〈작은 불꽃들〉** 봤지? '넘버원'은 일본놈들의 앞잡이야. 노동자계급을 힘들게 했지. 샤오마오가 말했다. 영화는 영화일 뿐이야. 해방 전에도 노동자계급은 그런대로 살 만했어. 우리 엄마는 면 방직 공장에서 일했어. 월급이 적지 않았지. 매달 정기적으로 라오바오펑老寶鳳***에 가서 금반지를 하나씩 살 수 있었으니까. 후성이 말했다. 어, 그래? 샤오마오가 말했다. 해방 전에 우리 엄마가 금반지를 얼마나 사들였는지 알아? 비단 주머니 하나에 금반지가 사오십 개는 족히 들어 있었다니까. 대자명종의 라오바오펑 금은방은 아예 방직 공장 여공들을 전문적으로 상대했어. 직접 만들어서 팔

* 중국에서 국제 여성의 날인 3월 8일에 우수한 여성 노동자에게 주는 칭호.

** 농촌 출신 여성이 가부장제와 지주제도 아래에서 경험하는 파란만장한 삶을 묘사한 중국 영화(1925).

*** 청나라 말기에서 중화민국 초기에 등장하기 시작한 귀금속 상점.

왔지. 둥근 반지에 네모난 반지, 금계심金雞心* 모양의 반지까지 다양한 유형을 만드느라 세 명의 세공 기술자가 바쁘게 돌아쳤어. 설이나 기념일이 다가오면 금반지에 매홍지梅紅紙를 끼우느라 정신이 없었지. 밤마다 야근을 해야 했어. 후성이 말했다. 잠깐, 이거 너무 반동적인 얘기만 하고 있네. 샤오마오는 앞으로 조심해야 할 것 같아. 그런 반동적인 얘기는 절대 해선 안 된단 말이야. 샤오마오가 말했다. 우리 아빠는 영국 전차 회사의 매표원이었어. 역시 월급이 적지 않았지. 게다가 일단 전차에 올라탄 사람들을 상대로 표를 팔다보니 중간에 요금을 일부 빼돌릴 수 있었어. 그 돈으로 대세계에 가서 놀거나 여자들을 찾았지. 매달 버는 돈을 이런 식으로 여자와 노름으로 전부 탕진했어. 그러다가 결혼하고 나자 엄마가 아빠한테 예수님 눈에는 모든 사람이 빚을 지고 있다고 말했대. 태어나면서 빚을 지고 있어 제대로 된 사람이라면 그 빚을 갚아야 한다고 말이야. 속죄를 해야 하고, 그러기 위해서는 기도를 열심히 해야 한다는 거지. 이때부터 우리 아빠는 정신을 차리고 점차 엄마를 본받기 시작했어. 후성이 말했다. 아무 말이나 함부로 하지 마. 종교는 마약이란 말이야. 샤오마오가 말했다. 그래, 맞아. 그래서 우리 엄마는 대상을 바꿔 영수님을 숭배하기 시작했어. 예컨대 내가 권법을 배우는 것에 대해서도, 우리 엄마는 남에게 피해를 당하더라도 함부로 손을 쓰면 안 되고 마음속에 원한을 품어서도 안 된다고 말하지. 영수님께서 누가 혼자 1리를 가라고 시키면 2리 반을

* 작고 노란 타원형 과일.

그와 함께 가라고 말씀하셨대. 후성이 말했다. 예수교랑 비슷하네. 샤오마오가 말했다. 우리 아빠가 아주 훌륭한 사람으로 변한 것은 순전히 종교 때문이야. 후성이 말했다. 조심하라니까. 그렇게 터무니없는 말은 구사회를 추종하고 찬미하도록 돕는 거나 마찬가지야. 밖에 나가면 입을 굳게 닫으라고. 함부로 헛소리 쏟아내지 말란 말이야. 샤오마오가 말했다. 그건 나도 알아. 밖에 나가 함부로 거짓말하면 안 되지. 사람이 되기 위한 법칙이 바로 그런 거니까. 나 자신이 〈참고소식〉*이 되는 거야. 후성이 말했다. 다음에 올 때는 미리 편지를 하거나 호출전화를 걸어줘. 내가 밖에 나가 있을지도 모르니까. 샤오마오가 말했다. 너를 못 만나 헛걸음하게 되면 수화 누나를 찾아가지, 뭐.

한 시간 뒤 두 사람이 라더 아파트를 떠나 난창 아파트로 들어서자 수화가 엘리베이터 입구 가까이에서 편지를 접고 있는 모습이 눈에 들어왔다. 수화가 두 사람을 보고서 말했다. 아바오가 나한테 편지를 보냈어. 세 사람이 한데 붙어 함께 편지를 읽었다. 편지 내용은 이랬다. 수화, 잘 지내지? 네가 이 편지를 읽을 때쯤이면 나는 이미 푸퉈구의 차오양 신촌으로 이사해 있을 거야. 가옥분배 명세서가 도착했고 이사 트럭은 내일 아침 떠날 예정이야. 불편하지 않다면 종종 아래층에 사는 베이디를 좀 보러 가줘. 상황이 별로 안 좋아. 네가 예전에 자주 천바이루陳白露** 애기를 했잖아. 지금 나도

* 중국 신화통신사가 주관하는 공산당 기관지의 하나.

느끼고 있어. 날이 밝아오면 자고 싶어질 것 같아. 모든 것이 순조롭게 이루어지길 빌게. 아바오가. 모두가 말이 없었다. 샤오마오가 말했다. 마지막 몇 마디는 자살을 암시하는 것 같아. 후성이 말했다. 묻지 않을 수 없네. 이런 상황에서 아바오의 이런 태도는 뭐야? 아바오 같은 애들하고는 철저하게 선을 그어야 해. 그러지 않으면 한데 어울려 다 같이 오염될 수밖에 없다고. 수화가 말했다. 후성, 넌 그 대자보 문구 같은 소리 좀 작작해. 세 사람은 아파트를 나서 쓰난로로 향했다. 아바오 할아버지의 큰 저택에는 붉은 깃발이 휘날리고 대문과 창문이 전부 열려 있었다. 집안은 더 난장판이었다. 바닥을 뜯어내는 사람도 있고 벽에 구멍을 뚫는 사람도 있었다. 수화가 말했다. 노동자계급 사람들이 가택수색을 벌이는 거야. 그들이 가장 눈독들이는 건 홍목 가구랑 금은붙이처럼 가볍고 휴대하기 좋은 물건들이야. 방들을 마구 돌아다니면서 뒤지는 것이 하늘과 땅까지 다 파헤칠 기세로군. 후성이 물었다. 학생들의 가택수색은 어때? 수화가 말했다. 고등학생이나 대학생들은 돋보기를 들고 다니면서, 집안에 들어서면 우선 책부터 찾아 한 페이지씩 넘겨가면서 문자와 연도, 인명, 도장, 서화, 낙관 등을 자세히 살필뿐더러 책의 내용과 밑줄 그은 부분, 여백에 써놓은 글, 책갈피에 끼워둔 쪽지, 만년필이나 연필로 표시한 부호 등을 철저하게 조사하지. 특히 오래된 편지나 의심이 가는 문구, 암호 등을 중점적으로 살펴

** 중국의 극작가 차오위의 연극 〈일출〉의 주인공으로, 1930년대 상류사회의 혼란과 갖가지 봉건 예교, 자유에 대한 갈망과 여자로서의 욕망 등 여러 가지 정신적 중압을 견디지 못해 결국 자살하고 만다.

봐. 중국어와 외국어로 된 갖가지 신문과 오래된 잡지 등을 다 합친 수량이 어느 정도인지, 중간에 누락된 호수는 언제 것인지, 어떤 글이 오려내져 있는지, 글의 제목은 무엇인지 자세히. 가장 재미있는 것은 일기장이나 사진첩, 사진을 찍은 이유, 사진 뒤에 적힌 문구와 기호 등을 상당히 자세하게 연구한다는 거야. 샤오마오가 말했다. 학생들이 가택수색을 하면 대개 책을 훔쳐가서 서로 돌려보고 노동자들이 가택수색을 하면 돈이나 귀중품들을 챙겨 가는 것이 보통이지. 가죽 트렁크나 가방이 없어지는 건 아주 흔한 일이야. 후성은 말이 없었다. 샤오마오가 말했다. 공장에서 가택수색에서 빼앗은 물건들로 전시회를 열었는데, 책은 한 권도 안 보이고 장부만 아주 많았대. 다름 아닌 자본가들의 변천장變天賬*이지. 수화가 말했다. 금은붙이도 많았어. 꽃을 아로새긴 닝보식 침대와 동양화판東陽花板으로 만든 침대, 네 폭짜리 병풍, 아편탑, 홍목 조리대, 능라비단, 치파오와 마고자, 회색 족제비가죽으로 지은 외투 같은 귀중품들도 많았고 말이야. 샤오마오가 말했다. 노동자들은 진주나 보석을 가장 좋아했지. 금으로 만든 크고 작은 황어나 금팔찌, 은 젓가락 같은 걸 보면 눈이 뒤집혔어. 욕설이 그치지 않는 가운데 겉으로는 구호를 외치지만 속으로는 그 물건들을 갖지 못해 안달이 나 미칠 지경이었지. 후성이 말했다. 함부로 추측해서

---

* 반동세력들이 옛 제도의 복귀를 위해 작성해둔 장부나 문서를 총칭하는 말. 특히 중국 사회주의혁명 과정에서 옛 자본가나 지주, 부농 등이 마오쩌둥의 통치에 저항하여 1960년부터 1961년 중국 경제공황 시기에 비밀리에 혹은 공개적으로 빈농을 협박하여 공장과 토지 등을 거둬들이던 장부를 가리킨다.

말하지 마. 그건 계급 교육의 현장이었다고. 수화가 말했다. 노동자는 농민과 마찬가지야. 하지만 도시에 와 일하면서 농촌의 토지 개혁을 놓치고 있을 줄은 몰랐지. 지주나 부농들로부터 땅을 한 치도 분배받지 못했으니 침대나 홍목 팔선탁 같은 것에는 더욱 엄두를 내지 못했어. 그러니 고향 사람들로부터 당시 상황을 전해들으면서 한숨만 내쉴 뿐이었지. 지금은 어렵사리 가택수색 현장을 목격하거나 줄을 서서 전시회를 관람하다보면 실수로 원망을 털어놓게 되고 문제가 끊이질 않는다는 것을 알 수 있지. 철저하게 자산계급을 청산했다고 하면서 왜 혁명의 열매를 나눠주지 않는 건지 모르겠어. 어째서 정책이 시골과 도시, 과거와 현재에 따라 달라지냔 말이야. 이건 너무 불공평하잖아! 후성이 말했다. 죽어라고 안 좋은 점들만 강조하고 있군! 수화가 말했다. 농업의 습관은 캐내는 거야. 조상 대대로 갈대뿌리를 캐고 올방개와 토란, 마, 당근, 무 등 온갖 작물들을 캐지. 때문에 집에서도 계속 캐는 거야. 자산계급들이 청소해놓고 집을 나서면 집은 곧 농지로 변하지. 샅샅이 뒤지면서 캐내는 거야. 상당한 수확을 거둘 때까지 계속. 우리 아빠는 노동조합 간부라 이 모든 과정을 잘 알고 있어. 후성이 말했다. 믿을 수가 없군. 수화가 말했다. 계급의 성분에 관계없이 인간의 탐심은 다 똑같은 거야. 샤오마오가 말했다. 송나라나 명나라 때도 마찬가지였어. 수화가 말했다. 상하이가 막 해방되었을 때, 노조의 적극분자들이 상부에 보고했어. 아주 간단한 보고였지. 노동자들이 부를 창조하여 거의 대부분 자기들끼리 분배했다는 거였어. 농민 아저씨들이 노동자 클럽에 들어가 안을 둘러보니 발밑의 카펫이 시골집에서 쓰는 이불보다 부드럽고 쾌적했대. 중후中滬 제철 공장의 노동자들은 학습회의를 거부하고 식당에서 고기와 빵을 마음껏 먹었다고 하더라고. 게다가 매달 한 사람 앞에 소정의 과일값이 지급됐고 매일 너덧 병의 맥주를 마실 수 있었대. 입는 옷도 거의 대부분 개버딘이나 카키복 면이었대. 모든 노동자들이 양복을 갖고 있었고 적지 않은 사람들이 여자를 사거나 도박을 하거나 했대. 아홉 명의 노동자가 작은마누라를 두고 있었고 화류병花柳病* 에 걸린 노동자가 열 명이 훨씬 넘었다고 하더라고. 샤오마오가 물었다. 그게 뭔데? 수화는 대답 대신 얘기를 계속했다. 공장에서 매달 소정의 의약비도 지급했다더라고. 후성이 따져 물었다. 그건 일부 극소수의 일탈현상일 뿐이야. 그렇게 지도층의 어두운 점을 강조하는 의도가 뭐야? 샤오마오가 말했다. 우리 아빠가 그러는데, 가택수색은 설이나 마찬가지였대. 공장 사람들 누구나 참여하고 싶어했지. 갈등이 적지 않았으니까. 우리 사부님네 공장에서도 압수물품 전시회를 열었는데 꽃이 새겨진 침대와 진짜 비단 이불, 꽃을 수놓은 베개, 양모 카펫 등이 있었대. 하나같이 난징로의 침대용품 회사에서 파는 것보다 더 멋있고 품질도 좋았다고 하더라고. 결국 큰 문제가 발생하고 말았지. 사람들이 마구 훔쳐가버린 거야. 수화가 말했다. 그건 희귀한 일도 아니야. 가죽 트렁크랑 베개를 훔쳐가는 사람도 있었으니까. 샤오마오가 말했다. 여자를 훔치는 일도 있었어. 수화의 얼굴이 빨개졌다. 샤오마오가 말했다. 한밤중

* 성병을 말함.

에 당직 남자 노동자가 침대에서 뭔가 이상한 소리가 나는 걸 들었대. 꽃이 수놓인 휘장이 달려 있고 안이 아주 깊고 그윽한 침대였지. 남자 노동자가 침대가 있는 곳으로 가보니 야간반 여자 노동자 하나가 창문을 타고 기어올라와 비단 이불 속에 들어가 잠을 자다가 잠꼬대를 하면서 이를 갈고 있더래. 남자 노동자는 이것저것 물어보면서 잠꼬대하는 여자를 놀려주었대. 수화가 손사래를 치면서 말했다. 샤오마오, 그런 얘긴 그만해. 후성이 물었다. 그다음엔 어떻게 됐는데? 샤오마오가 말했다. 그다음에는. 수화가 소리쳤다. 샤오마오! 후성이 말했다. 남자 노동자가 양아치 같은 짓을 했지. 샤오마오가 말했다. 다음날 아침 일찍 노동자 간부가 사람들을 이끌고 관람을 하러 그 방에 들어왔대. 줄을 서서 그 침대 앞에 오게 되었겠지. 해설자가 막대기를 들고 그 꽃이 수놓인 이불을 가리키면서 막 설명을 시작하려는 차에 여자 노동자가 잠에서 깨어 몸을 뒤집더니 갑자기 눈을 커다랗게 뜨고 묻는 거야. 지금 뭐하는 거예요? 노동자 간부가 말했대. 망할 년, 빨리 일어나! 여자 노동자는 아무 말도 하지 못했지. 노동자 간부가 여자 노동자를 자세히 살펴보고 나서 말했대. 아니, 4번 작업대의 낙사공落紗工* 샤오피추小皮球 아니야! 죽고 싶어 환장했어? 실 나르는 일은 누가 대신하냔 말이야? 여자 노동자가 말했대. 일하다가 허리 근육을 다쳐서 더는 일을 못해요. 노동자 간부가 말했대. 잔말 말고 어서 일어나. 정말 뻔

* 세방기(細紡機) 혹은 조방기(粗紡機)에서 방사가 가득 담긴 추를 빼내 빈 원통과 바꿔 끼우는 작업을 전담하는 노동자.

뻔한 년이네. 창피한 줄 알아야지! 여자 노동자는 아무 말도 못했지. 노동자 간부가 닦달했겠지. 내 말 안 들려? 여자 노동자가 말했대. 안 일어날래요. 그냥 즐기고 싶어요. 노동자 간부가 말했대. 아예 미쳤구나. 여기가 어디라고 그래? 여자 노동자가 말했어. 고급 침대 위요. 간부가 말했어. 여긴 전시장이란 말이야, 알아? 여자 노동자가 말했대. 전시장이 뭐예요? 지금 저는 아주 깊이 느끼고 있단 말이에요. 저는 군디룽에서 살면서 매일 밤 딱딱한 나무판자 위에서 잠을 자느라 등에 항상 굳은살이 박여 있단 말이에요. 오늘밤은 잠을 자지 않고 그냥 이 느낌을 즐기고 싶어요. 노동자 간부가 말했지. 일어나, 어서 일어나지 못해! 허벅지 속살이 다 보인다고. 여자 노동자가 발을 움직여 이불을 당기고는 모두들 하는 수 없이 다시 가택수색의 압수물을 관람하기 시작하자 하얀 후저우 비단으로 만든 레이스가 잔뜩 달린 잠옷을 주워 입더래. 여자 노동자가 말했지. 자본가의 작은마누라들이 입고 자는 옷을 왜 나라고 입으면 안 되는 건가요? 계급적 입장 때문인가요? 수화가 더 참지 못하고 말했다. 됐으니까 그만하라고. 그런 얘긴 그만하란 말이야. 완전히 저질 헛소리만 지껄이고 있네. 샤오마오가 빙긋이 웃었다. 후성은 아무 말도 하지 않았다. 세 사람이 가오란로로 돌아와보니 베이디의 방문이 굳게 잠겨 있었다. 수화가 몇 번 불러보았다. 베이디, 베이디! 안에서는 아무런 반응도 없었다. 2층으로 올라가보니 아바오의 방이 완전히 난장판이 되어 있었다. 정말로 이사를 간 것이었다. 노동자 몇몇이 지렛대를 이용해 바닥을 뜯어내고 있었다. 수화가 말했다. 가구들을 많이 남겨놓고 갔네. 차오양 신촌의 집은 아주 좁을 거야. 노동자가 물었다. 여긴 뭐하러 들어왔어? 세 사람은 아무 말도 하지 않았다. 후성이 물었다. 뭘 그렇게 마구 뜯어내는 건가요? 노동자가 말했다. 신경쓰지 말고 너희 볼일이나 봐. 후성이 말했다. 나는 훙융터우 사령부 소속이에요. 노동자가 위아래로 훑으면서 말했다. 그럼 왜 완장을 차지 않은 거야? 샤오마오가 말했다. 완장을 교체하는 건 일상적인 일 아닌가요? 사령부에서 새 완장을 찍고 있다고요. 저녁에 나눠준다고 했어요. 노동자가 말했다. 어서 꺼지는 게 좋을걸. 후성이 말했다. 내겐 임무가 있단 말이에요. 노동자가 말했다. 여긴 우리가 접수해서 관리하고 있잖아. 샤오마오가 말했다. 대단하시네! 노동자가 말했다. 쪼그만 자식이 주둥이 똑바로 놀리지 못해? 샤오마오가 다가가 따지려 했지만 후성이 얼른 그를 잡아끌고 아래층으로 내려갔다. 수화가 탄식하듯 한숨을 쉬며 말했다. 사내자식들과 문밖에 나서는 건 정말 역겨워. 왜 그렇게들 싸우려고 덤비는 거야? 세 사람은 작은 화원 안에 있는 연못 옆에 앉았다. 물속에는 금붕어 한 마리 보이지 않았다. 부서진 걸상 하나와 타구가 놓여 있을 뿐이었다. 수화가 말했다. 선량한 희망은 항상 지옥으로 직통하기 마련이지. 후성은 말이 없었다. 수화가 말했다. 범속한 중들은 선을 얘기하고 창문 아래선 개들이 싸우네. 후성이 물었다. 무슨 뜻이야? 수화가 말했다. 나는 지금 다락방 안으로 기어들어갈 생각밖에 없어. 문과 창문을 굳게 닫아걸고 꿈이나 꾸고 싶다고. 샤오마오가 말했다. 다락방 창문을 닫으면 햇볕 때문에 너무 덥고 어둡기만 하잖아. 수화가 말했다. 내 말을 잘못 알아들었군. 됐어. 후성이 주위를 한 번 둘러보고 나서 말했다. 말은 좀 줄이는 게 좋을 것 같아. 가자고. 샤오마오가 몸을 일으키며 말했다. 지금 대교류大串聯*에 참가하는 사람이 아주 많아. 나도 가서 기분전환이나 하고 싶어.

## 삼

수업이 전면 중지되고 모두가 혁명에 나서자 후성의 부모님도 공군 원교院校의 교사 및 학생 조반에 열성을 보이면서 베이징에 가더니 몇 주가 되도록 돌아오지 않았다. 수화의 부모님은 '적극적으로 나서지 않고 방관하면서' 아침 일찍 나갔다가 저녁에 돌아왔다. 후성은 어느 조직에도 참여하지 않는 소요파逍遥派였다. 가끔씩 수화를 따라 밖으로 나가 마구 돌아다니기도 했다. 루이진로와 창러로 모퉁이를 돌면 원래 군왕당君王堂**이라고 불리던 천주교 성당이 하나 있었다. 성당이 철거되던 날 수화와 후성은 현장에서 그 광경을 목격한 바 있었다. 어느 날, 두 사람은 또다시 그곳을 지나

* 문화대혁명 시기에 각지의 홍위병들이 전국적으로 이동하면서 서로 교류했던 운동으로 최종 목적은 톈안먼광장에 모여 마오쩌둥의 사열을 받는 것이었다.

** 제왕당(帝王堂)이라 불리기도 한다. 원래의 위치는 창러로 165호로 1928년에 건립되었다. 1933년에 정식으로 외국인 선교사들이 영어를 가르치는 공간으로 사용되기 시작했고 1950년대에 종교 활동이 가장 활발하게 이루어졌다. 문화대혁명 시기에 폐쇄되었다가 1985년에 신진장호텔이 들어서면서 원래의 성당은 철거되고 1993년 4월 25일에 쥐루로 361호에 새 성당을 지어 개당미사를 올렸다. 이 소설에서는 철거된 시기를 문화대혁명 때로 서술하고 있으나 이는 실제 사실과 다르다.

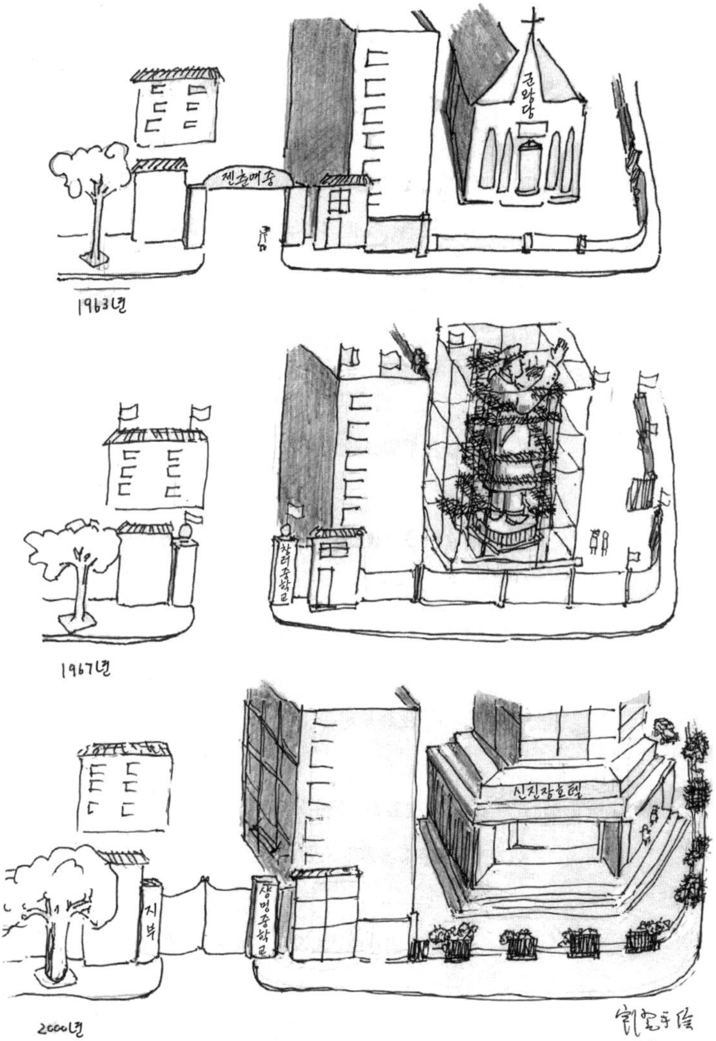


역사도시 초고. 붓이 위대한 카메라렌즈를 대신하여 이 거리 구석의 사십 년에 걸친 드라마틱한 변천을 기록하고 있다.

게 되었다. 그 사거리 공터에 갑자기 4층 빌딩 높이의 커다란 울타리가 세워졌다. 전해지는 바에 의하면 이는 유화조소실油畫彫塑實의 작업용 천막이라고 했다. 온통 잡동사니로 가득한 창러중학교에 들어간 두 사람은 4층 옥상으로 올라가 바로 옆에 있는 거대한 천막을 바라보았다. 천막 안은 상당히 깨끗했고 그 안에는 8,9미터 높이의 영수님 조각상이 세워져 있었다. 온몸이 눈처럼 하얀빛이었다. 작업 요원들이 대나무로 된 비계에 올라가 바삐 움직이고 있었다. 로켓 발사장의 풍경 같았다. 후성이 말했다. 5월에 칭화清華대학이 영수님 조각상을 제작하자 상하이의 각 대학들이 전부 호응하고 있어. 수화는 아무 말도 하지 않았다. 후성이 물었다. 〈동방홍보〉 읽어봤지? 수화가 물었다. 그게 뭔데? 후성이 말했다. 푸단復旦대학에서 독자적으로 숫자 기준을 만들었어. 5·16통지에 착안하여 석상의 기단 높이를 5미터 16센티미터로 하고 7·1 공산당 창건일에 착안하여 석상의 높이를 7미터 10센티미터로 했지. 두 숫자를 하나로 합치면 바로 영수님의 탄신일인 12월 26일이 되는 거야. 제대로 찬양하는 거지. 수화가 말했다. 누군가 그러더라. 위대한 것과 거대한 것은 다르다고 말이야. 거대하다고 해서 반드시 위대한 건 아니래. 후성이 말했다. 반동이 극치에 이르렀군. 수화가 말했다. 신문에서 읽었어. 동지同濟대학의 조각상은 저녁노을빛 화강암으로 되어 있고 푸단대학의 조각상도 전부 자체적으로 제작했대. 지도자인 차이주취안蔡祖泉*은 조소에 대해 전혀 아는 바가 없

* 저장성 위강(余杭) 출신의 교수이자 뛰어난 전기 광원 과학자.

어 교수와 학생들이 품질 좋은 점토를 캐기 위해 직접 칭푸青浦 딩산호淀山湖까지 갔었대. 후성이 작업용 천막을 바라보며 말했다. 이 조소실은 대학을 위해 만든 건지 초등학교를 위해 만든 건지 모르겠네. 수화가 말했다. 아마 외지 사람들을 위해 만들었을 거야. 수량이 적지 않을 게 분명해. 후성은 말이 없었다. 수화가 말했다. 내 기억으로는 군왕당에는 성도들의 채색 조각상이 두 줄로 세워져 있었어. 몸에는 수를 놓은 두꺼운 주단 핫옷을 걸치고 있었지. 불쌍한 모습이었어. 후성이 말했다. 천주교 성당을 철거한 것은 '붉은 등불'이 비춰주는 것과 마찬가지야. 의화단이 반란을 일으킨 것과 같지. 나는 박수를 치면서 그들을 옹호했어. 수화가 냉담한 어투로 말했다. 두 줄로 서 있던 조각상을 전부 철거해놓고 다시 하나를 만들었군. 후성이 놀라움을 금치 못하면서 물었다. 뭐라고? 수화는 아무 말도 하지 않았다. 후성이 낮은 목소리로 말했다. 수화 누나, 이건 완전히 성격이 다른 일이야, 안 그래? 수화는 말이 없었다. 후성이 말했다. 머릿속에 생각이 있더라도 함부로 입 밖에 내선 안 돼. 수화가 물었다. 내가 무슨 말을 했다고 그래? 후성은 대꾸하지 않았다. 두 사람은 그렇게 말없이 침울한 표정으로 아래층으로 내려가 천천히 교문 밖으로 걸어나갔다. 수화가 말했다. 나는 여기 다시 오지 않을 생각이야. 후성이 물었다. 기분 상했어? 수화는 대답하지 않았다. 창러중학교 정문 맞은편은 바로 샹밍向明중학교 교문이었고, 그 사이에 루이진로가 있었다. 후성은 뭔가 말하고 싶었지만 바로 그때 14번 버스 한 대가 다가왔다. 길가에 중년 사내 하나가 서 있다가 갑자기 버스를 향해 달려들었다. 쾅하는 요란한 소리와 함께 버스가 멈추더니 다섯 걸음 밖까지 피가 튀었다. 주위에는 금세 잉어떼처럼 구경꾼들이 모여들어 왁자지껄 웅성거리기 시작했다. 후성이 사람들이 주고받는 얘기를 들어보니 자살한 남자는 뜻밖에도 선생님인 것 같았다. 상밍중학교 선생님인지 창러중학교 선생님인지는 알 수 없었다. 수화는 감히 현장을 바라보지 못하고 눈길을 다른 데로 돌리더니 후성을 잡아끌고 남쪽으로 걸음을 옮겼다. 몇 걸음 떼자마자 갑자기 후성이 물었다. 이게 뭐지? 수화가 걸음을 멈췄다. 후성이 길가 하수도 뚜껑 위 구멍이 뚫린 철책 사이에 둥그렇고 축축한 작은 공 모양 물체가 있는 것을 발견했다. 자세히 보니 완전히 분리되어 있는 사람 눈이었다. 흰색과 검은색이 뒤엉킨 가운데 안구가 보였다. 자줏빛 심줄도 붙어 있는 상태였다. 흰 액체와 붉은 핏방울이 뚝뚝 떨어지고 있었다. 수화는 너무 놀라 비틀거리며 몇 걸음 가다가 오동나무 아래 쭈그려앉아 토악질을 하기 시작했다. 후성도 놀라서 얼른 다가가 수화를 다독여주었다. 수화는 가볍게 몸을 떨면서 억지로 일어나더니 천천히 화이하이로 입구까지 가서는 담벼락에 몸을 기대고서 몇 분 동안 안정을 취했다.

두 사람은 고개를 푹 숙이고 완전히 풀이 죽은 모습으로 동쪽을 향해 천천히 걸어 마침내 쓰난로로 접어들었다. 그 일대에는 나무들이 아주 커서 상대적으로 사람이 작게 느껴졌다. 오동나무 잎이 떨어져 흩날렸다. 길을 따라 아바오 할아버지의 집을 포함하여 수많은 서양식 주택들이 늘어서 있었다. 펄럭이는 홍기들은 보이지 않았고 징과 북을 두드리는 소리도 들리지 않았다. 물 끓듯 떠들썩한 단계는 지난 것 같았다. 길가의 어느 양옥집에는 대여섯 가구의 낯선 사람들이 이사해 들어와 창문마다 빨래를 널기 위한 대나무 장대들이 삐져나와 있었다. 두 사람은 한동안 길가에 아무 말 없이 주저앉아 있었다. 수화가 말했다. 사람과 사람 사이의 차이가 사람과 원숭이의 차이보다 더 큰 것 같아, 그지? 후성은 말이 없었다. 수화가 말했다. 롤랑 부인*이 죽기 직전에 이렇게 말했지. "오, 자유여. 그대의 이름으로 얼마나 많은 죄악이 저질러지고 있는가!" 후성이 말했다. 한 가지 묻지 않을 수가 없군. 줄곧 책에 나오는 구절을 즐겨 외우는 것 같은데 이런 내용을 외우는 것에 큰 의미를 갖고 있는 거야? 수화가 말했다. 가을이 오면 사람도 나뭇잎처럼 바람에 날리는 것 같아. 후성이 말했다. 봄, 여름, 가을, 겨울의 나무그늘 길로 말하자면 이곳도 제법 좋은 것 같아. 상하이에는 아주 유명한 플라타너스가 한 그루 있지. 극동지역에서 가장 큰 플라타너스야, 알아? 수화는 아무 말도 하지 않았다. 후성이 말했다. 중산공원 서쪽에 있어. 아주 굵고 키도 큰 나무야. 프랑스 플라타너스인데 품종은 또 이탈리아 품종이야. 수화는 여전히 말이 없었다. 후성이 말했다. 조계지 시절에는 이 길을 마쓰난로馬思南路라고 불렀는데 왜 그런지 알아? 수화가 말했다. 내가 들은 바로는 프랑스 작곡가인 쥘 마스네를 기념하기 위한 거라고 하더군. 후성이 말했

* 장 마리 롤랑의 아내로 프랑스혁명 때 남편의 정치 활동을 배후에서 조종하여 부르주아 혁명 분파인 온건 지롱드당의 정책에 큰 영향을 미쳤다.

다. 나는 쥘 마스네의 〈해저 2만 리〉밖에 몰라. 수화가 말했다. 마스네의 곡은 대개 슬픔을 즐기는 분위기야. 전부 절망뿐이지. 후성이 말했다. 수화 누나는 절대로 절망해선 안 돼. 수화가 말했다. 이곳은 정말 특별한 것 같아. 앞에는 가오란로가 있지. 조계지 시절의 이름은 가오나이농로高乃儂路*였어. 코르네유를 기념하기 위한 이름이었지. 코르네유 이 사람은 평생 균형을 유지할 줄 알았어. 희극도 쓰고 비극도 썼는데 작품 수가 똑같았어. 지금 상황에 비유하자면 사람의 절반은 즐겁고 절반은 고통스러웠다고 할 수 있겠지. 더 앞에 있는 샹산로의 옛 이름은 모리아이로莫里哀路**였어. 가오나이농로 바로 옆에 붙어 있지. 옛날에 몰리에르와 코르네유는 정말로 친한 친구 사이였대. 하지만 몰리에르는 희극만 썼지. 성격도 항상 유쾌하면서 경망스러웠고 말이야. 생각해보면 그가 맞았던 것 같아. 백 년 뒤 프랑스 황제가 단두대에 올랐을 때 모든 사람들이 즐거워했으니까. 여기서 그리 멀지 않은 문화광장에도 사람들이 가득 몰려 인산인해를 이루어 집회를 열곤 했지. 판결을 내리고 오랏줄로 사람들을 마구 묶었어. 그거야말로 표준적인 희극이라고 할 수 있었지. 후성이 말했다. 또 그 얘기네. 수화는 얼른 입을 다물어버렸다. 후성이 말했다. 길 이름은 좀 호방해야지. 베이징로나 난징로, 산둥로山東路, 산시로처럼 말이야. 수화가 말했다. 얼마 전에는 죽일 듯이 말다툼을 벌인 끝에 모든 도로를 개명해버

* 프랑스의 극작가로 고전주의의 창시자인 코르네유의 이름을 딴 지명.

** 17세기 프랑스의 극작가이자 배우였던 몰리에르의 이름을 딴 지명.

렸잖아. 홍웨이로紅衛路니 판디로反帝路니, 원거로文革路니, 야오우로要武路니 하는 이름들은 참 듣기 좋았어, 그치? 후성이 빙긋이 웃었다. 수화가 말했다. 프랑스의 전몰 군인들 이름을 딴 지명도 스무개가 넘어. 거뤄시로格羅西路*, 원린로汶林路**, 샤페이로霞飛路, 푸스로蒲石路, 사아이셴스로西愛咸思路, 푸루리로福履理露, 바이종사이로白仲賽路*** 등이 전부 그렇지. 그 가운데 세 개만 그나마 재미있는 것 같아. 후성이 말했다. 차라리 샤오마오에게 사패를 베끼라고 하는 게 낫겠다. 수화가 말했다. 무슨 사패인데? 후성이 말했다. 청평악清平樂과 접연화蝶戀花야. 수화는 아무 말도 하지 않았다. 후성이 낮은 목소리로 말했다. 샤오마오가 수화를 알게 된 뒤로 몰래 사패와 허튼소리, 쓸데없는 말들을 적지 않게 베끼고 있어. 예컨대 권심방倦尋芳이나 연수금戀繡衾, 금조상사인琴調相思引, 쌍쌍연雙雙燕 같은 사패들이지. 수화가 갑자기 얼굴이 빨개지더니 몸을 일으키며 말했다. 난 이만 돌아갈래. 후성이 말했다. 알았어, 알았다고. 그런 말 안 할게. 수화는 후성을 따라 고개를 푹 숙인 채 앞을 향해 걸어갔다.

두 사람은 가오란로로 접어들자마자 놀라움을 금할 수 없었다. 아바오의 집 대문 앞에 트럭이 한 대 서 있는 것이었다. 후성이 물었다. 아바오네가 또 이사가는 건가? 수화가 말했다. 베이디가 이

---

* 지금의 옌칭로(延慶路).

** 과거 프랑스 조계지 시절의 지명으로 지금도 그대로 사용되고 있다.

*** 차례로 지금의 화이하이중로(淮海中路), 창러로, 용자로(永嘉路), 젠궈시로(建國西路), 푸싱시로(復興西路).

사가자고 졸랐대. 두 사람은 집안으로 들어가보고서야 외부인이 이사해 들어오는 것임을 알게 되었다. 트럭 안에는 남녀노소 사람들이 가득했고 짐도 잔뜩 실려 있었다. 기사가 어느 간부와 교섭을 벌이고 할멈과 베이디는 벽 한쪽에 아무 말도 하지 않고 서 있었다. 간부가 말했다. 주민이 이사해 들어오려면 가옥배정명세서가 있어야 하고 나는 직인만 인정합니다. 기사가 간부의 멱살을 잡고 말했다. 방관국房管局*은 다 뭐고 직인은 다 뭔가요? 지금이 어떤 시국인지 알아요, 엉? 간부가 말했다. 잘 모르겠어요. 기사가 말했다. 영수님의 최고지시는 방을 빼앗는 거라고요. 간부가 말했다. 담이 아주 크시군요. 마오 주석님께서 그런 말씀을 하셨다 이건가요? 남자가 말했다. 지금 당장 전화를 걸어 물어봐요. 다른 지역들에선 전부 가옥 탈취가 시작되었단 말이오. 새집이건 헌 집이건 전부 빼앗고 있단 말이오. 이때 업무요원 하나가 다가와 낮은 목소리로 간부에게 말했다. 정말로 집 빼앗기가 시작됐어요. 상하이시 서부 공교삼장公交三場 부근에는 새로 지은 공공주택인 6층짜리 건물에 대여섯 개의 문패가 붙어 있었는데 전부 강제로 개문되어 다른 사람들에게 빼앗겼어요. 지하에 비어 있던 열아홉 가구에도 사람들이 가득 입주했지요. 간부가 억지로 남자를 진정시키면서 말했다. 여기는 변두리가 아니라 시 중심지란 말이에요. 이건 절대 안 돼요. 트럭에 타고 있던 여자가 말했다. 아산阿三, 그냥 주먹을 날려. 뭐 그렇게 말이 많아! 방관국 간부가 펄쩍 뛰면서 말했다. 법

* 공공주택 관리와 수리 및 개조, 임대료 수수 등을 담당하는 중국 인민정부의 기관.

을 무시하겠다는 거로군. 누구든지 함부로 경거망동하면 나도 가만있지 않을 테니 한번 맘대로 해봐요. 내가 당장 트럭 두 대로 사람들을 부를 테니까 그런 줄 알라고요. 나도 조반대造反隊란 말이에요. 얼마든지 조반을 할 수 있다고! 말을 마친 간부가 동료 하나와 밀담을 주고받더니 잠시 후 큰 소리로 말했다. 빨리 가서 사람들을 보내줘. 어서 가! 동료가 몸을 돌려 어디론가 황급히 달려가기 시작했다. 간부는 등받이가 있는 의자를 하나 끌어다놓고 트럭 앞을 가로막고 앉았다. 기사와 가족들은 상황을 살피더니 갑자기 말이 없어졌다. 대문 옆에 서 있던 할멈은 얼굴이 새파래졌고 베이디는 머리가 마구 엉클어진 채 아무 말도 하지 않았다. 몇 번이고 수화에게 달려가고 싶었지만 할멈이 꼭 잡고 놓아주지 않았다. 시간이 소리 없이 흘렀다. 기사가 이리저리 두리번거리더니 트럭 짐칸에서 내린 남자들 몇 명을 모아놓고 낮은 목소리로 뭔가를 상의했다. 후성이 보기에는 언제든지 갑자기 트럭 짐칸 칸막이가 내려지고 사람들이 집안으로 들이닥칠 것만 같았다. 그러나 그의 예상과 달리 트럭은 이내 시동을 걸었다. 간부도 몸을 일으켜 의자를 치워주었다. 기사가 차에 훌쩍 뛰어오르면서 말했다. 염병할, 빨리 비켜! 다음에 꼭 빚을 갚아주고 말겠다. 집은 얼마든지 있다고! 기사가 문을 열고 올라타자 이내 차가 움직였다. 짐칸에 실려 있던 타구와 세숫대야, 쇠솥과 알루미늄 통 등이 흔들려 부딪치면서 요란한 소리를 냈다. 여자 하나가 밖을 향해 욕을 해댔다. 야, 이 멍청한 양아치 새끼야, 그렇게 쓸데없는 일 실컷 하면서 엿이나 먹어라! 트럭은 도로를 벗어나 먼지를 풀풀 날리면서 사라졌다.

후성은 안도의 한숨을 내쉬면서 올라가 할멈과 베이디를 불렀다. 수화가 말했다. 잘했어요, 정말 다행이에요. 간부가 말했다. 뭐가 다행이에요. 앞으로 단단히 마음의 준비를 해야 할 거예요. 지금이 가옥 탈취가 가장 심한 때거든요. 후성이 베이디와 할멈을 힐끗 쳐다보고 나서 말했다. 정말 고생 많았어. 수화가 물었다. 베이디는 별일 없지? 할멈이 말했다. 베이디가 직접 말해봐. 베이디는 아무 말도 하지 않았다. 네 사람은 집안으로 들어갔다. 집안에는 쓰레기가 가득했다. 할멈이 말했다. 나는 베이디를 데리고 대교류에 참가했다가 방금 돌아온 거야. 후성이 웃으면서 말했다. 초등학생이 전족을 한 노인네와 함께 대교류에 참가하다니! 베이디가 말했다. 오갈 때 전부 기차를 탔는데 표는 한 장도 사지 않았어. 할멈이 말했다. 나는 피난을 갔던 거나 마찬가지야. 베이디가 말했다. 내가 어디를 가든지 할멈이 계속 따라다니는 바람에 정말 짜증나서 혼났어. 할멈이 말했다. 나는 주인집 꼬마 아가씨를 책임져야 하잖아. 마터우란 놈이 줄곧 베이디에게 찝쩍대는 바람에 내가 속으로 얼마나 화가 났었는지 몰라. 오늘은 말이야, 마터우란 놈이 몇몇 중학생들과 함께 베이디를 데리고 베이징으로 가려고 했어. 베이디는 어린애라 내가 절대 허락하지 않았지. 그러자 베이디는 나랑 말다툼을 벌이더니 북부역 안으로 달아나버렸어. 나는 계속 뒤를 쫓아갔지. 북부역은 정말 인산인해더군. 모든 사람들이 피난을 가는 것 같았어. 그러니 베이디가 어디 가서 마터우를 찾겠어? 베이디가 말했다. 사람이 너무 많아서 할멈이 나를 놓아주려 하지 않았던 거야. 사람들이 조수처럼 밀려들더라. 기차 문이 열리자 뒤에서 마구 밀어대는 바람에 나랑 할멈은 무사히 열차 안으로 들어와 자리잡고 앉았어. 앉자마자 열차가 사람들로 가득차버렸지. 할멈이 말했다. 사람들이 꽉 차서 서로 밀쳐대는 바람에 베이디는 소변을 보러 가고 싶었지만 소변볼 만한 장소를 찾을 수가 없었지. 베이디가 할멈을 향해 눈을 흘겼다. 할멈이 말했다. 한밤중이 되어서야 기차가 움직이더니 다음날 난징 포구에 이르렀어. 나는 외할머니가 생각나 눈물을 흘렸지. 모두들 기차가 양쯔강부두로 진입하기를 기다렸어. 한꺼번에 여러 대의 객차가 천천히 줄을 섰어. 보아하니 양쯔강을 지나려면 반나절은 더 기다려야 할 것 같더라고. 나는 배가 너무 고팠어. 그래서 베이디를 데리고 기차에서 내려 차를 타고 난징 시내로 들어갔지. 가는 길 내내 베이디와 심하게 말다툼을 했어. 홍위병 접대소로 가고 싶었지만 마터우를 만나게 될까봐 두려웠어. 마터우가 접대소에 가면 공짜로 밥을 먹을 수 있다고 했거든. 얼마쯤 가다가 커다란 대문을 하나 발견했어. 대문 위에는 '본구本區 대교류 지원사무소'라고 쓰여 있더군. 적지 않은 사람들이 드나들고 있었어. 베이디를 데리고 안으로 들어가보니 열 명이 넘는 소년들이 홍위병 완장을 차고서 간단한 명령서를 쓰고 있는 한 간부를 둘러싸고 있더라고. 소년 하나가 접대소에서는 밥을 먹을 수 없었다면서 자신은 하루 반이나 굶고 있다고 말했어. 또다른 청년은 이틀째 굶고 있다고 하더군. 간부가 말했어. 싸우지 말고 한 명씩 천천히 말해. 난징 어디어디에 갔었다는 거야? 가도街道접대소*가 어디에 있다고 그래? 소년 하나가 가도가 있는 위치를 말하자 간부는 천장을 올려다보면서 잠시 생각에 잠기더니 손으로 몇 자 적으면서 말하더군. 자, 이 하얀 쪽지를 가지고 접대소 서쪽으로 가봐. 세번째 가게 49호, 작은 골목 건너편에 분투奮闘라는 상호의 음식점이 나올 거야. 이 쪽지를 들고 가면 황차오소병黃橋燒餠** 여섯 개에 국수 두 그릇을 받을 수 있을 거라고. 그다음 문제는 접대소에서 하나하나 해결해줄 거야. 소년은 신바람이 나서 그 쪽지를 받아들고 뛰어나갔지. 그런 광경을 보고 나는 몹시 화가 나서 베이디의 손을 잡고 안으로 비집고 들어갔어. 안으로 밀고 들어가 말했어. 동지, 동지, 간부 동지! 여기에도 굶어서 뱃가죽이 등짝에 들어붙은 홍위병 둘이 있어요. 하나는 늙은이고 하나는 어린애예요. 상하이에서 왔지요. 소병과 국수 두 그릇을 받으러 왔어요. 저희는 좀 절약하는 의미로 채탕면菜湯面***과 소요면素澆面**** 이면 돼요. 저희한테도 쪽지를 써주세요. 한 장이면 돼요. 그런데 우리 주위에 있던 소년들이 아주 나쁜 학생들일 줄은 미처 생각지 못했어. 녀석들은 곧장 내게 욕을 해대는 거야. 이 할망구가 미쳤나? 정신병자 아니야? 이렇게 나이를 많이 처먹고서 사기를 쳐서 먹고 마시려 들다니! 그러더니 마구 호통을 치면서 날 내쫓더라고. 베이디는 그 자리에서 울음을 터뜨렸어. 둘이 그곳을 나와 목

---

* 중국의 가장 말단 행정단위인 가도의 구체적인 민생업무를 담당하는 기관이다. 우리의 주민센터와 유사하다.

** 밀가루 반죽에 고깃가루 등의 소를 넣어 화덕에 구운 중국식 떡으로 장화이 일대에서는 1940년 10월에 있었던 유명한 '황차오전투'를 기념하여 '황차오소병'이라 부른다.

*** 채소 고명을 얹은 국물 국수.

**** 간단한 고명과 양념을 넣어 먹는 국물 국수.

적지도 없이 마구 거리를 걸어다녔지. 다행히 베이디가 꼬깃꼬깃 접은 양표 한 장을 갖고 있더군. 전국 어디서든 사용할 수 있는 네 근짜리 양표였어. 그걸로 황차오소병을 샀지. 그리고 베이디에게 당우죽糖藕粥*을 사주고 둘이서 어탕소도면魚湯小刀麵 한 그릇을 나눠 먹었어. 아, 난징성을 바라보자 난 또 눈물이 났어. 천왕부에 가서 절을 올리려고 하는데 베이디는 담도 크지, 자꾸 마터우를 찾으러 베이징으로 가겠다고 우기는 거야. 내가 물었지. 할 수 있겠어? 눈을 달고서 보물을 알아보지 못하고 영지를 쑥이라고 하는 격이었지. 난징 천왕부가 어디 베이징만 못하겠어? 이전에 이곳은 태양성이라 불렸어. 천안문에 황금이 얼마나 있는지 모르겠지만 난징 천왕부는 기존의 금룡성金龍城과 마찬가지로 하늘과 땅이 전부 금으로 된 세상이었다고. 후성이 말했다. 광시廣西에서 난징까지 쳐들어와 공격하면서 인민들에게는 왕王씨 성을 쓰지 못하게 했고 책에도 왕王자를 쓰지 못하고 개사슴록변犭을 붙이게 했어. 광시에서 난징까지 무수한 사람들을 죽이면서 진군하는 동안 금이 산처럼 쌓였지. 할멈이 말했다. 그래서 또 천왕부를 전부 불태워버리고 새로 총통부總統府를 만들었다는 소문이 들리더라고. 아이고, 화를 자초하는 짓이지! 머리가 아프네. 정말 난세야. 이전에 난징의 태양성에는 천조문天朝門이 있었어. 높이가 열 장丈이고 성벽 높이가 석 장이나 됐어. 금룡성 안에는 황금으로 지은 성천문聖天門이 있고

* 찹쌀과 가늘게 다진 연근을 넣고 쑨 죽으로 백설탕을 넣어 달콤하게 먹는다. 팥이나 계피를 넣어 만들기도 한다.

황금 옥전宝殿이 있었지. 홍대천왕洪大天王* 폐하의 금룡보좌를 보는 사람은 반드시 개두磕頭**의 예를 올려야 했지. 베이디가 말했다. 됐어, 그 얘긴 그만해. 수화가 말했다. 그건 사실이야. 할멈이 말했다. 대천왕 폐하의 보전 옆에는 커다란 황금 용과 황금 호랑이, 황금 사자, 황금 개가 나란히 앉아 있었어. 베이디가 말했다. 황금에 미쳤었군. 할멈이 말했다. 황금을 좋아하는 건 천지의 중요한 이치야. 신선이라고 해도 소년만 못하고 진주 보석이라 해도 황금만 못한 법이지. 베이디가 두 손으로 자신의 귀를 감싸쥐면서 말했다. 됐으니까 그만하라고. 할멈이 말을 이었다. 접대소에서는 금화나 은화는 고사하고 동전 한 닢이나 강병羌餅*** 하나도 받을 수 없었어. 오히려 내쫓기기만 했지. 정말 괘씸해 죽겠어. 우리가 수중에 황금을 지니고 있었다면 피난하는 셈이니까 그렇게 황당하진 않았을 거야. 후성이 말했다. 금이나 은을 가지고 밥을 사먹으려 했다가는 틀림없이 감옥에 가고 말 거예요. 수화가 말했다. 할멈, 그런 얘긴 그만해요. 또다시 모르는 사람을 만나서 개두나 난징, 베이징의 황금, 성천문, 천안문 등을 입 밖에 내면 절대 안 돼요. 큰일난단 말이에요. 제발 그런 얘긴 더이상 하지 말아요. 할멈이 말했다. 나는 앞으로 살날이 얼마 남지 않았어. 베이디가 걱정이지. 모두들 말이 없었다. 할멈이 말했다. 마터우는 베이디의 피아노를 확실

---

* 홍수전을 지칭한다.

** 머리를 땅바닥에 대고 절을 하는 예법으로 황제에게는 세 번 무릎을 꿇을 때마다 세 번씩, 총 아홉 번 개두의 절을 올려야 했다.

*** 상하이와 쑤저우 일대에서 즐겨 먹는 현지 전통 밀가루 음식.

하게 지켜줄 수 있다고 했지만 그건 거짓말이야. 베이디가 말했다. 내가 마터우랑 약속했어. 피아노를 양수푸에 가져다놓아도 좋다고 말했지. 노동자계급의 가오랑교 말이야. 할멈이 죽어도 안 된다고 하는 게 이상하잖아. 수화가 말했다. 그건 꿈이야. 지금은 세상이 너무 어지러워. 몇몇 사람들이 마음대로 빼앗아갈 수 있단 말이야. 할멈은 아무 말도 하지 않았다. 수화가 한숨을 내쉬며 말했다. 이건 완전히 슬픔을 즐거움으로 여기는 꼴이네. 절반은 희극이고 절반은 비극이야. 후성은 아무 말도 하지 않았다.

# 12장

## 1

타오타오가 돌아와보니 팡메이 혼자 눈물을 흘리고 있었다. 타오타오가 물었다. 또 기분이 안 좋은 거야? 팡메이가 말했다. 판징이 왔었어요. 타오타오는 속으로 놀라움을 금치 못했지만 겉으로는 태연한 척하면서 물었다. 왜 왔대? 팡메이가 말했다. 저한테 자리를 양보하래요. 당신과 이혼하라더군요. 타오타오가 말했다. 멋대로 헛소리를 지껄여댔군. 팡메이가 말했다. 판징이 분명하게 말하더군요. 이제는 당신과 헤어질 방법이 없다고 말이에요. 남녀관계에는 감정이 가장 중요하고 성관계는 그다음에 보완할 수 있는 거래요. 타오타오가 말했다. 정말 이상하군. 세상에 그런 여자가 다 있다니! 팡메이가 말했다. 제가 웃으면서 말했어요. 미친 여자가 약을 잘못 먹은 것 같군요! 내 남편 타오타오는 성관계를 가장 중시하는 사람이에요. 좀 듣기 싫게 얘기해줄까요? 판징 씨는 침대 위에 누우면 조용한 편인가요, 요란한 편인가요? 우나요, 아니면 소리를 지르나요? 어떤 기발한 재주와 이상한 능력이 있는 건가요? 남다른 기술이 있나요? 타오타오는 애당초 이해도 못하고 있는데 이혼이니 결혼이니 운운하는 건가요? 정말 웃겨 죽겠네요. 판징은 그런 것은 개인적인 일이라 남들과 토론할 수 있는 문제가 아니라고 하더군요. 그래서 제가 웃으면서 말했지요. 더러운 년, 제멋대로 생각하고 있네! 판징은 두 사람의 생각이 똑같다고 되받아치더군요. 제가 그랬어요. 사람의 마음은 뱃가죽을 사이에 두고 있기 때문에 감정을 얘기한다 해도 저는 전혀 개의치 않는다고 말이에요. 밖에 나가 못된 짓을 하지 못하도록 남편을 꽉 움켜쥘 수 있는 능력을 갖고 있다고도 했죠. 요즘 같은 시대에 무슨 강아지 방귀 뀌는 소리를 하느냐고, 감정이 밥 먹여주느냐고 따져댔어요. 남녀의 감정이건 계급 감정이건 간에 전부 아무런 효과도 없고 오로지 행동만이 중요하다고 말했지요. 판징은 빙긋이 웃으면서 아무 말도 하지 않더군요. 제가 그랬어요. 능력이 있으면 당장 타오타오랑 해봐. 한두 번 하면 머리가 뜨끈뜨끈해지고 일시적으로 의식이 흐릿해져 정신을 차리기 힘들 거야. 당신이 타오타오랑 열 번을 할 수 있다면, 열몇 번을 하면서 매번 땀을 흥건히 흘릴 수 있다면, 털이 백 가닥 정도 뽑힐 수 있다면, 나랑 그다음 얘기를 할 자격이 있는 걸로 쳐줄게. 타오타오가 말했다. 왜 입만 열었다 하면 그 짓을 언급하는 거야? 왜 그렇게 저질스러운 얘기를 하는 거냐고? 팡메이가 말했다. 여자끼리 얘기하는 데 거리낄 게 뭐가 있다고 그래요? 남녀가 그 짓을 안 하면 상공相公이라도 되나요? 타오타오는 아무 말도 하지 않았다. 팡메이가 말했다. 그 판징이라는 여자는 나보다 교양이 있고 몸매가 좀 좋을 뿐이에요. 가슴 하나가 더 있는 셈이지요. 타오타오가 말했다. 너무 골치 아파하지 마. 그 여자는 원인을 알 수 없는 화재를 당해 너무 놀라서 그러는 거야. 감정을 중시하는 걸 보면 솔직한 여자라는 걸 알 수 있지. 팡메이가 말했다. 흥, 솔직한 여자는 무서운 폭탄이나 마찬가지예요. 한 번 터졌다 하면 지붕까지 날아가버린다고요. 타오타오가 말했다. 여보, 좀 인내심을 갖고 차분하게 말하라고. 그렇게 싸워봤자 서로 듣기만 거북할 뿐이야. 팡메이가 말했다. 저는 줄곧 방실방실 웃으면서 얘기했고 판징도 방실방실 웃으면서 얘기했어요. 판징이 가고 나서 혼자 곰곰이 생각해보니 너무나 가슴이 아프더라고요. 도화가 왕성하다는 대사님 말씀이 맞는 것 같아요. 한 송이 한 송이 붉게 피어 있는 걸 제가 어쩌겠어요. 타오타오가 말했다. 그 사기꾼 종씨의 헛소리를 믿는단 말이야? 작은 부채를 흔들면서 전문적으로 이간질만 하는 그 늙은이 말은 한마디도 들을 게 없어! 팡메이가 말했다. 말 잘했어요. 왜 내가 그분 말을 들으면 안 된다는 거예요? 타오타오가 말했다. 알았으니까 그만해. 모든 게 다 내 잘못이야. 됐지? 팡메이가 말했다. 나는 지금부터 원칙대로 할 거예요. 판징 그 요사스러운 여자와 관련된 일은 뭐든지 하나하나 다 나한테 사실대로 알려야 해요. 타오타오가 말했다. 알았어. 팡메이가 말했다. 난 생각만 해도 몹시 분하고 괴롭단 말이에요. 남편이 얼마나 불안한지 정말로 자물쇠를 하나 사고 싶다니까요. 들리는 소문에 의하면 일본에서는 정말로 남자들의 물건을 꼼짝 못하게 잠가버리는 자물쇠를 판대요. 아침에 채웠다가 저녁에 풀어준다고 하더라고요. 타오타오가 말했다. 전문적으로 그런 자물쇠를 파는 사람이 있다면 전문적으로 그걸 여는 열쇠를 만들어 파는 사람도 있을 거야. 게다가 남자의 물건을 잠갔다가 병이라도 생기면 손해는 전부 마누라들의 몫일 거라고. 이 한마디에 팡메이는 울던 얼굴로 웃음을 터뜨리고 말았다. 그러더니 타오타오의 어깨를 탁 치면서 말했다. 그 못된 주둥이 좀 닥쳐요.

다음날 판징이 전화를 걸어 다시 한번 타오타오에게 사과했다. 타오타오가 북방 사투리로 말했다. 자꾸 사과할 필요 없어요. 다 이해해요. 판징이 북방 사투리로 말했다. 그렇다면 절 위로하는 말 한마디만 해줘요. 타오타오가 말했다. 나도 위로가 필요하다고요. 판징이 부드러운 목소리로 말했다. 제가 위로해드릴 수 있어요. 타오타오가 말했다. 지금은 듣고 싶지 않아요. 정말이에요. 미안해요. 판징은 아무 말도 하지 않았다. 타오타오는 어투를 부드럽게 바꿔 날씨를 비롯하여 사소한 이야기를 했다. 판징은 별로 흥미를 느끼지 못해 되는대로 몇 마디 주고받다가 전화를 끊었다. 수화기에서 윙윙윙 소리가 들렸다. 타오타오는 자신이 관문을 또하나 넘었다는 사실을 알았지만 마음이 괴로워 몇 번이고 예수님을 찾았다.

## 2

금요일에 타오타오는 아내에게 저녁식사 약속이 있다고 말했다. 팡메이가 말했다. 술 조금만 마시는 것 잊지 말고 일찍 들어와요. 타오타오는 그러겠다고 했다. 후성이 저녁 약속의 자세한 내용을 알려왔다. 타오타오의 예전 친구인 링즈가 저녁을 산다는 것이었다. 두 사람은 과거에 타오타오가 후성을 변호사라고 소개하면서 링즈의 이혼을 도와주도록 부탁했던 일을 계기로 서로 알게 되었다. 링즈는 일본으로 가서 여러 해 생활하다가 최근에 상하이로 돌아와 시 중심가인 진셴로에 있는 예둥징夜東京이라는 작은 음식점에 묵고 있었다. 이때의 상하이에는 겉으로 보이는 홀 외에 안쪽에 방들이 깊숙이 감춰져 있고 내부에 다락방까지 갖춘 작은 음식점들이 이미 적지 않았다. 홀 안에는 다른 음식점들과 마찬가지로 텔레비전이 한 대 걸려 있고 예닐곱 개의 작은 테이블이 놓여 있었다. 테이블 하나에 서너 명이 앉을 수 있었다. 손님이 많을 경우에는 테이블의 접힌 부분을 펼쳐 여섯 명을 앉게 하고, 손님이 더 많아질 경우에는 원형 테이블을 내다놓고 손님들을 우물 안처럼 비좁은 공간 안에서 버둥거리게 만들었다. 이날 저녁, 예둥징에는 원형 테이블이 펼쳐졌다. 저녁식사 모임에 참석하는 사람은 아바오와 쑤저우의 판 사장, 미스 위 등 창랑정을 경험한 인물들로 후성에게도 깊은 인상을 남긴 사람들이었다. 여기에 판 사장의 기사와 링즈, 타오타오가 가세했고, 그 밖에 새로운 친구로 거葛 선생과 링훙菱紅, 정자간 아주머니, 릴리麗麗, 화팅로華亭路 옷가게의 샤오친小琴, 샤오광둥小廣東 등이 있었다. 모두 자리잡고 앉자 거 선생이 말했다. 남자가 일곱이고 여자가 여섯이니 마치 꽃꽂이를 해놓은 것 같군요. 정자간 아주머니가 말했다. 일생을 다 소모해도 아깝지 않을 것 같아요. 이때 후성은 샤오친을 바라보고 있었다. 타오타오가 물었다. 이 미녀는 누구신가요? 샤오친이 말했다. 후 선생님 안녕하세요? 바이핑은 잘 있지요? 후성이 대답했다. 네, 그럭저럭 잘 지내는 편이에요. 샤오친이 타오타오에게 말했다. 저는 샤오친이라고 해요. 예전에 후 선생님이 화팅로 저희 가게에 자주 오셔서 바이핑의 옷을 사서 독일로 보내주곤 하셨잖아요. 링즈가 말했다. 잠깐, 조용히 좀 해주세요. 제가 소개할게요. 이분은 정자간 아주머니예요. 저의 오랜 이웃이지요. 이전에는 농탕의 꽃이었어요. 유행의 첨단을 걷다보니 남자친구도 많았지요. 모든 옷을 자신이 직접 지어 입었어요. 거 선생이 말했다. 그래요, 1974년에 이 사회에 나팔바지가 유행하자 사람들은 노동포勞動布*로 나팔바지를 지어 입었지요. 구두 수선 노점에 가서 구리로 징을 박으면 정말 똑같은 모양이었죠. 링즈가 말했다. 그뒤로 홍콩식 패션이 유행하자 이 언니는 예전에도 그랬던 것처럼 남편을 위해 상하이식 긴바지를 만들어주었고 거 선생님에게는 상하이식 겸용 상의를 만들어주었어요. 아주 단아하고 부드러운 분이지요. 정자간 아주머니가 물었다. 단아하고 부드럽다는 것은 제 성격을 말하는 건가요, 아니면 제가 만든 옷이 그렇다는 건가요? 링즈가 말했다. 당연히 옷을 말

* 당시 중국 노동자들의 작업복에 주로 사용되던, 데님과 유사한 파란색 천.

하는 거겠지요. 정자간 아주머니는 아무 말도 하지 않았다. 링즈가 말했다. 농탕 전체의 여자들이 아주머니를 질투했잖아요. 누구도 아주머니처럼 하지 못했으니까요. 거 선생이 말했다. 좀 간단하게 말해보세요. 링즈가 말했다. 거 선생님은 삼대째 사업을 하고 있어요. 1960년대에는 자금을 투자하고 일정한 배당을 받으면서 살았고 1980년대에는 외환을 거래했지요. 지금은 서양식 가옥에서 혼자 살고 계세요. 매일 커피를 마시면서 신문을 보다보니 세상의 모든 일을 다 알고 계시지요. 그리고 이쪽은 링훙으로 상하이 미녀입니다. 제가 일본에서 알게 된 동생이지요. 전남편은 일본의 스님이었어요. 링훙이 말했다. 제 지나간 과거 얘기는 그만하세요. 링즈가 말했다. 이쪽은 릴리예요. 제 초등학교 동창이지요. 부모님 배경이 대단해요. 베이징의 관직에 계시거든요. 그리고 샤오친과 샤오광둥 두 사람은 부부도 아니고 연인도 아니에요. 화팅로 의류매장에서 함께 일하는 친구들이죠. 샤오친이 빙긋이 웃었다. 링즈가 말했다. 샤오친을 보살처럼 자비심만 지닌 여자로 보시면 안 돼요. 손재주가 아주 뛰어나거든요. 일본에 새 상품이 나오면 제가 도쿄에서 상하이로 보내요. 그러면 샤오친이 이를 다시 공장에 보내면 엿새 뒤에는 상점에서 똑같은 물건이 팔리게 되죠. 후성이 말했다. 나도 그런 옷을 산 적이 있어요. 샤오친이 빙긋이 웃었다. 아바오가 말했다. 정자간 아주머니는 이름이 특별하시군요. 정자간 아주머니가 말했다. 틀림없이 『정자간 아주머니』*라는 소설이 생각나

* 저우톈라이가 발표한 소설로 1920~30년대 상하이 홍등가의 이름 없는 성매매

실 거예요. 이전에는 음란한 서적으로 간주됐었지요. 저는 세 번이나 읽었어요. 그런데 선생님은 존함이 어떻게 되세요? 아바오가 말했다. 저는 아바오라고 합니다. 정자간 아주머니가 말했다. 들리는 바에 의하면 이 소설은 이미 재판을 찍었다고 하더군요. 아바오가 말했다. 과거에 음란서적의 조상이라 할 수 있는 책도 지금은 그다지 신기하지 않아요. 링즈가 물었다. 링훙 씨는 지금 어떤 계획을 갖고 있나요? 스물일곱이면 적은 나이가 아니잖아요. 링훙이 말했다. 저 올해 스물넷이에요. 정자간 아주머니가 말했다. 남자친구를 소개해줘야겠네요. 내가 한번 찾아볼게요. 링훙이 말했다. 저는 별로 급하지 않아요. 친척 아주머니 말로는 우선 기다리는 게 좋대요. 남자 문제는 몇 년 뒤에 다시 얘기하기로 했어요. 미스 위가 가자미구이 한 접시를 식탁으로 가져와 젓가락을 놓으면서 물었다. 무슨 얘기예요? 링훙이 말했다. 우선 앞으로 몇 년 이대로 지내면서 상황을 보려고요. 쑤저우의 판 사장이 물었다. 무슨 상황을 본다는 건가요? 링훙이 말했다. 우선 홍콩 남자와 타이완 남자, 일본 남자를 두루 알아보는 거죠. 이게 바로 상황이에요. 아바오가 말했다. 이 아주머니는 대외복무회사에서 일해요. 링훙이 여유 있는 표정으로 대신 말을 받았다. 일반적인 외국인 투자회사의 여직원인 셈이지요. 일본 남자 하나가 이 년 넘게 공을 들이고 있어요. 모두 말이 없었다. 링즈가 말했다. 그건 지극히 정상적인 일이에요. 링훙은 조건이 좋거든요. 일본어도 잘하고요. 일본 승려들

---

여성의 생활을 묘사하고 있다.

과 함께 일본 불경도 읽을 수 있어요. 링훙이 말했다. 또 옛날 얘기하시는군요. 링즈가 말했다. 중국이나 일본이나 스님들은 다 똑같죠? 링훙이 말했다. 일본은 일반적으로 절이 사설이라 후손들에게 물려줄 수 있어요. 그래서 승려들도 슬하에 아들을 하나 키울 수 있지요. 절의 계승자인 셈이에요. 그 아들이 나중에 큰스님이 되거든요. 샤오친이 중얼거렸다. 아, 그렇군요! 링훙이 말했다. 저는 아이를 낳게 될까 두려워 매일 동양경東洋經을 외웠지요. 놀라서 정말로 나쁜 짓을 하게 되는 상상을 하기도 했어요. 저는 전생에 틀림없이 목어木魚를 두드리다 구멍을 냈을 거예요. 그래서 이런 결혼을 하게 되었던 걸 거예요.

아바오가 판 사장을 힐끗 쳐다보았다. 미스 위가 말했다. 판 사장님은 스스로를 '먼사오悶騷'*하다고 하시면서 소리 없이 큰돈을 버시네요. 판 사장이 말했다. 저는 일반적으로 남들 말에 귀기울이면서 술을 마시는 편입니다. 조용히 듣고 조용히 말하면서 황주를 한 근 반이나 마시지요. 정자간 아주머니가 말했다. 가장 먼사오한 사람은 거 선생님이에요. 릴리가 물었다. 그게 무슨 뜻이에요? 정자간 아주머니가 말했다. 이 두 일본 미녀와 상하이 미녀를 만날 때마다 자중하지 못하고 쉽게 흥분한다니까요. 오래된 집에 불이 붙어 순식간에 타버리는 것처럼 말이에요. 거 선생이 말했다. 별로 재미없어요. 링훙이 힘주어 말했다. 거 선생님, 나이가 들었지

* 겉으로는 냉정하고 내향적인 것 같지만 실제로는 열정적이며 내공이 풍부한 사람을 가리킨다.

만 지극히 진실한 남자에게는 어느 정도 나이가 있는 중년 여자만 하나 있으면 그거야말로 진정한 먼사오일 거예요. 모든 걸 불태우기 때문에 조금만 잘못해도 재봉틀을 전부 태워버리게 되지요. 농탕 두 개를 다 태워버리고 모든 사람을 태워버리게 될 거예요. 정자간 아주머니는 아무 말도 하지 않았다. 거 선생이 말했다. 갈수록 더 야해지는군요. 고대 일본국에도 정말로 먼사오한 남자가 있었어요. 주렴 안에 젊은 일본 아가씨 둘이 있었지요. 이 남자가 시를 한 수 읊었어요. 이곳은 염하染河라고 하는 곳이니/ 건너가면 반드시 몸에 물이 들리라/ 내가 지금 지나가면/ 물이 들어 색정인色情人이 되리라. 그러자 주렴 안에 있던 일본 아가씨가 재빨리 시로 응수했지요. 이름은 염하지만/ 옷을 물들일 뿐 마음을 물들이진 못하네/ 그대의 마음은 이미 물들었으니/ 염하가 깊지 않음을 탓하지 말라. 링즈가 손을 내저으며 말했다. 저는 한 마디도 알아듣지 못하겠네요. 선생이 말했다. 과거에 쓰마로 서우書寓*의 아가씨들은 잎사귀가 빽빽한 숲에 꾀꼬리가 숨어 있는 것처럼 반드시 아주 우아한 차림으로 드나들어야 했어요. 신발도 쑤저우 자수가 아로새겨진 꽃신을 신어야 했지요. 지금은 슬리퍼를 끌고 드나들기도 하지만 말이에요. 정말로 덕이 망가져버렸어요. 화장실에서 서로 옷을 갈아입는 아가씨들도 있다니까요. 지금은 이른바 '거울 닦기磨鏡子'**

* 중화민국 시기의 고급 기생집.

** 옛날에는 매끄러운 구리거울로 또다른 거울을 닦았고, 결국 두 개의 거울 표면이 튀어나온 부분 없이 매끄러웠다. 중화민국 시기에 성(性)에 관한 서양 용어들이 유행하면서 여자들의 동성애를 이 '거울 닦기'라는 말로 표현했다.

라는 것도 있고 삼층집三層樓* 이나 육농탕肉弄堂** 같은 것도 있어요. 심지어 자매쌍비姊妹雙飛***도 있지요. 사회적으로 매일 음란풍속 척결운동이 벌어지고 있지만 아직도 온갖 음란한 행위들이 이루어지고 있는 거예요. 정자간 아주머니는 말이 없었다. 판 사장이 말했다. 지난달에 저는 광저우에 갔었어요. 확실히 온갖 음란한 짓들이 다 벌어지고 있더군요. 고객이 저를 위해 훙웨紅月호텔을 예약했는데 광저우 친구가 전화로 '훙웨'라는 이름을 듣더니 마구 웃더라고요. 광저우 친구 열 명이 듣고는 열 명이 다 웃더군요. 동료와 함께 비행기에서 내려 호텔로 간 저도 웃고 말았어요. 호텔 로비가 카바레나 다를 바 없더라고요. 밤 아홉시가 조금 넘으니까 엘리베이터 옆에 두 줄로 수십 명의 아가씨들이 서 있고 계단 옆에도 아가씨들이 가득 서성거리더군요. 아주 저속한 화장을 한 여자들이 잔뜩 서 있는 모습이 마치 옛날의 육병풍肉屛風**** 같았어요. 카운터 주변은 완전히 위락구역인 셈이었지요. 작은 스탠드바도 하나 있었어요. T자형 테이블 세 면에 다리가 긴 의자들이 놓여 있고 한 무리의 손님들이 앉아 있었지요. 테이블 위에는 철제 파이프가 있어 란제리 쇼를 하더군요. 여자들은 곧장 술잔 옆으로 다가왔어요. 그런데 이상하게도 구경꾼들은 전부 나이든 부인들이나 할머니, 남

* 남녀 세 사람이 함께 성행위를 하는 것.

** 아내와 첩이 한집에 함께 살거나 함께 성행위를 하는 것.

*** 남자가 자매관계인 두 여자를 상대로 동시에 성행위를 하는 것.

**** 중국 고대 역사에 관료 귀족들이 겨울에 추위를 피하기 위해 한 무리의 기녀들이 자신을 에워싸게 하고 이를 '육병풍'이라고 불렀던 기록이 남아 있다.

자애, 중학생 등이더군요. 아가씨들은 쉴새없이 스탠드 위로 올라섰어요. 미끈한 다리들이 나무숲을 이루었지요. 저는 약을 먹어야 한다는 것이 생각나 얼른 엘리베이터를 타고 위층으로 올라왔어요. 객실 복도에도 대여섯 명의 아가씨들이 서서 기다리고 있더라고요. 객실 안으로 들어왔는데도 도어벨과 전화가 새벽까지 쉬지 않고 울려대는 거예요. 아가씨들은 끊임없이 문을 두드리고 전화를 해댔지요. 이런 장면은 『정자간 아주머니』에도 자세히 묘사되어 있지만 차이가 너무 심했어요. 일반 호텔은 전화가 몇 번 울리고 아가씨들이 몇 번 문을 두드리다가 이내 잠잠해지는데 이 호텔에서는 새벽 서너시, 심지어 대여섯시까지 문을 두드리는 거였어요. 문을 조금 열면 문틈으로 미꾸라지처럼 손가락을 집어넣고 어떻게든 객실 안으로 들어오려고 발버둥을 치더군요. 전화기를 좀 빌려달라고 하거나 직접 "사장님, 베개 바꿔드릴까요?"라고 말하기도 했지요. 샤오친이 물었다. 그게 무슨 뜻인데요? 링즈가 말했다. 호텔 손님들이 사용하는 은어예요. 카운터에 전화해서 베개를 바꿔달라고 하는 것은 아가씨가 필요하다는 뜻이죠. 판 사장이 말했다. 다음날 아침 일찍 저는 동료와 함께 아침을 먹었어요. 링즈가 말했다. 잠깐만요. 밤부터 아침까지의 구간을 대충 건너뛰시네요! 천천히 얘기해보세요. 그날 밤은 절대로 편안하지 못했을 것 같군요. 미스 위가 말했다. 쥐들이 쌀가마니를 뚫고 들어가는 격이군요. 판 사장이 말했다. 제게 어디 그럴 마음의 여유가 있었겠습니까? 광저우 친구가 전화를 해대더군요. 밤새 쉬지 않고 전화를 해서는 음흉하게 웃으면서 상황이 어떠냐고 물으면서 놀려대는 거였어요. 그러면서 몸을 잘 지키라고 충고하더라고요. 저는 정말로 짜증이 났습니다. 제가 쓰마로 기생집을 돌아다니며 즐거움을 찾았다면 단명하고 말았을 거예요. 제 친구가 그러더군요. 판 사장이 이 나이까지 산 것만으로도 대단한 일이야. 만악萬惡이 횡행하는 구사회에서 예순까지 살면 장수한 셈이지만 마흔까지만 살아도 중간은 가는 셈이니 만족할 줄 알아야 한다고. 저는 그저 껄껄 웃는 수밖에 없었지요. 그런 제 마음을 누가 알아줄까요? 미스 위가 말했다. 그만하세요. 타오타오가 물었다. 그다음에는 어떻게 됐나요? 판 사장이 말했다. 아침식사를 마치자마다 체크아웃하기로 결정했어요. 동료가 일을 처리하러 밖에 나가고 저는 일단 방으로 돌아왔지요. 복도에서 또 아가씨 몇몇이 앞을 가로막더군요. 아가씨 하나가 말했어요. 사장님, 이제 혼자니까 하실 수 있겠네요. 저는 깜짝 놀랐어요. 아가씨가 말했어요. 동료분이 외출하셨으니까 얼른 한 번 해요. 십오 분이면 돼요. 화장품도 준비해 왔거든요. 빨리요. 제가 물었어요. 화장품이라니요? 아가씨가 말했어요. 모르는 척하지 마세요. 콘돔이라고 부르기도 하죠. 하지만 이런 이름은 너무 촌스럽고 교양이 없는 것처럼 느껴지잖아요. 저는 아가씨를 유심히 살펴보았어요. 피부도 좋고 몸매도 훌륭하더군요. 이곳 아가씨들은 기본적으로 덩치가 크고 북방식 화장을 하는데 눈앞에 있는 아가씨는 완전히 남방식 화장을 하고 있더라고요. 제가 물었지요. 어투를 보니 아가씨는 강남 사람인 것 같군요. 아가씨가 대답했어요. 상하이 사람이에요. 제가 또 물었지요. 상하이 어디요? 아가씨가 대답했어요. 상하이 쿤산昆山요. 제가 되물었어요. 쿤산은 장쑤 아닌가요? 아가씨가 웃으면서 말을 받더군요. 사장님, 여기는 복도잖아요. 왜 복도에서 지리수업을 하시는 거예요? 빨리요. 제 손을 잡고 침대로 가서 수업을 계속하자고요. 자, 가요. 저는 아무 말도 하지 않았어요. 아가씨가 또 말했지요. 상하이와 자딩嘉定, 쿤산, 타이창太倉, 쑤저우의 동서남북 위치를 전부 배 위에 그려드릴게요. 제가 아주 확실하게 기억하고 있거든요. 빨리 이 여학생이랑 수업 한 번 해요. 제가 아주 진지하게 해드릴게요. 어서요. 제가 말했어요. 아가씨, 곧 설이 다가오니까 좀더 일찍 쿤산으로 돌아가요. 아가씨가 그러더군요. 사업하시는 분이 정말 감사와 은혜를 모르시는군요. 특별히 작은마누라가 와서 보살펴드리려고 하잖아요. 남편이 너무 힘들어하는 것 같아서 말이에요. 남자라면 적당히 한 번 할 줄도 알아야지요. 판 사장은 여기까지 얘기하고 술을 한 모금 들이켰다. 타오타오가 물었다. 그다음엔 어떻게 됐나요? 판 사장이 말했다. 그다음은 말하기가 좀 곤란하군요. 거 선생이 말했다. 설서 선생이 뜸을 들이시는군요.* 릴리가 말했다. 저도 듣고 싶어요. 판 사장이 말했다. 그때 제가 아가씨에게 물었어요. 적당할 때 한 번 하는 게 무슨 뜻인가요? 아가씨는 빙긋이 웃으면서 아무 말도 하지 않고 몸을 기대 오더군요. 제가 한쪽으로 몸을 피하면서 말했지요. 나는 곧 사형을 당할 몸이에요. 말기 암이란 말이오. 아가씨가 애교를 부리면서 말하더군요. 아이, 여보! 작은마누라가

---

* 원문은 '賣關子'로 설서(說書)나 강창(講唱)을 하는 길거리 기예인이 장편의 이야기를 들려주면서 중요한 대목에서 이야기를 멈춰 청중들의 조바심과 호기심을 자극하는 것을 말한다.

베갯머리송사도 하고 미혼탕迷魂湯*도 달여드릴게요. 그렇게 정색하지 마요. 미스 위가 말했다. 그렇게 몸을 파는 지저분한 여자들은 당장 부녀교양소婦女敎養所로 보내 감금해버려야 해요. 아바오가 말했다. 설 이전에 또 관례대로 한차례 음란풍속 소탕이 있을 겁니다. 타오타오가 말했다. 지금의 마누라들에게는 한 가지 부족한 게 있어요. 애교를 모른다는 거지요. 몸 파는 아가씨들이 장사를 유지할 수 있는 것은 전적으로 애교를 부릴 줄 알고 마누라들보다 부드럽기 때문이에요. 몸에 찰싹 달라붙어 간드러지게 애교를 부려야 장사를 할 수 있거든요. 판 사장이 말했다. 다행히 광저우 친구들 몇몇이 때맞춰 찾아왔어요. 그들 뒤에는 브래지어를 드러낸 화려한 대갑게들이 줄줄이 따라오고 있더군요. 저희는 간신히 방문을 걸어 잠글 수 있었어요. 제 친구가 말하더군요. 요즘 이곳은 가격이 아주 공정한 편이야. 제가 물었죠. 이봐, 설마 내가 벌써 한 번 했다고 생각하는 건 아니겠지? 친구는 아무 말도 하지 않고 씩 웃기만 하더군요. 제가 또 말했어요. 왜 내 말을 안 믿는 거야? 친구는 껄껄대며 계속 웃기만 하더라고요. 제가 말했죠. 어쨌든 날 믿어주게. 친구가 말했어요. 편하게 대해주면 가격도 공정하고 서비스도 적당하지만 너무 인색하게 굴면 온갖 안 좋은 짓들을 다 하게 된다는 건 누구나 다 알고 있지. 선인도仙人跳**와 방백합放白鴿***

---

* 혼을 잃게 하는 탕약.

** 성적 만족을 얻고자 하는 남성들의 심리를 이용하여 재물을 편취하는 사기수법.

*** 원래의 뜻은 흰 비둘기를 놓아준다는 뜻으로 평화를 상징하지만 은어로는 약속을 지키지 않는다는 의미다. 즉, 돈만 받고 약속한 서비스를 제공하지 않는 것을 말한다.

에 사기와 납치까지 온갖 방법이 다 동원된단 말일세. 그러니까 그냥 가볍게 한 번 해주는 것도 나쁘지 않아. 저는 이런 말을 듣자 가슴이 정말 답답했어요. 하마터면 심장병으로 쓰러질 뻔했지요. 친구가 그러더군요. 억지로 점잖은 척하지 말고 하고 싶으면 그냥 한 번 하게. 이곳에서는 일반적으로 애인을 찾지 않아. 너무 골치 아프거든. 때마다 카드를 보내야 하고 함께 식사하면서 선물을 챙겨줘야 하지, 생일도 같이 보내야 하지, 별자리도 봐야지*, 촛불도 켜야지**, 신경쓸 일이 한둘이 아니야. 밸런타인데이와 3·8절, 노동절, 칠월 칠석, 중추절, 국경절, 추수감사절, 크리스마스, 원단元旦 등이 순서대로 지나가고 나면 다시 밸런타인데이가 찾아오지. 정말 골치 아파.

판 사장이 여기까지 말했을 때, 모두 입을 굳게 다물고 있었다. 거 선생이 탄식하듯이 말했다. 그 쿤산 아가씨는 애당초 세상 돌아가는 근본 이치를 모르는군요. 에이, 만악의 으뜸이 음란이에요. 후성이 말했다. 선생님, 그 말씀이 가장 마음에 와닿네요. 거 선생이 말을 이었다. 지금 얘기하신 상황이 판 사장님이 미색 앞에서의 시험을 잘 이겨냈다는 것을 증명하네요. 마음을 맑고 바르게 가지면서 욕망에 휘둘리지 않았으니 필시 좋은 응보가 있을 겁니다. 판 사장이 말했다. 네, 그래야지요. 거 선생이 말했다. 『금병매』를 읽고도 그 음란함을 배우지 않으면 당연히 남자의 수양된 모습을 볼 수

---

* 원문은 '看星星'으로 천체관측을 의미하지만 여기서는 은어로 휴가를 내거나 일에서 빠져나오기 위해 거짓 핑계를 대는 것을 말한다.

** 애도와 기원, 축하, 허락 등 다양한 의미로 쓰이는 은어.

내 어린 친구 하나가 물었다. 네 여인의 두발과 복식이 왜 혼례복 등 고대의 복장에 가까운 건가요? 물론 나는 이런 표현이 전후의 특징에 어울리지 않는다는 걸 잘 안다. 이 그림에는 의도가 담겨 있다. '일본 폄하'를 통해 어떤 정서를 만족시키려는 것이다.

있고 명리名利를 추구하는 마음도 담담하다는 것을 알 수 있습니다. 이는 대단히 훌륭한 일이지요. 하지만 고대의 일부 문인들은 전문적으로 음서淫書를 써서 퍼뜨리거나 평함으로써 여인들의 음란한 마음과 행동을 고무하기도 했어요. 그 결과 적지 않은 사람들이 허리가 잘려 죽거나 혀를 깨물고 자살했지요. 그래도 싸요. 모름지기 사람은 정정당당해야 합니다. 잘못된 욕정으로 잠자리를 찾아도 안 되고 함부로 여자들을 농락해서도 안 됩니다. 여자들도 마찬가지예요. 남자를 밝혀선 안 되고 생각에서는 무엇보다도 음란함을 경계해야 합니다. 그러지 않으면 스스로 재앙을 부르고 좋은 응보를 받지 못하며 명을 단축하게 되거든요. 미스 위가 냉소하며 말을 받았다. 알고 보니 판 사장님의 친구들도 전부 그렇고 그런 남자들이었군요. 너무 형편없어요. 판 사장이 물었다. 미스 위가 어떻게 남자를 알겠어요? 미스 위가 말했다. 지저분한 모텔들과 길거리 창녀들을 정부가 좀더 힘을 써서 깨끗이 정리해버려야 해요. 후성이 말했다. 맞아요, 소련의 신정부는 창녀들을 가장 효율적으로 제거했죠. 수많은 군인들이 혁명 홍군과 연대하여 레닌에게 편지를 한 통 써서 창녀들을 전부 총살해버릴 것을 건의했어요. 그래서인지 중국어에서는 창녀를 '매신투고자賣身投靠者'라고 번역하게 되었지요. 거 선생이 말했다. 우리 중국인들은 말이에요, 춘추필법春秋筆法*을 가장 잘 이해하고 문자의 힘이 최고 수준에 도달해 있어요. 이에 비

* 중국의 경서 『춘추』처럼 엄정하고 비판적인 태도로 대의명분을 밝히고 세우는 역사 서술의 논법.

해 러시아인들은 모든 일이 허술해요. 소련 홍군 병사들 사이에는 매독 환자가 아주 많았어요. 왠지 알아요? 창녀들이 종군 간호사가 되었기 때문이에요. 1920년에 소련 부녀자 수용소에는 대부분 이런 소련 자매들이 구금되어 있었어요. 감옥에서는 매일 방송으로 교향곡을 틀었지요. 왜 그런지 알아요? 창녀들은 아주 음란하고 간드러지는 음악을 좋아하고 행진곡이나 교향곡을 가장 싫어하기 때문이지요. 관악기와 북이 어우러진 연주가 울려퍼지면 불쌍하게도 이 소련 자매들은 적지 않게 머리칼이 빠졌다고 하더군요. 정자간 아주머니가 말했다. 거 선생님은 최근에 예수교를 믿으시나봐요. 입만 열었다 하면 자매 운운하시니 말이에요. 창녀는 그냥 창녀라고 하세요. 거 선생이 말했다. 옛 사람들은 우아한 것을 좋아하여 창녀를 '창우倡優'*라고 불렀어요. 우아한 자태로 그윽한 미소를 짓는 모습이 참으로 고상하지요. 하지만 나중에는 극도로 저속해졌어요. 영어에서는 사창가를 '햄 가게'라고 표현하기도 하고 상하이 사람들은 함수매鹹水妹** 혹은 함육장鹹肉莊***이라고 불렀어요. 그리고 남자들이 함육장에 드나드는 걸 '참함육斬鹹肉'이라고 했지요. 창녀가 외국인 손님을 맞는 건 '간양장釅洋腸'이라고 불렀어요. 러시아 함육과 고려 함육, 왜자矮子**** 함육도 있었죠. 티

---

* 고대 중국에서 음악과 가무 혹은 잡기 등에 종사하던 연예인들을 지칭하던 말.

** 청나라 말기에서 중화민국까지 상하이에 거주하던 광둥 성매매 여성들로 서양 사람들을 전문적으로 접대했다.

*** 함육은 소금에 절인 고기를 말한다.

**** 일본인을 말함.

란교에는 동양 당자堂子*가 있었어요. 다들 아시잖아요? 저만 신중국 정부와 같은 호칭을 사용하고 있군요. 이것이 바로 교육의 힘이지요. 태평천국의 여병女兵들은 서로를 자매라고 불렀어요. 그래서 줄곧 언니, 동생이라는 호칭을 사용했지요. 나중에는 국가에서 창녀들을 교육하기 위해 〈자매들이여, 일어나라〉라는 영화를 제작했어요. 당시에는 대대적인 소탕작전을 벌여 적지 않은 자매들을 체포했지요. 외국 자매들을 포함해서 자매들을 전부 잡아다 퉁저우로通州路에 있는 룽화교양소龍華教養所에 수감했어요. 이렇게 잡혀온 자매들 중에는 흰 피부의 아이를 안은 여자도 있고 검은 피부의 아이를 안은 여자도 있었지요. 여자들은 울고불고 소란을 피우면서 목을 매어 죽겠다고 소리쳤어요. 하지만 교육을 받고 나서 사상이 통하게 되자 다들 기꺼이 삼륜차부의 아내들이 되었고 일부는 변경 지역으로 갔어요. 변경의 군인들 가운데 아내가 없는 사람들이 많았거든요. 이렇게 삼십 년 정도 조용하더니 사회기강이 해이해지고 모든 것이 가능해지면서 새로운 유형의 자매들이 나타나 즐거움 속에서 음란함을 찾는 풍조가 다시 고개를 들기 시작한 거예요. 이런 풍조는 세게 억누를수록 그 싹과 곁가지가 더 튼튼해지지요. 말하자면 이 세상에는 영원히 이런 식으로 먹고사는 것을 좋아하는 여자들이 존재하는 법이에요. 링즈가 말했다. 맞아요, 천성이 그런 일을 좋아한다면 달리 방법이 없어요. 거 선생이 목소리를 낮추며 말했다. 당시에는 일본 자매들이 가장 대단했어요. 정자간

* 규모가 큰 기생집.

아주머니가 말했다. 아, 그랬군요! 거 선생이 말했다. 책임이 막중했기 때문이지요. 2차대전이 끝나고 상하이에 일본 자매들이 대거 나타났어요. 짙은 화장과 요염한 옷차림으로 상하이에서 몸을 팔다가 임신을 하면 재빨리 여객선을 타고 일본으로 돌아갔지요. 한 무리가 돌아가면 또 한 무리가 와서 같은 일을 하다가 임신을 해서 돌아갔어요. 그러면 또 한 무리가 배를 타고 상하이로 왔지요. 타오타오가 말했다. 다 합쳐서 몇 차례나 그렇게 몰려왔었나요? 거 선생이 목소리를 낮춰 말했다. 아마 열 차례도 넘을 거예요. 좀처럼 그칠 줄 몰랐어요. 왜 그랬는지 알아요? 씨를 빌리기 위해서였어요. 일본 남자들이 대부분 전쟁터에 나가 죽는 바람에 남자가 부족한 상황이 이미 심각한 지경에 이르렀던 거죠. 대를 이을 남자가 없었던 거예요. 릴리가 못 믿겠다는 듯한 표정으로 물었다. 정말로 그런 일이 있었나요? 얘기 내용이 좀 과장된 것 같네요. 설마 지금의 일본인들이 전부 중국인들, 그것도 상하이 사람들의 씨로 태어났다는 건가요? 거 선생이 어색한 표정으로 대답했다. 이건 설서 선생들이 하는 이야기예요. 민간에 떠도는 이야기죠. 민간의 전설이라 해도 괜찮겠지요. 일본어에는 '잡혼'이나 '혼혈' 같은 용어들이 있어요. 메이지 연간에는 '인종개량'이라는 단어도 출현했었죠. 정자간 아주머니가 말했다. 잠깐만요, 그만들 해요. 매번 식사하면서 얘기를 나눌 때마다 알아듣지 못할 얘기 아니면 험악한 얘기들만 하시네요. 링홍이 말했다. 모두들 일본인에게 온갖 험악하고 더러운 일, 쓰레기 같은 일들을 전부 뒤집어씌우지 않으면 마음이 편치 않아서 그러는 거겠죠.

다들 계속 술을 마시면서 음식을 먹었다. 릴리가 말했다. 저는 여러분을 만날 때마다, 특히 링즈 언니와 링훙 언니를 만날 때마다 시야가 넓어지는 것 같아요. 링즈가 말했다. 릴리 씨는 식견이 넓으면서도 대단히 겸손하시네요. 릴리가 말했다. 방금 포양包養* 에 관한 얘기가 나왔지만 저는 줄곧 일리가 있는 일이라고 생각해 왔어요. 작은 농탕의 어린 아가씨들은 남녀관계에 관해 훌륭한 교육을 받는 것이 거의 불가능하지요. 하지만 고위 지도급 간부나 훌륭한 일본 남자, 홍콩 신사 같은 사람들을 따라가 남녀 생활을 체험하면서 몇 년이 지나면 수준 높은 안목과 언행, 품위, 기질, 습관 등을 갖추게 되지요. 몇 년 사이에 공짜로 연이어 석사 및 박사과정을 공부할 수 있고 무료 양성과정을 통해 신분상승을 꾀할 수도 있잖아요. 완전히 다른 사람이 되는 거지요. 링훙이 말했다. 시집가는 건 바람직하지 않아요. 안 가는 게 낫지요. 릴리가 말했다. 시집 한번 잘못 갔다가는 정말 신세를 망치고 마니까요. 제 학교 친구 하나는 시집을 갔는데 결혼 전에는 아무 일도 없더니 결혼하고 나니까 남편이 상하이에 대해 반감을 갖는 바람에 모든 안 좋은 일을 아내에게 뒤집어씌우더래요. 정말 불쌍하게 됐지요. 아내랑 얼굴을 마주하여 국 하나에 밥 한 그릇 먹고 일어서면 그대로 얼굴을 돌려버린대요. 남편이 밀 농사꾼 출신이라 그런지 매일 직접 손으로 만든 국수를 요구하면서 천하에 하얀 만두가 사람 몸에 가장 좋

* 경제적인 거래에 의해 특수한 관계가 맺어지는 것으로, 통속적으로는 돈 때문에 어떤 남자의 첩이나 애인이 되는 것을 의미한다.

다고 한대요. 죽을 맛이지요. 상하이 출신 새색시가 매일 반죽하는 밀가루의 양이 커다란 빵집을 하나 차린 것 같았대요. 매일 커다란 밀가루 떡을 만들어야 하니 남편이 크고 작은 밀방망이와 나무판을 사다주었대요. 아내가 쌀로 밥을 짓는 것을 보면 울거나 싸움을 걸어 논쟁을 벌였대요. 말하자면 그 역시 최고 교육을 받은 사람이었거든요. 샤오친이 말했다. 농촌 출신이라고 다 그런 것도 아니에요. 저는 농촌 사람이지만 애당초 농촌을 좋아하지 않고 오로지 상하이만 생각했어요. 고향에 돌아가 설을 쇠는 것도 부모님들 얼굴을 보기 위해서였지요. 지금은 식탁에 사람들이 가득 둘러앉아 시끌벅적하게 웃고 떠드는 걸 좋아하지만 말이에요. 고향에 설을 쇠러 갈 때마다 형제자매들이 전부 식탁에 한데 모여 신나게 먹고 떠들지만 집밖에는 산 뒤로 또 산이 이어져 있는 외진 산골마을이에요. 상하이는 집밖에도 온통 집인데 말이에요. 링즈가 말했다. 샤오친은 얘기를 정말 재미있게 하네요. 샤오친이 말을 이었다. 작년에 고향에 내려갈 때는 같은 고향 사람 하나가 제게 구두를 여섯 켤레나 부탁하는 바람에 여행 가방이 구두로 가득찼었어요. 링즈 언니는 그런 저를 멍청하다고 나무랐지요. 노점에서 파는 구두는 한 켤레에 15위안밖에 안 하기 때문에 여섯 켤레라 해도 다 합쳐서 90위안밖에 안 되지만 화학약품 냄새가 지독하고 아주 역겹기까지 했어요. 언니는 우체국에 가서 부쳐도 요금이 얼마 나오지 않는다면서 부치라고 했지만 저는 마음속으로 직접 가져다줘야 한다고 생각했지요. 이건 시골의 규칙이거든요. 이런 부탁을 거절하면 그 친구에게 할말이 없어져요. 링즈가 말했다. 샤오친은 이미 제정신이 아니야. 100위안도 안 되는 물건인데 부피는 엄청 나잖아. 그걸 들고 장거리버스를 탄단 말이야? 게다가 그 같은 고향 가정부는 건넛마을 사람이 소개해준 사람이라 서로 잘 알지도 못한다면서. 샤오친이 말했다. 언니, 시골은 원래 다 그래요. 한 가지 일을 제대로 못하면 평생 소문이 따라다닌다고요. 타오타오가 물었다. 그래서 어떻게 됐나요? 샤오친이 말했다. 어떤 사람이 아주 멋진 말로 결론을 내려주더군요. 평생을 고단하게 살더라도 제가 직접 가지고 가야 한다고요. 타오타오가 말했다. 샤오친은 정말 멋지네요. 샤오친이 말했다. 시골은 원래 그래요. 닭은 사람이 보이지 않아도 자라고 사람은 산을 보지 않아도 크지요. 우리 부모님은 한 해 한 해 늙어가시고 집 앞 나무 두 그루는 해마다 굵어지고 있어요. 올해는 그 두 그루를 베고 따로 다른 목재를 추가해서 부모님들의 관을 미리 짜드릴까 해요. 링즈가 물었다. 뭐하러 그래? 샤오친이 말했다. 죄송해요. 흥을 깰 것 같으니 말을 하지 않는 게 낫겠어요. 타오타오가 냅킨을 집어들자 샤오친이 건네받으면서 말했다. 원래는 아주 즐거운 얘기를 해서 여러분을 웃게 해드리려고 했는데 입을 열었다가 뜻대로 되지 않을까 두려웠어요. 타오타오가 말했다. 아주 정감 넘치게 얘기를 잘하시네요. 계속 하시는 게 좋을 것 같아요. 샤오친이 말했다. 작년 섣달그믐날 저녁에 시골에서 온 가족이 한데 모여 식사하고 있는데 밖에서 누가 문을 두드리는 거예요. 우리 아버지가 나가봤더니 사람 그림자 하나 보이지 않기에 다시 돌아와 자리에 앉았지요. 그러자 이번에는 밖에서 누군가가 웃는 소리가 들리는 거예요. 북풍이 세게 불고 누군가가 기침을 하는 것 같기도 했어요. 제가 아버지와 함께 나가보았더니 아득하게 눈밭이 펼쳐져 있고 사람은 보이지 않더군요. 집집마다 문을 닫아걸고 설을 보내고 있었어요. 개도 짖지 않았지요. 저는 놀라지 않을 수 없었어요. 아버지와 제가 돌아와보니 식탁에 둘러앉은 형제자매들 모두 계속 신나게 먹고 마시고 있더군요. 하지만 저는 음식이 입에 들어가지 않았어요. 밖에서 또 무슨 소리가 났지요. 아버지는 술을 한 잔 드시고는 엄마에게 낮은 목소리로 말했어요. 틀림없이 작은삼촌이 소란을 피우는 거야. 샤오친, 우선 작은삼촌을 위해 그릇과 젓가락을 차려놓도록 해라. 그러자 엄마가 말했어요. 됐어요. 몇 년째 작은삼촌 음식을 차리지 않았기 때문에 틀림없이 현성으로 갔을 거예요. 다신 오지 않을 거라고요. 아버지가 말했어요. 동지가 가까워올 때 지전을 태우는 게 무슨 소용이 있어? 설을 쇨 때 다들 집에 돌아와 테이블 가득 떠들썩하게 모이는데 누구는 혼자 외롭고 썰렁하게 보내면 샘이 나서 눈이 빨개지지 않을 수 없지. 아버지가 절반쯤 말했을 때 대문이 활짝 열리더니 한동안 요란한 소리가 났어요. 링훙이 말했다. 어머나! 너무 무서워요! 샤오친이 말했다. 제가 가서 문을 열었더니 삼광조 한 마리가 날아들어오더라고요. 시골에서는 연작練鵲이라고 부르지요. 아버지가 새에게 물었어요. 섣달그믐날에 무슨 일로 와서 소란을 피우는 거야? 뭐가 그렇게 못마땅한 거야? 새는 아무 소리도 내지 않았고 모두들 아무 말도 하지 않았어요. 저는 이 연작이 바로 작은삼촌이라는 걸 알았지요. 릴리가 물었다. 그렇게 사람들을 놀라게 하는 새가 어디 있어요? 샤오친이 말했다. 시골은 다 그런 모습이에요. 어차피 설달그믐날에만 생기는 일이니까 큰 문제는 없어요. 때로는 어디선가 동물이 튀어나오기도 하고 이상한 소리가 들리기도 하지요. 기침소리가 들리는 것 같아 나가보면 메추라기 한 마리가 날아들어오거나 토끼가 뛰어들어오기도 하고 올빼미가 날아들어오기도 하지요. 이번에는 연작이었지만 봄에는 무덤 돈대 위로 이상한 새가 날아와 죽기 살기로 울어대기도 했어요. 여기까지 말했을 때는 모두가 입을 굳게 다물고 있었다.

작은 음식점 밖은 진셴로였다. 불빛이 어두웠다. 샤오친이 말했다. 저의 작은삼촌은 1961년 대기근 때 세상을 떠났어요. 저승에 가서도 먹을 걸 구걸하는 굶주린 악귀가 되었지요. 당시에는 장례도 아주 간소하게 치렀어요. 때문에 쉽게 이승으로 넘어올 수 있게 된 거예요. 매년 설이 되면 한데 모여 식사를 하지요. 배불리 먹고 나서도 신나게 떠들면서 또 마구 먹어대잖아요. 그렇게 왁자지껄한 것이 작은삼촌은 몹시 못마땅한 거예요. 그래서 소란을 피우는 거죠. 다들 말이 없었다. 샤오친이 말했다. 그해 섣달그믐날 밤에는 가족들 모두 작은삼촌이 나타나 소란을 피울까봐 두려워 일부러 폭죽도 터뜨리지 않았어요. 설날 당일 제가 문을 열고 내다보니 작은삼촌은 날아가버리고 없더라고요. 정월 보름에 천하의 모든 잔치가 파하고 사람들이 다 흩어져 돌아갔어요. 집안에는 엄마 아버지만 남고 전부 떠났지요. 링즈가 물었다. 만일 가족 전체가 상하이로 이주하면 작은삼촌은 상하이로 날아오시겠네요? 샤오친이 말했다. 그건 불가능해요. 덤프트럭으로 변해 건물에 부딪히는 건 오히려 가능할지 모르지요. 자리에 있던 사람들 모두 배꼽을 움켜쥐고 웃어댔다. 샤오친이 말했다. 이건 그냥 제가 멋대로 해본 소리예요. 우리 작은삼촌이 보통 새나 사슴이었다면 사람들로 가득한 상하이의 도로와 집 사이를 편안하게 날아다니지 못했을 것이고 황두黃渡*를 넘기도 전에 길을 잃어버렸을 거예요. 타오타오가 말했다. 결국 쇠창살에 갇혀 시자오공원으로 보내졌겠네요. 모두 아무 말도 하지 않았다. 샤오친이 말했다. 저는 줄곧 사람은 나무와 같다고 생각해왔어요. 언젠가는 타버리고 마니까요. 그런데 사실 사람은 나뭇잎에 불과해요. 가을이 되면 땅바닥에 떨어져 대부분 흔적을 찾지 못하게 되지요. 마음이 즐겁지 않을 때마다 고향에 가서 설을 쇠던 일과 상하이에서 친구들과 한데 모였던 일을 떠올려요. 그러면 기분이 좀 나아지거든요. 눈 깜짝할 사이에 다들 흩어지고 나뭇잎은 항상 땅바닥으로 떨어지지요. 링즈가 말했다. 그게 뭐가 문제예요? 사람들은 원래 흩어졌다가 다시 모이고 모였다가 다시 흩어지는 거잖아요. 거 선생이 말했다. 샤오친이 눈을 가늘게 뜨고 미소 짓는 모습을 보면 마음이 무척 슬픈 것 같아요. 내가 한마디할 테니 잘 들어요. 사람은 좀 둔해야 해요, 알겠어요? 나처럼 신문을 좀 읽고 커피를 좀 마셔요. 링즈가 말했다. 됐어요, 그만하세요. 거 선생님은 늙어서 너무 음험해 보인단 말이에요. 다 같이 단체로 양로원에 들어가는 게 가장 좋을 것 같아요. 모두 말이 없었다. 정자간 아주머니가 말했다. 이 음식점을 연 뒤로 거 선생님은 조금도 늙지 않았어요. 많은 걸 도와주시니까요. 링즈가 정

* 상하이 자딩구(嘉定區) 서남쪽에 위치한 작은 진.

자간 아주머니를 향해 가볍게 눈을 흘기면서 술잔을 들었다. 네, 맞아요. 이런 기회를 빌려 모든 분께 부탁드릴게요. 앞으로도 자주 찾아주세요.

이날 저녁 자리에서 타오타오는 샤오친과 몇 마디 주고받지 않았지만 사람들이 제시한 공통 화제를 놓고 상당히 의기투합할 수 있었다. 식사 자리가 파하자 다들 밖으로 나왔다. 후성과 샤오친은 길을 걸으면서 얘기를 나눴다. 타오타오는 두 사람을 따라가고 싶었지만 링즈가 타오타오를 잡아끌고 음식점으로 돌아왔다. 링즈가 웃으면서 물었다. 타오타오 씨, 무슨 생각을 하는 거예요? 타오타오가 되물었다. 무슨 뜻이에요? 링즈가 말했다. 옆에 앉아 있던 샤오친을 보고 무슨 생각을 했냐고요? 타오타오가 말했다. 생각이 안 나네요. 링즈가 물었다. 팡메이를 생각했지요? 아닌가요? 타오타오가 물었다. 그건 왜 물어요? 링즈가 놀란 표정으로 말했다. 양심도 없네요. 벌써 잊었군요. 타오타오는 아무 말도 하지 않았다. 링즈가 말했다. 타오타오 씨가 팡메이를 알게 된 것은 제가 초대한 식사 자리에서였어요. 잊었어요? 타오타오가 말했다. 그건 기억하고 있어요. 링즈가 말했다. 당시에 팡메이는 타오타오 씨 오른쪽에 앉아 있었어요. 팡메이는 노점에서 머플러를 팔았지요. 그날 저녁 타오타오 씨랑 많은 얘기를 나누면서 가까워졌지요. 남녀가 노점 때문에 서로 마음이 맞았던 거예요. 타오타오 씨가 이래저래 공을 들이고 서로 많은 얘기들이 오간 끝에 두 사람의 노점은 하나로 합쳐졌고 결국에는 수놓은 베개를 나란히 놓고 자는 부부가 되었잖아요. 타오타오는 아무 말도 하지 않았다. 링즈가 말했다. 오늘은 타오타오 씨 오른쪽에 샤오친이 앉아 있었지요. 나는 눈이 아주 밝은 사람이에요. 게다가 비교적 진보적이지요. 하지만 조심하세요. 함부로 아무한테나 공을 들여선 안 된다고요. 함부로 제 동생들을 건드렸다가는 큰일날 줄 알아요, 알겠어요? 타오타오가 말했다. 알았으니까 걱정하지 마요. 타오타오는 작별인사를 건네고 음식점을 나왔다. 예둥징 밖에서 쑤저우의 판 사장이 차문을 열고 미스 위를 바래다주려 하고 있었다. 정자간 아주머니는 거 선생과 함께 천천히 걸음을 옮겼다. 모두 제각기 흩어져 돌아갔다. 샤오친은 오동나무 옆에 서 있었다. 쪽찐머리를 낮게 숙이고 뭔가를 응시하면서 미동도 하지 않다가 타오타오가 나오는 것을 보고는 앞으로 몇 걸음 다가갔다. 타오타오가 샤오친을 향해 다정한 웃음을 지어 보였다. 두 사람은 아무 말도 하지 않았다. 샤오친이 말했다. 타오타오 씨, 시간 나실 때 화팅로 저희 가게로 놀러오세요. 타오타오가 말했다. 네, 좋아요. 샤오친이 말했다. 그럼 전 이만 갈게요. 타오타오가 손을 흔들어주었다. 두 사람은 그렇게 작별했다.

# 십삼장

## 일

피아노는 뛰는 심장을 갖고 있다. 가구가 아닌 셈이다. 하지만 네 발이 달려 있다. 방안에서 거울은 허상일 때도 있고 실상일 때도 있지만 피아노는 영혼이다. 특히 등이 높은 입식 피아노는 음조가 낮고 한쪽 구석에 편안하게 남아 있어 더욱 높은 수양을 드러낸다. 창문 옆에 있든 아니면 문 가까이 있든, 검은색이나 고동색이든 아니면 흰색이든 간에 똑같이 시선을 끌게 된다. 남자들 앞에서 피아노는 여자지만 여자들 앞에서는 또 남자로 변한다. 노인이 피아노를 치면 곡목이 얼마나 많고 연주가 얼마나 즐겁고 경쾌하든지 간에 전부 추억이 된다. 피아노는 절벽이나 한 조각 비석으로 변하기도 한다. 몸집이 묵직하고 차갑다. 때로는 관이 되기도 한다. 베이디에게 피아노는 한 마리 네 발 달린 동물이었다. 베이디의 피아노는 진한 검은색이니 철이 든 흑마라고 할 수 있었다. 안정적이고 노련하며 오래된 비단처럼 드러나지 않는 빛을 간직하고 있었다. 마음속으로는 원하지 않았겠지만 그래도 베이디에게 마음껏 탐색하도록 몸을 맡겼다. 베이디가 어렸을 때, 말은 몸집이 특별히 크고 낯선 냄새를 풍겼다. 나이를 몇 살 먹자 말은 키가 좀 작아졌다. 이는 일반적인 일이다. 소중한 소녀시대로 접어들면서 흑마의 등은 베이디가 올라타기에 안성맞춤이 되었다. 이는 한두 해만 유지될 수 있는 상태로 강인함과 부드러움이 병존했다. 검정 피아노에 흰 치마는 사진을 찍으면 상당히 우아한 모습을 드러낸다. 하지만 이는 상상으로 그칠 수밖에 없다. 지금은 피아노가 있던 자리에 텅 빈 벽만 남아 있기 때문이다. 바닥에는 네 줄기 깊은 상처만 남아 있다. 할멈과 베이디가 떠난 순간, 피아노는 딱딱하게 굳은 발굽을 옮겨 어딘가로 가버렸다. 말처럼 어딘가로 사라진 것이다. 바닥에는 네 줄기 상처만 남았다. 아주 깊은 말 발자국이었다. 더이상 치료하여 수습할 방법조차 없었다.

아바오가 수심에 잠겨 말했다. 당장 화이하이로에 가봐야겠어. 국영 중고물품상점에 가서 찾아봐야 할 것 같아. 베이디가 말했다. 내가 세 번이나 가봤어. 마터우도 나랑 같이 갔었다고. 아바오가 물었다. 마터우가 뭐래? 베이디가 말했다. 마터우는 좀 억울하다고 그러더라고. 자신은 피아노를 누가 끌고 갔는지 전혀 모른대. 수화가 말했다. 정말 그런 거야, 아니면 그런 척하는 거야? 지금은 모든 물건을 온갖 방식으로 반출하여 팔아넘길 수 있대. 우리 아빠가 그랬어. 지금이야말로 누구나 부수입 챙기기가 가장 쉬운 때지.

먼저 장소를 봐두었다가 형제들을 몇 명 데리고 가서 몰래 공장에서 트럭을 몰고 나온 다음, 이렇게 재수없는 집으로 쳐들어가면 일반적으로 사람들은 아무 말도 하지 않는대. 또 가택수색을 하나보다 생각하는 거지. 마음대로 집안에 들어가 닥치는 대로 물건을 들고 나올 수 있다는 거야. 홍목 가구나 구리 침대, 벨벳 소파, 카펫 같은 것들을 마음대로 들고 나와. 사실 화이국구淮國舊*에 가서 팔아봤자 돈을 얼마 못 받아. 그냥 헐값에 팔아넘기는 게 낫지. 그런 다음 다 같이 싸구려 술에 곁들여 모두백엽결毛豆百葉結**이나 소계, 고부烤麩***, 저각조猪脚爪**** 같은 간단한 음식을 사 먹는 거야. 아바오는 아무 말도 하지 않았다. 할멈이 말했다. 난 벌써 머리가 어지럽네. 가오랑교의 마터우가 그런 것인지 아니면 낯선 사람이 그런 것인지 전혀 알 수가 없어. 화이국구에 가봤는데 뒷문은 창러로로 이어져 있고 농탕 옆으로 쳐진 대나무 울타리 안에 피아노들을 늘어놓았더군. 하지만 베이디의 피아노는 찾을 수 없었어. 한참 보고 있자니까 눈만 흐릿해지더라고. 수화가 말했다. 그곳에는 소파도 많고 다른 가구도 많아. 피아노도 아주 많지. 각종 브랜드와 색상의 피아노가 빽빽하게 들어찼더라고. 가는 길도 아주 험해. 몸을 옆으로 돌려서 걸어야 한다고. 가게 밖에서는 여전히 피아노들이 운반되어 들어오고 점원이 피아노 위에 분필로 번호를 매기고 있

* '화이하이로 국영 중고물품상점'의 약칭.

** 얇게 말린 두부와 삶은 청대콩을 갖가지 양념에 버무린 냉채의 일종.

*** 밀기울을 쪄서 익힌 음식.

**** 돼지 발톱 조림.

었어. 점원이 피아노를 가져온 사람에게 묻더군. 상하이탄 어디에서 이렇게 많은 피아노가 샘솟듯이 쏟아져나오는 거야? 나쁜 짓을 하면서 남 탓을 하고 있더라고. 가게 안으로 들어가자마자 나는 베이디랑 할멈과 헤어졌어. 피아노와 소파, 온갖 사람들의 냄새가 가득 섞여 있더군. 향기로운 냄새도 있고 고약한 냄새도 있었어. 모든 것이 피아노 뒤판처럼 온통 잿빛이더군. 그렇게 돌아다니다가 아주 오래된 피아노를 하나 발견했어. 하프시코드였지. 서양 책 일러스트에서 보던 것과 같았어. 로코코의 금박 꽃 같기도 하고 작은 책상 같기도 했어. 네 다리가 아주 앙증맞더군. 상하이는 정말 알 수 없는 곳이야. 없는 게 없으니까 말이야. 할멈이 말했다. 난 몇 번이나 헛걸음을 했어. 한 번 나올 때마다 베이디는 땅바닥에 쪼그려앉아 기분 나쁜 표정을 짓곤 했지. 수화가 말했다. 오늘 할멈은 가게에 들어가 먼저 피아노 의자 위에 앉았어. 그러다가 다리가 구부러진 프랑스 소파 위로 옮겨 앉았지. 낯빛이 안 좋았어. 할멈이 말했다. 숨을 쉬기 어려워서 그랬던 거야. 갈 때가 됐다는 걸 알았지. 베이디가 말했다. 그런 말 좀 하지 마. 할멈이 말했다. 사오싱으로 다시 돌아갈 생각을 하니 아무 재미도 없네. 베이디가 할멈을 잡아당기며 말했다. 무덤은 이미 깡그리 파헤쳐졌잖아. 할멈이 말했다. 아예 한 마리 물고기로 변해서 물속으로 헤엄쳐 들어가면 좋겠어. 베이디가 말했다. 정말 그럴 수 있다면 나는 금붕어가 될래. 아바오가 말했다. 피아노가 있어도 마음대로 편하게 칠 수는 없을 거야. 베이디는 아무 말도 하지 않았다. 할멈이 말했다. 베이디 혼자 가서 찾아본 적도 있어. 피아노에 물고기 표시가 있기 때문에 쉽게 찾을 수 있을 것 같았지. 점심 먹을 때쯤, 사방에 사람은 하나도 없고 누군가가 피아노를 치는 소리가 들려왔다. 일고여덟 살쯤 되어 보이는 꼬마 아가씨가 몇 곡 치고는 피아노 덮개를 닫고 이리저리 두리번거리다가 다시 피아노 덮개를 열고 몇 곡 더 쳤다. 베이디는 미동도 하지 않고 꼬마 아가씨의 연주에 귀기울였다. 수화가 말했다. 점원 딸이야. 베이디가 말했다. 나처럼 피아노를 찾는 거야. 할멈이 말했다. 그렇게 생각하자면 사람들이 와서 '행동을 취해' 공공연하게 물건을 실어 간다 해도 나랑 베이디는 아무런 대응도 하지 못하고 그저 가만히 바라보고 있는 수밖에 없겠네. 할멈이 베이디의 머리를 어루만지며 말했다. 난징에 가봤지? 우리 착한 꼬마 아가씨는 이 할멈이랑 거기 가서 바람이나 쐬자고. 이 할멈이랑 얘기나 나누면서 지내자는 말이야. 베이디가 말했다. 황푸강에 가고 싶어. 할멈이 물었다. 혼자 갈 수 있겠어? 수화가 말했다. 어쩌면 베이디의 피아노는 가게로 옮겨진 뒤에 곧장 누군가에게 팔려갔을지도 몰라. 지금은 값싼 물건들이 아주 많거든. 오리알 모양의 오래된 홍목 의자 하나가 2, 3위안밖에 안 해. 피아노는 30위안에서 80위안 정도면 살 수 있지. 아바오가 말했다. 청년 노동자 한두 달 치 월급이면 살 수 있겠군. 단지 누가 사 가느냐가 문제겠지. 차오양 신촌에는 노동자계급이 가장 많기 때문에 마음만 먹으면 살 수 있을 거야. 하지만 지반이 연약하고 집이 코딱지만한데 〈동방홍〉*을 연주해봤자 무슨 소용이겠어? 모두 말이 없었다.

* 산베이 지역의 민가에 가사를 붙인 마오쩌둥 찬가.

사실 아바오가 마지막으로 베이디와 할멈을 본 것은 이날 황혼 무렵이었다. 아바오가 떠날 때는 날이 완전히 어두워져 있었다. 아바오가 고개를 돌려보니 할멈이 베이디의 머리를 빗겨주고 있었다. 할멈이 중얼거리듯이 노래했다. 절을 올려. 부처님께 절을 올려! 부처님께 절을 올리면 내년에 세계가 생기겠지. 세계가 적으면 닭을 한 마리 잡고, 세계가 많으면 수오리를 한 마리 잡는 거야.* 베이디가 말했다. 그 노래는 듣고 싶지 않아. 지겹단 말이야. 수화는 문가에 서 있었다. 아바오가 다시 고개를 돌리자 수화 옆으로 두 줄기 빛이 반짝하고 스치면서 연못 속으로 들어가는 것이 보였다. 아바오가 눈을 비볐다. 시야가 흐릿했다. 눈앞에는 어두침침하게 집과 나무만 보였다. 자전거 한 대가 지나갔다. 모든 것이 평소와 다름없었다. 며칠이 지나 아바오는 수화로부터 편지를 받았다. 편지의 내용은 이랬다. 아바오, 오늘 네가 먼저 차오양 신촌으로 돌아갔지. 내 말을 믿을 수 있겠어? 앞으로 불가사의한 일들이 일어날 거야. 그러니까 오늘밤 이후로 할멈과 베이디는 흔적을 찾을 수 없을 거야. 어쩌면 난징으로 갔을지도 모르지. 그곳 아니면 어디로 갔을까? 나중에 시간 될 때 자세히 얘기하자. 수화가.

열흘 뒤 아바오와 후성, 샤오마오, 젠궈 등은 양푸구 가오랑교에 있는 마터우의 집을 찾아가 베이디와 할멈, 그리고 피아노의 행방에 관해 거듭 물었다. 몇 마디 오가는 사이에 분위기가 험악해

* 오래전 사오싱에 유행하던 동요로 여기서 '세계'는 희망이나 돈을 상징한다.

졌다. 젠궈가 먼저 주먹을 쓰려고 했는지 아니면 샤오마오의 자세가 오해를 불러일으켰는지 모르겠지만 오 분 만에 마터우 집 주위에 적지 않은 젊은이들이 몰려들었다. 수습이 불가능한 사태가 벌어진 것이다. 결국 마터우가 인내심을 갖고 아바오에게 말했다. 지금 시내에 조반 조직들이 너무 많아. 도무지 어떻게 된 일인지 모르겠어. 누가 피아노를 끌고 갔는지 모르겠다고. 아바오는 아무 말도 하지 않았다. 마터우가 말했다. 샤오마오는 정말 멍청한 것 같아. 먼저 주먹을 쓰려고 하다니 말이야. 푸퉈구 대자명종 지구 사람들은 우리 대양푸구 사람들에게 절대 상대가 못 된다는 사실을 생각하지 못하는 건가? 상하이 사람들이 그러잖아. 애당초 상대가 되지 않는다고 말이야. 아바오는 마터우의 어깨를 가볍게 툭툭 치면서 아무 말도 하지 않았다. 마터우가 말했다. 베이디랑 할멈이 실종된 건 나도 마음이 아파. 혼자 가오란로에 세 번이나 가봤다고. 세상이 온통 어지러워져서 확실히 찾기 어렵더라고. 도저히 못 찾을 것 같아. 아바오가 물었다. 어디로 갔을까? 마터우가 말했다. 난징으로 갔기를 바랄 뿐이야. 아니면 사오싱으로 갔든가. 베이디가 상하이는 갈수록 더 재미가 없다고 말하는 걸 들었거든. 아바오는 아무 말도 하지 않았다. 마터우가 말했다. 이곳 가오랑암高郎庵과 후둥滬東 천주교 성당은 원래도 많이 허름했는데 이제는 아예 사라져버렸어. 깡그리 없애버린 거지. 그렇게 되어버린 거야. 시 중심에 있는 좋은 집들도 부서지고 파괴되면서 완전히 다른 모습으로 변했더라고. 전혀 생각지 못한 일이었어. 어제는 아바오네 옛집을 둘러보았어. 세 가구가 새로 입주해 있더라고. 아래층 베이디의 방에는 두 가구가 들어와 살고 있더군. 입구의 작은 연못은 깨끗이 정비되어 있었어. 물속에는 금붕어도 몇 마리 있고 말이야. 아바오의 가슴이 아파왔다. 눈앞에 베이디의 모습과 연못 속의 물고기 비늘이 어른거렸다. 마터우가 말했다. 시간이 나는 대로 좀더 찾아볼게. 어린애와 노인 두 사람이 도대체 어디로 간 걸까? 에이, 상하이는 정말 재미가 없네.

이날 오후, 아바오는 다시 한번 화이하이로의 국영 중고물품상점을 찾아가보았다. 시야에 사람들의 모습만 가득했다. 점포는 어마어마하게 큰데다 끝이 어디인지 알 수 없을 정도로 깊었다. 피아노는 뒷문 밖과 인근 농탕, 그리고 궈제러우過街樓*까지 잔뜩 놓여 있었다. 상점 점원은 각종 고가구에 정통했다. 네모난 테이블은 '사평四平'이라고 불렀고 둥근 테이블은 '월량月亮', 침대는 '횡곤橫𦣱', 병풍은 '육곡六曲', 화장대는 '탁조託照'라고 불렀다. 등받이 없는 의자는 '건두件頭'라고 통칭했고 사각 의자와 원형 의자는 각각 '방건方件'과 '원건圓件'으로 불렀다. 점원은 계속 두리번거리면서 사방의 고객들을 살피고 있었다. 아바오처럼 자신 혹은 친구의 집에서 나온 물건들을 찾고 있는 사람들인지도 몰랐다. 물론 찾았다 해도 물건을 도로 가져갈 수는 없었다. 하지만 눈으로나마 놓치지 않고 마음껏 바라볼 수는 있었다. 너무 오래 쳐다봐 눈이 흐릿해지면 손으로 만져보면서 가격을 물어본 후 발길을 돌릴 수도 있었다. 망설이기 좋아하는 성격의 사람이라면 몇 걸음 가다가 다시 고

* 도로 또는 골목을 가로질러 지은 건물.

개를 돌려 보고 며칠 지나 다시 오거나 시간이 날 때 다시 보러 오기로 마음먹을 수도 있었다. 어쩌면 물건이 사라지고 나서야 용기를 내서 물건의 행방을 물어보면서 판매직원에게 상냥하게 말을 걸게 될지도 몰랐다. 판매직원이 말한다. 다 팔렸어요. 뭐라고요? 며칠 전에 팔린 것 같아요. 구매자가 어떤 사람이던가요? 대충 무슨 일을 하는 사람인지 아세요? 판매직원은 성격이 좋은 사람이라 몇 마디 더 부연설명을 해준다. 그러다가 약간 경계심이 들었는지 곧장 되묻는다. 이봐요, 그런데 왜 그러는 거죠? 공안국에서 나왔나요? 소개장을 보여줘요. 물어본 사람은 곧장 거북처럼 머리를 움츠린 채 슬그머니 내뺀다. 그냥 지나가다가 들른 거예요. 여긴 다시 올 일이 없네요. 또 어떤 사람은 한눈에 자기 집 피아노 혹은 소파를 찾아낸다. 판매직원이 말한다. 골동 바이올린은 오래될수록 요염하게 아름답지만 골동 피아노는 처치 곤란이에요. 피아노를 사시려면 이런 오래된 브랜드를 고르시는 게 좋아요. 독일제거든요. 하지만 너무 오래된 건 좋지 않아요. 피아노 안에 있는 와이어가 느슨해져서 음이 이탈되기 쉽거든요. 자주 조율해줘야 하죠. 소파는 이 프랑스제가 정말 오래된 물건이에요. 하지만 뼈대는 튼튼하고 팔걸이 조각도 아주 정교하고 세밀하죠. 테두리에 박힌 징이나 벨벳 원단, 장식용 술까지 전부 수입자재예요. 바닥에는 고급 스프링을 사용했고 '쿠션', 즉 완충재까지 완비되어 있지요. 정말 좋은 가격에 좋은 물건을 사실 수 있는 셈이에요. 손님은 말이 없다. 계획이 바뀌었는지 안팎의 환경을 살펴보고 두세 번 돌면서 자세한 위치와 시간을 확인한다. 언제 사람이 많고 언제 사람이 적은지 알아본 다음, 정오가 되자 부근으로 걸음을 옮겨 채소와 고기가 들어간 혼돈을 한 그릇 먹는다. 일반적으로 오후 한시부터 두시 사이에는 손님들의 행렬이 줄다가 네시가 되면 상점 앞에 삼륜차들이 몰려들고 많은 사람들이 가구로 꽉 막힌 좁은 골목을 통과하지 못한다. 이 시각에는 햇빛도 가장 어두운 편이다. 때가 되면 이리저리 주변을 살피다가 곧장 미리 정해둔 위치로 가서 사방을 둘러보고 나서 주머니에서 드라이버를 꺼내거나 챙겨 온 가방에서 가위를 꺼내 찌르고, 자르고, 비틀고, 뚫는다. 그런 다음 그 가구 안에서 종이봉지나 양철로 된 작은 상자를 꺼내 공구들과 함께 인조가죽 가방에 때려넣고 지퍼를 올리고는 손님을 가장하면서 여유로운 태도를 보인다. 그러면서 이리저리 물건들을 살피고 만져보는 척하다가 재빨리 그곳을 벗어난다. 이것이 개인의 사적인 재산을 되찾거나 타인의 재산을 정탐하면서 교묘하게 감춰진 보물을 찾아내는 방법이다. 이는 세상이 돌아가는 영원한 주제이자, 극동 지역 최대의 중고물품상점 전성시대에 이곳이 사람들의 마음을 사로잡는 매력이었다. 당시에는 모두들 주워듣는 소식이 무척 많았다. 누군가 오래된 장식장 안에 숨어 있다가 가게가 문을 닫으면 한밤중에 슬그머니 장식장 밖으로 나와 절도를 저지른다는 소문도 있었다. 때문에 이 상점에서는 사나운 개 두 마리를 키우면서 하룻밤에 세 번씩 순찰을 돈다고 했다. 가장 충격적인 사건은 인근에 사는 애들 몇 명이 어느 날 낡은 소파 위에서 마구 뛰면서 소란스럽게 놀다가 프랑스식 일인용 소파의 쿠션이 찢어지면서 그 안에서 순금으로 된 체인 한 보따리와 미화 두 보따리가 나온 것이었다. 때문에 중고 가구가 잔뜩 쌓여 있는 상점 안과 인근 거리는 소련 영화 〈열두 개의 의자〉를 방불케 했다. 아바오는 피아노가 줄지어 세워져 있는 구역을 배회하고 있었다. 되는대로 배치하다보니 산만하게 늘어선 피아노들이 한줄기 비좁은 통로를 이루고 있었다. 이곳에 몸을 숨기고서 마음대로 피아노 하나를 골라 덮개를 열어볼 수 있었다. 피아노 내부가 단순하든 복잡하든 간에 눈앞의 건반은 전혀 움직이지 않았고 주위에서 어떤 소리도 들리지 않았다. 때로는 건반 위에 머리카락이나 종잇조각, 반쪽짜리 몽당연필 같은 것들이 끼워져 있기도 했다. 피아노 건반에서는 낯선 냄새가 났다. 아바오는 그 냄새에서 친근함보다 고통을 느꼈다. 처량한 실망감에 얼른 덮개를 닫아버렸다. 아바오가 몇 바퀴를 돌면서 눈이 빠지도록 뒤져봤지만 베이디가 남긴 물고기의 흔적은 보이지 않았다.

아바오 혼자 난창 아파트를 찾아갔다. 수화는 침대 머리에 몸을 기대고 앉아 있었다. 수화 엄마가 냉수를 한 컵 내왔다. 수화가 맥없이 말했다. 엄마, 아바오랑 할 얘기가 있어요. 수화 엄마는 눈치 빠르게 자리를 피해주었다. 수화가 갑자기 두 눈을 반짝거리며 말했다. 아바오, 나는 정말 꿈을 꾸고 있는 것만 같아. 아바오는 아무 말도 하지 않았다. 수화가 말했다. 나는 정말로 오늘의 이런 상황을 믿을 수가 없어. 아바오가 고개를 끄덕이며 말했다. 베이디와 할멈은 실종된 게 분명해. 아무런 소식도 없으니 말이야. 수화가 말했다. 그날 아바오가 먼저 가는 것을 보고 나도 따라가고 싶었어. 내가 한마디했지. 할멈, 저녁 좀 해줄 수 있어요? 날이 어두워

어떤 혁명이든 재산의 대규모 전이를 수반한다. 일시적으로 '극동 최대의 백화점'이라고 불렸던 상하이 화이하이로의 국영 중고물품상점. 문을 열자마자 전례없이 왕성한 거래실적을 기록했다. 들리는 바에 의하면 항상 도둑들이 진열창 앞을 맴돌았고 야간절도가 빈번했다고 한다. 이에 상점측에서는 사나운 개를 동원하여 야간순찰을 강화했다고 한다.

졌어요. 할멈은 빙긋이 웃었고 베이디는 나를 쳐다보면서 아무 말도 하지 않았어. 희미하게 물고기 비린내를 맡을 수 있었지. 막 집에 가려고 하는데 창밖 화단에 한줄기 빛이 나타났어. 그 빛을 바라보는 사이에 방금까지 옆에 있던 할멈이 갑자기 보이지 않는 거야. 베이디가 내 손을 잡아끌면서 연못에 대고 할멈을 불렀지. 할멈, 할멈! 황혼 무렵의 어둠 속에서 자세히 살펴보니 연못 안에 붕어가 한 마리 있는 거야. 베이디가 그러더군. 저 붕어가 바로 할멈이야. 아바오가 물었다. 그게 정말이야? 수화가 말했다. 정말 이상하더라고. 연못은 줄곧 말라 있었는데 그날 저녁에는 물이 차 있고 물고기가 놀고 있는 거야. 내가 물속으로 손을 뻗어보았지만 붕어는 미동도 하지 않더라고. 그러자 베이디가 그러는 거야. 할멈이 자기를 금붕어로 변하게 해준다고 했대. 내가 그랬지. 베이디가 동화를 너무 많이 읽었구나. 푸시킨이 말한 금붕어는 하느님이야. 베이디가 말했어. 언니도 변신할 수 있다면 금붕어가 돼봐. 내가 빙긋이 웃으면서 말했지. 난 금붕어가 되고 싶지 않아. 난 사람으로 살 거야. 베이디가 말했어. 금붕어는 보통 붕어보다 예쁘잖아. 내가 말했지. 그래, 맞아. 예전에 체호프라는 사람이 살았는데 연애편지를 한 통 쓰고는, "이건 내 금붕어야. 나의 사랑하는 금붕어!" 라고 말했대. 그랬더니 베이디가 갑자기 쪼그려앉아 울더라고. 나는 다시 할멈을 찾으러 부엌으로 갔어. 문 앞까지 가서 다시 고개를 돌려보니 연못 주위에 사람 그림자가 보이지 않았어. 내가 베이디를 불렀지. 베이디, 베이디! 아무런 대답도 들리지 않았어. 얼른 연못으로 달려가보니 물이 더 많아져 있더라고. 수초도 한 포기 있고 붕어 한 마리와 금붕어 한 마리가 같이 있었어. 내가 상황이 심각하다고 판단하고는 만져보려고 얼른 손을 뻗어보았더니 물고기 두 마리는 재빨리 수초 밑으로 헤엄쳐 달아나버렸어. 나는 너무 놀라서 소리쳤지. 베이디! 하지만 주위에선 아무 소리도 들리지 않았어. 금붕어는 유유하게 꼬리를 흔들고 있고 붕어는 미동도 하지 않은 채 금붕어 옆에 붙어 있는 거야. 그냥 돌덩이 같았어. 내가 서둘러 다시 부엌으로 할멈을 찾으러 갔더니 뜻밖에도 갑자기 할멈과 베이디가 내 눈앞에 서 있지 않겠어. 할멈이 그러더군. 밤이 늦었으니 수화는 이만 집에 돌아가야지. 나는 가슴이 쿵쿵 뛰었지만 그래도 마음을 놓을 수 있었어. 내가 대답했지. 알았어요, 갈게요. 할멈이 말했어. 날이 추워서 그런지 수화 안색이 별로 좋지 않네. 옷을 좀 든든히 껴입어. 나는 내일 아침 베이디를 데리고 외출할 예정이야. 내가 물었지. 어디 가실 생각이신데요? 할멈이 말했어. 지금은 꼭 집어서 말하기 어려워. 확실한 것은 그냥 어딘가로 떠날 생각이라는 거야. 수화는 여기까지 말하고 나서 고개를 숙였다. 더이상 얘기하고 싶지 않아. 아바오가 말했다. 내 생각에는 다 괜찮을 것 같아. 왠지 모르게 긴장이 느껴지진 않거든. 수화가 말했다. 이건 정말 동화전집에 나오는 얘기 같아. 아바오가 말했다. 두 사람은 정말로 사라져버렸어. 수화는 아무 말도 하지 않았다. 아바오가 말했다. 베이디가 몇 번 비슷한 얘기를 했던 걸로 기억하는데, 완전히 어지러운 한 무더기 꿈 이야기였지. 치마가 가벼워지고 갈라지면서 금붕어 꼬리가 됐대. 연못 옆, 달빛 아래 고양이 한 마리가 앉아 있다가 베이디를 입에 물고 밖으로 나가 한 바퀴 돌고 돌아왔대. 수화가 말했다. 당시 하늘은 완전히 어두워져 있었는데 베이디 몸에서 빛이 났어. 베이디가 그러더군. 언니, 나는 할멈을 따라갈 거야. 내가 깜짝 놀라서 물었지. 어디로 갈 건데? 베이디가 말했어. 지금은 새끼 고양이들을 기다리고 있어. 그중 한 마리가 나를 인도해줄 거야. 그리고 또다른 얼룩무늬 고양이가 할멈을 데리고 먼저 갈 거야. 내가 말했지. 웃기는 얘기네. 베이디가 말했어. 들고양이 세 마리가 곧장 르후이항으로 갈 거야. 황푸강 옆에서 고양이가 입을 벌리고 울음소리를 한 번 내면 나랑 할멈은 헤엄을 칠 거야. 헤엄을 쳐서 한 바퀴 빙 돈 다음에 다시 돌아올 거야. 만일 내가 돌아오지 못하면 다른 곳으로 헤엄쳐 간 거겠지. 내가 웃으면서 말했어. 내가 꿈을 꾸고 있는 건 아니겠지? 베이디가 말했어. 못 믿겠으면 잘 보라고. 나랑 할멈은 목 뒤에 잇자국이 있단 말이야. 내가 베이디의 목덜미를 살펴봤지만 잇자국은 없고 머리칼에서 물고기 비린내만 나더군. 내가 말했어. 빨리 할멈한테 머리 감겨달라고 해. 언니 놀라게 할 생각은 그만하고. 나 간다. 베이디가 말했어. 나는 피아노 필요 없어. 아바오는 말이 없었다. 수화가 말했다. 그때 나는 등뒤가 섬뜩하면서 오한이 나는 것 같았어. 할멈이 아무 소리도 없이 다가오더군. 몹시 어둡고 메마른 낯빛으로 베이디의 머리를 어루만지면서 베이디를 부르는 거야. 베이디! 나는 조금 계면쩍어서 그냥 빙긋이 웃었어. 그러다가 정말 자리를 뜨려고 하는데 두 다리에 힘이 없더라고. 몽유병을 앓는 것 같았어. 기억나는 거라고는 할멈의 얼굴뿐이야. 완전히 어둡게 변해 있었지. 지금 생각하면 그날의 상황이 믿어지지 않아. 아바오는 아무 말도 하지 않았다. 마음속으로 동화전집을 생각했다. 물고기 두 마리를 생각했다. 작은 고양이들이 베이디와 할멈을 입에 물고 상하이의 어두운 밤을 틈타 상하이의 밤바람 속에서 줄곧 남쪽으로 가는 광경을 상상했다. 도로를 여러 개 가로질러 황푸강 강변에 이르러 얼굴로 바람을 맞으면서 물고기 두 마리가 물속으로 뛰어든다. 강가의 배들은 닻과 사슬, 밧줄에 매여 있다. 고양이 세 마리는 미동도 하지 않고 서 있다. 아바오가 말했다. 이건 옛날이야기가 틀림없어, 신화라고.

## 이

이듬해 여름 어느 날, 기온이 미친듯이 올라갔다. 예자자이 재래시장 부근에 있는 간장가게에서는 맥주를 그릇에 담아 팔았다. 종업원은 샤오마오의 양철 주전자를 받아들고 황동 수도꼭지를 틀었다. 종업원이 말했다. 사형師兄과 사저師姐들도 자주 와. 샤오마오가 말했다. 조심해, 눈은 수도꼭지를 보고 있어야지. 남자 종업원이 여자 종업원에게 말했다. 쿵푸와 권법을 연마하는 사람은 달라. 야간에도 일하지만 낮에도 피곤하지 않지. 그 와중에 술까지 마실 정신이 있다니까. 샤오마오가 말했다. 재미있겠다. 종업원이 말했다. 아무 생각이 없어. 그냥 남들이 부러울 뿐이지. 당시에는 생각의 차이로 인해 프런트에서 원숭이처럼 일했어. 하지만 지금은 어떤지 보라고. 노동자계급이 얼마나 즐거운지 몰라. 샤오마오는 아무 말도 하지 않았다. 주전자에 맥주가 가득찼다. 종업원은 재빨리 수도꼭지를 돌려 잠그고는 계산대로 갔다. 그러고는 외부 표면을 대나무로 마감한 보온병을 사오싱주 매대 옆으로 가져가 보온병 입구에 술이 들어가는 호스 꼭지를 집어넣었다. 보온병에 흐릿하고 축축하게 술이 차오르면서 진한 향기가 번졌다. 술이 깔때기 입구까지 차오르면 반근으로 계산했다. 보온병에 사오싱주가 가득차자 샤오마오는 돈을 내고 한 손에는 주전자를, 다른 손에는 보온병 두 개를 들었다. 여종업원이 말했다. 힘이 정말 세시네요, 대단해요. 샤오마오는 허리를 곧게 펴고 큰 걸음으로 간장가게를 나와 사부님 집으로 돌아왔다. 침대 옆에는 팔선탁이 준비되어 있었다. 젠궈와 룽건, 국면國棉 제6공장의 기능 견습공인 샤오용小勇, 방직 공장의 샤오룽싱 등이 모여 있었다. 더운 음식을 싼 기름종이를 찢어 탁자 한가운데 펼쳐놓았다. 부엌에서는 진메이가 두 가지 간단한 음식을 만들고 있었다. 샤오마오가 술을 따랐다. 사부가 말했다. 음식들이 아주 훌륭하군. 오늘 아침에는 모두들 황주를 마셔보자. 진메이가 민소매 한삼 차림으로 황주와 음식을 받쳐들고 들어왔다. 목에서 땀이 흘렀다. 연뿌리 같은 두 팔과 겨드랑이가 완전히 젖었다. 샤오마오가 말했다. 저는 문서상으로는 열다섯 살밖에 안 됐어요. 사부가 말했다. 열다섯 살 때 나는 이미 아이 키울 준비를 하고 있었어. 아빠가 될 예정이었지. 그 나이면 술 마시는 데 아무 지장 없어. 샤오룽싱이 빙긋이 웃었다. 진메이가 맥주를 한 모금 마시면서 말했다. 부엌이 너무 좁아서 더워 죽는 줄 알았어요. 지금은 목욕하고 싶은 생각밖에 없네요. 사부가 말했다.

내 집은 단칸방이니까 정말로 목욕을 하고 싶으면 지금 당장 저 침대 옆에서 해도 돼. 진메이가 말했다. 젠장, 어린애들 앞에서 목욕할 마음이 나겠어요? 사부가 말했다. 안 될 게 뭐가 있어? 이 사부도 옛날에 사형사제들이 모여 있는 가운데 여자가 목욕하는 광경을 본 적이 있다고. 진메이가 말했다. 말씀 참 재미있게 하시네요. 모두가 자리잡고 앉았다. 젠궈가 말했다. 사부님 어서 드세요. 사부가 말했다. 이번에 지휘부에서 나를 석 달 동안 양푸구에 파견하기로 했어. 몇 군데 노동자 조직에 기본동작을 훈련시키라는 지시를 내렸지. 샤오마오가 말했다. 저도 시간 되면 가서 구경할게요. 사부가 말했다. 일반적으로 격투와 금나擒拿* 같은 권법인데다 길이 너무 멀어. 시국도 어수선해서 찾아오기 힘들 거야. 샤오마오가 물었다. 중요하거나 긴급한 일이 있으면 어떻게 하죠? 사부가 말했다. 삼 년 동안 권법을 가르쳤으니 이번 기회를 계기로 너희와의 관계에 일단락을 지어야 할 것 같구나. 다들 말이 없었다. 사부가 말했다. 잠자리는 자기 꼬리를 먹으면서 크지. 지금은 너희 모두 스스로 자신을 돌보는 수밖에 없을 것 같구나. 자기관리를 잘해야 해. 시국이 어지럽긴 하지만 반드시 안정될 날이 있을 게다. 사람이라면 의기義氣에만 의지하면서 형제들을 잘 도와야 한다. 이 사부의 사부님은 쑤베이의 난민이셨는데 상하이로 와서 일하셨어. 당시에는 수많은 노동자들이 청방青幫**에 가입했었지. 방규幫規가

---

* 상대방의 관절이나 경혈(經穴)을 공격하여 제압하는 중국 권법.

** 청나라 말기 베이징과 항저우 사이의 대운하를 이용한 양곡 수송을 담당하던 노동자들이 자신들의 이익을 보장하기 위해 조직한 비밀결사로 나중에는 상하이의

정말 많았어. 향당香堂***에 들어가려면 먼저 입가심을 해야 하는데 물을 너무 많이 뱉다보니 피가 섞여 나오기도 했지. 몸과 얼굴을 정결하게 씻되 수건이 머리 위를 지나가게 해선 안 돼. 머리 위를 닦으면 조상과 스승들을 욕보이게 된다고 여겼지. 수건을 아무렇게나 마구 문지르면 패도가 횡행하고 강호의 질서가 어지러워지는 것을 상징했고 말이야. 샤오마오가 빙긋이 웃었다. 사부가 목소리를 낮춰 말했다. 규칙이 분명하고 엄정했기 때문에 사악한 도적질이나 음란한 행위는 절대 허락되지 않았어. 도제 하나가 두 사부를 모시는 것도 허락되지 않았지. 윗사람이 아랫사람을 사부로 모시는 것도 허용되지 않았고 사부가 받아들이지 않은 사람을 도제가 대신 받아들이는 것도 불가능했어. 모두들 위험과 곤경을 함께 나눠 견디고 늙은이와 가난한 사람을 불쌍히 여겼지. 향을 가는 것은 괜찮지만 촛불을 가는 것은 허락되지 않았어. 먼저 소야촉小爺燭을 올린 다음에 단향檀香을 태우고, 그다음에 신향信香 세 가닥, 군향群香 세 화로를 태웠지. 진메이가 말했다. 그만하세요. 말하자면 쑤베이방蘇北幫이 가장 대단했다는 거잖아요. 일반적으로 전부 목숨을 바쳐 일해야 했잖아요. 맨 앞에 선 사람들은 주먹을 맞고 그 대가로 잔돈푼이나 챙겼지요. 몸도 우두머리가 마음대로 가지고 놀았잖아요. 샤오마오가 물었다. 그게 무슨 뜻이에요? 사부가 말했다. 상하이 서부 방파幫派의 여자깡패들로 소자반小棗飯과 자노호雌老虎

대표적인 조직폭력단으로 발전하여 정치에 이용당하기도 했다.

*** 청방을 비롯한 각종 조직에서 제자들을 받아들이거나 반역자를 처벌하거나 인사의 변동을 선포하는 등 다양한 의식을 거행하던 장소.

가 있었어. 당시에는 명성이 자자했지. 십자매十姊妹는 방직 공장의 양화디楊花娣가 우두머리였는데 보기에는 꽤 멋이 있었어. 열 명의 여공이 전부 군사軍師와 함께 밤을 보냈지. 진메이가 말했다. 정말 수다가 심하시네요. 사부가 말했다. 파업을 할 때면 방직 공장 안에도 방파가 있었어. 안후이방과 후베이방湖北幫, 쑤베이방, 산둥방, 사오싱방 등이 있었고 남양 담배 공장에는 닝보방寧波幫 아니면 광저우방이 있었지. 쑤저우하 부두와 타이구太古부두는 수심이 아주 깊었어. 우리 사부님 세대에는 지혜롭게도 같은 고향의 형제들만 받아들였지. 시비를 일으키지 않으면서 관공關公* 즉 관노야關老爺와 장천사張天師**를 숭배했어. 지금은 영수님께만 공물을 바치지. 일반적인 상황에서는 영수님의 어록만 기억하면 돼. 남이 나를 범하지 않고 나도 남을 범하지 않으면 되는 거지. 샤오마오가 물었다. 누가 친구를 괴롭히면 저는 뭘 어떻게 할 수 있을까요? 샤오용도 옆에서 거들었다. 말씀해주세요. 사부가 말했다. 사회적 갈등은 일반적으로 친구 사이에 가장 많이 나타나지. 지금으로서는 최대한 남의 일에 관여하지 않는 게 좋아. 샤오마오는 말이 없었다. 사부가 말했다. 비판투쟁운동이 시작된 뒤로 각 작업장에서는 정말로 불량배들이 전면에 대거 나서고 있지. 영수님의 어록을 낭랑하게 외우면서 혁명의 형세에 대해선 뭐든지 다 아는 척한다니까. 게다가 군복을 걸치고 있으면 꼭 무슨 지도자가 된 것 같아. 정말 이

* 관우를 지칭한다. 관우는 중국인들에게 무신(武神) 혹은 재물의 신으로 추앙되고 있다.

** 동한(東漢) 시대 도교 신자들이 도사인 장도릉(張道陵)을 존칭하던 말.

상한 상황이지. 진메이가 말했다. 우리 공장에도 그런 불량배들이 아주 많아요. 정말 이상한 일이에요. 사부가 말했다. 이런 걸 두고 옛말에 소인배들은 재주가 많다고 했지. 진메이가 말했다. 외모가 가장 중요한 것 같아요. 들리는 바에 의하면 메이야美亞 공장에서 대표 하나가 연합행동에 관한 담판을 위해 찾아왔대요. 그런데 허름한 옷차림을 보고는 아무도 거들떠보지 않았지요. 그래서 새 옷으로 갈아입고 다시 오자 아주 시원하게 담판이 이루어졌대요. 사부가 말했다. 나는 옷차림 같은 건 안중에 두지 않아. 말하자면 계급투쟁도 사실 과거의 방회나 당파가 파업을 벌이는 것과 별 차이가 없어. 모든 게 사람에 대한 투쟁이지. 사람과 사람의 관계는 주로 서로의 취향과 성격에 따라 하나가 되기도 하고 흩어지기도 하지. 이게 바로 계급이라는 거야. 한 조직에서 직접 낳고 기른 같은 핏줄의 형제들이나 같은 종친의 형제들 사이에도 종종 사소한 계산 때문에 한 사람은 동쪽으로 가자고 하고 한 사람은 서쪽으로 가자고 하는 상황이 벌어지곤 하지. 결국 서로 언성을 높이다가 치고받고 난투극을 벌이면서 지독한 욕설을 퍼부어대지. 흥, 이런 걸 듣기 좋은 말로 노선투쟁이라고 하더라고.

모두들 아무 말도 하지 않고 술을 마시면서 음식을 먹었다. 사부가 말했다. 이번에 양푸로 파견되면서 나는 생각을 정했어. 권법만 가르치고 이리저리 복잡하게 얽힌 다른 일들은 일절 관여하지 않기로 했지. 샤오룽싱이 물었다. 요즘 다들 뭐하고 지내야 하나요? 사부가 말했다. 할 만한 일이 없어. 가급적 조반대와는 어울리지 않는 게 좋아. 직장의 아가씨나 젊은 아주머니들이랑 멋쩍어

하면서 어울려 웃고 떠드는 것은 나쁘지 않지. 나이를 먹으면 여자의 맛도 좀 알아야 앞으로 험난한 길을 피할 수 있거든. 진메이가 말했다. 사부님은 애들을 망가뜨리고 싶어 안달이 나셨군요. 사부가 말했다. 얘들도 나이가 적지 않은 게 분명한 사실 아니냐? 한번 물어보자. 샤오룽싱은 나이가 어떻게 되지? 샤오룽싱이 대답했다. 열아홉입니다. 사부가 말했다. 젠궈랑 룽건 형제는 하나는 열아홉이고 하나는 열여덟이지. 샤오융은 열일곱이고. 샤오마오가 제일 어리구나. 다들 말이 없었다. 집밖에서 박선의 기적소리가 들려왔다. 날이 더워서 그런지 음식을 먹는 모두의 얼굴이 붉게 상기되어 있었다. 사부가 제자들을 하나씩 쳐다보면서 말했다. 내가 간단한 얘기를 하나 해주마. 옛 속담에 부처를 보면 중을 경계하고 아버지를 보면 아들을 경계한다는 말이 있지. 옛날에 한 고승이 있었단다. 어려서 출가하여 정갈하게 수양하면서 노년에 이르렀지. 명성도 자자했고 말이야. 그가 죽을 때가 되자 제자들이 물었어. 스승님, 저희에게 남기실 말씀은 없으신가요? 고승이 말했지. 평생 여자의 아랫도리를 제대로 보지 못한 것이 몹시 괴롭구나. 죽어서도 이틀 동안은 이승을 완전히 벗어나지 못하고 몹시 힘들어할 것 같아. 진메이가 말했다. 재미있긴 하지만 그만하세요. 사부는 얘기를 계속했다. 제자 하나가 재빨리 법당 안으로 뛰어들어가 여자를 하나 데려다가 고승 앞에서 바지를 내리게 했어. 고승이 여자의 두 다리 사이를 보고는 한마디했지. 아이고, 이런! 알고 보니 비구니들이랑 다를 게 없었구나. 그러고는 두 다리를 쭉 뻗고 편안하게 이승을 떠났대. 진메이가 말했다. 저속하기 그지없는 얘기네요.

사부가 말했다. 위로도 하고 아래로도 하는 게 바로 하작下作*이지. 황주를 마시니 머리가 아주 맑아지는구나. 이제 내가 너희 제자들에게 묻겠다. 다들 여자의 알몸을 보았겠지? 진메이가 말했다. 제발 그만 좀 하시라고요. 사부가 말했다. 내가 중점적으로 얘기해보마. 남자가 하작을 하지 않으면 아이가 어디서 나오겠느냐? 사람은 뭔가를 일찍 알고 일찍 철이 들어야 똑똑해지는 법이야. 이 사부가 너희에게 말하건대, 남자는 여자를 일찍 알아야 여자에 대해 신기해하지 않고 나중에 실수를 범하지 않게 된다. 샤오마오가 말했다. 저는 본 적 있어요. 사부가 말했다. 한번 얘기해보거라. 샤오마오는 망설이면서 말을 하지 않았다. 사부가 말했다. 괜찮으니까 어서 얘기해봐. 진메이가 젓가락을 탁 내려놓으며 말했다. 스승과 제자가 한데 모여 술을 마시면서 저질스러운 얘기들만 하네요. 샤오마오는 여전히 입을 열지 않았다. 사부가 물었다. 진메이는 세상 경험이 많은 사람이니까 하작을 다양하게 해보았겠지? 진메이가 말했다. 정말 듣기 싫어요, 그런 얘기 좀 하지 마세요. 사부가 말했다. 사회가 어지러운데 이애들이 아무것도 모르면 그건 다 내 책임이야. 진메이가 말했다. 정말 잘도 둘러대시네요. 사부가 말했다. 진메이한테 얘기하라고 한 게 아니라 어린 친구에게 얘기하라고 한 거잖아. 샤오마오, 어서 얘기해봐. 샤오마오가 말했다. '대교류' 활동에 참가했을 때의 일이에요. 객차 안은 인산인해였지요. 저는

* 저속하고 저질스러운 것을 의미하기도 하고 하반신의 중요 부위를 사용하여 성행위를 하는 것을 의미하기도 한다.

객차 연결판 위에 타고 있었어요. 엉덩이 밑이 아무것도 없이 빈 상태였지요. 몸을 움직일 수 없을 정도로 사람들이 많았어요. 화장실 안까지 사람들이 가득 들어차 있었지요. 한밤중에 맞은편에 앉아 있던 북방에서 온 누나 둘이 너무 급했었나봐요. 바지를 입고 있었는데 완전히 다 벗더니 철판 위 구멍을 조준하여 볼일을 보더라고요. 사부가 물었다. 그때 샤오마오는 무슨 생각을 했느냐? 진메이가 말했다. 말하지 마. 샤오마오는 아무 말도 하지 않았다. 샤오용이 말했다. 저는 중산교中山橋 판자촌 구역에 갔다가 친구 이모랑 옆집 아주머니를 보았어요. 날이 너무 더워서 그랬는지 집안에서 알몸으로 다니더라고요. 너무나 태연한 모습이었어요. 젠궈가 말을 받았다. 저의 작은 외삼촌이랑 숙모가 대교류 활동을 위해 상하이에 왔을 때, 밤에 2층 침대의 아래층에서 잤어요. 저랑 형은 위층에서 잤고요. 상판이 나뭇조각을 이어 만든 침대였는데 한밤중에 형이랑 상판 틈새로 침대 밑을 내려다보았어요. 진메이가 얼굴이 빨개진 채 말했다. 정말 알 수가 없네요. 왜 남자들은 그런 걸 그토록 좋아하는 거지? 모두 아무 말도 하지 못했다. 진메이가 말했다. 어쨌지, 한번은 제가 공장으로 가서 목욕을 하게 되었어요. 지붕에서 무슨 소리가 들리더라고요. 같은 작업반 여공들이 두 줄로 나란히 서서 단체로 목욕을 하고 있었어요. 삼사십 명이나 되는 여자들이 알몸 상태로 있었지요. 그런데 갑자기 요란한 굉음이 들리더라고요. 수증기 때문에 천장이 삭아 약해진 걸 모르고 사람 하나가 몰래 숨어 들어가 있었는데 뜻밖에도 천장이 무너지면서 함께 목욕탕 바닥으로 떨어진 거예요. 먼지와 쓰레기 속에 전기공 아후즈阿胡子가 엎드려 있었지요. 젊은 아가씨들은 일제히 몸 위아래를 가리면서 황급히 도망쳤어요. 다들 정말 놀랐거든요. 다른 아주머니들과 나이든 여자들, 나이든 여성 기술자들은 전혀 부끄러워하거나 두려워하는 기색 없이 알몸으로 아후즈 몸 위로 달려들어 그를 정신없이 두들겨팼어요. 사부가 말했다. 여자들한테 실컷 얻어맞았군. 정말 대단해. 진메이가 웃으면서 말했다. 저질 남자들, 남자들은 정말 저질이에요. 사부가 빙긋이 웃었다. 진메이가 말했다. 이 일이 있고 나서 제3작업장의 동생이 제게 말하더군요. 언니, 내가 생각해봤는데, 앞으로 남자들이 제 알몸을 훔쳐보는 것을 알게 되면 두 손으로 얼굴만 가리면 될 것 같아요. 사부가 물었다. 어째서 그렇지? 진메이가 말했다. 한 손으로 아래를 가리고 한 손으로 위를 가려봤자 아무 소용이 없잖아요. 뒤에는 엉덩이가 있고 허벅지도 있으니 사람들이 마음대로 다 보게 되잖아요. 사부가 말했다. 그래도 이해가 안 되네. 진메이가 말했다. 얼굴을 확실히 가리면 저질 남자들이 알몸을 보더라도 그 알몸의 주인공이 진메이인지 인메이銀妹인지 아니면 바오메이寶妹인지 제대로 알 수 없을 테니까요. 안 본 것이나 마찬가지죠. 여자들의 몸은 다 똑같으니까 맘대로 보라는 거예요. 사부가 웃으면서 말했다. 그건 맞는 말이군. 우리 아가씨가 정말 똑똑하네. 사실 사람 노릇은 얼굴로 하는 거지, 엉덩이가 무슨 소용이겠어. 진메이가 말했다. 이제 제대로 알 것 같네요. 천하에 가장 음탕한 존재가 남자들이라는 사실을 말이에요. 어려서부터 여자 몸이나 훔쳐보다니. 모두들 아무 말도 하지 못했다. 사부가 말했다. 그렇게 탓할 일은 아니야. 남자들이 좀 훔쳐본다 해서 여자들 몸이 닳는 것도 아니잖아. 삼사십 명이 함께 목욕하는 모습을 훔쳐보는 건 문제가 좀 심각하긴 하지. 하지만 가장 심각한 문제는 공공기물을 파괴한 거야. 공공건물의 천장을 망가뜨렸잖아. 이 저질 녀석은 여자들의 알몸을 너무 많이 훔쳐봐서 감각이 둔해졌던 거야. 교육이 부족한 탓이지. 나는 교육을 받은 사람이라 애당초 그런 데 신경을 쓰지 않아. 머릿속으로 모든 걸 다 아는데 굳이 봐야 할 게 뭐가 있겠어? 모두들 말이 없이 침울한 표정으로 술만 마셨다. 사부가 말했다. 구사회 때 나는 아홉 살부터 장사를 배웠고 열 살에 사부님 제자로 들어가 권법을 배웠어. 열네 살 되던 해 어느 날, 사부님이 양금洋金* 작업장의 어린 형제들을 전부 부르시더군. 오늘 아침처럼 말이야. 먼저 권법을 연마하고 나서 술을 마셨지. 내가 사부님에게 물었어. 어떤 사람이 여자의 알몸을 보았을까요? 다들 말이 없었지만 이는 정말로 솔직한 질문이었어. 우리 사부님께서 말씀하셨지. 오늘 아침부터 모두들 남자가 되기로 한다. 이 사회에서는 남자로 사는 게 쉽지 않아. 속임수에 가장 넘어가기 쉬운 것이 남자들이지. 따라서 일찌감치 세상의 사물과 현상의 이치를 잘 터득할 필요가 있다. 그래야 나중에 멍청한 짓을 안 하지. 음탕함의 증거로 얼굴에 나는 여드름도 줄어들 테고. 당시 우리 사부님은 불당에 있는 여자를 하나 불러 바로 옆에 있는 방에서 커다란 타원형 대야에 들어가 제대로 목욕을 하게 하셨어. 사부님이 제자들의 이름을 부르면 하나씩 들어가 여자

* 구리와 금의 합금.

가 목욕하는 모습을 구경했지. 제한 시간은 한 사람 앞에 십오 분이었어. 나머지 사람들은 밖에서 술을 마셨지. 당시에는 모두 말이 없었어. 사부님이 그러시더군. 사람은 모름지기 솔직하고 진솔해야 한다. 내가 가장 무시하는 부류가 바로 허세를 부리면서 고상한 척하는 것들이야. 점잖은 척하면서 온갖 음탕한 짓은 혼자 다 하고 다니는 그런 놈들 말이다. 이제 다 들었지? 한 사람씩 들어가서 보기로 한다. 여자 전시회를 하는 거야. 여자란 어떤 것이고 목욕은 어떤 것인지 잘 보고 앞으로는 이리저리 훔쳐보면서 가슴 뛰고 낯빛이 변하거나 여자들의 속임수에 당해 일을 그르치는 때가 없도록 한다. 알았지? 당시에는 다들 무척 긴장했어. 사부님이 내게 말씀하셨지. 홍서우鴻壽야, 네가 제일 먼저 들어가보거라. 나는 사부님 말씀에 따르고 싶지 않았어. 그러다가 사부님이 때리려 하시기에 얼른 주먹을 피해 여자가 있는 방으로 들어갔지. 여자는 커다란 타원형 대야 안에 태연하고 자연스럽게 들어가 앉더라고. 온몸의 피부가 너무나 부드럽고 눈처럼 희었어. 진메이가 말했다. 그만하세요, 충분해요. 사부님은 아랑곳하지 않고 얘기를 이어갔다. 여자가 나를 보더니 빙긋이 웃으면서 말했어. 동생! 내가 대답했지. 네! 여자가 말했어. 이리 와, 가까이 다가오라고. 와서 누나가 발 씻는 걸 잘 봐. 진메이가 말했다. 정말 죽겠네. 구사회는 모든 게 다 저질이었네. 사부가 말했다. 이까짓 게 뭐 그리 대단하다고 그래! 진메이가 말했다. 사부님의 사부님은 틀림없이 황진룽의 똘마니 깡패였을 거예요. 사부가 말했다. 그렇게 함부로 말하는 게 무슨 의미가 있겠니? 우리 사부님은, 말하자면 과거에 청방 소속이셨어. 노동자 봉기에도 참여했지. 진정한 3대 무산계급이셨어. 애석하게도 해방이 되기 전에 세상을 떠나셨지. 진메이가 말했다. 사부님 속마음을 정말 모르겠네요. 왜 애들에게 안 좋은 걸 가르치시는 거예요. 사부가 말했다. 나는 지금 생리위생 수업을 하고 있는 거야. 알아? 여자가 어떤 존재인지 내가 알아서 가르쳐야지. 나는 사부니까 가르치는 게 당연한 거야. 그게 바로 내 책임이라고.

이때, 술과 안주는 절반밖에 남아 있지 않았다. 샤오룽싱이 말했다. 방금 누군가 샤오마오의 친구를 속인 일에 관해 얘기하고 있었어요. 샤오마오가 말했다. 맞다, 제 친구가 하나 있는데 집에 피아노가 한 대 있었거든요. 그런데 누군가 가져가버렸어요. 사부가 말했다. 피아노가 있는 집이라면 대부분 자산계급일 거야. 그러니 맘대로 가져갈 수 있었겠지. 샤오마오가 말했다. 처음에 저는 양푸구의 마터우라는 애가 가져갔을 거라고 생각했어요. 하지만 마터우는 끝내 그런 사실을 인정하지 않더라고요. 그래서 젠궈를 포함한 친구들 몇 명과 함께 다양푸 가오랑교로 마터우를 찾아갔어요. 뜻밖에도 몇 마디 오가지 않아 싸움을 벌이게 되었지요. 마터우의 패거리는 숫자가 많아 우리를 제압하기에 충분했어요. 마터우가 씨익 웃으면서 제게 그러더군요. 푸퉈구의 무공이 뭐 그리 대단하다고 까부는 거야? 여자애들만도 못하면서 힘자랑을 하겠다고? 어깨에 힘만 주면 다 되는 줄 알아? 다양푸 사람들은 전부가 상하이 최고 수준의 싸움꾼들이라고. 모두가 최고를 다투는 사람들이란 말이야. 이곳 사람들은 절대로 겁을 먹지 않아. 사부가 말했다. 이런 발칙한 애송이 같은 놈들 보게! 샤오마오가 말했다. 결국 저희는 함부로 손을 쓸 수가 없었어요. 마터우가 순식간에 적지 않은 사람들을 불러모았더라고요. 손에 각철角鐵*과 쇠몽둥이, 수도 파이프 같은 것들을 들고 있었어요. 젠궈가 말했다. 각철은 그다지 희귀한 물건이 아니야. 지금 가장 유행하는 건 수도 파이프랑 용접한 삼각스크레이퍼, 신식 표창 같은 것들이라고. 사부가 말했다. 젠궈야, 권법을 배웠으면 권법에 충실해야지. 활에도 여러 가지 종류가 있듯이 사람도 제각기 다른 법이야. 그런 야만적인 애들하고는 부딪치지 않는 게 좋아. 목숨을 걸어야 하는 일이 발생할 수도 있거든. 젠궈는 아무 말도 하지 않았다. 사부가 잠시 생각에 잠겼다가 다시 입을 열었다. 앞으로 무슨 일이 생기면 샤오마오가 호출전화로 내게 연락하도록 해라. 샤오마오가 말했다. 네, 알겠습니다. 사부가 말했다. 솔직히 말해서 앞으로 이런 '상척각' 사람들의 일에는 관여하지 않는 게 좋아. 애당초 관여할 수도 없지. 작년에 가택수색 과정에서 우위안로五原路의 어느 사장이 살던 서양식 저택에서 작은마누라 여섯 명이 색출됐어. 해방되고 십 년이 훨씬 넘었는데도 그런 일이 있을 줄 누가 알았겠니? 바로 옆에 있는 우위안 재래시장에서는 한 남자에 대한 비판투쟁이 벌어졌어. 들리는 바에 의하면 평소에 여자를 좋아해 난봉꾼으로 찍혔대. 알몸으로 비판투쟁을 당하면서 가슴에 절인 고기를 한 덩이 매달았더니 파리들이 마구 달려들었대. 아주 공평한 처사지. 음탕한 놈

* 공작물을 선반, 보링머신 따위의 공작대 위에 고정하고 절삭공구의 일정한 각도를 유지하는 L자형 철판.

들은 그런 방법으로 다스리는 거야. 모두 말이 없었다. 룽건이 다소 수줍어하며 말했다. 사부님, 방금 목욕에 관해 말씀하시다가 절반쯤에서 중단하셨습니다. 진메이가 말했다. 룽건, 요강이 많이 찼지? 사부가 웃으면서 말했다. 역시 그런 유의 이야기이긴 하지만, 내게 룽디龍弟라는 사형이 하나 있었어. 당시에 알몸인 그가 안쪽 곁채에서 나왔는데 가슴에 파란 용머리가 하나 새겨져 있었지. 그 위에는 두 군데 핏자국이 나 있었어. 다들 룽디의 옷차림을 보고는 아무 말도 하지 않았지. 우리 사부님이 웃으면서 말씀하셨어. 남자들 몸에 문신을 새기는 것이 꽤 멋있고 그럴듯해 보이는 것 같구나. 옆집의 그 껄렁껄렁한 아가씨가 룽디만 좋아하면서 그의 얼굴이 꼭 토마토 같다고 말했거든. 샤오마오가 손가락을 꼽아가면서 말했다. 서열이 스물세번째인 천미성天微星 구문룡九紋龍 사진史進*이 룽디의 조장쯤 되겠네요. 사부가 말했다. 문신은 자화刺花라고 불렀어. 상하이 사람들이 피부에 문신을 새기는 것을 자청刺青이라 부르기 시작한 것은 송나라 때 시작된 게 아니라 외국 선원들의 관습이었어. 배가 뒤집혀 물에 빠져 물귀신이 되면 살은 썩어도 피부 가죽은 썩지 않기 때문에 나중에 시신을 건지면 누군지 알아볼 수 있게 되지. 이런 관습이 나중에 상하이 방회에 소개되자 모두들 좋아서 따라하게 된 거야. 예전에 어떤 바람둥이 아주머니는 젖꼭지 두 개에도 문신을 했다고 하더군. 진메이가 말했다. 그만하세요. 사부가 말했다. 과거에는 나도 문신을 좋아했지. 가슴팍에는

* 『수호전』에 등장하는 영웅.

관운장關雲長을 새기고 등에는 적토마를 새겨넣고 싶었어. 하지만 비용이 너무 많이 들어서 못했지. 솔직히 말하자면 너무 아플까봐 두려웠고, 밤중에 마누라가 보고 놀랄까봐 걱정이 돼서 못했어. 해방 후에 룽디는 몸에 새긴 그 시퍼런 용이 문제가 되자 전문가에게 부탁해서 전부 지워버렸어. 그 결과 온몸에 커다란 상처 자국이 남고 말았지. 날이 아무리 더워도 감히 옷을 벗지 못하는 것도 다 그런 이유 때문이야. 샤오마오가 물었다. 왜 지운 거예요? 사부가 말했다. 조계지도 마찬가지였어. 몸에 문신이 있는 사람들은 무조건 잡혀서 '홍콩에 갔거든.' 샤오마오가 물었다. 그게 무슨 뜻인데요? 사부가 말했다. 과거에 유행하던 은어야. 서양 감옥, 즉 순포방巡捕房에 잡혀가는 걸 말하지. 샤오마오가 말했다. 그렇군요! 사부가 말했다. 예전에는 은어가 아주 많았어. 조계지 순포巡捕를 '외국 불알' 혹은 '서양 원숭이'라고 불렀지. 이를테면 깡패도 베이징에서는 '토혼혼土混混'이라고 했고 일본에서는 '로닌浪人', 상하이에서는 '난인亂人'이라고 했지. 수갑은 '금팔찌', 은화는 '아랑阿朗', 각자角子는 '소마입사小馬立師'라고 했어. 밥을 먹는 것은 양곡을 맛본다는 의미로 '상창賞槍'이라 했고 술을 마시는 건 얼굴을 붉게 한다는 의미로 '홍홍면공紅紅面孔'이라고 했지. 말솜씨가 좋은 건 '앵도첨櫻桃尖', 두 사람이 말다툼을 벌이는 건 '투앵도鬪櫻桃'라고 했어. 나이든 여자를 '노해老蟹'라고 부르고 예쁜 여자를 '풍해楓蟹'라고 불렀지. 진메이가 물었다. 그럼 저 같은 여자는 뭐라고 불렀나요? 사부가 말했다. '호풍해好楓蟹'라고 불렀겠지. 진메이가 말했다. 정말 죽겠네요. 제가 게로 변하다니. 정말 듣기 안 좋아요. 맞다, 생각난 게 있어요. 제3작업장의 나이든 기술자를 늘 '옥해玉蟹'라고 부르던데 그건 무슨 뜻인가요? 사부가 말했다. 듣기 좋은 말인 것 같아? 어차피 '해蟹'는 여자를 뜻해. 알겠니? 진메이가 말했다. 저도 '옥해'가 도대체 무슨 뜻인지 알 것 같네요. 제가 말해볼까요? 사부가 말했다. 이 '옥玉'자는 듣기에는 좋지만 사실은 늙은데다 못생기기까지 한 여자를 말하지. 그러면서 돈은 있는 여자가 바로 '옥해'야. 샤오마오가 물었다. 사부님, 방금 절반쯤 말씀하셨잖아요. 그 룽디 아저씨 온몸에 청룡 한 마리가 새겨져 있는 걸 왜 지우려 했던 건가요? 사부가 말했다. 신사회에서는 룽디건 선원이건 몸에 문신이 있으면 무조건 불량배나 악질분자로 간주했거든. 샤오마오는 아무 말도 하지 않았다. 백주를 몇 잔 더 마신 진메이는 이미 눈빛이 흐려져 있었다. 그녀가 말했다. 오가는 얘기가 전부 지저분한 것들뿐이네요. 저랑은 생각이 통하지 않는 것 같아요. 사부가 물었다. 진메이, 뭔가 하고 싶은 말이 있나보구나? 진메이가 말했다. 어떤 여자가 목욕을 하면서 그 모습을 모든 사람에게 보여주려고 해요. 이 여자가 마음속으로 무슨 생각을 하고 있을까요? 사부가 말했다. 아마 그 여자는 그런 일을 해서 밥을 먹나보지. 진메이가 말했다. 남자는 여자를 질리도록 보았을 거예요. 하지만 제 생각에는 질리지 않는 경우도 있을 것 같아요. 딱 한 번 봤지만, 두 번, 세 번 생각나는 경우죠. 사부가 말했다. 그건 남자들의 생각이야. 여자가 뭘 안다고 그래? 양갓집 규수들이 뭘 알 것이며, 무슨 식견이 있겠어? 불당에 있는 여자들이 성격도 가장 온순하고 남자를 가장 잘 이해하는 편이지. 신기한 기교나 술책도 가장 많고 말이야. 전문적으로 어린 남자들을 가르치는 선생 역할을 하고 있지. 지금으로 치면 여교사라고 할 수 있겠네. 남자들을 보다 멋있게 만들어주니까 말이야. 과거에는 혼사가 정해져도 아무것도 할 줄 모르는 얼간이 신부들이 많았어. 그러다보니 신랑은 밤새 정신없이 손발을 움직여야 했지만 장님이 코끼리 만지는 식이었으니 무슨 맛이 있었겠어? 따라서 미리 배워두는 게 중요한 법이야. 진메이가 말했다. 정말 생각지도 못했네요. 우리 사부님께서 재팬(일본) 여자에게 가르침을 받았다니! 방금 제가 정말로 목욕을 했다면…… 흥, 정숙한 여자가 어떻게 그럴 수 있겠어요? 잔털이 다 곤두서네요. 사부가 진메이의 손바닥을 누르면서 말했다. 사실은 말이야, 이미 온갖 상상을 다 한 게 분명해. 보라고. 손가락이 떨리고 있잖아. 진메이가 허리를 구부리고는 교태어린 목소리로 말했다. 얘긴 그만하세요. 날이 정말 더운데다 황주를 마셨더니 더 얘기하시면 제가 졸릴 것 같거든요. 땀이 너무 난단 말이에요! 사부가 말했다. 자, 그럼 얘기는 여기까지 하자. 술도 거의 다 마셨으니 말이야. 젠궈와 룽건이 자리에서 일어섰다. 샤오마오는 탁자 모퉁이를 짚고 엎드린 채 미동도 하지 않았다. 샤오룽싱이 샤오마오를 잡아끌면서 말했다. 샤오마오, 정신 차려! 샤오마오가 억지로 몸을 일으켰다. 룽건이 말했다. 다들 가자고! 사부는 아무 말도 하지 않았다. 진메이가 탁자를 정리했다.

이때, 밖에서 탕탕탕 요란하게 뭔가 두드리는 소리가 들렸다. 사부가 물었다. 누가 석쇄를 돌리고 있는 건가? 샤오마오도 놀라움을 감추지 못하면서 정신이 번쩍 들었다. 모두 문밖으로 나가보왔다. 해가 뜨겁게 내리쬐는 가운데 만조가 진행되고 있었다. 순시정 한 척이 쑤저우하 옆에 정박해 있고 한 무리의 젊은 남녀가 전부 운동복 차림에 후이리回力 탁구화나 네덜란드식 구두를 신고 있었다. 어떤 사람은 등에 커피색 가죽 커버에 싸인 사각렌즈 사진기를 메고서 집 앞 공터에 서 있었다. 시멘트 제방 옆에는 젊은이 둘이 석쇄를 휘두르고 있었다. 그 가운데 하나는 신체가 건장하고 근육이 잘 발달되어 있었지만 아무리 봐도 풋내기임이 틀림없었다. 석쇄를 허공으로 던져놓고는 한 번도 제대로 받지 못했던 것이다. 사부가 낮은 목소리로 말했다. 보기만 해, 아무 말도 하지 말고. 석쇄가 몇 번 허공을 돌다가 바닥에 떨어졌다. 하마터면 제 발등을 찍을 뻔했다. 손이 가는 대로 또다른 작은 석쇄를 들어올려 강물 쪽으로 던지자 하나는 바닥에 떨어지고 하나는 제방에 부딪히더니 땅바닥에 떨어졌다. 또다른 사람도 있었다. 키가 190센티미터쯤 되어 보이는 거구였다. 역기를 들어올리려면 대나무 막대가 바벨 막대보다 훨씬 더 굵어야 했다. 기능도 완전히 달랐다. 요령을 터득하지 못했는지 결국 두 손으로 높이 들어올리자 몸이 앞으로 약간 밀리면서 역기를 떨어뜨려 하마터면 강물 속으로 굴러 떨어질 뻔했다. 역기는 쾅 소리와 함께 방파제 위를 때렸다. 이때 사부가 천천히 앞으로 나서면서 말했다. 이보게, 젊은 친구, 그 석쇄와 역기는 모두 주인이 있는 걸세. 예의 좀 갖추시게. 젊은이들이 고개를 돌려 사부를 위아래로 훑어보았다. 키가 190센티미터인 청년이 말했다. 내가 휘둘렀소. 그게 어쨌다는 거요? 이런 토팔로土八路* 시골뜨기 영감 같으니! 사부가 말했다. 입을 좀 깨끗이 청소하고 다녀야 할 것 같구먼! 키가 190센티미터인 청년이 다가와 갑자기 주먹을 휘두르기 시작했다. 사부가 주먹을 받아 획 돌리자 상대방은 그대로 땅바닥에 고꾸라지고 말았다. 또다른 사람이 달려들자 젠궈가 다리를 걸어 땅바닥에 쓰러뜨렸다. 술기운이 싹 가신 샤오마오도 나서 한쪽 무릎으로 상대방의 얼굴을 찍어 눌렀다. 나머지 사람들은 미동도 하지 않았지만 너무나 뜻밖이라는 표정들이었다. 사부가 키 190센티미터인 청년을 풀어주고 샤오마오를 한쪽으로 잡아끌면서 말했다. 모두 함부로 움직이지 말거라! 사람들 사이로 수염을 기른 청년 하나가 걸어나오며 말했다. 어르신께 무공이 있으시군요. 제가 어느 단위에서 일하는지 아시겠지요? 사부가 말했다. 상하이 체육조반사령부에서 왔나보군. 수염 기른 청년이 말했다. 맞습니다, 너무 화내지 마십시오. 저는 오늘 어르신의 진정한 석쇄 공력을 보고 싶어 왔습니다. 사부가 말했다. 마음대로 내 땅에 들어와 우리집 물건들을 건드리는 건 무슨 의도요? 청년이 말했다. 죄송합니다, 제가 배상하겠습니다. 청년이 목소리를 낮춰 한마디하자 누군가 모터보트를 향해 뛰어갔다. 수염 난 청년이 말했다. 자, 어르신, 한번 보여주시지요. 사부가 말했다. 지금 난 황주를 많이 마신 터라 몸을 제대로 움직일 수 없소. 젠궈, 이리 와서 네가 보여주도록 해라. 젠궈가 손바닥에 침을 퉤 튕기고는 석쇄를 가볍게 들어올려 어깨 위로 올렸다가 머리를 약간 숙여 한 바

* 부대번호도 없고 서열도 없으며 팔로군의 지휘를 받지 않지만 군복을 입을 수 있고 군량을 징발할 권리가 주어지는 비정규군을 말한다.

퀴 돌자, 석쇄가 머리와 목 주위를 한 바퀴 돌더니 점점 세게 돌기 시작했다. 어깨를 앞으로 숙이거나 뒤로 젖힐 때마다 석쇄가 도는 속도가 빨라졌다 느려지기를 반복했다. 누군가 환호성을 질렀다. 젠궈가 몸을 약간 낮추자 석쇄가 어깨에서 천천히 미끄러져 허리로 내려왔다. 그런 다음 자연스럽게 다시 목뼈 쪽으로 올려 어깨를 한 번 돌리고 두 손으로 받아내자 석쇄는 가볍게 땅바닥에 내려앉았다. 이어서 한 손으로 커다란 석쇄 하나를 들어 세 번 던졌다 세 번 받아냈다가 네번째로 던졌다. 석쇄가 허공에 머무는 사이에 젠궈가 머리를 한쪽으로 숙이고 바닥에 앉자 커다란 석쇄가 안정적으로 그의 어깨 위로 내려앉아 조금도 움직이지 않았다. 몇몇 사람들이 박수를 치면서 훌륭하다고 소리를 질러댔다. 젠궈가 몸을 약간 앞으로 구부리자 커다란 석쇄는 자연스럽게 땅바닥에 떨어졌다. 젠궈는 석쇄를 한쪽에 잘 치워두었다. 수염 난 사내가 말했다. 어르신, 싸우지 않고는 친구가 될 수 없다는 말이 있지 않습니까? 저희랑 친구 하시죠. 사부는 아무 말도 하지 않았다. 젊은이 하나가 모터보트에서 텐션 스프링 두 개를 꺼내 왔다. 수염 난 사내가 이를 사부에게 건네면서 말했다. 죄송하지만 사령부 3분부로 오셔서 권법의 비법을 좀 가르쳐주십시오. 제가 이곳에 모터보트를 한 대 가지고 왔으니 이런 기회에 그걸 타고 강 위를 한 바퀴 도시는 건 어떨까요? 사부가 두 손을 앞으로 모아 읍揖하면서 웃는 낯으로 말했다. 저는 거친 사람이라 수영을 할 줄 모릅니다. 쑤저우하에 빠지면 물귀신이 되는 수밖에 없지요. 성의는 감사합니다만 나중에 다시 얘기하기로 합시다.

# 14장

## 1

캉 사장은 오후 연회를 마치고 세 원로 사장을 데리고 사업 얘기를 하기 위해 서둘러 쿤산으로 갔다. 캉 사장 부인은 여자 식구들과 부인 일행 네 명을 데리고 비즈니스용 차 한 대로 화팅로의 이세탄백화점에 가서 쇼핑을 했다. 제각기 크고 작은 쇼핑백을 손에 들고 있었다. 캉 부인이 전부 계산하고 이어서 힐튼호텔로 애프터눈 티를 마시러 갔다. 네 사람이 자리잡고 앉자 구 부인이 북방 사투리로 말했다. 상하이의 미스 왕, 그러니까 훙 사장과 훙 부인은 어째서 점심 때 모습이 보이지 않은 거죠? 캉 부인이 북방 사투리로 말했다. 그 여자는 최근에 상황이 별로 좋지 않아요. 뒷공론인 셈이지만, 미스 왕은 남편과 함께 사교에 나서는 걸 좋아하지 않는대요. 취미 활동을 다른 걸로 바꾼 모양이에요. 루 부인이 북방 사투리로 말했다. 상하이 여자들은 어디로 튈지 몰라요. 구 부인이 말을 받았다. 우리 캉 부인은 정말 현숙하고 우아하신 모습이 도무지 상하이 여자 같지 않아요. 캉 부인이 웃으면서 말했다. 저는 집안일이 많아서 그래요. 구 부인이 말했다. 먼저 들어가세요. 우리를 반나절이나 데리고 다니시느라 힘드셨잖아요. 저녁은 우리가 알아서 해결해도 돼요. 캉 부인이 사람들의 표정을 살피더니 공손하게 편지봉투를 하나 꺼내 다탁 위에 내려놓으며 말했다. 약소하게 준비했어요. 부담 갖지 말고 다 같이 쓰도록 하세요. 세 부인은 몇 번 사양하는 척하다가 몸을 일으켜 감사의 인사를 건네고는 자리를 뜨는 캉 부인을 눈으로 배웅했다.

이때, 구 부인이 곧장 미스 왕에게 전화를 걸어 몇 마디 나누었다. 삼십 분쯤 지나 미스 왕이 사뿐사뿐 걸어들어와 자리에 앉으며 사람들에게 인사를 건넸다. 구 부인이 북방 사투리로 말했다. 오랜만이에요. 더 멋있어졌네요. 미스 왕이 북방 사투리로 말했다. 이제야 알았어요. 북방 사투리로 멋있어졌다는 말이 아름답다는 뜻이라는 걸 말이에요. 구 부인이 말했다. 제가 소개할게요. 이분은 타이완에서 오신 린 부인이에요. 미스 왕이 빙긋이 웃었다. 구 부인이 말했다. 최근에 상하이에서 부창부수夫唱婦隨*에 반대하는 운동이 벌어지고 있어요. 운동의 추세가 어떤지 우리도 좀 알아둘 필요가 있을 것 같아요. 미스 왕이 웃으면서 말했다. 틀림없이 캉 부인이 허튼소리를 한 걸 거예요. 구 부인이 말했다. 남편이 와이프

* 여기선 아내가 무조건 남편의 결정에 따르는 맹종을 지적하는 말이다.

를 대동하는지 아닌지는 정말 문제가 되지 않아요. 하지만 와이프가 남편을 내치고 혼자 외출할 수 있는 경우는 동창회밖에 없지요. 루 부인이 북방 사투리로 말했다. 풍류를 즐기는 자리는 정말로 불편할 때도 있어요. 자매들께서는 어떠신가요? 마음이 집 걱정으로 가득차겠죠? 린 부인이 타이완식 중국어로 물었다. 사교의 자리에 부부가 함께 나가는 것은 당연한 일 아닌가요? 미스 왕이 물었다. 모두들 다른 얘기를 좀 하는 게 어떨까요? 구 부인이 말했다. 우리는 상하이 개혁의 경험을 배울 필요가 있어요. 서로 교류를 해야 하잖아요. 린 부인이 말했다. 대륙 사람들은 만나서 교류에 관한 화제가 나왔다 하면 제게 묻는 것이 으레 통파統派냐 독파獨派*냐, 남파藍派냐 녹파綠派냐 하는 것이었어요. 미스 왕이 머리칼을 만지작거리며 말했다. 정치가 무슨 재미가 있어요? 여자들에게 필요한 것은 정과 인연, 마음, 환경 같은 것들이잖아요. 구 부인이 말했다. 저도 그런 얘기를 듣고 싶어요. 미스 왕이 말했다. 한 달 남짓 됐을까요, 저는 상하이의 풍류 여인들 몇몇과 함께 창수에 갔었어요. 거기서 나이든 상하이 남자와 엮이게 되었죠. 아주 자극적이고 격정적이었어요. 결국 소란이 벌어지면서 즐겁지 않게 흩어져 질투와 미움의 대상이 되긴 했지만 아주 오래 잊히지 않더라고요. 제가 이래 봬도 기억력도 좋고 식견도 제법 있는 편이거든요. 루

---

* 타이완 사람들의 정치적 성향은 크게 중국 본토와의 통일을 주장하는 통파와 대륙으로부터의 완전한 독립을 주장하는 독파로 분류된다. 통파 정당인 국민당의 상징색은 파란색이고 독파 정당인 민진당의 상징색은 녹색이라 남파와 녹파로 구분하여 칭하기도 한다.

부인이 말했다. 다른 여인들과 서로 질투해서 다툼이 벌어진 것 같군요. 미스 왕이 말했다. 여자들의 입장은 정말 어려운 것 같아요. 남편과 함께 집을 나서면 어떤 모습을 보이든 아무런 문제도 발생하지 않지만 혼자 나오면 똑같은 행동을 해도 문제가 생기고 말거든요. 상하이 말로 하자면 여우 같은 여자라고 할 수 있지요. 화냥년이 되는 거예요. 구 부인이 말했다. 여우 같은 여자라는 말은 전국적으로 통용되는 표현이에요. 그 결과는 어땠나요? 나이든 남자와 엮인 게 어땠어요? 어차피 미스 왕은 미스 왕의 방식이 있겠지만 우리 방식대로 말하자면 조금 억울하셨을 거예요. 미스 왕이 웃으면서 말했다. 편하게들 말씀하세요. 린 부인이 말했다. 이야기를 들으니 무척이나 특별한 케이스인 것 같네요. 미스 왕이 말했다. 그냥 보통이에요. 구 부인이 물었다. 나이든 남자들은 상대방에 대해 비교적 냉담하지 않나요? 루 부인이 물었다. 가정이 없으신가요? 미스 왕이 말했다. 어머나, 제가 차를 한 모금도 안 마시면서 정신없이 떠들어댔네요. 구 부인이 차를 권하면서 말했다. 자, 우선 목부터 축이고 천천히 말씀하세요. 미스 왕이 말했다. 사실 뭐 그리 특별한 것도 없어요. 단지 그런 분위기가 있었다는 것뿐이에요. 확실히 보기 드물게 진한 분위기였을 것 같아요. 세 부인이 일제히 미스 왕을 쳐다보았다. 호기심 가득한 표정들이었다.

미스 왕이 잠시 생각에 잠겼다가 말했다. 먼저 전화 한 통 하고요. 미스 왕이 혼자 나가서 통화하고 다시 자리로 돌아왔다. 구 부인이 말했다. 정말 구미가 당기는군요. 미스 왕이 말했다. 제가 방금 말했던 그 나이든 남자가 공교롭게도 최근에 상하이에 와 있더라고요. 그와 저녁에 약속을 잡아 우리 모두 즈전위안에서 함께 식사를 하면 어떨까요? 구 부인이 말했다. 그것도 괜찮겠네요. 미스 왕이 말했다. 제가 방금 약속을 잡았어요. 구 부인이 고개를 끄덕이며 말했다. 잘했어요. 루 부인이 말했다. 방금 말했던 그 분위기가 계속 이어지는 거네요. 미스 왕이 웃으면서 말했다. 말하자면 좀 창피하지만, 그때 저는 창수에 도착하자마자 술에 취해 쓰러졌었어요. 오후에 약간 정신을 차리긴 했지만 여전히 몽롱하고 흐릿했지요. 제가 꽃무늬가 조각되어 있고 휘장이 달린 침대 위에 누워 있더군요. 께느른하게 몸을 일으키자 나이든 남자가 찻잔을 들고 들어와서는 레코드판을 틀어놓고 목욕물을 준비해주더라고요. 아주 자상하고 주도면밀한 모습이었어요. 결국 둘이 창가로 가서 어깨를 나란히 하고 앉았지요. 주변에는 자명종이 있고 우아한 정취를 자아내는 다탁이 하나 놓여 있었어요. 고풍스러운 분위기 속에 단향목 향기가 감돌았지요. 나이든 남자가 레코드판을 몇 장 바꾸는 사이에 유성기가 천천히 돌아갔지요. 첫번째 노래는 가사가 이랬어요. 당신이 돌아오기를 기다려요/ 당신이 돌아올 날만 생각해요/ 빨리 돌아와 제 마음을 열어주세요/ 당신은 왜 돌아오지 않는 건가요/ 당신이 돌아오기를 기다릴 거예요/ 돌아오지 않으면 봄날도 다시 오지 않아요. 린 부인이 말했다. 아, 바이광白光*의 옛 노래군요. 미스 왕이 말했다. 창가에 앉아 아래를 내려다보니까 푸른 기와와 건물들의 용마루가 보이고 그 사이사이에 천정들이 자리잡

* 1921년 베이징에서 태어나 16세부터 연예계 활동을 하면서 한 시대를 풍미한 가수.

고 있더군요. 동쪽에는 전통극 무대가 설치되어 있어 배우가 연주에 맞춰 창을 이어가고 있었어요. 수를 놓은 귀여운 금련金蓮*과 입구가 둥근 검정 천 신발, 하얀 양말이 다 보이더라고요. 서쪽 회랑回廊에는 함께 온 여인들이 적지 않게 앉아 있었어요. 제각기 다른 다양한 신발을 신고 있더군요. 나이든 남자가 꽃무늬가 아로새겨진 창문을 열자 쑤저우의 곡조가 들려왔어요. 가사가 북방 사투리로 번역되어 있더군요. 방으로 돌아와 비녀 춘향春香을 상아 장식 침대에 누이니 마음속 아픔이 끝이 없네. 이때부터 그녀는, 하루에도 수없이 가슴 졸이니, 마름꽃 아로새겨진 경대에 비친 자태가 너무나 초췌하네.

세 부인은 조용히 입을 다물고 있었다. 미스 왕이 농담처럼 물었다. 북쪽에 계신 중요한 지도자께서 세상을 떠나면 이렇게 숙연한 분위기가 될까요? 린 부인이 말했다. 곡조에 담긴 정감이 아주 훌륭하네요. 저는 원래 프랑스 커피를 한 잔 마시면서 갑판 위로 해가 지고 초원 위에 별이 몇 개 뜨는 풍경을 바라보는 것이 정감 넘치는 분위기라고 생각했는데, 술자리에서도 풍격이 하늘과 땅 차이로 달라지는군요. 여인이 아주 오래된 골동품 침대에서 흐늘흐늘 깨어나 복숭아꽃처럼 교태어린 얼굴로 힘없이 누워 있는데 노신사 하나가 옆에서 충실하게 시중을 들면서 향을 피우고 목욕물을 데워주고 창문 아래서는 현악기 연주에 맞춰 노랫소리가 들려오고 가을바람이 구슬피 운다면 백오십 년 전 양강兩江** 총독

* 전족을 한 작은 발.

의 세번째 첩이 누렸던 호사도 부럽지 않겠네요. 구 부인이 말했다. 정말 재미있네요. 미스 왕이 말했다. 삶이란 평담할 것도 없고 신기할 것이 없는 것 같아요. 그래서 재미라도 있어야 하는 것이죠. 루 부인이 말했다. 그것도 미스 왕이니까 그런 대접을 받지 우리 같은 사람들이 어떻게 감히 그런 호사를 누리겠어요? 구 부인이 말했다. 취한 건 차치하더라도 상하이의 나이든 남자들은 항상 집주인의 예를 다하는 것 같아요. 옥과 향을 소중히 하듯이 여자들을 소중히 여겨 온갖 정성을 다하잖아요. 우리 지역에는 일반적으로 거친 장비張飛 같은 남자들이 많아요. 완阮씨 형제나 노지심魯智深 같은 남자들도 많고요. 완력은 하나같이 대단하지만 남녀의 일은 형편없어요. 속전속결로 끝나버리지요. 린 부인이 말했다. 그래도 노지심은 맨손으로 버드나무를 뽑을 정도로 힘이 셌지만 여색을 가까이하진 않았어요. 루 부인이 말했다. 개고기를 먹으면 여색을 가까이하지 않을 수 있대요. 그래서 〈수호전〉을 재미있다고 하는 건가봐요. 구 부인이 말했다. 지난번에 우리 남편 따라 상하이에 갔을 때, 한 고객이 저희를 카바레에 데려갔어요. 룸 안에 남녀 여럿이 둘러앉아 극품남極品男과 극품녀極品女에 관해 얘기했지요. 저는 중간에 자리를 떴어요. 사실 저는 극품이 뭔지 몰랐거든요. 루 부인이 말했다. 젊어야 극품이 될 수 있어요. 여자는 나이가 스물을 넘지 않아야 하고 남자는 스물여덟을 넘지 않아야 하죠. 구 부인이 말했다. 아주 저속하군요. 음으로 양을 보완하는 거네

** 청나라 초기 가장 번성했던 강남(江南)성과 강서(江西)성을 지칭한다.

요. 인도의 신유神油*는 어때요? 제 말은 어떤 경지, 기세를 말하는 거예요. 린 부인이 말했다. 이 이야기에서 말하는 남녀는 상하이의 극품이에요. 제게 타이완 친구가 하나 있는데 부정적인 글을 많이 써요. 그녀는 상하이의 남녀가 이미 변형되었다고 하더군요. 구 부인이 말했다. 그 글은 저도 읽어봤어요. 상하이 남자들은 아침에 일어나면 가장 먼저 가래침을 한 번 뱉은 다음, 마누라의 팬티를 빨고 나가서 갈치를 한 마리 사 온다고 하더군요. 린 부인이 웃으면서 말했다. 네, 맞아요. 그런 내용이 있지요. 그래서 상하이 문인들이 집단적으로 그를 공격했다고 해요. 상하이 남자들의 풍격을 왜곡하고 상하이 남자들의 얼굴에 먹칠을 했다면서 한동안 요란하게 떠들어댔대요. 친구는 그런 상하이 문인들의 글들을 모아 자신의 원문과 함께 뭇별들이 달을 떠받드는 것처럼 포장하여 책으로 냈지요. 당시에 저는 그 책을 상하이에 있는 바오寶 사장한테도 한 권 보내줬어요. 바오 사장은 너무나 똑똑해서 금세 이 책의 의미를 간파하고는 고소를 금치 못했다고 하더군요. 미스 왕이 물었다. 바오 사장이란 분이 아바오**를 가리키는 건 아니겠지요? 제 친구거든요. 린 부인이 말했다. 그분 맞아요. 바오 사장은 안목이 정말 뛰어나요. 그는 이 글이 얼핏 보기에는 남자들을 비웃는 것 같지만 사실은 여자들에게 충분한 자유가 주어지면 절제를 할 수 있는지, 전통 여인의 가치와 극품 여자의 특징을 보존할 수 있는지, 아니

* 남녀의 성행위에 사용되는 보건용품으로 '부처의 향정(香精)'이라 불리기도 한다.
** '아바오(阿寶)'의 '아(阿)'는 특별한 의미 없이 친한 사이에 이름 앞에 붙이는 접두사이므로 빼고 말할 때도 있다.

면 계속 방종으로 치닫다가 결국에는 무법무천의 상태로 추락하는 것은 아닌지 하는 문제를 제기하고 있다는 점을 간파했지요. 여자들은 일단 변하기 시작하면 옆에 있는 남자에 따라 계속 변하거든요. 수십 년 동안 남녀평등과 여권신장이 이루어져 남녀가 같은 일을 하면 동등한 보수를 받게 되었고 반장천半邊天교육*이 이루어졌지요. 재래시장에서 장사하던 여자가 이제는 담이 커져서 메추라기 껍질을 벗기고 토끼뿐 아니라 돼지나 소를 잡을 수도 있게 되었어요. 여자 혼자 당나귀를 한 마리 잡을 수도 있지요. 바로 위 세대 여인들도 쇠를 단련하여 강철을 만들었고, 산을 열고 길을 닦는 공사에서는 석공으로 일하기도 했으며, 대형 버스를 몰면서 후세에 역사적인 자립관의 유전자를 물려주었지요. 게다가 경제적인 지위가 올라가면서 돈을 얼마나 버는지는 차치하고 무엇보다도 자신감이 팽배하여 이른바 정신의 독립을 이뤘다는 것이 분명한 사실이에요. 겉으로 얼굴에 수염이 나지 않고 가슴과 허리, 엉덩이 둘레를 중시하면서 매일 명품 립스틱으로 입술을 칠하지만 내면은 점점 남성화되고 신변의 남성들이 오히려 점차 여성화되는 경향을 보이고 있지요. 여성이 강해지면서 남성들이 기세가 오히려 쪼그라드는 거예요. 당시에 바오 사장은 이러한 변화를 통찰하고는 남자들을 돌이라고 한다면 여자들의 뛰어난 능력은 부드러운 수단이자 천천히 진행되는 공력이라 할 수 있다고 말했어요. 이를테면 물

* 사람은 누구나 평등하고 남자와 여자는 각각 하늘의 절반이라는 취지의 남녀평등 교육.

은 겉으로 보기에는 너무나 연약한 것 같지만 천하의 모든 사물은 물보다 강하지 못하다는 것이죠. 구 부인이 물었다. 그게 무슨 뜻인가요? 린 부인이 말했다. 수면은 가장 조용하잖아요. 국어 수업 시간에 이런 말을 들었던 것 같아요. 물이 잔잔할 때는 가는 비단실 같고 소용돌이칠 때는 호랑이 눈과 같다고요. 물이 흐를 때는 커다란 띠가 되고 벌떡 일어서면 산 같은 옥玉이 되며, 잘난 체할 때면 용 같고 화가 나면 천둥 같다. 뿜으면 안개가 되며 빨아들이면 바람이 된다고요. 루 부인이 말했다. 아니에요, 틀렸어요. 산이나 홍수처럼 폭발하면 더욱 사람들을 두려움에 떨게 하지요. 그게 바로 상하이 사람들이 말하는 '자노호雌老虎' 아닌가요? 린 부인이 말했다. 대부분의 경우 물은 더없이 부드럽지요. 아무리 차올라도 아무 소리가 나지 않아요. 위층 수도관이 망가지면 아침에 일어나보면 발이 잠길 정도로 물이 고여 있잖아요. 물에 소리가 있나요? 바오 사장이 아주 은밀하고 비밀스러운 공력이 천천히 진행된다고 말한 것은 바로 물방울이 오래 계속 떨어지면 바위도 뚫을 수 있다는 이치를 상기시킨 거예요. 대단하죠? 이것이 바로 여인들의 본성이기도 해요. 그런데도 겉모습은 항상 우아하고 조용하지요. 남자들이 전부 딱딱한 돌이라면 두 개의 돌이 부딪치기만 해도 사방에서 불꽃이 튈 거예요. 루 부인은 빙긋이 웃었고 미스 왕은 말이 없었다. 구 부인이 말했다. 일리 있는 말씀이네요. 린 부인이 말했다. 물은 여자들 스스로 알지도 못하고 느끼지도 못하는 큰 힘이 있을 거예요. 돌은 전혀 알지 못하는 힘이지요. 결국 그 힘에 깎여서 자갈이 되고 마는 것이지요. 이처럼 정교한 물에 의한 마모력에 잡석들이 고개를 끄덕이게 되는 것이고요. 루 부인이 풋 하고 웃었다. 구 부인이 말했다. 좋은 가르침을 받은 것 같네요.

이때 미스 왕이 혼자 중얼거리듯이 말했다. 알고 보니 린 부인도 아바오와 아는 사이셨군요. 린 부인이 말했다. 훙차오虹橋에서 오 년 살았거든요. 나중에 우리 남편을 따라 북방으로 가서 일을 하게 되었지요. 왜요? 미스 왕이 말했다. 세상은 참 좁은 것 같아요. 그 이야기를 한 게 후회되네요. 우리 이 일은 여기까지만 얘기하기로 해요. 다른 사람들에게 전해지면 골치 아파질 수도 있거든요. 린 부인이 말했다. 안심하세요. 오늘 아바오를 만나도 이 일에 대해서는 단 한 자도 언급하지 않을 테니까요. 게다가 우린 서로 사오 년 정도 못 만난 사이예요. 구 부인이 편지봉투를 탁탁 치면서 말했다. 차라리 지금 전화해서 저녁에 모이도록 하는 게 어떨까요. 우리가 사는 거예요. 나이든 상하이 남자들과 아바오 사장도 초대하고요. 어때요, 아주 좋은 생각이죠? 미스 왕은 말이 없었다. 린 부인이 물었다. 그래도 될까요? 루 부인이 말했다. 빨리 아바오 사장한테 전화해요. 미스 왕이 말했다. 그게 말이에요. 린 부인이 부끄러운 듯이 말했다. 그럼 제가 걸게요. 린 부인이 아바오와 통화했다. 상하이 사투리로 말했다. 아바오 사장님, 제가 누군지 알아맞혀보세요. 린 부인은 그렇게 선 채로 교태어린 웃음을 지으면서 통화를 이어갔다. 아바오는 그 자리에서 직접 즈전위안으로 와서 함께 식사를 하기로 결정했다. 두 사람은 이렇게 서로 다시 만나게 되었다. 린 부인이 전화를 끊자 구 부인이 물었다. 옛 애인과 얘기하면서 어쩌면 그렇게 애교가 넘칠 수 있어요? 린 부인이 말했다. 저의 이 어설픈 양징방洋涇浜*식 상하이 말을 들으면 금세 저라는 걸 알거든요. 그래서 웃은 거예요. 루 부인이 말했다. 아주 깊이 감춰져 있던 비밀이네요. 알고 보니 상하이에 바오 씨 성을 가진 사람이 있었네요. 린 부인이 변명하려 했다. 미스 왕이 천천히 몸을 일으키면서 말했다. 깜빡한 일이 한 가지 있어요. 잠시 나갔다가 다시 올게요. 구 부인이 물었다. 왜 그래요? 미스 왕이 말했다. 금방 올 거예요. 구 부인이 미스 왕을 붙잡으면서 말했다. 어쩌면 바오 사장이 오면 기분이 별로 상쾌하지 않을 수도 있어요. 우리는 아무것도 모르니까 너무 개의치 마세요. 미스 왕이 말했다. 제가 뭘 두려워하겠어요? 아바오 씨는 예전에 저의 고객이었어요. 여러 해 사귄 친구라고요. 구 부인이 말했다. 일이 있으면 따로 얘기하면 되지요. 언젯적 일인데 그래요? 미스 왕은 다시 자리에 앉는 수밖에 없었다.

2

이날 황혼 무렵, 아바오가 즈전위안 홀에 도착하자 지배인이 말했다. 사장님은 외출하셨습니다. 아바오는 종업원을 따라 별실로 들어갔다. 안쪽 별실에 창수 쉬 사장이 외로운 모습으로 혼자 앉

* 상하이의 변두리로 이곳에서 사용하는 말은 표준 상하이 말이 아닌 어설픈 상하이 사투리의 대명사로 통한다.

아 있었다. 서로 눈이 마주친 두 사람은 잠시 멍한 표정으로 어색한 눈빛을 주고받았다. 아바오가 물었다. 제가 잘못 들어온 건가요 아니면 쉬 사장님도 린 부인을 아시는 건가요? 쉬 사장이 말했다. 저는 미스 왕에게서 전화를 받았어요. 외지 부인 세 분이 상하이에 오셨다고 하더군요. 잘못 들어오신 건 아닌 것 같아요. 예약자 이름에 성이 쉬인 사람은 저밖에 없었거든요. 아바오가 자리잡고 앉았다. 쉬 사장이 말했다. 아바오 사장님이 절 만나는 걸 꺼리신다는 건 잘 압니다. 아바오가 말했다. 무슨 그런 말씀을 다 하시나요? 저는 좀 바빴습니다. 제가 한번 모셨어야 했죠. 지난번에 창수에서 후한 대접을 받았으니 답례를 해야지요. 쉬 사장이 말했다. 지난번 창수에서 만났을 때는 제가 술을 너무 많이 마신 것 같습니다. 죄송합니다. 딩 사장님이 그러시더군요. 책을 내실 계획이시라고요. 아바오 사장님이 많이 도와주신다면서요? 도로가 있으면 갓길이 있기 마련이지요. 제가 사과를 드려도 너무 늦을 것 같네요. 종업원이 들어와 차를 따라주었다. 쉬 사장이 낮은 목소리로 말했다. 솔직히 말씀드리자면 남자들만이 진정한 지기가 될 수 있지요. 절 이해해주십시오. 아바오가 빙긋이 웃었다. 쉬 사장이 말했다. 여자들 앞에서 저는 일반적으로 나룻배에 불과해요. 여자들이 배를 타면 동쪽이든 서쪽이든 배가 움직이지요. 목적지에 이르면 여자들은 배에서 내립니다. 남자 친구들만이 관계를 오래 이어갈 수 있지요. 아바오가 말했다. 여자들은 배를 타면 대부분의 경우 내리려 하지 않잖아요. 부부선夫婦船이 되려고 하지요. 쉬 사장이 목소리를 낮춰 말했다. 제가 원하는 여자는 한 번도 배를 타지 않은 여자예요. 배에 탄 적이 있는 여자들은 필요 없어요. 예컨대 리리 같은 여자는 강가 다리 위에 쪼그려앉아 이리저리 두리번거리면서 멍청한 척하고 있으니 무슨 방법이 있겠어요? 아바오는 아무 말도 하지 않았다. 쉬 사장이 말했다. 배가 움직이면 배가 뒤집힐 걸 잊어버리고 머릿속이 쉽게 혼미해지지요. 배에 탄 여자에게 약간의 문제가 있다면 배의 업태를 바꿀 수도 있어요. 사람을 태우지 않고 화물을 나르는 거예요. 고구마를 실어나르거나 물고기를 잡을 수도 있고 우렁을 채취할 수도 있겠지요. 수로가 좋지 않고 파도가 높으면 두 사람의 주장이 많아집니다. 여자는 동쪽으로 가자고 하고 남자는 서쪽으로 가자고 우기지요. 여자는 면화를 싣자고 하고 남자는 누런 모래나 자갈을 실어야 한다고 주장하지요. 정말 골치 아픈 상황이에요. 골치만 아픈 게 아니라 허리도 아프고 등도 아프게 되지요. 결국 뱃바닥에 물이 새어들어오고 파도가 덮치면 무슨 좋은 결과가 있겠어요? 아바오가 말했다. 그런 상황이 되면 슬프긴 하겠지요. 쉬 사장이 말했다. 그렇다니까요! 그래서 제가 몇 번 뒤집힌 배 꼴이 된 거예요. 아바오가 소리 내지 않고 웃었다. 쉬 사장이 말했다. 아바오 사장님은 남녀의 이치를 아주 잘 알고 계시군요. 기본적인 원칙을 지키면서 흔들리지 않으시니 말이에요. 지금까지 자신을 잘 지키면서 안정적으로 동남童男으로 남아 있잖아요. 아바오가 웃으면서 말했다. 나이 서른이 넘었는데 어떻게 동남동녀가 있겠습니까? 쉬 사장이 말했다. 하긴 그렇군요. 맞는 말씀입니다.

여기까지 말했을 때, 종업원이 미스 왕과 구 부인, 루 부인, 린 부인 등을 안내하여 들어왔다. 방안에는 한순간 여인들의 향기가 가득했다. 서로 인사를 주고받고 소개한 다음 미스 왕이 자리를 배치했다. 구 부인이 상석에 앉고 그 옆에 창수의 쉬 사장이 앉았다. 미스 왕 맞은편에는 루 부인과 린 부인, 아바오가 앉았다. 문가 자리는 주인인 리리의 몫으로 남겨두었다. 간단한 전채가 상에 오르기 시작했다. 구 부인과 루 부인은 겉으로는 편안해 보였지만 두 사람의 네 눈은 빠르게 반짝거리며 쉬 사장을 살피고 있었다. 쉬 사장의 오랜 버릇은 낯선 여자 손님들을 만나면 의자를 가깝게 끌어다 앉는 것이었다. 하지만 이번에는 미스 왕이 의자 다리를 걸고 있기 때문인지 원래의 자리를 지키고 있었다. 미스 왕이 가까이 다가갔지만 쉬 사장은 비교적 냉담한 반응을 보였다. 다른 쪽에 앉아 있던 린 부인이 아주 짧은 순간에 쉬 사장을 살피면서 빙긋이 미소를 짓다가 고개를 돌려 아바오와 지난 얘기를 나누기 시작했다. 구 부인이 북방 사투리로 말했다. 두 분 사장님께서 공사다망하신 가운데 이렇게 찾아주신 데 대해 먼저 감사의 인사를 올립니다. 이리하여 세 사람은 술을 마시기 시작했다. 쉬 사장이 북방 사투리로 말했다. 세 미녀분께서 상하이에 왕림해주시지 않았더라면 저는 지금 사무실에서 도시락을 먹고 있었을 겁니다. 미스 왕이 빙긋이 웃으면서 쉬 사장에게 음식을 건네주자 쉬 사장이 몸을 한쪽으로 비키면서 말했다. 미스 왕, 너무 가까이 붙으시는 것 같네요. 미스 왕이 쉬 사장을 향해 가볍게 눈을 흘겼다. 쉬 사장이 말했다. 우선 옆에 앉으신 미녀분께 술을 한 잔 올려야 할 것 같네요. 구 부인은 피하지 않고 쉬 사장과 건배한 다음, 옥 같은 얼굴에 미소를 머

금고 말했다. 오늘은 미녀인 것이 재난일 수도 있을 것 같군요. 저는 전류가 전혀 느껴지지 않으니까요. 쉬 사장이 종업원의 와인 주전자를 들어 구 부인에게 술을 가득 따라주었다. 미스 왕이 말했다. 이런 걸 북방 사투리로 이룡희주二龍戲珠*라고 하지요. 서로 허허실실의 방법으로 대응하는 거예요. 오늘은 서로를 잔뜩 치켜세워주더라도 부끄러워하거나 겸연쩍어하지 말기로 해요. 린 부인이 웃으면서 말했다. 아주 멋진 말씀이네요. 잘 기억해둬야겠어요. 구 부인이 말했다. 우리 세 자매가 함께 멋진 오빠 두 분께 술을 한 잔씩 올리는 게 어떨까요? 세 부인은 무척이나 즐거운지 얼굴이 발갛게 상기되어 있었다. 다섯 개의 술잔이 서로 부딪친 뒤 일제히 비워졌다. 쉬 사장이 말했다. 북방 여자분들과 술을 마실 때의 분위기가 가장 좋은 것 같아요. 구 부인이 말했다. 이전에 저는 줄곧 상하이 사람들이 쩨쩨하다고 생각했어요. 음식량이 너무 적어서 두세 젓가락이면 접시가 깨끗해지지요. 쑤저우도 마찬가지예요. 연밥죽 그릇도 아주 작고 빙당연와冰糖燕窩**도 코딱지만하지요. 지금은 북방의 음식 접시도 점점 작아지고 음식량도 줄어들고 있어요. 그래야 정갈하고 운치 있어 보인다면서 말이에요. 루 부인이 말했다. 제 남편은 상하이 토박이인 셈인데 월병도 아주 작은 걸 네 조각으로 나눠서 먹어요. 조그만 월병마저도 한입에 넣지 못한다니까요. 미스 왕이 말했다. 그런 얘긴 처음 듣네요. 루 부인이

* 용 두 마리가 구슬을 가지고 논다는 뜻.

** 제비집으로 만드는 중국의 전통 보양식품으로 가을철에 주로 먹는다.

말했다. 하늘이 달을 먹을 때는 한입에 삼키죠. 모두들 가볍게 웃었다. 린 부인이 말했다. 저는 어려서부터 권촌眷村*에서 자랐어요. 허베이河北 사람들과 둥베이東北 사람, 장쑤 사람들이랑 함께 지냈지요. 그 가운데 상하이 사람들이 가장 눈에 거슬렸어요. 광둥 사람들은 상어지느러미 노반撈飯**을 즐겨 먹었어요. 그런데 좋은 재료들로 만든 노반을 왠지 모르지만 커다란 그릇에 담아 단숨에 후루룩 먹어치우더라고요. 루 부인이 말했다. 처음 여기 왔을 때, 저도 실수 많이 했어요. 매번 몹시 쑥스러웠지요. 구 부인이 말했다. 상하이 석고문의 미남자들은 농탕 안에서 평생을 변하지 않고 함께 살 수 있어요. 미스 왕이 말했다. 루 부인은 물뱀 허리시라 길거리에서 사람들이 지나쳤다가 다시 뒤를 돌아볼 확률이 가장 높을 것 같군요. 루 부인이 말했다. 제가 이해할 수 없었던 것은 상하이의 파와 생강을 파는 노점에서 1펀에 가는 파를 세 가닥 주는 것이었어요. 우리 고향에서는 대파도 다발로 묶어서 팔거든요. 제가 상하이 친구 집에 갔을 때 도마 위에 가는 파 세 가닥이 놓여 있고 식구들이 오가면서 마음대로 집어먹는 것을 보았어요. 그 결과 아주머니가 생선요리를 할 때는 파가 보이지 않는 거예요. 그러자 한바탕 격하게 화를 내시더라고요. 그제야 저는 상하이 사람들은 생선

---

* 1949년 국공 내전에서 마오쩌둥에게 패한 국민당군과 그 가족들이 타이완으로 이주하는 과정에서 갑자기 늘어난 약 150만의 인구를 수용하기 위해 국민당 정부가 조성한 집단 주거지.

** 광둥과 산시 지역의 전통 음식으로 농촌의 주식에 속한다. 일반적으로 좁쌀에 영양이 풍부한 다양한 재료를 함께 넣고 찐 밥이라 할 수 있다.

요리를 할 때만 파를 사고 평소에는 아예 파를 먹지 않는다는 것을 알았지요. 쉬 사장이 말했다. 그럼 이번 토론회는 이걸로 마쳐도 되겠죠? 세 분 미녀께서 다 하지 못한 말씀이 있다면 마지막으로 한마디씩 하실 기회를 드리겠습니다. 미스 왕이 마음을 가라앉히며 말했다. 지금까지 술을 마시면서 줄곧 생각했어요. 세 미녀께서 어떻게 여길 오시게 되었는지를 말이에요. 구 부인이 말했다. 어머나, 이런, 큰 실수를 저질렀네요. 왕 언니께 술을 올리는 걸 잊었어요. 정말 죄송해요. 제가 먼저 올릴게요. 미스 왕이 말했다. 쉬 사장님은 술을 더 마시면 안 돼요. 더 마시면 일이 터지고 말 테니까요. 우리 린 부인께서는 어떻게 오시게 되었느냐 하면, 우리의 아바오 사장님과 사십여 년 만에 다시 만나게 된 거예요. 그 절절한 심정을 충분히 이해할 수 있을 것 같아요. 다른 사람의 기분까지 신경쓸 겨를이 없겠지요. 린 부인이 웃으면서 말을 받았다. 그럼 저는 아바오 사장님이 우리 전체를 대표해서 미스 왕에게 술을 한 잔 올릴 것을 제안합니다. 어때요? 미스 왕이 말했다. 저는 술을 한 방울도 안 마셨지만 다들 술기운에 얼굴이 장미꽃처럼 붉은데 제가 아바오 사장이랑 한 잔 마신들 무슨 의미가 있겠어요? 루 부인이 말했다. 아바오 사장님은 지금 린 부인으로부터 적지 않은 영향을 받았어요. 남자와 여자의 관계는 바위와 물이 서로 스치는 것과 같다는 이치를 조금도 실천하지 않았잖아요. 이렇게 해요. 쉬 사장님과 아바오 사장님이 서로 자리를 바꾸는 거예요. 아바오가 웃으면서 말했다. 네, 그래요. 좋습니다. 쉬 사장이 자리에서 일어나다가 옷이 의자에 걸렸는지 한순간 자세가 불안정해졌다. 린 부인이 황급히 손사래를 치면서 말했다. 저는 자리를 바꾸는 것에 동의하지 않아요. 아바오가 물었다. 왜요? 쉬 사장님이 그렇게 무서운가요? 린 부인이 아바오에게 가까이 다가가 낮은 목소리로 말했다. 무서워서 그래요. 쉬 사장님이 제 옆으로 오면 옆에 있는 질투의 화신이 어떻게 가만있겠어요?

## 3

아바오는 나중에야 그날 오후 리리가 밖에서 일을 처리하고 네 시 반에 머리를 하고 손톱 관리를 받다가 갑자기 호텔 조장으로부터 전화를 받았다는 사실을 알게 되었다. 조장이 쉬 사장과 아바오, 미스 왕 등이 호텔에 와서 식사할 예정이라고 말했다. 리리가 말했다. 알았어요. 전화를 끊은 리리는 미용실 복도로 몸을 피해 잠시 주저하다가 쑤안에게 전화를 걸어 사정을 얘기해주었다. 리리가 말했다. 제가 비밀탐정이 된 것 같네요. 쑤안이 말했다. 도와주셔서 정말 고마워요. 정말 공교롭네요. 밤에 저도 호텔에 한 번 갔었어요. 리리가 물었다. 무슨 일이 있었겠군요? 쑤안이 말했다. 걱정하지 마세요. 사람들을 데리고 가서 소란을 피우면서 미스 왕을 공격하는 것은 제 스타일이 아니에요. 제가 손을 쓴다면 즈전위안을 선택하진 않을 거예요. 리리가 말했다. 원한이 이 정도에 이르렀으니 그다지 가능성 있는 일은 아니겠지요. 하지만 미스 왕의 사람됨은 그래도 나쁘지 않은 편이에요. 쑤안이 말했다. 제가 어제 말했잖아요. 구체적인 상황을 리리 씨가 어떻게 알겠어요? 쉬 사장은 어떤 일에도 신경쓰지 않아요. 저는 상하이로 도망와서 미스 왕을 찾고 있는데 그녀는 저를 아예 거들떠보지도 않고 만나주지도 않고 말도 안 하고 있어요. 리리가 말했다. 무슨 일이 있으면 미스 왕 회사를 찾아가서 얘기하면 되잖아요. 쑤안이 말했다. 정도 없고 의리도 없는 곳엔 갈 생각 없어요. 저는 저녁에 음식점으로 갈 생각이에요. 쉬 사장이랑 미스 왕만 만나면 되니까요. 배시시 웃는 얼굴로 술 한잔 하는 건 괜찮겠지요. 리리가 말했다. 무슨 일이 있으면 잘 상의하도록 해요. 너무 열받지 마시고요. 쑤안이 말했다. 걱정 마요. 웃는 모습을 잃지 않을 테니까요. 리리는 전화를 끊고 거울 앞으로 돌아왔다. 갑자기 헤어스타일 전체가 눈에 거슬렸다. 미용사에게 불평해서 그런지 머리 모양이 영 마음에 들지 않았다.

여덟시가 다 되어서야 리리는 서둘러 즈전위안으로 달려갔다. 별실로 들어서기 전에 잠시 숨을 고른 그녀는 얼굴에 봄바람이 가득한 모습으로 방안에 들어섰다. 방안에는 쉬 사장과 부인들 몇몇이 함께 앉아 있었다. 이미 주흥이 무르익은 상태였다. 다들 리리를 향해 환하게 웃어주었다. 미스 왕이 자리에서 일어나 사람들을 소개했다. 종업원이 술을 따랐다. 리리가 북방 사투리로 말했다. 여러분, 이렇게 와주셔서 정말 감사합니다. 제가 늦어서 정말 실례가 많습니다. 미스 왕, 고마워요. 제 체면을 살려주셔서 말이에요. 모두 싱글벙글 웃으면서 술을 한 잔씩 들이켰다. 루 부인이 말했다. 우리는 지금까지 많이 마셨어요. 아바오 사장님은 오랜만에 다시 만난 타이완 미인을 앞에 두고도 계속 혼자 움직일 생각만 하시네요. 주흥이 별로 오르지 않으니 제가 아바오 사장님께 적어도 린 부인을 알게 된 낭만적인 경과에 관해 얘기해주실 것을 건의합니다. 린 부인이 말했다. 안 돼요, 안 돼! 미스 왕이 말했다. 낭만적인 이야기라면 좋지요. 린 부인이 비아냥거리듯이 말했다. 너무 과장된 얘기예요. 무슨 낭만이 있다고 그래요? 여러 사람이 프로젝트에 관해 상의하기 위해 서북 지역에 간 적이 있었어요. 내친김에 나무도 심었지요. 저는 남편이랑 같이 갔어요. 상하이 쪽에서는 아바오 사장님을 비롯해 여러 사람이 왔고요. 모두가 그렇게 함께 움직였어요. 상당히 피곤하고 추웠지요. 그렇게 모였다가 돌아온 것뿐이에요. 아바오가 말했다. 기간은 약 일주일 정도였는데 린 부인과 린 선생님이 약간 놀란 것 외에 별 큰일은 없었습니다. 린 부인이 말했다. 그만 얘기해요. 아바오가 말했다. 네, 그럼 그만하겠습니다. 구 부인이 말했다. 계속 얘기해보세요. 자세히 좀 얘기해달라고요. 그렇게 두루뭉술하게 얘기하면 누가 듣고 싶어하겠어요? 특히 그렇게 황량한 곳에 가면 문명사회의 부녀자들은 식민지 이야기나 춥고 황량했던 이야기, 위험한 바다 위에서의 이야기를 듣고 싶어하잖아요. 야만적이긴 하지만 그래야 진정한 감정이 생기니까요. 미스 왕이 말했다. 어서 얘기해보세요. 리리가 웃으면서 말했다. 그래요, 얘기해주세요. 아바오가 말했다. 가던 길의 어느 구간 양쪽이 전부 사막이었어요. 린 부인이 말했다. 얘기하지 마요, 창피해요. 아바오가 말했다. 기사가 설명해주더군요. 그곳이 과거 청나라 때 금을 캐던 곳이라고요. 린 부인이 말했다. 제발 그만하세요. 루 부인이 말했다. 린 부인은 끼어들지 마세요. 아바오가 웃으면서 말했다. 기사는 줄곧 경을 외웠어요. 얼마 지나지 않아 차가 비탈을 오르기 시작하더군요. 속도계가 70까지 올라갔는데 최고 속도는 20밖에 되지 않았어요. 쉬 사장이 말했다. 귀타장鬼打墻*이군요. 아바오가 말했다. 차가 이상하게 요란한 소리를 내더니 갑자기 흔들리기 시작하더군요. 그 와중에 언덕 위에서 적지 않은 돌들이 굴러내려왔어요. 헤드라이트를 켜보니 전부 죽은 사람들의 유골이더군요. 구 부인이 말했다. 어머, 큰일났네. 납량 파티가 시작되는군요. 아바오가 말했다. 아마 풍화 때문이었을 거예요. 오래된 무덤들이 한 층 한 층 모습을 드러내더라고요. 린 부인이 얼굴을 가리면서 말했다. 얘기하지 말라니까요, 너무 창피하단 말이에요. 더이상 듣고 싶지 않아요. 아바오가 말했다. 차가 방향을 틀자 타이어가 세 개나 펑크가 나고 말았어요. 기사는 간신히 두 개만 교체할 수 있었지요. 그런 다음 저를 데리고 언덕 꼭대기로 올라갔어요. 달빛 아래로 저멀리 희미하게 남루한 옷차림의 남자들이 보이더라고요. 땅바닥에 앉아 쉬는 것 같기도 하고 식사를 하는 것 같기도 했어요. 달빛이 노래서 그런지 머리칼이 황금빛으로 보이더군요. 기사가 작은 목소리로 말했어요. 저 사람들은 과거에 금을 캐다 죽은 귀신들인데 오늘밤 소란을 피우기로 마음먹은 것 같아요. 어서 개두의 절을 올리세요. 그러면서 기사는 열 번 넘게 땅바닥에 머리를 대면서 절을 올리고 기도를 했어요. 황금대선

* 악령 때문에 계속 한곳을 빙빙 돌면서 목적지를 향해 나아가지 못하는 것.

大仙들께 아뢰니다. 소인이 다음달에 꼭 지전을 태워드릴 테니 대선들께서는 소인을 편안하게 보내주시길 바랍니다. 제가 고개를 들어보니 눈앞에 달빛이 가득하더니 귀신들의 모습이 갑자기 희미해지고 잠시 후 완전히 사라지더군요. 우리가 차 앞으로 돌아와 보니 린 부인이 차 안에서 엉엉 소리 내어 울고 있었어요. 린 부인이 말했다. 바오 사장님이 너무 과장하는 거예요. 정말 창피해 죽겠네. 그만 좀 하시라고요. 아바오가 말했다. 모두가 놀랐죠. 린 부인의 남편은 입에 하얀 거품을 토하면서 온몸이 뻣뻣하게 굳어버렸더라고요. 기사랑 제가 재빨리 린 부인을 차 밖으로 끌어냈지요. 기사가 말했어요. 빨리 머리를 덮어요. 린 부인은 울면서 숨도 제대로 쉬지 못했어요. 린 부인이 말했다. 함부로 지어내서 말하지 말아요. 아바오가 말했다. 우리 세 사람은 얼른 황금대선들을 향해 개두의 절을 올렸어요. 그때 린 부인은 단숨에 개두를 서른 몇 번이나 하더니 나중에는 오체투지五体投地를 하시더라고요. 말리려 해도 말릴 수가 없었어요. 린 부인이 부끄러워하며 말했다. 다급한데 무슨 방법을 생각하겠어요? 안타깝게도 치마를 입고 있어 속살이 다 드러나버렸지요. 쉬 사장이 말했다. 속살이 다 드러났다면 정말로 현명하고 지혜로운 여인이시군요. 아바오가 말했다. 린 선생이 천천히 정신을 차렸을 때 기사가 앞바퀴를 확인해보니 뜻밖에도 공기가 남아 있는 거예요. 다들 다시 차에 올라 달리기 시작했지요. 속도계도 제대로 작동하는지 가속페달을 밟자 속도가 70에서 100 사이로 정확히 올라가더라고요. 구 부인이 물었다. 그다음엔 어떻게 되었나요? 아바오가 말했다. 그다음에는 차를 수리하고

린 선생을 병원으로 모시고 갔어요. 그런 다음 호텔로 돌아와 다음 날 헤어졌지요. 루 부인이 웃으면서 말했다. 정말, 눈곱만한 가십도 없었네요. 오늘 저녁 린 부인에게는 많은 위로가 필요할 거예요. 밤에 문을 두드리고 들어와 꼭 껴안고 뭔가 말해주는 사람이 없었을 테니까요. 린 부인이 말했다. 두 분 언니는 정말 부끄러움을 모르시는군요. 그런 상황에서 제가 어떻게 다른 생각을 갖고 금기를 범할 수 있었겠어요? 게다가 저는 평생 한 남자만 섬기는 여자라고요. 저는 기사에게 돈을 좀 주었어요. 저 대신 제사를 올리고 지전을 태워달라고 했지요. 아바오가 말했다. 당연히 그래야 했지요. 여기까지 말하고 나서 린 부인이 두 손을 십자로 모아 눈을 지그시 감고는 중얼거리듯이 말했다. 서방의 황금대선님들을 믿습니다. 대선님들께서 저를 지켜주시고 우리 모두를 편안하게 보살펴주세요. 다들 아무 말도 하지 않았다. 미스 왕이 말했다. 저는 그런 일을 당하면 정말로 개두를 하진 못할 것 같아요. 구 부인이 말했다. 정말 그럴 거예요. 쉬 사장이 말했다. 개두를 하지 않으면 남편을 보호할 수 없잖아요. 구 부인이 말했다. 말은 그렇게 하시지만 남편을 위해서라면 결국에는 개두를 했을 거예요. 아바오가 웃으면서 말했다. 그러지 않으면 차 안에 있는 사람들 모두 난처해질 테니까요. 쉬 사장이 웃으면서 말했다. 소의 머리를 눌러 물을 마시게 하려면 개두를 하지 않을 수 없지요.

모두 말이 없었다. 아바오가 헤어스타일이 바뀐 리리를 발견했다. 얼굴도 극도로 부자연스러웠다. 약간 긴장한 듯한 모습이었다. 그때 갑자기 별실 문이 열리고 가벼운 바람이 일더니 한 사람이 들어왔다. 리리는 미동도 하지 않았다. 갑자기 쉬 사장과 미스 왕의 얼굴빛이 변했다. 쑤안이 별실 안으로 들어선 것이었다. 아바오가 자리에서 일어나 인사를 건네며 그녀를 불렀다. 쑤안 씨! 리리가 고개를 돌리며 약간 어색한 표정으로 말했다. 귀한 손님이 오셨네요! 종업원, 여기 의자 하나 더 가져와요! 쑤안은 배시시 웃으며 미동도 하지 않다가 북방 사투리로 말했다. 아바오 사장님, 손님들 소개 좀 해주세요. 아바오가 세 부인을 소개했다. 쑤안이 아바오의 술잔을 저지하면서 상하이 사투리로 말했다. 지금 제가 하는 말을 알아들으시는 분은 외지인이 아니겠네요. 오늘 아침 제가 이곳에 온 것은 여러 차례 미스 왕을 찾았지만 계속 저를 피하면서 만나주지 않았기 때문이에요. 아무 말도 없이 말이에요. 미스 왕에게 한마디 묻고 싶어요. 창수에서 돌아온 지 이미 두 달이 되었잖아요. 미스 왕, 가슴이 좀 부풀어오른 것 같네요. 뱃속에는 아이가 있고요. 계속 자라고 있겠지요. 미스 왕, 한 가지만 물을게요. 언제 아이를 떼러 홍팡즈*에 가실 건가요? 이 아기는 반드시 떼야 해요.

* 산부인과 병원.

# 십오장

## 일

차오양 가공조에는 도합 다섯 대의 펀치프레스가 있어 양철 완구와 필통을 생산했다. 일부 장애인들은 간단한 철물 부품을 조립했다. 5호실 아주머니는 아바오의 동료였다. 마흔이 넘은 나이에 얼굴은 오이씨처럼 갸름하고 허리도 무척 가늘었다. 근면하고 온화한 성격에, 세 자녀를 키우고 있었다. 남편 창파昌發는 면방직 공장 노동자로 네모나고 각진 얼굴이었다. 공장의 적극분자인 그는 약간 난폭한 성격의 소유자였다. 이전에는 매일 아침 일찍 일어나 대문 밖에 놓인 작은 의자에 앉아 삼십 분 동안 『마오쩌둥 선집』을 세심하게 읽다가 5호실 아주머니가 와서 식사하라고 외치면 그제야 집으로 들어가곤 했다. 한번은 직장의 삼륜 인력거가 창파를 태우고 집에 왔는데 창파는 인력거의 철제 난간을 꼭 잡고 내리려 하지 않았다. 사람들이 구경하러 몰려들었다. 5호실 아주머니가 가까이 다가와 낮고 그윽한 목소리로 그의 이름을 불렀다. 창파! 그러자 창파는 반쯤 술이 깼는지 얌전하게 삼륜차에서 내려 비틀비틀 집으로 들어갔다. 샤오전의 동생 샤오창小强이 말했다. 5호실 아주머니가 배시시 웃고 방문을 꼭 닫고 나서 창파에게 뭔가 하라고 하면 군말 없이 그대로 하더라고. 샤오전이 말했다. 한번은 샤오창이 대나무 막대기에 물기가 많이 남은 밀가루 반죽을 붙여 매미를 잡으려고 버드나무 위에 올라갔다가 우연히 5호실 창문을 통해 창파가 닭털 한 가닥으로 5호실 아주머니를 간지럼 태우는 모습을 보게 되었대. 5호실 아주머니는 등나무 의자에 누워 두 다리를 쭉 뻗고 있었지. 닭털이 발바닥을 간질이자 5호실 아주머니는 흥 하고 콧방귀를 뀌더래. 그런데 닭털이 아래로 미끄러져내려와 발가락의 만곡부에 이르자 종아리가 가볍게 떨리더니 닭털이 반대쪽 발바닥을 간질이기 시작했대. 아주머니의 웃음소리가 들렸지. 버드나무 잎을 헤치다가 샤오창은 발바닥이 간지러워 하마터면 나무에서 떨어질 뻔했대. 이런 일은 주로 일요일에 일어났다. 5호실에는 딸이 셋 있었다. 세 딸은 일요일이 되면 전부 근처에 있는 작은 냇가로 가서 놀았다. 비가 오기라도 하면 세 딸은 나란히 문 앞에 멍한 표정으로 앉아 있었다. 이웃 사람들이 말했다. 첫째, 둘째, 셋째, 모두 집안으로 들어가. 어서 집에 들어가라고. 첫째가 말했다. 문이 잠겨 있어서 못 들어가요. 이웃 사람이 낮은 목소리로 말했다. 가서 문을 두드려. 문을 두드리면 열어줄 거야. 조금 큰 소리가 나게 두드려보라고. 자, 가서 문을 두드려. 첫째는 아무 말도 하지 않았다. 모두들 빙긋이 웃었다. 그다음해에는 첫째가 모든 걸 알게 되었다. 한번은 이웃 사람들이 첫째에게 문을 두드리게 하자 첫째가 갑자기 크게 화를 내며 즉시 말을 받아쳤다. 역병 걸린 미친년 같네! 깜짝 놀란 이웃도 당장 덩달아 욕으로 맞받아쳤다. 역병 걸린 미친년은 바로 너야! 다시 일요일이 되자 5호실은 여전히 문이 굳게 닫혀 있고 세 딸은 여전히 문 앞에 앉아 있었지만 이웃들은 아무 말도 하지 않았다. 그러다가 창파가 가벼운 중풍에 걸린 뒤로는 문을 닫아거는 일이 없었고 세 딸도 밖에 나오지 않게 되었다.

노동자 신촌의 생활은 탕 탕 탕 가공조가 침상을 두드리는 소리로 시작되었다. 하루 또 하루 똑같은 생활이었다. 인근의 후항滬杭 철도는 정말로 화물전용 역사의 이름 없는 철로처럼 수시로 찰칵 찰칵 소리와 끼익 끼익 금속성을 반복해 교차하면서 진동음을 냈다. 때마침 남풍이 불면 쑤저우하에서 뱃고동이 들려왔고 서풍이 불면 채소밭에 거름으로 뿌린 분뇨의 지독한 냄새가 날아왔다. 생일이나 명절을 맞으면 이웃집 열 가구를 범위로 하여 집집마다 삼선면三鮮面이나 혼돈을 한 그릇씩 돌렸다. 새콤달콤한 완자탕이나 종자粽子*를 돌리기도 했다. 집집마다 문과 창문을 활짝 열고 순수하고 대담한 태도를 보였지만 마음속에는 제각기 온갖 생각과 고민들이 가득차 있었다. 화장실에 관한 얘기만 해도 내용이 상당히 풍부했다. '양만호'라 불리는 노동자 주거는 위층과 아래층을 합쳐

* 찹쌀에 대추 따위를 넣어 댓잎이나 갈잎에 싸서 쪄 먹는 단옷날 음식.

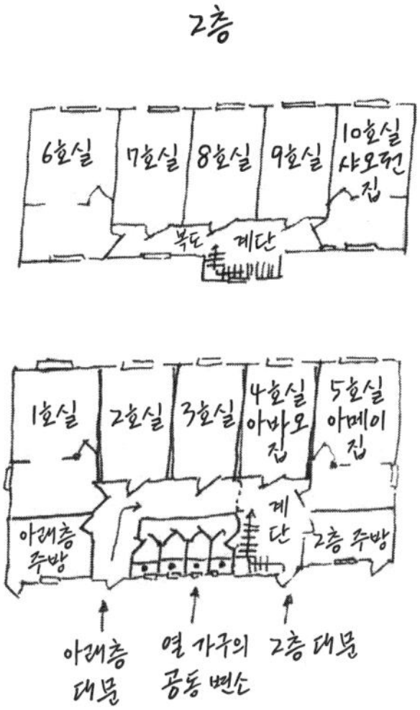


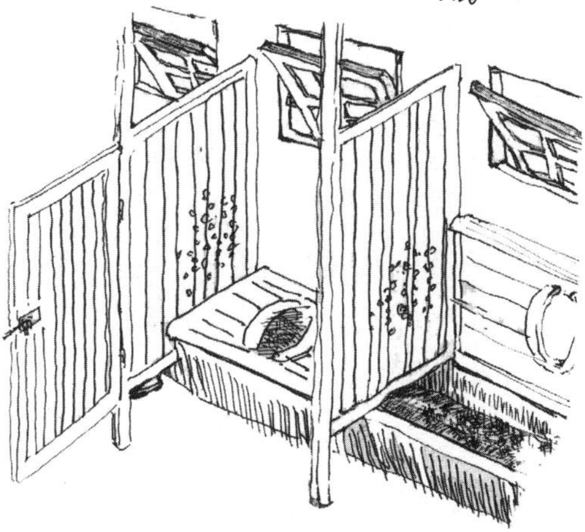

1950년대에 조성된 노동자 신촌. 상하이에서는 양만호라고 불렸는데, 이는 실제 거주 가구 수로 인해 붙여진 이름이다. 일설에 의하면 소련의 집단농장의 유형을 모방하기 위해 소련 전문가들이 설계했다고 한다. 그래서인지 아바오의 이모는 변기 뚜껑이 너무 무겁고 냄새가 심하다고 말한다. 지금은 거의 철거되었다.

열 가구가 화장실 하나를 공동으로 사용하는 단원單元*으로 계산했다. 2만을 10으로 나누면 총 2천 개의 화장실 공동사용 단원이 있는 셈이었다. 각 단원의 화장실은 네 칸으로 나뉘어 있고 중간에 판자로 된 석 장의 칸막이가 설치되어 있었다. 2천 곱하기 3은 6천이니, 상하이의 양만호에 다 합쳐서 6천 개의 칸막이가 설치되어 있는 셈이었다. 칸막이는 기다란 삼나무 조각을 붙여서 만든 것으로 변기와 변기 사이에 설치되어 있었다. 칸막이에는 상하좌우로 여섯 개 내지 열여섯 개의 콩알만한 작은 구멍이 나 있었다. 최소한의 숫자로 계산해서 칸막이 하나에 여섯 개의 구멍이 있다고 치면 6 곱하기 6천이 된다. 결론은 상하이의 노동자 신촌 양만호의 각 변기통 사이에는 최소한 3만 6천 개의 구멍이 뚫려 있어 몰래 안을 들여다볼 수 있다는 것이었다. 이러한 유형의 주택에 거주해본 사람은 이 통계가 최소치라는 사실을 아주 잘 알고 있었다. 아바오가 화장실 안으로 들어가 판자문을 닫았다. 양쪽에 구멍이 잔뜩 뚫린 공간에 있게 된 것이다. 수시로 삐걱거리는 소리가 들리면서 사람들이 들어왔다. 칸막이는 허벅지 높이까지만 설치되어 있었고 그 아래는 허공이라 굳이 허리를 구부리지 않아도 주변을 다 볼 수 있었다. 플라스틱 슬리퍼 한 켤레가 나타나거나 검정 칠을 한 나무 슬리퍼가 나타나거나 했다. 발가락이 아주 가늘고 예쁠 뿐 아니라 종아리도 매끄럽다. 2호실 큰누나 아니면 위층에 사는 샤오전임이

* 중국의 아파트나 연립주택에서 입구와 계단을 공유하는 가구들의 총체. 예컨대 1단원이면 각층의 1호와 2호가 전부 같은 단원에 속한다.

틀림없었다. 상대방도 아바오의 스펀지 슬리퍼를 보았다. 두 사람의 발가락과 발뒤꿈치가 서로 지척의 거리에 판자 하나를 사이에 두고 붙어 있는 셈이었다. 양쪽에 남녀가 얌전히 앉아 일을 보는 것이다. 깊은 밤, 사방이 조용해지면 예의에 어긋나는 것은 보거나 듣지 않으려고 해도 칸막이 하나를 사이에 두고 온갖 소리가 들려왔다. 옷을 벗거나 허리띠를 푸는 등의 모든 동정이 화장실에서는 그대로 공유되었다. 사람들은 화장실에 들어와 앉으면 먼저 구멍을 막고 있는 날짜 지난 신문지를 하나하나 다 빼낸 다음, 다시 인내심 있게 새 종이를 말아 다시 구멍을 막았다. 바스락거리는 소리에 이어 온갖 비밀의 과정이 신중하게 가려졌다. 일반적으로 젊은 여자들이 그랬다. 5호실 아주머니를 제외한 부녀자 동지들은 이런 상황에 많이 무감각해져 있었다. 이곳에서는 이성의 이웃이라 해도 쌍방이 서로 입을 열지만 않으면 어느 정도 쑥스러움을 피할 수 있었다. 오늘날의 관념으로 말하자면 이런 반공개 남녀 공용 화장실 상황은 그나마 배경 음악으로 가릴 수 있겠지만 당시에는 음악이라는 것이 오로지 혁명가곡들밖에 없었다. 누군가 감히 천하의 금기를 건드려 이처럼 불결한 공간에 전선을 연결하여 혁명가곡을 튼다면 사람들이 곧장 현행 반혁명행위로 신고하게 될 것이 너무나도 자명했다.

아바오는 펀치프레스 앞에 얌전히 앉았다. 기계가 균등한 소리를 내면서 마음을 편안하게 하고 욕심을 없애주었다. 기계가 감독자인 셈이었다. 특히 펀치프레스는 크기가 비교적 큰 편이고 오른쪽 위에 달린 플라이휠이 쉭쉭 경쾌한 소리를 냈다. 덕분에 아바오는 정신을 집중하고 스트레스를 분산시킬 수 있었다. 일단 페달이 움직이기 시작하면 세상이 변했다. 위쪽에서 복잡한 마찰과 윤활이 진행되면서 플라이휠이 기계운동을 발생시키고, 충분한 에너지가 모이면 거대한 굉음을 내면서 크랭크샤프트가 돌아가 작업의 결과로 연결되었다. 수리정비공 황마오黃毛가 스탬핑 원리를 설명해주었다. 이걸 '자웅배雌雄配'라고 하고 펀치를 '웅두雄頭'라고 해. 양쪽에 있는 제비꼬리 모양의 슬라이드에 직접 연결되어 있어서 위에서 무겁게 내리누르고 밑에서 쳐올리면 철판에 움푹 파인 구덩이가 생겨. 그 상태에서 0.5초 정도 정지시켰다가 다시 상당한 힘을 가하면 철판이 바닥까지 완전히 눌리게 되지. 알겠어? 주물 관련 전문용어로 요철을 철저하게 하는 것을 뿌리를 죽인다는 뜻에서 '살근殺根'이라고 부르지. 암주물 안에는 스프링 침봉과 고탄소강 구멍이 설치되어 있어 펀치가 철판을 치받아 암주물 안으로 밀고 들어왔다가 다시 물러가는 사이에 스탬핑되는 철판의 주변은 자연스럽게 깎이고 잘려나가게 돼. 그런 다음에 펀치가 뒤로 수축되면 위에서 돌아가는 플라이휠 안의 스프링 핀이 벗겨져 경쾌한 공회전 상태를 회복하는 거야. 아바오가 페달을 밟고 있는 한쪽 발에 힘을 빼면 암주물 안의 침봉이 위로 올라가고 기다란 핀세트가 압연된 철판을 집어냈다. 원래 화려한 모습이었던 철판이 튀어나올 때는 이미 입체 형상으로 변해 있었다. 그걸 챙 하는 소리와 함께 대나무 바구니로 던져넣으면 제품 하나가 완성되는 것이었다. 다섯 대의 펀치프레스에서 다섯 점의 철판 압축 제품을 만들어냈다. 기계를 조작하는 다섯 명의 노동자는 그다지 중요하지 않았다. 기계를 움직이는 주역은 서로 다른 다섯 개의 발이었다. 각자 기계의 페달을 밟는 시간이 제각각이다보니 기계 소리에는 전혀 규칙이 없었다. 다섯 대의 기계는 마치 거대한 킹콩 같았다. 다섯 개의 병풍이 기계 양쪽을 가리고 있어 작업 조건은 태산처럼 안정적이었다. 수리정비공 황마오가 다섯 대의 기계 사이를 오갔다. 때로는 아바오가 있는 자리에서 황마오의 한쪽 다리와 팔에 찬 토시가 보였다. 물론 황마오가 기계 때문에 사지가 분해된 것이 아니라 서로 다른 시각의 위치에 있는 것뿐이었고, 아바오는 그 가운데 중간 부분을 볼 수 있을 뿐이었다. 5호실 아주머니는 때로는 3호 펀치프레스에서 작업을 하고 때로는 4호 펀치프레스에서 작업을 했다. 주물 주변 모서리가 다 닳아버리면 펀치가 뿌리 부분에서 부러지는 수도 있었다. 그럴 때면 황마오가 주물 전체를 들어내 깡통을 만드는 제18공장으로 수리를 보냈다. 황마오는 이 공장의 정식 노동자로 삼 년 전에 아내가 세상을 떠났다. 5호실 아주머니가 그에게 특별히 관심을 갖고 적지 않은 여공들을 소개해주었다. 그 가운데 하나가 메이린梅林 통조림 공장에서 일하는 샤오아구이小阿桂였다. 샤오아구이는 얼굴이 동그스름한 아가씨였다. 두 사람은 왕래가 잦았고 만나는 장소는 대부분 공장 근처였다. 샤오아구이는 공장이 쉬는 날이면 종종 황마오의 공장으로 놀러왔다. 놀러올 때는 설탕물에 절인 복숭아 통조림을 가져왔다. 한번은 오찬육午餐肉*

* 고기 통조림의 일종으로 통상적으로 돼지고기와 소고기를 원료로 한다, 중국에서

과 가즙황두茄汁黃豆**를 가져오기도 했다. 이런 통조림들은 '산장散裝통조림'***이라 하여 판매하진 않고 주로 공장 직원들에게 공급하기 위해 만든 것으로 품질과 내용물은 판매용과 다르지 않았다. 5호실 아주머니가 오찬육 한 점을 크게 잘라 4호 펀치프레스로 가져가서는 직접 아바오의 입에 넣어주었다. 애석하게도 샤오아구이는 몇 번 찾아오더니 언제부터인가 갑자기 보이지 않았다. 하루는 5호실 아주머니가 말했다. 황마오가 샤오아구이를 좋아하는 것은 확실해. 단지 통조림 공장에서 제공하는 식사가 너무 좋기 때문에 샤오아구이가 새색시가 되면 집에서는 매일 채소만 먹게 되겠지. 황마오는 두 사람의 생활이 식사 부분에서만은 별 재미가 없게 될 거라고 생각했던 거야. 그래서 연애를 계속할 생각이 없어진 거지. 5호실 아주머니가 계속 여자를 소개해주겠다고 하자 황마오가 말했다. 나중에 얘기해요. 5호실 아주머니는 빙긋이 웃으면서 고개를 숙인 채 아무 말도 하지 않았다. 그런 모습이 5호실 아주머니가 영원히 단정하고 우아한 여자라는 사실을 증명해주었다. 샤오아구이를 포함하여 일부 여자 이웃들은 목소리가 우렁차 시시때때로 희희낙락하면서 남녀가 어울려 시끌벅적하게 떠들고 장난을 치곤 했지만 5호실 아주머니는 입을 열어도 항상 조용했다. 부드러운 바람과 가는 비 같았다. 길에서 아바오 엄마 아빠를 만나면 가볍게 미소만 지을 뿐 아무 말도 하지 않았다. 사람들을 아주 기분좋게

는 얇게 잘라 계란과 함께 식빵 사이에 넣어 먹는 것이 별미로 통한다.

** 삶은 황두를 토마토케첩으로 버무린 것.

*** 공장 직원들에게 공급하기 위해 포장지나 상표를 부착하지 않은 제품.

해주는 자태였다. 이미 여름이라 공장에서는 농탕에 소규모 공장을 운영하는 방식을 연용沿用하기 시작했다. 담장 위에 열몇 장이나 되는 딱딱한 종이판을 연결해놓고 지적 장애가 있는 어린 노동자들에게 끈을 당기게 하자 종이판 전체가 앞뒤로 움직이면서 풍력에 의해 농탕 작업장의 기온을 낮출 수 있었다. 올해는 또 황마오가 작은 모터를 빌려다 직접 쇠 경첩 세 개를 만들고 밖에 그물덮개를 씌워 환풍용 선풍기를 한 대 만들었다. 스위치를 켜자 작업장 안에 바람이 불어와 아주 시원해졌다. 8월이 되자 들어오는 원료가 줄어들면서 펀치프레스에는 아바오 혼자 남고 나머지 인원은 작업장의 다른 자리에 집중 배치되어 전선을 끼우는 수공 작업을 전담하게 되었다. 두 개의 동판을 붙여 구리 나사를 조이는 일이었다.

사건은 아바오가 펀치프레스를 독점하고 있는 단계에서 발생했다. 이날 이후 동판 수공작업은 대강 마무리되어 대부분의 사람들이 퇴근하고 지적 장애를 가진 세 명의 아우만 벽 구석에 있는 테이블에서 바쁘게 움직이고 있었다. 아바오에게는 한 시간 작업 분량의 자재가 남아 있었다. 5호실 아주머니가 기름걸레를 가져와 정지된 네 대의 펀치프레스를 정비하고 있었다. 날씨는 조금 흐렸지만 짜증나는 더위가 이어졌다. 당장이라도 비가 쏟아질 것 같았다. 드리프트 펀치가 높은 위치로 돌아갈 때마다 작업대 앞에 잠깐씩 보이는 작은 창문이 이미 어두워져 있었다. 때때로 5호실 아주머니의 몸 절반이 이동하는 모습이 보였다. 한쪽 팔과 머리칼도 보였다. 때로는 아주머니의 전신이 완전히 어둠 속에 흐려지기도 했다. 대부분의 시간은 기계의 흐릿한 옆모습만 보였다. 하늘은 갈수록 더 어두워졌고 펀치프레스 앞의 작은 작업등도 갈수록 더 희미하고 어두워졌다. 프레스가 한 번 누를 때마다 양철로 된 작은 등의 덮개가 몇 번씩 흔들렸다. 비가 내리자 지붕의 석면 기와들이 일제히 요란한 소리를 내기 시작했다. 황마오가 2호 펀치프레스 앞으로 가서 전체 스위치를 누르자 2호 플라이휠이 규칙적으로 회전하기 시작했다. 펀치프레스가 위아래로 미끄러지면서 기름통이 윤활조의 여덟 개 윤활공을 정확히 조준하여 기름을 채워주었다. 아바오는 이를 청각으로 감지했다. 그 자리에서는 잘 보이지 않았기 때문이다. 잠시 후 플라이휠이 계속 공회전을 했다. 황마오가 기계를 끄는 것을 깜빡 잊고 그냥 가버린 것이 분명했다. 시간이 좀더 지나자 하늘에서 천둥번개가 쳤다. 밝고 거대한 빛줄기가 뚜렷하게 보였다. 아바오의 눈앞에서 펀치가 높은 위치까지 올라갔다. 작은 창문으로 5호실 아주머니의 등이 3분의 1가량 드러났다. 머리칼도 3분의 1정도 보였다. 5호실 아주머니는 2호 펀치프레스의 그림자 속에 쪼그려앉아 있었지만 황마오의 모습은 보이지 않았다. 번쩍하고 번개처럼 사라진 것이다. 5호실 아주머니는 웅장하게 서 있는 펀치프레스 앞에 쪼그려앉아 있었다. 두 팔은 앞에 있는 뭔가를 꼭 껴안고 머리칼과 어깨가 끊임없이 전후좌우로 움직이고 있었다. 펀치프레스가 미끄러지는 동작과는 리듬이 일치하지 않았다. 은빛 윤곽이 보이더니 곧장 사라졌다. 펀치가 더이상 내려오지 않았기 때문에 작은 창문이 가려지고 말았다. 아바오는 조심스럽게 철판을 꺼내 챙 하는 소리와 함께 대나무 광주리에 던져 넣었다. 비가 내리자 펀치가 다시 올라갔지만 눈앞의 작은 창문에는 검은 그림자밖에 보이지 않았다. 그 위쪽으로는 기계의 윤곽선이 희미하게 보였다. 잠시 후 펀치가 다시 미끄러져내려오면서 작은 창문을 가렸다. 기계운동으로 말하자면 밀링머신은 회전운동을 동반하여 옆으로 움직이지만 당시에는 디지털 공작기계나 자유로운 로봇 팔 같은 것들은 존재하지 않았다. 상하로 운동하는 것은 펀치프레스나 슬로터밖에 없었고 내연 연삭반과 그라인더, 개머리 형삭반, 소머리 형삭반, 평삭반 등 전후좌우로 반복적으로 움직이는 기계들이 비교적 많았다. 기계의 내부에는 서로 맞물려 조일 수 있는 V자형 레일과 M자형 레일이 부품으로 들어갔다. 이른바 주철 재질의 연미조燕尾槽와 자웅조雌雄槽는 연마를 포함한 정교한 금속가공을 거쳐 양자가 고도로 정확하게 맞물림으로써 내부의 미끄럼 운동을 자동 상태로 유지할 수 있었다. 일반적으로 주유공과 방유장치가 설치되어 있어 자주 윤활유를 압축하여 분사함으로써 미끄럼 운동의 정밀도와 장력을 안정적으로 유지하여 마모로 인한 손상을 방지할 수 있었다. 십오 분쯤 지나 아바오는 2호 펀치프레스가 닫히는 소리를 들었다. 손에는 아직 열몇 장의 철판이 남아 있었다. 5호실 아주머니가 천천히 다가오더니 등받이 없는 의자를 하나 옮겨다놓고는 아바오 옆에 앉아 조수 역할을 했다. 아주머니의 맑고 상쾌한 단발머리가 위로 많이 들려 올라가 있고 앞이마에는 반짝이는 땀방울이 선명하게 보였다. 이때 황마오가 또다른 기계 뒤에서 모습을 드러내더니 곧장 구석에 있는 선반 앞으로 다가왔다. 세 아우는 무관심한 태도로 남아 있는 동판 수공작업에 몰두

하고 있었다. 동작이 느리고 우둔한데다 설명도 분명하게 하지 못했다. 어쩌면 천둥번개의 영향 때문인지도 몰랐다. 아바오는 이번이 5호실 아주머니와 황마오의 첫번째 접촉이라는 걸 알았다. 중년 남녀의 방식은 은밀하면서도 극도로 대담했다. 일주일 후 아바오는 오후반 근무를 마치면서 깜빡 잊고 도시락을 두고 왔다. 다시 돌아와보니 작업장은 사람 그림자 하나 없이 텅 비어 있었다. 아바오가 펀치프레스 옆으로 가까이 다가가자 갑자기 5호실 아주머니와 황마오가 불쑥 튀어나왔다. 두 사람은 여전히 천둥번개가 칠 때의 자세를 취하고 있었다. 황마오는 펀치프레스처럼 똑바로 서 있었다. 겉모습은 그런대로 단정해 보였다. 5호실 아주머니는 황마오 앞에 쪼그려앉아 있었다. 두 사람의 이런 모습을 보고 아바오가 황급히 작업장을 떠나려 하자 5호실 아주머니가 쫓아오면서 그를 불렀다. 아바오! 공장 울타리 밖에는 작은 냇물이 하나 있었다. 늘어진 버들가지가 냇물 위를 덮고 있었다. 5호실 아주머니가 말했다. 나는 작업복을 갈아입지 않고 그냥 집에 갈 생각이야. 두 사람은 함께 걸었다. 5호실 아주머니가 두려움이 가득한 얼굴로 물었다. 방금 어디까지 봤어? 아바오가 말했다. 밖에서 작업장 안으로 들어오면 잠시 눈이 캄캄해지면서 눈동자가 아파서 앞이 잘 안 보여요. 5호실 아주머니가 말했다. 그래? 아바오가 말했다. 네. 5호실 아주머니가 빙긋이 웃으며 한숨을 내쉬었다. 5호실 아주머니의 어깨와 머리칼에서 기계 윤활유 냄새가 진하게 났다.

## 이

샤오마오가 기계조립공으로 일하던 1970년대 초기 상하이 민간에는 직접 제작한 스테인리스 사이다병 따개가 유행했다. 도안은 손오공과 백조, 돌고래, 달리는 말, 매와 미녀 등으로 무척 다양했다. 병따개 양쪽을 정밀 연마반으로 가공하면 표면이 아주 정교해서 거울처럼 얼굴을 비출 수 있고 면도칼로 사용할 수도 있었다. 갖가지 모양의 수공 면도칼 금속 표면에는 은은한 꽃무늬가 새겨져 있었다. 거울 표면의 미세한 점이나 별처럼 작은 꽃무늬 도안이 흩어져 있기 때문에 햇빛에 비추면 상당히 운치 있는 그림이 됐다. 병따개의 입 부분은 각기 다른 모양으로 디자인되어 있고 작은 구멍이 뚫려 있어 열쇠고리에 걸 수도 있었다. 샤오마오의 사부는 시계 공장의 8급 조립공으로 성이 판樊씨였다. 몹시 뚱뚱한 그는 해방 전에 외국 동기銅器 선반공으로부터 기술을 배워 금속을 집고, 파내고, 갈고, 깎는 모든 기술에 정통했다. 그는 종종 오후반으로 근무했다. 밤참을 먹고 나면 판 사부는 두께 3밀리미터짜리 스테인리스 강판을 꺼내 그 위에 텅스텐강 바늘로 다양한 형상을 새겼다. 예컨대 매 세 마리나 말 한 필, 미녀 같은 것들이었다. 사이즈가 정해지면 샤오마오에게 고속강으로 정해진 자리를 누른 다음 드릴링머신 앞으로 가져가 빙 둘러 구멍을 뚫게 했다. 스테인리스는 아주 단단하기 때문에 가공 과정에서 쉽게 뜨거워졌다. 이를 비틀어 자르고 드릴로 구멍을 뚫는 것은 정말 고된 일이었다. 그런 다음 탁상 바이스에 단단하게 고정해 반가공품 상태의 강판에 고속강 끌로 순서대로 구멍을 뚫어 하나하나 잘리게 했다. 이어서 줄로 쓸어 광을 내고 주변에 붙은 가시랭이를 잘라내 점차 평평하게 다듬어 다시 판 사부에게 건넸다. 통상적으로 여기까지 작업을 하면 퇴근 시간이 되었다. 정밀가공 부분은 판 사부가 직접 담당했다. 매의 날개나 말의 발굽, 미녀의 머리칼과 종아리, 구두 뒷굽 같은 부분은 볼륨을 조절해가면서 줄로 잘 밀어야 했다. 아주 세밀하고 앙증맞게 곡선 부위까지 잘 가공해야 정교하고 영롱한 모습을 갖출 수 있었다. 가느다란 끌과 공처럼 둥근 망치로 천천히 두드리고 깎아야 말의 꼬리와 매의 발톱, 여인의 대퇴부, 쌍봉雙峰문양을 만들 수 있었다. 가장 절묘한 부분은 눈동자였다. 시계 공장은 작업조건이 좋아 작은 드릴링머신으로 여든 가닥 실처럼 가느다란 구멍을 뚫을 수 있었다. 그런 다음 파란색이나 커피색 반투명 플라스틱 막대를 구멍에 밀어넣었다. 이런 유색 플라스틱 막대는 먼저 시계 제작용 선반에서 일정한 크기로 자른 다음, 미우米烏표 정밀계량기로 측정하여 조립했다. 판 사부가 말했다. 아무리 상하이 서부에 있는 라오바오펑老寶鳳 금은방의 최고급 세공 기술자라고 해도 이런 작업은 해내지 못할 거야. 중국식 감보嵌寶* 걸개장식은 이런 정밀도를 확보하기 어렵거든. 서양식과는 비교도 할 수 없지. 손동작을 비롯한 세부사항이 완전히 다르거든. 샤오마오는 아무 말도 하지 않았다. 이 몇 가지 병따개 중에서 미녀 장식이 가장

* 금이나 은 같은 금속을 옥이나 수정 같은 보석과 결합하는 중국의 전통적인 장식물 가공기술로 공예기술의 첫번째 전성기였던 명나라 때부터 보편적으로 자리잡기 시작했다.

DIY 병따개. 손오공과 철선鐵扇공주, 아페이, 판다, 사슴, 하늘로 날아오르는 항아 등 다양한 형상을 망라하고 있다. 이런 민간 소장품들은 인터넷에서는 찾아보기 어렵다. 당시 민초들의 창의와 기계금속공예가 결합된 물건들로 압연과 주물 등 다양한 기법을 이용하여 제작된 비교적 어두운 모습의 장식물들이다. 화가의 졸필로는 충분히 표현해내기가 쉽지 않았다.

정교하고 아름다웠다. 특히 정면의 쌍봉은 먼저 아주 가는 구멍을 뚫고 거기에 분홍색 플라스틱 막대를 끼워넣은 다음, 두 개의 봉우리가 볼록하게 튀어나오게 하여 사포로 둥글게 갈아주어야 했다. 몸무게가 100킬로그램이나 나가는 뚱보 판 사부는 손도 크고 발도 컸다. 항상 특대호 멜빵바지를 입었다. 커다란 이마 한구석에는 시계수리용 안대를 하고 테이블 가득 온갖 공구를 늘어놓고서 엄지 손가락만한 강철 미녀를 위해 복무하고 있었다. 갖가지 합금강으로 제조된 줄칼들은 버드나무 잎보다 더 가늘고 부드러웠다. 홍당무 같은 판 사부의 열 손가락이 민첩하고 예리하게 움직이는 사이에 미녀는 점점 남녀가 뒤엉켜 뒹구는 모습으로 변해갔다. 곡선이 드러나면서 점차 매끄러워졌다. 청사青絲가 어지럽게 뒤엉킨 가운데 초승달이 비단 이불을 비추는 우울한 분위기를 자아냈다. 마지막으로 안트라센유로 몸 전체에 광을 내는 것으로 작업이 마무리되었다. 이 모든 과정은 한 편의 놀라운 다큐멘터리영화이자 DIY의 기적이었다. 남자의 세심한 감정과 마음이 이 조그만 물건에 다 담겨 있었다.

판 사부가 말했다. 사이다병 따개는 만들기가 아주 쉬워. 기계를 이용한 가공이 가장 중요하지. 정밀도가 수반되어야 하거든. 판 사부는 그러면서 낡은 양철 깡통을 하나 꺼냈다. 안에는 성냥갑만한 크기의 네모난 쇳조각이 가득 들어 있었다. 손을 흔들자 네모난 쇳조각들 속에서 강철 순榫*이 미끄러져나왔다. 샤오마오가 집

* 가구나 건축의 모서리를 기역자로 연결하는 부위로, 요철(凹凸) 부분이 정확히 맞

어들고 자세히 살펴보니 두 쇳조각의 요철 부위가 엄밀하게 봉합되어 자유로운 추송抽送**이 가능했다. 불빛에 가까이 가져다대고 살펴보니 빛 한줄기조차 새지 않았다. 판 사부가 말했다. 이건 내가 열일곱 살 때 수공으로 만든 거야. 자웅순雌雄榫이지. 음양순陰陽榫이라고 부르기도 해. 보기에는 간단한 것 같지만 실제로는 이걸 만들다가 목숨을 잃는 수도 있어. 구멍도 네모나야 하고 막대도 네모나야 하지. 순은 모든 부위가 네모나야 해. 양쪽이 다 네모가 되어야 서로 결합할 수 있거든. 그러기 위해서는 아주 조금씩 줄칼로 잘 간 다음에 스크레이퍼로 잘 다듬어야 하지. 그런 다음 또 삼각형 칼로 문질러줘야 해. 그다음에는 불빛에 비춰가면서 안트라센유로 연마하여 길들여야 하지. 샤오마오가 말했다. 잘 알겠습니다. 판 사부가 말했다. 요즘 노동자들은 서른일곱이 아니라 마흔일곱이 되어도 이런 건 못 만들 거야. 샤오마오는 아무 말도 하지 않았다. 판 사부가 말했다. 노동을 해야 인간이 될 수 있는 거야. 허리가 뻣뻣하게 굳어버렸다면 자기 집 일부터 해야지. 솜씨가 뛰어나지 않으면 남들이 무슨 소리를 해도 받아칠 말이 없게 돼. 샤오마오가 네모난 쇳조각을 가볍게 움직여보았다. 소리는 내지 않았다. 판 사부가 말했다. 지나간 일이지만 누군가 내가 해방 전에 황색노동조합***에 가입하여 수시로 여자 댄서들을 껴안았다고 고발한 적이 있어. 내가 끝이 뾰족한 구두를 신고 란링蘭鈴 자전거를 탔다

아야 안정적으로 두 부분을 고정할 수 있다.

** 소모되는 에너지에 따라 농도와 경사도의 반대 방향으로 보내주는 것.

*** 어용노조라는 뜻이지만 여기서는 조합원 대부분이 음란한 사람들임을 의미한다.

는 거야. 흥, 자다가 봉창 두드리는 소리였지. 그게 뭐라고 조사해 보고까지 하더라고. 해방이 되고서도 싱마오興茂 제철 공장 노동자들은 절반이 여자를 사거나 도박을 했어. 무도장 안은 온통 노동자들 천지였지. 성룽盛隆 기계 공장의 노동자들은 작업장에서 회의를 하거나 함께 신문을 읽는 걸 가장 싫어했어. 오로지 무도장에 가서 발을 비비고 여자 댄서들을 껴안을 생각만 했지. 용다샹永大祥 주단 도매점 직원들은 1할이 작은마누라를 거느렸다고. 상하이에 작은마누라들이 얼마나 될 것 같아? 전해지는 바에 의하면 10만 명도 넘는다고 하더군. 이게 뭐 그리 대단한 일이라고 그래? 하늘이 무너지기라도 한단 말인가? 어떤 얼뜨기가 있었어. 천성적으로 고자질과 음모에 능한 녀석이었지. 항상 왈가왈부 함부로 지껄이면서 사람들을 상대로 이러쿵저러쿵 시비를 일으키곤 했어. 그놈이 내가 남의 장려금과 복지비를 가로채기 위해 자본가와 결탁하고 정부를 기만했다고 보고하여 어느 날 회의가 열렸어. 모두들 반쯤 얘기했을 때까지 나는 줄곧 한 마디도 하지 않았어. 그러다가 내 경험을 있는 그대로 얘기했지. 내가 말했어. 상하이 노동자계급이 도대체 어떤 존재입니까? 라오롼老卵*은 무엇이고 물주는 무엇이며, 모범은 무엇이고 체면은 또 무엇입니까? 이런 것들이 바로 상하이 노동자계급의 자격입니까? 들리는 바에 의하면 기술노동자들이 가장 의식이 있고 이상을 지니고 있다고 하던데, 쳇, 이것이 의식

* 중국 중남부의 오어(吳語) 및 객가어(客家語) 사용 지역에 유행하는 은어로 어떤 인물이나 사물이 아주 강하고 대단한 것을 의미하지만 그 안에는 은근히 조롱과 비난의 어감도 담겨 있다.

이고 이상이로군요? 샤오마오가 물었다. 그랬더니 그 고발한 사람이 뭐라고 하던가요? 판 사부가 말했다. 아무 말도 못했지. 그대로 꼬리를 내리더군. 회의는 더이상 진행되지 못했고 모두들 돌아가 발을 씻거나 잠을 잤지. 방귀도 제대로 못 뀌는 주제에 무슨 말을 하겠다고? 손에 쥐고 있는 노동과 기술이 바로 얼굴이야. 입으로 아무리 말을 잘해도 손에 익은 기술이 없으면 허당이야. '억지로 삼선탕을 끓이는'* 자들이 남들이 모르는 것들을 자신은 전부 알고 있다면서 잘난 체를 하지. 샤오마오가 물었다. 요즘은 왜 나이 마흔일곱이 된 사람도 이런 정밀도를 갖출 수 없다는 건가요? 판 사부가 말했다. 사람에게는 운명이라는 게 있는 법이야. 어떤 사람은 손을 놀렸다 하면 아주 놀라운 솜씨를 보이지. 특히 수습공 시기에는 손이 둔하면 게을러지고 눈은 높은데 손이 따라주질 않게 되지. 그러니 은근슬쩍 회의를 열어 술수를 부리고 조직을 만들어 아랫사람들에게는 호령하고 윗사람들에게는 아첨을 일삼으려 하는 거야. 사장에게 조건을 내걸어 임금과 대우를 높일 생각만 하면서 정작 할일은 안하고 엉뚱한 생각만 하고 있지. 그러면서도 마음속으로는 자신의 손으로는 돈 한푼 벌 수 없고 처자식을 먹여 살릴 수도 없다는 사실을 잘 알아. 때문에 할말이 없으니까 일을 되는대로 대충 해넘기면서 세월을 버티는 거지. 샤오마오가 말했다. 대자보에는 혁명 노동자가 황색노동조합이나 동향회, 호조회互助會 같은 데 참여하는 것은 전부 류샤오치劉少奇**가 사주한 것이라고 쓰여

* 해내는 일의 수준이 너무 형편없는 상황을 가리키는 상하이 속담.

있더군요. 지금 하신 얘기들을 제 친구 후성이 들었다면 사부님은 틀림없이 반혁명분자로 몰렸을 거예요. 판 사부는 아무 말도 하지 않았다. 샤오마오가 네모난 쇳조각을 쳐다보며 말했다. 사부님, 저도 나이 마흔일곱이 되면 이런 정밀도에 도달할 수 있겠죠? 판 사부는 대답하지 않았다.

## 삼

후성은 작은 공장으로 배정되어 일 년 반의 세월을 보내게 되었다. 부모님이 연줄을 대서 모 철물 회사에서 구매 담당을 맡게 해준 것이다. 노상 출장을 다니다보니 오가면서 몇몇 열차 승무원들을 알게 되어 표를 사지 못했을 때는 우편열차를 이용할 수 있도록 편의를 제공받기도 했다. 여름날의 아주 특별한 경험이었다. 열차가 문이 열린 채로 달리니 미루나무와 들판이 쉬지 않고 뒤로 이동하는 것처럼 느껴졌다. 시원하기 그지없었다. 역에 도착할 때마다 직원들은 몇 개의 우편 행낭을 밖으로 던지고 또다른 우편 행낭 몇 개를 실었다. 열차는 영원히 앞을 향해 나아갔다. 후성은 바닥에 앉고 다른 인원들은 열차 문 앞에 있는 두 개의 긴 의자에 앉아 이런저런 얘기를 나누거나 범포로 된 우편 행낭 위에 편안하게 누워 행낭 안에서 손에 잡히는 대로 편지를 한 뭉치 꺼내 자세히 읽곤

---

** 중국의 정치인.

했다. 인민들 사이의 연락은 오로지 편지에만 의존했기 때문에 그 수량이 엄청났다. 이 사람들은 편지를 읽는 데 상당한 경험이 있었다. 먼저 일부인을 보고 필적을 확인했다. 구식 붉은 테두리 편지봉투나 공문, 서류봉투용 종이, 인쇄 품질이 떨어지는 종이, 재생종이 편지봉투 등 겉모습에 개의치 않고 한쪽을 뜯어 편지를 꺼낸 다음, 이를 포커 카드로 삼아 먼저 퀸과 킹과 잭을 골라 자세히 배열하고 나머지는 도로 행낭에 집어넣었다. 그러고는 다시 행낭 안에 손을 뻗어 또 한 무더기를 꺼냈다. 엄청난 수의 도시 청년들이 농촌으로 간 터라 농촌에서 또다른 농촌으로 보내는 편지도 가치가 있었다. 주로 발신자의 낙관을 보아야 했다. 필체가 아주 분명하다면 어느 도시의 어느 기관에서 다른 성의 어느 기관으로 보내는 편지일 가능성이 크기 때문에 일반적으로 가치가 없는 쓰레기 패에 속했다. 이런 편지는 곧장 다시 행낭 속으로 들어갔다. 남은 편지봉투들 가운데 필적이 약간 수줍어하는 것 같거나 아주 조심스럽거나 유난히 예쁠 경우에는 영락없이 내상內詳*이라는 두 글자의 낙관이 찍혀 있었다. 이런 편지는 아주 좋은 패에 속했다. 다섯 장 내지 열 장의 패를 손에 쥐면 우편 행낭 위에 누워 몸을 약간 움직였다. 목을 안정적으로 기대고 편안한 자세를 잡으면 다리를 꼬고서 떨기 시작했다. 그런 다음 패를 꺼냈다. 다시 말해서 봉투를 뜯고 편지를 읽기 시작하는 것이다. 엄선을 거친 편지들이다보니 대부분의 글이 낯선 사람들에게도 야릇한 맛을 느끼게 한다. 먼저 대

* 자세한 내용은 편지 안에 썼다는 뜻.

충 서너 줄을 읽어본다. 아무개 동지 안녕하세요? 우선 영수님의 만수무강을 기원합니다. 아주머니 아저씨, 외할머니, 외숙모, 안녕하시지요? 모든 내용이 좋기만 하다. 혁명의 악수와 혁명의 경례 같은 것들이 대부분이었다. 편지를 대충 읽어본 다음에는 마구 구겨 공처럼 만들어 열차 문밖으로 던져버린다. 짧지만 소중한 글들이 바람에 날려 한순간에 사라져버린다. 다시 한 통을 꺼내 읽는다. 아무개씨, 영수님의 만수무강을 빕니다. 던져버린다. 한순간에 사라진다. 다시 한 통을 뜯어 읽는다. 아주머니, 아저씨, 외할머니 안녕하시지요? 던져버린다. 바람이 불어 시원한 가운데 열차가 가볍게 흔들린다. 그렇게 잠이 들어버린다. 갑자기 편지를 읽는 사람이 소리 내서 읽는다. 예컨대 이런 문구가 나온다. 줄곧 너를 보고 싶어했어. 정말 네가 보고 싶어. 다른 사람들은 몽롱하게 꿈속으로 빠져들지만 이런 편지글을 읽는 소리와 그 안에 담긴 감정이 꿈속으로 빠져들던 사람들의 귀를 울린다. 혹은 편지를 읽는 사람이 꿈속에 있는 사람들의 귓불을 잡아당기기도 한다. 모두들 눈을 커다랗게 뜨고 우편 행낭 위에 올라앉아 편지를 읽는 사람에게 가까이 다가가 몸을 기댄다. 진지한 태도로 편지를 읽기 시작한다. 두세 번 읽은 다음, 편지지를 심사하듯 자세히 살펴본다. 편지글 중간의 어느 단락과 결말 부분, 편지의 주름 등을 두루 살펴 눈물 자국 혹은 여성용 화장품 자국을 찾아내 햇빛에 비스듬히 비춰본다. 하지만 결국 한 통의 뜨거운 연서도 한줄기 하얀빛이 되어 무성한 백양나무 숲속이나 드넓은 들판의 하늘 위로 사라지고 만다. 이럴 때 후성은 대개 혼자 차문 입구에 멍하니 앉아 있었다. 머리는 봉두난발이 되어 있고 차문 밖으로는 빠르게 이동하는 녹색 풍경 사이로 외로운 집들이 날듯이 스쳐지나갔다. 소도 보이고 하얀 양도 몇 마리 보였다. 모든 것이 소리도 남기지 않고 흔적도 남기지 않은 채 지나가버렸다. 모든 것이 뒤로 스쳐지나갔다. 사라져버렸다. 기차가 강을 건너면서 철교 위를 지나게 되었다. 하나 또하나 크고 높은 철제 기둥마다 수화의 얼굴이 나타났다. 기차는 기적을 울리면서 비탈길로 진입했다. 부기관사가 기관차 화로에 석탄을 더 넣자 후성의 가슴팍으로 짙은 연기가 밀려왔다. 매연이 머리에서 시작하여 목을 지나 두 눈을 매섭게 찔러댔다. 금세 두 눈에서 눈물이 났다. 그래도 후성은 자리를 뜨고 싶지 않았다. 마음속으로 수화가 지린吉林으로 가서 농사를 짓기 시작한 지 이미 몇 년이 지났다는 사실을 잘 알고 있었다. 왕래가 거의 없었다. 반년이 지나 편지 한 통을 받았을 뿐이다.

후성에게

편지가 늦어서 미안해. 용서해줘. 나는 잘 지내고 있어. 모든 게 다 좋아. 책을 몇 권 챙겨 왔지. 그중 하나는 『잭 런던 전기』야. 내가 정착한 시골은 조선족 자치구에 속한 지역이야. 밥도 먹고 매운 것도 먹고 녠가오도 먹었어. 여자들이 일을 아주 잘해. 집집마다 창이 아주 밝고 책상도 깨끗하지. 손님이 오면 대체로 남자 주인은 아무것도 안 해. 큰 눈이 내려도 여자들이 손님을 대문 밖 멀리까지 배웅하면서 눈 위에서 쉴새없이 고개를 숙여 인사하는 모습이 약간 고풍스럽기도 해. 상하이를 떠나 지린으로 가는 길에 커다란 사건이 발생했어. 열차가 톄링鐵嶺 기차역에서 삼 분 동안 멈춰 서자 모두 내려서 세면을 한 뒤에 다시 탔고 이내 기차가 서서히 움직이기 시작했어. 난스구南市區에서 온 여학생 하나가 플랫폼에서 기차에 뛰어올랐는데 차문 입구에 온통 낯선 남학생들뿐인 것을 발견하고는 다시 플랫폼으로 내려가 바로 뒤에 있는 객차에 오르려고 했지. 그런데 객차에 뛰어오르다가 객차와 플랫폼 사이로 발이 빠지고 말았어. 당시 나는 이쪽 객차에 타고 있어 그녀의 다리가 부러지는 광경을 보고 말았지. 열차가 급히 브레이크를 밟았지만 여학생의 다리 피부가 완전히 벗겨져버렸어. 돼지 등껍질을 벗긴 것 같았어. 하얀 뼈와 속살이 그대로 드러나고 두께가 일정치 않아 핏자국이 선명했어. 여학생은 정신을 잃지 않고 계속 큰 소리로 엄마를 불러대면서 곧장 구급차에 실려갔지. 기차가 다시 움직였어. 어제 전해들은 얘기로는 그 여학생이 완전히 치료되었다고 하더군. 하지만 다리 한쪽을 잃었대. 시골로 내려갈 수 없어서 다시 상하이 호구戶口를 회복했다더군. 난스의 어느 조개탄가게에서 장부기록을 담당하고 있대. 몇몇 여학생들은 상하이에 남아 일할 수 있게 된 그녀를 무척 부러워했어. 이 일은 정말 잊기 어려울 것 같아. 후성, 편지를 쓰면서 한 가지 밝히고 싶은 것이 있어. 우리의 생각이 꼭 같지만은 않다는 거야. 진부한 시구를 인용해 표현하자면 "꽃과 새들은 서로를 주시하면서 각자 자기 마음속 생각을 믿는다"고 할 수 있지. 서로 천 리나 떨어져 있으니 제비도 진흙을 물고 날아가지 못하고 기러기도 찾아가지 못해. 예이츠의 시에서 말한 것처럼 우리는 이미 "산산이 부서져 넋마저 나가버렸어". 각자 스스로 자신을 돌보는 수밖에 없지. 우리 더이상 서로 연락할 필요가 없을 것 같아. 나이가 들수록 더 고독해지는 것이 정상이야. 태어날 때도 외롭게 홀로 왔으니 죽을 때로 각자 외롭게 홀로 가야겠지. 사람과 사람은 서로 통할 수가 없어. 인간의 선악과 정욕도 이제 아무런 가치가 없는 것 같아. 인생은 그저 황량한 여행일 뿐이야. 이만 줄일게. 답장은 할 필요 없어. 모든 것이 순조롭길 기원할게. 수화가.

후성은 수화의 편지를 받고 싶었지만 다시는 편지가 오지 않으리라는 것을 마음속으로 잘 알고 있었다. 수화는 떠나기 전에 헌책 몇 권을 돌려주었다. 그 가운데 숄로호프의 단편집 『돈강 이야기』 안에 쪽지가 한 장 끼워져 있었다. 쪽지에는 이렇게 쓰여 있었다. 지나간 시대와는 이미 영원히 이별했다. 인생은 한 차례 황량한 여행이다. 이 글귀에 후성은 1967년의 늦은 가을을 떠올렸다. 어느 날 오후 후성은 수화와 함께 중산공원으로 중국 동부지역뿐 아니라 극동지역을 통틀어 가장 키가 큰 플라타너스를 구경하러 갔다. 공원 입구에도 예외 없이 대자보가 잔뜩 나붙어 있었다. 하지만 안으로 들어갈수록 사람들이 적었고 분수광장에 이르자 인적 하나 없이 적막하기만 했다. 사방이 공허하고 황량한 가운데 공원 북쪽에는 대리석으로 조성된 서양식 음악회 무대가 하나 있었다. 희고 싸늘한 모습은 여전했지만 바로 옆에 1865년의 화재를 명문으로 새긴 구리종은 어디로 갔는지 보이지 않았다. 작은 오솔길로 접어들어 조금 걷다보니 서양식 구름다리가 하나 나타났다. 조용하고 그윽한 가운데 땅바닥에는 누런 낙엽이 가득했다. 공원 서쪽 끝에는 오동나무가 가득 심겨 있었다. 수관이 너무나 자연스러운 것이 가로수와는 전혀 달랐다. 차가운 바람이 얼굴을 스치는 가운데 아주 오래 찾은 끝에 두 사람은 잡초가 무성하고 황폐한 공원에서 마침내 그 거대한 플라타너스를 발견했다. 나무껍질은 구렁이 피부 같고 둘레가 1미터가 넘어 대단한 위용을 뽐냈다. 두 사람이 함께 팔을 벌려도 안을 수 없을 정도였다. 구불구불한 잔가지들이 길 위의 하늘을 가리고 있고 무수한 곁가지들이 위로 치솟아 커다란 손처럼 하늘의 구름을 어루만지고 있었다. 후성이 말했다. 들리는 바에 의하면 이 나무는 이탈리아 사람들이 직접 심은 거래. 공부국의 기록에 따르면 이탈리아에서 가져온 나무라고 하더라고. 어쨌든 공교롭게도 딱 백 년 전의 일인 셈이야. 수화가 얼굴을 치켜들면서 말했다. 1867년에 심은 플라타너스가 알고 보니 프랑스 수종이 아니라 이탈리아 수종으로서 백 년의 황량함을 지켜왔던 셈이네. 후성은 말이 없었다. 나무 위에 얼룩무늬 비둘기가 한 마리 앉아 있다가 몇 번 지저귀더니 가지를 버리고 날아가버렸다. 후성이 수화의 손을 잡아끌고 몇 걸음 걸어갔다. 수화가 그의 손을 뿌리치면서 말했다. 고대인들은 높이 솟은 소나무나 멋진 나무를 볼 때마다 심장과 비장이 멎을 정도로 한순간 몰아지경에 빠졌다고 하더군. 하지만 내가 보기엔 풍경과 하늘색이 전부 아름답진 않은 것 같아. 먹구름이 짙은 걸 보니 곧 큰 비가 올 것 같아. 후성은 말이 없었다. 땅 위의 마른 잎들이 소리를 내고 노동자 하나가 자전거를 타고 가면서 낮은 목소리로 말했다. 지금 몇시인지 알아요? 서둘러 나가도록 하세요. 곧 공원 문을 닫습니다. 후성은 말이 없었다. 일주일 뒤에 두 사람은 징안사에서 다시 만나 94번 버스를 타고 차오양 신촌으로 아바오를 만나러 갔다. 차에 오른 두 사람은 나란히 앉았다. 차는 마구 흔들렸고 자리는 몹시 좁았다. 수화가 창밖을 바라보며 후성에게 몸을 기댄 채 말했다. 좀 황량하다는 느낌이 들어. 버스가 차오자두에 도착하자 남자 둘과 여자 하나가 탔다. 두 남자는 고등학교나 기술학교 학생인 것 같았다. 한 사람은 텁수룩한 부집게 모양의 곱슬머리에 J자형 귀밑머리를 조금 남겨놓고 있었다. 군복 상의에 통이 넓은 군복 바지 차림이었다. 등뒤에는 '인민을 위해 복무하라'라는 붉은 글씨가 수놓인 녹색 군용 가방을 메고 있었다. 또다른 남자는 머리에 군모를 쓰고 파란 운동복 상의에 빨간색 운동복 바지를 입고 군복 상의를 손에 들고 있었다. 발에는 하얀 육상경기용 운동화를 신고 있었다. 운동화 끈은 풀어버리고 뒷부분을 접어서 신다보니 뒤꿈치 부분의 노란 양말이 그대로 드러났다. 여학생은 중학생으로 목깃에 지퍼가 달린 운동복 차림이었다. 그 시기에 지퍼가 달리지 않은 운동복 상의를 상하이에서는 작고 열려 있다는 의미로 '소번령小翻領'이라고 불렀고 지퍼가 달린 운동복을 '대번령大翻領'이라고 불렀다. 포표布票*가 있다 해도 사기 힘들어 체육기관과 관련된 요원들만 입을 수 있는 옷이었다. 여학생이 입고 있는 운동복 목깃은 뜻밖에도 안팎으로 세 겹이나 됐고 알루미늄 지퍼가 눈부시게 반짝였다. 아래에는 검정 통바지를 입고 있었다. 바지통은 5인치밖에 안 됐고 발에는 바닥이 하얀 플라스틱으로 된 검정 천 운동화와 파란 양말을 신고 있

* 천을 살 수 있는 표. 생산성이 낙후되었던 중국의 사회주의 배급경제 시기에는 돈과 함께 물품별로 정부가 발급한 표를 제시해야 물건을 살 수 있었다.

었다. 추운 겨울이었다면 이런 남녀 학생들의 검정 바지통 밑으로 한 치 정도 길이의 빨간색 혹은 파란색 추리닝 하단이 삐져나와 있었을 것이다. 바지통을 가위로 잘라서 입던 1966년의 유행은 이미 지나간 터였다. 지금 이 세 사람은 1967년에서 1970년 사이의 시대에 속했다. 바지통이 좁은 것은 여전히 이 시기의 상하이몽上海夢이었다. 이 여학생처럼 여성스러운 옷차림으로 아름답고 요염하게 길을 걷는 것이 당시 상하이의 모던을 가장 잘 드러내는 풍경이었다. 상하이의 평범하고 일반적인 화초 같은 풍경 속에서 가장 빛나고 두드러지는 옷차림이었다. 수화가 작은 목소리로 말했다. 색상이 아주 강렬하네. 후성이 말했다. 그러게 말이야. 수화가 물었다. 예뻐 보여? 후성이 말했다. 그건 잘 모르겠어. 수화가 말했다. 과거에 방직 공장에서 강남 여공들은 파란색 상의에 검정 치마, 그리고 털실로 짠 외투를 즐겨 입었어. 여학생처럼 보이려고 가슴에는 만년필도 꽂고 다녔지. 한편 쑤베이 여공들은 초록색이나 빨간색 비단옷을 즐겨 입고 꽃을 수놓은 천 신발을 많이 신었지. 게다가 양말은 분홍색을 좋아했고 말이야. 후성은 말이 없었다. 수화가 말했다. 내가 보기엔 너무 촌스러운 것 같아. 수화의 머리칼 끝이 후성의 귓가에 스쳤다. 후성이 말했다. 그러게. 수화가 말했다. 여기는 베이징이 아니잖아. 후성은 자신의 군복 바지를 보면서 아무 말도 하지 않았다.

군인 자제들은 부모의 배경을 무척이나 자랑스러워했다. 당시에는 군복과 군모, 군용 바지, 특히 1950년대 군복 가운데 견장을

어린 친구가 또 물었다. 이 멍청한 남자는 뭘 하고 있는 건가요? 내가 대답했다. 당시의 정예요원이라고 할 수 있지. 혁명운동의 적극분자거나 스포츠 코치, 교사 같은 사람일 거야. 1967년에는 가죽 제품이 극도로 희귀했기 때문에 패션을 중시하는 일반 남녀들은 육상화나 탁구화를 상품上品으로 여겼고 농구화를 최상품으로 간주했지. 1972년까지 상하이산 후일리回力 농구화는 북방에서는 아주 희귀한 물건이었어. 단지 운동화 끈은 쉽게 살 수 있었지.

달기 위한 구멍이나 노란 술 장식이 남아 있는 것들이 가장 멋진 패션으로 간주되었다. 군용 허리띠와 기마병의 부츠, 각종 장식물도 유행에 따라 몸값이 천정부지로 치솟으면서 정신력과 신념의 종합적인 상징물로 작용했다. 이 시기에 상하이의 젊은이들은 습관적으로 군모 안에 딱딱한 종이를 한 겹 덧대서 쓰고 다녔다. 모자의 모양을 좀 높게 세우기 위해서였다. 구시대 상하이 쓰촨로 다리와 니청교 어귀에는 모자를 강탈하여 팔아먹는 일을 생업으로 삼는 사람도 있었다. 노란 덮개가 달린 인력거를 타고 다리 아래로 내달리면서 손님들이 머리에 쓰고 있는 쑤저우 비단으로 된 조피모瓜皮帽*나 연전모燕氈帽**, 레이철 조 모자, 친칠라가죽 모자, 코카서스 새끼양가죽 모자, 영국식 두꺼운 중절모 등을 보면 오조금룡五爪金龍***으로 확 낚아챘다. 모자를 빼앗긴 사람은 머리가 허전하지만 인력거는 날듯이 다리를 미끄러져내려가고 있어 쫓아가는 것이 불가능했다. 모자는 곧장 중고상품점에 매물로 나왔다. 몇십 년이 지난 지금, 이번에는 전문적으로 군모를 훔치는 사람들이 생겨났다. 많은 사람들이 전차에 오를 때나 영화가 끝나고 사람들이 쏟아져나올 때, 남자들이 화장실에 들어가 소변을 볼 때, 사람들이 많이 몰려 있거나 반대로 사람들이 적어 썰렁할 때, 갑자기 머리

* 일명 수박모자라 불리기도 하는 중국 특유의 모자로 둥근 형태에 꼭대기에서 아래로 수박처럼 재봉선이 있는 것이 특징이다.

** 담요 천으로 만든 제비 모양의 중절모.

*** 발톱이 다섯 개인 황금 용으로 중국의 황실을 상징하는 영물이지만 여기서는 빠르고 솜씨가 좋은 다섯 손가락을 상징한다.

가 좀 허전하다 싶으면 영락없이 군모가 사라지고 없었다. 혹은 청년 두세 명이 함께 길을 가는 척하다가 맞은편에서 오는 사람과 일부러 어깨를 부딪친 다음, 재빨리 상대방 모자를 벗겨 자기 머리로 옮겨 쓰고는 당당하게 가던 길을 계속 가기도 했다. 군모의 가격은 아주 짧은 기간에 천정부지로 치솟았지만 강탈한 사람들은 대개 본인이 직접 쓰고 다녔기 때문에 헐값에 파는 일은 없었다. 이는 상하이 역사에서 대단히 신기한 한 시대의 풍경이었다. 당시에는 전 국민이 군대를 숭상했기 때문에 일종의 유행을 형성하면서 군복과 군인 이미지가 최고 직업의 상징으로 자리잡았다. 또한 국가 스포츠 정책도 폐지되지 않고 오히려 전성시대를 맞이했다. 때문에 상하이 스포츠 계통의 상하이 체육조반사령부 홍위병들은 줄곧 독보적인 지위를 누렸다. 군복과 운동복의 취미가 결합되면서 또다른 유행을 만들기도 했다. 당시 상하이 시민들의 복식은 일반적으로 짙은 파란색과 회색, 검정이 주류를 이루었기 때문에 이런 배경 속에 이처럼 튀는 젊은이들이 나타나면 영화 효과를 만들어냈다. 거리가 온통 우중충한 색깔로 침울한 분위기에 젖어 있는 가운데 여성 청년이 나타나 혼자 아름답고 귀여운 모습으로 걸어갔다. 예전처럼 서너 점의 옷을 입고 있었다. 색상이 화려하고 지퍼가 달린 운동복으로 목깃이 반짝반짝 빛나 사람들의 눈길을 끌었다. 바지 밑단에는 빨강 혹은 파랑으로 테두리가 쳐져 있고 발등의 빨강, 파랑, 혹은 노랑 양말이 선명하게 드러났다. 이러한 시각효과는 신선한 아름다움으로 사람들의 눈을 즐겁게 했다. 신선이 용을 타고 하늘을 나는 것처럼 눈에 확 띄었고 이를 본 사람들은 놀란 눈으로 감상했다. 이러한 실력과 스펙트럼, 취미, 정신적 교양은 정말로 과거와 미래를 통틀어 어느 왕조, 어느 시대에서도 찾아볼 수 없는 것이었다. 어떤 문화의 디테일한 요소와 외관, 품격, 기질하고도 비교가 불가능했다. 유행流行과 유맹流氓*은 한 글자 차이였다. 그래서인지 차 안에 타고 있는 남녀는 불과 몇 년 전 혁명의 소장들이 보여주었던 교양에서 점차 멀어져 완전히 다른 유형의 사람들이 되어 있었다. 남자 둘 여자 하나, 이렇게 세 청년이 버스의 바나나좌석**에 앉았다. 남자 하나가 여자에게 몸을 기대고 군복으로 두 사람의 몸을 덮었다. 여학생이 남학생에게 몸을 바짝 붙여 기대고는 두 눈을 꼭 감았다. 얼핏 보면 조용하고 아무렇지 않은 것 같지만 군복 아래서는 줄곧 뭔가 움직였고 여학생의 얼굴에는 계속 야릇한 표정이 일었다. 차가 오른쪽으로 돌고 바나나좌석이 왼쪽으로 기울자, 더욱 눈을 휘둥그레 뜨게 만드는 가관이 펼쳐졌다. 수화는 약간 이상한 느낌이 들었는지 몸을 약간 떼면서 낮은 목소리로 말했다. 내리고 싶어. 후성이 말했다. 몇 정거장만 더 가면 돼. 수화가 말했다. 차멀미가 나는 것 같아. 수화가 고개를 숙였다. 얼굴에 홍조가 일었다. 바나나좌석이 또 눈앞으로 이동했다. 군복 아래서는 줄곧 모종의 움직임이 있었다. 여자의 몸이 떨리고 있었다. 여학생은 다리를 오므리고 두 눈을 꼭 감았다. 수시로 입가에 경련이 일었다. 차는 가다가 멈추기를 반복했다. 갑자기 남

* 깡패나 불량배를 말함.

** 대형 굴절버스에서 차가 방향을 틀 경우 구부러지는 연결부위에 설치된 좌석을 말한다. 모퉁이를 돌 때마다 차 안에서는 좌석이 이동하는 것처럼 느껴진다.

학생이 한 중년 남자 승객에게 말했다. 뭘 봐요? 맞고 싶지 않으면 조심해요. 중년 남자는 아무 말도 하지 못하고 곧장 고개를 돌리고는 조용히 창밖을 바라보면서 두 손을 꽉 쥐었다. 후성이 수화에게 말했다. 좀 가까이 와. 수화는 움직이지 않았다. 후성이 낮은 목소리로 말했다. 한 가지 묻지 않을 수가 없네. 그런 정서는 너무 부정적인 것 아냐? 세상은 절대로 황량하지 않아. 수화가 화를 내면서 몸을 돌려 창밖을 바라보면서 눈길을 고정했다. 가는 길 내내 말이 없던 수화는 정류장에 도착하자 황급히 차에서 내렸다.

그날, 하늘은 잿빛이었다. 도로 표지판 옆에서 아바오를 기다리면서 하늘을 바라보니 온통 흐릿한 잿빛이었다. 후성이 아바오를 발견하고는 안도의 한숨을 내쉬었다. 수화도 마음을 놓았다. 아바오 옆에는 차오양 신촌의 이웃인 샤오전과 샤오창이 함께 있었다. 샤오전이 창펑長風공원에 가자고 제안했고 모두 동의했다. 샤오창이 길을 안내하여 공원 근처의 커다란 먼지투성이 채소밭을 가로질렀다. 밭머리에는 드문드문 오래된 무덤들이 흩어져 있었다. 전곽묘 몇 기는 관을 절반만 묻고 사면을 청벽돌로 마감하여 그 사이에 묘실이 끼어 있었다. 묘실 위는 청기와로 덮여 있었지만 지금은 다 파괴되어 부서진 관이 밭두렁 옆에 나뒹굴었다. 창펑공원 안에는 가을바람이 소슬했다. 놀러온 사람은 별로 없고 경관은 온통 잿빛과 누런빛이었다. 누런 인추호銀鋤湖 수면에는 작은 나룻배 몇 척이 떠 있었다. 유람객을 위한 음식점은 전부 문을 닫은 뒤였다. 모두들 한 바퀴 둘러봤지만 썰렁한 것이 별로 재미가 없어 호수 옆에 있는 톄비산鐵臂山에 올라갔다. 전해지는 바에 의하면 산 정상에 올라가면 아주 먼 곳까지 볼 수 있다고 했다. 당시에는 이 산이 상하이 서부의 최고봉으로 시 중심의 국제호텔과 쑤저우하 옆의 크고 작은 굴뚝을 다 볼 수 있었다. 하지만 지금은 상하이 서부의 디테일을 포함한 먼 거리의 풍경들이 이미 흐릿해져 잘 보이지 않았다. 수화가 말했다. 상하이는 온통 잿빛 먼지로 뒤덮인 황량한 도시가 되어버렸어. 후성이 말했다. 정자간 문인이 쓴 소설 『밤마다 봄』에서는 1940년대 항저우 남녀 한 쌍에 관해 묘사하고 있지. 두 사람이 국제호텔에 방을 잡고 심부름꾼이 두 사람을 객실 안으로 안내하자 두 사람은 창밖의 풍경을 바라보다가 한눈에 상하이 서남쪽 구석에 작은 산이 하나 있다는 것을 발견하게 돼. 수화가 차갑게 웃으면서 말했다. 이런 책 얘기를 다 하네. 후성이 말했다. 비판적인 시각으로 얘기하는 거야. 아바오가 말했다. 작은 산이라, 거리가 맞지 않아. 샤오창이 말했다. 톄비산은 해방 후에 호수를 조성하면서 파낸 흙을 쌓아 만든 인공산이거든. 샤오전이 물었다. 방을 잡는다는 게 무슨 뜻이야? 후성이 말했다. 정말 생각지도 못한 일이었어. 두 사람이 발견한 작은 산이 위산佘山이었거든. 아바오가 말했다. 시 중심에서 한눈에 7,8리 밖을 내다본다는 것은 불가능한 일이야. 수화가 말했다. 하급 문인들이 또 무슨 말을 할 수 있을까! 후성이 말했다. 그저 추론만 할 수 있을 뿐이지만 1930년대에는 공기도 좋고 집도 아주 적었어. '도보교류步行串聯' 단계에서는 걸어서 치바오七寶를 지나 위산까지 가는 데 꼬박 하루가 걸렸지. 발바닥에 물집이 생기더라고. 후성은 여기까지 말하고 나서 애써 눈길을 서남쪽으로 돌렸다. 먼 곳과 가까운 곳이 똑같이 잿빛이었다. 안개처럼 가물가물하고 어렴풋했다. 샤오창이 오래된 마름을 한 봉지 꺼내 모두에게 나눠주면서 먹으라고 권했다. 수화는 억지로 하나를 집어 껍질을 벗긴 반면, 아바오와 후성은 바닥이 온통 마름 껍질로 뒤덮이도록 거침없이 먹어댔다. 샤오전이 한 가지 제안을 했다. 후저우에 사는 우리 외삼촌이 배를 몰고 상하이로 오신대. 다들 가보지 않을래? 판완리盤灣里*부두로 가면 돼. 배 위에 올라가보자고. 아주 가까워. 이리하여 모두들 산을 내려갔다. 산 전체가 적막한 가운데 가을 잎들이 바람에 날려 떨어졌다. 수화가 말했다. 눈앞의 풍경은 시름만 더해주네. 나는 벌써 오한이 나기 시작했어.

공원 건너편은 화둥華東사범대학 후문이었다. 여전히 대자보들이 적지 않았다. 이들 다섯 명은 번개처럼 재빨리 교문 안으로 들어가 이리저리 기웃거리면서 돌아다녔다. 안으로 깊이 들어갈수록 사람들은 적었다. 무의식중에 아주 한적한 곳을 지나게 되었다. 작은 포도밭이었다. 마른 가지와 시든 잎 뒤로 철망이 하나 나타났다. 그 안에서는 개들이 짖는 소리가 들렸지만 개의 그림자는 보이지 않았다. 멀지 않은 곳에 대학 천문대가 있었다. 너무나 황량한 모습이었다. 커다란 빌딩 입구에 찢어진 종이들이 마구 나뒹굴고 있었다. 건물 로비 안은 도처에 쓰레기 천지였다. 모두 계단을 따

* 지금은 사용하지 않는 옛 지명으로 푸퉈구 서남부의 강줄기가 꺾어지는 지점을 가리킨다.

1970년대 상하이 서부 지역 지도. 기억에 의존하여 그린 것이다. 대부분의 공장은 이미 완전히 철거되었다.

라 올라갔다. 온통 잿빛이고 사람 하나 없이 텅 비어 있었다. 복도 양쪽 방에는 크고 작은 유리병에 담긴 갖가지 표본들이 줄지어 놓여 있었다. 일부에서는 이미 공기가 새고 있고 깨진 것도 있었다. 햇빛이 비치는 곳은 전부 누런빛과 잿빛 천지였고 액체는 혼탁했다. 함채나 곱창을 담가놓은 것 같았다. 암갈색으로 보이는 것들은 전부 썩은 물체 같았다. 바닥에도 대형 유릿조각이 나뒹굴고 이름 모를 끈적끈적한 액체가 흘러나와 있었다. 샤오전이 얼굴을 가까이 대고 말했다. 빨리 내려가자. 수화가 복도를 향해 외쳤다. 누구 없어요? 복도에서 메아리가 들려왔다. 잘게 부서진 소리였다. 동물이 기어오는 것 같았다. 공기 중의 포르말린 냄새가 진하고 복잡해졌다. 어둠 속에서 소리가 나는 것 같았다. 샤오전이 말했다. 너무 무서워. 나는 내려갈래. 다들 미동도 하지 않았다. 냄새가 갈수록 코를 찔렀다. 잠시 시원해졌다가 다시 더워지기를 반복했다. 한동안 숨이 탁 막혔다. 보일러에서 가스가 새는 것 같았다. 파이프가 물에 잠기고 깨진 유리창으로 바람이 밀려들어오면서 핑핑 요란한 소리를 냈다. 어디선가 개 짖는 소리가 들려왔다. 복도 깊은 곳에서 또다른 울음소리가 이에 호응하는 것 같았다. 등골이 오싹해진 후성이 재빨리 수화와 샤오전의 손을 잡아끌고 건물 아래로 내려갔다. 아바오와 샤오창도 아래층으로 뛰어내려갔다. 샤오전이 말했다. 대학에서 혁명 활동을 벌이고 나면 장례식장보다 더 으스스하게 변하는군. 샤오창이 말했다. 아마 시신도 있고 관도 있을 거야. 나쁜 놈들도 있고 말이야. 개 짖는 소리가 커지자 모두 한참을 내달리다가 멈춰 섰다. 눈앞의 잿빛 캠퍼스에 희미하게 영수님의 동상이 나타났다. 희뿌연 호수와 정자도 나타났다. 황량함의 정도가 옆에 있는 공원과 다르지 않았다. 후성이 말했다. 한바탕 악몽을 꾸고 있는 것 같군! 수화가 말했다. 밤이 되면 이 집의 분위기가 『바스커빌가의 개』*나 〈더 사인 오브 포〉**랑 같아지겠지.

이들 다섯 명은 재빨리 대학 정문을 나서 대로를 지났다. 대각선으로 건너편이 바로 판완리의 모래자갈 부두였다. 곧장 안으로 들어서자 쑤저우하가 보였다. 강변에는 대형 기중기들이 줄지어 서 있었다. 속이 확 트이는 경치였다. 갑자기 이상 기온이 찾아왔다. 모두들 샤오전과 샤오창을 바짝 뒤따랐다. 길을 잘 아는 이들은 아주 쉽게 후저우 예인선을 찾았다. 선장인 후저우 외삼촌이 이들에게 손을 흔들면서 갑판 위로 올라오라고 했다. 알고 보니 예인선은 작은 배가 아니었다. 선창의 유리는 아주 깨끗했고 바닥에는 양쪽으로 차곡차곡 개켜진 솜이불이 쌓여 있어 등을 기대고 앉을 수 있었다. 후저우 외삼촌은 애들에게 편히 앉으라고 하면서 마름 열매와 껍질이 푸른 사탕수수를 잘라 대접해주었다. 부엌에서는 김이 모락모락 나면서 후저우 고기 종자粽子가 익어가고 있었다. 샤오전이 말했다. 언니 오빠들 너무 긴장할 것 없어. 이분은 우리 외삼촌이야. 후성은 그제야 주변이 정상을 회복했다는 것을 느꼈다. 선창 바닥이 움직였다. 배가 창밖 쑤저우하의 물살을 타면서 상하좌우로 조금씩 흔들렸다. 물결이 밝게 변하더니 금빛으로 반

* 아서 코넌 도일의 소설. 셜록 홈스 시리즈의 한 편.

** 셜록 홈스의 이야기를 다룬 영화(1932).

짝이기 시작했다. 너무나 생동감 넘치고 운치 있는 풍경이었다. 모두 사탕수수를 먹고 또 종자를 먹었다. 후저우 외삼촌이 말했다. 이 주에 한 번씩 상하이로 산화칼슘을 실어나른 지 벌써 칠 년이나 됐구나. 특히 쑤저우하 판완리는 아주 익숙하지. 안 믿어질지 모르겠지만 눈을 감고도 배를 부두에 잘 댈 수 있을 정도라니까. 후성이 빙긋이 웃었다. 선창 안에 종자 잎 냄새가 가득했다. 다들 돌아가면서 한마디씩 하고서 신바람이 났는지 다시 갑판으로 나와 먼 곳을 바라보았다. 후저우 외삼촌이 말했다. 저 앞에 보이는 것이 바로 후항선 카이쉬안로凱旋路 철교란다. 영화 〈상하이 전투〉*에서 해방군이 기차로 상하이에 도착했을 때 철교를 지나는 장면을 찍은 곳이 바로 저 다리야. 아바오가 말했다. 저는 처음 듣는 얘기네요. 후저우 외삼촌이 말했다. 쑤저우하는 돌돌 말린 소시지 같은 모양을 하고 있지. 그래서 판완리라는 이름이 생긴 거야. 건너편에는 예전에 세인트존대학이 있어서 학당만學堂灣이라고 불리기도 했지. 학당교라는 다리도 있었는데 작년에 철거되었어. 후성이 물었다. 예인선은 흘수가 얼마나 되나요? 철판으로 만든 배인가요, 아니면 콘크리트로 만든 배인가요? 후저우 외삼촌이 말했다. 내하內河의 피예인 선박은 반드시 강철판을 용접해서 만든 배여야 해. 항구 안으로만 다닐 수 있거든. 양쯔강으로 갈 경우에는 외항外港이라 하고 항저우만杭州灣으로 갈 경우에는 신항新港이라고 부르지.

* 국민당을 상대로 한 국공 내전에서 1949년 5월에 중국인민해방군 제3야전군이 상하이를 포위 공격하여 국민당군을 섬멸한 전투를 소재로 한 영화(1959).

속칭 '검정 바탕黑底子'은 야간에 운행하는 배이고 '빨강 바탕紅底子'은 주간에 운행하는 배를 말해. 이때 모두들 동쪽에서 순시정 한 척이 아래쪽으로 내려오는 것을 발견했다. 높이 치켜올라간 뱃머리가 하얀 물살을 가르고 있었다. 배가 하얀 물보라를 토해냈다. 지방극에서 창을 하는 나이든 배우의 긴 수염 같았다. 선미에 달린 홍기가 요란하게 바람에 펄럭이는 가운데 순시정이 시신 한 구를 건져올렸다. 흰 물살이 갈라지면서 시신의 얼굴이 하늘을 향해 떠올랐다. 살아 있기라도 한 것처럼 선체를 따라 물결 위를 기복했다. 시신의 두 팔이 움직이면 꼭 배영 수영선수처럼 보일 것 같았다. 후저우 예인선이 기복하기 시작했다. 다들 아무 말도 하지 않았다. 후저우 외삼촌이 말했다. 물에 빠져 죽은 귀신들이 얼굴을 아래로 향하는 것은 항행 속도가 너무 빠르기 때문이야. 시신들이 물위를 데굴데굴 구르는 것도 유속과 관련이 있지. 일반적으로 잔잔한 물에 빠져 귀신이 되면 남자는 얼굴을 아래로 향하고 여자는 위로 향하게 되지. 에휴, 아마 이 귀신들은 황푸강에 뛰어들었거나 니청교에서 뛰어내렸을 거야. 모두 말이 없었다. 후저우 외삼촌이 기원하듯이 말했다. 아우님, 젊은 친구, 사람이 세상을 살다보면 슬픔도 있고 괴로움도 있기 마련이라오. 너무 억울하다고 생각하지 말아요. 일찌감치 저승에 가셨으니 빨리 환생하시구려. 동짓날이 되면 내가 지전을 좀 태워드리리다. 순시정은 강줄기를 따라 빙 에돌아갔다. 선미의 하얀 물보라가 흰 줄처럼 보였다 안 보이기를 반복했다. 물결이 쉴새없이 시신의 얼굴을 스치면서 가는 물보라가 일었다. 시신의 얼굴이 물에 잠겼다가 다시 떠오르면서 뒤집혔다. 두 맨발이 수면 위로 떠오를 때면 길게 끌린 물결의 흔적이 나타났다. 하늘은 또 잿빛으로 변하기 시작했다. 결국 순시정은 망자를 끌어올린 다음, 후항선 철교를 넘어갔다. 건너편에 있었던 세인트존대학이 그림처럼 보였다. 그 뒤쪽이 바로 옛날 책들에 여러 번 언급되고 있는 자오펑兆豊공원, 즉 중산공원이었다. 보기에는 너무나 조용했고 노란 빛 속에 한줄기 초록빛 띠를 이루고 있었다. 수화와 후성은 뱃머리에 서 있었다. 노란빛 사이로 푸른빛을 지닌 수관樹冠이 후성의 눈에 들어오자 화둥華東 지방에서 가장 키가 큰 플라타너스가 생각났다. 하지만 풍경이 선명하게 보이진 않았다. 강물이 동쪽으로 흘러가는 가운데 인근에서 기적소리가 들려왔다. 후성은 아무 말도 하지 않았다. 수화가 손으로 난간을 짚은 채 갑자기 낮은 목소리로 〈쑤저우하 강변〉의 가사 몇 구절을 외웠다. 강가에는/ 우리 두 사람뿐/ 별들이 웃고 있고/ 바람이 우리를 조롱하면서 불어와/ 가볍게 옷자락을 흔드네/ 우리는 걷고 있네/ 방향을 잃은 채/ 방향을 잃은 채/ 강가의 둑 위를 방황하고 있네/ 세상이 우리를 떠난 건지/ 아니면 우리가 세상을 버린 건지/ 알 수 없네.

# 16장

## 1

이날 밤, 아바오는 쑤안이 들어와서는 테이블에 앉아 있는 여러 손님들을 마주하고 앉아 미스 왕에게 당장 가서 임신중절수술을 하라고 명령하듯 말하는 모습을 지켜보았다. 가볍고 유연한 표정이었지만 말은 한 자 한 자가 무척이나 무게 있었다. 미스 왕은 술을 한 방울도 마시지 않았다. 구름 같은 머리칼이 검게 빛나고 얼굴에는 약간의 거짓 미소가 남아 있었다. 쉬 사장이 곧장 자리에서 일어나 쑤안을 데리고 나가려고 했지만 쑤안은 쉬 사장의 지시에 따르고 싶지 않아 이리저리 밀치고 당기며 실랑이를 벌였다. 술을 많이 마신 것 같았다. 두 사람이 막 별실 밖으로 나가자마자 리리의 눈짓에 아바오가 재빨리 방문을 닫았다. 적막이 흘렀다. 모두 아무 말도 하지 않았다. 리리가 북방 사투리로 말했다. 여러분, 간식을 올리겠습니다. 상하이 군만두와 게살 소룡포*예요. 아주 훌륭한 음식이죠. 구 부인이 빠른 속도로 눈알을 굴리며 미스 왕을 바라보다가 북방 사투리로 물었다. 이게 어떻게 된 일이에요? 저 여자 누구예요? 무슨 말을 하는 건가요? 리리가 말했다. 글쎄요. 린 부인이 표준어로 말했다. 저는 충분히 많이 먹었어요. 더는 못 먹을 것 같아요. 린 부인이 루 부인에게 다가가 뭔가 귓속말을 했다. 아바오가 말했다. 주양소원자酒釀小圓子** 한 그릇씩 더 드시지요? 린 부인이 말했다. 아니에요, 정말 못 먹어요. 시간이 너무 늦었어요. 루 부인이 갑자기 말했다. 어머, 우리 먼저 가야 할 것 같네요. 갑자기 할일이 생각났어요. 헝산로에 가서 친구를 좀 만나야 할 것 같아요. 구 부인이 의아하다는 듯한 표정으로 말했다. 왜 그러는 건지는 모르겠지만 그럼 우리 먼저 일어나죠. 종업원, 계산서 주세요. 리리가 말했다. 무슨 계산을 한다는 거예요? 아바오가 미스 왕의 낯빛이 무척이나 어두운 것을 보고는 입을 씰룩거리며 뭔가 말하려다가 끝내 입을 다물었다. 구 부인이 예를 갖춰 인사한 후 핸드백 지퍼를 닫고는 린 부인, 루 부인과 함께 총총히 몸을 일으켜 작별인사를 하고 자리를 떴다. 리리가 손님을 따라 나가 배웅했다. 미스 왕도 자리에서 일어섰다. 다소 경직되어 있는 듯한 모습이었지만 인사를 잊지는 않았다. 하지만 목소리가 너무 작아 무슨 말을 하는지 알아들을 수 없었다. 그렇게 눈빛으로 문을 나서는 세 부인

* 작게 만들어 증롱에 찐 빠오즈.

** 닝보의 전통 간식으로 찹쌀과 연밥으로 만든 죽의 일종이다.

을 배웅했다.

별실 안에는 아바오와 미스 왕만 남았다. 아바오가 종업원을 내보내고 문을 꼭 닫았다. 미스 왕이 고개를 가로저으면서 말했다. 저의 좋지 않은 운수가 남천문南天門*을 건드리고 말았네요. 아이가 생겼어요. 아바오는 아무 말도 하지 않았다. 미스 왕이 말했다. 정말 웃기는 일이에요. 아바오가 물었다. 정말로 임신한 거예요, 아니면 장난이에요? 미스 왕이 화를 내며 말했다. 쉬 사장이 들어오면 물어보세요. 쑤안은 대체 무슨 자격으로 제게 이래라저래라 하는 건가요? 아바오가 말했다. 창수에 한 번 갔다가 임신을 하고 말았군요. 미스 왕이 말했다. 쑤안 저 여자가 하는 꼴은 정말 말이 아니네요. 가소롭기 그지없어요. 친절하게도 저더러 홍팡즈에 가라고 하다니. 멍청한 것 같으니라고! 이때 리리가 들어왔다. 얼굴에 먹구름이 가득했다. 들어오면서 그녀는 방문을 꼭 잠갔다. 미스 왕이 물었다. 쉬 사장은요? 리리가 말했다. 종업원의 말로는 쉬 사장의 차가 줄곧 문 앞에 멈춰 서 있다가 두 사람이 타자마자 곧장 출발했다고 하더군요. 미스 왕이 머리끝까지 화가 나서 말했다. 봤죠? 애당초 리리를 너무 믿었어요. 쉬 사장은 정말 좋은 사람이에요. 아주 친절할 뿐만 아니라 모든 면이 다 좋았어요. 그런데 지금은 어떤지 모르겠어요. 리리가 물었다. 그게 무슨 말이에요? 저는 애당초 아무 말도 안 했어요. 단지 한 가지 사실을 기억했을 뿐이

* 옛날에 태산(泰山)은 하늘을 의미했고 태산 꼭대기에는 천정(天庭)이 있다고 여겼다. 천정에는 동서남북 네 개의 문이 있는데 그 가운데 하나가 남천문이다. 남천문을 건드리면 곧 재난을 당하게 된다고 알려져 있다.

지요. 미스 왕은 남편을 데려가고 싶지는 않다면서 스스로 기분전환을 하고 싶다고 했어요. 그리고 지금은 다 뜻대로 된 거죠. 큰일이 생겼으니까요. 미스 왕은 아무 말도 하지 않았다. 아바오가 말했다. 합환주를 마시고 화를 내더니 결국 인사불성이 되어 부축을 받으면서 위층에 있는 방으로 올라갔잖아요. 미스 왕이 따져 물었다. 제가 임신했다 해도 그게 뭐 어떻다는 거예요? 저는 남편이 있는 사람이에요. 임신은 아주 정상적인 일이라고요. 아바오는 아무 말도 하지 않았다. 리리가 말했다. 그날 오후 모두 천정에 모여 탄사 공연을 감상했어요. 그런데 웬일인지 두 사람만 모습을 나타내지 않았어요. 남자 하나 여자 하나였지요. 미스 왕이 되물었다. 남녀가 위층 방에 들어가 문을 꼭 닫고 있으면 무조건 그런 일이 있다는 건가요? 리리는 아무 말도 하지 않았다. 미스 왕이 가볍게 웃으면서 말했다. 솔직하게 말할게요. 그날 저는 기껏해야 쉬 사장과 포옹을 좀 하다가 입만 몇 번 맞췄을 뿐이에요. 그걸로 임신이 된단 말인가요? 정말 우스운 얘기네요. 리리는 여전히 말이 없었다. 아바오가 물었다. 그다음은 어떻게 됐나요? 미스 왕이 말했다. 그다음에는 말이에요…… 그다음에는 레코드판을 틀어 음악을 들으면서 차를 마시고 얘기를 나눴지요. 아바오는 말이 없었다. 미스 왕이 말했다. 지금 다시 한번 분명히 밝히지만, 제가 임신한 것은 개인적인 일이에요. 원래 아이를 하나 낳고 싶었다고요. 리리는 아무 말도 하지 않았다. 미스 왕이 말했다. 솔직히 말할게요. 창수에 가기 전에 제 뱃속에는 이미 아이가 있었어요. 아바오가 망설이다가 입을 열었다. 아이를 가졌는데 백주를 마신다는 건 너무 말이 안 되잖아요. 미스 왕이 잠시 고심하다가 말을 받았다. 솔직히 말해도 되겠죠? 아바오는 말이 없었다. 리리는 눈길을 테이블로 옮겼다. 미스 왕이 말했다. 저와 훙칭은 가짜 이혼수속을 한 터였어요. 아바오는 여전히 말이 없었다. 미스 왕이 말했다. 임신이 훙칭의 직위에 영향을 주지 않도록 하기 위해서였죠. 가짜 이혼을 하고 곧바로 사람을 골라 가짜 결혼을 했어요. 훙칭이 부탁한 사람이었죠. 저는 새 남편이랑 혼인증서를 만들었어요. 세 사람이 서류상으로 결혼은 하지만 육체적인 접촉은 절대 안 하기로 약정했어요. 혼인신고를 하는 날 저는 새 남편이랑 일을 처리하는 사무직원 앞에서 서로 손만 잡았을 뿐이에요. 그런 다음 저의 호구를 상대방의 호구로 옮겼지요. 훙칭이 새 남편에게 비용의 30퍼센트를 지불했어요. 아이가 태어나 상대방의 호구에 올리면 다시 30퍼센트를 지불하기로 했죠. 그런 다음 곧장 이혼하고 다시 훙칭과의 결혼 상태를 회복할 계획이었어요. 저와 아이의 호구도 다시 훙칭의 호구로 옮기고 나서 나머지 비용을 지불하기로 했지요. 리리는 아무 말도 하지 않았다. 미스 왕이 고개를 가로저으며 말했다. 그 결과 계약을 하고 결혼증명서를 수령했어요. 결혼은 다 통과했는데 병원에서 문제를 찾아냈어요. 제가 가짜 임신이라는 거였죠. 정말 이상한 일이었어요. 한동안 공연히 좋아했던 셈이었어요. 훙칭은 긴장하기 시작했지요. 회사와의 계약 기간이 일 년이었기 때문이에요. 아바오가 빙긋이 웃었다. 미스 왕이 말했다. 저는 이런 일은 정말 얘기하고 싶지 않았어요. 남들이 들으면 웃음거리밖에 안 될 테니까요. 아바오가 물었다. 그다음에는 어떻게 됐나요? 미스 왕이 말했다. 임신이 물거품이 되자 훙칭은 새 남편을 찾아가 이런 사실을 알리고 인내심 있게 기다리기로 했어요. 계약 기간도 연장했지요. 새 남편은 훙칭의 운전기사가 소개한 사람이었어요. 시계 공장의 퇴직 노동자였죠. 무술을 연마한 사람으로 성격이 아주 좋은 편이었어요. 아바오가 물었다. 이름이 뭔가요? 미스 왕이 말했다. 등록하던 그날, 훙칭과 운전기사가 저랑 함께 갔어요. 호구를 새 남편의 주소로 옮겼지요. 모든 단계에서 저는 아무 말도 하지 않았어요. 아바오가 물었다. 새 남편의 주소는 어디였나요? 미스 왕이 말했다. 쑤저우하 옆이었어요. 모간산로莫干山路요. 아바오가 물었다. 잠깐만요! 새 남편의 이름이 뭐라고 했죠? 미스 왕이 말했다. 샤오마오요. 공장에서 경비원으로 일하는 사람이에요. 뭐 잘못된 거라도 있나요? 아바오가 물었다. 정확한 이름이 뭐냐고요? 미스 왕이 말했다. 결혼증명서만 힐끗 보았을 뿐이라 기억이 잘 안 나네요. 운전기사는 새 남편을 샤오마오라고 불렀어요. 아바오가 물었다. 샤오마오가 뭐라고 하던가요? 미스 왕이 말했다. 제가 샤오마오에게 상황이 바뀌었기 때문에 다시 임신할 수 있는 시간을 정확히 단정하기 어렵다고 말했어요. 그러자 샤오마오가 말했죠. 괜찮으니까 아무 걱정 하지 마세요. 모든 건 서로 잘 상의하면 될 거예요.

세 사람은 심각한 표정으로 아무 말도 하지 않았다. 리리가 말했다. 문제가 아주 복잡하군요. 가짜 이혼에 가짜 결혼이니 외부에는 비밀로 해야 했겠네요. 그 점은 충분히 이해해요. 창수에 가기 전에 아이를 가졌다는 말은 거짓말인 게 분명하네요. 구체적인 진상은 어떻게 된 건가요? 미스 왕은 말이 없었다. 리리가 말했다.

왜 쑤안이 문 앞까지 와서 소란을 피우는 건지 핵심적인 부분에 대해서는 한 마디도 하지 않았잖아요. 미스 왕은 아무 말도 하지 않았다. 아바오가 말했다. 아마 쑤안의 눈빛이 날카로운 게 무서워서 그랬을 거예요. 이전에 저의 이웃에 사오싱 할멈이라는 분이 살았는데 한번 슥 보면 금세 여자의 비정상적인 모습과 몸 상태를 알았죠. 몸안에 금덩이를 지니고 있는지 아이를 갖고 있는지 한눈에 알아봤어요. 리리가 말했다. 쑤안이 그런 요괴이고 그녀의 눈이 그런 능력을 갖고 있다면 훙팡즈에 가서 일하면 되겠네요. 아바오가 빙긋이 웃었다. 리리가 물었다. 쑤안이 이런 사실을 알게 된 것은 틀림없이 쉬 사장이 밝혔기 때문이겠지만 쉬 사장에게 이런 이야기를 한 사람은 누구였을까요? 미스 왕은 침울한 얼굴로 아무 말도 하지 않았다. 리리가 말했다. 이건 속여서 넘어갈 수 있는 일이 아니에요. 이렇게 창피한 일은 차라리 훙칭도 알게 하는 게 좋을지 몰라요. 제가 뚜쟁이 짓을 한 것과 마찬가지잖아요. 남의 마누라를 망가뜨린 셈이네요. 양갓집 부녀자를 창수라는 아주 안 좋은 곳으로 데려가 몸을 망치게 했으니 훙칭이 제 뺨을 두 대 세게 후려쳐도 마땅한 일이지요. 미스 왕이 탄식하듯 길게 한숨을 내쉬고 말했다. 아! 이제부터 제가 솔직하게 얘기할게요. 괜찮겠죠? 리리는 아무 말도 하지 않았다. 미스 왕이 말했다. 임신은 한 차례 헛된 기쁨이었어요. 창수에 가기 전날, 저는 다시 검사를 받으러 갔어요. 의사가 진찰해보고 나서 그러더군요. 임신이 아닌 것이 확실해졌다고요. 하지만 제가 우수한 난자를 갖고 있으니 노력하면 된다는 거였어요. 지금 저는 저의 은밀한 비밀을 털어놓고 있는 거예요. 당시 홍칭도 줄곧 남성 비뇨기과에 다녔어요. 정자의 수량이 부족하기 때문이었죠. 의사가 말했어요. 이번에는 좀 부족하니까 다음번에는 높일 수 있을 겁니다. 아내에게 일 무 삼 분의 땅이 있으니 남편은 진지하게 잘 갈아야 합니다. 육체노동을 많이 해야 한다는 거예요. 과거에는 고질병에 대한 최고의 처방이 모든 사람이 자발적으로 파종기가 되라는 것이었어요. 부부가 진지하게 열심히 밭을 갈아야 수확을 할 수 있다는 거였죠. 병원에서 돌아오던 날 우리는 곧바로 밭을 갈았어요. 임신이 안 된 건 안 된 것이고, 다음을 기약해야 했거든요. 그때 문득 연약한 여자인 제가 결혼과 이혼, 또 결혼을 세 번이나 했다는 사실이 생각났어요. 눈 한 번 깜빡하는 사이에 패스를 세 건이나 받았지요. 상하이 사람들은 제가 이미 양두혼兩頭婚*을 한 거라고 말하더군요. 마음이 너무 괴로웠어요. 밤이 되자 홍칭과 또 모내기를 하고 벼를 심었어요. 법을 어긴 셈이었죠. 혼외 성생활을 한 셈이었어요. 사통을 한 것이지요. 저는 바지 허리띠를 풀었어요. 정말로 죄를 지었어요. 때문에 생각이 많아졌고, 밖에 나가 기분전환을 하고 싶기도 했어요. 결과는 아주 좋았지요. 큰일을 저지른 거예요. 리리가 말했다. 아주 맘에 드는 얘기로군요. 미스 왕이 말했다. 그렇게 전남편하고는 이혼했고 새 남편은 아직 인정하지 않은 상태에서 창수에 갔어요. 당시 쉬 사장에 대한 인상은 아주 좋았어요. 술을 마셔야 하니까 마셨고 취해야 하

* 전통적인 결혼 방식과 달리 결혼 후 각자 자신의 원래 집으로 돌아가 따로 사는 것으로 20세기 말, 장쑤와 저장 일대에서 크게 유행한 혼인 형태.

니까 취했어요. 그가 절 위층에 올라가 쉬게 하더군요. 술이 깨자 목욕을 도와주었어요. 정신이 흐릿한 상태였고, 둘이 그 짓을 하고 말았어요.

리리가 헛기침을 한 번 했다. 아바오가 물었다. 그다음에는 어떻게 됐나요? 미스 왕이 말했다. 창수에서 상하이로 돌아오자 촌스럽고 멍청한 홍칭은 여전히 '농업팔자방침'을 추진하더군요. 농업을 근본으로 하여 황무지를 개척하고 벼와 밀을 심으려는 거예요. 일모작 벼도 심고 이모작 벼도 심었지요. 밤마다 밭을 깊게 갈다보니 머리가 어지러워 거의 기절할 정도였어요. 한 달 뒤 뱃가죽에 싹이 났지요. 아이가 생긴 거예요. 홍칭의 검사보고서가 나왔어요. 수량도 기준에 도달했지요. 저는 미칠 지경이었어요. 이러지도 못하고 저러지도 못하는 처지였어요. 위풔사玉佛寺에 달려가 몇 번이나 소원을 빌면서 보살님께 저를 좀 지켜달라고 기도드렸어요. 그러고는 묘당 문을 나서자마자 장님 점쟁이를 찾아갔죠. 점쟁이는 반나절이나 이마에 주름을 잡으면서 점을 치더니 횡설수설하더군요. 간단히 말해 지금 상황이 매우 안 좋다는 거였어요. 두 마리 뱀이 선명하게 보인다고 하더라고요. 아바오가 말했다. 가짜 점쟁이네요. 미스 왕이 말했다. 말은 '천안天眼이 열렸다'*고 하지만 분명히 뱀 두 마리가 알 하나를 돌돌 말고 있는 것이 보였대요. 상당히 복잡했지요. 당시에 저는 너무 놀랐어요. 홍칭과 쉬 사장 둘 다 뱀

* 천안은 단전(丹田) 부위를 말하는데 천안이 열린다는 것은 수양을 통해 세번째 눈을 갖게 된다는 뜻이다.

띠였거든요. 점쟁이의 말로는 일반적인 상황에서는 알의 껍데기가 깨지면 뱀 두 마리가 미끄러지듯 어딘가로 가버리거나 혹은 그 가운데 한 마리가 알을 집어삼킨다고 하더군요. 다른 뱀마저도 전부 뱃속에 삼켜버리고 세상이 태평해진다는 거예요. 하지만 지금 이 알은 너무 크고 껍데기도 상당히 단단해서 두 마리 뱀이 서로 앞을 다투느라 버둥거리는 바람에 제대로 삼켜지지도 않고 밑으로 떨어지지도 않는다는 거예요. 제가 물었죠. 알은 무엇을 의미하나요? 점쟁이가 말했어요. 알은 눈앞에 닥친 큰일을 의미합니다. 제가 깜짝 놀라서 물었죠. 무슨 해결방법이 있을까요? 점쟁이가 말했어요. 자발적으로 이 알을 깨뜨리면 세상은 곧 평안해지지요. 저는 마음속으로 적잖이 충격을 받았어요. 임신이 쉽지 않은데 유산을 해야 한다는 거잖아요. 저는 가부의 대답을 하지 않은 채 적지 않은 돈을 지불하고 나왔어요. 집으로 돌아오니 훙칭이 임신 사실을 알고는 아주 따스하고 세심하게 보살펴주는 거예요. 새 남편도 곧장 전화를 걸어와 임신을 축하해주면서 아주 노련한 척하며 말하더군요. 태아를 세심하게 보살피고 영양을 충분히 섭취해야 한다고 말이에요. 저는 겉으로는 웃었지만 마음속은 허전했어요. 지금 생각해보니 창수에 갔을 때 음식과 남자를 너무 밝힌 것 같다는 생각이 들어 눈물을 삼켜야 했지요. 리리는 아무 말도 하지 않았다. 종업원이 문을 열고 들어왔다. 리리가 손짓하자 다시 나가 문을 꼭 닫았다. 미스 왕이 말했다. 쉬 사장이랑 전화 통화를 했어요. 임신했다고 분명하게 말했죠. 쉬 사장은 아무 말도 하지 않고 가볍게 웃기만 하더군요. 그러고는 쉬자후이 일대의 집값이 올랐다는 얘기만 하더라고요. 저는 너무 화가 나서 전화를 끊어버렸어요. 다음 날 쑤안이 전화를 했더라고요. 대뜸 계속 욕을 해대면서 저를 사기꾼이라고 하지 뭐예요. 나중에는 저더러 당장 홍팡즈에 가보라고 하더군요. 저는 화도 나고 마음도 상해서 그녀를 상대하지 않기로 마음먹고 전화를 받지 않았어요. 그다음부터는 쑤안도 잠잠해지더라고요. 쉬 사장은 그나마 괜찮았어요. 몇 번 저와 만나기로 약속하고 밥을 사주더군요. 저는 그저 쑤안이 미울 뿐이에요. 생각해보면 애당초 쑤안이 주는 술을 받아 마시고 인사불성이 되었던 거예요. 그 여자가 저를 정신을 잃게 하여 사람들의 웃음거리로 만들어버린 거예요. 제가 어린 양이 되어 호랑이 입으로 들어가는 것을 눈뜨고 구경하면서 정신을 잃은 저를 위층으로 옮겼어요. 실오라기 하나 걸치지 않은 알몸으로 문 앞에 대령한 거죠. 돈 한푼 들이지 않고 말이에요. 그런 쑤안이 이제 와서 얼굴을 바꾼 거예요. 저는 쑤안과 쉬 사장이 서로 결탁했다는 것을 잘 알고 있어요. 미스 왕은 여기까지 얘기하고 나서 티슈를 꺼내 눈물을 훔쳤다. 리리가 말했다. 알을 깨버리면 훙칭이 의심하게 될 것이고 알을 지키면 쑤안이 매일 밤 날이 밝을 때까지 눈을 부릅뜨고 노려볼 거예요. 정말로 쉬 사장의 핏줄이라면 시간과 힘이 좀 들더라도 소송을 해서 유산과 명예를 하나하나 찾아와야겠지요. 미스 왕은 아무 말도 하지 않았다. 아바오가 말했다. 제가 말했던 할멈의 사오싱 방언에서는 이런 걸 '천태賤胎'라고 하더군요. 미스 왕은 테이블 위에 엎드려 그 자리에서 울음을 터뜨리고 말았다.

## 2

이날 오후 캉 사장은 다른 사장 세 명을 데리고 서둘러 쿤산으로 갔다. 사업을 논의하기 위해서였다. 호스트 쪽에서 연회를 마련했고 식사 후 가라오케에 가서 놀았다. 루 사장은 먼저 술에 취해 소파 위에 비스듬히 앉아 눈을 감은 채 쉬고 있었다. 남자 종업원이 과일을 내오고 흰 치마를 입은 아가씨가 술병을 땄다. 루 사장은 이런 것들을 전혀 알아채지 못했다. 마담이 열 명 남짓 한 자주색 치마 차림의 아가씨들을 줄줄이 이끌고 룸으로 들어와 나란히 세웠다. 루 사장이 정신을 차리고 북방 사투리로 말했다. 제가 먼저 살펴볼게요, 누가 가장 미인인지. 모두 아무 말도 하지 않았다. 루 사장이 줄지어 서 있는 아가씨들에게 다가가 하나하나 자세히 뜯어보다가 배시시 웃으면서 그 가운데 한 명에게 손을 내밀어 악수를 청하고 인사를 건넸다. 그러고는 다정하게 끌어안았다. 하하하! 얼굴에 웃음이 가득한 그는 아가씨를 껴안고서 가볍게 등을 두드렸다. 노련한 아가씨들은 산전수전을 다 겪은 터라 지나치게 친절한 손님을 대하면서도 자연스럽게 응대했다. 남자가 하하하 큰 소리로 웃자 여자는 호호호 앙증맞게 웃어주었다. 자리에 웃음소리가 가득했다. 열 명 넘는 아가씨들과 일일이 포옹을 마친 루 사장은 검열을 마친 수장처럼 깊은 정을 담아 인사를 건넸다. 언니들 수고했어요! 아가씨들이 한목소리로 응대했다. 사장님, 수고하셨어요! 루 사장이 다시 아가씨들을 하나하나 자세히 뜯어보다가 뒤로 세 걸음 물러서더니 부드럽고 낮은 목소리로 말했다. 어느 미녀가 2차를 가고 싶은지 알아서 나와보세요. 대열에서 다섯 명의 아가씨가 하나씩 연이어 부끄러워하는 듯한 표정으로 앞으로 한 발짝 몸을 내밀었다. 아름다운 자태에 웃음과 애교가 넘쳤다. 루 사장이 아무 말도 하지 않자 모두들 입을 굳게 다물었다. 바로 이때 뒤로 두세 걸음 물러선 루 사장의 웃음 띤 얼굴이 갑자기 흉악하게 변했다. 일 초도 안 되는 짧은 순간에 그가 버럭 소리를 질렀다. 전부 꺼져! 미녀는 무슨 개똥같은 미녀야! 아가씨들이라고 하나같이 얼굴은 못생기고 성격들만 좋군! 정말 염병하게들 생겨먹었네! 재수없으니까 전부 꺼져! 하나도 남지 말고 전부 나가라고! 캉 사장은 놀라움을 금치 못했다. 루 사장은 몸집이 왜소한 편이라 마지막으로 몇 마디 소리를 지를 때는 두 팔을 휘저으며 정신이 나간 것처럼 손바닥으로 자기 엉덩이를 두드리면서 기력을 소진하다가 땅바닥에 주저앉았다. 목도 쉬고 분노가 극에 달해 가슴까지 아픈 것 같았다. 놀란 마담이 먼지처럼 바짝 몸을 낮추고 아가씨들에게 작은 목소리로 말했다. 어서들 나가봐, 빨리! 아가씨들은 고개를 숙인 채 뱀처럼 재빨리 미끄러져 룸을 빠져나갔다. 마담이 몸을 돌려 배시시 웃으면서 북방 사투리로 말했다. 오빠, 그렇게 고래고래 소리 좀 지르시지 않으면 안 될까요? 제가 담이 좀 작아서요. 루 사장이 다가가 마담을 꼭 끌어안고는 웃으면서 말했다. 미안, 미안해. 나 어때? 나 맘에 안 들어? 마담이 몸부림을 쳐서 어깨를 빼내며 물었다. 아가씨를 원하시는 거예요, 안 원하시는 거예요? 루 사장이 말했다. 원하지. 당장 다른 아가씨들을 데려오라고! 빨리! 루 사장이 뒤로 한 걸음 물러서서 마담을 향해 허리를 깊이 구부려 절을 올리며 말했다. 정말 미안해요. 너무 소란스럽게 해서 미안해요. 헛수고하게 해서 정말 미안합니다. 아가씨들을 몇 명 다시 불러주세요. 마담이 어리둥절한 표정을 지었다. 너무나 곤혹스러워 어찌해야 좋을지 모르는 표정이었다. 모두 아무 말도 하지 않았다. 루 사장이 헤헤 싱겁게 웃으며 말했다. 아가씨, 노래 한 곡 신청해줘요. 〈베이징의 하룻밤〉요. 다들 여전히 말이 없었다. 음악이 흘러나오기 시작했다. 완전히 베이징 분위기의 베이징 사투리 노래였다. 이때 문밖에는 마담이 데려온 열 명 남짓한 아가씨들이 루 사장이 노래 부르는 모습을 바라보면서 몸을 웅크린 채 조용히 기다리고 있었다. 루 사장은 마이크를 들고 발을 구르면서 음악의 리듬에는 전혀 개의치 않고 단전의 힘을 최대한 이용해 고성으로 노래를 해대고 있었다. One night in Beijing 많은 정을 남겼네/ 감히 한밤중에 길을 묻지 못하고/ 수많은 꽃들이 있는 깊은 곳으로 가게 될까 두려웠네/ 사람들이 말하길/ 수많은 꽃들이 있는 깊은 곳에는/ 옛 연인이 살면서/ 꽃신에 수를 놓고 있다고 했지/ 편안하고 침착한 얼굴의 노인은/ 여전히 출정한 사람이 돌아오기를 기다리고 있네/ 술잔을 높이 들고 노래하던 남자는/ 북방의 늑대족/ 사람들이 말하길 북방의 늑대는/ 차가운 바람이 일 때/ 성문 밖에 서서/ 녹슨 갑옷을 입고/ 성문을 열라고 소리친다고 하네.

루 사장이 부른 노래는 남자 목소리와 여자 목소리가 고루 동원되고 음역이 높아 무척이나 부르기 힘든 노래였다. 하지만 루 사장은 각 소절을 딱딱 잘라가면서 부르는 탓에 음은 전혀 맞지 않으면서 감정만 철저하게 쏟아내고 있었다. 몸을 앞뒤로 구부렸다가 젖히기를 반복하면서 소리와 힘을 다해 노래하다가 결국에는 땅바닥에 주저앉고 말았다. 거의 각혈하는 듯한 모습이었다. 모두 아무 말도 하지 않았다. 캉 사장은 눈앞에서 깡패 혹은 악마가 고래고래 악을 쓰는 것 같다는 느낌이 들었다. 노래하다가 몸이 갈가리 찢어지고 오장육부가 다 빠져나가야 멈출 것 같았다. 영화에서처럼 가슴속에서 끈적끈적한 진액 한 덩이가 솟구쳐 나오면서 목구멍이 벌어져 이상한 손이 튀어나오고 날카로운 이빨을 드러내며 하늘을 향해 긴 울음을 토할 것 같아 그다지 이상하다는 느낌은 들지 않았다. 노래 한 곡이 끝나자 루 사장은 비 오듯 땀을 흘리면서 아가씨가 건네주는 수건을 받았다. 마담이 열 명이 넘는 아가씨들을 데려와 다시 줄을 세웠다. 루 사장은 차가운 눈빛으로 아가씨들을 하나하나 살펴보더니 손을 휘저으며 가볍게 한마디 뱉었다. 꺼져! 머리끝까지 화가 난 마담이 고개를 돌려 아가씨들에게 말했다. 나가! 아가씨들이 황급히 방을 빠져나갔다. 마담이 루 사장을 불렀다. 오빠! 루 사장이 짜증난 어투로 말했다. 왜 불러? 빨리 다른 아가씨들을 데려오지 않고 무슨 말이 그렇게 많아! 마담은 다시 밖으로 나가는 수밖에 없었다. 이날 밤, 마담은 무려 네 번이나 아가씨 무리를 룸에 들였지만 전부 루 사장에게 쫓겨나고 말았다. 옆에 있던 구 사장과 타이완에서 온 린 선생은 히죽히죽 웃으며 구경만 했다. 캉 사장이 구 사장에게 가까이 다가가 목소리를 낮춰 북방 사투리로 말했다. 루 사장 이 양반은 성격이 정말 이상하네요. 구 사장이 북방 사투리로 말했다. 처음이라 낯설지만 무슨 일이든지 반복되면 익숙해지기 마련이지요. 이런 사람은 술에 취했다 하면 이런 근성을 보인다니까요. 큰 소리로 노래 몇 곡 불러 즐거움을 발산하는 건데 이런 지경에 이르면 달리 무슨 방법이 있겠어요? 그저 오기밖에 없는 거지요. 다섯번째 아가씨 무리가 들어왔다. 캉 사장은 정말 더는 두고 볼 수가 없어 루 사장과 구 사장 등에게 아가씨를 몇 명 고르라고 당부했다. 루 사장이 고개를 돌려 웃으면서 말했다. 정말 훌륭해. 하나같이 하늘에서 내려온 선녀들 같네. 빨리들 고르세요. 저 아가씨 어때요? 루 사장이 하나하나 초대하는 손짓을 해 보이면서 특별히 즐거운 표정으로 캉 사장과 함께 몇몇 아가씨를 자리에 앉혔다. 그러면서 아가씨들의 옥 같은 팔을 잡아당겨 손님의 어깨 위에 걸쳐주었다. 아가씨 하나가 팔을 거둬들이자 루 사장이 빙긋이 웃으면서 다시 다가가 옥 같은 팔을 반듯하게 놓아주었다. 분위기가 부드러워졌다. 결국 루 사장은 그 아가씨를 이끌어 서 있던 자리로 되돌려놓았다. 캉 사장이 말했다. 어허, 이 아가씨는 루 사장님이 골랐잖아요. 왜 이러시는 거예요? 또 실랑이를 벌이면서 똑같은 일을 반복하시면 전 그냥 갈 겁니다. 루 사장이 말했다. 신경쓰지 마세요. 전 이미 고른 아가씨가 있어요. 캉 사장이 물었다. 어떤 아가씨인데요? 루 사장이 말했다. 아가씨지요. 캉 사장이 다시 물었다. 그러니까 어떤 아가씨냐고요? 루 사장이 말했다. 제 맘에 드는 아가씨요. 이때, 테이블 앞에 쪼그려앉아 있던 아가씨가 북방 사투리로 말했다. 루 사장님, 저는 손님들 옆에 앉아 접대하는 사람이 아니에요. 여러분께 노래를 신청해주고 물을 따라주는 게 제 일이에요. 루 사장이 미소를 지으면서 말했다. 멍청한 년! 난 네가 맘에 든단 말이야. 이리 와! 아가씨는 테이블 앞에 앉은 채 움직이지 않았다. 루 사장의 낯빛이 변했다. 그럼 나가. 당장 꺼지라고. 나가란 말이야! 아가씨가 고개를 숙였다. 이때 구 사장이 피부는 검지만 예쁜 아가씨를 가볍게 껴안아 다독거리며 말했다. 아가씨, 루 사장의 성질은 아가씨도 잘 알 거예요. 그냥 옆에 앉아 말동무나 좀 해줘요. 팁은 넉넉히 챙겨드릴 테니까. 어서요. 아가씨는 마지못해 일어섰다. 루 사장이 말했다. 착하군. 나는 이년의 이 하얀 치마가 맘에 든다니까요. 마담은 상황을 지켜보고 있다가 안도의 한숨을 내쉬고는 다른 아가씨들을 데리고 물러갔다. 루 사장이 아가씨에게 말했다. 이리 와. 우선 춤부터 한 곡 때리자고. 아가씨는 억지로 모니터 앞으로 나아갔다. 루 사장이 아가씨의 치마를 언급해서 그런지 캉 사장도 치마가 꽤 멋지다는 생각이 들었다. 새하얀 빛깔이 마치 옛날 무도복 같았다. 캉 사장은 지난해 미국에 갔을 때 딸을 위한 선물을 샀다. 그 가운데는 포에버21의 하얀색 치마도 있었다. 가격은 겨우 32달러밖에 안 됐지만 아주 우아한 옷이었다. 음악이 계속 울리고 루 사장은 아가씨와 춤을 추었다. 표정이 편안해 보였고 몸을 움직이면서도 몸과 몸 사이에 일정한 거리를 유지하면서 예의를 갖췄다. 다들 마음을 놓고는 각자 옆에 앉은 아가씨들과 한담을 나누거나 주사위 게임을 하거나 술을 마셨다.

캉 사장이 막 마음을 놓는 순간, 캉 부인에게서 전화가 왔다. 캉 사장은 복도로 나와 전화를 받았다. 캉 부인이 말했다. 저녁에 세 부인이 미스 왕과 함께 식사를 하기로 했대요. 당신도 생각했던 일이잖아요. 그런데 갑자기 한 여자가 뛰어들어와 미스 왕과 대판 싸움을 벌였대요. 알고 보니 미스 왕이 창수 쉬 사장의 아이를 가졌더라고요. 인공유산을 하라고 했대요. 캉 사장이 놀라서 물었다. 그게 정말이오? 캉 부인이 말했다. 세 부인이 전부 제게 전화했어요. 구체적인 얘기 내용에 세 사람 모두 차이가 없더라고요. 캉 사장이 물었다. 훙칭이 이 사실을 알게 되면 어떻게 하지? 캉 부인이 말했다. 그러게 말이에요. 캉 사장이 말했다. 일단 다른 사람들에게는 말을 옮기지 말아요. 여기서 멈춰야 한단 말이오. 캉 사장은 전화를 끊고 나서 복도 벽에 몸을 기댄 채 멍한 표정으로 서 있었다. 캉 사장과 훙칭은 여러 해 알아온 오랜 친구였고 서로 못하는 얘기가 없는 사이였다. 그런데 지금 남녀 문제가 생기고 만 것이다. 임신은 체면이 걸린 일이었다. 어떻게 해야 좋을까? 이는 남자로서는 말할 수 없는 일이었다. 캉 사장은 상상이 되지 않았다. 훙칭이 알게 되면 노발대발하면서 끈덕지게 따져 물을 것이 분명했다. 차라리 침묵하면서 말하지 않는 것이 상책이었다. 눈앞에 펼쳐진 복도는 서로 교차되면서 복잡하게 얽혀 있었다. 금벽金碧으로 휘황찬란한 가운데 화려한 등불들이 눈부셨다. 왕조시대의 거대한 황궁 같았다. 한 무리, 한 무리의 아가씨들은 자주색 통일된 옷차림으로 옥을 깎아놓은 듯한 목과 향기로운 어깨, 똑같이 늘씬한 다리를 드러내고 있었다. 마담의 인솔하에 황제의 침궁에 가서 총애를 받으려고 애쓰는 붉은 화장의 대오 같기도 했고, 전선으로 달려가는 여러 지대의 낭자군 대오 같기도 했다. 가무와 여색에 탐닉하는 길이 사통팔달로 펼쳐져 있었다. 거울 같은 환각의 미궁 속에는 인간세계의 환영이 펼쳐져 있었다. 캉 사장은 굳은 표정으로 말없이 룸으로 돌아왔다. 불빛은 이미 어두워졌고 음악소리는 조용하면서 그윽했다. 소파 위에는 남녀 여럿이 몸을 기대고 앉아 있었다. 방금 양주를 마신 남자들은 과일을 먹으면서 선정적인 농담을 주고받았다. 웃으면서 주사위 게임도 했다. 뚜껑이 달린 조그만 단지 안에서 뜨르르 주사위가 돌다가 유리 테이블 위로 쏟아지면서 떼구루루 요란한 소리가 났다. 흥분 뒤에는 쉽게 권태가 찾아오는 법이었다. 이제는 남녀가 서로 짝을 지어 끌어안은 채 쉬고 있었다. 모니터가 있는 벽 한쪽에서는 루 사장과 아가씨가 춤을 추고 있었다. 빠른 스텝 네 번, 느린 스텝 세 번을 밟은 다음 마지막으로 느린 동작으로 두 걸음을 옮겼다. 아가씨는 두 눈을 꼭 감고 느긋하고 부드러운 표정을 짓고 있었다. 흰 치마가 더욱 빛나 보였다. 루 사장이 앞으로 몸을 구부리면 아가씨는 뒤로 몸을 뺐다. 자신들도 모르게 스텝이 느려지면서 두 사람은 벽 한구석으로 갔다. 아가씨가 천천히 커튼 깊은 곳으로 비집고 들어갔다. 등이 밖을 향하고 있는 루 사장의 왜소한 몸집이 왠지 좀 우람해 보였다. 커튼 안쪽에 있는 아가씨는 작고 가냘픈 모습으로 금련 한 쌍을 커튼 밖으로 드러내고 있었다. 양쪽 치맛단이 몸을 가려주고 있었다. 느려지던 스텝은 루 사장의 몸이 멈추면서 정지했다. 스텝은 더이상 바삐 움직이지 않았다. 캉 사장이 있는 각도에서 보면 이 긴 춤은 결국 아가씨에게서 멈춰 있었다. 남은 것은 침묵하는 루 사장의 뒷모습뿐이었다. 루 사장은 맨 처음에 보였던 갖가지 이상한 행동거지를 만회할 방법을 찾는 것인지, 양기를 토해내고 나서 면벽하여 자신의 과오를 반성하는 것인지 알 수 없었다. 두 사람은 신선이 되어 날아가려고 준비하는 것 같았다. 벽 한구석에는 루 사장의 셔츠와 바지가 걸린 삼각형 옷걸이만 매달려 있었다. 이런 광경을 보면서 캉 사장은 고소를 금치 못하면서 조용히 소파에 앉아 있었다. 옆에 있던 아가씨가 한숨을 내쉬면서 말했다. 사장님, 친구에게 너무 신경 쓰시는 것 아니에요? 전화도 너무 자주 하시네요. 이제 마음을 가라앉히고 좀 즐기면서 쉬세요. 캉 사장은 아무 말도 하지 않았다. 아가씨가 수건을 건네면서 말했다. 사업은 정말 쉽지 않아요, 그렇죠? 캉 사장이 빙긋이 웃으면서 주위를 둘러보았다. 아가씨가 몸을 옆으로 돌려 가슴을 내밀며 캉 사장에게 달라붙어 애교를 부렸다. 다른 사람 훔쳐보지 마세요. 이상한 짓이라도 하면 정말 난감하단 말이에요. 캉 사장이 말했다. 아가씨의 애교를 당해낼 수가 없군. 아가씨가 가볍게 웃었다. 옥 같은 팔이 캉 사장의 가슴팍에서 미끄러져내려가더니 딸기 하나를 집어 캉 사장 입에 넣어주었다. 아가씨가 말했다. 사장님, 일은 일이고 휴식은 휴식이에요. 앞으로 전화 받지 마세요. 몸이 중요하잖아요. 캉 사장은 빙긋이 웃으면서 아무 말도 하지 않았다. 아가씨가 말했다. 사장님은 무슨 사업을 하세요? 캉 사장이 말했다. 나 말이에요? 군수물자를 팔고 있어요. 원자탄을 팔지요. 아가씨가 말했다. 그렇게 재미없는 얘기 함부로 하지 마세요. 캉 사장이 물었다. 아가씨는 어디 사람이오? 상하이 말 할 줄 알아요? 아가씨가 말했다. 알아맞혀보세요. 캉 사장이 말했다. 도저히 불가능할 것 같군. 아가씨가 말했다. 이곳은 쿤산이잖아요. 캉 사장이 말했다. 상하이랑 별반 다르지 않아요. 아가씨가 물었다. 제게 상하이 말 좀 가르쳐주시는 게 어때요? 캉 사장이 말했다. 상하이 말을 배우다보면 아주 어려운 세 글자가 있어요. 아가씨가 말했다. 세 글자라면 틀림없이 삼자경三字經*이겠네요. 입만 열었다 하면 욕을 하는 그런 책 말이에요. 정말 듣기 싫더라고요. 이래 봬도 여기는 삼호三好 문명업소라고요. 예의를 갖추고 규범을 중시하지요. 캉 사장이 말했다. 상하이말로 '이즈완一隻碗'** 세 글자를 말해봐요. 아가씨가 세 번을 말하자 이가 다 드러나면서 입이 일그러졌다. 캉 사장이 말했다. 상하이 사람들이 말을 할 때는 기본적으로 입 모양이 변하면 안 돼요. 아가씨가 다시 시도해보더니 결국 애교를 부리면서 캉 사장의 가슴 위로 머리를 기댔다. 말할 때 땀이 나네요. 정말 못하겠어요. 캉 사장이 말했다. 사부님을 청해서 혀를 좀 꼬는 훈련을 하면 돼요. 아가씨가 물었다. 무슨 뜻이에요? 캉 사장이 말했다. 구관조는 혀를 꼴 줄 알죠. 혀 위쪽에 단단한 덮개가 있어서 덮개 밖으로 혀를 빼내야 말을 할 수 있어요. 아가씨가 캉 사장을 가볍게 톡 치면서 말했다. 에이, 엉터리! 캉 사장은 아무 말도 하지 않았다. 아가씨가 물었다. 상하이 여자들 재미있죠? 캉 사장이 빙긋이 웃었다. 아가씨가 말했다. 그제 상하이 요괴를 하나 만났어요. 캉 사장이 물었다. 저 루 사장보다 더 요사스럽나요? 아가씨가 말했다. 저는 손님들을 받아 노래

* 원래는 글을 처음 배우는 아동에게 글자를 깨우치기 위해 세 글자로 된 단어를 모아 엮은 책인데 여기서 발전하여 세 글자로 된 욕설을 의미하기도 한다.

** '사발 하나'라는 뜻으로 상하이 사투리 발음은 '이짜웨', 발음할 때 입 모양이 무척 이상하다.

를 하고 있었어요. 아주 신나고 떠들썩한 자리였는데 갑자기 밖에서 상하이 여자 하나가 달려들어와서는 손님을 잡아끌고 가버리는 거예요. 보아하니 기껏해야 내연관계인 것 같더라고요. 작은마누라라도 이럴 자격은 없는 법인데 진짜 마누라 행세를 하는 것이 정말 우습더군요. 손님 한 분이 말했어요. 형수님, 우선 좀 앉아서 과일이나 좀 드세요. 노래나 몇 곡 부르고 가시든가요. 여자가 화를 내면서 말했어요. 내가 왜 이렇게 불편하고 지저분한 자리에 앉아 있어야 하나요? 여기 앉았다가는 불결한 병에 걸릴 것 같단 말이에요. 난 절대 안 앉아요. 캉 사장이 빙긋이 웃었다. 아가씨가 말했다. 오빠, 계속 들어봐요. 하늘 아래 이렇게 경우 없고 멍청한 여자도 있다니까요. 이런 쓰레기도 있단 말이에요. 솔직히 말해서 여기가 얼마나 깨끗하다고요. 뭐가 지저분하다는 건지 모르겠어요. 그 여자가 저보다 어디가 더 깨끗하다는 건지 모르겠더라고요. 매일 개인위생을 철저히 하고 항상 청결하고 상큼한 상태로 자리를 지킨단 말이에요. 캉 사장은 아무 말도 하지 않았다. 아가씨가 말했다. 그 여자의 얼굴을 유심히 살펴보니 나비반점이 있더군요. 흰 줄이 너무 많았어요. 아가씨가 여기까지 얘기를 늘어놓는 동안 캉 사장은 줄곧 빙긋이 웃으면서 아무 말도 하지 않았다.

캉 사장은 줄곧 혹시 훙칭을 암시하는 것이 아닐까 하는 생각에 주저하면서 묻지는 못했다. 하지만 역시 그럴 리가 없다는 결론을 내렸다. 이때, 벽 한구석에 있던 루 사장이 몸을 드러냈다. 흰 치마의 아가씨도 어둠 속에서 튀어나왔다. 화가 났는지 고개를 숙인 채 빠른 걸음으로 룸을 나가버렸다. 루 사장이 몸을 돌려 걸어왔다. 불빛이 어두웠기 때문에 루 사장의 표정은 자세히 보이지 않았다. 캉 사장이 옆에 있는 아가씨를 끌어당기며 말했다. 가요, 가서 루 사장을 불러요. 아가씨가 온몸을 떨면서 목을 잔뜩 움츠린 채 말했다. 싫어요, 저는 싫어요, 무서워요. 저렇게 이상한 남자는 킹콩으로 변할 수 있단 말이에요. 저는 감당할 수 없어요. 캉 사장은 재빨리 머리를 굴려 팔로 아가씨를 꽉 껴안고는 미동도 하지 않았다. 바로 이때 루 사장은 별실 문을 당겨 열고는 줄곧 밖을 내다보았다. 캉 사장은 그가 흰 치마 아가씨가 돌아오기를 기다리는 줄 알았지만 그게 아니었다. 루 사장은 얼굴에 웃음이 가득한 채 꽃을 감상하듯이 복도를 지나가는 모든 아가씨들을 향해 정신없이 손을 흔들고 있었다. 문밖에는 항상 아가씨들이 지나다니고 있었다. 특히 몇몇 룸에 동시에 잘 아는 손님들이 있을 수 있기 때문에 아가씨들은 적당히 둘러대느라 바빴다. 룸 안에서 아는 남자 손님이 손을 흔들면 곧장 미소를 지어 보여야 했다. 이곳은 같은 건물에 낯선 주민들이 사는 곳도 아니고 차가운 길거리도 아니었다. 이곳은 천국 같은 사회였고 대동의 세계였다. 남녀가 서로 얼굴을 마주치면 환하게 웃었고 그런 얼굴마다 봄바람이 가득했다. 모두들 자태가 아름답고 매력적인 모습이었다. 다들 기억이 모호하다보니 과거에 은혜를 베풀어준 강호의 은객일지도 모른다는 생각에 루 사장이 손을 흔들자 안으로 따라 들어왔다. 들어가서 문을 닫고서야 눈앞에 있는 사람이 열정이 넘치는 낯선 남자라는 사실을 깨달았지만 때는 이미 늦었다. 루 사장은 만면에 미소를 띠면서 고개 숙여 인사하고는 곧장 아가씨를 끌어안고 춤을 추기 시작했다. 빙글

빙글 돌면서 춤을 추었다. 상대방의 의사를 존중하지도 않고 동작을 멈추지도 않았다. 아가씨의 머리가 어지럽고 눈이 빙빙 돌아 혼절하기 직전에야 춤을 멈췄다. 아가씨가 정신을 차릴 때쯤, 루 사장은 문을 열고 공손하게 두 손을 앞으로 모은 채 고개를 숙여 인사하면서 아가씨를 다시 복도로 배웅했다. 루 사장은 이처럼 문을 열고 지나가는 아가씨에게 알은체를 해 끌어들인 다음, 격렬하게 춤을 한 번 추고 나서 예의를 갖춰 돌려보내는 행태를 반복했다. 캉 사장이 보기에는 거의 스냅사진 수준이었다. 눈이 모자라다 살펴볼 수 없을 정도로 많은 아가씨들이 룸에 들어와 영문도 모른 채 춤을 한 번 추고 나갔다. 손님 옆에 앉은 아가씨들은 하나같이 얼떨떨한 표정을 지었다. 눈이 어지러웠다. 캉 사장의 파트너인 아가씨가 물었다. 이런 모습이 뭐랑 같은지 아세요? 캉 사장이 물었다. 뭐랑 같은데요? 아가씨가 말했다. 텔레비전에서 무시무시한 아프리카 긴털거미를 봤어요. 머리 위에 작은 문이 달린 검은 구멍에 숨어 있다가 밖으로 다른 동물이 지나가면 재빨리 문을 열고 안으로 끌어들이지요. 캉 사장이 깔깔대며 웃었다. 아가씨가 말했다. 저 남자분은 정말 대단하시네요. 식욕이 너무 강해요. 너무 이상하네요. 캉 사장이 빙긋이 웃었다. 눈앞에서 루 사장은 쉴새없이 문밖을 지나가는 아가씨를 끌어들여 제멋대로 빙글빙글 돌면서 춤을 추었다. 아가씨의 치맛단이 보이다 안 보이기를 반복했다. 어떤 아가씨는 비명을 질렀고 어떤 아가씨는 그와의 춤을 즐겼으며, 또 어떤 아가씨는 그보다 더 경망스럽게 장단을 맞추며 놀았다. 춤이 끝나면 루 사장은 공손하게 예의를 갖춰 얼굴 가득 미소를 지으며 함께 춤춘 아가씨를 환송했다. 그러다가 하얀 치마 아가씨가 들어오고 나서야 루 사장은 조용해지면서 소파로 돌아가 아가씨와 나란히 앉아 다정하게 얘기를 나누기 시작했다. 이날 밤, 가라오케의 풍경은 루 사장 때문에 무척이나 특별했다. 캉 사장이 안도의 한숨을 내쉬었다.

일행은 이렇게 새벽 한시 반까지 놀다가 일어서서 옷을 털고 가라오케를 나왔다. 밖으로 나오자 루 사장 얼굴에는 피곤한 기색이 역력했다. 여흥이 다하지 않았는지 그는 구 사장과 타이완에서 온 린 선생 등 친구들에게 우선 호텔로 돌아가자고 제안했다. 구 사장이 북방 사투리로 물었다. 어떻게들 하시겠어요? 루 사장이 북방 사투리로 말했다. 저는 캉 사장님과 상의할 일이 한 가지 있습니다. 이리하여 모두 차를 타고 먼저 돌아가고 루 사장과 캉 사장만 가라오케가 있는 건물 문 앞에 섰다. 루 사장이 말했다. 우리 좀 앉을까요? 캉 사장이 북방 사투리로 물었다. 뭘 상의하겠다는 건가요? 루 사장이 말했다. 오늘밤에 실례가 많았습니다. 끊임없이 소란을 피워댔잖아요. 캉 사장이 말했다. 괜찮습니다. 루 사장이 앉아서 얘기하자고 말해 둘은 옆에 있는 계단 위에 주저앉았다. 밤바람이 차가웠다. 캉 사장이 물었다. 그러지 말고 근처 어디 가서 밤참을 좀 먹는 게 어떨까요? 루 사장이 말했다. 괜찮아요. 그냥 여기 앉아 얘기하지요. 제게 실컷 욕을 해주세요. 캉 사장님을 힘들게 해서 정말 죄송합니다. 캉 사장이 빙긋이 웃었다. 루 사장이 말했다. 솔직히 말씀드리면 저는 사람을 하나 기다리고 있어요. 캉 사장이 말했다. 그랬군요. 루 사장이 말했다. 다름아니라 아까 그

아가씨예요. 하얀 치마 입은 그 아가씨 말이에요. 캉 사장이 말했다. 술이 아직 깨지 않았지만 팁도 주었고 이미 끝났잖아요. 다른 사람들은 다 가버렸고요. 루 사장이 말했다. 캉 사장님께 솔직하게 말할게요. 그 아가씨를 사랑하게 되었어요. 그녀가 퇴근할 때까지 기다려야 해요. 캉 사장은 아무 말도 하지 않았다. 루 사장이 말했다. 그 아가씨가 제게 두시에 옷을 갈아입고 퇴근한다고 알려주더군요. 저는 얼마든지 기다릴 수 있어요. 캉 사장이 말했다. 그 아가씨가 정말 마음에 드신 모양이군요. 루 사장이 말했다. 정말 좋아요. 제가 지금까지 어떤 여자를 못 만나봤겠습니까? 마음속으로 분명히 알았어요. 오늘 그 아가씨를 만났을 때의 그런 느낌은 지난 십몇 년 동안 경험해보지 못했거든요. 캉 사장은 아무 말도 하지 않았다. 루 사장이 말했다. 저는 지금 폐부에서 나오는 말을 하고 있는 겁니다. 종합적인 느낌이고 총체적인 감정이에요. 제게 여자가 몇 명이나 필요하겠습니까? 잘못 봤을 리가 없어요. 캉 사장은 말이 없었다. 루 사장이 말했다. 지금이 어떤 세상입니까? 그리고 여자들에게 믿을 수 있는 진심과 진정이 얼마나 되겠습니까? 캉 사장은 여전히 말이 없었다. 루 사장이 말했다. 저의 가족기업은 이미 훤히 꿰뚫고 있습니다. 저는 완전히 타락해도 돼요. 줄곧 이런 느낌을 찾아왔지만 줄곧 찾을 수 없었지요. 뜻밖에도 이번에 남쪽으로 돌아와 그 아가씨를 만나게 된 겁니다. 소년 시절로 돌아간 기분이에요. 인내심을 갖고 그녀를 기다릴 거예요. 캉 사장은 시계를 들여다보며 아무 말도 하지 않았다. 루 사장이 말했다. 솔직히 말씀드릴게요. 방금 춤을 추면서 우린 벌써 한 번 했어요. 캉 사장은 아무 말로 하지 않았다. 루 사장이 말했다. 그 아가씨한테 잘 설명해야 할 것 같아요. 제가 멋대로 사는 양아치가 아니라는 걸 말이에요. 그녀를 아내로 맞을 생각이에요. 루 사장은 여기까지 말하고 나서 눈물을 보였다. 캉 사장이 루 사장의 어깨를 다독여주었다. 루 사장이 말했다. 그 아가씨는 얼음처럼 맑고 옥처럼 순결한 여자예요. 정말 천사지요. 저는 악마였어요. 제가 앞으로 잘 보살펴야 해요. 그녀를 붙잡지 못하면 앞으로의 계획이라도 물어봐야 해요. 물어보고 상의할 일이 아주 많아요. 캉 사장은 대꾸하지 않았다. 루 사장이 말했다. 이 아가씨는 여자들 가운데 '지존의 보물'이에요. 천구天九* 중에서 가장 큰 패라서 모든 걸 다 잡아먹지요. 저는 정말 그녀를 이길 방법이 없어요. 캉 사장이 빙긋이 웃었다. 이날 밤, 두 사람은 차가운 바람 속에 새벽 세시까지 앉아 있었다. 그러나 아가씨는 시종 모습을 드러내지 않았다. 세시 십오분이 되어 캉 사장이 루 사장을 데리고 다시 가라오케가 있는 그 건물 앞으로 가서 경비원에게 자세한 사정을 물어보고서야 뒷문이 두 개나 있다는 사실을 알았다. 일부 남자 종업원들과 아가씨들은 습관적으로 이 뒷문으로 빠져나가 쉽게 택시를 잡는다고 했다. 경비원이 말했다. 이곳은 인원의 유동이 엄청나요. 두 분 사장님께서는 돈을 잃어버리셨나요? 아니면 휴대전화를 두고 나오셨나요? 어느 방 아가씨인지, 성이 어떻게 되고 고유번호는 몇 번인지 말씀해보세요. 루 사장은 고개를 가로저었다. 캉 사장과 루 사장은 오 분쯤

* 송나라 휘종 시기부터 시작된 노름으로, 총 32개 패의 합으로 승패를 가린다.

더 서 있다가 주변에 오가는 사람이 거의 없는 것을 확인하고는 하는 수 없이 택시를 잡아타고 돌아갔다. 가는 길 내내 말이 없었다. 방으로 들어서자 하늘에 붉은 아침놀이 일기 시작하더니 조금씩 더 붉게 물들어갔다.

(2권으로 이어집니다)

옮긴이 **김태성**
한국외국어대학교 중국어과를 졸업하고 동 대학원에서 타이완 문학 연구로 박사학위를 받았다. 중국학 연구공동체인 '한성문화연구소'를 운영하면서 중국 문학 및 인문 저작 번역과 문학 교류 활동에 주력하고 있다. 『레닌의 키스』『침묵과 한숨』『풍아송』『사람의 목소리는 빛보다 멀리 간다』『인민을 위해 복무하라』『일광유년』 등 130여 권의 중국 저작물을 우리말로 옮겼다. 2016년 중국 신문광전총국에서 수여하는 '중화도서특별공헌상'을 수상했다.

문학동네 세계문학
번화 1

초판 인쇄 2023년 10월 23일 | 초판 발행 2023년 10월 30일

지은이 진위청 | 옮긴이 김태성
책임편집 양수현 | 편집 박인숙 오동규
디자인 김유진 이원경 | 저작권 박지영 형소진 최은진 서연주 오서영
마케팅 정민호 서지화 한민아 이민경 안남영 왕지경 황승현 김혜원 김하연
브랜딩 함유지 함근아 고보미 박민재 김희숙 정승민 배진성
제작 강신은 김동욱 이순호 | 제작처 천광인쇄사

펴낸곳 (주)문학동네 | 펴낸이 김소영
출판등록 1993년 10월 22일 제2003-000045호
주소 10881 경기도 파주시 회동길 210
전자우편 editor@munhak.com | 대표전화 031) 955-8888 | 팩스 031) 955-8855
문의전화 031) 955-1927(마케팅) 031) 955-2684(편집)
문학동네카페 http://cafe.naver.com/mhdn
인스타그램 @munhakdongne | 트위터 @munhakdongne
북클럽문학동네 http://bookclubmunhak.com

ISBN 978-89-546-9603-6 04820
978-89-546-9602-9 (세트)

잘못된 책은 구입하신 서점에서 교환해드립니다.
기타 교환 문의 031) 955-2661, 3580

www.munhak.com